DEUSES
DA
BOLA

DEUSES DA BOLA

MAIS DE 100 ANOS DA SELEÇÃO BRASILEIRA

EUGENIO GOUSSINSKY
JOÃO CARLOS ASSUMPÇÃO

MAIS DE 100 ANOS DE HISTÓRIAS

XINGAMENTOS NA ESTREIA

A estreia da Seleção na segunda Copa do Mundo no Brasil, 64 anos depois da tragédia do Maracanã, não foi das melhores. Fora de campo, a torcida deu exemplo negativo, xingando a então presidente Dilma Rousseff, que estava nitidamente contrariada, cercada por José Maria Marin, que comandava a CBF, e Joseph Blatter, que dirigia a Fifa.

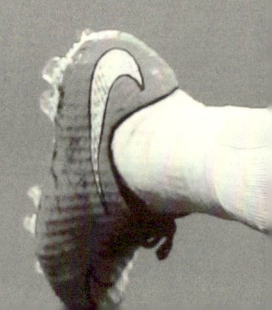

Dentro do gramado, no estádio do Corinthians, em Itaquera, que seria um dos alvos da Operação Lava Jato – de investigação de corrupção envolvendo servidores públicos e empresas com contrato com a Petrobras –, a Seleção rendeu bem menos do que o esperado. E deu sustos na galera, formada em sua maioria por gente com muito dinheiro, já que os ingressos não eram nada baratos. Marcelo, de cara, fez um gol contra, abrindo o placar para a Croácia, e o Brasil só chegou ao empate graças a um pênalti mal marcado em Fred. A repercussão da penalidade foi tão grande que a CBF resolveu fazer um vídeo com o atacante dizendo que teria, sim, sofrido a infração, o que deixou os croatas, que levaram a virada no segundo tempo, ainda mais indignados.

Depois da partida, além do pênalti que gerou tanta celeuma, a emoção da equipe na entrada em campo e na hora de cantar o hino, que para muitos denotava nervosismo e desequilíbrio emocional, foi alvo de muita discussão, acentuada após o empate na segunda partida, agora em Fortaleza, diante do México.

Em um jogo aberto, brasileiros e mexicanos tiveram chances de abrir o placar, mas a partida terminou sem gols. O destaque foi o goleiro mexicano Ochoa, muito valorizado após o confronto. A Seleção, no entanto, continuava a dever uma grande exibição, a qual também não viria na terceira partida, apesar da vitória diante de Camarões, em Brasília. Neymar teve atuação destacada, ajudando a construir os 4 x 1 contra os africanos, mas a defesa dessa vez não foi bem e poderia ter levado mais gols dos camaroneses.

Classificado em primeiro lugar da chave após a conquista de sete pontos, o Brasil avançou para as oitavas de final, fase em que teria pela frente os chilenos. E aí...

CRISE DE NERVOS

Muitos problemas começaram a vir à tona. Eles estavam relacionados a uma frágil estrutura tática do time e também à fragilidade emocional de alguns jogadores, contagiados pelo clima conflituoso que se instaurara no Brasil por causa da Copa do Mundo, com muita gente nas ruas desde 2013 reclamando dos gastos públicos excessivos com o torneio e do investimento baixo em educação, saúde e segurança por parte do governo.

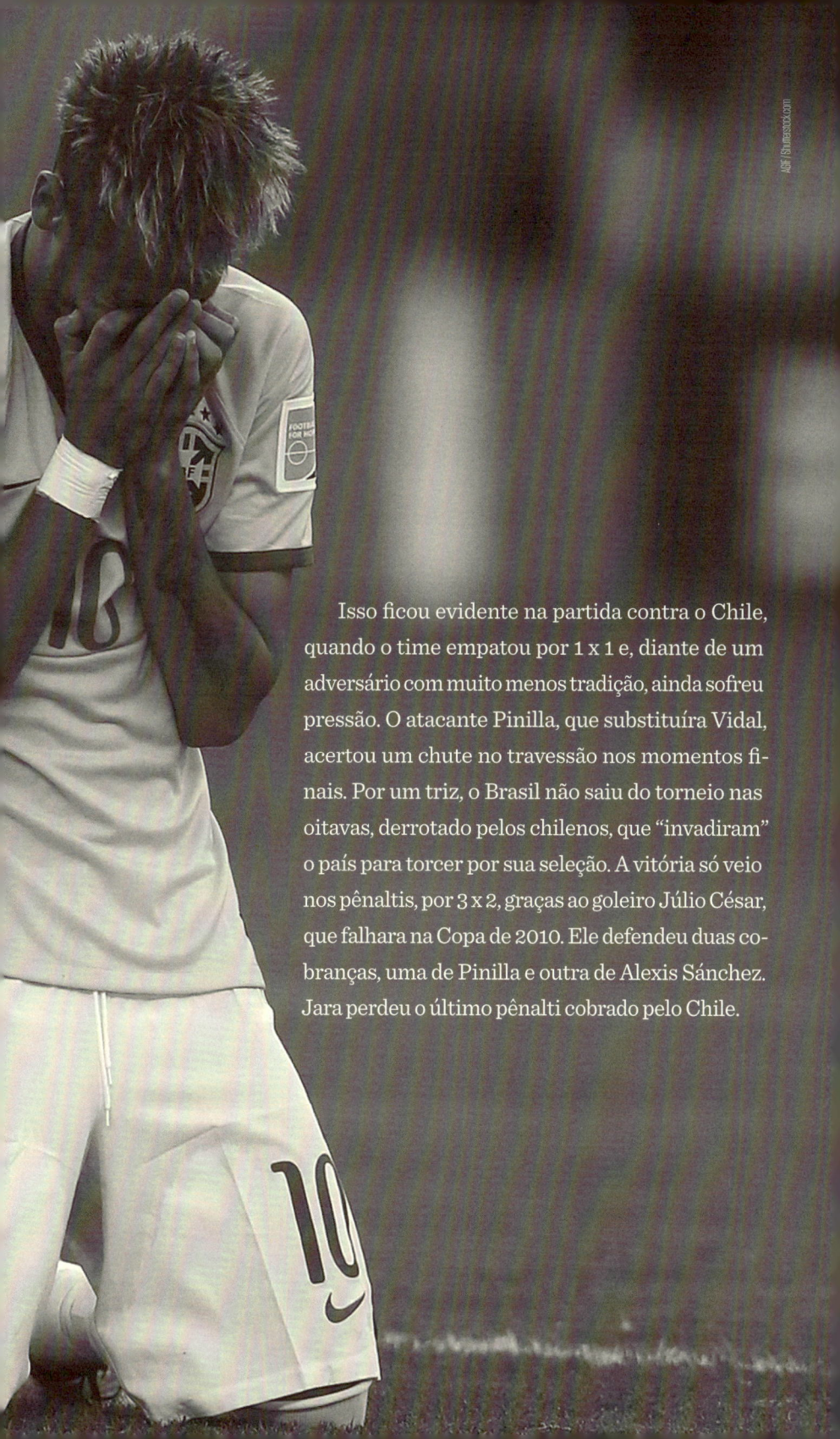

Isso ficou evidente na partida contra o Chile, quando o time empatou por 1 x 1 e, diante de um adversário com muito menos tradição, ainda sofreu pressão. O atacante Pinilla, que substituíra Vidal, acertou um chute no travessão nos momentos finais. Por um triz, o Brasil não saiu do torneio nas oitavas, derrotado pelos chilenos, que "invadiram" o país para torcer por sua seleção. A vitória só veio nos pênaltis, por 3 x 2, graças ao goleiro Júlio César, que falhara na Copa de 2010. Ele defendeu duas cobranças, uma de Pinilla e outra de Alexis Sánchez. Jara perdeu o último pênalti cobrado pelo Chile.

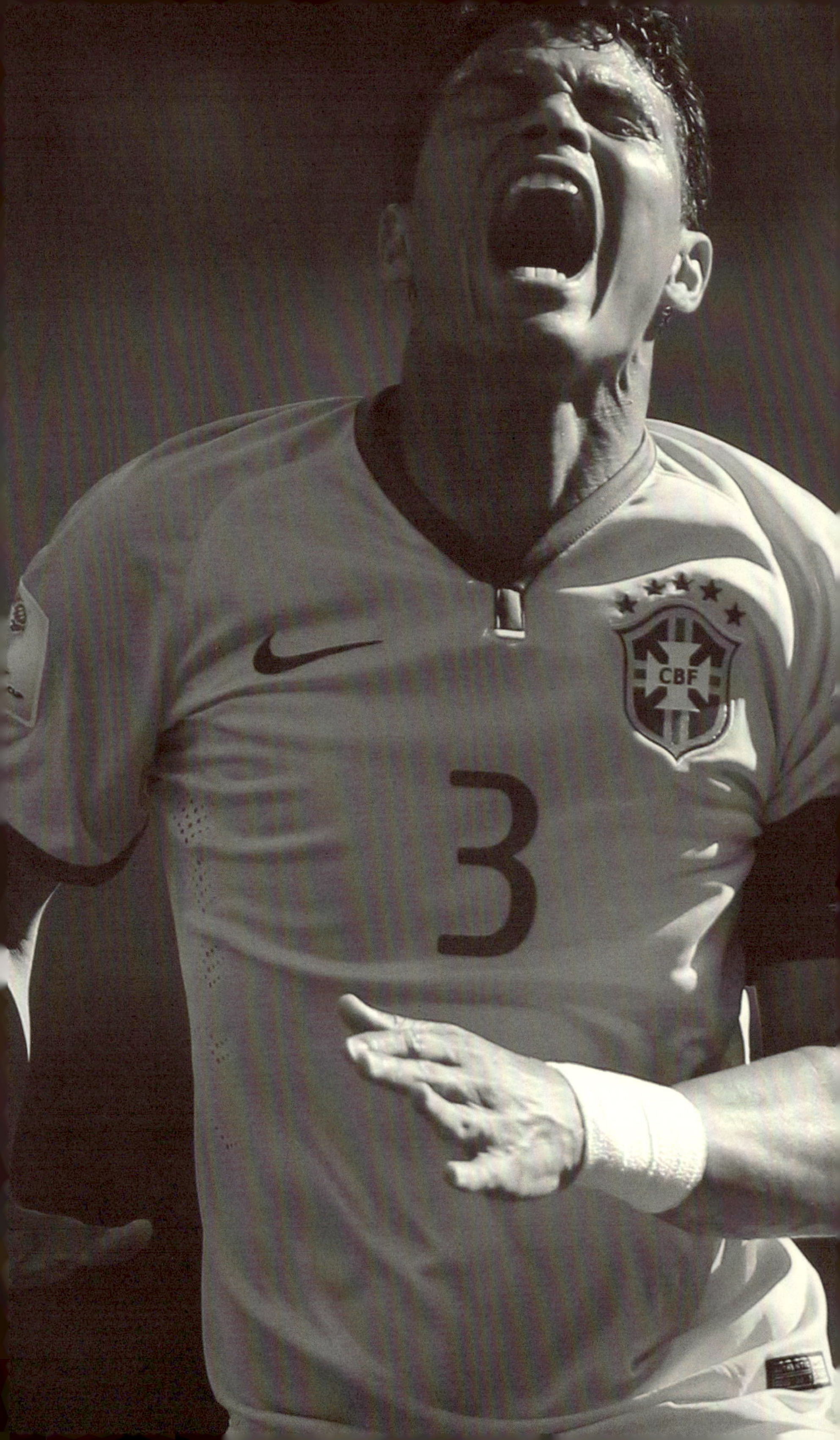
CBF
3

O que mais marcou o jogo, porém, foi a atitude de Thiago Silva, zagueiro e capitão do Brasil. Emocionado, o atleta, na opinião de muitos, amarelou, como se costuma dizer no futebol. Não quis bater penalidade, chorou e nem sequer conseguiu acompanhar direito as cobranças de tão nervoso que estava. Desesperado, Luiz Felipe Scolari chegou a conversar com um grupo de jornalistas para entender o que estava acontecendo. O treinador deixou escapar que errou na convocação de um jogador, mas não quis dizer quem era, e contou com auxílio da psicóloga Regina Brandão, que fizera bom trabalho para o Mundial de 2002, mas saiu bastante contestada em 2014.

O GRANDE FIASCO

Nas quartas de final, em Fortaleza, o adversário foi a aguerrida Colômbia. O Brasil venceu por 2 x 1, tendo encontrado maior facilidade do que em outros jogos. Mas uma séria contusão de Neymar, que recebeu de Zuñiga uma tremenda joelhada nas costas, tirou-o do restante do jogo e da Copa do Mundo. O clima realmente não estava bom. E na semifinal, diante da Alemanha, o Brasil expôs todas as suas fragilidades táticas e psicológicas ao ser derrotado por 7 x 1, placar que simbolizou um novo marco no futebol brasileiro e passou a ser utilizado pela população como um termo comum para descrever momentos críticos (aliás, o Brasil passou por muitos 7 x 1 após essa partida, principalmente na política e na economia do país).

Além de Neymar, Thiago Silva ficou fora do jogo por ter recebido um cartão "infantil" na partida contra a Colômbia. Sua ausência ajudou a desestabilizar a zaga e David Luiz, que vinha fazendo uma Copa brilhante, pegou a tarja de capitão e acabou tendo uma atuação desastrosa na pior derrota da história da Seleção Brasileira. O vexame foi tão grande que em seis minutos o Brasil sofreu quatro gols. Quatro gols em seis minutos!

Retrato do futebol brasileiro, principalmente do que acontecia fora dos campos: clubes fragilizados e desunidos; processo de globalização e de mercantilização cada vez maior do futebol tirando os melhores craques do país; CBF gerindo um patrimônio público, a Seleção, como se fosse dona dele. E um grupinho se apoderando do futebol nacional. Coisa que vinha de anos, mas estourou em 2014. No ano seguinte, as investigações do FBI atingiriam os três últimos presidentes da CBF: Del Nero, Marin e Ricardo Teixeira. Com o fiasco dos fiascos, uma onda de perplexidade entrou em cena. O que fazer para a Seleção Brasileira recuperar seu antigo prestígio? Diante do desenvolvimento do futebol europeu, isso seria possível? Como mudar? E os problemas extracampo que as autoridades esportivas do país fingem não ver?

Fly Emirates
Fly Emirates
2014 FIFA WORLD CUP BRASIL
Fly Emirates
Fly Emirates

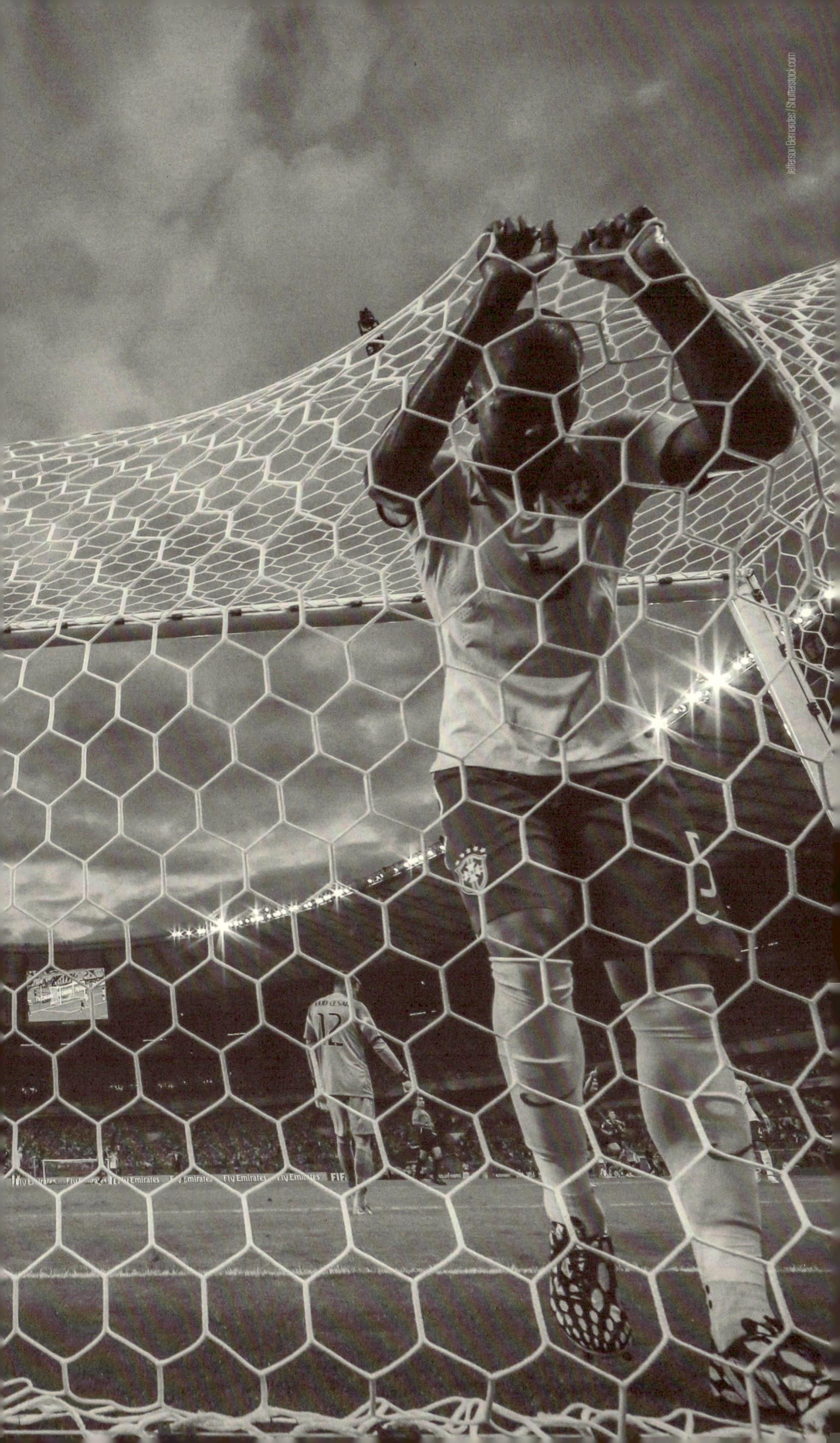

Jefferson Bernardes / Shutterstock.com

DIRIGENTE PRESO

A resposta continuou em aberto após a volta do técnico Dunga. Ele reassumiu a função em julho de 2014, depois da derrota na Copa de 2010, com a missão de fazer a equipe recuperar a confiança perdida. O então presidente da CBF, José Maria Marin, fez a opção em um momento conturbado. Após um bom início nos amistosos, o time mostrou a mesma falta de identidade e deixou claro que havia um problema estrutural no futebol brasileiro e na mentalidade dos jogadores do país como um todo.

Tudo parecia fazer parte de um único organismo, dentro e fora de campo. A prisão de Marin, já como ex-presidente, em maio de 2015, quando participaria de um congresso na Suíça, veio apenas para mostrar como os bastidores do futebol brasileiro estavam contaminados. E podres.

Após um período preso na Suíça e depois em prisão domiciliar nos Estados Unidos, Marin acabaria condenado pela Justiça americana, em 2017, por participação em uma quadrilha que extorquia dinheiro de contratos de marketing e direitos de TV de torneios da CBF e da Confederação Sul-Americana de Futebol.

O novo presidente, ex-vice e braço direito de Marin, Marco Polo Del Nero, também alvo das acusações do FBI (agência federal de investigação dos Estados Unidos), voltou às pressas da Suíça para o Brasil, pois temia ser preso. E resolveu não sair mais do país, deixando de acompanhar a Seleção em viagens – tudo para evitar um possível encarceramento. Em 2017, atolado por denúncias de corrupção e ainda alvo do FBI, acabou suspenso de suas funções na Fifa. Basta lembrar que, no sorteio dos grupos para a Copa da Rússia, o único presidente de federação que não esteve presente foi justamente Del Nero. O Marco Polo, como bem lembra o jornalista

Juca Kfouri, que não viaja. Pelo menos não para fora do país, já que dentro do Brasil ainda se movimentava à vontade.

DERROTAS COM DUNGA

Em campo, Dunga não conseguiu blindar a equipe dessa crise histórica. Buscou mesclar veteranos, como o meia Kaká, com um time cuja base era a do Mundial anterior. Foi bem em alguns amistosos, como contra os EUA e a Costa Rica. Mas nas partidas oficiais o time não teve o mesmo desempenho. E a Seleção foi mal nas duas Copas Américas que disputou. Na de 2015, no Chile, iniciou vencendo o Peru por 2 x 1, foi derrotada pela Colômbia por 1 x 0 e terminou em primeiro do grupo após vencer a Venezuela por 2 x 1.

Mas, jogando um futebol de baixíssima qualidade, caiu nas quartas de final ao perder para o Paraguai, nos pênaltis, por 4 x 3 – após empate por 1 x 1 no tempo normal. Éverton Ribeiro e Douglas Costa perderam seus pênaltis. O jogo ficou marcado por um pênalti "infantil" cometido por Thiago Silva, que colocou a mão na bola em uma jogada aérea, provocando o lance que gerou o gol de empate paraguaio. O brasileiro alegou que teve um apagão e que não se recordava de ter posto a mão na bola. Só seria reabilitado no grupo com a chegada de Tite ao comando do Brasil no ano seguinte. Já Robinho, que fazia boa atuação e tinha sido o autor do gol brasileiro, reclamou por ter sido substituído na segunda etapa, conturbando ainda mais o ambiente.

Na Copa América de 2016, realizada em função do centenário da competição sul-americana, o Brasil foi eliminado na primeira fase, o que foi um vexame total. De cara empatou por 0 x 0 com o Equador. O time equatoriano não teve um gol validado após o goleiro Alisson ter deixado passar uma bola vinda da linha de fundo que ultrapassaria a linha do gol. No jogo contra o Haiti, o Brasil goleou por 7 x 1, três gols de Philippe Coutinho, jogador que passou a ser utilizado por Dunga e que não havia participado da Copa do Mundo anterior. Contra o Peru, foi a vez de a Seleção Brasileira ser prejudicada. Mesmo tendo sido superior durante toda a partida, não conseguiu transformar em gols as chances criadas.

A falta de poder de fogo impediu o time de decidir a partida. E contribuiu para que, aos 30 minutos do segundo tempo, viesse a derrota. Ruidíaz colocou o braço na bola em um cruzamento e, mesmo assim, teve o gol validado pelo árbitro Andrés Cunha, do Uruguai. Nem os apelos do goleiro Alisson nem as queixas de Dunga, que destacou a superioridade brasileira em campo, evitaram a desclassificação. E o resultado provocou a queda do treinador e um novo ponto de interrogação no futuro da Seleção.

A ERA TITE

De positivo da segunda era Dunga como treinador surgiram novas opções, como Philippe Coutinho e Miranda, que passaram a ser destaques do time de Tite. O técnico era o queridinho da imprensa e do público em geral. Foi considerado o melhor do país após uma sequência de títulos, inclusive os da Libertadores e do Mundial, e de uma série de vitórias pelo Corinthians.

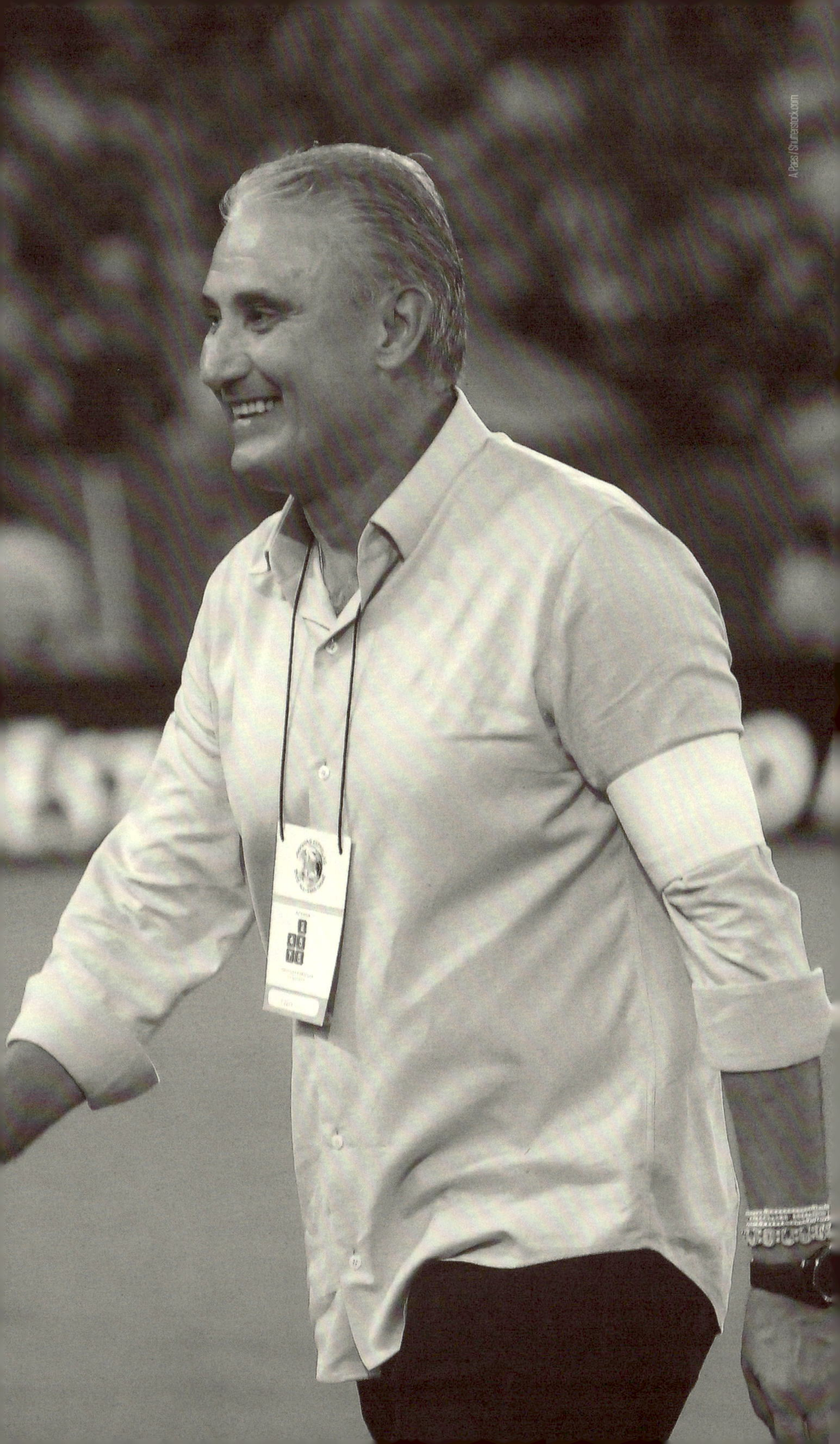

A.Paes / Shutterstock.com

Foram dias de muita reflexão e mistério antes de Tite aceitar o convite de Marco Polo Del Nero. O treinador já havia demonstrado insatisfação com a cúpula da CBF, tendo até assinado um manifesto que pedia mais transparência na entidade. Mas, após muita conversa e declarando que seu trabalho em campo não tinha relação alguma com a política da entidade, ele aceitou o cargo. A partir daí, a Seleção Brasileira, enfim, reencontrou um pouco de sua velha mística.

Tite soube aproveitar jogadores da Copa do Mundo anterior e, assim como Dunga, não realizou a chamada "caça às bruxas". Mesclou os "velhos" jogadores com novos talentos na equipe, como Gabriel Jesus, jovem revelação e campeão brasileiro pelo Palmeiras em 2016. E mostrou sabedoria ao conseguir aglutinar o grupo em torno de um objetivo: classificar o Brasil para a Copa de 2018.

A situação estava difícil, já que, com Dunga, o time ocupava a sexta colocação nas Eliminatórias, correndo sério risco de ficar fora do Mundial. O desafio era grande, mas Tite é Tite...

O OURO, FINALMENTE

O tão sonhado ouro olímpico no futebol, conquistado na Olimpíada de 2016, no Rio de Janeiro, ajudou a Seleção readquirir a confiança de que poderia voltar a ganhar títulos importantes. A campanha do time dirigido por Rogério Micale começou com percalços. O goleiro Fernando Prass, veterano que era tido como uma referência para a equipe, teve uma séria lesão no cotovelo direito e foi cortado às vésperas da competição. Weverton foi convocado para o seu lugar e teve boas atuações, mesmo com a Seleção, no início, tendo sentido a pressão da imprensa e da torcida.

Os empates sem gols contra a África do Sul e o Iraque trouxeram dúvidas e motivaram críticas que irritaram os jogadores, principalmente Neymar, que saiu do jogo contra os iraquianos sem dar entrevistas. A vitória contra a Dinamarca, por 4 x 0, com grande atuação do atacante Gabigol, deu um novo ânimo à equipe, que deslanchou na competição, ganhou maturidade e venceu a Colômbia por 2 x 0 em Itaquera – gols de Neymar, de falta, e de Luan, jovem revelação do Grêmio.

A Seleção reencontrou-se com o Maracanã nas semifinais contra Honduras. Com o apoio da torcida, que reviveu os velhos tempos e lotou o estádio, venceu por 6 x 0, com Neymar tendo marcado, aos 15 segundos, o gol mais rápido da história da Seleção. A vitória contra a Alemanha na final, ainda que nos pênaltis, foi um indício de que o trauma contra os alemães estaria em processo de superação. Weverton foi fundamental ao defender a última cobrança. No tempo normal, o jogo foi equilibrado, e Neymar se destacou marcando um tento lindo de falta e comemorando ao estilo de Cristiano Ronaldo, craque português que, após marcar gols, costuma dizer "Eu estou aqui". Fez também o último gol de pênalti para o Brasil. E desabafou sobre as críticas da mídia e da torcida em geral, que na primeira fase chegou a gritar o nome de "Marta", principal jogadora da Seleção feminina do Brasil, apenas para provocá-lo.

"Lembro o quanto falaram da gente, mas nós respondemos com futebol", disse Neymar. "Agora vão ter que me engolir", completou no desabafo, lembrando o que dizia Zagallo nos anos 1990. Mas o drama ainda não havia acabado. Nas Eliminatórias, a situação era tensa. O momento exigia que o Brasil, mesmo com uma Seleção formada por outros jogadores, aproveitasse o embalo da Olimpíada para finalmente engrenar.

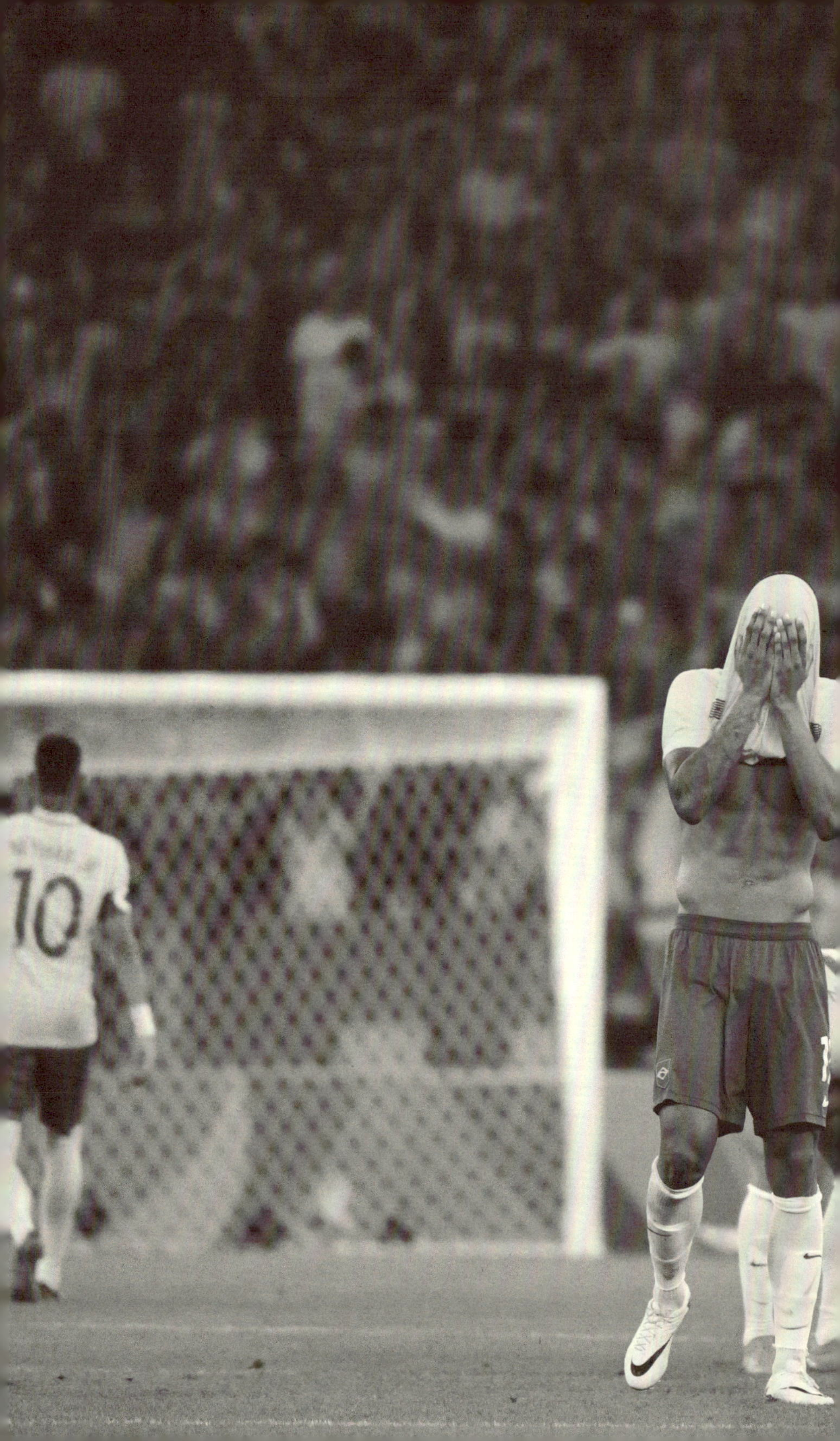
10

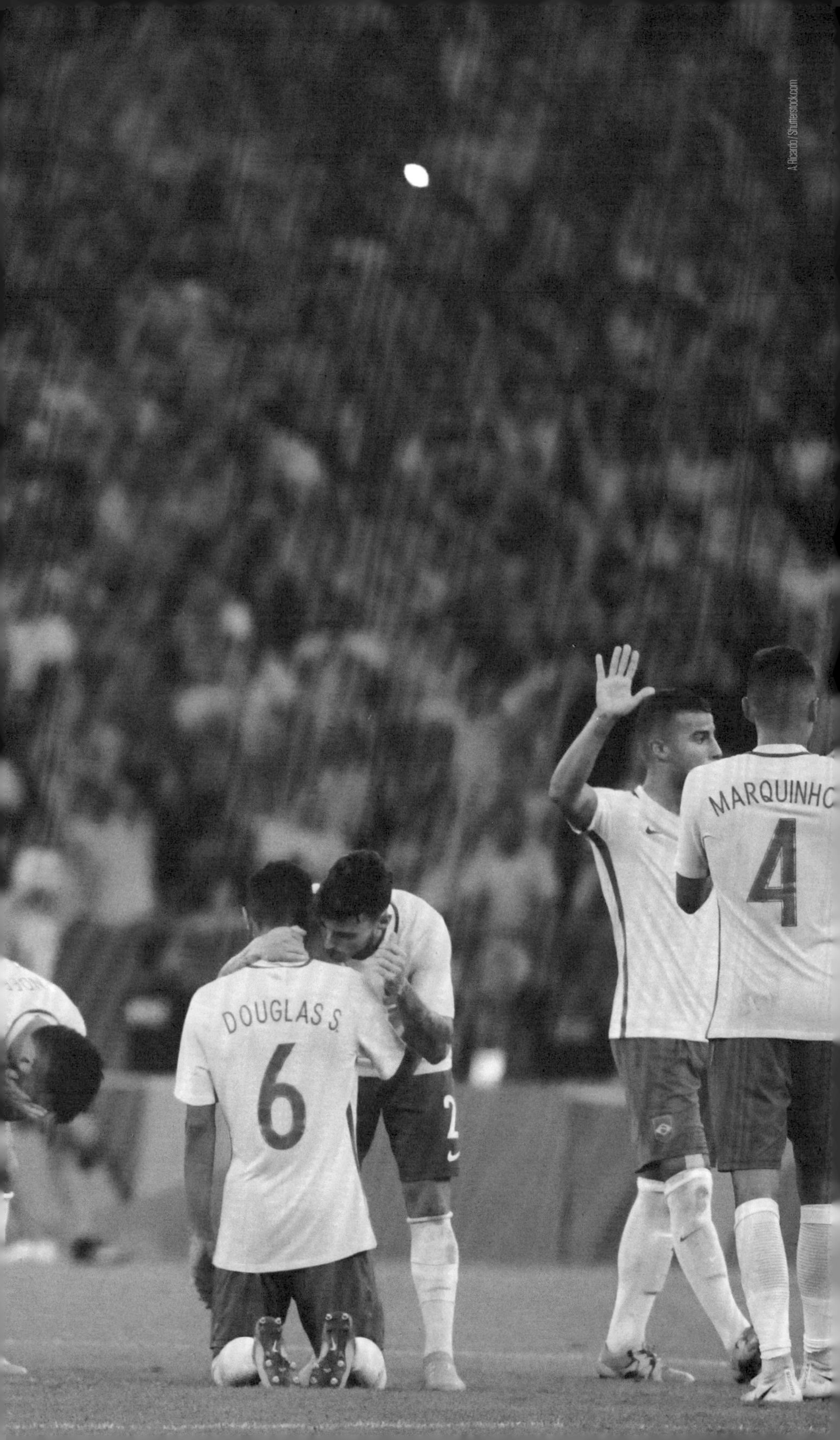

A. Ricardo / Shutterstock.com

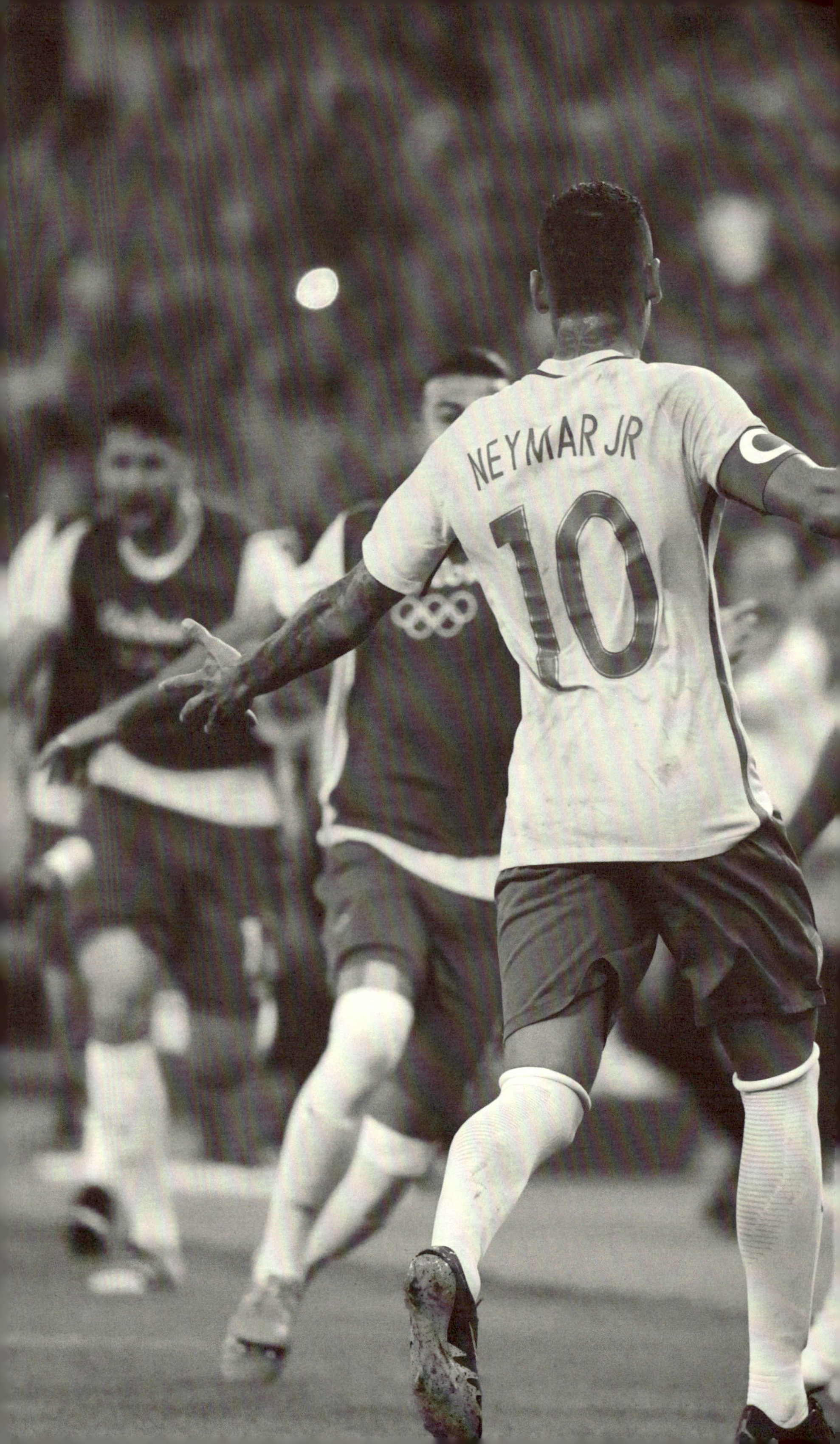
NEYMAR JR
10

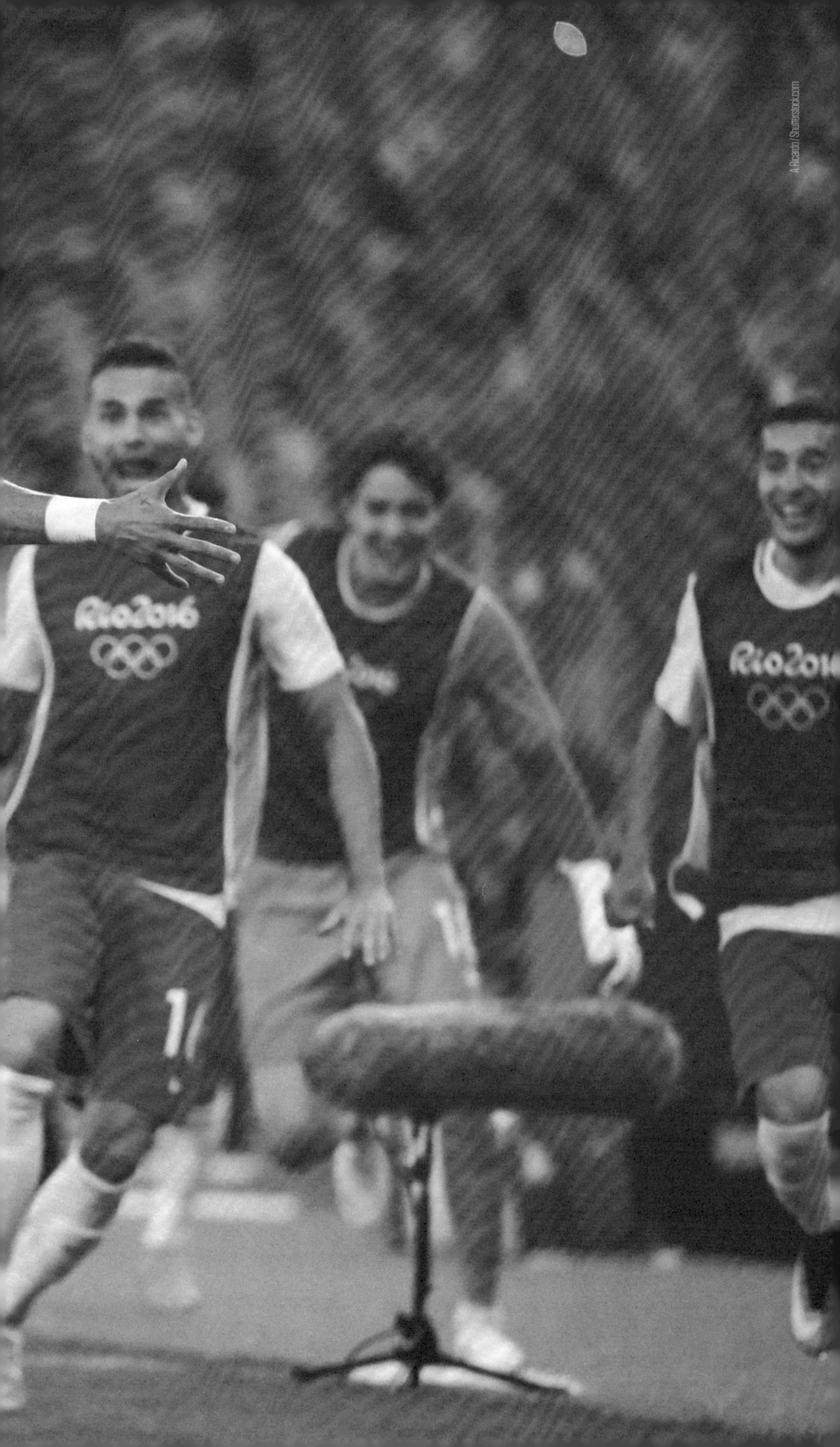

A Ricardo / Shutterstock.com

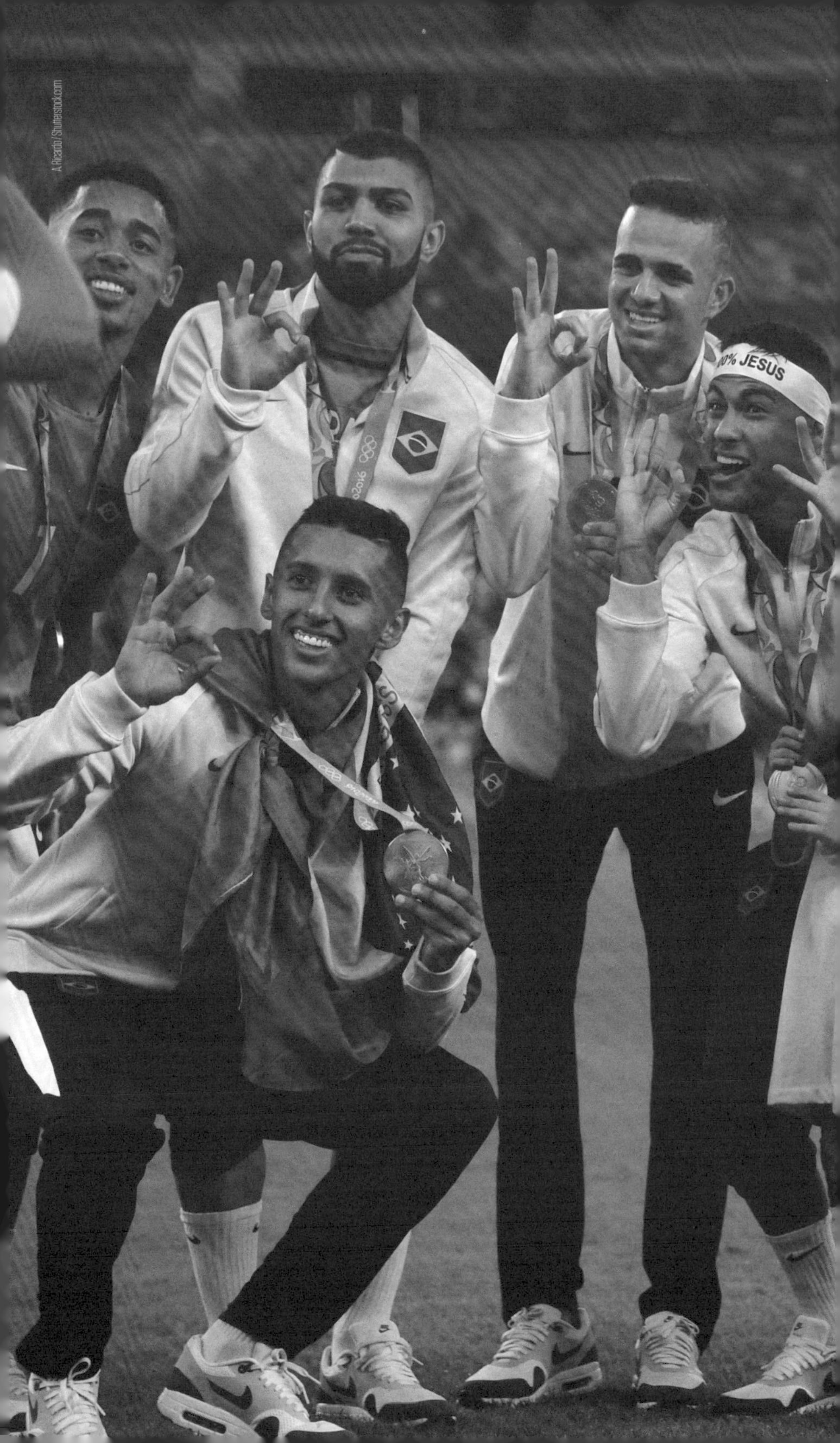

A Ricardo / Shutterstock.com

E o jogo contra o Equador, em 1º de setembro de 2016, foi um divisor de águas. A partida era tida como crucial e muito difícil, pois o adversário era o vice-líder e jogaria em casa. O Brasil, porém, mostrou maturidade, segurando o jogo no primeiro tempo e se soltando de forma surpreendente no segundo, fazendo três gols e chegando à vitória por 3 x 0.

A VOLTA POR CIMA

O resultado na Olimpíada trouxe um alívio imediato à torcida e à opinião pública, que, por instinto, entenderam que Tite enfim conseguia extrair o verdadeiro potencial de cada jogador da Seleção, a maioria consagrada em equipes do exterior.

E a impressão realmente se confirmou. Contra a Colômbia, pelas Eliminatórias, nova vitória, agora por 2 x 1. Neymar voltou a jogar seu melhor futebol pela Seleção e, até a classificação para o Mundial, não se cansou de elogiar o novo treinador do Brasil, mostrando que o ambiente na equipe voltara a ficar harmônico. A cada jogo, a Seleção demonstrava mais consistência. Renato Augusto, jogando em um time da China, acabou se tornando uma peça importante no processo de reestruturação da equipe e, assim como Paulinho, antes muito contestado, deu estabilidade ao meio-campo.

O Brasil, estruturado taticamente e com um futebol mais próximo da modernidade, mesclou técnica e tática para vencer a Bolívia por 5 x 0, a Venezuela, fora de casa, por 2 x 0 e até fazer bonito contra a Argentina de Messi. Ao superá-la por 3 x 0 no

Mineirão, com atuação de gala de Neymar, o time chegou ao auge naquele momento, retomando a condição de protagonismo.

E o ano de 2016 se encerrou de maneira esperançosa, com uma vitória por 2 x 0 sobre o Peru, fora de casa, resultado que, em um passado recente, seria considerado improvável. Tite ajudou a resgatar a tradição da Seleção Brasileira. Adversários que pouco tempo antes eram considerados temíveis, dentro de um discurso de nivelamento do futebol, voltaram a ser enfrentados e superados sem tantas dificuldades.

No início da temporada 2017, Tite dirigiu o time em um amistoso em homenagem às vítimas da tragédia com o avião que levava para a Colômbia, para a final da Copa Sul-Americana, os jogadores da Chapecoense, dirigentes, membros da comissão técnica e profissionais da imprensa. Com o objetivo de arrecadar fundos para os familiares das vítimas – o acidente matou 71 pessoas –, o jogo contra a Colômbia foi realizado no Engenhão, no Rio de Janeiro, terminando com vitória brasileira por 1 x 0, gol de Dudu, que fez parte desse time composto apenas por jogadores que atuavam no Brasil.

Nas Eliminatórias, o Brasil simplesmente não perdeu sob o comando de Tite. Foram dez vitórias e dois empates. Em março de 2017, contra o Uruguai, o Brasil deu um show em Montevidéu. Mesmo com Cavani tendo aberto o placar, de pênalti, a Seleção virou o jogo para 4 x 1, com três gols de Paulinho, que se tornava uma peça fundamental no time, e um golaço de Neymar, que arrancou em velocidade e, na saída de Martín Silva, tocou por cobertura.

O ano de 2017, em que Neymar foi transferido do Barcelona ao Paris Saint-Germain – transação mais cara da história do futebol até então –, sedimentou uma nova fase do futebol brasileiro. Lá, Neymar encontraria Cavani, com quem teria problemas nas cobranças de pênaltis. A direção do PSG informou que o brasileiro seria o cobrador oficial, o que revoltou muita gente e chateou o próprio Cavani, segundo pessoas próximas do uruguaio.

Com uma campanha irrepreensível, o time comandado por Tite terminou as Eliminatórias em primeiro lugar, dez pontos à frente do segundo colocado, o Uruguai. A única derrota da equipe nesse período foi em um amistoso contra a Argentina, em Melbourne, por 1 x 0. Mesmo assim, a Seleção dominou o jogo, mas perdeu várias oportunidades. Nessa excursão para a Austrália, na qual o Brasil ganhou por 4 x 0 da seleção anfitriã, Tite ainda testou algumas opções, como Diego Souza para o ataque, atuando no time principal.

Tite ainda teve tempo de testar sua equipe contra seleções de outros continentes. Diante do Japão, a vitória por 3 x 1 foi fácil. E, pela primeira vez diante de uma seleção europeia, o Brasil mostrou que recuperara parte de sua credibilidade, empatando com uma retrancada Inglaterra por 0 x 0 em Wembley.

COPA DA RÚSSIA

Tite considerou difícil o grupo sorteado para o Brasil na Copa da Rússia, formado também por Suíça, Costa Rica e Sérvia, mas sempre disse que o torneio seria marcado pelo equilíbrio. A Sérvia, por exemplo, deu trabalho ao Brasil às vésperas da Copa de 2014, quando, com jogadores famosos como Ivanovic, Kolarov e Matic, atuou com muita garra no Morumbi e só perdeu por causa de um gol suado feito por Fred. "Há grupos em que há duas equipes fortes e as outras duas estão em um nível menor. Para eles a gente olha e diz: aí estão os dois classificados. No do Brasil, não existe um time com um grau de facilidade maior. Nem em termos técnicos, nem em táticos, nem em mentais. Isso vai exigir da gente uma performance em alto nível", afirmou o treinador brasileiro após o sorteio dos grupos da Copa.

As expectativas para o Mundial russo voltaram a ser positivas. Tanto que o próprio Tite passou a colocar o Brasil como um dos favoritos, garantindo que a Seleção iria prosseguir com um futebol moderno e eficiente.

A competição marcará os 60 anos do primeiro título brasileiro. Era uma outra época, em que muitas seleções europeias também eram consideradas gigantes, mas o talento do Brasil, com Garrincha e Pelé, prevaleceu.

Nestes tempos de globalização, em que a Seleção Brasileira parece ter perdido a antiga força e muitas vezes é propositalmente desprestigiada por alas invejosas da Europa, o desafio é ainda mais difícil. Tite e o grupo terão de lidar com essas adversidades. Mas a base para superá-las continua a mesma: queiram ou não, o Brasil ainda é o país que mais revela craques no futebol mundial.

TÍTULOS CONQUISTADOS PELA SELEÇÃO BRASILEIRA DE FUTEBOL

COPA DO MUNDO
1958, 1962, 1970, 1994 e 2002

COPA DAS CONFEDERAÇÕES
1997, 2005, 2009 e 2013

COPA AMÉRICA
1919, 1922, 1949, 1989, 1997, 1999, 2004 e 2007

TAÇA INDEPENDÊNCIA (MINICOPA)
1972

COPA ROCA
1914, 1922, 1945, 1957, 1960, 1963, 1971 e 1976

SUPERCLÁSSICO DAS AMÉRICAS
2011 e 2012

TAÇA RODRIGUES ALVES
1922

TAÇA BRASIL-ARGENTINA
1922

TAÇA RIO BRANCO
1931, 1932, 1947, 1950, 1967, 1968 e 1976

TAÇA OSWALDO CRUZ
1950, 1955, 1956, 1958, 1961, 1962, 1968 e 1976

CAMPEONATO PAN-AMERICANO
1952 e 1956

TAÇA BERNARDO O'HIGGINS
1955, 1959, 1961 e 1966

TAÇA DO ATLÂNTICO
1956, 1960 e 1976

TORNEIO BICENTENÁRIO DOS EUA
1976

TROFÉU COROA DO PRÍNCIPE (IRÃ)
1978

TAÇA INGLATERRA
1981

TORNEIO INTERNACIONAL DE MONTAIGU
1984

COPA TDK
1986

TAÇA DAS NAÇÕES (EUA)
1988

COPA STANLEY ROUS
1987

TORNEIO DA AMIZADE (PORTUGAL)
1987

TORNEIO BICENTENÁRIO DA AUSTRÁLIA
1988

TAÇA DAS NAÇÕES (EUA)
1988

COPA DA AMIZADE (EUA)
1992

COPA UMBRO
1995

JOGOS PAN-AMERICANOS
1963, 1975, 1979 e 1987

JOGOS OLÍMPICOS
1984, 1988, 2012 (prata); 1996, 2008 (bronze) e 2016 (ouro)

TORNEIO INTERNACIONAL DE L'ALCUDIA (ESPANHA)
2002

COPA FIFA / JVC
1997

SUL-AMERICANO DE ACESSO
1962 e 1964

DEUSES DA BOLA

FICHA TÉCNICA DOS JOGOS

2014

3/6 BRASIL 4 × 0 PANAMÁ
BRASIL: Júlio César; Daniel Alves (Maicon), David Luiz (Henrique), Dante e Marcelo (Maxwell); Luiz Gustavo, Ramires (Hernanes) e Oscar (Willian); Hulk, Fred (Jô) e Neymar. TÉCNICO: Luiz Felipe Scolari. PANAMÁ: McFarlane (Calderón); Machado, Román Torres (Cummings), Baloy e Carroll (Carlos Rodríguez); Cooper (Jimenez), Amílcar Henríquez, Gabriel Gómez e Quintero (Gabriel Torres); Tejada (Nurse) e Muñoz. TÉCNICO: Hernán Gómez. GOLS: Neymar, Daniel Alves, Hulk e Willian. ÁRBITRO: Raul Orozco (Bolívia). VALIDADE: Amistoso. LOCAL: Estádio Serra Dourada, Goiânia.

6/6 BRASIL 1 × 0 SÉRVIA
BRASIL: Júlio César; Daniel Alves (Maicon), Thiago Silva, David Luiz e Marcelo (Maxwell); Luiz Gustavo, Paulinho (Fernandinho) e Oscar (Willian); Hulk, Fred (Jô) e Neymar (Bernard). TÉCNICO: Luiz Felipe Scolari. SÉRVIA: Stojkovic (Lukac); Basta (Vulicevic), Ivanovic, Tosic e Kolarov; Jojic, Petrovic (Mrda), Matic e Markovic (Gudelj); Mitrovic (Dordevic) e Tadic (J. Tosic).TÉCNICO: Ljubinko Drulovic. GOL: Fred. ÁRBITRO: Henrique Caceres (Paraguai). VALIDADE: Amistoso. LOCAL: Estádio do Morumbi, São Paulo.

12/6 BRASIL 3 × 1 CROÁCIA
BRASIL: Júlio César; Daniel Alves, Thiago Silva, David Luiz e Marcelo; Luiz Gustavo, Paulinho (Hernanes) e Oscar; Hulk (Bernard), Fred e Neymar (Ramires).TÉCNICO: Luiz Felipe Scolari. CROÁCIA: Pletikosa; Srna, Vrsaljko, Corluka e Lovren; Perisic, Rakitic, Kovacic (Brozovic) e Modric; Jelavic (Rebic) e Olic. TÉCNICO: Niko Kovac. GOLS: Marcelo (contra), Neymar (2, um de pênalti) e Oscar. ÁRBITRO: Yuichi Nishimura (Japão). VALIDADE: Copa do Mundo. LOCAL: Arena Corinthians, São Paulo.

17/6 BRASIL 0 × 0 MÉXICO
BRASIL: Júlio Cesar; Daniel Alves, Thiago Silva, David Luiz e Marcelo; Paulinho, Luiz Gustavo, Ramires (Bernard) e Oscar (Willian); Neymar e Fred (Jô). TÉCNICO: Luiz Felipe Scolari. MÉXICO: Ochoa; Aguilar, Rodriguez, Rafa Márquez e Moreno; Vásquez, Layún, Herrera (Fabián) e Guardado; Giovani dos Santos (Jiménez) e Peralta (Javier Hernandez). TÉCNICO: Miguel Herrera. ÁRBITRO: Cüneyt Çakir (Turquia). VALIDADE: Copa do Mundo. LOCAL: Estádio Castelão, Fortaleza.

23/6 BRASIL 4 × 1 CAMARÕES
BRASIL: Júlio César; Daniel Alves, Thiago Silva, David Luiz e Marcelo; Luiz Gustavo, Paulinho (Fernandinho) e Oscar; Neymar (Willian), Hulk (Ramires) e Fred. TÉCNICO: Luiz Felipe Scolari. CAMARÕES: Itandje; Nyom, N'Koulou, Matip e Bedimo; N'Guémo, M'Bia, Enoh e Moukandjo (Salli); Aboubakar (Webó) e Choupo-Moting (Makoun). TÉCNICO: Volker Finke. GOLS: Neymar (2), Matip, Fred e Fernandinho. ÁRBITRO: Jonas Eriksson (Suécia). VALIDADE: Copa do Mundo. LOCAL: Estádio Mané Garrincha, Brasília.

28/6 BRASIL 1 (3) × (2) 1 CHILE
BRASIL: Júlio César; Daniel Alves, Thiago Silva, David Luiz e Marcelo; Luiz Gustavo, Fernandinho

(Ramires) e Oscar (Willian); Hulk, Fred (Jô) e Neymar. TÉCNICO: Luiz Felipe Scolari. CHILE: Bravo; Jara, Isla, Medel (Rojas) e Mena; Silva, Díaz, Aránguiz e Vidal (Pinilla); Vargas (Gutiérrez) e Alexis Sánchez. TÉCNICO: Jorge Sampaoli. GOLS: David Luiz e Alexis Sánchez. ÁRBITRO: Howard Webb (Inglaterra). VALIDADE: Copa do Mundo. LOCAL: Estádio do Mineirão, Belo Horizonte.

4/7   BRASIL 2 × 1 **COLÔMBIA**
BRASIL: Júlio César; Maicon, Thiago Silva, David Luiz e Marcelo; Fernandinho, Paulinho (Hernanes) e Oscar; Hulk (Ramires), Fred e Neymar (Henrique). TÉCNICO: Luiz Felipe Scolari. COLÔMBIA: Ospina; Zuñiga, Zapata, Yepes e Armero; Sanchez, Guarín, James Rodríguez e Cuadrado (Quintero); Ibarbo (Adrián Ramos) e Teófilo Gutierrez (Bacca). TÉCNICO: José Pékerman. GOLS: Thiago Silva, David Luiz e James Rodríguez. ÁRBITRO: Carlos Velasco Carballo (Espanha). VALIDADE: Copa do Mundo. LOCAL: Estádio Castelão, Fortaleza.

8/7   BRASIL 1 × 7 **ALEMANHA**
BRASIL: Júlio César; Maicon, David Luiz, Dante e Marcelo; Luiz Gustavo, Fernandinho (Paulinho) e Oscar; Hulk (Ramires), Fred (Willian) e Bernard. TÉCNICO: Luiz Felipe Scolari. ALEMANHA: Neuer; Lahm, Boateng, Hummels (Mertesacker) e Höwedes; Schweinsteiger, Khedira (Draxler), Kroos e Özil; Müller e Klose (Schürrle). TÉCNICO: Joachim Löw. GOLS: Müller, Klose, Kroos (2), Khedira, Schürrle (2) e Oscar. ÁRBITRO: Marco Rodríguez (México). VALIDADE: Copa do Mundo. LOCAL: Estádio do Mineirão, Belo Horizonte.

12/7   BRASIL 0 × 3 **HOLANDA**
BRASIL: Júlio César; Maicon, Thiago Silva, David Luiz e Maxwell; Luiz Gustavo (Fernandinho), Paulinho (Hernanes), Ramires (Hulk), Oscar e Willian; Jô. TÉCNICO: Luiz Felipe Scolari. HOLANDA: Cillessen (Vorm); Vlaar, Martins Indi e De Vrij; Kuyt, Wijnaldum, Clasie (Veltman), De Guzmán e Blind (Janmaat); Robben e Van Persie. TÉCNICO: Louis Van Gaal. GOLS: Van Persie (pênalti), Blind e Wijnaldum. ÁRBITRO: Djamel Haimoudi (Argélia). VALIDADE: Copa do Mundo. LOCAL: Estádio Mané Garrincha, Brasília.

5/9   BRASIL 1 × 0 **COLÔMBIA**
BRASIL: Jefferson; Maicon, Miranda, David Luiz (Marquinhos) e Filipe Luís; Luiz Gustavo (Fernandinho), Ramires (Elias), Willian (Éverton Ribeiro) e Oscar (Philippe Coutinho); Neymar e Diego Tardelli (Robinho). TÉCNICO: Dunga. COLÔMBIA: Ospina; Zúñiga (Mejía), Zapata, Valdés e Armero; Sánchez (Ramos), Ramírez (Arias), Cuadrado e James Rodríguez (Falcao García); Jackson Martínez (Guarín) e Teófilo Gutiérrez (Bacca). TÉCNICO: José Pékerman. GOL: Neymar (falta). ÁRBITRO: Dave Gantar (Canadá). VALIDADE: Amistoso. LOCAL: Estádio Sun Life (Miami).

9/9   BRASIL 1 × 0 **EQUADOR**
BRASIL: Jefferson; Danilo (Gil), Miranda, Marquinhos e Filipe Luís; Luiz Gustavo (Fernandinho), Ramires (Elias), Willian (Ricardo Goulart) e Oscar (Éverton Ribeiro); Neymar e Diego Tardelli (Philippe Coutinho). TÉCNICO: Dunga. EQUADOR: Domínguez; Paredes, Cangá, Erazo e Ayoví; Castillo, Ibarra (Martínez), Sornoza (Rojas) e Noboa; Cazares (Angulo) e Valencia. TÉCNICO: Sixto Vizuete. GOL: Willian. ÁRBITRO: Edvin Surisevic (Estados Unidos).

VALIDADE: Amistoso. LOCAL: Estádio Metlife, Nova Jersey (Estados Unidos).

14/10   BRASIL 4 × 0 JAPÃO
BRASIL: Jefferson; Danilo (Mário Fernandes), Miranda, Gil e Filipe Luís; Luiz Gustavo (Souza), Elias (Kaká), Willian (Everton Ribeiro) e Oscar (Philippe Coutinho); Neymar e Diego Tardelli (Robinho). TÉCNICO: Dunga. JAPÃO: Kawashima; Ota, Shiotani e Sakai; Morishige, Tanaka (Hosogai), Takaguchi, Morioka (Honda) e Shibasaki (Suzuki); Kobayashi (Muto) e Okazaki. TÉCNICO: Javier Aguirre. GOLS: Neymar (4). ÁRBITRO: Ahmad A'Qashah (CIN). VALIDADE: Amistoso. LOCAL: Estádio Nacional de Cingapura, Kallang (CIN).

12/11   BRASIL 4 × 0 TURQUIA
BRASIL: Diego Alves; Danilo, Miranda, David Luiz e Filipe Luís; Luiz Gustavo (Fred), Fernandinho (Casemiro) e Oscar (Philippe Coutinho); Willian (Douglas Costa), Luiz Adriano (Roberto Firmino) e Neymar. TÉCNICO: Dunga. TURQUIA: Demirel (Babacan); Koybasi, Irtegun e Kaya; Hamit Altintop (Inan), Tufan, Kisa (Erkin), Turan e Topal (Çamdal); Erdinç (Sem) e Bulut (Potuk). TÉCNICO: Faith Terim. GOLS: Neymar (2), Kaya (contra) e Willian. ÁRBITRO: Rayshan Irmatov (Uzbequistão). VALIDADE: Amistoso. LOCAL: Estádio Sukru Saracoglu, Istambul (Turquia).

18/11   BRASIL 2 × 1 ÁUSTRIA
BRASIL: Diego Alves, Danilo, Miranda (Thiago Silva), David Luiz e Filipe Luís; Luiz Gustavo, Fernandinho (Casemiro) e Oscar (Fred); Willian (Douglas Costa), Neymar (Marquinhos) e Luiz Adriano (Roberto Firmino). TÉCNICO: Dunga. ÁUSTRIA: Almer (Özcan), Klein, Dragovic, Hinteregger, Fuchs, Ilsanker, Kavlak, Harnik (Prödl), Arnautovic (Ulmer), Junuzovic (Weimann); Okotie (Sabitzer). TÉCNICO: Marcel Koller. GOLS: David Luiz, Dragovic e Roberto Firmino. ÁRBITRO: William Collum (Escócia). VALIDADE: Amistoso. LOCAL: Ernst Happel Stadium, Viena, Áustria.

2015

26/3   BRASIL 3 × 1 FRANÇA
BRASIL: Jefferson; Danilo, Thiago Silva, Miranda e Filipe Luís; Luiz Gustavo (Fernandinho), Elias (Marcelo), Oscar (Souza) e Willian (Douglas Costa); Neymar e Roberto Firmino (Luiz Adriano). TÉCNICO: Dunga. FRANÇA: Mandanda; Sagna, Varane, Sakho e Evra; Sissoko (Kondogbia), Schneiderlin e Matuidi (Giroud); Valbuena (Payet), Benzema e Griezmann (Fekir). TÉCNICO: Didier Deschamps. GOLS: Varane, Oscar, Neymar e Luiz Gustavo. ÁRBITRO: Nicola Rizzoli (ITA). VALIDADE: Amistoso. LOCAL: Stade de France, Paris.

SELEÇÃO OLÍMPICA:
27/3   BRASIL 4 × 1 PARAGUAI, amistoso

29/3   BRASIL 1 × 0 CHILE
BRASIL: Jefferson; Danilo, Thiago Silva, Miranda e Marcelo (Filipe Luís); Souza (Elias), Fernandinho, Douglas Costa (Willian) e Philippe Coutinho (Robinho); Neymar e Luiz Adriano (Roberto Firmino). TÉCNICO: Dunga. CHILE: Bravo; Medel, Jara e Albornoz; Isla, Millar (Matías Fernández), Aránguiz, Vidal (Vargas) e Mena (González); Hernández e

DEUSES DA BOLA

Alexis Sánchez TÉCNICO: Jorge Sampaoli. GOL: Roberto Firmino. ÁRBITRO: Martin Atinkson (Inglaterra). VALIDADE: Amistoso. LOCAL: Emirates Stadium, Londres.

7/6   BRASIL 2 × 0 MÉXICO
BRASIL: Jefferson; Danilo, Miranda, David Luiz e Filipe Luís; Fernandinho (Fabinho), Elias (Casemiro), Fred (Felipe Anderson), Philippe Coutinho (Éverton Ribeiro) e Willian (Douglas Costa); Diego Tardelli (Roberto Firmino). TÉCNICO: Dunga. MÉXICO: Corona; Corral (Flores), Ayala (Salcedo), Rafa Márquez, Domínguez e Aldrete; Osuna (Fabián), Guémez (Medina) e Tecatito Corona (Luis Montes); Jiménez (Vuoso) e Herrera. TÉCNICO: Miguel Herrera. GOLS: Philippe Coutinho e Diego Tardelli. ÁRBITRO: Julio Quintana (Paraguai). VALIDADE: Amistoso. LOCAL: Allianz Parque, São Paulo.

10/6   BRASIL 1 × 0 HONDURAS
BRASIL: Jefferson; Fabinho (Marquinhos), Miranda, David Luiz (Thiago Silva) e Filipe Luís; Casemiro, Fernandinho, Willian (Douglas Costa) e Philippe Coutinho (Neymar); Roberto Firmino (Robinho) e Fred (Elias). TÉCNICO: Dunga. HONDURAS: Valladares; Beckeles, Palacios, Leverón, Figueroa e Izaguirre (Brayan García); Garrido (Alfredo Mejía), Boniek García (Martínez), Acosta (Discua) e Najar (Will Mejía); Lozano (Andino). TÉCNICO: Jorge Luis Pinto. GOL: Roberto Firmino. ÁRBITRO: Gary Vargas Carreno (Bolívia). VALIDADE: Amistoso. LOCAL: Estádio Beira-Rio, Porto Alegre.

14/6   BRASIL 2 × 1 PERU
BRASIL: Jefferson; Daniel Alves, David Luiz, Miranda e Filipe Luís; Fernandinho, Elias, Willian (Éverton Ribeiro) e Fred (Roberto Firmino); Neymar e Diego Tardelli (Douglas Costa).TÉCNICO: Dunga. PERU: Gallese; Advíncula, Zambrano, Ascues e Vargas (Yotún); Ballón, Lobatón, Cueva (Reyna) e Sánchez; Farfán (Carrillo) e Guerrero. TÉCNICO: Ricardo Gareca. GOLS: Cueva, Neymar e Douglas Costa. ÁRBITRO: Roberto Garcia (México). Validade: Copa América. LOCAL: Estádio Germán Becker, Temuco (Chile).

17/6   BRASIL 0 × 1 COLÔMBIA
BRASIL: Jefferson; Daniel Alves, Thiago Silva, Miranda e Filipe Luís; Fernandinho, Elias (Diego Tardelli), Willian (Douglas Costa) e Fred (Philippe Coutinho); Neymar e Roberto Firmino. TÉCNICO: Dunga. COLÔMBIA: Ospina; Zúñiga, Zapata, Murillo e Armero; Carlos Sánchez, Valencia (Mejía), Cuadrado e James Rodríguez; Falcao García (Ibarbo) e Teófilo Gutiérrez (Bacca). TÉCNICO: José Pérkerman. GOL: Murillo. ÁRBITRO: Enrique Osses (Chile). VALIDADE: Copa América. LOCAL: Estádio Monumental, em Santiago (Chile).

21/6   BRASIL 2 × 1 VENEZUELA
BRASIL: Jefferson; Daniel Alves, Thiago Silva, Miranda e Filipe Luís; Fernandinho, Elias, Willian, Philippe Coutinho (Diego Tardelli) e Robinho (Marquinhos); Roberto Firmino (David Luiz). TÉCNICO: Dunga. VENEZUELA: Baroja; Rosales, Vizcarrondo, Túñez e Cíchero; Rincón, Seijas (González), Vargas (Martínez) e Arango; Guerra (Fedor) e Rondón. TÉCNICO: Noel Sanvicente. GOLS: Thiago Silva, Roberto Firmino e Fedor. ÁRBITRO: Enrique Cáceres (Paraguai). VALIDADE: Copa América. LOCAL: Estádio Monumental, Santiago (Chile).

27/6 BRASIL 1(3) × (4)1 PARAGUAI
BRASIL: Jefferson; Daniel Alves, Thiago Silva, Miranda e Filipe Luís; Fernandinho, Elias, Willian (Douglas Costa), Philippe Coutinho e Robinho (Éverton Ribeiro); Roberto Firmino (Diego Tardelli). TÉCNICO: Dunga. PARAGUAI: Justo Villar; Bruno Valdez, Paulo da Silva, Pablo Aguilar e Iván Piris; Derlis González, Eduardo Aranda (Osvaldo Martínez), Víctor Cáceres e Édgar Benítez (Óscar Romero); Roque Santa Cruz e Nelson Haedo Valdez (Raul Bobadilla). TÉCNICO: Ramón Díaz. GOLS: Robinho e Derlis González. ÁRBITRO: Andres Cunha (Uruguai). VALIDADE: Copa América. LOCAL: Estádio Collao, Concepción (Chile).

5/9 BRASIL 1 × 0 COSTA RICA
BRASIL: Marcelo Grohe; Danilo, Miranda, David Luiz e Marcelo; Luiz Gustavo (Rafinha), Fernandinho (Elias), Lucas Lima (Philippe Coutinho), Douglas Costa (Neymar) e Willian (Lucas); Hulk (Kaká). TÉCNICO: Dunga. COSTA RICA: Pemberton; Acosta, González e Duarte; Gamboa (Myrie), Ruiz (Colindres), Tejeda (Guzmán), Borges, Venegas (Vega) e Matarrita; Ureña (Campbell). TÉCNICO: Óscar Ramírez. GOL: Hulk. ÁRBITRO: Mathieu Boudreau (Canadá). VALIDADE: Amistoso. LOCAL: Red Bull Arena, Harrison (EUA).

8/9 BRASIL 4 × 1 ESTADOS UNIDOS
BRASIL: Marcelo Grohe; Fabinho, Miranda (Marquinhos), David Luiz e Marcelo; Luiz Gustavo (Fernandinho), Elias e Lucas Lima (Lucas); Willian (Roberto Firmino), Douglas Costa (Rafinha Alcântara) e Hulk (Neymar). TÉCNICO: Dunga. ESTADOS UNIDOS: Guzan; Cameron, Alvarado, Michael Orozco e Tim Ream; Bedoya (Danny Williams), Bradley (Johannsson), Jermaine Jones (Diskerud), Yedlin e Gyasi Zardes (Bobby Wood); Altidore (Jordan Morris). TÉCNICO: Jurgen Klinsmann. GOLS: Hulk, Neymar (2), Rafinha e Danny Willians. ÁRBITRO: Joel Aguilar (El Salvador). VALIDADE: Amistoso. LOCAL: Arena de Boston, Foxborough (EUA).

SELEÇÃO OLÍMPICA:
8/9 BRASIL 1 × 2 FRANÇA

8/10 BRASIL 0 × 2 CHILE
BRASIL: Jefferson; Daniel Alves, Miranda, David Luiz (Marquinhos) e Marcelo; Luiz Gustavo (Lucas Lima), Elias, Oscar e Willian; Douglas Costa e Hulk (Ricardo Oliveira). TÉCNICO: Dunga. CHILE: Claudio Bravo; Francisco Silva (Mark González), Gary Medel, Jara e Isla; Marcelo Díaz (Vilches), Vidal, Beausejour e Valdivia (Fernández); Alexis Sánchez e Vargas. TÉCNICO: Jorge Sampaoli. GOLS: Vargas e Sánchez. ÁRBITRO: Roddy Zambrano Olmedo (Equador). VALIDADE: Eliminatórias. LOCAL: Estádio Nacional, Santiago, Chile.

SELEÇÃO OLÍMPICA:
10/10 BRASIL 6 × 0 REPÚBLICA DOMINICANA

SELEÇÃO OLÍMPICA:
12/10 BRASIL 5 × 1 HAITI

13/10 BRASIL 3 × 1 VENEZUELA
BRASIL: Allisson; Daniel Alves, Miranda, Marquinhos, Filipe Luís; Elias, Luiz Gustavo, Douglas Costa (Kaká), Oscar (Lucas Lima) e Willian; Ricardo Oliveira (Hulk). TÉCNICO: Dunga. VENEZUELA: Baroja; Rosales, Vizcarondo, Amorebieta e Cichero; Rincón, Guerra (Murillo), Seijas, Christian Santos e Vargas (Figuera); Rondón. TÉCNICO: Noel Sanvicente. GOLS:

DEUSES DA BOLA

Willian (2), Christian Santos e Ricardo Oliveira. ÁRBITRO: Darío Ubriaco (Uruguai). VALIDADE: Eliminatórias. LOCAL: Estádio Castelão, Fortaleza.

13/11   BRASIL 1 × 1 ARGENTINA

BRASIL: Alisson; Daniel Alves, Miranda, David Luiz e Filipe Luís; Luiz Gustavo, Elias e Lucas Lima (Renato Augusto); Willian (Gil), Neymar e Ricardo Oliveira (Douglas Costa). TÉCNICO: Dunga. ARGENTINA: Romero; Roncaglia, Funes Mori, Otamendi e Rojo; Mascherano, Biglia e Banega (Lamela); Di María, Lavezzi (Nico Gaitan) e Higuain (Dybala). TÉCNICO: Tata Martino. GOLS: Lavezzi e Lucas Lima. ÁRBITRO: Antonio Arias (Paraguai). VALIDADE: Eliminatórias. LOCAL: Monumental de Nuñez, Buenos Aires.

2016

SELEÇÃO OLÍMPICA:
24/3   BRASIL 0 × 1 NIGÉRIA, amistoso

SELEÇÃO OLÍMPICA:
27/3   BRASIL 3 × 1 ÁFRICA DO SUL, amistoso

25/3   BRASIL 2 × 2 URUGUAI

BRASIL: Alisson; Daniel Alves, Miranda, David Luiz e Filipe Luís; Luiz Gustavo, Fernandinho (Philippe Coutinho) e Renato Augusto; Willian (Lucas Lima), Neymar e Douglas Costa (Ricardo Oliveira). TÉCNICO: Dunga. URUGUAI: Muslera; Fucile, Coates, Victorino e Álvaro Pereira; Arévalo Rios, Carlos Sánchez (Stuani), Vecino e Cristian Rodríguez (Álvaro González); Luis Suárez e Cavani. TÉCNICO: Oscar Tabárez. GOLS: Douglas Costa, Renato Augusto, Cavani e Suárez. ÁRBITRO: Néstor Fabián Pitana (Argentina). VALIDADE: Eliminatórias. LOCAL: Arena Pernambuco, Recife.

29/3   BRASIL 2 × 2 PARAGUAI

BRASIL: Alisson; Daniel Alves, Miranda, Gil e Filipe Luís; Luiz Gustavo (Lucas Lima), Fernandinho (Hulk) e Renato Augusto; Willian, Douglas Costa e Ricardo Oliveira (Jonas). TÉCNICO: Dunga. PARAGUAI: Villar; Paulo da Silva, Gómez, Aguilar e Samudio; Ortiz (Santana), Ortigoza, González e Édgar Benítez; Lezcano (Iturbe) e Jorge Benítez (Roque Santa Cruz). TÉCNICO: Ramón Diaz. GOLS: Lezcano, Benítez, Ricardo Oliveira e Daniel Alves. ÁRBITRO: Wilmar Roldán (Colômbia). VALIDADE: Eliminatórias. Local: Estádio Defensores del Chaco, Assunção (Paraguai).

29/5   BRASIL 2 × 0 PANAMÁ

BRASIL: Alisson; Daniel Alves (Fabinho), Gil, Miranda e Douglas Santos; Luiz Gustavo (Hulk), Willian (Lucas Lima), Elias, Renato Augusto (Rodrigo Caio) e Philippe Coutinho (Kaká); Jonas (Gabigol). TÉCNICO: Dunga. PANAMÁ: Jaime Penedo, Adolfo Machado, Felipe Baloy, Roderick Miller e Luis Henríquez (Pimentel); Gabriel Gómez, Amílcar Henríquez (Godoy), Armando Cooper (Quintero), Miguel Camargo (Arroyo) e Ricardo Buitriago (Cummings); Luis Tejada (Blas Pérez). TÉCNICO: Hernán Darío Gómez. GOLS: Jonas e Gabigol. ÁRBITRO: Armando Oviedo (Honduras). VALIDADE: amistoso. LOCAL: Estádio Dick's Sporting Goods Park, Denver (EUA).

4/6   BRASIL 0 × 0 EQUADOR

BRASIL: Alisson; Daniel Alves, Marquinhos, Gil e Filipe Luís; Casemiro, Renato Augusto, Elias (Lucas Lima),

Willian (Lucas Moura) e Philippe Coutinho; Jonas (Gabigol). TÉCNICO: Dunga. EQUADOR: Dreer; Paredes, Achilier, Mina e Walter Ayoví; Gruezo, Noboa, Antonio Valencia e Montero (Martínez); Enner Valencia (Jaime Ayoví) e Miller Bolaños (Gaibor). TÉCNICO: Gustavo Quinteros. ÁRBITRO: Julio Bascuñán (Chile). VALIDADE: Copa América Centenário. LOCAL: Estádio Rose Bowl, Pasadena (EUA).

8/6 BRASIL 7 × 1 HAITI
BRASIL: Alisson; Daniel Alves, Gil, Marquinhos e Filipe Luís; Casemiro (Lucas Lima), Elias (Wallace), Renato Augusto, Willian e Phillipe Coutinho; Jonas (Gabriel). TÉCNICO: Dunga. HAITI: Placide; Alcenat (Maurice), Jrôme Mechack, Genevois e Jaggy; Goreux, La France, Marcelin, Jean Alexandre (Hilaire) e Jeff Louis; Belfort (Nazon). TÉCNICO: Patrice Neveu. GOLS: Phillipe Coutinho (3) Renato Augusto (2), Gabigol, Lucas Lima e Hilaire. ÁRBITRO: Mark Gelger (EUA). VALIDADE: Copa América Centenário. LOCAL: Camping World, em Orlando (EUA).

12/6 BRASIL 0 × 1 PERU
BRASIL: Alisson; Daniel Alves, Gil, Miranda e Filipe Luís; Elias, Renato Augusto, William, Lucas Lima e Philippe Coutinho; Gabigol (Hulk). TÉCNICO: Dunga. PERU: Gallese; Corzo, Ramos, Rodríguez e Trauco; Vílchez, Balbín (Yotún), Polo e Flores (Ruidíaz); Cueva (Tapia) e Paolo Guerrero. TÉCNICO: Ricardo Gareca. GOL: Ruidíaz. ÁRBITRO: Andrés Cunha (Uruguai). VALIDADE: Copa América Centenário. LOCAL: Gillette Stadium, Foxborough (EUA).

SELEÇÃO OLÍMPICA:
30/7 BRASIL 2 × 0 JAPÃO, amistoso

SELEÇÃO OLÍMPICA:
OLIMPÍADA DE 2016, RIO DE JANEIRO
Time-base: Weverton; Zeca, Marquinhos, Rodrigo Caio e Douglas Santos; Walace, Renato Augusto e Luan; Gabriel Jesus, Gabigol e Neymar. TÉCNICO: Rogério Micale.

CAMPANHA
4/8 BRASIL 0 × 0 ÁFRICA DO SUL
(Estádio Mané Garrincha, Brasília)

7/8 BRASIL 0 × 0 IRAQUE
(Estádio Mané Garrincha, Brasília)

10/8 BRASIL 4 × 0 DINAMARCA
(Arena Fonte Nova, Salvador)
GOLS: Gabigol (2), Gabriel Jesus e Luan

QUARTAS DE FINAL:
13/8 BRASIL 2 × 0 COLÔMBIA
(Arena Corinthians, São Paulo)
GOLS: Neymar (falta) e Luan

SEMIFINAIS:
17/8 BRASIL 6 × 0 HONDURAS
(Maracanã, Rio de Janeiro)
GOLS: Neymar (2), Gabriel Jesus (2), Marquinhos e Luan

FINAL:
20/8 BRASIL 1 (5) × (4) 1 ALEMANHA
(Maracanã, Rio de Janeiro)
GOLS: Neymar (falta) e Maximillian Meyer (Alemanha)

DEUSES DA BOLA

1/9 BRASIL 3 × 0 EQUADOR
BRASIL: Alisson; Daniel Alves, Marquinhos, Miranda e Marcelo; Casemiro, Paulinho e Renato Augusto; Willian (Philippe Coutinho), Gabriel Jesus e Neymar. TÉCNICO: Tite. EQUADOR: Domínguez; Paredes, Mina, Achilier e Ayoví; Noboa e Gruezo; Enner Valencia, Miller Bolaños e Jefferson Montero (Arroyo); Caicedo. TÉCNICO: Gustavo Quinteros. GOLS: Neymar (pênalti) e Gabriel Jesus (2). ÁRBITRO: Enrique Cáceres (Paraguai). VALIDADE: Eliminatórias. LOCAL: Estádio Olímpico Atahualpa, Quito (Equador).

6/9 BRASIL 2 × 1 COLÔMBIA
BRASIL: Alisson; Daniel Alves, Miranda, Marquinhos e Marcelo; Casemiro, Renato Augusto, Paulinho (Giuliano), Willian (Philippe Coutinho); Neymar e Gabriel Jesus (Taison). TÉCNICO: Tite. COLÔMBIA: Ospina; Stefan Medina, Óscar Murillo, Jeison Murillo e Farid Díaz; Carlos Sánchez, Macnelly Torres (Cuadrado), Wilmar Barrios e James Rodríguez; Muriel e Bacca (Martínez) TÉCNICO: Jose Pékerman. GOLS: Miranda, Marquinhos (contra) e Neymar. ÁRBITRO: Patricio Lostau (Argentina). VALIDADE: Eliminatórias. LOCAL: Arena da Amazônia, Manaus.

6/10 BRASIL 5 × 0 BOLÍVIA
BRASIL: Alisson, Daniel Alves, Marquinhos, Miranda e Filipe Luís; Fernandinho; Philippe Coutinho, Giuliano (Lucas Lima), Renato Augusto e Neymar (Willian); Gabriel Jesus (Firmino). TÉCNICO: Tite. BOLÍVIA: Lampe, Rodríguez, Raldes, Zenteno e Bejarano; Meleán, Azogue; Duk (Escobar), Campos (Vaca) e Arce (Ramallo); Marcelo Moreno. TÉCNICO: Ángel Guillermo Hoyos. GOLS: Neymar, Philippe Coutinho, Filipe Luís, Gabriel Jesus e Roberto Firmino. ÁRBITRO: Wilson Lamouroux (Colômbia). VALIDADE: Eliminatórias. LOCAL: Arena das Dunas, Natal.

11/10 BRASIL 2 × 0 VENEZUELA
BRASIL: Alisson; Daniel Alves, Marquinhos, Miranda e Filipe Luís; Fernandinho, Paulinho e Renato Augusto; Willian (Taison), Gabriel Jesus e Philippe Coutinho (Giuliano). TÉCNICO: Tite. VENEZUELA: Dani Hernández; Rosales, Wilker Ángel, José Velázquez e Feltscher; Tomás Rincón, Arles Flores (Yangel Herrera) e Juanpi (Alejandro Guerra); Josef Martínez, Rondón e Peñaranda (Otero). TÉCNICO: Dudamel. GOLS: Gabriel Jesus e Willian. ÁRBITRO: Víctor Carrillo (Peru). VALIDADE: Eliminatórias. LOCAL: Estádio Metropolitano, Mérida (Venezuela).

10/11 BRASIL 3 × 0 ARGENTINA
BRASIL: Alisson; Daniel Alves, Marquinhos, Miranda (Thiago Silva) e Marcelo; Fernandinho, Paulinho, Renato Augusto e Philippe Coutinho (Douglas Costa); Neymar e Gabriel Jesus (Firmino). TÉCNICO: Tite. ARGENTINA: Sergio Romero; Pablo Zabaleta, Nicolás Otamendi, Funes Mori e Emmanuel Más; Javier Mascherano, Enzo Peréz (Sergio Agüero), Lucas Biglia e Di María (Correa); Lionel Messi e Gonzalo Higuaín. TÉCNICO: Edgardo Bauza. GOLS: Philippe Coutinho, Neymar e Paulinho. ÁRBITRO: Julio Bascuñan (Chile). VALIDADE: Eliminatórias. LOCAL: Estádio do Mineirão, Belo Horizonte.

16/11 BRASIL 2 × 0 PERU
BRASIL: Alisson; Daniel Alves, Marquinhos, Miranda e Filipe Luís; Fernandinho, Paulinho, Renato Augusto, Philippe Coutinho (Douglas Costa); Neymar e Gabriel Jesus (Willian). TÉCNICO: Tite. PERU: Gallese; Corzo

(Adivíncula), Ramos, Rodríguez e Loyola; Victor Yotún, Aquino, Andy Polo (Sánchez), Cueva e André Carrillo (Ruidíaz); Guerrero. TÉCNICO: Ricardo Gareca. GOLS: Gabriel Jesus e Renato Augusto. ÁRBITRO: Wilmar Roldán (Colômbia). VALIDADE: Eliminatórias. LOCAL: Estádio Nacional, Lima (Peru).

2017

25/1   BRASIL 1 × 0 COLÔMBIA
BRASIL: Weverton; Fagner, Pedro Geromel, Rodrigo Caio e Fabio Santos (Jorge); Walace, Willian Arão (Rodriguinho), Lucas Lima (Gustavo Scarpa) e Dudu (Camilo); Robinho (Diego) e Diego Souza (Luan). TÉCNICO: Tite. COLÔMBIA: David González; Bocanegra, Felipe Aguilar, Tesillo e Farid Díaz (Leyvin Balanta); Aguilar (Cuéllar), Mateus Uribe e Torres (Montoya); Copete (Vladimir Hernández), Borja (Michael Rangel) e Téo Gutiérrez (Berrío). TÉCNICO: José Pékerman. GOL: Dudu. ÁRBITRO: Jorge Baliño (Argentina). VALIDADE: Amistoso. LOCAL: Engenhão, Rio de Janeiro.

23/3   BRASIL 4 × 1 URUGUAI
BRASIL: Alisson; Dani Alves, Marquinhos, Miranda e Marcelo; Casemiro; Coutinho (Willian), Paulinho, Renato Augusto (Fernandinho); Neymar e Roberto Firmino (Diego Souza). TÉCNICO: Tite. URUGUAI: Martín Silva; Maxi Pereira, Coates, Godín e Gastón Silva; Carlos Sánchez (Abel Hernández), Vecino, Arévalo Rios e Cristian Rodríguez; Rolan (Stuani) e Cavani. TÉCNICO: Óscar Tabárez. GOLS: Cavani, Paulinho (3) e Neymar. ÁRBITRO: Patrício Loustau (Argentina). VALIDADE: Eliminatórias. LOCAL: Estádio Centenário, Montevidéu (Uruguai).

28/3   BRASIL 3 × 0 PARAGUAI
BRASIL: Alisson; Fagner, Marquinhos (Thiago Silva), Miranda e Marcelo; Casemiro, Paulinho, Renato Augusto e Philippe Coutinho (Willian); Neymar e Roberto Firmino (Diego Souza). TÉCNICO: Tite. PARAGUAI: Antony Silva; Bruno Valdez, Paulo da Silva, Darío Verón e Junior Alonso; Cristian Riveros, Rodrigo Rojas, Hernán Peréz e Derlis González (Santander); Almirón (Óscar Romero) e Cecílio Domínguez (Ángel Romero). TÉCNICO: Francisco Arce. GOLS: Philippe Coutinho, Neymar e Marcelo. ÁRBITRO: Víctor Carrillo (Peru). VALIDADE: Eliminatórias. LOCAL: Arena Corinthians, São Paulo.

9/6   BRASIL 0 × 1 ARGENTINA
BRASIL: Weverton; Fagner (Rafinha), Thiago Silva, Gil e Filipe Luís; Fernandinho; Paulinho (Giuliano), Renato Augusto (Douglas Costa), Philippe Coutinho e Willian; Gabriel Jesus (Taison). TÉCNICO: Tite. ARGENTINA: Romero; José Luís Gomez (Tagliafico), Otamendi, Mercado (Mammana) e Maidana; Banega (Lanzini), Biglia, Messi e Dybala (Guido Rodríguez); Di María e Higuaín (Joaquín Correa). TÉCNICO: Jorge Sampaoli. GOL: Mercado. ÁRBITRO: Chris Beath (Austrália). VALIDADE: Amistoso. LOCAL: Melbourne Cricket Groud, Melbourne, Austrália.

13/6   BRASIL 4 × 0 AUSTRÁLIA
BRASIL: Diego Alves; Rafinha, Thiago Silva (Jemerson), Rodrigo Caio e Alex Sandro; David Luiz (Fernandinho), Paulinho (Renato Augusto), Philippe Coutinho (Willian) e Giuliano

DEUSES DA BOLA

(Rodriguinho); Douglas Costa (Taison) e Diego Souza. TÉCNICO: Tite. AUSTRÁLIA: Langerak; Sainsbury (Irvine), Milos Degenek e Wright (Dylan McGowan); Milligan, Luongo (Mooy), Leckie (Ajdin Hrustic), Troisi (Rogic), Behich e Kruse; Tim Cahill (Jamie Maclaren). TÉCNICO: Ange Postecoglou. GOLS: Diego Souza (2), Thiago Silva e Taison. ÁRBITRO: Mark Clattenburg (Inglaterra). VALIDADE: Amistoso. LOCAL: Melbourne Cricket Ground, Melbourne, Austrália.

31/8 BRASIL 2 × 0 EQUADOR
BRASIL: Alisson; Daniel Alves, Marquinhos, Miranda (Thiago Silva) e Marcelo; Casemiro, Paulinho, Renato Augusto (Philippe Coutinho) e Willian; Neymar e Gabriel Jesus. TÉCNICO: Tite. EQUADOR: Banguera; Velasco, Arboleda, Achilier e Ramírez; Quiñónez, Noboa, Gaibor (Cazares), Antonio Valencia e Martínez (Marcos Caicedo); Énner Valencia (Felipe Caicedo). TÉCNICO: Gustavo Quinteros. GOLS: Paulinho e Philippe Coutinho. ÁRBITRO: Mario Alberto Díaz de Vivar Bogado (Paraguai). VALIDADE: Eliminatórias. LOCAL: Arena do Grêmio, Porto Alegre.

5/9 BRASIL 1 × 1 COLÔMBIA
BRASIL: Alisson; Daniel Alves, Marquinhos, Thiago Silva (Rodrigo Caio) e Filipe Luís; Fernandinho, Paulinho, Willian, Renato Augusto (Philippe Coutinho); Neymar e Roberto Firmino (Gabriel Jesus). TÉCNICO: Tite. COLÔMBIA: Ospina; Zapata, Santiago Arias, Davinson Sánchez e Fabra (Tesillo); Carlos Sánchez, Aguilar, Cardona (Téo Gutiérrez), Cuadrado (Chará) e James Rodríguez; Falcao García. TÉCNICO: José Pékerman. GOLS: Falcao García e Willian. ÁRBITRO: Jesus Valenzuela (Venezuela). VALIDADE: Eliminatórias. LOCAL: Estádio Metropolitano Roberto Meléndez, Barranquilla (Colômbia).

5/10 BRASIL 0 × 0 BOLÍVIA
BRASIL: Alisson; Daniel Alves, Thiago Silva (Marquinhos), Miranda e Alex Sandro; Casemiro, Paulinho (Fernandinho), Renato Augusto e Philippe Coutinho (Willian); Neymar e Gabriel Jesus. TÉCNICO: Tite. BOLÍVIA: Lampe; Diego Bejarano, Valverde, Raldés e Gutierrez; Justiniano (Raúl Castro), Juan Arce (Saucedo), Cristhian Machado e Leonel Morales; Marcelo Moreno e Eduardo Fierro (Gilbert Álvarez). TÉCNICO: Mauricio Soria. ÁRBITRO: Fernando Rapallini (Argentina). VALIDADE: Eliminatórias. LOCAL: Estádio Hernando Siles, La Paz (Bolívia).

10/10 BRASIL 3 × 0 CHILE
BRASIL: Ederson; Daniel Alves, Miranda, Marquinhos e Alex Sandro; Casemiro, Paulinho, Renato Augusto (Fernandinho) e Philippe Coutinho (Roberto Firmino); Neymar (Willian) e Gabriel Jesus. TÉCNICO: Tite. CHILE: Bravo; Isla, Medel, Jara e Beausejour; Aránguiz (Pulgar), Fuenzalida (Puch), Pablo Hernández e Valdivia; Alexis Sánchez e Vargas. TÉCNICO: Juan Antonio Pizzi. GOLS: Paulinho e Gabriel Jesus (2). ÁRBITRO: Roddy Zambrano (Equador). VALIDADE: Eliminatórias. LOCAL: Allianz Parque, São Paulo.

10/11 BRASIL 3 × 1 JAPÃO
BRASIL: Alisson (Cássio); Danilo, Thiago Silva, Jemerson e Marcelo (Alex Sandro); Casemiro, Fernandinho, Giuliano (Renato Augusto) e Willian (Taison); Neymar (Douglas Costa) e Gabriel Jesus (Diego Souza). TÉCNICO: Tite. JAPÃO: Eiji Kawashima;

Yuto Nagatomo, Maya Yoshida, Tomoaki Makino e Hiroki Sakai; Makoto Hasebe (Takashi Inui), Yosuke Ideguchi (Wataru Endo) e Hotaru Yamaguchi; Genki Haraguchi (Ryota Morioka), Yuya Osako (Kenyu Sugimoto) e Yuya Kubo (Takuma Asano). TÉCNICO: Vahid Halilhodžic. GOLS: Neymar, Marcelo, Gabriel Jesus e Makino. ÁRBITRO: Benoit Bastien (França). VALIDADE: Amistoso. LOCAL: Estádio Pierre-Mauroy, Lille, França.

14/11 BRASIL 0 × 0 INGLATERRA
BRASIL: Alisson; Daniel Alves, Marquinhos, Miranda e Marcelo; Paulinho, Casemiro, Renato Augusto (Fernandinho) e Philippe Coutinho (Willian); Neymar e Gabriel Jesus (Firmino). TÉCNICO: Tite. INGLATERRA: Joe Hart; Walker, Gomez, Stones, Maguire e Bertrand (Young); Loftus-Cheek (Lingard), Dier e Livermore (Danny Rose); Rashford (Abraham) e Vardy (Solanke). ÁRBITRO: Artur Manuel Ribeiro Soares Dias (Portugal). VALIDADE: Amistoso. LOCAL: Estádio de Wembley, Londres.

DEUSES DA BOLA

© Editora DSOP, 2018
© Eugenio Goussinsky e João Carlos Assumpção, 2014

Presidente **REINALDO DOMINGOS**
Editora **RENATA DE SÁ**
Diretora de arte **CHRISTINE BAPTISTA**
Revisão **ANDREI SANT'ANNA**
Fotos **SHUTTERSTOCK**

Dados Internacionais de Catalogação na Publicação (CIP)
(Câmara Brasileira do Livro, SP, Brasil)

Deuses da bola : mais de 100 anos da seleção brasileira
Eugenio Goussinsky, João Carlos Assumpção.
2ª. Ed.
São Paulo: Editora DSOP, 2018
Bibliografia

ISBN 978-85-8276-310-0

1. Futebol 2. Futebol - Brasil - história 3. Seleção brasileira de futebol - história
I. Assumpção, João Carlos. II. Título. III. Título: mais de 100 anos de seleção brasileira.

18-13876   CDD-796.3340981

Índices para catálogo sistemático:
1. Seleção brasileira de futebol: história 796.3340981

Todos os direitos desta edição reservadas à Editora DSOP
Av. Paulista, 726 | Cj. 1210 | 12º andar
Bela Vista | cep 01310-910 | São Paulo - SP
Tel.: 11 3177-7800
www.editoradsop.com.br

Deuses da Bola é um livro fascinante. Conta a história da trajetória dos mais de cem anos da Seleção Brasileira. Histórias de vitórias e derrotas, risos e choros, tragédias e comédias. Histórias humanas de um dos maiores patrimônios públicos nacionais.

Eugenio Goussinsky e João Carlos Assumpção contam a evolução da modalidade esportiva mais sagrada do Brasil, trazendo a mítica de personagens diversos – dos mais lembrados aos esquecidos – e desvendando o lado profano dos deuses. Em um trabalho de fôlego, ainda compilaram todas as escalações do escrete nacional, o mais vitorioso do mundo, da estreia em 1914 ao ano da Copa da Rússia, 2018.

É um item de colecionador para ser consultado a cada novo debate sobre uma das maiores paixões do brasileiro. E o que seria do futebol se não fossem os deuses?

DEUSES DA BOLA

EUGENIO GOUSSINSKY
JOÃO CARLOS ASSUMPÇÃO

100 ANOS DA SELEÇÃO BRASILEIRA

7 Prefácio

11 100 ANOS DE HISTÓRIAS

246 Títulos conquistados

248 Ficha técnica dos jogos

428 Bibliografia

430 Sobre os autores

PREFÁCIO

O futebol significa para o Brasil a mesma coisa que a música significa para este velho maestro.

Saber o que aconteceu com a nossa Seleção durante estes últimos cem anos é a mesma coisa para um músico entender como os grandes compositores criaram as suas obras.

O futebol tem elegância, emoção, ingenuidade, às vezes até agressividade, talento e, principalmente, arte. A música, por sua vez, também tem todos estes ingredientes.

Esta é a razão da minha admiração por este livro que mostra quantas vezes no gramado, ganhando ou não, a Seleção brasileira jogou, como muita gente afirma, por música.

Da mesma forma, muitos compositores e intérpretes conseguiram marcar, inúmeras vezes, com suas obras ou interpretações, verdadeiros gols de placa que jamais sairão da nossa memória.

Parabéns para a dupla João Carlos e Eugenio e uma boa leitura.

JOÃO CARLOS MARTINS

100 ANOS DE HISTÓRIAS

UM CASO DE AMOR

21 de julho de 1914 não foi um dia qualquer. Foi quando teve início a história da Seleção, um caso de amor com o povo brasileiro que se desenrolaria paralelamente à própria história do país.

Praticado pela elite da população, o esporte mantinha, no início do século passado, um caráter estritamente amador. O jogador típico era de perfil aristocrático, a maioria formada por estudantes, muitos deles descendentes de famílias que fizeram fortunas com plantações de café.

Os principais jogadores estavam nos estados de São Paulo e do Rio de Janeiro. Nada mais natural, portanto, que fosse um combinado de paulistas e cariocas a compor o primeiro selecionado de futebol do Brasil.

Nada mais natural, também, que o primeiro adversário viesse da Inglaterra, o berço do futebol. Afinal, desde que o esporte fora introduzido no Brasil, trazido por Charles Miller, em 1894, a influência dos ingleses era perceptível até na forma de a imprensa esportiva se expressar. "Scratch", "half", "offside", "goal" e "match" eram palavras encontradas em quase todos os textos jornalísticos que tratavam do esporte.

O COMBINADO RIO-SP

Uma excursão do Exeter City, time inglês de futebol profissional ao Rio de Janeiro, fez cariocas e paulistas se unirem para mostrar que poderiam superar em campo os inventores do futebol.

Depois de ver o Exeter derrotar primeiro uma turma de ingleses que atuavam em equipes do Rio por 1 × 0 e depois a própria Seleção carioca por 5 × 3, a Liga Metropolitana, que congregava os principais times do Rio, pediu ajuda à Associação Paulista de Esportes Atléticos, conhecida como Apea, e as duas entidades montaram aquela que ficou conhecida como a primeira Seleção brasileira de futebol. Era um combinado de atletas que jogavam amadoristicamente no Rio e em São Paulo que tentaria fazer frente à equipe inglesa.

Rubens Salles, do Paulistano, Sylvio Lagreca, do São Bento, Aphrodísio Xavier, o Formiga, e Arthur Friedenreich, ambos do Ypiranga, viajaram de trem para o Rio.

Marcos (Fluminense); Píndaro (Flamengo) e Nery (Flamengo); Lagreca (São Bento), Rubens (Paulistano) e Rolando (Botafogo); Abelardo (Botafogo), Osvaldo Gomes (Fluminense), Friedenreich (Ypiranga), Osman (América-RJ) e Formiga (Ypiranga) entraram no antigo campo do Fluminense, à rua Guanabara, número 94, no tradicional bairro das Laranjeiras, para desafiar o Exeter City.

Mirrados, bem menores que os altos e fortes jogadores ingleses, os brasileiros usaram o toque de bola para envolver os adversários, que logo passaram a apelar para a violência. Nervosos com as trocas de passes dos brasileiros, quatro ingleses chegaram a ameaçar deixar o campo, mas, diante do entusiasmo da plateia com o jogo, foram convencidos por Lagreca, Rubens e pelo juiz Robinson a continuar a peleja.

Da "guerra" ninguém sairia ileso. Friedenreich, por exemplo, deixou o gramado com dois dentes a menos. Chegou a sair de campo durante a partida e só voltou depois de receber alguns curativos. Nem por isso deixou de comemorar a vitória, 2 × 0 com gols de Osman e Oswaldo Gomes, a primeira vitória do time brasileiro.

O técnico da estreia, numa época em que os próprios jogadores costumavam assumir o comando do time de dentro de campo, sem precisar de "professor" do lado de fora, foi o meia Lagreca.

A vitória da Seleção deixou a torcida, no Rio e em outros estados brasileiros, eufórica. No final da partida, os jogadores foram carregados pelo povo. E no regresso a São Paulo, os representantes do estado acabaram homenageados pelo tradicional clube Ypiranga, que completava oito anos de vida e lhes ofereceu um belo banquete.

Comemorações à parte, o triunfo brasileiro acabou servindo para diminuir as muitas diferença entre paulistas e cariocas, que desde aquela época já viviam às turras para ver quem comandaria uma futura federação nacional.

CHUVAS E TROVOADAS

Em 16 de setembro, a Seleção faria sua primeira excursão ao exterior. De navio. A chamada "embaixada brasileira de esportes", formada por dirigentes, jogadores e árbitros de futebol, embarcou no navio Alcântara para participar da Copa Roca, na Argentina.

Idealizada pelo general portenho Julio Roca, grande admirador de futebol, o torneio, que seria disputado somente entre brasileiros e argentinos, ajudaria a escrever muitas e muitas páginas do futebol sul-americano, retratando a dificuldade da Seleção de superar a tradição, a força e o romantismo dos *hermanos*, marcas registradas do estilo adversário.

O primeiro confronto oficial entre os dois times, marcado para 20 de setembro, um domingo, foi adiado por causa da chuva. Mas, para não frustrar os torcedores que esperavam ansiosamente pela partida, os organizadores da Copa Roca decidiram que os times fariam um amistoso, vencido pelos argentinos, por 3 × 0.

Ao Brasil, que viajava com um chefe de delegação paulista e outro carioca, pelo menos coube a desculpa do desgaste da viagem até a Argentina, muito mais demorada em 1914 do que nos dias de hoje. Segundo Raul Guimarães, um dos chefes da delegação, um violento temporal atrapalhou a travessia. Para piorar, além do cansaço, os jogadores reclamaram do campo, que estava encharcado.

Como a Seleção ganhou uma semana de espera pelo jogo oficial, os dirigentes resolveram marcar um amistoso contra o Colúmbia, um time universitário local que tinha jogadores de nível razoável. A vitória, 3 × 1, serviu para revigorar o espírito dos brasileiros.

A PRIMEIRA MÃO DE DEUS E A BOMBA DE RUBENS

Nem Túlio, nem Maradona. Foi o argentino Leonardi, em 27 de setembro de 1914, na estreia da Copa Roca, o primeiro a utilizar a mão para desviar a bola e marcar um gol contra o Brasil. O juiz, o brasileiro Alberto Borghert, não percebeu a irregularidade e confirmou o gol para os argentinos. Mas, diferentemente de Maradona na Copa do Mundo de 1986 e de Túlio na Copa América de 1995, Leonardi e seus companheiros avisaram o árbitro que o lance havia sido irregular. Quando o juiz voltou atrás e anulou o gol, os torcedores locais aplaudiram, reconhecendo o ato cavalheiresco de Leonardi.

O Brasil venceu por 1 × 0, sua primeira vitória oficial em território estrangeiro. O autor do gol foi o volante Rubens Salles, que, após a deixa de Friedenreich, veio de trás e, da entrada da área, acertou um forte chute que foi parar no fundo das redes adversárias.

"Quando a bola veio da direita e me preparei para concluir, ouvi o grito do Rubens: 'Deixa!', e eu deixei. Ele encheu o pé e a bola partiu à meia altura, como um tiro de canhão. Ritner, o goleiro argentino, nem viu por onde passou. Eu só vi a rede balançar e pulei de emoção e alegria. Rubens nem podia falar, coitado", contou Friedenreich sobre a emoção do companheiro na primeira conquista do futebol brasileiro.

PAULISTAS × CARIOCAS

A divisão entre a Liga Metropolitana, carioca, e a Apea, paulista, as duas associações que lutavam para serem reconhecidas pela Fifa, entidade que dirige o futebol mundial, impediu que o Brasil jogasse no ano seguinte. Em 1915, a Seleção passou em branco.

Os paulistas chegaram a criar a Federação Brasileira de Futebol (FBF) e os cariocas, a Federação Brasileira de Esportes (FBE), numa briga que teve de tudo, até a falsificação da assinatura de A.W. Hirschman, secretário da Fifa, num documento que apoiava a FBF de São Paulo.

A confusão foi tanta que precisou da intervenção do chanceler Lauro Müller, que propôs um acordo que previa equilíbrio de forças na administração e a criação de uma instituição, com sede no Rio de Janeiro, que recebeu o nome de Confederação Brasileira de Desportos (CBD) e o objetivo de comandar as atividades da Seleção e do futebol brasileiro.

O acerto entre paulistas e cariocas para a criação da CBD foi selado apenas em 18 de junho de 1916 e assinado em 6 de novembro do mesmo ano.

O CASTIGO DE RUI BARBOSA

No ano em que desabrochavam movimentos sindicais e grupos anarquistas pela América do Sul, aconteceu o primeiro campeonato de futebol entre países do continente. O torneio de 1916, que ficou conhecido como o primeiro Campeonato Sul-Americano de Futebol, embrião da atual Copa América, ocorreu concomitantemente à realização do congresso inaugural da Confederação Sul-Americana de Futebol, a Conmebol.

Com a união entre paulistas e cariocas firmada em junho de 1916, já no primeiro dia do mês seguinte a delegação brasileira poderia partir para a Argentina. Viajaram em um trem da Sorocabana Railway e não de navio, porque o político Rui Barbosa, o "Águia de Haia", simplesmente se recusou a viajar na mesma embarcação com jogadores de futebol, que tiveram de se contentar com uma viagem de cinco dias e quatro noites.

No longo e cansativo trajeto, o trem fez paradas em diferentes estações, onde os jogadores recebiam apoio da população local. Foram homenageados por bandinhas que tocavam o Hino Nacional e recebiam ramalhetes de flores dos torcedores, que faziam questão de demonstrar seu apreço pelos portadores da "braçadeira auriverde", alusão ao uniforme branco com contornos verde-amarelos com o qual a Seleção entrava em campo.

O elenco treinara em São Paulo, no campo da Floresta. Um dos times era formado por Casemiro; Orlando e Carlito; Moraes, Rubens e Ítalo; Zecchi, Perez, Friedenreich, Alencar e Arnaldo. O outro, por Marcos; Osny e Nery; Sidney, Lulu e Gallo; Otacílio, Aparício, Facchini, Amilcar e Menezes. O técnico era Lagreca.

Da mescla das duas equipes formou-se a Seleção que representaria o país no torneio sul-americano. Daí para a frente, o Brasil contou sempre com dois times fortes, praticamente do mesmo nível técnico, mas com características distintas, o que possibilitava mais variações táticas.

Foi o caso da Seleção que disputou a Copa do Mundo de 1938. Na ocasião, o técnico Adhemar Pimenta formou dois times, o "branco" e o "azul", os dois uniformes usados pelo Brasil naquele Mundial. Quando o jogo era mais pesado e exigia marcação mais forte, entrava em campo uma formação. Quando requeria mais leveza e toque de bola, a formação era outra.

A TERCEIRA FORÇA

No primeiro Sul-Americano, em 1916, os brasileiros entraram como azarões. A Argentina, principalmente por atuar em casa, e o Uruguai, que iniciava os caminhos para formar uma geração que seria bicampeã olímpica em 1924 e 1928, eram os favoritos.

Todos os jogos do Brasil foram no campo do Gimnasia Y Esgrima. A estreia foi considerada decepcionante pela imprensa brasileira e recebeu muitas críticas. Empate de 1 × 1 com um Chile que havia levado de seis em seu jogo anterior, justamente contra os argentinos.

A vitória avassaladora dos donos da casa, aliás, fora apitada por Sidney Pullen, volante titular da Seleção brasileira, substituto de Rubens Salles, que não disputou a competição.

Na segunda partida, contra os anfitriões, empate por 1 × 1, com Alencar marcando para o Brasil. No terceiro e último jogo, derrota para o Uruguai, que ficaria com o título do Sul-Americano, por 2 × 1. A Argentina ficaria com o vice, o Brasil, com o terceiro lugar.

Mas, em 18 de julho, os jogadores tiveram um consolo. Carimbaram a faixa dos uruguaios, derrotando-os em amistoso em Montevidéu por 1 × 0.

SUPREMACIA URUGUAIA

O ano de 1917 foi de decepções. A primeira logo em janeiro, quando o Brasil enfrentou o Dublin, um time do Uruguai, em amistoso no campo do Botafogo, no Rio. Empatou por 0 × 0 e só não perdeu porque o goleiro Ferreira, do América-RJ, salvou a equipe em inúmeras oportunidades.

Em maio, dois amistosos contra o Barracas, uma equipe da Argentina. No primeiro, má atuação e empate por 1 × 1. No segundo, finalmente veio a vitória, 2 × 1, apesar de a Seleção contar com apenas dez jogadores durante boa parte do jogo. Explica-se: Adhemar quebrou o braço ainda no primeiro tempo após chocar-se contra um adversário e, como substituições não eram permitidas, os brasileiros tiveram de continuar o jogo com um a menos em campo.

Em outubro, no Uruguai, aconteceu o segundo Campeonato Sul-Americano. A estreia foi contra os argentinos. Até que o início foi bom para os brasileiros, que abriram 2 × 1 no placar. Um dos gols foi marcado por Sylvio Lagreca, que continuava a acumular a função de jogador com a de treinador da equipe; o outro gol foi de Neco. Mesmo com o apoio dos 20 mil torcedores uruguaios que foram ao jogo, o Brasil caiu de produção no segundo tempo e permitiu a virada dos argentinos, que venceram por 4 × 2. O herói da partida foi o atacante Blanco, que fez três dos quatro gols dos *hermanos*.

No segundo jogo pelo torneio, nova derrota e agora de goleada. O Uruguai, que mais uma vez seria o campeão do torneio, ganhou por 4 × 0. Na despedida, um consolo. O Brasil conseguiria expressiva vitória contra o Chile, por 5 × 0.

Encerrado o torneio, como no ano anterior, a Seleção teve a chance de pelo menos tentar carimbar a faixa de campeão dos uruguaios, num amistoso fora de casa. Só que dessa vez, ao contrário de 1916, a história foi outra e os brasileiros saíram derrotados por 3 × 1. A faixa do Uruguai ficou intacta.

DEVOLVE MEU DINHEIRO!

Finalmente chegara a vez de o Brasil sediar o Campeonato Sul-Americano de Futebol, em sua terceira edição. Mas era o ano de 1918, ano da gripe espanhola, epidemia que matou milhares de pessoas no Rio. E provocou o adiamento da competição para o ano seguinte.

O que não evitou uma série de dores de cabeça para a CBD, que já havia mandado recursos para que os jogadores paulistas viajassem ao Rio, além de ter que arcar com outras despesas relacionadas com a convocação da própria Seleção.

Com o adiamento do Sul-Americano, a CBD pediu de volta a verba que havia dado aos jogadores para irem ao Rio. Mas os paulistas Amilcar, Friedenreich e Neco não puderam devolvê-la. Alegaram ter gastado tudo em preparativos para a viagem e que não tinham culpa por ela ter sido adiada.

Foi o início de nova polêmica entre a Apea, entidade que representava o futebol paulista, e a CBD. A Apea quase foi expulsa da confederação, mas no final houve acordo e o desentendimento foi contornado.

O futebol ainda vivia a fase do amadorismo. Os atletas não recebiam salários, mas começavam a se tornar ídolos nacionais, ajudando no início do processo de popularização do futebol e atraindo cada vez mais gente aos estádios. O esporte ficava conhecido e, com as camadas mais pobres da população também atentas a ele, as exigências por melhora do nível técnico cresceram.

Com mais torcedores e, principalmente, mais praticantes e adeptos da modalidade, bons jogadores começaram a aparecer em maior número, satisfazendo as exigências do público, que passou a colocar em sua rotina de lazer a ida a estádios de futebol.

Em São Paulo, alguns atletas até começaram a ganhar um dinheirinho para jogar, o que não acontecia no Rio, onde a Liga Metropolitana criou uma comissão de sindicância permanente para fiscalizar os jogadores a fim de saber se tinham ou não outra profissão. Em tempos de amadorismo, exigia que tivessem. Se não fosse o caso, poderiam ser afastados dos torneios, pois não poderiam nem deveriam, segundo os dirigentes, viver do futebol, que não era profissão. A cúpula do esporte, especialmente no Rio, defendia que o amadorismo deveria ser mantido. Custasse o que custasse.

FIM DA GRIPE, COMEÇO DA FESTA

Passada a gripe que tomara conta do Rio, o terceiro Sul-Americano pôde, finalmente, acontecer. E de quebra o Congresso da Confederação Sul-Americana de Futebol, que pela primeira vez na história ocorreria no Brasil.

Para a competição o Fluminense construiu um novo estádio, que segue de pé até hoje: o estádio das Laranjeiras, na época o maior do país. Fez tudo por conta própria, sem qualquer ajuda governamental, o que provocou protesto de alguns grupos e conselheiros do clube, que achavam que os políticos, ao não ajudar na construção das Laranjeiras, estariam mostrando descaso em relação ao futebol.

Na Seleção, mudanças no time que disputara o Sul-Americano de 1917. Na defesa entraram Píndaro e Bianco. No ataque, Neco e Friedenreich. As duas principais estrelas do Brasil jogariam juntas pela primeira vez. Já o técnico passou a ser Haroldo Domingues.

Em 11 de maio, a Seleção entrou em campo feito um dragão furioso, soltando fogo pelas ventas. Mesmo abusando das faltas (foram dezesseis contra apenas quatro dos chilenos), seu primeiro adversário na competição, o Brasil goleou por 6 × 0, três gols de Friedenreich, dois de Neco e um de Haroldo.

Uma semana depois o rival foi a Argentina, que vinha mordida após derrota para o Uruguai por 3 × 2, em jogo violentíssimo. Mordida ou não, não conseguiu descontar sua ira nos brasileiros, amargando nova derrota, agora por 3 × 1. Novamente o Brasil superou seu adversário em número de faltas cometidas, quinze contra seis, mas ganhou também em número de chutes a gol, tendo obrigado o goleiro Izaguirre a praticar 24 defesas contra apenas onze do brasileiro Marcos Carneiro de Mendonça.

CARAVANA PARA A VITÓRIA

Para a decisão do terceiro Sul-Americano contra o bicampeão Uruguai, o clima era de "Pra Frente, Brasil". O Rio pulsava futebol. De São Paulo, caravanas organizadas pela Associação dos Cronistas Esportivos do Estado partiam para apoiar a Seleção.

O dia tão esperado foi o 5 de maio. Em campo, jogo duríssimo, disputado palmo a palmo. Resultado: 2 × 2. Pelo regulamento, em caso de empate, novo jogo teria de ser realizado.

Mais quatro dias de muita expectativa de lado a lado. No hotel dos uruguaios, telegramas de incentivo chegavam diariamente. Um deles veio assinado por 150 pessoas, que haviam escrito simplesmente: "Vençam!".

O árbitro da final foi o argentino Juan Barbera. Em campo, dois times tensos, ávidos pela vitória. No primeiro tempo, 0 × 0. No segundo, 0 × 0. Moral da história: trinta minutos de prorrogação. Resultado? Novo 0 × 0.

Parecia impossível passar pela barreira que era a zaga uruguaia. Os torcedores suavam tanto quanto os jogadores. Nova prorrogação de trinta minutos e o que parecia impossível aconteceu. Neco correu pela esquerda, passou por Vanzino, driblou o "indriblável" Zibechi e cruzou para a área. A defesa rebateu e a bola sobrou para Friedenreich, meio caído, acertar um voleio com o pé esquerdo que passou por um emaranhado de uruguaios e entrou no fundo do gol.

A vitória e o primeiro título da Seleção fizeram o público dançar, cantar e carregar nos ombros os novos campeões. A chuteira do herói Friedenreich ficou exposta ao público numa joalheria da rua do Ouvidor. A bola do jogo, autografada por todos os membros da delegação, foi colocada numa redoma de vidro na sede da CBD.

Apesar de toda a badalação em torno de seu nome, Friendenreich ainda assim demonstrava humildade: "Por que tanta onda em cima de mim se foi o Neco quem colocou todo o açúcar?", perguntava. Anos mais tarde, porém, acabou deixando a modéstia de lado e confessou: "Aquele foi mesmo o jogo da minha vida".

"CONSELHO" DO PRESIDENTE, RACISMO E BOICOTE

Sem as estrelas da conquista de 1919 – Marcos, Neco e Friedenreich, a Seleção entrou nos anos 1920 com o pé esquerdo. Dentro e fora do campo.

O presidente Epitácio Pessoa resolveu palpitar sobre a escalação da Seleção que defenderia o país na Copa América do Chile. Um dos "conselhos" foi o de que evitassem a convocação de jogadores negros, sob o argumento de que eles poderiam sofrer constrangimentos desnecessários na solidão dos Andes.

Sem negros na equipe, os brasileiros estrearam em Valparaíso com um magro 1 × 0 contra os anfitriões do torneio. O autor do gol foi o atacante Ismael Alvariza, o primeiro jogador fora do eixo Rio-São Paulo a defender a Seleção. Alvariza jogava pelo Brasil G.E., time de Pelotas, Rio Grande do Sul.

Na outra partida da rodada inaugural, argentinos e uruguaios empataram o clássico do Prata, ficando no 1 × 1. Para não fugir à regra, o jogo dos dois adversários seguintes do Brasil seria marcado pela violência.

Nas duas rodadas seguintes, a decepção. Contra o Uruguai, que deu o troco (e com sobra), ainda mordido com a decisão do ano anterior, uma humilhante derrota: arrasadores 6 × 0.

Na partida seguinte, nova derrota, embora sem o vexame da anterior, para a Argentina, que fez 2 × 0. No final, o título pela terceira vez em quatro edições do Sul-Americano ficaria com os uruguaios.

Após a competição, o racismo voltou a ser tema dominante. Os brasileiros foram disputar amistoso contra a Argentina, em Buenos Aires. Na chegada da delegação, um jornal local estampava logo na primeira página uma manchete que até a década de 1990 publicações argentinas teimariam em repetir, referindo-se aos brasileiros como "Macacos!".

Mas a Seleção não teve dúvidas. Não é que foi à redação do jornal tomar satisfações e perguntar quem eram os macacos? Alguns jogadores recusaram-se, como forma de protesto, a atuar contra os argentinos. A partida, então, foi disputada por apenas dezesseis atletas, oito de cada lado. O resultado, derrota brasileira por 3 × 1, foi o menos importante.

ARROGÂNCIA PAULISTA, IRONIA CARIOCA

Em 1921, o time brasileiro acabou sendo bem diferente da formação que tivera no ano anterior, especialmente no ataque. Mas os resultados... Ah!, esses não foram muito diferentes, não.

Treinada pelo lateral direito Laís, a Seleção perdeu na estreia da Copa América da Argentina para o time da casa, 1 × 0. Em seguida venceu o Paraguai, que disputava o torneio pela primeira vez, por 3 × 0. Candiota marcou um e Machado os outros gols para o Brasil, enquanto o goleiro Kuntz defenderia um pênalti. Na última partida, derrota para o forte Uruguai por 2 × 1.

Um dos fatores que atrapalharam o desempenho da Seleção foi o acirramento da rivalidade entre paulistas e cariocas. Jornais de São Paulo chegaram a noticiar que foram os atletas paulistas os responsáveis pela vitória contra o Paraguai, a única do torneio. Já a imprensa carioca, irritada, rebatia os paulistas e publicava: "Segundo informações de última hora, os paraguaios foram vencidos anteontem pelos paulistas. Os cronistas da Pauliceia desde anteontem que se desconhecem uns aos outros (sic) [...]. Aquela estrondosa vitória dos cariocas por 3 × 0 nunca foi conseguida pelos 'incomparáveis' paulistas. Futuramente o combinado paulista será convidado para as provas preliminares com os clubes de nossa Segunda Divisão".

Comentários desse tipo foram publicados pelo jornal carioca *O Imparcial* em 15 de outubro, analisando a vitória do Brasil contra o Paraguai, ocorrida três dias antes.

DOIS TÍTULOS EM UM SÓ DIA

Brigas e conciliações, outras brigas e mais conciliações. Na disputa pelo poder na CBD, os dirigentes da Apea ameaçaram boicotar a convocação da Seleção ao impedir a apresentação dos jogadores de São Paulo para a Copa América de 1922.

Domício da Gama, ministro das Relações Exteriores, e Altino Arantes, então governador de São Paulo, tiveram de intervir e, em troca de apoio político na disputa pelo poder na CBD, convenceram a Apea a ceder os atletas paulistas.

Acabou sendo um ano de dupla alegria, o de 1922. As duas, aliás, no mesmo dia. Em 22 de outubro, no Rio de Janeiro, uma

Seleção venceria o Sul-Americano, contra o Paraguai, fazendo 3 × 1. Enquanto isso, em São Paulo, outra Seleção brasileira bateria a Argentina e levantaria o troféu da Copa Roca.

Antes de chegar à final no Rio, os brasileiros haviam empatado na estreia contra o Chile, 1 × 1, com o próprio Paraguai, também 1 × 1, e com o Uruguai por 0 × 0, além de derrotar os argentinos por 2 × 0. Mais uma vez Laís foi o técnico brasileiro. No ataque, Neco e Friedenreich voltaram a reforçar o time. Mas o retorno deste último foi traumático. Logo na estreia diante do Chile, ele se contundiu. Sua recuperação acabou sendo financiada por ele próprio, o que indica o grau de amadorismo dos primórdios do futebol nacional. Irritado com o que chamou de "passividade" da CBD, o atleta foi a público protestar.

RESERVAS ABNEGADOS

Se no ano anterior as brigas tinham sido contemporizadas, o mesmo não aconteceria em 1923. Paulistas e cariocas divergiam sobre absolutamente tudo, uns se achando melhores do que os outros. São Paulo parecia mais aberto ao profissionalismo; o Rio seguia direção contrária. Com a conquista do título do primeiro Torneio Interestadual pela Seleção paulista em 1922, não reconhecida pela CBD, São Paulo se rebelou e se negou a ceder atletas para a Copa América em novembro, no Uruguai.

Desunida com tantos problemas internos, a Seleção não se saiu bem em Montevidéu e perdeu os três jogos que disputou: 1 × 0 para o Paraguai, 2 × 1 para a Argentina e novamente 2 × 1, agora para o Uruguai, que mais uma vez seria campeão.

Fazia parte do time que viajou para Montevidéu o atacante Amaro Silveira, do Goitacás de Campos, do Rio. Além de ter defendido a Seleção, ficaria conhecido depois como o pai de Amarildo, o Possesso, que jogou pelo Brasil na década de 1960.

Jornais paulistas e cariocas, como não poderia deixar de ser, encararam os resultados da Copa América de forma diferente. Os de São Paulo chegaram a fazer piada das derrotas. A *Gazeta do Povo*, de Santos, foi uma que debochou de um telegrama da CBD para a Federação rio-grandense solicitando o melhor centroavante do Sul para que ele se incorporasse imediatamente à Seleção. Já os do Rio acusavam os paulistas de falta de patriotismo ao prejudicar o time brasileiro em favor de "interesses particulares".

Para os cariocas, a Seleção foi "abnegada" principalmente pela garra demonstrada em três jogos após o Sul-Americano. No primeiro, um amistoso no Uruguai, quando goleou o Durazno por irrepreensíveis 9 × 0. Os outros dois, oficiais, foram contra a Argentina, também fora de casa. Cada equipe venceu uma partida por 2 × 0 e assim a Copa Roca ficou com os *hermanos* e a Taça Brasil-Argentina, com os brasileiros.

PÂNICO NO NATAL

Depois de passar 1924 sem jogar, muito em virtude da eterna briga entre paulistas e cariocas, a Seleção voltaria a disputar a Copa América na Argentina, mas dessa vez sem a participação dos uruguaios, que haviam sido campeões olímpicos numa época em que ainda não havia sido criada a Copa do Mundo.

Na estreia, goleada contra o Paraguai por 5 × 2. Mas em seguida a goleada seria contra. O Brasil levaria 4 × 1 dos argentinos, recuperando-se no terceiro jogo, de novo diante dos paraguaios, ao vencê-los por 3 × 1.

Enquanto torciam para que a Argentina vencesse o Paraguai, resultado que daria ao Brasil a vantagem do empate na final contra os anfitriões do torneio, o time foi a Rosário para um amistoso contra o Newell's Old Boys. Nada deu certo. Nos amistosos, empate por 2 × 2. Na Copa América, a Argentina venceria o Paraguai e entraria na decisão com a vantagem do empate.

Era dia de Natal, e o campo do Barracas estava apinhado de gente que não parava de urrar e xingar os brasileiros. Em campo, o time mostrou valentia e logo partiu para cima. Friedenreich fez 1 × 0. Em seguida, Nilo aumentou a vantagem no placar e isso irritou os argentinos. A torcida, nervosa, chegou a invadir o campo na tentativa de agredir os jogadores do Brasil. Só depois de serenados os ânimos o jogo recomeçou e o time da casa, com gol de Serretti, diminuiu ainda no primeiro tempo.

Na etapa final a pressão continuou. E o clima esquentou de novo. Os dirigentes brasileiros foram apedrejados. O técnico Joaquim Guimarães teve mais sorte. Em vez de pedradas, recebeu sacos de água na cabeça. "Pelo menos não foram de mijo", contentava-se depois o treinador. Empurrados pela torcida, que lotava o estádio, os argentinos chegaram ao empate por meio de Seoani.

Os brasileiros saíram de campo indignados, jurando vingança. "Em outro país, longe da torcida argentina, teríamos vencido por grande diferença", afirmou Hélcio, defensor do Flamengo. Editoriais de jornais nacionais chegaram a sugerir, após o que foi chamado de "Guerra do Barracas", que o Sul-Americano fosse simplesmente extinto.

BAIRRISMO PROFISSIONAL

No final dos anos 1920, o futebol brasileiro defrontou-se com dois sérios problemas que o levaram a um período de crise aguda. De um lado, as velhas divergências e o ciúme entre paulistas e cariocas, que lutavam pelo controle da Seleção. De outro, a briga entre os defensores do amadorismo e os do profissionalismo.

Para a Apea, ceder jogadores para a equipe brasileira era um sacrifício, dando-lhe a impressão de que era submissa aos interesses dos clubes cariocas. "Agora eles precisam da gente para encher os cofres e lotar o estádio. E sempre no Rio. A CBD nunca marca jogos internacionais em São Paulo", era o discurso da Apea.

Curiosamente, a polêmica amadorismo × profissionalismo uniu alguns grupos de esportistas rivais de São Paulo e do Rio. Afinal, se por um lado o revanchismo separava paulistas e cariocas, por outro o debate a respeito do profissionalismo os aproximava.

Em São Paulo, encabeçava o grupo de defensores do amadorismo o presidente do Paulistano, Antônio do Prado Júnior; no Rio, Rivadávia Meyer, presidente do Flamengo, e Paulo Azeredo, do Botafogo.

Prado Júnior, por acreditar que a Apea adotava uma postura apática em relação à questão, decidiu formar uma liga rival em São Paulo, a Liga de Amadores de Futebol (LAF). No Rio, num processo semelhante surgia a Associação Metropolitana de Esportes Atléticos (Amea), defensora dos mesmos princípios da nova liga paulista. Dirigentes e associações favoráveis ao amadorismo apoiavam seus pares no "estado rival". O mesmo ocorria com os defensores do profissionalismo.

Dois episódios acabaram favorecendo o segundo grupo. O primeiro foi a quebra da Bolsa de Valores de Nova York, em 1929, que teve repercussão no mundo inteiro. No Brasil, atingiu em cheio os produtores de café e levou à ruína vários dirigentes que eram tidos como grandes beneméritos da causa amadora. Em São Paulo, o Clube Paulistano, cuja estrutura era paternalista e amadora, alicerçada na elite produtora de café agora enfraquecida, acabou por abandonar o futebol em 1929. Detalhe: Prado Júnior foi um dos mais afetados pela crise do setor cafeeiro. O outro episódio que debilitou o amadorismo foi o início do êxodo de jogadores brasileiros para o exterior. Casos como o de Fausto, volante do Vasco, que em 1931 foi para o Barcelona, e Petronilho de Brito, do Sírio, que em 1932 foi para o San Lorenzo, da Argentina, acordaram os dirigentes brasileiros para a necessidade da profissionalização.

1928, O ANO DE UM JOGO SÓ

Ainda longe de sanar ou minimizar o bairrismo que separava paulistas e cariocas, o Brasil, com pouquíssimo tempo para treinar e bem desentrosado, enfrentou em junho, nas Laranjeiras, o Motherwell, um time de profissionais escoceses.

Foi a única partida da Seleção no ano. E tranquila graças à fraqueza dos adversários. O destaque da goleada de 5 × 0 foi o artilheiro Luís Macedo Matoso, o Feitiço, que marcou quatro dos gols brasileiros.

A VELHA LADAINHA

O primeiro amistoso de 1929, só para variar um pouquinho, começou com problemas fora de campo. Os paulistas ameaçaram, ameaçaram e ameaçaram, mas acabaram concordando em ceder atletas para o jogo contra os argentinos do Barracas, fora de casa.

A partida, disputada em 6 de janeiro, também só para variar mais um pouco, foi bem tumultuada, tanto dentro quanto fora de campo. Os brasileiros venceram por 5 × 3, mas os argentinos, revoltados com a atuação do árbitro Edgar Gonçalves, deram uns sopapos durante o jogo que não pegaram muito bem, não.

Pouco mais de um mês depois, o adversário seria o Rampla Juniors, do Uruguai. Nada mais nada menos do que 35 mil torcedores assistiriam a vitória do Brasil por 4 × 2 no estádio de São Januário, do Vasco da Gama.

O terceiro e último amistoso do ano foi contra o temido time do Ferencvaros, da Hungria, que havia empatado com a Seleção carioca por 3 × 3, demonstrando muita habilidade técnica, principalmente com Bukhovy, seu volante, e Takacs, meia-direita.

Os 2 × 0 que a Seleção conseguiu foram ofuscados pelo drama que viveu o zagueiro vascaíno Espanhol, impedido de defender o Brasil devido a fraturas na tíbia e no perônio, contusão que sofrera no empate dos cariocas com os húngaros.

O episódio serviu para estampar as agruras do amadorismo. Sem qualquer vínculo empregatício, Espanhol corria o risco de se ver abandonado à própria sorte. O Vasco não tinha nenhuma obrigação legal de ajudá-lo. Para sua sorte, no entanto, o clube carioca cedeu suas instalações para que ele se tratasse. O Fluminense também ofereceu ajuda. Mas o "profissionalismo marrom" ou "falso profissionalismo" já não se ajustava mais a uma época em que o esporte se tornava cada vez mais popular e os jogadores já não eram mais os filhos ricos da elite. Era chegada a vez do profissionalismo de verdade. Mas calma, calma, calma. O profissionalismo de fato só começaria a surgir mesmo depois da Copa de 1930.

BOICOTE PAULISTA AO MUNDIAL

A disputa entre paulistas e cariocas prejudicou a formação da Seleção que disputaria a primeira Copa do Mundo de futebol, no vizinho Uruguai. Mais uma vez, Apea e CBD divergiam. A Apea requisitara à confederação a inclusão de um paulista na comissão técnica que iria para o Uruguai. A princípio não veio resposta nenhuma. Após muita insistência da Apea, a CBF finalmente respondeu e avisou que não havia mais tempo para alterar a comissão. Revoltados, os paulistas, por intermédio da própria Apea, então nas mãos de Elpídio de Paiva Azevedo, decidiram não ceder os jogadores que já haviam sido convocados, o que enfraqueceu o grupo.

Assim, atletas como Athiê, goleiro que mais tarde viria a ser presidente do Santos na época de Pelé, os zagueiros Nestor, Grané, Del Debbio e Clodoaldo, os meias Pepe, Serafim e Amilcar e os atacantes Filó, Ministrinho, Heitor, Petronilho, Friedenreich, Feitiço e De Maria, apesar de convocados, não puderam participar da Copa.

Como decorrência da negativa dos dirigentes paulistas, Arthur Friedenreich nunca participaria de uma Copa do Mundo. O único paulista que integrou a Seleção foi Araken Patuska, que depois se tornou escritor e autor do livro *Os reis do futebol*, narrando a primeira excursão de um time de futebol brasileiro à Europa. Em 1925, Araken havia defendido o Paulistano, jogando ao lado de Friedenreich.

Pouco antes da convocação para a Copa, Araken jogava no Santos, mas, como estava brigado com seu companheiro de time Siriri, desligara-se do elenco e, indiretamente, da Apea. Por essa razão pôde, "como recompensa", viajar a Montevidéu com a Seleção.

ENJOOS, PÔQUER E CASTELHANO

Os brasileiros viajaram ao Uruguai no navio *Conte Verde*, que aportara no Rio de Janeiro já trazendo as delegações da França, Romênia, Tchecoslováquia e Bélgica, também participantes da competição.

Na viagem, os brasileiros enjoaram e sentiram-se mal. Apesar do mal-estar, porém, até que conseguiram se divertir um pouco, embora houvesse um grande problema de comunicação em virtude da língua. O goleiro Velloso tentou falar em castelhano com franceses, romenos, tchecos e belgas. Evidentemente, em vão.

A saída foi jogar pôquer, que tanto os brasileiros quanto os europeus conheciam. O jogador Nilo, que teve a ideia de jogar cartas, foi a maior decepção, perdendo jogo atrás de jogo. Até os passageiros que não faziam parte das delegações ficaram abismados com tanta falta de sorte. Mas, no final, Nilo deu sua resposta: "Infeliz no jogo, feliz no amor...".

BRIGAS POR UNIFORME, BRIGAS POR BOLA...

Mesmo desfalcada, a Seleção entrou na Copa confiante, batendo na tecla que até hoje caracteriza o futebol brasileiro: a habilidade. "Não acredito que alguém possa competir com o brasileiro em termos de agilidade", dizia o atacante Preguinho.

Apesar do otimismo, logo na estreia, a primeira partida do time contra uma Seleção europeia, derrota por 2 × 1 diante da forte Iugoslávia.

O Brasil, comandado pelo técnico Píndaro de Carvalho, ex-zagueiro do time campeão no Sul-Americano de 1919, jogou com Joel; Brilhante e Itália; Hermógenes, Fausto e Fernando; Poli, Nilo, Araken, Preguinho e Teóphilo. Preguinho, que na verdade se chamava João Coelho Neto e era filho do famoso escritor, foi o autor do único gol brasileiro.

No jogo seguinte, contra a Bolívia, uma confusão. Depois de alguns minutos, a partida foi interrompida porque o Brasil estava vestindo camisas brancas com contorno azul e calções também azuis, parecidos com os da Bolívia. Após a paralisação, os bolivianos tiveram de trocar de uniforme.

Mesmo com a goleada de 4 × 0, três gols de Preguinho, os iugoslavos, que haviam vencido a Bolívia cinco dias antes pelo mesmo placar, conseguiram se classificar.

Mostrando a força do futebol sul-americano, Uruguai e Argentina fizeram a final, também marcada por confusões. Antes do jogo, trinta mil argentinos invadiram Montevidéu aos gritos de "vitória ou morte". Com poucos ingressos destinados a eles, a maioria ficou de fora.

Em campo, o centro das discussões era a bola. Um dos times preferia um determinado tipo de bola; o adversário, outra. Para contentar gregos e troianos, o árbitro belga John Langenus decidiu que se jogasse um tempo com cada bola. Quando a bola começou a rolar, levaram a melhor os uruguaios, que venceram por 4 × 2, após derrota no primeiro tempo por 2 × 1, e se sagraram os primeiros campeões mundiais da história.

REVANCHE E TRANSIÇÃO

Passada a Copa, os brasileiros fizeram dois amistosos em agosto contra dois times que também haviam participado da competição: Iugoslávia e Estados Unidos.

Nas Laranjeiras, veio a vingança contra os iugoslavos, sonora goleada por 4 × 1. Contra os Estados Unidos, o jogo seria mais apertado, mas a vitória não escaparia: 4 × 3 no final.

Passado o ano da primeira Copa do Mundo, seguiu-se um período de mudanças no futebol brasileiro. O técnico da Seleção passou a ser Luís Vinhaes, conhecido ex-árbitro de futebol.

Da nova safra de jogadores que defenderiam o Brasil na Copa de 1938 fazia parte aquele que viria a ser um dos maiores zagueiros brasileiros: Domingos da Guia, pai de Ademir da Guia, meia do Palmeiras e jogador da Copa de 1974.

O time brasileiro começou o ano com o pé direito e goleou o Ferencvaros, da Hungria, por 6 × 1.

O segundo e último jogo do ano foi justo contra os campeões mundiais, em partida que valeu a Copa Rio Branco. O Brasil venceu o Uruguai nas Laranjeiras por 2 × 0, e se não ficou com a Taça Jules Rimet, em 1930, garantiu a Rio Branco, em 1931.

BLEFE OU ESTRATÉGIA?

Centroavante baixinho, mas rápido e oportunista, Leônidas da Silva estrearia na Seleção em amistoso contra o Andarahy. Assim mesmo: com "h" e "y". Apesar da goleada de 7 × 2, nenhum dos gols foi dele.

No jogo seguinte, porém, muito mais importante em virtude da dificuldade que o Brasil sempre teve de superar a Argentina e o Uruguai fora de casa, ele já seria o grande destaque do time, marcando os dois gols da memorável vitória contra os uruguaios em plena Montevidéu.

Antes da partida, no entanto, as declarações dos jogadores do Brasil revelavam um pessimismo sem fim. "Parto para Montevidéu sem levar a certeza da vitória. Aliás, mesmo que fossem outras as nossas condições técnicas, ainda assim teria dúvidas." Opiniões como essa do goleiro Aymoré Moreira, refletindo ou não o que ele pensava, eram comuns entre os atletas da Seleção.

Aymoré poderia até estar blefando ou talvez não conhecesse a estrela de Leônidas, pois a vitória por 2 × 1 foi mais do que merecida. De quebra, 1 × 0 em um amistoso contra o Peñarol e 2 × 1 diante do Nacional fizeram de 1932 um ano de poucos jogos, mas de três belas atuações em "terra inimiga".

A VEZ DO PROFISSIONALISMO

Além das vitórias fora de casa, 1932 foi um ano importante para o futebol brasileiro, pois era chegada a hora de o profissionalismo se instalar definitivamente no país. Pelo menos dentro de campo, porque fora dele os dirigentes continuavam sendo amadores. Como muitos até hoje.

Em meio a reuniões tumultuadas, modificação de estatutos, adiamento de decisões, conselhos deliberativos que voltavam atrás, campanhas de jogadores, pressão de jornalistas postados diante de sedes de clubes em que havia reuniões pró-profissionalismo, a CBD perdeu força ao defender a manutenção do *status quo*.

As entidades estaduais que organizaram a nova estrutura do futebol – Liga Carioca de Futebol (LCF) e Apea – saíram fortalecidas. No Rio, a Amea, partidária do amadorismo, única associação reconhecida pela CBD, perdeu terreno. Seleção? Ah, Seleção, que é assunto bom mesmo, isso só em 1934.

O MALABARISTA DO FUTEBOL

Carlito Rocha, dirigente apaixonado pelo Botafogo até o último fio de cabelo e supersticioso ao extremo, era um malabarista do futebol. Foi juiz, técnico e cartola. Aprendeu todas as artimanhas dos bastidores do esporte. Coube a ele organizar a comissão técnica brasileira que viajou à Itália para disputar a segunda Copa do Mundo da história.

Classificado graças à desistência do Peru, não foi tarefa fácil para o Brasil formar o elenco que iria à Europa. O profissionalismo acabou se tornando o problema principal, já que a CBD insistia em não reconhecer oficialmente a nova configuração do futebol. Os clubes que pagavam e investiam nos jogadores se recusavam a ceder atletas para a Seleção. Carlito Rocha fez de tudo para demovê-los do boicote, mas dos atletas dos times já profissionalizados, com exceção do seu Botafogo, ele conseguiu levar apenas Leônidas e Tinoco, do Vasco da Gama, e Waldemar de Brito, do São Paulo, além de Armandinho, Sylvio Hoffman e Luizinho. E já foi muito. Irritados, os dirigentes da FBF decidiram pelo afastamento dos clubes que se negassem a ceder jogadores.

O debate sobre a ausência dos recém-profissionalizados jogadores na Copa tomou conta das páginas de jornais e das conversas de botequim. O grande nome do futebol da época, Friedenreich, já veterano, defendeu veementemente os que não iriam viajar. "Acho que os profissionais não podem ajudar seus piores inimigos, aqueles que os combateram e que agora, para os embrulharem, apelam para o patriotismo", disse Fried.

Alguns jogadores, para que os dirigentes da CBD não os encontrassem, foram escondidos pelos representantes dos clubes em chácaras do bairro de Santo Amaro, em São Paulo. Foi o que aconteceu com os palmeirenses Tunga, Gabardo e Junqueira. Já Domingos da Guia, que pertencia ao Nacional, de Montevidéu, não foi liberado pelo time uruguaio e não pôde viajar.

O esconde-esconde e a guerra entre os dois lados foram tamanhos que Dante Delmanto, presidente do Palestra Itália (futuro Palmeiras), teria dito aos funcionários de sua fazenda, onde escondera jogadores de seu clube de Carlito Rocha: "Se o homem aparecer, chumbo nele".

O APITO DE VINHAES

Em 12 de maio, no navio Conte Biancamano, lá foram os brasileiros, com uma pequena ajuda de custo da CBD, disputar a Copa da Itália.

No início da viagem, vinho durante as refeições, jogos de cartas e um sambinha até a meia-noite. Isso bastou para que o técnico Luís Vinhaes reunisse o elenco e pedisse que as "atividades" fossem encerradas um pouco mais cedo. O carteado não poderia passar de uma hora e meia por dia e os jogadores tinham de se deitar no máximo às 22h30.

Para reunir o pessoal na hora de dormir, o técnico usava um apito dos mais estridentes. Um representante do governo brasileiro, apoiado por turistas no navio que nada tinham a ver com futebol, passou a reclamar do tal apito do Vinhaes.

Só quando o navio aportou em Dacar para uma escala, seis dias após o início da viagem, que ainda duraria mais cinco, os jogadores puderam fazer o primeiro treino com bola.

COPA DE UM JOGO SÓ

No Mundial de 1934, o Brasil só atuou uma vez. O jogo, na cidade de Gênova, foi contra a Espanha, cujos principais destaques eram o goleiro Zamora, do Barcelona, e o atacante Gorostiza, do Atlético de Bilbao.

Assustado e desarticulado, o Brasil tomou três gols no primeiro tempo, o primeiro deles de pênalti. O goleiro Roberto

Gomes Pedrosa, que depois viria a ser dirigente esportivo, fez grandes defesas, uma delas espetacular, após fortíssimo chute à queima-roupa de Gorostiza. No segundo tempo, o time reagiu, obrigando Zamora a fazer importantes defesas. Waldemar de Brito chegou a desperdiçar um pênalti que ele mesmo havia sofrido, o mesmo Waldemar que seria técnico do Bauru Atlético Clube na década de 1950 e descobriria Pelé. Foi ele também quem convenceu Dondinho, pai do Rei do Futebol e de quem era amigo, a deixar o filho ir para o Santos. Waldemar ficara muito impressionado com o garoto, que parecia demais com ele mesmo. E a aposta deu certo e deu muitos, muitos frutos para o futebol brasileiro e mundial.

Pelé à parte, o Brasil de Waldemar de Brito ainda conseguiria diminuir o placar contra os espanhóis na Itália, com gol de Leônidas. Ao marcar 3 × 1 e diminuir a vantagem dos rivais, os brasileiros viram os italianos se empolgarem, torcendo efusivamente para a Seleção. Luizinho chegou a marcar um segundo gol, anulado pelo juiz, que anotou impedimento no lance. O público reclamou muito e o Brasil também. Lourival Fontes, chefe da delegação, dirigente que anos mais tarde se tornaria chefe do Departamento de Imprensa e Propaganda no governo Getúlio Vargas, fez um protesto contra a arbitragem. Ficou por isso mesmo. Com a derrota e a eliminação da Copa da Itália, o jeito foi fazer as malas e excursionar pela Europa.

Numa Copa que também contou com as fortes Seleções da Espanha e da Áustria – do clássico meia Sindelar – os anfitriões levaram a melhor. O time do goleiro Combi e do atacante Meazza venceu a final contra a Tchecoslováquia, do goleiro Planicka e do atacante Nejdely, por 2 × 1, e a Itália ganharia seu primeiro Mundial.

Os momentos mais emocionantes da competição, no entanto, não foram na decisão. Aconteceram nas quartas de final quando italianos e espanhóis se enfrentaram. Os dois times empataram o primeiro jogo por 1 × 1 após nada mais, nada menos do que três, sim, três prorrogações. No segundo confronto, desfalcada de seis jogadores, inclusive do goleiro Zamora, machucado, a Espanha sucumbiu e perdeu por 1 × 0.

Para chegar à final, a Itália venceria, em partida apertada, os austríacos, também por 1 × 0.

PEREGRINAÇÃO

Antes de voltar ao Brasil, a Seleção, já com Carlito Rocha como novo treinador, disputou oito amistosos no Velho Continente. Destaque negativo para a goleada sofrida para os iugoslavos, que jogaram em casa, por 8 × 4. Três dias depois, 0 × 0 contra o time do Gradjanski.

Na Espanha foram dois amistosos contra a Seleção de Gerona, na Catalunha: uma derrota por 2 × 1 e um empate, 2 × 2. Contra o Barcelona, novo empate, só que por 4 × 4.

Da Espanha a Portugal, onde o time faria seus últimos três amistosos. Primeiro uma vitória de 4 × 2 contra um combinado local; depois goleada por 6 × 1 diante do Sporting, e finalmente um melancólico empate, em jogo fraquinho, 0 × 0 contra o Porto na despedida de solo europeu.

OS SEM-TIME

Afastada da FBF, a maioria dos atletas que voltou da Europa continuou agrupada. Afinal, não teriam muito o que fazer... Foram, então, excursionar pelo Nordeste.

Alguns jogadores, como Sílvio Hoffman e Luizinho, ficaram em São Paulo. O primeiro não embarcou, mas jurou fidelidade e gratidão à CBD. Disse que faria o que a entidade ordenasse e que não renegociaria sua volta ao São Paulo. Já Luizinho fez diferente: tentou voltar para o São Paulo e contornar seu afastamento da FBF.

A Seleção disputou uma série de jogos contra combinados nordestinos. No início, aplicou goleadas. Logo na estreia bateu o Galícia, da Bahia, por 10 × 4 e depois meteu 5 × 1 no Ipiranga. Em seguida fez 2 × 1 no Vitória, 8 × 1 no Bahia, 2 × 1 na Seleção baiana, 5 × 4 no Sport Recife, 3 × 1 no Santa Cruz, 8 × 3 no Náutico e 5 × 2 na Seleção pernambucana. Depois de uma surpreendente derrota para o Santa Cruz, por 3 × 2, a excursão foi encerrada com boa vitória, 5 × 1 diante do Bahia.

O COMPLEXO

Depois de nada fazer em 1935 e 1936, um dos maiores complexos da história futebolística do Brasil estaria presente mais uma vez: o temor de enfrentar argentinos e uruguaios.

Na Copa América de 1937, competição que teve início em dezembro do ano anterior e voltaria a contar com a participação do Brasil, agora dirigido por Adhemar Pimenta, vitórias contra o Peru por 3 × 2, Chile, 6 × 4, Paraguai, 5 × 0, e até mesmo contra o Uruguai por 3 × 2.

Mas depois... Bem, depois o adversário foi a Argentina, sede do torneio. Primeiro uma derrota por 1 × 0. Como se não bastasse, na final houve novo confronto entre brasileiros e argentinos e os anfitriões de novo levaram a melhor por 2 × 0, ficando com o título.

Finda a Copa América, o próximo passo seria a França, sede do Mundial de 1938. E de cara uma grande notícia. Com a desistência dos bolivianos, a vaga brasileira na Copa estava garantida.

ORLANDO SILVA POR UM DIA

Pacificado internamente com o reconhecimento do profissionalismo por parte da CBD, os clubes novamente aglutinados e a FBF sem mais razão de ser, o Brasil foi disputar a Copa da França com sua formação máxima.

Os brasileiros tinham, na verdade, duas Seleções, a branca e a azul. A primeira para partidas que exigissem mais toque de bola. A segunda, para partidas em que a marcação fosse mais necessária.

O técnico Adhemar Pimenta valorizava muito os esquemas táticos e a maneira de o adversário jogar. Estudioso do futebol e mais tarde comentarista de rádio, Pimenta gostava de ver o Brasil jogando de acordo com a formação do adversário. "Antes de determinado jogo, eu falava para o Zezé Procópio: 'Hoje você marca tal jogador porque ele é perigoso'. No jogo seguinte já o colocava numa posição diferente."

Quem sofreu com isso foi Elba de Pádua Lima, o famoso atacante Tim, que jogava no Fluminense naquela época e foi convocado para a Seleção que foi à França. Na semifinal da competição, contra a Itália, ele seria sacado do time para a entrada de Perácio. "Foi o momento mais frustrante da minha carreira", confessaria anos mais tarde.

Até os anos 1940 Tim ficou com a impressão de que Adhemar não ia com sua cara. Foi então que os dois voltaram a conversar e, quando trataram do passado, o treinador lhe garantiu que tudo não passara de opção tática. Era sua famosa estratégia de dois elencos. Estratégia, aliás, que teve sucesso, levando a Seleção ao terceiro lugar.

Desde o embarque do Brasil, em 30 de abril, reinava no país um clima de euforia. Mais do que euforia, era comoção. A alegria na despedida da Seleção era enorme, com direito a muitos desmaios por parte da torcida. Reações assim, na época, só nas apresentações de Orlando Silva, o cantor das multidões. A equipe, que saiu do Rio no navio Arianza, fez escalas em Salvador e Recife. Em Pernambuco realizaria seus últimos treinamentos.

LEÔNIDAS, DOMINGOS E O BRASIL QUASE LÁ

Na França, a estreia seria contra a Polônia, em Estrasburgo. Não só para essa partida, que seria muito emocionante, mas também para o restante da competição, o técnico Adhemar Pimenta tomaria medidas contra possível espionagem dos adversários. Toda precaução era pouca. Tanto que ele afixou uma placa na porta da concentração do Brasil, na Floresta da Alsácia, com os seguintes dizeres: "O treino da Seleção brasileira será às 26h".

O primeiro tempo contra os poloneses, com um endiabrado Leônidas, foi favorável ao Brasil, que terminou a etapa com 3 × 1 no placar. No segundo, com uma tempestade desabando no gramado, a surpresa. A Polônia reagiu e chegou ao empate por 4 × 4.

Durante a prorrogação, não é que Leônidas tentou tirar as chuteiras para jogar descalço? O juiz, o sueco Eklind, porém, não deixou. Com ou sem chuteiras, o fato é que o Brasil ganhou o jogo, por incríveis 6 × 5, com três gols de Leônidas, dois de Perácio e um de Romeu.

O artilheiro do jogo, consolo para os poloneses, foi Ernest Willimowsky, atacante do Ruch Chorzów e campeão polonês daquele ano. Contra o Brasil ele anotou quatro dos cinco gols de sua equipe.

Superada a Polônia, as quartas de final seriam contra a fortíssima Tchecoslováquia, do goleiro Planicka e dos atacantes Nejdely, artilheiro da Copa anterior, e Antonin Puc. Os três eram remanescentes da equipe vice-campeã mundial de 1934. O jogo terminou empatado, 1 × 1, com Leônidas marcando para o Brasil.

Na prorrogação nada de novo. Resultado: um segundo jogo foi necessário para a definição de quem seguiria no Mundial. Pelo menos os tchecos estariam sem o goleio Planicka, que quebrara um braço e a clavícula ao tentar defender um dos tirambaços de Perácio, então atleta do Botafogo, na prorrogação do primeiro jogo e, apesar das fraturas, aguentou até o final da partida sem levar mais gol.

O esperto Adhemar Pimenta usou um time no primeiro jogo e mudou a estratégia para o seguinte, entrando com outra formação, mais descansada do que a primeira.

No empate por 1 × 1 os brasileiros atuaram com Válter; Domingos e Machado; Zezé Procópio, Martim e Afonsinho; Lopes, Romeu, Leônidas, Perácio e Hércules. No segundo confronto, que o Brasil venceria por 2 × 1, gols de Leônidas e Roberto, o time foi de Válter; Jaú e Nariz; Brito, Brandão e Argemiro; Roberto, Luizinho, Leônidas, Tim e Patesko.

Para a semifinal contra a Itália, com Perácio novamente no lugar de Tim, Leônidas de fora, machucado, e muitas reclamações contra a arbitragem, veio a derrota, por 2 × 1.

Os brasileiros tentaram até anular a partida, partindo para o tapetão, sem sucesso. O que mais irritou foi o árbitro Wuthrich, da Suíça, que marcou pênalti para os italianos após entrevero entre Domingos da Guia e Piola, dentro da área, sem bola e fora de jogo. "O problema era comigo. O juiz tinha que me punir e não o time inteiro", saiu protestando, sem muita razão, o zagueiro brasileiro.

O consolo veio na disputa pelo terceiro lugar, contra os suecos. Como Martim, o capitão do time, não jogou, Leônidas o substituiu na função, fechando a participação do Brasil na Copa da França sem o título de campeão, mas com chave de ouro.

Chave de ouro porque, afinal das contas, a Seleção superaria a Suécia por 4 × 2, Leônidas se despediria do Mundial como capitão do time e artilheiro da competição, com oito gols marcados, além de ter sido consagrado pela imprensa local como o melhor jogador do torneio.

Para Domingos da Guia, também um consolo. Dois, na verdade. Foi incluído na Seleção da Copa de 1938 e de quebra recebeu um baita elogio de Piola, seu "inimigo" italiano. "Jamais tinha jogado contra um zagueiro como ele", afirmou Piola, que se sagraria campeão já que a Itália, na decisão, ganharia da Hungria por 4 × 2.

O BEDUÍNO E A CONFUSÃO INÚTIL

Com a base da terceira equipe colocada no mundial do ano anterior, mas com novo técnico, Carlos Nascimento, a Seleção entraria na disputa de mais uma Copa Roca, contra a Argentina. E como tudo, ou quase tudo, na vida tem uma primeira vez, seria chegado o momento de o Brasil ser derrotado em casa. Em pleno estádio de São Januário, a Seleção não apenas perdeu como sofreu goleada da Argentina por 5 × 1. De acordo com os registros da época, o público teria chegado a setenta mil torcedores. Como coube, pelas proporções do estádio, é difícil dizer.

No Parque Antárctica, em São Paulo, o Brasil venceria a revanche por 3 × 2. Os argentinos, no entanto, saíram de campo reclamando da marcação de um pênalti que deu o resultado favorável ao Brasil. Como não houve uma terceira partida naquele ano, a decisão da Copa Roca de 1939 ficou para fevereiro do ano seguinte, no próprio Parque Antárctica.

O Brasil, já com novo treinador, Del Debbio, ex-zagueiro do Corinthians e da própria Seleção, empataria a primeira partida em 2 × 2. Desta vez, a famosa "mão de Deus" seria utilizada em favor dos argentinos. Ao contrário do que ocorrera em 1914, o árbitro brasileiro José Ferreira Lemos validou o gol de Cassan, o primeiro da Argentina, após o centroavante ter ajeitado a bola com a mão, segundo relato do goleiro Aymoré Moreira. "Quando o juiz apitou, julguei que ele havia punido o toque. Qual não foi minha surpresa ao vê-lo apontando para o centro do campo", declarou o goleiro.

Mas a polêmica ainda prosseguiria e, faltando quatro minutos para o término do jogo, os argentinos se revoltaram. Ferreira Lemos interpretou que o zagueiro Valussi segurou Leônidas dentro da área e apontou pênalti. O Brasil perdia por 2 × 1 e os argentinos, inconformados, ameaçaram abandonar o campo. Foi quando o meia brasileiro Alberto Zarzur, também chamado de "Beduíno", impôs sua personalidade forte e exigiu que o árbitro assumisse as rédeas da partida e autorizasse a cobrança do pênalti. Assim, o Brasil igualou o placar.

Toda a confusão, no entanto, foi inútil pois, no outro desempate, os brasileiros perderiam por 3 × 0, deixando os argentinos com o troféu. Triste pela derrota e por ver que a luta e o esforço tinham sido em vão, o atacante Tim mostrou a melancolia do poeta em uma de suas declarações. "O revés foi, ao meu ver, algo rude", afirmou o jogador.

O ERRO DA VOZ DE DEUS

Logo depois de perder uma Copa Roca para a Argentina, começaria a disputa de... uma nova Copa Roca.

Em março, o Brasil sofreria nova e humilhante derrota, 6 × 1, no estádio do San Lorenzo. No banco, Jayme Barcellos assumira o lugar de Armando Del Debbio. No campo, o meia Jair da Rosa Pinto, então atleta do Madureira carioca, faria sua estreia na Seleção. A revanche, até que enfim, foi vencida pelos brasileiros, um suado 3 × 2. Mas não teve jeito, e na terceira e decisiva partida, os argentinos não apenas voltaram a vencer como, mais uma vez, golearam o time brasileiro: 5 × 1.

No mesmo mês de março, abalado por ter perdido a Copa Roca para a Argentina, o Brasil perderia a Copa Rio Branco, em pleno estádio de São Januário, para o Uruguai. No primeiro jogo, 4 × 3 para os adversários. No segundo, empate de 1 × 1 que deu o título para os vizinhos.

A torcida carioca apupava o time e exigia mudanças no meio do jogo. Primeiro, gritava pelo volante Carlos Brant no lugar do "Beduíno" Zarzur. Jayme Barcellos atendeu. Depois, Barcellos se rendeu à nova pressão e substituiu Jair da Rosa Pinto por José Perácio.

Como o empate não era um placar interessante, o técnico pôde se esquivar de algumas responsabilidades. "Eu sabia que a substituição de Jair por Perácio não daria resultado, mas a torcida exigiu e nada adiantou. Não perdemos as esperanças e iremos a Montevidéu trazer a taça que ora os orientais nos arrebataram", afirmou. Mesmo com sua "pureza de espírito" e seu otimismo, Barcellos não resistiu por muito tempo no cargo. Não houve outra partida contra o Uruguai naquela ocasião e, em 1941, a Seleção brasileira simplesmente não entrou em campo.

O CND E O FIM DAS CISÕES

Se em 1941 a Seleção não fez um jogo sequer, fora dos gramados foi criado o Conselho Nacional dos Desportos (CND), órgão federal que acabaria de vez com as cisões entre as federações, tornando-as oficiais. Para a Copa América que se realizaria no Uruguai, Adhemar Pimenta reassumiu o time brasileiro, mesclando os jogadores que utilizara em 1938 com novos valores, como o goleiro Caju, do Atlético Paranaense, e Cláudio Christovam de Pinho, então atleta do Santos. Alberto Borghert, antigo juiz e técnico da Seleção, seria o chefe da delegação brasileira.

Na estreia contra o Chile, o Brasil venceu com tranquilidade, por 6 × 1. Na partida seguinte, porém, sofreu um revés ao perder para a Argentina por 2 × 1. Contra o Peru, na terceira rodada, vitória por 2 × 1. No quarto jogo, mais um resultado negativo, dessa vez contra o outro bloqueio psicológico da Seleção, o Uruguai. A Seleção perdeu por 1 × 0, enfrentando um time que já contava com o grande volante Obdúlio Varela e com o meia Schubert

Gambetta, carrascos do Brasil na Copa de 1950. Os jogos seguintes, 5 × 1 contra o Equador e 1 × 1 contra o Paraguai, garantiriam o terceiro lugar aos brasileiros. Os uruguaios foram os campeões, deixando os argentinos em segundo.

Em 1943, o ex-presidente do Botafogo, Rivadávia Corrêa Meyer, aquele que tanto combatera o profissionalismo no futebol durante os anos 1920, assumiria a presidência da CBD, ao substituir Luiz Aranha.

SOLDADOS DO FUTEBOL

Em plena Segunda Guerra Mundial, a Seleção resolveu homenagear a Força Expedicionária Brasileira (FEB), com um amistoso, em maio, no estádio de São Januário, contra o Uruguai.

Dirigida por Flávio Costa, a equipe impôs uma sonora goleada de 6 × 1. Na tribuna de honra, presença do ministro Osvaldo Aranha e do general Eurico Gaspar Dutra, que viria a ser o presidente do Brasil.

E haja homenagem! Três dias depois, novo amistoso, nova goleada, dessa vez por 4 × 0. Foi o início de um reequilíbrio de forças contra um dos principais adversários no continente.

DUAS GERAÇÕES E UM MOMENTO MÁGICO

A Copa América seguinte foi realizada no Chile (1945). O vencedor, a Argentina. O vice-campeão, o Brasil. Na competição, os brasileiros venceriam a Colômbia por 3 × 0, a Bolívia, 2 × 0, o Uruguai, 3 × 0, perderiam para os campeões de 3 × 1, goleariam o Equador nada mais nada menos do que por 9 × 2 e ganhariam do Chile por 1 × 0.

Apesar das críticas dos paulistas, que achavam que o técnico Flávio Costa privilegiava os jogadores do Rio, uma grande Seleção começava a ser montada. O trio formado por Tomás Soares da Silva, o Zizinho, do Flamengo; Heleno de Freitas, do Botafogo, e Ademir de Menezes, do Vasco, foi um dos maiores ataques de todos os tempos do futebol mundial. Além de terem disputado a Copa América, os três participaram da Copa Roca, em dezembro. No primeiro jogo, no estádio do Pacaembu, ótimas notícias para os brasileiros. Leônidas, já no São Paulo, depois de punido pela comissão técnica e por esse motivo não ter disputado a Copa América no Chile, voltava à Seleção.

Ele se juntaria a Domingos da Guia, na ocasião jogador do Corinthians, Zizinho e Ademir. Depois, para completar, entraria ainda Heleno de Freitas. Um momento mágico para os que assistiram à partida, que reuniu a geração de 1930 e os novos talentos que surgiam no futebol brasileiro e que escreveram as mais belas páginas de sua história. Apesar do bom elenco veio uma derrota por 4 × 3.

O sabor amargo de ver aqueles craques derrotados, porém, teria curta duração. Na revanche, a Seleção golearia os argentinos, 6 × 2, e na terceira e decisiva partida enlouqueceria o Pacaembu ao vencer por 3 × 1 e reconquistar a Copa Roca.

OS AMIGOS DA ONÇA E O REFÚGIO NO VESTIÁRIO

Bom futebol, maus resultados, pelo menos no que diz respeito à conquista de títulos: começava o ano de 1946.

Para começo de conversa, dois jogos em Montevidéu: derrota por 4 × 3 para o Uruguai e, em seguida, empate em 1 × 1. E assim, a Copa Rio Branco foi novamente conquistada pelos anfitriões. Aos 35 minutos do segundo tempo, uma confusão fez o Brasil abandonar o campo. O bandeirinha chamou o árbitro para reclamar do banco de reservas brasileiro, que estaria lhe ofendendo. Leônidas, que jogava como titular, não aceitou, reclamou e foi expulso. Flávio Costa se revoltou com a atitude do árbitro e, inconformado, decidiu que o time deveria deixar o gramado.

Na Copa América na Argentina, uma única derrota para o time da casa, por 2 × 0, a perda do campeonato e mais um refúgio no vestiário. Isto porque a pressão no Monumental de Nuñez estava grande demais, e as brigas dentro de campo começavam a afetar a multidão que estava no estádio. Jair se estranhou com Léon Strembel, e a pancadaria ameaçou se estender. No tumulto, Francisco Aramburu, o Chico, e De la Mata foram expulsos. Temerosos, os brasileiros decidiram voltar ao vestiário e só saíram uma hora depois, após a polícia garantir a segurança da delegação e os alto-falantes do estádio ameaçarem com prisão os torcedores que jogassem pedras.

Até os jogadores argentinos decidiram agir. Foram ao vestiário do Brasil e, agindo como verdadeiros amigos da onça, jurando amizade, fizeram questão de acompanhar os brasileiros na volta ao gramado. No entanto, o clima estava pesado e a derrota foi inevitável. Mas nos outros jogos da competição, a equipe se saiu bem e se sagrou vice-campeã. Superou os bolivianos, 3 × 0, os uruguaios, 4 × 3, e os chilenos, 5 × 1, e empatou com os paraguaios, 1 × 1.

RELÂMPAGOS NA TERRA E NO CÉU

Os únicos jogos disputados em 1947 seriam contra o Uruguai, válidos por mais uma Copa Rio Branco: um empate de 0 × 0 no Pacaembu e uma vitória por 3 × 2 em São Januário.

O início do jogo em São Januário foi muito movimentado. Aos trinta segundos, depois de lançamento de Heleno, Osmar Fortes Barcellos, o Tesourinha, fez 1 × 0, num gol relâmpago para o Brasil. E, aos sete minutos, os dois times ficaram com dez jogadores, pois Danilo e Garcia foram expulsos. Com a vitória, o Brasil ficaria com a taça de 1947.

Nova disputa em 1948, dessa vez no Uruguai. O primeiro jogo terminou empatado: 1 × 1. Um temporal ameaçou a realização da segunda partida. Mas as passagens dos brasileiros já estavam reservadas, e o avião só sairia depois do jogo. Além disso, todos os ingressos para a partida no Centenário já estavam vendidos.

Houve jogo, e os relâmpagos favoreceram o Uruguai, que saiu vitorioso por 4 × 2. E o estádio nem lotou, justamente por causa da chuva.

CAMINHO LIVRE

Vinte e sete anos depois, a Copa América voltaria a ser realizada no Brasil.

Mantendo sua característica de apaziguador e, de certa forma, imitando o que fizera Adhemar Pimenta na Copa de 1938, o técnico Flávio Costa optou por escalar um time quando o Brasil jogasse em São Paulo e outro quando atuasse no Rio. Era uma forma de diminuir um pouco o bairrismo que opunha paulistas e cariocas e tanto mal fazia à Seleção.

Prejudicada por um movimento grevista que envolveu seus jogadores, a Argentina não pôde enviar uma delegação para participar do torneio. O Uruguai, com um time completamente desfalcado também em virtude de uma greve, até tentou, mas não conseguiu repetir as boas participações anteriores. Apesar de contar com um time novato e inexperiente, composto por dezesseis jogadores da terceira divisão, o título só poderia ficar com o Brasil.

E foi o que aconteceu. O time venceu facilmente o Equador, 9 × 1 no Rio; a Bolívia, o Chile e a Colômbia, os três em São Paulo, 10 × 1, 2 × 1 e 5 × 0, respectivamente. Contra o Chile, uma curiosidade. Inexplicavelmente, o juiz encerrou o primeiro tempo aos quarenta minutos. Já no jogo contra a Colômbia, o placar poderia ter sido maior se o Brasil não tivesse perdido dois pênaltis, um com Orlando Peçanha, outro com Milton de Medeiros, o Canhotinho.

Novamente no Rio a Seleção goleou o Peru, 7 × 1, e o Uruguai, 5 × 1. Daí, então, veio a surpresa: uma derrota para o Paraguai por 2 × 1. Na final, a sede de vingança falou mais alto, e a equipe descontaria o placar anterior com uma impiedosa goleada de 7 × 0.

COPA EM CASA

Com a Europa ainda em processo de "reconstrução", recuperando-se dos danos causados pela Segunda Guerra Mundial (1939-45), a quarta Copa do Mundo aconteceria no Brasil.

O estádio do Maracanã foi construído no Rio de Janeiro com capacidade para abrigar cerca de duzentas mil pessoas.

Na fase preparatória, a Seleção brasileira realizou amistosos em São Januário e no Pacaembu.

Um dos "aperitivos" do Mundial, uma partida contra o Uruguai, pela Copa Rio Branco, poderia ter servido para abrir os olhos da Seleção. Em maio, em pleno estádio do Pacaembu, em jogo que marcou a estreia do jovem Nílton Santos, zagueiro e lateral esquerdo, a equipe perderia para o Uruguai, por 4 × 3. Um aviso do que poderia acontecer, e acabaria de fato ocorrendo.

No dia seguinte, outra Seleção brasileira, como se fosse o time azul de Adhemar Pimenta, estrearia numa nova competição do tipo confronto direto, a Taça Oswaldo Cruz, contra o Paraguai. O jogo foi no campo do Vasco, e Nílton Santos novamente estaria no gramado, auxiliando o Brasil a vencer por 2 × 0. Com o empate em 3 × 3 na partida seguinte, disputada no Pacaembu, a Seleção ficaria com seu primeiro troféu de 1950. O segundo foi a Copa Rio Branco, contra os uruguaios. Em 14 e 18 de maio, os brasileiros venceriam por 3 × 2 e 1 × 0, respectivamente.

As dificuldades nas três partidas realizadas antes do mundial contra os uruguaios, duas vitórias e uma derrota, ajudam a desmitificar a lenda de que a derrota na final da Copa de 1950 foi um desastre da natureza, algo que acontece de cem em cem anos.

GOL GUARANÁ

A história da Copa de 1950 começou colorida. Logo de cara, a Seleção, que tinha o esquadrão vascaíno como base, golearia o México, no Maracanã, por 4 × 0. Mesmo que muitos dos atletas escalados não estivessem mais no Vasco naquela época, vários deles tinham passado pelo chamado Expresso da Vitória, nome pelo qual ficou conhecido o time carioca dos anos 1940. Jair da Rosa Pinto, jogador do Palmeiras, e Albino Friaça, atacante do São Paulo, por exemplo, passaram pelo time cruz-maltino.

Para contentar os paulistas, Flávio Costa se decidiu por uma formação diferente da que atuou no primeiro jogo. Diante da Suíça, agora no Pacaembu, privilegiou os jogadores de São Paulo. No meio de campo todos os titulares foram substituídos, cedendo lugar para José Carlos Bauer, Rui Campos e Alfredo Noronha, a Unha do São Paulo de então. No ataque, entrou Oswaldo Silva, conhecido como "Baltazar, o Cabecinha de Ouro", atacante do Corinthians. Resultado: um amargo 2 × 2, com Alfredo e Baltazar marcando os gols brasileiros. Com a volta ao Rio, nova modificação no time. Dos que jogaram em São Paulo, apenas Bauer continuou como titular. O Vasco novamente passou a ser a espinha dorsal da Seleção, que superaria a Iugoslávia por 2 × 0.

Diante de 139 mil pagantes, Zizinho, autor de um dos dois gols brasileiros, comemorou seu feito bebendo um refrigerante cuja garrafa fora aberta com os dentes pelo goleiro Barbosa. Daí o apelido dado por Zizinho de "gol Guaraná".

Antes do início da partida, um incidente. O jogador Rajko Mitić, da Iugoslávia, um atleta mais alto do que a média, bateu a cabeça no topo da escadaria e acabou jogando com o cocuruto todo enfaixado.

TOURADAS EM MADRI

Na fase final da Copa de 1950, classificaram-se os campeões de cada um dos quatro grupos: Brasil, Espanha, Suécia e Uruguai. Na primeira rodada, havia um clima de euforia no país depois da goleada em cima da Suécia por 7 × 1. No mesmo dia, no Pacaembu, o Uruguai suava para arrancar um empate contra a Espanha, 2 × 2. Na rodada seguinte, 152 mil pessoas bailaram no Maracanã, ao som de "As touradas em Madri":

> *Eu fui às touradas em Madri*
> *E quase não volto mais aqui*
> *Pra ver Peri beijar Ceci.*
> *Eu conheci uma espanhola*
> *Natural da Catalunha;*
> *Queria que eu tocasse castanhola*
> *E pegasse touro à unha.*
> *Caramba! Caracoles! Sou do samba,*
> *Não me amoles.*
> *Pro Brasil eu vou fugir!*
> *Isto é conversa mole para boi dormir!*

Quando começou o jogo, o Brasil de fato partiu para cima da Espanha, como se ela fosse o touro, e deu olé atrás de olé, como se fosse um toureiro. Aos dezesseis minutos do primeiro tempo, Ademir fez 1 × 0. Ainda na primeira etapa, Zizinho ampliou, e Chico completou o placar, 3 × 0. Mas no segundo tempo tinha mais. Chico fez 4 × 0. Zizinho, recebendo lançamento de Ademir, marcou o gol mais bonito do dia e, finalmente, Zizinho anotou o sexto e último gol do Brasil. A festa era tanta que, quando o jogador Igoa diminuiu para os espanhóis, dando números finais à partida, a torcida, extasiada, aplaudiu. Enquanto isso, os uruguaios mais uma vez suavam para superar a Suécia em um difícil 3 × 2. Terminada a segunda rodada, ficou definido, portanto, que o Brasil jogaria pelo empate na última partida, diante do Uruguai, seu tradicional adversário na América do Sul, para ser campeão mundial.

O DIA DO SILÊNCIO

Havia, sim, duzentas mil pessoas no Maracanã naquele 16 de julho que entraria para a história. Havia, sim, uma enorme confiança no time brasileiro, que era forte, entrosado e estava taticamente preparado para a decisão. Mas havia também uma ansiedade exagerada que fez o Brasil fervilhar precocemente, antes mesmo do início da partida. No dia do jogo, filas quilométricas se formaram desde a madrugada. Milhares de torcedores chegaram de outros estados do Brasil à procura de ingressos. Queriam assistir ao jogo ou pelo menos estar perto do acontecimento histórico.

A Seleção brasileira jogava pelo empate e, quando o jogo terminou sem gols no primeiro tempo, os corações brasileiros começaram a palpitar mais forte, misturando-se ao burburinho da multidão. Quando o Brasil fez 1 × 0, gol de Friaça, aos treze minutos do segundo tempo, o palpitar dos corações foi abafado pelos urros da multidão. Aos vinte minutos, empate do Uruguai, gol do atacante Juan Alberto Schiaffino. Os batimentos cardíacos mudaram de ritmo e pôde-se ouvir um enorme "oh!" das arquibancadas.

Mas, quando Alcides Gigghia entrou pela direita e tocou no canto esquerdo de Barbosa, aos 34 minutos do segundo tempo, só deu para ouvir os corações batendo, não se escutava mais a multidão. Com a derrota por 2 × 1, os jogadores brasileiros deixaram o gramado trôpegos, cambaleantes, chorando como crianças. Danilo foi o último a descer para o vestiário. Simbolizando o sentimento de todos os jogadores, ele parecia estar em transe, olhar para o infinito, anestesiado, caminhando lentamente e, às vezes, parando para ver o céu. Desceu as escadarias do vestiário sem saber para onde ia. E confessou: "Foi uma desgraça. Por Deus que ainda não compreendi como isso nos sucedeu. Quisera que a terra se abrisse e me tragasse de uma vez!". O técnico Flávio Costa, líder como ele só, ainda tentou reanimar o elenco. "Eles foram bravos como sempre, não jogaram mal...", dizia. Mas nada consolaria uma nação que comemorara o título com antecedência e, na hora do vamos ver, assistiu à festa dos uruguaios.

Traumatizado com a derrota de 1950, o Brasil não voltaria a jogar no ano seguinte. O time, como todo o país, passou o ano de ressaca, curtindo a dor de cotovelo pela festa uruguaia.

O uniforme principal do Brasil, camisa branca com gola azul, foi substituído pelo amarelo por causa da derrota do time na final da Copa de 1950, para o Uruguai. O motivo: o antigo daria azar.

O CONSOLO DE 1952 E O MACHÃO NÍLTON SANTOS

O retorno da Seleção aos campos só ocorreria em abril de 1952. O motivo era o primeiro Pan-Americano de Futebol, no Chile. Naquele momento, ainda abalada pela frustração de 1950, a equipe entrou com um pé atrás no torneio. Tratava-se de uma geração transitória entre as Copas de 1950 e 1954. O time mesclava nomes como Bauer, José Ely de Miranda, Friaça e Ademir, titulares do mundial anterior, com Julinho Botelho, Valdir Pereira, o Didi, Djalma Santos, Antenor Lucas, o Brandãozinho, e Humberto Tozzi, o Pinga, componentes do time de 1954. O ex-jogador Zezé Moreira, irmão do ex-goleiro Aymoré Moreira, que também virou técnico de futebol, tornou-se o novo treinador da Seleção. Zezé escolheu como assistente, uma espécie de supervisor administrativo, o ex-técnico Luís Vinhaes. Rivadávia Meyer, licenciado durante a Copa de 1950, voltara a ser o presidente da CBD. Na estreia, vitória contra o México por 2 × 0, dois gols de Baltazar. Na segunda partida, empate contra o Peru, sem abertura de contagem, o que aumentou a desconfiança sobre a qualidade do time. Na terceira, goleada contra o Panamá de 5 × 0.

O quarto jogo... Bem, o quarto jogo era contra o Uruguai. O bom e velho Uruguai, um selecionado que perdera seu capitão da Copa de 1950, o volante Obdúlio Varela, em decorrência de uma dupla ruptura dos ligamentos interno e externo de um dos joelhos. O jogo foi dos mais tensos. Os chilenos, que dependiam de uma vitória dos uruguaios para serem campeões, torceram muito contra o Brasil. A celeste, percebendo a superioridade dos adversários, baixou o sarrafo. Óscar Míguez, do Uruguai, e Ely, do Brasil, foram expulsos. Nílton Santos não parava de bradar que "os machos eram os brasileiros". Pontapés para cá, pontapés para lá, o Brasil venceu o jogo, 4 × 2, e conseguiu se reabilitar das atuações pouco convincentes até então. O triunfo deixou os brasileiros mais leves, soltos, descontraídos. No último jogo, contra os anfitriões, com dois gols de Ademir e um de Pinga, superariam os chilenos por 3 × 0 e ficariam com o título do torneio.

Mas restou uma mágoa por parte dos brasileiros em relação aos uruguaios por causa da violência no jogo. Um torneio que as duas Seleções disputariam em seguida, em Montevidéu, acabou sendo cancelado por ordem de Rivadávia Meyer, aborrecido com o que vira durante o Pan-Americano.

A estreia do uniforme amarelo da Seleção brasileira foi em 1952, nos Jogos Olímpicos de Helsinque, na Finlândia.

O APERITIVO DOS CALOUROS DE HELSINQUE

Ainda em 1952, o Brasil participou do torneio de futebol na Olimpíada disputada em Helsinque como aperitivo para alguns brasileiros ganharem experiência internacional. Nos primeiros jogos, o time dirigido por Newton Cardoso passou pela Holanda, 5 × 1, e por Luxemburgo, 2 × 1, mas foi eliminado pela Alemanha Ocidental ao perder por 4 × 2 na prorrogação, após empate em dois gols no tempo regulamentar.

Os destaques foram o zagueiro Zózimo Alves Calazans, o meia Larry, do Internacional de Porto Alegre, o atacante Pinga, do Palmeiras, e Edvaldo Izídio Neto, o Vavá, do Vasco da Gama.

Zózimo, Pinga e Vavá ainda disputariam Copas do Mundo pelo Brasil. A Hungria foi a campeã olímpica com um time que seria a base da Seleção que encantou o mundo na Copa de 1954.

ESCRITOR EM ENRASCADA

Em 1953, com Barbosa, Castilho e Gilmar dos Santos Neves, três dos maiores mitos que já defenderam o gol do Brasil convocados pelo técnico Aymoré Moreira, o Brasil participaria de mais uma Copa América, dessa vez no Peru.

Os resultados não seriam, diferentemente do ano anterior, os melhores. Apesar de novamente ter derrotado o Uruguai, 1 × 0, a equipe esbarraria no Paraguai, perdendo dois jogos seguidos, 2 × 1 e 3 × 2, além de também ser derrotada pelo time da casa, 1 × 0. As outras vitórias – contra a Bolívia, o Equador e o Chile – de nada adiantaram. Fora de campo, também, os problemas foram muitos. Isso porque, antes da última partida contra o Paraguai, a direção da CBD mandou para o Peru os técnicos Zezé Moreira e Flávio Costa para que eles colaborassem com Aymoré. Zezé Moreira recusou o convite, mas Flávio Costa, não, e por ordem do furioso Aymoré, contrário a interferências externas, foi barrado na porta da concentração.

Aí quem se irritou foi o comando da CBD, já que Aymoré Moreira tinha contrariado uma determinação da diretoria. A situação ficou crítica, e a CBD exigiu explicações do técnico e do chefe da delegação, o escritor José Lins do Rego. Com o prestígio de ser um importante intelectual, Lins do Rego foi poupado de maiores repreensões. No fim, Aymoré, que também era o treinador da Portuguesa de Desportos, perdeu o cargo naquele mesmo ano, e o técnico para as eliminatórias passou a ser seu fiel irmão Zezé.

Nas eliminatórias para a Copa de 1954, o Paraguai seria um dos adversários do Brasil. Repetiria a Seleção guarani o mesmo feito do Sul-Americano, quando ganhou duas vezes dos brasileiros? Não, dessa vez o sufoco foi menor. A Seleção brasileira se classificaria vencendo também o Paraguai. Primeiro, derrotou duas vezes o Chile, 2 × 0, fora de casa, e 1 × 0, em casa. O Paraguai também não foi obstáculo, perdendo a primeira em seus domínios, 1 × 0, e a segunda, no Maracanã, 4 × 1. Baltazar, com cinco gols, foi o principal artilheiro das eliminatórias. Antes de embarcar para a Suíça, dois amistosos contra um combinado colombiano, só para entrosar o time, com dois resultados positivos, 2 × 0 e 4 × 1.

NA ERA DO RÁDIO

Os jogadores seguiram para a Europa, para disputar o mundial da Suíça, num avião da Pan-Air. O entusiasmo era grande, uma multidão foi até o aeroporto Santos Dumont se despedir do time brasileiro. Na concentração em Caxambu, Zezé Moreira teve várias conversas com seus comandados e pediu para que eles não pensassem na família, mas apenas na necessidade de defender o país. Antes do início da Copa, os jogadores conversavam sobre o possível adversário do Brasil na final. O goleiro Carlos José Castilho preferia a Coreia. "Para que ninguém sofra", dizia ele. "Já pensou uma final com os uruguaios? Ou com os húngaros? Deus me livre! Nossos patrícios morreriam do coração."

Mas não eram todos que pensavam assim. Baltazar, por exemplo, preferia decidir o Mundial contra os húngaros, time da moda, que a Europa inteira cantava em prosa e verso. "Eles são os cancãs do campeonato? Melhor ainda", afirmava o atacante. Para Nílton Santos, o adversário na final seria o de menos. "Na final, o Brasil cresce que Deus te livre", dizia ele.

No rádio, o grande veículo de comunicação da época, todos davam seus palpites. Paulo Gracindo, ator famoso na época pelo quadro "Primo Rico e Primo Pobre", apostava que, na estreia contra o México, o Brasil venceria por 7 × 0, mas fazia um adendo: "Contanto que jogue meu pessoal do Flamengo".

A cantora Nora Ney, por sua vez, achava que, "na pior das hipóteses", o time ganharia por 4 × 0. Heron Domingues, o famoso Repórter Esso, era o mais modesto da turma: 3 × 1 para o time nacional. E, em 16 de junho de 1954, era pelo rádio que o país ouviria, sintonizado na Continental, a narração de Oduvaldo Cozzi de Brasil 5 × 0 México. Confirmava-se o otimismo da maioria de palpiteiros.

Depois de ter estreado em Genebra, a Seleção viajou para Lausanne. Lá jogariam contra a Iugoslávia. Esse jogo transformou-se numa lenda. Não tanto pelo que aconteceu dentro de campo, mas pelo que a imprensa comentou sobre o despreparo dos dirigentes brasileiros. De acordo com os comentários da época, os cartolas não sabiam que o empate classificaria as duas equipes para a próxima fase. Mas o fato foi que, em vez de aceitar uma marmelada, o Brasil partiu para o ataque, disposto a vencer.

E se a Iugoslávia realmente quisesse a marmelada, não teria marcado o primeiro gol do jogo, com o atacante Branko Zebec. Didi, pouco depois, empatou para o Brasil. E, mesmo com 1 × 1 que interessava aos dois, os brasileiros atacaram e saíram de campo honrando a camisa.

A BATALHA DE BERNA, AS CHUTEIRADAS E UM DEPUTADO ARREPENDIDO

O próximo adversário da Seleção foi a poderosíssima Hungria, campeã olímpica em Helsinque, o time dos atacantes Kocsis, Puskás, Hideguti e Czibor, um esquadrão que desde 1950 até aquele ano havia feito 29 jogos, vencendo 26 e empatando os outros três.

Para Zezé Moreira, o time húngaro jogava com um esquema semelhante ao do Paraguai, time que o Brasil enfrentara nas eliminatórias. O técnico brasileiro pensou em jogar com uma nova formação, com Ely no lugar de Bauer, desanimado por sua má atuação contra a Iugoslávia. Mas, incentivado pelos telefonemas de sua mulher e de Paulo Machado de Carvalho, ambos no Brasil, Bauer acabou reunindo forças para jogar.

Sem Ferenc Puskás, contundido nos históricos 8 × 3 aplicados sobre a Alemanha Ocidental, os húngaros fizeram uma partida emocionante, polêmica e violenta contra o Brasil.

No primeiro tempo, venciam por 2 × 1, gols de Nándor Hideguti e Sándor Kocsis. Para o Brasil, Djalma Santos de pênalti. No segundo tempo, Mihály Lantos, também cobrando pênalti, fez 3 × 1. Julinho descontou e, no finalzinho, Kocsis, de cabeça, completou os 4 × 2.

Assim que a partida terminou, houve uma pancadaria generalizada. Já no primeiro tempo, o árbitro Arthur Ellis, da Inglaterra, enraivecera os brasileiros, que viram impedimento no segundo gol dos adversários. No segundo tempo, irritou ainda mais ao marcar o pênalti de Pinheiro em Zoltán Czibor e ao validar o gol de Kocsis, completamente impedido, segundo os brasileiros.

Ainda na etapa final, József Bozsik, depois de ter sofrido falta de Nílton Santos, agrediu o lateral brasileiro. Nílton revidou, e os dois foram expulsos. Pinga, após escanteio para a Hungria, saltou com os dois pés para cima de Jenő Buzanski e também foi expulso. O meia Brandãozinho foi outro que tentou agredir o atleta húngaro. Terminado o jogo e com a confusão generalizada, até Puskás, que não havia atuado, acertou uma garrafada em João Carlos Pinheiro que custou ao zagueiro seis pontos na cabeça. Zezé Moreira tentou ajudar seu pupilo e também acabou sendo agredido. Após a briga, vieram as acusações, as lamentações e os arrependimentos.

O meia húngaro Kocsis culpou os brasileiros pelo episódio. Os jogadores do Brasil, no entanto, não apenas lamentavam a derrota como estavam enfurecidos com o adversário e com o árbitro. Ensandecido, o juiz brasileiro Mário Vianna, que apitara no mundial e era membro do Comitê de Árbitros da Fifa, foi aos microfones de rádio e desabafou: "O Comitê de Árbitros da Fifa é um covil de ladrões. O juiz Ellis favoreceu os húngaros porque, além de ladrão, é comunista". O meia Bozsik, por sua vez, era um dos arrependidos e não se conformava com a sua expulsão. Afinal, era a primeira em sua carreira, e ele, como deputado do Parlamento húngaro, sentia-se mal por ter sido um dos coadjuvantes de uma batalha campal.

No vestiário, o chefe da delegação brasileira, João Lyra Filho, ex-presidente do CND, foi enérgico ao não permitir que ninguém ficasse de cabeça baixa. Mesmo assim, o desânimo era total, e o sonho do título de melhor do mundo ficaria para quatro anos mais tarde.

A DANÇA DOS DRIBLES E O ASSESSOR DO SUPERVISOR

Jogo contra o Chile. Em disputa a Taça Bernardo O'Higgins, uma das mais importantes da história do Brasil. Parece piada, mas até que se pode dizer isso, se pensarmos que foi a partida de estreia de Manuel Francisco dos Santos, o Mané Garrincha, na Seleção. Um craque de pernas tortas e dribles perfeitos que se comportou, com a camisa verde-amarela, com a mesma naturalidade que demonstrava ao defender o Botafogo. O próprio, o fujão das concentrações, o autêntico, o bailarino, o que driblava tudo e todos, inclusive seu próprio destino. Uma lenda que passou de maneira fugaz ao se esquivar dia após dia de zagueiros truculentos, fortes, potentes, ameaçadores, mas nunca tão talentosos como ele. Sempre pacífico, Garrincha não deixou definições, somente rastros.

Pois foi em 1955, ainda na ressaca da Copa da Suíça, que Zezé Moreira, com quem Garrincha trabalhava no Botafogo, chamou o atacante para a Seleção canarinho. Sim, pois as camisas amarelas, que apagaram o fracasso da Copa de 1950, quando ainda eram brancas, transformaram-se no uniforme principal da equipe. Entre os convocados pelo "professor", também estava o ponta Telê Santana, do Fluminense, que já havia sido dirigido por Zezé Moreira quando o tricolor carioca foi o campeão estadual de 1951. Após o término de sua carreira, Telê se tornou técnico e muitos de seus ensinamentos foram inspirados em Zezé Moreira, a quem considerava o melhor treinador com quem já trabalhara. Minucioso como Zezé, por exigir de seus jogadores a eficiência nos fundamentos básicos do futebol, como o passe, o drible, o cruzamento e o cabeceio, Telê foi técnico da Seleção brasileira nas Copas de 1982 e 1986.

Naquele 1 × 1 contra o Chile em 18 de setembro, a Seleção foi representada por jogadores cariocas. Pinheiro foi o autor do gol brasileiro. Nessa partida, a genialidade de Garrincha ainda não havia despontado, mas em alguns momentos ele mostrou do que seria capaz e o que iria aprontar nos anos seguintes.

Dois dias depois, no Pacaembu, o segundo jogo. Dessa vez a Seleção dos paulistas, dirigida por Vicente Feola, representava o Brasil. Com Gilmar, do Corinthians, no gol, o zagueiro Mauro Ramos de Oliveira, do São Paulo, e o atacante Vasconcelos, do Santos, em campo, a equipe superaria os chilenos por 2 × 1 e ficaria com o troféu.

Naquela época, a confusão no comando da CBD detonou um festival de entra e sai de treinadores. Isso porque Flávio Costa reassumiu o cargo logo em novembro, para a disputa da Taça Oswaldo Cruz com o Paraguai. Venceu por 3 × 0, mas mesmo assim deixou o posto para que Osvaldo Brandão assumisse o comando. Na segunda partida do mesmo torneio, que terminou em empate por 3 × 3, o Brasil já tinha outro treinador. Para que Brandão pudesse comandar a Seleção, já que não tinha diploma de treinador, os dirigentes da CBD, no papel, substituíram a palavra "técnico" por "assessor do supervisor".

A Seleção brasileira, dirigida por Osvaldo Brandão, campeão pelo Corinthians no torneio Quarto Centenário, o Paulistão de 1954, perderia por 4 × 1 para o Chile na Copa América de Montevidéu. Os brasileiros pressionaram, mas os chilenos conseguiram golear. Um jogo muito parecido com o que aconteceria trinta anos depois, na Copa América da Argentina.

Nos jogos seguintes, empataria com Paraguai, 0 × 0, Uruguai, também 0 × 0, e venceria o Peru por 2 × 1 e a Argentina por 1 × 0, mas mesmo assim ficou sem o título da competição.

O destaque foi a vitória suada contra a Argentina, quebrando um tabu em Sul-Americanos. O autor do gol foi Luiz Trochillo, o

Luizinho, que iniciava uma grande fase na Seleção, aos 43 minutos do segundo tempo. Sob o comando do técnico José Francisco Duarte Júnio, o Teté, e representado por atletas do Rio Grande do Sul, como o goleiro Valdir de Moraes, do Renner, o zagueiro Florindo e os atacantes Larry e Ênio Andrade, do Inter, a Seleção conquistou o Pan-Americano do México e sagrou-se bicampeã. O único tropeço aconteceu no último jogo. Um empate contra a Argentina, 2 × 2, gols de Chinesinho e Ênio Andrade para o Brasil. Antes, o time havia vencido o Chile, 2 × 1, o Peru, 1 × 0, o México, 2 × 1, e a Costa Rica, 7 × 1.

Terminado o Pan, o Brasil disputou um amistoso contra a Seleção pernambucana, já com o time principal comandado por Flávio Costa. Em seguida, fez uma excursão à Europa, onde perdeu para a Inglaterra, 4 × 2, e para a Itália, 3 × 0. Jogou ainda com Suíça, Portugal, Turquia, Tchecoslováquia e Áustria.

Na derrota para os ingleses, quando Gilmar ainda pegou dois pênaltis, o lateral Nílton Santos não conseguiu conter as escapadas do ponta Stanley Matthews, então com 42 anos. Dono de jogadas inteligentes, capaz de cruzamentos precisos, Matthews participou dos quatro gols de seu time. Por seu desempenho no jogo, o ponta inglês recebeu uma taça de prata do presidente da CBD, Sílvio Pacheco, que declarou: "Matthews é um mestre do futebol".

Na chegada ao Brasil, Flávio Costa foi enfático em seu relatório sobre a excursão: "Os jogadores caíam à toa, perdiam as jogadas mais simples. Temos que mudar tudo, desde o treinamento até a alimentação", disse ele.

Depois da turnê europeia, a Seleção brasileira disputou a Taça Oswaldo Cruz. Jogou contra o Paraguai e conseguiu derrotá-lo em duas oportunidades. Já pela Taça do Atlântico, venceu o Uruguai, 2 × 0, no Maracanã, e empatou com a Argentina, no Monumental de Núñez, 0 × 0. Para variar, o jogo contra o Uruguai foi caracterizado por tumultos. Cinco uruguaios foram expulsos, entre eles Abadie, que deu um soco no juiz Frederico Lopes.

Em amistoso no Maracanã, a Seleção redimiu-se da derrota para a Itália ao derrotar a Azzurra por 2 × 0.

Finalmente, dois amistosos contra a Tchecoslováquia. No primeiro, no Maracanã, derrota por 1 × 0; no segundo, no Pacaembu, vitória por 4 × 1 e, de sobra, um show dos meias Luizinho e Zizinho, que fizeram uma tabelinha de cabeça.

A ENCICLOPÉDIA E A FOLHA SECA

A dança dos técnicos continuou. Osvaldo Brandão teve nova chance na Seleção ao comandar o time que disputou o Sul-Americano de 1957 no Peru. A campanha não foi das melhores. Os brasileiros terminaram o campeonato atrás de argentinos e uruguaios. Na estreia venceram o Chile por 4 × 2. Depois, o Equador por 7 × 1 e a Colômbia por 9 × 0, mas perderam do Uruguai por 3 × 2.

Em jogo tumultuado, a Seleção ainda venceu o Peru por 1 × 0, adversário também nas eliminatórias da Copa do Mundo. Aos 35 minutos do segundo tempo, o árbitro inglês Ronald Linch apitou um pênalti para o Brasil. Os peruanos fecharam o cerco em torno do juiz, que logo expulsou três: Salas, Lazon e Delgado. Os peruanos se recusaram a sair de campo. Didi fez a cobrança e o gol, e logo depois o jogo foi suspenso. Mas a vitória ficou com o Brasil.

Para a Argentina, o time perdeu por 3 × 0 num jogo memorável. Por anos a fio, a Argentina lembrou-se desta data, 3 de abril, como o dia em que derrotou a base do time campeão da Copa do Mundo de 1958. Foi uma das mais belas partidas da história do futebol argentino, o auge de uma geração de craques comandados por Federico Vairo, Ornar Corbatta, Humberto Maschio, Valentín Angelillo e Enrique Ornar Sívori. O próprio Osvaldo Brandão ficou impressionado com o time argentino e não teve dúvidas em eleger o melhor jogador do Sul-Americano. "Humberto Maschio foi disparado o grande jogador do certame", analisou o brasileiro.

Terminada a participação no Sul-Americano, o Brasil não voltou para casa. Dez dias depois, teria de enfrentar o Peru, já pelas eliminatórias, no mesmo estádio Nacional, em Lima. O jogo, que já prometia ser uma guerra, tornou-se ainda mais acirrado após o tumulto ocorrido dias antes no confronto entre as duas Seleções.

Com o meia Roberto, do Corinthians, em campo, o time de Osvaldo Brandão teve dificuldades para empatar o primeiro jogo, 1 × 1. Os peruanos saíram na frente, quando Terry driblou o próprio Roberto e, quase sem ângulo fez o gol, para delírio dos torcedores. O jogo ficou muito difícil e, quando a situação parecia se complicar, numa escapada, o centroavante Índio tocou na saída do goleiro e empatou o jogo. A partir desse momento, o time colocou os nervos no lugar. Nílton Santos foi o melhor em campo. Defendeu como um leão, anulou o ponta Bassa e ainda partiu para o ataque com vigor, categoria e visão de jogo. Justificou seu apelido de "Enciclopédia do Futebol" ao utilizar todos os recursos e fundamentos do futebol. Na segunda partida, no Maracanã, um verdadeiro sufoco. A bola simplesmente parecia não querer entrar no gol. Foi quando o meia Didi, então no Botafogo, cobrou uma falta com perfeição, no famoso estilo "folha seca", dando à bola um efeito impressionante e marcando o único gol do jogo. Com o 1 × 0, a torcida pôde respirar aliviada, e a Seleção garantiu sua vaga no Mundial do ano seguinte.

UM JOVEM REI E UM PEQUENO POLEGAR

Ainda em 1957, a ciranda dos técnicos teimava em prosseguir. De Osvaldo Brandão o comando do time passou para Sylvio Pirillo, treinador do Brasil em dois amistosos contra Portugal. Duas vitórias: 2 × 1 e 3 × 0. Depois, partiu para a disputa de mais uma Copa Roca. Mais uma Copa Roca? Longe disso. Seria apenas mais uma, não fosse a entrada, em 7 de julho, contra a Argentina, de um jogador de dezeseis anos de idade que se transformaria na maior lenda do futebol mundial de todos os tempos: Edson Arantes do Nascimento, o Pelé. No segundo tempo de um jogo que o Brasil perderia por 2 × 1, ele entrou no lugar de Emmanuelle Del Vecchio, seu companheiro no Santos, e, com personalidade, foi o autor do gol do Brasil. No jogo de volta, no Pacaembu, vitória do Brasil por 2 × 0. Pelé marcou o segundo gol do time canarinho. "Estou muito satisfeito e espero continuar vestindo a camisa do nosso país em outras oportunidades", disse Pelé, sem saber o caminho de glórias que ele estava apenas iniciando.

Luizinho, que já vinha bem na Seleção e tinha o apelido de "Pequeno Polegar", foi o grande destaque do jogo, deixando seu marcador Nestor Rossi às vezes sentado no chão. O argentino, um grande jogador da época, apelou para a violência e acertou o rosto de Luizinho numa cobrança de escanteio. O craque brasileiro não teve dúvidas: aumentou sua dose de dribles e ainda mandou um ensinamento a Rossi. "Futebol é jogado no chão, não no rosto."

Para completar sua participação no ano que antecedeu o mundial da Suécia, o Brasil, representado por um "elenco de desconhecidos", disputou a Taça Bernardo O'Higgins. Perdeu o troféu para o Chile, após derrota por 1 × 0 e empate em 1 × 1, ambos em Santiago.

MISTURA DE ESTILOS

Preocupado com a bagunça que afetara a Seleção durante as eliminatórias, já que o time que disputou a Copa América e depois enfrentou o Peru reunira-se apenas dez dias antes do embarque, João Havelange, eleito presidente da CBD, aprovou um estudo de seu vice, Paulo Machado de Carvalho, para a equipe que iria ao Mundial na Suécia. Poucos meses antes do Mundial, o nome do técnico que comandaria o Brasil ainda não estava definido.

Sylvio Pirillo perdera o posto, e acreditava-se que Flávio Costa reassumiria a direção. No entanto, foi Vicente Feola, que até então trabalhava no São Paulo como uma espécie de supervisor, quem assumiu o comando da Seleção.

Paulo Machado de Carvalho delegou a Feola as funções de treinador, mas optou por um trabalho de equipe. Faziam parte da comissão técnica o supervisor Carlos Nascimento, o preparador físico Paulo Amaral, o administrador José de Almeida e o médico Hilton Gosling. Antes de partirem para a Suécia, foi anunciado todo o esquema de treinamentos, concentração etc. Até um psicólogo, João Carvalhaes, foi chamado para acompanhar a Seleção. E também um dentista, Mário Trigo, que, além de cuidar dos dentes dos jogadores, levantava o astral da equipe, sempre de bom humor, contando uma piada atrás da outra. Na verdade, o Brasil misturou estilos ao mesclar seriedade e descontração. Carlos Nascimento impunha a disciplina, e a Trigo cabia descontrair o ambiente.

A Seleção brasileira se concentrou em Poços de Caldas e Araxá, Minas Gerais. Antes de seguir para a Europa, o time realizou alguns amistosos em casa.

Para começo de conversa, a morna disputa pela Taça Oswaldo Cruz, contra o Paraguai. Oreco entrou como titular no lugar de

Nílton Santos, que sofria oposição do presidente da Federação Paulista. No Maracanã, Brasil 5 × 1. No Pacaembu, 0 × 0.

DUPLA INFERNAL

Em seguida, dois jogos contra a Bulgária, arbitrados pelo uruguaio Esteban Marino, o mesmo que apitara a vitória brasileira contra o Peru pelas eliminatórias do ano anterior. Com Nílton Santos de volta ao time, o Brasil goleou por 4 × 0 no Maracanã e marcou 3 × 1 no Pacaembu, em 18 de maio. Uma data histórica. Não pelo placar, mas por ter sido a primeira vez que Pelé e Garrincha atuaram juntos. E com Pelé e Garrincha lado a lado, a Seleção nunca sofreu um revés, era um time simplesmente invencível.

Antes de viajar para a Europa, o Brasil faria um jogo amistoso. No entanto, a escolha do adversário, o Corinthians, não foi das mais felizes. A torcida corintiana não parou de vaiar o time brasileiro e também pedia por Luizinho, que não fora convocado para o time nacional. Como se não bastasse, o zagueiro Ari deu uma entrada violenta em Pelé, que quase acabou cortado da delegação. Resultado final, 5 × 0 para o Brasil, o que esfriou um pouco os ânimos dos corintianos e elevou o moral da Seleção.

Na Itália, o time enfrentou a Fiorentina e a Inter de Milão. Em ambos os jogos, goleadas fáceis por 4 × 0. No primeiro, porém, Garrincha levou uma bronca de seus companheiros ao driblar três adversários e o goleiro e ter esperado para dar mais um driblezinho antes de mandar a bola para as redes da Fiorentina. Diante da irreverência e da cuca fresca de Garrincha, o técnico Feola se assustou e gritou do banco de reservas: "Meu Deus, e se ele fizer isso na Copa?".

CARTAS NA MANGA

A Seleção, concentrada em Hindas, um balneário perto de Gotemburgo, estreou no mundial da Suécia contra a Áustria, em 8 de junho. Antes da partida, no entanto, uma trapalhada quase botou tudo a perder. Em decorrência de um erro na inscrição, a Seleção brasileira quase não pôde disputar a Copa do Mundo. Apesar de todo o trabalho feito pelos dirigentes, eles se esqueceram de um detalhe. Na hora do registro, era obrigatório que se colocasse a numeração de cada jogador, o que não foi feito.

Quem descobriu o equívoco e avisou a tempo foi Luiz Murgel, um dos delegados brasileiros no congresso da Fifa. Para evitar o cancelamento do registro, a inscrição foi feita às pressas, e a numeração dos jogadores na estreia contra a Áustria foi uma mostra do desespero dos dirigentes. Eles nem devem ter visto o que fizeram, o importante era fazer. Por isso, Gilmar entrou com a camisa 3, De Sordi, 14, Bellini, 2, Nílton Santos, 12, Dino, 5, Orlando, 15, Joel, 17, Didi, 16, Mazzola, 18, Dida, 21, e Zagallo, com a 7.

Passado o susto fora de campo, veio a vitória por 3 × 0, e o time foi bem, apesar de certo nervosismo e excesso de cautela por parte dos brasileiros.

No segundo jogo, contra a Inglaterra, Feola, Paulo Amaral e Gosling, que muito conversavam sobre a melhor maneira de o time se postar em campo, optaram por insistir em um futebol sem riscos. Resultado, 0 × 0, mas o fim do nervosismo de início de competição. A partir da terceira rodada, quando o time enfrentaria a União Soviética, era chegada a hora de tirar as cartas da manga e escalar Garrincha e Pelé, que foram deixados de fora dos dois primeiros jogos. Os brasileiros, que viam os soviéticos treinarem dos apartamentos em que estavam concentrados, não se intimidaram diante do chamado futebol-científico e, com arte, venceram por 2 × 0, os dois de Vavá, com direito a um verdadeiro show de Garrincha.

Em dois minutos de jogo, Garrincha mostrou que o futebol brasileiro passava a caminhar a favor do tempo. O ponta brasileiro dava um baile no lateral Oleh Kuznetzov, e a Seleção pressionava a União Soviética, tendo chutado duas bolas seguidas na trave. O espanto contagiou a todos, a ponto de se ouvir um surreal grito da cabine dos jornalistas: "Como este gol está demorando para sair!".

Aos três minutos do primeiro tempo, "finalmente" Vavá fez 1 × 0. No restante do jogo, muitos dribles, inúmeros olés, deixando sempre a sensação de que o time conseguiria marcar gols quando quisesse. Fez apenas mais um naquele dia, mas quem assistiu àqueles 2 × 0 saiu com a nítida impressão de que vira uma goleada. Pelas quartas de final, o adversário do Brasil era o País de Gales. Vavá não jogou naquele 19 de junho. O Brasil sofreu para ganhar. Quem marcou? Pelé, com o seu primeiro gol em Copas do Mundo, livrou o Brasil do sufoco.

E veio a semifinal, contra a França, do goleador Just Fontaine, atleta do Stade Reims, forte equipe francesa dos anos 1950. Mas, em campo, o destaque ficou para Didi, Pelé, Pelé e Pelé...

O presidente Juscelino Kubitschek escutou o jogo ao lado de Miriam Malizia, noiva de Vavá, e Guiomar, esposa de Didi. E comemorou cada um dos cinco gols brasileiros, históricos 5 × 2 contra os franceses, no mesmo 24 de junho em que Maria Esther Bueno estreava nas quadras de Wimbledon e vencia por 2 × 0 a inglesa Hazel Cheadle, iniciando uma trajetória de três títulos na categoria simples para o Brasil.

CAMISA DA SORTE

Para a decisão do mundial, os suecos, donos da casa, tentaram desestabilizar os brasileiros. Nos jornais suecos, fotos do gol de Gigghia, que deu o título aos uruguaios em 1950, e fotos dos 4 × 2 para a Hungria, que eliminou o Brasil em 1954... E, para acrescentar mais um capítulo à guerra de nervos, os anfitriões ficaram com a camisa amarela. A Seleção brasileira teve de decidir o título com a azul. "Ótimo, eu sabia. Queria que acontecesse exatamente isso. É agora que vamos ganhar!", comemorava Paulo Machado de Carvalho ao tentar convencer os jogadores de que seria sinal de sorte atuar com a camisa azul.

No início do jogo, Liedholm fez 1 × 0 para a Suécia. Porém, logo após a saída, Didi, que pegara a bola do gol dizendo que não era nada, lançou para Garrincha, que driblou dois e cruzou para Vavá empatar o jogo. Em seguida veio outro de Vavá, após jogada idêntica à de Garrincha; veio o chapéu de Pelé, seguido de um golaço do Rei; veio um balaço de Zagallo, no canto direito do goleiro sueco; veio uma cabeçada milimétrica de Pelé, autor do último gol brasileiro. Ao repetir o placar da semifinal, 5 × 2, o Brasil tornou-se pela primeira vez campeão do mundo de futebol.

O torcedor carioca Cristiano Lacorte, um dos poucos brasileiros a assistirem à conquista do mundial de 1958 de perto, recebeu uma medalha do governo brasileiro por seus gritos de incentivo.

A RESPONSA

Depois da primeira conquista de uma Copa do Mundo, a curiosidade e a expectativa em relação à próxima exibição da Seleção brasileira eram enormes.

O primeiro jogo foi contra o Peru, na estreia brasileira na Copa América da Argentina (1959). Vicente Feola se esforçava para evitar o clima de já ganhou. "Todos vão fazer de tudo para derrotar o campeão do mundo", dizia ele. "O título que conquistamos já pertence ao passado." Dito e feito. Empate de 2 × 2 com o Peru e muitas críticas à atuação da Seleção. O time chegou a vencer por 2 × 0, mas deixou, em três minutos, no finalzinho do jogo, os peruanos empatarem. As críticas contra Feola não foram das mais leves, principalmente quando ele substituiu Pelé por Almir, num momento em que o Brasil já tinha vantagem no marcador. A saída de Pelé contribuiu para o avanço do meia De la Vega, uma das razões para o Peru chegar ao empate. Na partida seguinte, mesmo vencendo o Chile por 3 × 0, a atuação do Brasil deixou a desejar. Pelé, pelo menos, conseguiu se salvar. Marcou dois gols e criou boas jogadas.

Na terceira rodada, 4 × 2 contra a Bolívia e comentários díspares a respeito do desempenho da Seleção, considerado pífio pela imprensa brasileira.

Os dirigentes, a comissão técnica e os jogadores não concordavam com as críticas e elogiavam a atuação do time. "O importante é vencer", dizia Coronel, lateral do Vasco. E a imprensa argentina também não concordava com a brasileira. A revista *El Grafico*, por exemplo, definia a Seleção do Brasil como a de melhor qualidade técnica do campeonato.

A SELVAGERIA

Na quarta rodada, contra o Uruguai, o verdadeiro futebol brasileiro reapareceu. De virada, o time bateu a Seleção celeste por 3 × 1, três gols do atacante Paulinho Valentim, que entrara no lugar de Coronel. Mais uma vez, a partida contra o Uruguai foi marcada pela agressividade dos dois times. Mas dessa vez a violência beirou a selvageria. Até a polícia foi obrigada a intervir. Tudo começou com um choque de Almir com o goleiro Leiva e o zagueiro Davoine. A partir daí, a confusão se alastrou. Paulinho deu uma tesoura voadora num reserva adversário. Bellini atracou-se com outro, e Pelé foi agredido por três ao mesmo tempo. Quem levou a pior foi o zagueiro uruguaio William Martinez, que saiu de campo com a cabeça e o braço enfaixados. Do lado uruguaio, a confusão dividiu a equipe. O chefe da delegação, Saturno Gonzalez, revoltado com a agressividade do atacante Sassia, mandou-o de volta para Montevidéu. Os jogadores, em solidariedade, ameaçaram abandonar a competição. Num jantar de confraternização, tudo foi contornado.

Do lado brasileiro, a situação serviu para unir ainda mais o grupo. Pelé, penúltimo jogador a deixar o vestiário após a partida, quando percebeu que Didi ainda se encontrava lá dentro, decidiu voltar. "Sem ele eu não vou. Aquele é meu amigo cem por cento, dentro e fora do campo. É por isso que conseguimos fazer alguma coisa quando jogamos juntos."

O PONTINHO DO PERU

Na penúltima rodada, o Brasil jogou contra o Paraguai e goleou por 4 × 1, novamente de virada.

Mas, num torneio de pontos corridos, o ponto perdido no empate com os peruanos fez falta. A final da competição, o Brasil jogaria contra a Argentina, mas teria de vencer o time da casa para ficar com o título. Conseguiu um heroico 1 × 1, diante de 120 mil pessoas no Monumental de Núñez, e teve de se contentar com o vice-campeonato. O time brasileiro terminou a competição invicto, como na Copa de 1978, quando foi eliminado da final ao ver os peruanos perderem por 6 × 0 para a Argentina.

Depois da Copa de 1958, o capitão Bellini foi convidado para participar de um filme em Hollywood. O jogador recusou, pois estava com casamento marcado no Brasil.

A REDENÇÃO

Em 13 de maio de 1959, a Seleção fez um dos amistosos mais importantes de sua história. Foi no Maracanã, contra os inventores do futebol. Quem não conseguiu entrar no estádio reuniu-se em praças públicas para escutar a transmissão da partida pelo rádio. Fora de forma e ainda recuperando-se de uma contusão, Garrincha deu lugar a Julinho Botelho, que entrou em campo vaiado por uma torcida louca para ver Garrincha jogar. Mas, aos dez minutos, a dedicação e a magia dos dribles de Julinho foram reconhecidos pela plateia, que passou a aplaudi-lo. Autor de um dos dois gols na vitória por 2 × 0, Julinho deixou o estádio ovacionado. "Só craque é vaiado", saiu dizendo Pelé, após a partida.

UMA COMPETIÇÃO ATRÁS DA OUTRA

Em Chicago, nos Estados Unidos, representado por um time de amadores, supervisionado pelo ex-técnico da Seleção Luiz Vinhaes e dirigido por Newton Cardoso, o Brasil perdeu para os anfitriões dos Jogos Pan-Americanos por 5 × 3. Depois derrotou Costa Rica, 4 × 2, Cuba, 4 × 0, Haiti, 9 × 1, e México, 6 × 2, além de empatar com Argentina, 1 × 1. Com essa campanha, a Seleção voltou para a casa com a medalha de prata.

Depois do Pan-Americano, o time, agora completo, conseguiu recuperar a Taça Bernardo O'Higgins ao impor aos chilenos uma goleada de 7 × 0, no Maracanã, ainda sem Garrincha. O segundo jogo, no Pacaembu, venceu por 1 × 0.

No final do ano, foi a vez de disputar mais um torneio: a Copa América extra. Realizada em caráter excepcional para coincidir com a inauguração do estádio Modelo, de Guayaquil, esta segunda edição teve como sede o Equador. Representado por uma Seleção de Pernambuco, maldosamente chamada de "Seleção cacareco", o time foi ao Equador e venceu o Paraguai, 3 × 2, perdeu para o Uruguai, 3 × 0, venceu os anfitriões, 3 × 1, foi goleado pela Argentina, 4 × 1, e venceu novamente os anfitriões, 2 × 1. Voltou com a terceira colocação, ficando o título com o Uruguai. Simultaneamente à Copa América extra, o Brasil disputou com a Colômbia uma vaga para a fase seguinte das eliminatórias para os Jogos Olímpicos de Roma, marcados para 1960. Representado pelo time que fora medalha de prata nos Jogos Pan-Americanos, o Brasil perdeu por 2 × 0, fora de casa, mas goleou os colombianos, 7 × 1, no Maracanã, e assim passou para a próxima etapa das eliminatórias olímpicas.

Em 1960, sob o comando de Oswaldo Rolla, o Poguinho, ex-jogador do Grêmio, um selecionado gaúcho voltou a representar o país no Pan-Americano de San José, na Costa Rica.

A participação brasileira foi irregular. Na estreia, contra o México, o time chegou a fazer 2 × 0, mas, mesmo com um jogador a mais, cedeu o empate no final.

Nos jogos seguintes, a situação só piorou. Derrotas para Costa Rica, 3 × 0, e Argentina, 2 × 1. No returno, o time esboçou uma reação ao superar México, 2 × 1, Costa Rica, 4 × 0, e Argentina, 2 × 1. No entanto, esses resultados foram insuficientes para a conquista do título. O Brasil teve de se contentar com o vice-campeonato, atrás dos argentinos.

Pelo Pré-Olímpico, cuja fase final foi em Lima, no Peru, vitórias contra México, 2 × 1, Suriname, 4 × 1, e Peru, 2 × 0, e derrota para Argentina, 3 × 1. Porém, o mais importante, a classificação para Roma, já estava assegurado.

O (QUASE) RAPTO DE PELÉ

A Seleção principal, no início de uma fase de renovação, fez uma excursão à África e à Europa. A convocação do defensor Vítor, do São Paulo, provocou muitas críticas por parte da imprensa. O lateral Altair e o atacante Waldo, ambos do Fluminense, também foram chamados. "Não penso no time de hoje, penso no de amanhã. Os campeões do mundo não são eternos", dizia Feola.

No embarque do time, o uniforme tradicional da CBD não cabia em Waldo. Nem terno, nem gravata. Quem salvou a situação foi o superintendente Mozart di Giorgio, que cedeu sua roupa ao jogador para que ele pudesse viajar vestindo os mesmos trajes dos demais. Antes de ir ao Egito, onde faria três jogos contra a Seleção local, o Brasil fez uma escala em Beirute. A multidão que esperava os atletas implorava para que eles jogassem no Líbano. O jornal local *Le Soir* publicou que, em desespero de causa, Pelé foi quase sequestrado a fim de forçar a realização da partida.

No primeiro jogo contra o Egito, o Brasil fez, conforme o atacante Quarentinha afirmou, "uma pirâmide de gols". Foram 5 × 0, dois gols marcados pelo próprio Quarentinha, que viria a ser o artilheiro dessa excursão, com oito tentativas assinaladas. Depois dos 5 × 0, os brasileiros voltaram a derrotar os egípcios, 3 × 1 e 3 × 0.

Já na Europa, o Brasil goleou o Malmoe, da Suécia, 7 × 1, venceu a Dinamarca, 4 × 3, empatou com a Inter de Milão, 2 × 2, e goleou o Sporting de Lisboa, 4 × 0. Contra o time italiano, o Brasil só se salvou no final, com dois gols de Pelé.

Garrincha, que só no final do jogo decidiu mostrar o que sabia, entortou a defesa italiana inteira antes das finalizações do rei. E, ao ouvir o apito do árbitro encerrando a partida, Mané não se conteve: "Que joguinho mais curto, esse! Agora que eu estava começando a me aquecer, termina!". Nove dias depois de encerrada a excursão à Europa, a Seleção brasileira já estava na Argentina para a disputa de mais uma Copa Roca. Feola convocou alguns jogadores que não foram à Europa e ao Egito, entre eles os palmeirenses Aldemar, zagueiro, e Geraldo Scotto, lateral esquerdo. Sobre Aldemar, uma curiosidade: para Pelé, ele foi seu melhor marcador. No primeiro jogo, 4 × 2 para os argentinos. No segundo, 2 × 1 para os brasileiros. Na prorrogação, Brasil fez mais dois, o que fez calar o Monumental de Núñez, que, completamente lotado, assistiu, estarrecido, ao atacante Delém, do Vasco, marcar dois gols e ajudar o Brasil a conquistar mais um título.

REVERÊNCIA: NINGUÉM DESARMA O REI

Se na Copa do Mundo de 1958 o Brasil jogou com a força dos deuses, em 1962 jogou com a força dos homens.

No mundial do Chile, os obstáculos que a Seleção teve de enfrentar não foram pequenos. O primeiro, carregar a responsabilidade de defender o título e o rótulo de melhor do mundo. O segundo, a contusão de Pelé, logo na segunda partida.

Antes do início da Copa tudo corria muito tranquilamente. Paraguai, Portugal e País de Gales foram verdadeiros *sparrings* na preparação do Brasil. No Maracanã, 6 × 0 contra a equipe guarani. Três dias depois, 4 × 0, novamente contra o Paraguai, e a conquista de mais uma Taça Oswaldo Cruz. Alternando jogos no Pacaembu e no Maracanã, o time superou Portugal, 2 × 0, e País de Gales, 3 × 1 nas duas partidas.

Na estreia do Mundial, contra o México, que já tinha sido batido pelo Brasil nas Copas de 1950 e 1954, o tabu se manteve. Mais uma vez a Seleção venceu, 2 × 0, e continuou sem sofrer um gol sequer dos mexicanos em mundiais.

Independentemente do tabu, o México até que saiu satisfeito com o placar não muito elástico. Antes do jogo, o goleiro Carbajal, participante de cinco Copas seguidas desde 1950, temia uma goleada. O grande susto aconteceu na segunda rodada, contra a forte Tchecoslováquia do meia Masopust, dos atacantes Pospischal, Scherer e Jelinek, e do goleiro Schroif. Pelé, ao desferir um chute a gol, aos 25 minutos do primeiro tempo, distendeu o músculo da coxa direita. Como a substituição ainda não era permitida naquela Copa, Pelé permaneceu encostado na ponta esquerda, apenas fazendo número. Os tchecos, percebendo o drama do atacante brasileiro, não tentaram desarmá-lo. O placar de 0 × 0 contentou os dois times.

A BENZEDEIRA DE PAU GRANDE E O JEITINHO BRASILEIRO

Na ânsia de recuperar Pelé, tudo foi cogitado. Até mesmo a sugestão de Garrincha de levar uma benzedeira de sua cidade natal, Pau Grande, para o Rio de Janeiro, chegou a ser discutida.

Para Garrincha, sem o Rei, toda a responsabilidade cairia sobre ele. Temendo a ausência do parceiro, Garrincha, ao sair de campo ao lado de Pelé, após o jogo contra os tchecos, apoiava o companheiro e, com fisionomia séria e preocupada, dizia a ele: "Isso passa logo. Não esqueça que precisamos de você".

Mas a alternativa foi mesmo preparar Amarildo para substituir o rei contra a fúria espanhola, um time fabuloso, com um ataque formado por Collar, Adelardo, Puskás, Peiró e Gento.

Puskás, o húngaro da Copa de 1954, naturalizou-se espanhol depois que os comunistas tomaram o poder em sua terra natal, na chamada Revolução de 1956. Como o governo húngaro proibiu exibições internacionais do Honved, time pelo qual Puskás jogava, ele, Czibor e Kocsis, entre outros, bandearam-se para o futebol espanhol. No primeiro tempo, só deu Espanha. A defesa do Brasil estava confusa. Djalma Santos teve um enorme trabalho para conter o ponta Gento, impedindo suas avançadas decisivas para apoiar o meio de campo. Assim, Zito e Didi ficaram sobrecarregados com a volúpia adversária. A Espanha precisava vencer, pois tinha perdido da Tchecoslováquia por 1 × 0 e jogava sua cartada decisiva. Adelardo fez 1 × 0 aos 35 minutos e, quando o árbitro apitou o fim do primeiro tempo, o Brasil saiu de campo aliviado.

No segundo, o jeitinho brasileiro ajudou o time a virar o marcador. Além, é claro, da mudança de postura da Seleção, que passou a tocar a bola com mais tranquilidade e conseguiu envolver o adversário. O cansaço dos espanhóis também foi outro fator decisivo. Ainda na metade da etapa final, Puskás já perguntava ao árbitro quanto tempo faltava para o fim do jogo.

Sua angústia aumentaria quando Zagallo tocou para Amarildo empatar a partida. Transformou-se em irritação quando Nílton Santos cometeu um pênalti e conseguiu enganar o juiz ao dar dois passinhos para fora da área. Em vez de penalidade máxima, apenas uma falta para os espanhóis.

Logo depois, Amarildo, que antes do jogo era chamado pelos adversários de "o desconhecido", marcou o segundo e derradeiro gol brasileiro. Nas quartas de final, contra a Inglaterra, a Seleção conscientizou-se de que Pelé não tinha mesmo mais chances de jogar. Garrincha assumiu a função de maestro do time, ajudado por um eficientíssimo ponta, o versátil Zagallo.

No jogo, um inofensivo cãozinho entrou em campo e driblou todo mundo, menos o atacante inglês Jimmy Greaves, que o retirou do gramado. "Lembro que Garrincha ficou rindo o resto da partida", comentou o zagueiro inglês Bobby Moore.

E foi sorrindo que Garrincha comandou os 3 × 1 que levaram a equipe às semifinais. O craque foi ponta, meia e centroavante. Garrincha jogou por ele próprio e por Pelé, duas almas de gênio em um só jogador naquela tarde.

Enfrentar o time da casa numa Copa do Mundo nunca é tarefa fácil. Preocupado com a pressão da torcida, Paulo Machado de Carvalho decidiu manter a Seleção concentrada em Viña del Mar e viajar para Santiago, de trem, momentos antes da partida.

O Brasil venceu por 4 × 2, e, para Nílton Santos, então com 37 anos, o jogo exigiu muito dos "velhinhos".

No próximo jogo, no estádio Nacional de Santiago completamente lotado, o Brasil venceria a Tchecoslováquia de virada por 3 × 1. Nem os xingamentos, nem as pedradas, que atingiram até o pacífico Garrincha, depois de ter sido injustamente expulso, nem as jogadas violentas dos adversários foram suficientes para derrubar o Brasil. Pela terceira vez, o time era vencedor de um mundial. Gols de Amarildo, Zito e Vavá para os bicampeões.

BOLÍVIA DOS CINCO GOLS

A comissão técnica da Seleção brasileira continuou a mesma, com Aymoré Moreira, Hilton Gosling e companhia. Mas o time brasileiro que disputou a Copa América da Bolívia, em 1963, era composto majoritariamente por jogadores mineiros, já que vários clubes não quiseram ceder seus atletas por preferir aproveitá-los nos torneios regionais. O Brasil venceu o Peru, 1 × 0, e a Colômbia, 5 × 1, mas depois começou a desandar. Perdeu para o Paraguai, 2 × 0, e Argentina, 3 × 0. Empatou, em seguida, com o Equador, 2 × 2, depois de começar ganhando por 2 × 0. E, finalmente, a inesperada derrota para os donos da casa, 5 × 4, e um consolo: seriam os bolivianos os campeões do torneio, algo inédito até então.

O atacante Aírton Beleza foi quem marcou mais gols numa única partida da Seleção: foram sete em 28 de abril de 1963, na goleada de 10 × 0 contra os Estados Unidos, nos Jogos Pan-Americanos.

O COADJUVANTE DO GOL MIL E O IRMÃO SIAMÊS

Andrada, goleiro do Vasco que sofreria em 1969 o milésimo gol de Pelé ao fracassar na tentativa de agarrar a cobrança de um pênalti do rei, sofreu dois frangos em jogo válido pela Copa Roca no Brasil. A Argentina venceu por 3 × 2, apesar de atuar fora de casa. "Falhei nos dois gols, e isso não poderia ter acontecido", lamentou Andrada, que considerou ter sido essa uma das piores atuações de sua vida. Se foi a sexta vez consecutiva que o Brasil perdeu o jogo de estreia da Copa Roca, também seria a sexta vez que o time se recuperaria na segunda partida e sairia com a taça nas mãos.

Com a goleada de 4 × 1 no Maracanã, houve uma prorrogação na qual a Seleção entrou com a vantagem do empate, já que tinha maior saldo de gols. Um gol dos brasileiros, outro dos argentinos, e a festa ficou mesmo para o time da casa.

Em excursão à Europa, Aymoré Moreira esboçou outra renovação da equipe ao escalar Gérson, Dorval, Mengálvio e Pepe entre os titulares. Mas nada deu certo. Contra Portugal, uma derrota logo de cara. Como colunista da *Folha de S. Paulo*, Pelé comentou as dificuldades encontradas naquele jogo: "Vicente, o defensor português, recebeu determinação firme de ficar a meu lado onde quer que eu estivesse. Ficou colado como um irmão siamês". No geral, Pelé lamentou a apresentação brasileira.

No jantar de confraternização, o rei não se conformava. "Para os portugueses, foi o banquete da vitória. Para nós, da derrota, que ainda estava bem quente na alma de todos. A visão da derrota haveria com certeza de perseguir-me. Eu, que já posso me considerar veterano na Seleção, tinha cara de réu para mim mesmo. A coisa haveria de continuar lá dentro, no diálogo do coração com o esportista que gosta e luta sempre para ganhar. Fui para a cama em silêncio. Pouco falei com o Lima. Sinceramente, quase não dormi. O consolo de alguns episódios do passado não ajudava o bastante para cair no sono. Usei o último recurso: rezar, pedir a Deus que olhasse com carinho para a Seleção. Finalmente, o sono tomou conta do corpo sofrido." Depois de sofrer nova contratura muscular, Pelé não jogou a segunda partida da excursão do Brasil, contra a Bélgica, e escapou da goleada de 5 × 1. Não uns 5 × 1 quaisquer, mas uns 5 × 1 humilhantes, uns 5 × 1 que não aconteciam contra a equipe brasileira havia 23 anos.

Para Aymoré Moreira, a derrota foi mais do que justificada. "Qualquer equipe perderia para a Bélgica ontem", disse ele no dia seguinte à goleada. "Nunca em toda a minha experiência de técnico e jogador assisti a um primeiro tempo tão excepcional como aquele dos belgas. Eles chegaram a superar a famosa equipe húngara de 1954", afirmou, referindo-se à brilhante atuação da Bélgica na etapa inicial, quando chegou a fazer 4 × 1.

Até Pelé, que viu o jogo do banco de reservas, comentou: "Tenho certeza de que o jogo dos belgas não era deles. Se fosse, eles seriam os campeões do mundo".

E Aymoré completou: "Até o goleiro deles correu contra a gente". Com Pelé de volta à equipe, no jogo seguinte viria a recuperação, com a vitória contra a França por 3 × 2. Os três gols do Brasil?

Todos dele, claro. Ainda machucado, o rei não se contentou com sua atuação: "Jogando como joguei, com medo de correr e sem liberdade para forçar, fiz três gols".

MARATONA

As dores de cabeça da torcida brasileira com a Seleção prosseguiram pela Europa. Maratona de vitórias sem sabor, derrotas amargas, viagens e percalços. De Paris, a delegação rumou para uma cinzenta Amsterdã e perdeu para a Holanda, com um gol aos 45 minutos do segundo tempo.

Lima e Eduardo chegaram chorando aos vestiários, onde foram acalmados por jogadores mais experientes como Djalma Santos. "Emocionalmente falando, a derrota contra os holandeses foi muito mais sentida do que os 5 × 1 contra os belgas", desabafaria Pelé. Três dias depois do choque de Amsterdã, a Seleção descia em Hamburgo para um amistoso contra a Alemanha Ocidental. O time estava entrosado porque o ataque era formado por jogadores do Santos, o que ajudou o Brasil a vencer pelo placar de 2 × 1. Depois da partida, um acidente de carro quase causou uma tragédia. Pelé, Zito, Aymoré Moreira, Djalma Santos e o radialista Geraldo José de Almeida, da Excelsior, haviam visitado uma torrefação de café e, na volta, perto do hotel onde a Seleção estava concentrada, o motorista desrespeitou uma preferencial. Um ônibus bateu em cheio no veículo que levava os brasileiros. "O carro ficou completamente destruído", disse Pelé. Pelé e Zito, em consequência do acidente, não jogaram contra a Inglaterra, em Londres. Geraldo José de Almeida ficou em observação no hospital e logo se recuperou.

Uma multidão de fãs esperou a Seleção em Milão e acompanhou a delegação por todos os cantos antes da partida contra a Itália. No campo, no entanto, os brasileiros não corresponderam às expectativas e foram derrotados por 3 × 0 por uma das mais fortes Azzurras da história. Estreava na Seleção italiana o jovem Sandrino Mazzola, 21 anos, que teve uma grande atuação.

Pelé apareceu pouco. As partidas exigiam muito, o que dificultava a recuperação do jogador, que havia sofrido contusões sucessivas.

As críticas às atuações do Brasil eram fortes, mas a comissão técnica pretendia renovar o time para a Copa de 1966. "Temos que aceitar os resultados negativos desta excursão, aguardando confiantes que se processe a renovação, e aí, então, o nosso selecionado voltará a ser o que era", explicava o supervisor Carlos Nascimento. E mesmo com três vitórias no final, contra Egito, Israel e um combinado alemão, o ano foi muito difícil para o time brasileiro, que pendia entre um passado vitorioso e um futuro de inseguranças para a Copa de 1966.

TAÇA DAS NAÇÕES, AGRESSÃO E RACISMO

No ano de 1964, o Brasil sediou o torneio Taça das Nações, uma competição da qual fizeram parte também ingleses, alemães e argentinos. A competição foi marcada pelo desempenho de Pelé. Não exatamente com os pés, mas com a cabeça.

Depois de ter goleado a Inglaterra, por 5 × 1, a Seleção pegou a Argentina, no Pacaembu. O jogo foi dos mais tensos. Os brasileiros não conseguiam articular as jogadas. Gérson chegou a desperdiçar um pênalti, nada dava certo, até Pelé... Irritado com a violência, Pelé perdeu o controle e desferiu uma forte cabeçada no ponta Messiano. O argentino não só teve de deixar o campo como foi conduzido ao hospital. Terminado o jogo, os argentinos não conseguiram comemorar o resultado favorável, 3 × 0, uma das três vitórias do time no torneio – as outras foram contra Portugal, 2 × 0, e Inglaterra, 1 × 0, ambas no Maracanã. O meia Varacka foi um dos que agiram com indignação, fúria e preconceito. "O negro Pelé foi desleal e covarde", desabafou, enfatizando a palavra "negro".

Nesse momento, apesar de Ernesto Santos ainda continuar a trabalhar como uma espécie de olheiro, e o dentista Mário Trigo ter prosseguido na comissão técnica, ela já não era a mesma. Afinal, Vicente Feola reassumira o cargo de treinador, e Paulo Amaral deixara de ser o preparador físico, substituído por Rudolf Hermany.

Os impulsos agressivos de Pelé, no entanto, não parariam aí. No ano seguinte, uma maratona de jogos esperava a Seleção. Os dois primeiros foram no Maracanã, contra a Alemanha Ocidental e a Argentina. Botinadas não faltaram no confronto com os alemães. O Brasil enfrentou uma Seleção dura e violenta, e deixou o gramado com "as canelas em brasa", como publicaram os jornais da época. E quem mais se irritou com as botinadas foi justamente o Rei. O zagueiro Kiesman, que entrara no segundo tempo no lugar de Hottges, perseguiu Pelé incansavelmente.

Entrava de sola, com o bico da chuteira, o que importava era parar o Rei. Teve sucesso até os 43 minutos, quando algoz e vítima inverteram seus papéis. Os dois disputavam um lance, correndo até a lateral, Pelé à frente, Kiesman, de sola, vindo de trás. O brasileiro, porém, tirou o pé na hora certa e, depois que o alemão passou, voltou a colocá-lo, só que para atingir o adversário. E conseguiu seu intento. O alemão foi retirado do campo e levado ao hospital, onde ficou constatada fratura da tíbia da perna direita.

Livre de marcação, Pelé ainda faria o segundo gol do Brasil, antes de o árbitro apitar o final do jogo. Na partida seguinte, contra os argentinos, os brasileiros não tiveram tanta sorte. Amargaram um empate, sem abertura de contagem, perdendo a oportunidade de se vingar dos 3 × 0 sofridos no último confronto entre os dois.

CALOTE

Em junho de 1965, a Seleção brasileira teria a oportunidade de vingar os 5 × 1 sofridos da Bélgica. Ciente da sede de vingança dos canarinhos, Constant Stock, técnico belga, armou uma verdadeira retranca para conter a ânsia de gols dos adversários.

Garrincha voltou ao selecionado e tentava mostrar que seu corpo ainda podia fazer o que sua alma desejava. Os brasileiros, de fato, começaram com tudo. Pelé aparecia por todos os lados, o centroavante Flávio perdia gol atrás de gol, e Garrincha chegou a dar cinco dribles por debaixo das pernas do lateral Bare.

Era uma avalanche, mas não uma avalanche de gols, pois a bola teimava em não entrar. O goleiro adversário, Nicolay, passou a ser chamado de "São Nicolay".

Mas foi por pouco tempo. Na etapa final, o time desencantou. Pelé fez um, dois e três; Flávio, um; Rinaldo, ponta-esquerda do Palmeiras, outro. E o Brasil devolveu a goleada, metendo 5 × 0 nos belgas. "Não devolvemos com juros, mas pelo menos eles não conseguiram fazer nenhum", brincava Pelé ao comentar o "calote" depois da partida. Já o zagueiro Bellini, sempre atuante no papel de líder da equipe, chegou a se emocionar: "Que noite. Não a esquecerei mais. Se continuarmos assim, não vamos perder para mais ninguém".

O DISFARCE DE PELÉ

No segundo semestre de 1965, o Brasil viajou novamente ao exterior. E foi parar em Argel, capital da Argélia. A chegada da Seleção parou o país. O presidente Ben Bella, por exemplo, fez questão de recepcionar os jogadores brasileiros.

O jogo contra a Seleção local foi disputado num campo praticamente de terra batida. Em determinado momento da partida, que os visitantes venceram por 3 × 0, Pelé machucou a cabeça e precisou enfaixá-la, tornando-se alvo de gozação dos companheiros, que o chamavam de "árabe" por parecer estar de turbante.

No aeroporto, antes de enfrentar Portugal, Pelé apareceu de óculos escuros, para tentar despistar uma multidão ávida por autógrafos. Não teve sucesso. Bellini, então, deu outra sugestão: "Você tem que usar um bigode ou colocar uma cabeleira postiça", brincou o zagueiro. Nas folgas, mais brincadeiras. O zagueiro Ditão, da Portuguesa, graças a seus famosos chutões, era um dos alvos preferidos. Pelé imitava um locutor e narrava as jogadas do atleta da Lusa em uma partida contra o Botafogo, do Rio: "Bola com Bianchini (Botafogo) na área da Portuguesa. Aparece Ditão e rechaça... Manga (goleiro do Botafogo) defende depois de confusão". A gargalhada era geral, e o lateral Rildo completava: "Quando Ditão rebate, São Pedro reza nos céus".

Depois de empatar com os portugueses, 0 × 0, o Brasil voltou ao estádio Rassunda, na Suécia, para relembrar a conquista de 1958. E relembrou mesmo, ao entrar em campo com camisa azul e calção branco e vencer o jogo por 2 × 1.

Antes de voltar para casa, ainda derrotou a União Soviética, em Moscou, por 3 × 0.

PALMEIRAS E CORINTHIANS

Em setembro de 1965, o Palmeiras teve a oportunidade de representar a Seleção brasileira. Foi na inauguração do estádio do Mineirão. Sob o comando de Filpo Nunes, derrotou o Uruguai, vestindo o uniforme da Seleção, por 3 × 0.

Dois meses depois, foi a vez do Corinthians, na primeira viagem internacional de Rivellino, que debutava com a camisa do Brasil. Mesmo jogando bem, os corintianos não tiveram o sucesso obtido pelo Palmeiras, e perderam para o Arsenal, da Inglaterra, por 2 × 0. O jogo foi beneficente, disputado fora de casa, e os corintianos verde-amarelos culparam o frio pelo insucesso com a camisa da Seleção.

A TRISTEZA DO REI

Em maio, as quatro equipes atuaram contra as principais Seleções de outros países, como País de Gales e Chile. A concentração transferira-se para Teresópolis (RJ), e os jogos seguiam quase diariamente. Insatisfeitos com a quantidade de jogadores, entre os quais o são-paulino Fábio como quinto goleiro, Feola e seus companheiros exigiram da CBD a convocação de Amarildo, do Milan, e Jair da Costa, da Inter de Milão. Após o campeonato italiano, Amarildo se apresentou. Jair da Costa não pôde porque estava contundido.

Além de montar o quebra-cabeça da Seleção, a comissão técnica deparou com outro problema: Pelé estava apático nos treinamentos e havia engordado dois quilos.

Ninguém sabia o motivo da tristeza do Rei. Às vezes ele nem treinava, ficava quieto e pensativo em seu canto ou passava horas ao telefone conversando com sua mulher, Rose, com quem havia se casado em fevereiro. Foram feitos até alguns testes psicológicos para tentar desvendar o mistério. Aos poucos, Pelé foi se reanimando, mas não a ponto de ser o mesmo deus da bola da Copa de 1958. Antes de ir para a Europa, a delegação ainda passou por um período de treinamentos em Serra Negra (SP), numa preparação longa e cheia de incertezas. Saindo do Brasil, fez alguns amistosos na Espanha, Escócia e Suécia, onde Amarildo sofreu distensão muscular e foi cortado.

OLÁ, ADEUS, FRACASSO E SAUDADE

Depois de cortes, cortes e mais cortes, os brasileiros chegaram à Inglaterra para disputar o mundial de 1966. A estreia foi marcante, em Liverpool, terra dos Beatles. Afinal, foi o último jogo de Pelé e Garrincha juntos.

E foram justamente eles os autores dos tentos que deram a vitória ao Brasil, 2 × 0, contra a Bulgária. Como na música "Hello, goodbye", dos Beatles, foi contra a Bulgária que Pelé e Garrincha se encontraram em campo pela única vez na Copa de 1966, e foi contra ela que se despediram.

No jogo seguinte, sem Pelé, contundido depois de levar pancada atrás de pancada dos búlgaros, os brasileiros pegaram a Hungria. Num dia em que nada deu certo, perderam por 3 × 1, partindo, assustados, para o terceiro e decisivo jogo contra Portugal.

Diante da ex-metrópole, mesmo com Pelé em campo, os brasileiros perderam. Novamente 3 × 1 e a eliminação, logo na primeira fase, da Copa de 1966. Mas a violência portuguesa foi a justificativa pela derrota, até porque ela não foi pouca.

O Rei, por exemplo, foi caçado o tempo todo. E acabou sucumbindo aos 31 minutos do segundo tempo, depois de ter driblado um e levado um pontapé, driblado outro e levado um novo chute e, quando ia driblar o terceiro, Morais, o caçador-mor, de forma covarde e desleal, acertou-lhe uma cacetada no joelho direito, tirando, finalmente, o brasileiro da batalha.

Ainda caído, contorcendo-se de dor, foi acariciado pelo português Eusébio, que até então não havia feito nada para acalmar o ânimo de seus companheiros. E, como em 1962, Pelé passou o resto da partida fazendo número, sem condições de jogar.

Encerrada a participação do Brasil na Copa da Inglaterra, sobrou a revolta da torcida contra Feola, apontado por muitos como responsável pelo fracasso.

Saudade do passado para alguns, revolta para outros. Torcedores por pouco não agrediram Feola no vestiário do Brasil e também na volta ao país. Disso, pelo menos, o treinador escapou.

DEPRESSÃO FUTEBOLÍSTICA E A ESTREIA DE ZAGALLO

Derrotada na Inglaterra, a Seleção passou novamente por um período de descrédito, incertezas e indefinições. Como a Inglaterra conseguiu conquistar o título de campeã mundial, para muitos críticos o futebol residia na Europa. A derrota em 1966 abalou a confiança no futebol brasileiro.

Novamente sob o comando de Aymoré Moreira, o time voltaria a jogar em 1967, na disputa pela Taça Rio Branco, contra o Uruguai, em Montevidéu. Foram três empates: 0 × 0, 2 × 2 e 1 × 1, e os brasileiros conseguiram conquistar o título.

A Seleção era formada por jogadores de Minas Gerais, Rio Grande do Sul e alguns "esquecidos" da Copa de 1966, como Paulo Borges, Roberto Dias e Ivair, que pediu dispensa por acreditar que seu potencial não era bem utilizado na Seleção. A disputa no Uruguai foi marcada por um clima tenso. Alguns jogadores se rebelaram contra Aymoré por não serem escalados.

Em setembro do mesmo ano, uma Seleção carioca representaria o país num amistoso contra o Chile, fora de casa. O jogo entrou para a história, não pelo que aconteceu dentro das quatro linhas, mas pelo que se passou fora delas, no banco de reservas. Lá, quem estava sentado era o ex-jogador da própria Seleção e agora técnico de futebol, Mário Jorge Lobo Zagallo, que estreou como técnico da Seleção. Com um gol do centroavante Roberto Miranda, do Botafogo do Rio, os cariocas verde-amarelos venceram por 1 × 0. Zagallo estreou então com o pé direito ao comandar a Seleção brasileira. No ano seguinte, porém, quem continuaria a dirigir a equipe era Aymoré Moreira, agora auxiliado pelo médico Lídio Toledo e pelo preparador físico Admildo Chirol, amigos de Zagallo, que completavam a comissão técnica.

A DESPEDIDA DE UM FORTE

Em junho de 1968, Djalma Santos despediu-se da Seleção brasileira num jogo contra o Uruguai, no Pacaembu.

O lateral, barreira intransponível para os adversários, emocionou-se quando, aos catorze minutos do segundo tempo, deixou o gramado sob incansáveis e intensos aplausos do público, e foi substituído por Carlos Alberto Torres.

Antes de sair, foi abraçado por todos os companheiros, brasileiros e uruguaios. Paulo Machado de Carvalho, que estava no banco, fez questão de entrar no gramado para acompanhar a saída de um dos maiores laterais direitos do Brasil de todos os tempos, atleta da Seleção desde 1952. Saiu de campo sem chorar. Caminhou devagar até o vestiário. Percebeu que, quanto mais ele permanecesse à vista da torcida, mais altos seriam os aplausos. No túnel, o barulho diminuiu, e ele ficou só com seu passado de glórias e a saudade de suas conquistas.

O lateral direito Djalma Santos é o jogador que mais vezes defendeu a Seleção, participando de 121 partidas com a camisa do Brasil.

A PANELA DE PRESSÃO E A SANTA DO ROSÁRIO

A situação de Aymoré Moreira como técnico da Seleção brasileira começou a se complicar, numa malsucedida excursão ao exterior em 1968, mesmo ano em que o Brasil havia sido eliminado da Olimpíada ao perder para a Espanha e empatar com o Japão e com a Nigéria. A *via crucis* de Aymoré teve início com uma confusão na convocação dos goleiros. Gilmar, então reserva do Santos, teria recebido um telefonema de um membro da comissão técnica para viajar a São Paulo. Ciente de que estava convocado e de que Lula e Picasso, que já haviam sido chamados anteriormente, estavam fora dos planos de Aymoré, Gilmar recusou a convocação por acreditar que Cláudio e Picasso, considerados por ele os dois melhores goleiros do Brasil, deveriam reforçar a Seleção. No entanto, Picasso não pôde ir porque fraturara um dedo, e Lula foi cortado pois não se recuperara de um estiramento muscular. Assim, Cláudio e Félix foram chamados.

Em Stuttgart, uma derrota para a Alemanha, por 2 × 1, num jogo em que o líbero Franz Beckenbauer foi a sensação, gerou grandes críticas à atuação do Brasil. A partir desta derrota, surgiu na Seleção o esquema 4-3-3, em lugar do 4-2-4, com um homem a mais no meio de campo e pontas abertos no ataque.

O novo esquema surgiu a partir de um misto de necessidades: ocupar melhor os espaços e a insatisfação do ponta Natal, que pressionava para entrar no time.

Na partida seguinte a Seleção fez 6 × 3 contra a Polônia. Mas nem a goleada, nem a nova disposição tática amenizaram o clima de insatisfação. Com uma defesa insegura, o time voltaria a perder, agora para os tchecos, por 3 × 1.

E continuou a excursão com altos e baixos. Venceu a Iugoslávia, quando apresentou sua melhor performance, por 2 × 0; bateu o México pelo mesmo placar no primeiro jogo, mas depois caiu na revanche, por 2 × 1.

Rivellino era um dos destaques em meio a tantos problemas de entrosamento do time. Seus lançamentos e chutes venenosos já estavam impressionando os críticos. Contra Portugal, por exemplo, foi ele o autor de um dos gols, de falta, ao acertar uma "bomba" no ângulo. Quando foi ao Peru, nem os dois sucessos contra o time dirigido pelo brasileiro Didi, 4 × 3 e 4 × 0, estabilizaram a situação do treinador da Seleção.

A "panela de pressão" que atormentava Aymoré prosseguia a todo o vapor. E o chefe da delegação, Sílvio Pacheco, provocou uma piora no ambiente ao opinar sobre a escalação do time. "Ele não deveria ter colocado o Cláudio no lugar do Félix. A substituição de Eduardo também não me agradou. A vitória foi conseguida por obra de Nossa Senhora do Rosário", opinou.

Com Zagallo como treinador, o Brasil deu um show de bola ao vencer a Argentina num amistoso no Maracanã. A vitória aumentou ainda mais a pressão contra Aymoré, comandante do Brasil na derrota para o México, por 2 × 1. A Seleção brasileira recebeu uma vaia histórica. De nada adiantou vencer a revanche pelo mesmo placar no Mineirão. Os mineiros odiaram não haver atleticanos no time e, principalmente, ver Tostão no banco. Decidiram então repetir a vaia do Maracanã. Três dias mais tarde, os brasileiros levariam quase cem mil pagantes ao Maraca para a partida contra a Seleção da Fifa, que contava com atletas do porte de Lev Yashin, o Aranha Negra, goleiro soviético das Copas de 1958, 1962 e 1966, do argentino Perfumo e do alemão Beckenbauer. Com um gol de Tostão, no finalzinho, o Brasil ganhou por 2 × 1, dando um fôlego a Aymoré.

Um fôlego pequeno, porque o técnico mal teria tempo para respirar. Quando empatou com Alemanha e Iugoslávia em casa e viu o Atlético Mineiro, comandado por Yustrich e vestindo a camisa verde-amarela, bater os mesmos iugoslavos, por 3 × 2, Aymoré sentiu que terminara sua etapa na Seleção.

JOÃO SEM MEDO

Ex-jornalista, técnico do Botafogo e mais do que qualquer coisa, dono de uma personalidade forte que o fazia peitar todas as adversidades, João Saldanha assumiu o comando da Seleção no início de 1969, colocando um ponto final no trabalho de Aymoré Moreira e Vicente Feola, que se revezavam desde o início da década de 1960 como treinadores do Brasil.

João sem Medo estreou em um amistoso em Porto Alegre, a segunda partida da história do Beira-Rio. Em 5 de abril, o Inter, dono do estádio, derrotara o Benfica, de Portugal, por 2 × 1. Dois dias depois, o Brasil superava o Peru, de Didi, também por 2 × 1. O curioso foi que, nesse jogo, o meia Gérson faria um gol estilo "folha seca", especialidade do próprio Didi em seus tempos de jogador. Mais dois dias, e a rivalidade entre brasileiros e peruanos, acirrada nos anos 1950, reacender-se-ia dentro de campo.

O milésimo gol da Seleção foi marcado por Gérson, numa goleada contra o Uruguai, 4 × 0, no Maracanã, em 12 de junho de 1968. Gérson, irritado com a marcação adversária, acertou o meia De la Torre, o que provocou uma confusão que paralisou o jogo por quarenta minutos. O Brasil venceu por 3 × 2, e o espírito guerreiro de João Saldanha, de grande valia durante as eliminatórias para o mundial de 1970, já se fazia sentir.

OS JAPONESES

Desde 12 de junho de 1969, quando a Seleção venceu um amistoso contra a Inglaterra, no Maracanã, por 2 × 1, até 6 de agosto, estreia do Brasil nas eliminatórias da Copa contra a Colômbia, em Bogotá, a preparação brasileira foi proveitosa.

Apesar de jogar contra adversários limitados, como as Seleções da Bahia, de Pernambuco e de Sergipe, Saldanha pôde testar seu esquema e ajeitá-lo para a competição oficial.

Durante as eliminatórias, pelo menos três momentos entraram para a história.

O primeiro foi o que antecedeu o jogo contra os paraguaios, em Assunção. A população local fez um barulho ensurdecedor diante do Residencial Baranza, onde estava concentrado o time brasileiro. Chegaram até a cortar os fios de telefone para isolar e assustar os jogadores. Mas as pressões não impediram que o Brasil ganhasse com facilidade, 3 × 0. Conseguiram assim se livrar da tortura extracampo. O próprio Pelé reconheceu que a estratégia do time funcionou bem naquela partida. Saldanha orientou os seus comandados para, no primeiro tempo, revidar o jogo violento dos adversários até que eles se cansassem. Assim, no segundo, a Seleção brasileira poderia impor seu futebol. Deu certo, e a goleada foi merecida.

O segundo momento foi antes do jogo de volta contra a Colômbia, no Maracanã, quando o Brasil venceu por 6 × 2. Jornalistas colombianos perguntavam a João Saldanha quais adversários os brasileiros gostariam de pegar em uma Copa do Mundo. Mantendo um estilo que lhe era característico, o casca-grossa respondeu: "Felizmente, essa é a preocupação de nossos adversários, unânimes em apontar o Brasil como seu mais perigoso rival. Do nosso lado, garanto que tanto faz, jogamos contra quem for. Todo jogo é uma final, e todos os adversários são japoneses". Os colombianos, então, surpreenderam-se com a resposta, entendendo que a Seleção de Saldanha temia os japoneses. Mais tarde, no entanto, o técnico desfez o mal-entendido, afirmando que, ao dizer "japoneses", estava querendo dizer "iguaizinhos".

Para completar, o terceiro episódio foi a presença dos torcedores, 183.341 pagantes – oficialmente o maior público da história do Maracanã –, em 31 de agosto, que comemoraram com muita euforia o 1 × 0 contra o Paraguai e a conquista da vaga para a Copa do México.

A SAÍDA DE SALDANHA

Além do bom futebol da Seleção, o outro grande destaque da época era o gênio explosivo de seu treinador, o que ficou evidente em dois entreveros.

Num deles, um oficial de justiça apareceu na concentração para intimar o lateral Rildo, titular da Seleção, a pagar uma dívida da qual ele era avalista.

Ao escutar a conversa, Saldanha não teve dúvidas. Pegou o cidadão pelo paletó e o expulsou do local, gritando: "Saia daqui, seu moleque. Se eu estivesse no portão e percebesse que você queria entrar, tinha lhe dado uns murros logo ali".

O oficial não hesitou e registrou a ocorrência. Ninguém foi preso, mas a imagem do treinador começou a se desgastar. Outra confusão deu-se com o técnico Yustrich, que comandou o Atlético Mineiro na vitória contra a Seleção brasileira, 2 × 1, no Mineirão, três dias depois de a classificação para a Copa ter sido garantida. Após o jogo, Yustrich fez críticas ao esquema de Saldanha. Mais tarde, quando passou a comandar o Flamengo, voltou a repeti-las.

Revoltado com os comentários de seu colega de profissão, o técnico do Brasil foi à concentração do time carioca tirar satisfações. Segundo comentários da época, armado. Ninguém se feriu, mas a imagem do treinador desgastou-se mais um pouquinho.

O momento estava ruim para Saldanha. O contrato de Zagallo como técnico do Botafogo tinha se encerrado naquele período, e ele estava livre para receber propostas.

Zagallo também não poupava o esquema da Seleção. "O Brasil está fora da realidade. Não é somente atacar e defender em bloco, é saber como atacar e como defender. É preciso um terceiro homem no meio de campo."

Até Nílton Santos, conhecedor do ambiente da Seleção, voltou-se contra a postura do técnico. "Saldanha quer ser tudo. Sente-se perdido e deveria ter a humildade de procurar alguém. Ganhamos em 1958 e 1962 com uma comissão técnica humilde, que evitava disse me disse de qualquer espécie."

Para piorar, o treinador brasileiro começou a dizer que Pelé estava com um problema físico e não poderia disputar a Copa do México. E, indo mais além na polêmica, acusou os médicos de esconderem o problema do Rei, que Saldanha se recusava a contar qual era. Mais tarde, soube-se que o técnico se referia a uma deficiência na vista do craque. Em 14 de março de 1970, depois de um empate com o Bangu, 1 × 1, o supervisor técnico, Antônio do Passo, pediu demissão por considerar impossível trabalhar com Saldanha.

Três dias depois, João Havelange, presidente da CBD, não permitiu a saída de Passo e dissolveu toda a comissão técnica, encarregando o supervisor de montar outra. Só que, na nova comissão, o médico e o preparador físico eram os mesmos. Apenas o técnico era outro. Revoltado, João Saldanha sentiu-se traído ao deixar o cargo. Mas ainda conseguiu ironizar. "Chamaram-me para dizer que a comissão técnica estava dissolvida. Como não sou sorvete, queria saber o que era dissolvição (sic)."

FORÇAS OCULTAS

O gênio explosivo de João Saldanha foi realmente um dos fatores que fizeram com que ele deixasse o cargo de treinador. Mas não foi o único e, talvez, nem o mais importante. Comunista assumido, o treinador não tinha papas na língua também quando o assunto era política. E o Brasil vivia em plena ditadura militar, estruturada na repressão de ideias que não satisfizessem o regime. E Saldanha estava longe de satisfazê-lo.

Foi quando uma polêmica entrou em campo e nele permaneceu pelo resto da história. O presidente Emílio Garrastazu Médici, gremista convicto, tinha simpatia pelo centroavante Dario, do Atlético Mineiro, e "sugeriu" a Saldanha a convocação do jogador. Dario havia sido o artilheiro do campeonato mineiro de 1969, com 28 gols, quebrando a hegemonia de Tostão, que por quatro anos encabeçara a lista de goleadores. O técnico, no entanto, revoltou-se e respondeu de imediato, negando qualquer interferência: "O presidente escala o Ministério, eu escalo o time".

Numa época marcada pela repressão, a situação tornou-se insustentável para Saldanha, que, apesar de ter se envolvido em outras polêmicas, não havia encarado nenhuma tão grande quanto essa. A "dissolvição" da comissão técnica coincidiu com esse momento, e ainda hoje persiste a certeza de que o governo brasileiro influenciou na decisão. Nada, é claro, foi confirmado oficialmente. Foram atitudes perceptíveis, mas ocultas. O que não se ocultou foram as brigas de Saldanha com treinadores e oficiais de justiça e... a convocação de Dario pelo novo treinador da Seleção, Mário Jorge Lobo Zagallo.

O BANCO E AS VAIAS

Assim que assumiu a Seleção, Zagallo chamou mais alguns jogadores para que se juntassem ao grupo que treinava no Rio. Com ele, viriam os centroavantes Dario – e toda a polêmica em torno de sua convocação – e Roberto Miranda, o atacante Arílson e o goleiro Félix. No início, a maior discussão referia-se ao banco de reservas. A torcida queria ver todos os craques em campo. Zagallo, porém, mostrava-se cauteloso e relutava em escalar Tostão e Pelé juntos. O treinador entendia que o time precisava de um centroavante forte, rompedor. Na ponta-esquerda, outra dúvida. Zagallo queria um jogador que recuasse para buscar jogo e compor a marcação sem a posse de bola, como ele fazia em seus tempos de jogador. Assim, o próprio Rivellino começou a trabalhar com Zagallo, sendo considerado reserva. Na estreia do novo treinador, o Brasil goleou o Chile, no Morumbi, por 5 × 0. Tostão ficou no banco. Mais tarde, contra a Bulgária, novamente no Morumbi, quem ficaria na reserva seria Pelé, uma cena rara em sua carreira. O atleta do século só entraria no segundo tempo. Fatos como esses foram irritando os torcedores. No Mineirão, por exemplo, num jogo disputado contra a Seleção mineira, Gérson e Jairzinho foram hostilizados pela torcida local, que queria jogadores de Minas no lugar dos dois.

Contra a Bulgária, no Morumbi, a reação foi ainda pior, não só por Pelé ter ficado de fora, mas também pelo habilidoso ponta Edu, do Santos, ter esquentado o banco, dando chance para Paulo César Lima, muito criticado pelos paulistas.

A vaia no Morumbi foi histórica. Não parou um minuto e até aumentou com o andamento do jogo e nas vezes que Paulo César dominava a bola. Anos mais tarde, Zagallo denunciaria essa vaia como uma das grandes injustiças da história do futebol brasileiro, já que se tratava de Paulo César, um jogador inteligente taticamente e de grandes qualidades técnicas.

Três dias depois, contra a Áustria, no Maracanã, vitória por 1 × 0, o clima de descontentamento continuou. A indignação popular era tanta que o jornalista Nelson Rodrigues, árduo defensor do time, desabafou ao ver a delegação brasileira partir para o México num Boeing da Varig. "Finalmente a Seleção deixou o seu exílio", comentou.

90 MILHÕES EM AÇÃO

Quando o atacante tcheco Petras fez 1 × 0 no jogo de estreia do Brasil na Copa de 1970, ele se ajoelhou e começou a rezar. No território brasileiro, todos que outrora vaiavam sentiram um aperto neste momento. As vaias irracionais transformaram-se em arrependimento. O país voltou atrás em seu ódio, queria dizer aos seus jogadores que não era nada daquilo, que amava sua Seleção e que queria vê-la sempre vencedora. O povo se uniu e passou a apoiar, torcendo e cantando a marchinha dos "90 milhões em ação, pra frente, Brasil, do meu coração".

No campo, o time não se assustou com a desvantagem. Zagallo havia encontrado a escalação ideal, com Pelé, Tostão, Rivellino, Gérson e Jairzinho jogando juntos, e o Brasil virou para 4 × 1 e só não marcou mais porque a bola chutada por Pelé, que estava no meio de campo, encobriu o goleiro Viktor e não entrou.

O desespero do goleiro tcheco ao tentar pegar a bola, que passou a milímetros de distância da trave, tornou o lance um dos mais famosos do mundial de 1970.

O segundo jogo, contra a Inglaterra, foi uma prova de fogo. Os ingleses eram campeões mundiais, e o time, mesma base da Copa anterior, estava entrosado e repleto de bons jogadores.

Firme na marcação defensiva, a Seleção inglesa dava poucas chances para o ataque brasileiro. Mesmo assim, o goleiro Banks fez uma defesa memorável ainda no primeiro tempo, quando interceptou um cabeceio de Pelé.

Na etapa complementar, dadas as dificuldades que os brasileiros encontravam, Zagallo decidiu colocar Roberto Miranda. No lugar de quem? "No de Pelé é que não será", pensou Tostão. "Só pode ser no meu." E foi aí, quando Roberto Miranda estava fazendo o aquecimento, que Tostão decidiu agir. Pegou a bola pela esquerda e começou a enfileirar a defesa inglesa. Quando percebeu que ela estava suficientemente aberta, cruzou para Pelé, no meio da área. O Rei tocou, então, para Jairzinho, que vinha pela direita. O ponta dominou a bola e acertou um chute indefensável, no ângulo direito de Banks.

O Brasil venceu esta partida dramática e também mostrou muita garra. Rivellino, por exemplo, machucou-se no meio da partida, mas ficou até o fim.

Contra a Romênia, mesmo já estando com a classificação garantida, nova vitória, agora por 3 × 2, dois gols de Pelé e um de Jairzinho. Rivellino e Gérson, poupados, não jogaram. Apesar do resultado, o time chegou a se complicar no final e por pouco não deixou a vitória escapar. Nas quartas de final, o adversário era o Peru, de Didi, um contestador do sistema tático brasileiro. Para ele, a defesa do time de Zagallo tinha muitas falhas. No entanto, o Brasil venceu por 4 × 2, jogando melhor que o adversário, com muito mais técnica, mas pregando alguns sustos na torcida.

O time anotou 2 × 0 em quinze minutos e depois recuou. Com o recuo, o time peruano conseguiu fazer um gol e poderia até ter chegado ao empate se o árbitro não tivesse marcado apenas tiro indireto numa jogada em que Brito fez carga em Gallardo dentro da área. Com o susto, o Brasil acordou, e Tostão fez 3 × 1. No segundo tempo, o craque peruano Cubillas fez o segundo de seu time, mas Jairzinho deu números finais ao jogo.

PRA FRENTE, BRASIL

O próximo adversário, mais do que um simples oponente, era um fantasma. Seria a primeira vez que o Brasil enfrentaria o Uruguai em Copas do Mundo, depois do desastre da final de 1950. E o time entrou temeroso: jogou mal no primeiro tempo, sofreu um gol aos dezenove minutos, marcado por Cubilla, e encontrava dificuldades para empatar.

Foi aí que novamente apareceu Tostão, que viu Clodoaldo penetrar pela esquerda e passou a bola milimetricamente para o atleta santista tocar, quase sem ângulo, no canto esquerdo do goleiro Mazurkiewicz. "Foi o gol mais importante da minha vida", disse Clodoaldo anos depois. Com o empate ainda no final do primeiro tempo, em um momento crucial, a equipe melhorou no segundo, depois da bronca de Zagallo, que pediu para que todos se esquecessem do passado, do que acontecera havia vinte anos.

A bronca funcionou. Na etapa final, Pelé fez uma jogada memorável ao dar um drible de corpo no goleiro Mazurkiewicz e chutar para fora. Foi uma mostra de que a genialidade adormecida do time brasileiro havia despertado, e a Seleção virou o placar para 3 × 1, o que garantiu ao Brasil disputar uma final de Copa do Mundo pela quarta vez. Brasil e Itália fariam então o grande jogo da final. Da grande decisão sairia o primeiro tricampeão mundial, o país que ficaria com a posse definitiva da Taça Jules Rimet.

Zagallo estudou a forma de jogar dos italianos. Chegou à conclusão de que a melhor jogada brasileira deveria ser pela direita, quando Jairzinho obrigasse o lateral Giacinto Facchetti a marcá-lo com toda a atenção, dando espaço para as avançadas de Carlos Alberto Torres. E ainda haveria as famosas inversões de Pelé e Tostão, a volta de Rivellino ao meio de campo para buscar jogo, e os preciosos lançamentos de Gérson. Para a felicidade de Zagallo e de noventa milhões de torcedores que fizeram a corrente "Pra frente, Brasil", tudo deu certo.

No primeiro gol brasileiro, Pelé funcionou como o centroavante finalizador que Zagallo tanto queria, ao cabecear com convicção no canto esquerdo do goleiro Sarti.

Antes do final do primeiro tempo, os italianos ainda empatariam a partida, após Clodoaldo ter perdido a bola no meio de campo. O juiz ainda deixaria de validar um gol de Pelé, alegando ter apitado o fim da primeira etapa.

Mas, depois de algumas dificuldades na etapa inicial, o Brasil transformou o futebol em teatro. O segundo tempo virou último ato, com dribles "elásticos" de Rivellino e os gols de Gérson, Jairzinho e Carlos Alberto Torres, que completaram o marcador.

No estádio Azteca, os jogadores choravam, cercados por centenas de torcedores que tentavam lhes arrancar os calções, as camisas e as meias.

De volta ao Brasil, a Seleção recebeu muitas homenagens de torcedores e políticos que, em época de ditadura militar, não deixava de tirar proveito da conquista.

Em 30 de setembro, em homenagem ao povo mexicano, que tanto apoiou os brasileiros na conquista do tri, a Seleção brasileira disputou um amistoso no Maracanã, contra o México. Foi o "Jogo da Amizade", vencido pelo Brasil por 2 × 1.

Para completar com chave de ouro sua participação em 1970, um amistoso em Santiago, contra o Chile. Goleada do Brasil por 5 × 1, embasbacando os torcedores locais, que viam seus adversários como uma Seleção de outro mundo.

Com o desenho da Jules Rimet no peito, taça que o Brasil conquistou definitivamente ao sagrar-se tricampeão no México, a Seleção jogou as Copas de 1986 e 1990.

"FICA, FICA, FICA...!"

O título de tricampeão iluminou toda a nação, mas nem por isso a década de 1970 seria fácil para o futebol brasileiro, envolvido com a política da ditadura e com a despedida de Pelé da Seleção.

Pela frente, anos difíceis, que foram "chantageados" pela doçura da conquista do tricampeonato. Sem Pelé, pairou a ameaça de um passado que jamais voltaria. O torcedor passou a temer que as alegrias do povo brasileiro ficassem restritas às lembranças daqueles tempos. A era Pelé chegava ao fim. Em julho de 1971, o adeus como jogador do Brasil atuando em solo paulista.

Pelo Santos, Pelé ainda jogaria por mais três anos, antes de também se despedir e partir para os Estados Unidos. Quando acabou o primeiro tempo, ele saiu de coroa e bastão, chorando, aplaudido por 110.023 pessoas. Nesse jogo o Rei deixou sua marca ao fazer um golaço no empate de 1 × 1. Em uma partida sem expressão, o Brasil venceu a Tchecoslováquia por 1 × 0 no

Maracanã. Pelé não jogou, estava preparando seu último adeus, contra a Iugoslávia, também no Maracanã.

Foi em 18 de julho de 1971, no jogo que teve o placar final apontando 2 × 2. Numa ocasião normal, a torcida certamente vaiaria a Seleção com o empate em casa. Mas não era isso que importava, o que interessava era apenas recordar para viver. Com medo de um futuro sem Pelé, quando o Rei saiu de campo, no intervalo, a multidão, humilde e apaixonada, não encontrou muitas palavras. Apenas chorou e clamou em uníssono: "Fica, fica, fica...!".

O maior artilheiro da história da Seleção é Pelé, com 95 gols em 114 jogos.

E A VIDA CONTINUA

O primeiro jogo do Brasil na era pós-Pelé não poderia deixar de ser um 0 × 0. Foi contra a Hungria, no Maracanã, em 21 de julho. Depois, outro amistoso, agora contra o Paraguai, vitória magra, 1 × 0, e público decepcionante para os padrões da época, mas explicável pela dor que a despedida de Pelé deixava entre os brasileiros, que já se tornavam saudosistas. Na ocasião, 34.079 pagantes viram o jogo. Mas, enquanto o Rei dava adeus, a história da Seleção continuava e, de fato, tinha de continuar. No Pré-Olímpico da Colômbia, o time brasileiro assegurou uma vaga na Olimpíada de Munique ao vencer o Peru, 1 × 0, no último jogo, gol do jovem Enéas, da Portuguesa. Uma das novas revelações do futebol brasileiro, o flamenguista Zico, viveu, então, uma grande frustração. O jogador atendeu ao pedido do técnico Antoninho, da Seleção olímpica, e não se profissionalizou naquele momento pelo

Flamengo, para que pudesse disputar a Olimpíada pelo Brasil. Afinal, naquele ano só disputavam os Jogos Olímpicos atletas amadores. Antoninho, no entanto, não convocou Zico, apesar de ele não ter se profissionalizado. Decepcionado, o jogador pensou até mesmo em largar o futebol, praticamente antes mesmo de ter iniciado sua carreira.

Apesar de ter deixado Zico de fora, Antoninho contribuiu por mais de três décadas com as Seleções formadas pelas categorias de base. No mundial Sub-17 de 1997, foi ele quem indicou os jogadores convocados, campeões do mundo ao defender o Brasil.

MINICOPA, CRÍTICAS, MAS "NO LO DEJEN PATEAR"

Em 1972, o grande objetivo da Seleção foi conquistar a Taça Independência, que ficou conhecida como Minicopa, organizada pela CBD para comemorar os 150 anos da emancipação política do Brasil em relação a Portugal. No total, catorze Seleções disputaram a primeira fase, com sedes em Salvador, Aracaju, Maceió, Recife, Natal, Curitiba e Campo Grande, divididas em três grupos. Os campeões de cada chave juntaram-se a Brasil, Uruguai, União Soviética, Escócia, Portugal e Tchecoslováquia, quando novos grupos foram formados.

Mesmo vencendo mais esta competição, sem tomar gols, a Seleção continuou a receber críticas por parte da imprensa e da torcida. Durante a preparação, Zagallo se rebelou contra alguns jornalistas e fez um desabafo. "Existe uma minoria que ainda não se conformou com a conquista do tri. Futebol é assim mesmo, os torcedores dedicam paixão a determinados ídolos. A outros..."

Sem Pelé e Gérson – cortado da Seleção por problemas no nervo ciático, Gérson não mais defenderia o time brasileiro –, Zagallo começou a testar novos valores, como o centroavante Leivinha, o ponta-direita Valdomiro e o meia Paulo César Carpeggiani, e a mesclá-los com os remanescentes da Copa de 1970, caso de Rivellino, Jairzinho, Clodoaldo, Paulo César Lima e, por pouco tempo, Tostão.

Mesmo em fase de transição, as críticas não cessavam. E vinham de todos os lados. Até do técnico boliviano, Freddy Valda. Mesmo vendo a Bolívia ser derrotada por 5 × 0, Valda comentou que uma das falhas do Brasil era o fato de seus laterais avançarem simultaneamente. Zagalo, porém, não deixou barato. "É claro que os dois avançavam. Eles não tinham a quem marcar e não iriam ficar parados lá trás." E, durante o jogo, o goleiro Cobo, desesperado, não parou de gritar com seus zagueiros para que eles fizessem de tudo para não deixar Rivellino, com a camisa 8, chutar. "No lo dejen patear. El ocho me va a matar", implorava o goleiro.

A CLAVÍCULA E A REVANCHE

Em 1973, a Seleção excursionou pela África e pela Europa. Além de vencer a Argélia, goleou a Tunísia por 4 × 1.

Num dos lances, em uma bola que não entrou, a bomba de Rivellino fez uma vítima. O craque cobrou uma falta com tal violência que o goleiro Althouga quebrou a clavícula ao espalmar para escanteio. Conseguiu impedir, com uma defesa sensacional, que o Brasil fizesse cinco gols na partida.

Na Europa, em 9 de junho, seria disputado o "desafio do ano", o primeiro Brasil × Itália depois da final da Copa de 1970. Ferrucio Valcareggi continuava a ser o técnico da Seleção italiana. Preocupado em evitar nova goleada, o treinador foi até a Tunísia estudar a forma de jogar da Seleção.

Valcareggi montou um esquema de marcação cerrada, com muita proteção à defesa. E não esqueceu de concentrar forças no meio de campo. Após a final de 1970, confessara: "Eu não mandei ninguém marcar no meio de campo naqueles 4 × 1". Com tamanha seriedade, desta vez a Itália saiu vitoriosa: 2 × 0.

A Seleção brasileira começou a jogar com estrelas no peito a partir de 1971, ano seguinte ao tricampeonato conquistado no México. Depois da Copa dos Estados Unidos, quando se tornou tetracampeã, passou a usar quatro estrelas.

MANIFESTO DE GLASGOW

Zagallo não conseguia encontrar uma escalação ideal para a formação de um novo time. Suas dúvidas estavam na ponta-esquerda e no comando de ataque. Contra a Itália, o técnico começou com Edu no setor esquerdo do ataque. No jogo seguinte, contra a Áustria, promoveu a estreia de Dirceu na Seleção, um ponta que sabia recuar e povoar o meio de campo.

O time não se encontrava. Críticas que vinham de fora do grupo se juntavam à desunião interna, o que conturbava o ambiente. Às vezes, bons resultados apareciam, mas não eram suficientes para mudar a imagem da Seleção brasileira.

Depois de ter vencido a Alemanha Ocidental e a União Soviética, ambas por 1 × 0, o time foi para Estocolmo, onde perdeu para a Suécia. A partir daí, a crise tomou proporções perigosas. Em campo, ninguém se entendia. Fora dele, trocas constantes de acusações. "Olha, desse jeito não vai dar. A gente carrega a bola, dá para o ataque e não sai nada", dizia o zagueiro Luís Pereira.

Em 29 de junho, os jogadores anunciaram a descoberta do culpado: a imprensa. Acusando-a de ter inventado e deturpado fatos, o zagueiro Wilson Piazza comandou o movimento, e todos os jogadores assinaram um documento, que ficou conhecido como "Manifesto de Glasgow", propondo boicote aos jornalistas.

Sem falar com a imprensa, o Brasil venceu a Escócia e viajou à Irlanda para enfrentar um combinado local. Ganhou por 4 × 3, e os jogadores deixaram o boicote de lado. Falando em pacto de paz, voltaram a conversar com a mídia.

FOGUEIRA DE VAIDADES

A pausa de nove meses nas atividades da Seleção não bastou para acalmar os ânimos.

A despedida de Pelé ainda incomodava. Gérson, por não estar bem fisicamente, e Tostão, por ter abandonado o futebol em 1973 e apresentar problemas de visão, estavam fora dos planos. Félix e Carlos Alberto Torres também foram cortados. Os jogadores que ficaram não paravam de discutir.

Divergências não faltavam. Os próprios jogadores admitiam isso. "Eu sempre digo para o Alfredo: se cuida que eu quero entrar no seu lugar. Acho que o relacionamento entre os jogadores precisa ser franco. Claro que quero ser titular. Todos querem. É uma condição da própria vaidade humana", dizia Piazza, sobre a disputa com o zagueiro Alfredo, do Palmeiras.

Depois de um empate contra o México, o meia Ademir da Guia, sempre humilde, chegou a dizer que ele próprio deveria ser sacado. Mesmo assim, não deixou de dar uma espinafrada no esquema da Seleção. "O meio de campo está muito embolado, é melhor que o Rivellino seja deslocado de uma vez da ponta para a meia. Falta uma definição do esquema", dizia Ademir.

Mesmo derrotando a Tchecoslováquia e a Bulgária, as discórdias não deram trégua. Piazza via falta de combatividade no meio de campo. Edu, autor de dribles desconcertantes, apesar de divertir o público do Maracanã, também alfinetava: "Foi fácil para mim. Se me lançassem mais, poderíamos ter criado mais oportunidades". Clodoaldo, que fora um leão contra a Bulgária, saiu em defesa de seu setor, o meio de campo, e citou ele próprio como exemplo: "Ninguém correu mais do que eu nesta partida".

Jairzinho e Rivellino também discutiam. "Ele embola muito e não sabe entrar na hora certa, deveria guardar mais a posição", dizia Rivellino. "Vou para o meio para que alguém aproveite o espaço", rebatia Jairzinho.

Para a armação tática de Zagallo, Jairzinho havia se tornado uma incógnita. Onde o técnico deveria utilizar o Furacão da Copa, que tão bom desempenho tivera em 1970? Na ponta, ele já não tinha a mesma explosão e, como centroavante, não tinha a eficiência de um finalizador.

Mais um problema que o treinador teria de resolver. Na preparação para a Copa de 1974, que incluiu jogos contra Romênia, Haiti, Grécia, Áustria, Eire e Portugal, antes da viagem à Alemanha

Ocidental, nenhuma derrota. O clima, porém, não mudava. Até porque, se a Seleção seguia invicta, os próprios resultados e o futebol apresentado não agradavam. O placar de 0 × 0 contra a Grécia, por exemplo, um time que vinha de cinco derrotas consecutivas, irritou a torcida. Um novo 0 × 0, agora contra a Áustria, no Morumbi, provocou uma avalanche de vaias.

Foi assim que, em maio, a Seleção embarcou para a Europa, com Zagallo resmungando: "Critiquem agora, podem criticar à vontade...".

FLORESTA NEGRA

O frio da concentração brasileira, em Feldberg, na Floresta Negra, foi mais um obstáculo para a Seleção. Mas a baixa temperatura não abalava os ânimos e a vaidade dos jogadores. Quando Wendell começou a ganhar a posição de titular, por exemplo, o goleiro Leão rugiu: "Eu joguei a maioria das partidas preparatórias e mereço ser o titular".

Logo no primeiro treinamento na Alemanha, em jogo contra um combinado local, o volante Clodoaldo sentiu uma distensão muscular e deixou o campo chorando. Percebeu que estaria fora da Copa, o que de fato acabou acontecendo. Mesmo assim, quando foi cortado, em outra partida contra a Seleção da Basileia, na mesma cidade suíça, Clodoaldo reclamou que poderia ter se curado com rapidez da contusão, se não tivesse participado desse jogo-treino. Contundido no joelho, o goleiro Wendell também acabaria deixando a Seleção. Para o seu lugar foi chamado Waldir Peres, do São Paulo. Para o lugar do volante Clodoaldo, uma surpresa. O centroavante Mirandinha foi o escolhido. Zagallo optou por ter mais opções no ataque. Os dois jogadores viajaram para a Alemanha às pressas. Para a estreia, contra a Iugoslávia em Frankfurt, Zagallo preferiu fazer mistério. O suspense impacientava os jornalistas. O técnico dizia que só anunciaria o time titular meia hora antes do jogo. Um dos repórteres, por não mais suportar ouvir seus colegas fazerem sempre a mesma pergunta, decidiu inovar. "Bem, Zagallo, já que você não quer dar o time, dê pelo menos os nomes dos que vão ficar na reserva." Mas o técnico não estava para brincadeiras e não achou muita graça na piadinha.

Na hora do jogo, entrou com Valdomiro, aberto pela ponta direita, Jairzinho, deslocado para o meio para atacar ao lado de Leivinha e, na ponta-esquerda, Paulo César Lima, que teria que recuar para dar uma força na marcação e ajudar Rivellino na criação.

O empate, 0 × 0, mesmo com a chuva que castigou o gramado e impediu um maior toque de bola dos brasileiros, assustou a todos. Começaram, então, os rumores sobre a "covardia" da Seleção brasileira, com insinuações de que jogadores como Paulo César Lima, que estava quase vendido ao Olympique de Marselha, da França, estavam fazendo corpo mole.

O empate, um novo 0 × 0, contra a Escócia, só piorou o ambiente. Assim, contra o Zaire, o Brasil precisava vencer por três gols de diferença. Zagallo, então, decidiu escalar o time com cinco atacantes. Com todas as dificuldades, o técnico deu a entender qual era a situação da Seleção naquela Copa. "Não tenho um supertime nas mãos, mas tenho que montar um time que brigue pelos resultados." Os cinco no ataque deram certo contra o Zaire. O time fez o suficiente, três gols, não sofreu nenhum e passou às quartas de final. O primeiro adversário dessa fase foi a Alemanha Oriental. Um time pesado, de marcação forte. O Brasil, finalmente, mostrou-se uma equipe solidária e venceu por 1 × 0. Rivellino voltou a jogar bem, marcando o gol brasileiro, de falta, na metade do segundo tempo.

Saiu comemorando muito, com todos os jogadores correndo para abraçá-lo, mostrando que o time também queria vencer, desabafando a angústia daquele momento difícil. O confronto seguinte foi contra a Argentina. Os jornalistas começaram a relembrar o passado e perguntavam aos jogadores brasileiros se eles conheciam as esquadras argentinas das décadas de 1940 e 1950 que encantaram o mundo, citando jogadores como Moreno, Labruña e Maschio.

Os brasileiros, no entanto, mostraram que não se importavam com o passado. "Sem essa, amigo. Você pensa que eu tenho quantos anos? Ou está me convidando para fazer parte da hora da saudade?", esquivava-se Luís Pereira.

O lateral Marinho Chagas, que havia ganho a posição de Marco Antônio e vinha sendo considerado uma das sensações da Copa por suas arrancadas espetaculares ao ataque, respondia às perguntas com humor e ingenuidade. "Se eu já ouvi esses nomes? Sim, foi num programa do Chico Anysio, que acha que os jogadores argentinos têm nomes mais chiques."

No campo, o jogo terminou com uma boa vitória da Seleção, que ressurgia na competição. Para os argentinos, no entanto, os 2 × 1 e a eliminação na Copa de 1974 eram o que menos importava. No mesmo dia em que eram derrotados pelos vizinhos sul-americanos, morria Juan Domingo Perón, seu presidente.

PAPEL EM BRANCO

A Holanda, adversária do Brasil na semifinal, estava sendo considerada a sensação da Copa da Alemanha. Ciente da dificuldade que teria em um eventual confronto contra os holandeses, mesmo antes de os dois times terem chegado à semifinal, Zagallo pediu ao observador Paulo Amaral, preparador físico de 1958, 1962 e 1966, que comparecesse ao jogo entre Holanda e Argentina.

De volta à concentração, Paulo Amaral se mostrava atônito. "Tentei anotar alguns esquemas para esclarecer a posição dos holandeses durante o jogo e a base tática que eles usam. Vi o lateral direito na ponta-esquerda, o lateral esquerdo no meio-campo, o Cruyff na defesa, de repente no ataque e em seguida no meio. Em poucos minutos, estava cansado de anotar. E daí pensei. Sabe de uma coisa? Vou apenas ver o que acontece. E larguei papel e lápis de lado."

Outro episódio deixou-o ainda mais pasmo. "Houve uma falta perto da área, e a barreira foi formada por sete jogadores holandeses. O argentino chutou, a bola bateu na barreira e voltou ao meio de campo. Um argentino foi lá para dominá-la, mas não teve tempo. Os mesmos homens da barreira, os sete holandeses juntos, correram em direção à bola e nem deixaram o adversário se aproximar."

E contra o Brasil, em Dortmund, a Holanda não foi diferente. O jogo até que foi equilibrado, às vezes violento. Só que, dos cinquenta mil espectadores, entre eles o secretário do Estado norte-americano Henry Kissinger, pode-se dizer que 45 mil torciam pela Holanda. Assim, o Brasil caiu por 2 × 0, adiando o sonho do tetra. Luís Pereira, no final, ainda foi expulso. Saiu orgulhoso, mostrando a camisa azul suada de tanto esforço e beijando o distintivo do Brasil para a torcida que o apupava.

O LEÃO-MARINHO

Na disputa pelo terceiro lugar, contra a Polônia, Ademir da Guia entrou como titular, jogando pela primeira vez em Copas do Mundo. Mas ele só ficou em campo durante um tempo. O clima de desânimo era geral. Alguns jogadores teriam até alegado contusões para não atuar. Assim, o Brasil perdeu a terceira posição, gol de Lato, pela direita, e despediu-se melancolicamente da Alemanha.

Durante a partida, Leão e Marinho Chagas já vinham se desentendendo sobre o espaço deixado pelo impetuoso lateral às suas costas. Depois da partida, não deu outra. Acusando-o de ser o culpado pelo revés, graças às suas avançadas, Leão enfureceu-se com o jeito despreocupado de Marinho Chagas, e desferiu-lhe um murro. A confusão se instaurou no melancólico vestiário. Jogadores apartaram a briga, e Marinho ficou num canto, sentado e chorando como menino. "Cansamos de tomar bolas nas costas. Acho que perdemos mais de cinco mil dólares com a derrota. O meu dinheiro não é capim", bradou o feroz goleiro.

BRANDÃO 3, A MISSÃO

Zagallo se despedia da Seleção. Comandaria o Botafogo, do Rio. Osvaldo Brandão, do Palmeiras, assumiria novamente o comando do time. Para a Copa América de 1975, sua primeira tarefa ao regressar ao cargo que ocupara na década de 1950, escalou, conforme decisão anterior, um time de jogadores de Minas Gerais.

Auxiliado por Telê Santana e Hilton Chaves, Brandão levou ainda um jogador paulista, o zagueiro Amaral, do Guarani de Campinas.

O Brasil venceu todos os seus compromissos, dentro e fora de casa, e classificou-se para a fase seguinte, contra o Peru. Daí, a derrota em plena Belo Horizonte, 3 × 1, e a recuperação em Lima, 2 × 0. No sorteio, necessário devido à igualdade no saldo de gols, ganharam os peruanos.

OS PUPILOS DE ZIZINHO E A ESTRELA EM ASCENSÃO

Ainda em 1975, a Seleção venceria o Pan-Americano do México, o mesmo em que João do Pulo bateu o recorde mundial no salto triplo. Mas dividiria o título com os donos da casa. Isso mesmo. No tempo normal do jogo da final entre Brasil e México, o jogo terminou empatado em 1 × 1, gol de pênalti de Cláudio Adão, aos quarenta minutos do segundo tempo. Na prorrogação, a iluminação começou a falhar, e ninguém conseguia ver mais nada. O jogo foi interrompido, e a luz não voltou. O juiz, então, decidiu que os dois deveriam dividir o título. Meses mais tarde, a Fifa invalidou a decisão e cassou o título dos dois países.

Enquanto Brandão assumia a função de treinador da Seleção principal, Zizinho, o craque dos anos 1950, comandava o time que iria disputar o Pré-Olímpico, em Recife.

Zizinho acreditava na qualidade do time que tinha em mãos. Após a classificação para a Olimpíada de Montreal, o técnico via boas possibilidades para o time brasileiro. Do goleiro Carlos, da Ponte Preta, por exemplo, ele falava: "Vai ser o novo Gilmar dos Santos Neves". O terror dos adversários, porém, foi o centroavante Cláudio Adão, jogador do Santos. Nesse Pré-Olímpico, os uruguaios, com um empate, foram os únicos que não perderam para o Brasil. O chefe da delegação brasileira no torneio classificatório para a Olimpíada era Radamés Lattari, pai do técnico da Seleção brasileira masculina de vôlei anos depois. As pressões regionais foram algumas das dificuldades encontradas por Brandão para a realização de seu trabalho. Por isso, o técnico convocou jogadores de vários estados, incluindo Pernambuco, que cedeu o volante Givanildo à Seleção. Também não poupou elogios a Zico, estrela em ascensão no Flamengo, que começava a despertar a atenção do público. Nelson Rodrigues, por exemplo, dizia que o craque do Flamengo já era o melhor jogador do mundo, comparável até a Pelé.

Mal Brandão assumiu o cargo, as críticas se alastraram. Reclamavam que ele não conseguia definir um esquema tático para o time, que suas convocações eram políticas, de acordo com os interesses do almirante Heleno Nunes, novo presidente da CBD... Quando vencia, era um alívio. Quando perdia...

Sua primeira partida, em 1976, contra um selecionado de Brasília, Brandão venceu, mas não convenceu. Era um jogo preparatório para as disputas das taças Atlântico, Roca e Oswaldo Cruz, contra uruguaios, argentinos e paraguaios, tradicionais rivais brasileiros. Logo de cara, 2 × 1 contra o Uruguai, em pleno estádio Centenário. Quem estreava? Ele, Zico, que, de cara, deixaria seu golzinho nas redes adversárias. De falta, claro. Contra a Argentina, 2 × 1 em Buenos Aires. Contra o Paraguai, 1 × 1 em Assunção.

A CORRIDA DE RIVELLINO

Na volta, o Brasil ficaria com a Taça do Atlântico e a Copa Roca ao vencer o Uruguai, 2 × 1, e Argentina, 2 × 0, os dois jogos no Maracanã. Contra os uruguaios, terminada a partida, Rivellino se dirigia aos vestiários quando escutou o lateral Orlando gritar para ele: "Cuidado, vem um louco atrás de você!".

Era o lateral uruguaio Sérgio Ramirez, que vinha para acertá-lo. Sem tempo para reagir, Rivellino só pôde correr. E se virou do jeito que deu. Escorregou e foi descendo sentado escadaria abaixo, aos trancos e barrancos, rumo ao vestiário. "Poderia ter me machucado seriamente", afirmou depois. Mas dessa ele se safou…

O BICENTENÁRIO DA INDEPENDÊNCIA DOS ESTADOS UNIDOS

Desde que Osvaldo Brandão assumira o cargo, as pressões começaram. Por mais que tentasse, não conseguia fugir das críticas regionalistas. No Rio de Janeiro, eram fortes as correntes contrárias ao treinador. Para os cariocas, Brandão não conseguia definir um esquema tático para a Seleção, e suas convocações eram meramente políticas, de acordo com o interesse dos dirigentes.

"Nesta CBD nenhum dirigente escala time", declarava o supervisor Almir de Almeida. Mas completava: "Brandão tem toda a independência e pode chamar quem bem entender. Mas ele tem seus limites. Se chegar a um ponto de discordância total com as nossas coordenadas, então ele sai".

Brandão tinha dificuldades em suportar tais pressões e, ao mesmo tempo, definir rapidamente a escalação do time, como queria o almirante Heleno Nunes, presidente da CBD. Diante de tudo isso, seu trabalho ficou marcado pela inconstância.

Em 1976, na terra do Tio Sam, o Brasil disputaria seu torneio mais importante sob o comando de Brandão, o Bicentenário da Independência dos Estados Unidos.

Na estreia, 1 × 0 contra a Inglaterra, em Los Angeles, gol de Roberto Dinamite, aos 44 minutos do segundo tempo.

Reforçados por alguns craques internacionais, os norte-americanos, que engatinhavam no futebol com o projeto do Cosmos, time de Pelé, perderiam para o time de Brandão por 2 × 0, em Seattle. A ajuda do inglês Bob Moore e do italiano Chinaglia não adiantou muito aos Estados Unidos. O ponta-direita Gil seria o autor dos gols brasileiros. No jogo entre Inglaterra e Estados Unidos, vencido pelos ingleses por 3 × 1, uma curiosidade: Pelé atuou pela Seleção americana ao lado do inglês Bob Moore, que jogou contra a Seleção de seu próprio país. Na última partida da Seleção brasileira, contra os italianos, a repetição do placar da final de 1970: 4 × 1 para o Brasil, que sairia festejando a conquista em New Haven.

A excursão da Seleção canarinha não parou por aí. Saindo dos Estados Unidos, foi ao México. Venceu o time da Universidade do México, 4 × 3, e a Seleção da casa, 3 × 0. "Emagreci dois quilos nessas andanças", comentaria Brandão depois.

Já de volta ao Brasil, um combinado de cariocas e paulistas ganharia de um time formado por atletas do "resto do mundo", 2 × 1, no Maracanã e em seguida do Paraguai, 3 × 1, assegurando mais uma Taça Oswaldo Cruz.

HOMENAGEM A GERALDO

Um dos jogos do Brasil em 1976 não fazia parte dos planos da CBD. Foi uma partida contra o Flamengo, em homenagem ao meia Geraldo, que morrera pouco antes. O jogador havia sido operado numa clínica do Rio e morreu logo após a cirurgia. Seus familiares acusaram os médicos de negligência, alegando que a morte ocorrera depois de terem injetado uma dose excessiva de Valium no jogador.

Zico foi quem teve a ideia de organizar o amistoso, reunindo os dois times que Geraldo defendera. Em 6 de outubro, quase 150 mil pessoas veriam o Flamengo bater a Seleção por 2 × 0. Até Pelé participou do jogo, juntando-se aos craques de 1970, como Clodoaldo, Piazza e Jairzinho, que completava cem jogos pelo Brasil. A renda da partida foi doada aos familiares do jogador.

Quem não esteve presente foi Osvaldo Brandão, internado às pressas no hospital Santa Catarina, em São Paulo, proibido até de acompanhar a partida pela TV. Mário Travaglini, campeão brasileiro em 1974 pelo Vasco, foi seu substituto.

Ao final do amistoso, Zico, que atuou pelo Flamengo, recordava-se de Geraldo. "Sempre que me lembro dele sinto uma enorme tristeza porque era um grande amigo meu. Não me sai da cabeça um jogo em dezembro passado, quando deixamos o Maracanã e fomos comemorar minha despedida de solteiro."

PROTESTO DOS CARIOCAS

Em 1976, a Seleção brasileira foi eliminada mais uma vez dos Jogos Olímpicos, perdendo para a União Soviética e para a Polônia por 2 × 0. Na preparação do time principal para as eliminatórias de 1977, o Brasil concentrou-se no Rancho Silvestre, em Embu (SP). A opção da comissão técnica por uma cidade paulista e o fato de Brandão ter deixado de fora alguns nomes importantes do futebol do Rio, caso de Carlos Alberto Torres, Pintinho e Paulo César Lima, irritaram os cariocas.

Mas os paulistas também não morriam de amores pela atuação dos canarinhos. Depois de uma magra vitória, 1 × 0 no Maracanã contra a Seleção búlgara, a CBD teve a "brilhante" ideia de organizar dois amistosos: em São Paulo, contra a Seleção paulista, e no Rio, contra um combinado Flamengo e Fluminense, times em que atuavam Torres, Pintinho e Paulo César.

Resultado: dois tormentos desnecessários. Em São Paulo, apesar da vitória por 2 × 0, o carioca Marinho Chagas não foi poupado, mas apupado; no Rio, empate de 1 × 1, e uma das maiores vaias da história para Brandão. No vestiário, Paulo César riria dos xingamentos que recebia o treinador.

Cláudio Coutinho, técnico do combinado, antes mesmo da partida, dizia que não estava para brincadeira. "Aqui ninguém vai entrar em campo para treinar", avisara.

AS BOMBAS E A QUEDA DE BRANDÃO

A viagem para a Colômbia, primeira adversária do Brasil nas eliminatórias, foi cheia de sustos. Pronto para decolar, o time foi avisado de uma ameaça de bomba no avião em que viajaria a Bogotá e teve de abandonar a aeronave.

Já na Colômbia, hospedado no hotel Comendador, o time passaria por novo sufoco. O gerente do hotel recebeu um telefonema informando que uma bomba havia sido colocada no local. Avisou Carlos Alberto Cavalheiro, ex-goleiro das Seleções olímpicas dos anos 1950 e então chefe da delegação. Cavalheiro deu o alarme e, em cinco minutos, todos os jogadores estavam na praça diante do hotel. Logo depois, ficou constatado que era alarme falso.

Alguns, como o goleiro Leão, que estava dormindo e teve que se encontrar com o pessoal na pracinha, ficaram irritados. Outros, como foi o caso de Marco Antônio, levaram na brincadeira. "É só eles me pagarem a diária em dobro que eu fico de sentinela, e ninguém corre perigo."

Momentos antes do jogo contra a Colômbia, mais uma bomba. O autor, o técnico Brandão. Até então titular, Marinho Chagas é sacado da equipe. Em seu lugar o novato lateral esquerdo Wladimir, do Corinthians.

Wladimir não jogou nem bem, nem mal, mas a Seleção brasileira foi mal, bem mal, e amargou um 0 × 0 contra os donos da casa. A opinião pública brasileira se enfureceu com a apatia da equipe, e Rivellino deu uma indireta para os companheiros. "O empate foi uma lição, mas não tive nada a ver com a falta de garra." Dias depois, Brandão renunciaria ao cargo, alegando cansaço e problemas particulares.

A ERA COUTINHO

Temendo que o Brasil não se classificasse para a Copa do Mundo, Cláudio Coutinho foi designado para assumir o comando do time. De imediato, dispensou Wladimir, Givanildo, Waldir Peres e Beto Fuscão. Chamou o goleiro Manga e os jogadores Paulo César, Pintinho e Carlos Alberto Torres.

Prometendo montar uma equipe que criasse espaços dentro de campo, Coutinho estreou em 3 de março e goleou por 6 × 1 um combinado de Vasco e Botafogo.

O zagueiro Luís Pereira seria, no planejamento inicial de Coutinho, uma peça fundamental. Tanto é verdade que a CBD fez um enorme esforço para convencer o Atlético de Madri a liberá-lo. Além de pagar despesas de passagens do jogador e de toda a sua família, a CBD comprometeu-se a disputar um amistoso contra a equipe espanhola, como forma de recompensá-la pela liberação do zagueiro.

No esquema defensivo, Coutinho queria utilizar um líbero por zona. Era o sistema inglês. Trocando em miúdos, quando o ataque do adversário era por um lado do campo, sobrava o zagueiro de área do lado oposto. Luís Pereira seria um homem ideal para essa função. Do meio de campo para a frente, Coutinho, um estudioso de futebol, queria a Seleção marcando por pressão o campo todo, como fazia a Holanda. A mudança de técnico surtiu efeito. No jogo de volta contra a Colômbia, o Brasil venceu por 6 × 0, além de derrotar também o Paraguai, em Assunção, por 1 × 0.

As críticas, porém, não tardariam a aparecer. Usando termos complicados para a época, como "ponto futuro", Coutinho passou a ser questionado pelos paulistas. O empate contra o Paraguai, 1 × 1 em pleno Maracanã, apesar de ter classificado o Brasil para a fase seguinte das eliminatórias, e as más atuações contra Inglaterra e

Alemanha, em amistosos nos quais os adversários foram superiores, irritaram a torcida.

Em 16 de junho, quando enfrentou a Seleção paulista, no Morumbi, Coutinho tomou outra das maiores vaias da história. O clima contra ele era de franca hostilidade, parecido com o que Brandão sofrera em relação aos cariocas.

E dessa vez alguns "renegados" jogavam por São Paulo. Eram os casos de Waldir Peres e Beto Fuscão. Os paulistas faziam campanha para Rubens Minelli, apontado por eles como o nome ideal para comandar a Seleção. Para apimentar um pouco mais o ambiente, Minelli foi chamado para ser técnico do time paulista naquela partida. O amistoso, que terminou em 1 × 1, mais uma vez, não ajudou a melhorar o ambiente que envolvia a Seleção.

Com problemas ou não, sob vaias ou não, com unanimidade ou não, o fato é que Coutinho classificou o Brasil para a Copa de 1978 ao vencer o Peru, com enormes dificuldades, por 1 × 0, gol de Gil. Em meio ao sufoco, Leão foi o herói brasileiro, fazendo quatro defesas sensacionais. Depois, mais tranquilo, o Brasil goleou a Bolívia por 8 × 0. Os dois jogos aconteceram no campo neutro de Cali, na Colômbia.

OS DILEMAS DE COUTINHO

As dúvidas do treinador da Seleção para armar o time para a Copa da Argentina eram parecidas com as que Zagallo tivera no mundial de 1974. Como utilizar o ponta-esquerda? E os avanços dos laterais deveriam ser constantes? Se sim, quem ficaria na sobra? E o centroavante ideal, quem seria a salvação?

Em um de seus testes com o elenco brasileiro, na goleada de 7 × 0 sobre um combinado de Niterói, Coutinho experimentou o zagueiro Edinho na lateral esquerda. E gostou.

Dirceu, por sua vez, fazia a função do falso ponta-esquerda, papel que Rivellino relutava em desempenhar por preferir criar as jogadas do time, e Zico era definitivamente o dono da meia-direita. Dessa forma, Falcão foi perdendo terreno na Seleção e ficou de fora da Copa de 1978. Falcão ainda era um meia, não havia descoberto seu talento para volante de criatividade. E, naquela posição, Coutinho queria um jogador de marcação.

Na preparação brasileira, altos e baixos. Contra a França, em Paris, por exemplo, derrota por 1 × 0. Contra a Alemanha, em Hamburgo, após jogada sensacional do lateral Zé Maria, o centroavante Nunes, do Santa Cruz do Recife, faria o gol da vitória no brilhante goleiro Maier. Contra o Atlético de Madri, de Luís Pereira, fáceis 3 × 0. O zagueiro, no entanto, por não ter se apresentado da forma como Coutinho sonhara, perdera a posição para Oscar e, magoado, jogaria pelo time espanhol.

CAMPEÃO MORAL

Na vitória contra a Alemanha Ocidental, Coutinho tinha encontrado a escalação ideal, com base no avanço dos laterais Zé Maria e Edinho, na criatividade de Zico e Rivellino, e na finalização de um centroavante ao estilo de Nunes.

Mas, às vésperas do Mundial, Nunes e Zé Maria foram cortados por contusão. Nelinho foi chamado para a lateral e, com medo de fazer modificações radicais, Coutinho escalou o lateral Toninho na ponta direita, para que a marcação do time não fosse prejudicada. Para o Brasil o início da Copa de 1978 não foi dos mais promissores. Na estreia, em Mar del Plata, contra a Suécia, o time encontrou dificuldades e acabou por empatar a partida em 1 × 1, mas poderia ter saído vitorioso, não fosse o juiz galês C. Thomas ter anulado um gol de Zico, de cabeça, após escanteio batido por Nelinho. O árbitro alegou ter apitado o fim do jogo logo depois da cobrança do lateral brasileiro. Na segunda partida, contra a Espanha, muitos sustos. No pior deles, a defesa da Seleção ficou desarrumada, e os espanhóis atacaram em massa. Com o goleiro Leão abatido, Cardenosa ficou livre, à frente do zagueiro Amaral, pronto para marcar o gol da Espanha. Amaral, porém, em cima da linha, salvou o gol. A defesa do zagueiro valeu mais do que um gol e entrou para a história. Nas escolas, nas ruas e nos ginásios, os garotos ficavam embaixo da trave e, quando a bola vinha na direção deles, salvavam o gol e saíam gritando "Amaraaaaal! Amaraaaaal! Amaraaaaal!".

Na última partida da primeira fase, contra os austríacos, por suposta influência do almirante Heleno Nunes, Cláudio Coutinho escalou o meia Jorge Mendonça e o atacante Roberto Dinamite. Deu certo. Com um gol suado de Dinamite, o Brasil obteve sua primeira vitória na Copa de 1978 e classificou-se para a fase seguinte, num grupo com os argentinos, os anfitriões do mundial, a Polônia e o Peru. Por ter ficado em segundo lugar em seu grupo na fase inicial, a Argentina fora obrigada a deixar sua sede em Buenos Aires e ir jogar em Rosário. Mas nem por isso a pressão da torcida foi menor. Nessa fase, o time brasileiro mostrou um futebol mais consistente e convincente. Com tranquilidade, a Seleção estreou nessa etapa superando o Peru. Contra os peruanos, o Brasil jogou bem, pressionou, dominou, criou oportunidades e marcou três. Depois, veio um Brasil × Argentina em Rosário, jogo para macho ver. Nenhum brasileiro se intimidou. O centroavante Roberto ainda perdeu algumas chances de gol, chutando a bola por cima da trave. Na marcação, o grande comandante foi Chicão. Aliás, ele só soube que iria jogar na manhã da partida, quando, de surpresa, Coutinho optou pela força do volante são-paulino em lugar de Toninho Cerezo. Na primeira dividida com Luque, Chicão intimidou o argentino, que ficou encostado o resto do jogo, sem espaço para atacar. Para um jogo difícil, placar magro: 0 × 0.

Em seguida veio a Polônia. O Brasil venceu por 3 × 0 com uma grande atuação do time brasileiro, que ficara a um passo da final contra a Holanda. Num dos gols de Roberto Dinamite, a pressão brasileira foi tanta que, antes da conclusão, a bola chegou a tocar três vezes na trave do goleiro polonês em um só ataque do time canarinho. Para chegar à final, o Brasil torcia para que os peruanos não perdessem por uma diferença de quatro gols da Argentina. Realmente não perderam por uma diferença de quatro gols, mas de seis. E não fizeram o mínimo esforço para que fosse diferente. Revoltado, Coutinho desabafou antes de enfrentar a Itália pela disputa do terceiro lugar. "O Peru perdeu muito mais do que um jogo. Perdeu sua credibilidade. Não acredito que nos próximos mundiais os peruanos escutem seu hino com o mesmo orgulho com que escutavam até agora", afirmou.

Para os que diziam que o terceiro lugar não valia nada, Coutinho mandou um sonoro recado. "Para mim, o terceiro lugar vale muito. Sábado será realizada a final moral da Copa", disse ele, sobre a partida contra os italianos, vencida pelos brasileiros por 3 × 1.

O FEITIÇO CONTRA O FEITICEIRO

Apesar de dizer que faltou experiência a Cláudio Coutinho no comando da Seleção, o almirante Heleno Nunes decidiu mantê-lo no cargo. Só que agora Coutinho tinha dois empregos: além de técnico do Brasil, era técnico do Flamengo.

Perdida a Copa, o Brasil parecia ter voltado em ponto de bala. No dia em que Sócrates, do Corinthians, começava sua história na Seleção, o time meteria 6 × 0 no Paraguai. Seu entendimento com Zico parecia perfeito, com a ajuda de Falcão e sua classe, que voltavam à Seleção. Nos 5 × 0 contra o Ajax, da Holanda, num amistoso disputado no Morumbi, o corintiano faria um dos gols mais bonitos de sua carreira. Deu um chapéu curto em Krol e Wimjberg ao mesmo tempo, pôs a bola no chão, cortou para a esquerda, depois para a direita e chutou de fora da área, a meia altura, acertando em cheio a rede, no lado esquerdo do goleiro.

"Será a mais brilhante geração do futebol brasileiro. Digo isso num todo, pelo que estou vendo, pela média de idade dos jogadores em franca ascensão", prognosticava Coutinho.

E, em parte, a atuação do Brasil na Copa de 1982 confirmaria as expectativas do técnico. Mas sem a presença dele. Afinal, Coutinho não duraria muito no comando da Seleção.

Sua queda começou na Bolívia, no início de mais uma Copa América, em 1979. A estratégia de Coutinho foi levar o time para a altitude de La Paz momentos antes do jogo, uma forma de combater seus efeitos sobre o organismo.

A tática não deu certo. O Brasil perdeu por 2 × 1, dois gols de Aragonés, que graças a eles acabou sendo contratado pelo Palmeiras, e o próprio Coutinho foi quem mais sofreu. No final do jogo, sentindo falta de ar, desmaiou. Ficou meia hora deitado no banco do vestiário, tomando oxigênio. Pelo menos, safou-se de dar entrevistas e explicar a má atuação do Brasil.

Na segunda partida do torneio, o adversário foi a reformulada Argentina, então campeã mundial, que contava com jogadores que tinham acabado de levantar o Mundial de Juniores, no Japão. Um deles, Diego Armando Maradona, então com dezoito anos de idade. Embora a vitória tenha sido brasileira, 2 × 1, foi Maradona quem fez o espetáculo, dando mostras do que proporcionaria ao futebol argentino com o passar dos anos.

Jogo de volta contra a Bolívia, no Morumbi: vitória brasileira, 2 × 0, mas a atuação não foi das melhores. O time saiu de campo vaiado. Como se não bastasse, os jogadores saíram de campo brigando com os adversários. Tudo porque o zagueiro boliviano Vargas agrediu o meia Zico, quando este, aos 46 minutos do segundo tempo, comemorava a marcação de seu gol, o segundo do Brasil. Na confusão que se estabeleceu em campo, quem descontou a agressão sofrida por Zico foi Toninho, que meteu uma voadora no boliviano.

A classificação para a fase seguinte veio com um empate, 2 × 2, na Argentina.

Os paraguaios, então, tornaram-se os algozes de Coutinho. Venceram a Seleção em Assunção, 2 × 1. Um dos gols foi de Eugênio Morei, de bicicleta, quando a bola bateu no travessão e entrou. Depois, o Paraguai arrancou um empate no Maracanã, 2 × 2. O empate desclassificou o Brasil e derrubou Coutinho do cargo.

A ERA TELÊ

Com a transformação da CBD em CBF (Confederação Brasileira de Futebol), Giulite Coutinho como substituto de Heleno Nunes na presidência, e Medrado Dias como o novo diretor de futebol, Telê Santana iniciou seu trabalho à frente da Seleção em 1980.

Um dos primeiros problemas de Telê, e um dos mais persistentes durante seu período de atuação, foi encontrar um ponta-direita para a Seleção. A dificuldade foi tanta que até virou piada de programas humorísticos na TV. Telê chegou a testar na direita, por exemplo, Zé Sérgio, do São Paulo, que na verdade era ponta-esquerda. Sobre as críticas à falta de definição de um jogador para a posição, Telê rebatia. "É que o brasileiro não esquece o Garrincha e acha que a Seleção deve ter sempre um ponta como ele. Temos que viver a evolução do futebol, que não permite mais jogadores com posições fixas, principalmente no ataque."

O início de seu trabalho, chamado por ele de "fase de experiências", não foi dos mais fáceis. Em 15 de junho de 1980, por exemplo, o Brasil perderia para o time olímpico da União Soviética, por 2 × 1, no Maracanã, Apesar de Zico ter perdido um pênalti, foi Sócrates, substituído no segundo tempo, o mais visado pela torcida carioca. Isso porque a posição de centroavante era outra dor de cabeça para Telê. Muitos o criticaram por não colocar Sócrates o jogo inteiro, deixando-o de fora em algumas partidas, mas o técnico não queria o jogador no comando do ataque. Testou-o até na ponta-direita, contra a União Soviética, e o jogador não se adaptou à função. Daí a vaia da torcida. Mesmo no Mineirão (no estado em que nasceu Telê) o Brasil foi hostilizado pela torcida. A Seleção venceu o Chile, 2 × 1, mas jogou muito mal. Quem não estava contra o trabalho de Telê eram os paulistas, felizes com a saída de Coutinho. No Morumbi, por exemplo, o time só empatou com a

Polônia, 1 × 1, diante de 109 mil pagantes, em 29 de junho, mas a festa foi maior do que as críticas.

No fim do ano, quatro amistosos marcados por altos e baixos. Contra o Uruguai, por exemplo, a Seleção só conseguiu vencer por 1 × 0, gol de pênalti do lateral Getúlio, o famoso Ge-Gê da Cara Grande. Já contra o Paraguai, Zico deu um show de bola, vingou o Brasil das derrotas na Copa América do ano anterior e ainda fez um golaço por cobertura, o último da memorável goleada de 6 × 0 em Goiânia.

MUNDIALITO DO URUGUAI

Sem Zico, a maior estrela, afastado por uma distensão muscular, o Brasil teve duas ótimas atuações no torneio do Uruguai, que reunia todas as Seleções campeãs do mundo e a Holanda. No grupo do Brasil, Argentina e Alemanha. Empatamos com a Argentina na estreia, 1 × 1, gol do lateral direito Edevaldo. Não fossem tantas chances desperdiçadas, o time poderia ter saído com um resultado positivo. No final da partida, para variar, brasileiros e argentinos se desentenderam. O ponta Paulo Isidoro deu um pontapé em Valencia, cujos companheiros Maradona e Passarella saíram atrás do brasileiro.

Para ir à final contra o Uruguai, a Seleção teria de vencer a Alemanha Ocidental por dois gols de diferença ou então marcar mais do que três gols. Os alemães, depois de perderem para a Argentina por 2 × 1, estavam eliminados.

Em 7 de janeiro de 1981, o Brasil reviveria o passado, jogaria o futebol-arte e, definitivamente, mostraria no campo que ainda era o mais forte de todos.

No primeiro tempo, gol de Allofs, 1 × 0 para a Alemanha. No segundo, Telê substituiu Tita pelo atacante Serginho. A partir daí, foi um gol atrás do outro. Primeiro Júnior, de falta. Depois Serginho. Ainda depois Cerezo. E só para completar, Zé Sérgio, assinalando 4 × 1 sobre a temível Alemanha, que antes de enfrentar a Argentina ficara 23 jogos invicta e não sofria goleada havia 22 anos. "Aprendi mais nos dois jogos contra Argentina e Brasil do que em todas as outras 23 partidas sem derrota", confessou Jupp Derwall, o técnico alemão.

Mas na decisão do Mundialito, contra o Uruguai, apesar de ser superior tecnicamente, o Brasil sucumbiu à pressão da torcida local, não conseguiu repetir as atuações anteriores e caiu por 2 × 1. Dirigido por Roque Máspoli, ex-goleiro da Seleção uruguaia campeã em 1950, o time da casa revelaria para o mundo o zagueiro De Leon, o meia Ruben Paz e o atacante Victorino.

Para a Seleção do Mundialito, foram eleitos Fillol; Edevaldo, Luizinho, Passarella e Júnior; Cerezo, Maradona e Ruben Paz; Rummenigge, Victorino e Zé Sérgio.

AS ELIMINATÓRIAS

Com Waldir Peres no gol, substituindo o goleiro Carlos, que fraturara o ombro, o Brasil de Telê estrearia na luta para ir à Copa de 1982 contra a Venezuela, fora de casa. Ganhou apertado, 1 × 0, gol de Zico, de pênalti.

Para pegar a Bolívia, Telê preparou um esquema diferente do de Coutinho. Levou o time para treinar em Bogotá, Colômbia, 2.600 metros acima do nível do mar. Depois foi para Quito,

Equador, a três mil metros de altitude. No dia do jogo, foi à Bolívia. O único problema foi a passagem pelo Equador, que estava em conflito com o Peru. Os dirigentes da CBF temiam que algum bombardeio atingisse a Seleção brasileira e também receavam que, por ser o Brasil o mediador do conflito e pelo fato de a Seleção treinar em Quito, pudessem passar a ideia de que estariam do lado do Equador. De fato, houve problemas num dos treinos do time na Universidade de Quito. Uma manifestação estudantil foi contida por policiais com gás lacrimogêneo. Assustados, os jogadores brasileiros correram para o campo.

Na Bolívia, porém, a passagem foi mais tranquila. Dosando energia e apresentando garra e um bom futebol, o Brasil venceu o time da casa, 2 × 1, com Sócrates ditando o ritmo do jogo. E com um homem a menos desde os dezoito minutos do segundo tempo, quando Cerezo foi expulso de campo. Expulsão, aliás, que o tiraria do restante das eliminatórias e do primeiro jogo da Copa de 1982.

Telê não parava de elogiar o ponta-esquerda Éder, que foi muito bem em La Paz. O Brasil venceu a Bolívia, 3 × 1 no Maracanã, e a Venezuela, 5 × 0 em Goiânia. No jogo do Rio de Janeiro, para furar a retranca boliviana, Sócrates deslocava-se para a esquerda, funcionando até como lateral, para que Júnior pudesse avançar pelo setor como um homem-surpresa. A tática deu certo e foi repetida em outras partidas da Seleção.

Carimbado o passaporte para a Copa, a discussão passou a ser um possível aumento de salário para Telê. Se não conseguisse, ameaçava até abandonar o cargo. Mas conseguiu. E com a torcida ao seu lado, gritando "Fica, fica, fica" após a goleada no Serra Dourada.

A COPA E A INFLAÇÃO

Na preparação para o mundial da Espanha, duas perguntas eram feitas com muita frequência para Telê Santana. Uma fazia referência ao atacante Serginho, e a outra, ao eventual uso político por parte do governo caso o Brasil vencesse a Copa de 1982 e se tornasse tetracampeão.

Sobre Serginho, que se metera em mais uma confusão, agredindo o goleiro Leão na final do Campeonato Brasileiro, entre São Paulo e Grêmio, Telê condenava. "Isso não é futebol. O que ele fez foi lamentável. Futebol é, antes de tudo, saber controlar os impulsos de violência mesmo nos momentos mais difíceis."

Sobre o governo, preocupado com a inflação galopante, Telê se limitava a dizer: "A vitória da Seleção é mais importante para mim do que para o governo. Se nossos resultados forem ruins, os integrantes do governo não perderão o emprego. Eu sim". Preparando-se para a Copa, o Brasil foi à Europa. Os resultados só aumentaram a badalação sobre a Seleção.

CARROSSEL CANARINHO

Fazia parte dos preparativos para a Copa do Mundo, que aconteceria um ano mais tarde, uma excursão à Europa. De uma tacada só, o Brasil derrotou a Inglaterra em Wembley, 1 × 0, gol de Zico, a França em Paris, 3 × 1, grande atuação de Sócrates e Zico, que marcava seu gol de número quinhentos como profissional, e a Alemanha Ocidental em Stuttgart, 2 × 1, em nova virada sensacional. A excursão acabou se transformando num marco.

Depois de os alemães terem saído na frente, gol de Fischer, no primeiro tempo, o Brasil fez uma ótima segunda etapa e, com gols de Júnior, aos quinze minutos, e Cerezo, aos trinta minutos, passou à frente no marcador. Aos 43 minutos, Waldir Peres viveu seu momento de herói, que o ajudou a ser convocado como titular para a Copa de 1982. Primeiro defendeu um pênalti de Breitner. Segundo, defendeu um pênalti de Breitner. Afinal, o juiz achou que o goleiro se adiantara na primeira cobrança e mandou que ela fosse repetida.

De volta ao Brasil, a Seleção venceria a Espanha, 1 × 0 em Salvador. O lateral direito Getúlio, o Ge-Gê da Cara Grande, começava a perder sua posição, porque não vinha atuando a contento. Primeiro, Edevaldo foi testado em seu lugar. Contra a Espanha, foi a vez de Perivaldo, do Botafogo, que, aliás, saiu-se bem no teste. No jogo seguinte, 6 × 0 contra a Irlanda em Maceió, Leandro teve sua chance ao ser testado na posição. Jogador de muita qualidade técnica, ótimo posicionamento na marcação, veloz e preciso no apoio ao ataque, Leandro ganhou a confiança de Telê e, nos 3 × 0 contra a Bulgária, em Porto Alegre, foi o principal destaque em campo. Emocionado por sua atuação no Beira-Rio, Leandro, jogador do Flamengo, desabafou. "O Inter poderia ter acabado com a minha carreira, que estava no início", declarou, referindo-se ao fato de o clube gaúcho, dono do estádio em que a Seleção enfrentou a Bulgária, ter desistido de contratá-lo, alegando que ele não estava recuperado de uma operação em um dos joelhos.

Em Natal, novo amistoso, nova vitória, 3 × 1 contra a Alemanha Oriental. Telê demonstrava satisfação com o nível alcançado pela Seleção. "O nosso time hoje já não sente mais a marcação homem a homem", afirmou após a vitória sobre os alemães orientais, donos de uma marcação muito rígida.

A sensação de paz e euforia que marcava a relação da torcida brasileira com a Seleção acabou, no entanto, no jogo seguinte. Foi no Morumbi, diante de 107 mil pessoas, que a torcida vaiou o empate do time com a Tchecoslováquia. Os jogadores deixaram o gramado revoltados com a falta de receptividade do público paulista. "A Seleção não deveria mesmo mais jogar em São Paulo. É bairrismo mesmo. Se fosse no Maracanã, o tratamento teria sido bem diferente", desabafou o zagueiro Edinho. E exatamente no Maraca foi realizada a partida seguinte. De novo contra os alemães, só que dessa vez os ocidentais. Dessa vez os torcedores aplaudiram. E o Brasil ganhou, 1 × 0, gol de Júnior, depois de passe de Adílio, do Flamengo, que entrara no lugar de Sócrates. Além do autor do gol, o centroavante Careca, que se firmava no time, ganhando a disputa com Roberto Dinamite, foi aplaudido. E muito. Serginho, desde o incidente com Leão, perdera espaço na Seleção, sendo "esquecido" por Telê naquele momento.

Se Adílio e Careca se destacaram, o mesmo não podia se dizer de Zico, que simplesmente desapareceu daquela partida, marcado por um alemão de vinte anos que cavava um espaço no time. Indagado sobre a atuação da Alemanha, o jovem jogador respondeu: "Como poderia observar o jogo se fiquei atrás do Zico o tempo todo?". Seu nome? Lothar Matthäus. Nos três últimos amistosos no Brasil, antes da ida à Espanha, sede do mundial, o time ainda venceria Portugal, 3 × 1 no Maranhão, empataria com a Suíça, 1 × 1 no Recife, e meteria 7 × 0 na Irlanda, em Uberlândia, na despedida da torcida brasileira.

Com o retorno de Falcão, liberado pela Roma, o plano de Telê tinha como base a movimentação dos craques de meio de campo, como um carrossel, similar ao da Holanda de 1974. Sócrates finalmente deixara a função de centroavante e, junto com Falcão e Zico, deveria revezar-se na função de volante.

Por isso, as dificuldades na preparação do time foram grandes. Os jogadores se cansavam com o nível de exigência dos treinamentos e não rendiam tanto quanto Telê gostaria. Os titulares chegaram a ser derrotados por 8 × 2 pelos reservas em um coletivo. O objetivo, no entanto, era que o esforço desse resultado na Copa do Mundo.

SEVILHA VERDE-AMARELA

Concentrada na aldeia de Carmona, um vilarejo de 35 mil habitantes, a Seleção jogaria a primeira fase da Copa de 1982 em Sevilha.

A cidadezinha inteira saiu às ruas para comemorar a chegada do Brasil. De verde-amarelo, festejou cada gol, cada jogada, cada sucesso da Seleção na etapa classificatória do mundial. O mesmo aconteceu na vizinha Sevilha.

E os motivos para comemorar não foram poucos. Contra a União Soviética, logo na estreia, um sufoco danado. O adversário era veloz e marcava forte, o que dificultava a defesa brasileira e não permitia o tão sonhado rodízio no meio de campo.

No primeiro tempo, os soviéticos fizeram 1 × 0, após falha de Waldir Peres. Num chute de longa distância, o goleiro deixou a bola escapar de suas mãos e entrar. "Quando olhei para trás e vi a bola lá no fundo do gol, pensei: será que eu vim até aqui fazer essa porcaria?" Aos poucos, os brasileiros foram melhorando, mas os sustos continuavam, a ponto de os soviéticos, entre outras coisas, reclamarem de um pênalti que Luizinho teria cometido e o árbitro não marcara. No segundo tempo, com Paulo Isidoro no lugar de Dirceu, o mesmo das duas Copas anteriores, surgiram os gols. Com eles, a virada. Com ela, o carnaval em Sevilha e em todo o Brasil. O primeiro a marcar foi Sócrates, que, da intermediária, fingiu que iria chutar, enganou o soviético Daraselia, deu uma finta em Susloparov e desferiu um petardo no ângulo direito. No finalzinho, Falcão, em corta-luz, deixou para Éder, que mandou um chute de mais de cem quilômetros por hora, virando o jogo para os brasileiros.

Depois da dura vitória na estreia, um passeio contra a Escócia, quando novamente o Brasil começou perdendo e virou, só que dessa vez para 4 × 1, e fáceis 4 × 0 contra a Nova Zelândia. No Brasil e na Espanha, o povo cantava "Sangue, swingue e cintura", de Moraes Moreira:

> *O rei aqui é Pelé*
> *Na terra do futebol*
> *Olé! É bola no pé*
> *Redonda assim como o Sol*
> *Seja no Maracanã*
> *Ou no gramado espanhol.*

O povo sambava nas ruas asfaltadas de São Paulo, gritava gol às margens do rio Amazonas, sorria nas areias de Copacabana, chorava de emoção nos Pampas e no Pantanal.

Enquanto isso, contagiados pelo clamor popular, os jogadores também cantavam o "Voa canarinho, voa...", samba feito pelo lateral Júnior, que o próprio jogador, bom de pagode, comandava na concentração. A euforia era tanta que o governo brasileiro decidiu decretar feriado nas repartições públicas uma hora antes dos jogos do Brasil. A Seleção brasileira voltava a alegrar o povo. A fluência de jogo do time canarinho iluminava também o interior de cada brasileiro. Sentia-se no ar a volta da democracia, após dezoito anos de ditadura militar. A esperança de uma nova vida unia-se aos gols do time e à vibração da torcida.

ROSSI, ROSSI, ROSSI

Nas quartas de final, como o mundial pela primeira vez tinha 24 participantes, a Fifa dividiu os classificados em quatro grupos de três, de forma a não alongar demais o torneio.

No grupo do Brasil, agora com sede em Barcelona, estavam Argentina e Itália. Para as semifinais, só o primeiro se classificava. Para o confronto contra os argentinos, o temor era a possível violência do adversário, que, apenas nos três jogos iniciais, já colecionava seis cartões amarelos e um vermelho. Além da violência, possíveis provocações dos argentinos também inquietavam Telê, que pedia à sua equipe entrar para jogar futebol.

O polêmico e explosivo atacante Serginho, que se tornou titular depois do corte de Careca, contundido, pouco antes do início do mundial, jurava: "Podem cuspir na minha cara que não vou revidar. Nessa eu não entro. Meu negócio nesses quinze dias é jogar futebol". Naquela Copa, tudo bem, porque depois Serginho voltaria a ser o Serginho de sempre. "Podem escrever que este Serginho dura só mais quinze dias. Depois vocês vão ver", dizia.

Um Brasil tecnicamente superior, diante de uma Argentina desequilibrada pela derrota na estreia das quartas de final, 2 × 1 para a Itália, foi o que o público viu em campo.

O capitão argentino, Daniel Passarella, acertou Zico por trás, obrigando o brasileiro a deixar o campo, substituído pelo volante Batista. No final do jogo, foi a vez de Batista ser agredido, levando uma voadora na barriga. Quem a desferiu? Ele, Diego Armando Maradona. O craque argentino deixou o gramado, expulso. Batista ficou fora da partida seguinte, para a qual Zico era dúvida.

No placar, as coisas foram tranquilas: 3 × 1 para o Brasil, com Falcão como artífice da vitória da equipe, que, com o resultado, jogaria pelo empate contra a Itália. Do lado argentino, o escritor peruano Mario Vargas Llosa, em artigos para jornais espanhóis, procurava na política explicações para a derrota do selecionado de Maradona. "Os graves acontecimentos pelos quais passou a Argentina nos últimos tempos devem ter minado subliminarmente a convicção e o desejo de ganhar de seus jogadores", afirmou, referindo-se à derrota na Guerra das Malvinas para a Inglaterra e à desastrosa ditadura comandada pelo general Leopoldo Galtieri, que estava prestes a renunciar.

Novamente no Sarriá de Barcelona, os brasileiros entraram confiantes diante dos italianos. A autoconfiança exagerada da Seleção acabou se transformando em triste ilusão.

Os italianos, um time batalhador, de marcação e bom nível técnico, superaram-se em campo, fazendo 1 × 0 logo aos cinco minutos, gol de Paolo Rossi. Sócrates chegou a empatar, mas ele, Paolo Rossi, faria 2 × 1, após falha de Cerezo, ainda no primeiro tempo. No segundo, depois de muito esforço e pressão, Falcão, num golaço de fora da área, empataria novamente. Mas a Itália tinha ele, Paolo Rossi, que, aproveitando nova desatenção da defesa brasileira, faria o terceiro e último gol da Azzurra, tirando o Brasil do Olimpo. Vieram as lamentações, junto com a tristeza de todo o Brasil, que se perguntava por que o time não recuou após o segundo gol de empate. "Íamos recuar. Ninguém aqui tem medo de dar chutão. É que não houve tempo", respondeu Sócrates.

Zico, que jogara no sacrifício, deu sua versão. "A própria Seleção brasileira me tirou do jogo. Eu estava bem, levei vantagem sobre Gentile em todas as jogadas, ele chegou até a fazer um pênalti quando me puxou pela camisa e a rasgou. Mas meus companheiros me viam marcado e não me passavam a bola."

Naufrágio consumado, à equipe de Telê restou o consolo de ter passado para a história como um dos melhores times de todos os tempos, a Seleção que jogava por prazer, o simples prazer de jogar futebol.

PARREIRAL

Depois do trauma da Copa de 1982, Telê deixou o cargo, mudando-se para o Oriente Médio.

Ex-preparador físico da equipe liderada por Admildo Chirol, membro, portanto, da comissão técnica da Seleção campeã em 1970, Carlos Alberto Parreira faria o caminho inverso. Depois de trabalhar no Oriente Médio, vinha ele ao Brasil assumir a função de treinador da Seleção. Com Parreira, voltava à equipe o próprio Chirol, na mesma função que ocupara havia treze anos. A estreia de Parreira aconteceu em abril de 1983, vitória por 3 × 2 contra o Chile. O objetivo do novo técnico brasileiro era experimentar novos atletas, como os zagueiros Márcio Rossini e Toninho Carlos, ambos do Santos, o lateral direito Betão, do Sport Recife, o ponta-esquerda João Paulo, também do Santos, e o meia Jorginho, do Palmeiras. Alguns jogadores remanescentes da Copa de 1982 prosseguiram no time, caso de Batista, Sócrates e Éder. No gol, saiu Waldir Peres, que não jogou bem na Copa anterior, e voltou Leão. Parreira prometia uma equipe que soubesse marcar o adversário e mantivesse a movimentação durante todo o jogo. Mas, como dizia, o trabalho deveria ser feito por etapas.

Sua ideia inicial era utilizar Zico dentro da área, ao lado de Careca. Mas o craque flamenguista só atuou na primeira partida de Parreira na Seleção, quando o Brasil derrotou o Chile no Maracanã. Depois, foi vendido para a Udinese e, junto com Cerezo, que foi para a Roma, inaugurou uma fase de êxodo brasileiro rumo à Itália. Nesse espírito de incertezas, a Seleção partiu para a Europa, numa excursão que só foi transmitida pelas TVs educativas do Brasil, já que a CBF não entrou em acordo com as emissoras comerciais. "Pelo menos as educativas não visam ao lucro", dizia Giulite Coutinho. A campanha, em termos de resultados, foi positiva: goleada contra Portugal, que não jogou com sua força máxima, 4 × 0, empate com País de Gales, 1 × 1, vitória contra a Suíça, 2 × 1, e novo empate, agora contra a Suécia, 3 × 3.

Em termos de estilo de jogo, só críticas. A imprensa brasileira reclamava que o time praticava um futebol pobre, sem criatividade e com falhas defensivas.

Parreira não concordava com as reclamações. "Se o Brasil não jogou bem, então acho que assisti a outro jogo. O nosso time jogou o futebol brasileiro, de toque de bola e paciência diante de um adversário tradicionalmente difícil. Gostei muito da Seleção, da raça do time, que soube se superar dentro de campo e chegar ao que, na minha opinião, foi uma grande vitória", declarou o técnico depois de ter batido os suíços. Em julho, Parreira via melhoras na Seleção, após um empate de 0 × 0 contra o Chile. Para ele, o sistema defensivo do Brasil começava a entrar nos eixos.

A primeira competição oficial do novo treinador foi a Copa América, em agosto. O time estreou com vitória, 1 × 0 contra o Equador, em Quito. Depois perdeu para a Argentina, em Buenos Aires, por 1 × 0, encerrando um tabu de treze anos sem vitórias argentinas sobre os brasileiros. Nas partidas em casa, o esquema ofensivo de Parreira contra o Equador, com Renato na ponta direita e Éder na esquerda, deu certo. A Seleção fez 5 × 0 e uma grande exibição.

Na última partida da primeira fase, contra os argentinos, Sócrates voltou a campo, recuperado de uma contusão. Não estava completamente recuperado, porque, após o jogo no Maracanã, voltou a sentir-se mal. Sob vaias, os brasileiros empataram em casa e passaram às semifinais.

TRUQUE DA MOEDINHA

Contra o Paraguai, na briga para ver quem seria um dos finalistas da Copa América, valeu de tudo.

E o time canarinho passou por três sufocos. O primeiro em Assunção, arrancando um gol de empate quando faltavam dois minutos para o fim do jogo, marcado por Éder. O segundo em Uberlândia, um 0 × 0 em que os paraguaios ficaram o tempo todo atrás, abusando das faltas. O terceiro no sorteio que decidiria o time que enfrentaria o Uruguai na decisão da Copa América.

A moedinha tinha que cair bem atrás de uma mesa. Espertalhões, os dirigentes paraguaios começaram a pular, comemorando a vitória. Na verdade, porém, eles tentavam ganhar no grito, pois a moeda caiu virada para o lado que escolheram os brasileiros. Constrangimento por ter vencido na moeda? Aparentemente nenhum. "O sorteio fez justiça ao melhor em campo. Mais ainda, ao único time que entrou em campo", dizia Leão.

A decisão da Copa América deixaria o título com os uruguaios e tiraria Parreira do comando da Seleção. Na primeira partida, em Montevidéu, sem Sócrates, machucado, deu Uruguai: 2 × 0.

No desespero, Parreira chamou o jogador para a segunda partida, em Salvador, mesmo sem totais condições de jogo. E Sócrates jogou, mas não foi o suficiente para o Brasil vencer.

O time saiu na frente, gol de Jorginho aos trinta minutos do primeiro tempo. Mas, no segundo, o centroavante Aguilera, de cabeça, colocou a bola no canto direito de Leão e decretou o empate. O troféu escapava dos brasileiros.

Na saída da Fonte Nova, 85 mil pessoas gritavam em uníssono: "Fora Parreira! Fora Parreira!". E ele saiu. E entrou Edu Antunes. E o Brasil continuou capengando.

TENTATIVAS DE UM LADO, PRATA DE OUTRO

Ex-jogador do América do Rio, então técnico do Vasco ou simplesmente irmão de Zico, Edu Antunes tentou, mas não conseguiu fazer um trabalho renovador na Seleção. Convocou apenas os atletas que se destacaram no Campeonato Brasileiro de 1984, independentemente da fama e do histórico do jogador, caso do volante Pires, do Vasco.

Nas três partidas em que dirigiu a Seleção, nada deu certo. Primeiro uma derrota para a Inglaterra, 2 × 0 em pleno Maracanã. Num dos gols ingleses, o meia Barnes arrancou do meio de campo e driblou toda a defesa brasileira, inclusive o goleiro Roberto Costa, antes de concluir. Depois, veio um empate com a Argentina, 0 × 0 no Morumbi, no qual o atacante Renato Gaúcho se descontrolaria e sairia dando socos e correndo atrás do lateral Garre. Resultado: os dois mandados para fora. Para completar, finalmente uma vitória, 1 × 0 contra o Uruguai, gol suado de Arthurzinho, e a demissão de Edu.

A grande conquista brasileira em 1984 foi a medalha de prata na Olimpíada de Los Angeles. Depois de tantos fracassos em torneios olímpicos, a CBF organizou um time entrosado, para não dar mais um vexame.

Comandado pelo técnico Jair Picerni e com oito jogadores do Inter de Porto Alegre no time titular, a Seleção fez boa campanha, perdendo apenas para a França na final.

Neste jogo, realizado no estádio Rose Bowl, o público foi de 101.799 pagantes, maior que o da final da Copa do Mundo de 1994, realizada no mesmo local.

MEUS 5 MILHÕES DE DÓLARES

A passagem de Evaristo de Macedo pela Seleção foi curta e grossa. Começou em um momento crítico para o Brasil, na época da morte do presidente eleito Tancredo Neves. Sua estreia, que seria em 24 de abril, dia do sepultamento de Tancredo, foi adiada. O jogo foi contra os colombianos, em Minas Gerais. Com dificuldades, deu Brasil, 2 × 1. Logo depois, porém, aconteceu um senhor tropeço, derrota para o Peru, 1 × 0 em Brasília, e o país quase veio abaixo contra Evaristo.

Para piorar, Zico foi esclarecer sua situação com o treinador e dizer que estava pronto para ajudar o Brasil nas eliminatórias. Atuando no futebol italiano, o jogador não fora convocado, e Evaristo não demonstrava muito interesse em fazê-lo. "Não estou pensando nos jogadores que estão na Itália", explicou o treinador.

Mesmo assim, Evaristo reconsiderou e, para as eliminatórias, relacionou Zico, Júnior, Edinho e Cerezo. Sócrates ficou fora da relação. Falcão idem, pois se recuperava de uma operação no joelho. Sócrates não se conformava em não ter sido chamado. "A alegação de que eu poderia jogar na Copa agora não serve. Para mim, a Copa do México começa contra a Bolívia. Se estou chocado assim é porque a Seleção sempre foi a única razão pela qual continuo jogando futebol", disse.

Nos dois jogos seguintes, o time esboçou uma reação ao vencer em casa Argentina e Uruguai, 2 × 1 e 2 × 0, respectivamente. Ainda sem os jogadores dos clubes italianos, o time brasileiro contava com atletas de alto nível técnico, como o zagueiro Mozer, o meia Mário Sérgio e os atacantes Bebeto, Reinaldo e Careca. No entanto, faltava tranquilidade e entrosamento para a equipe desenvolver um futebol melhor. Em seguida, a Seleção excursionou pela América do Sul e enfrentou Colômbia e Chile. E aí sim veio o desastre. Logo de cara, uma derrota por 1 × 0 para os colombianos, a primeira do Brasil na história dos confrontos entre as duas Seleções. No Chile, os jogadores começaram a brigar entre si, a imprensa noticiou, e o Brasil voltou a 1973, ano do Manifesto de Glasgow.

A diferença é que agora o manifesto era de Santiago. Os atletas prometeriam não falar mais com jornalistas brasileiros. Em pânico, Giulite Coutinho foi do Rio a Santiago tentar apaziguar a situação. A comissão técnica, representada por Evaristo e Bellini, campeão mundial de 1958 e então auxiliar técnico da Seleção, ficou neutra. "Os dois lados estão errados", dizia Evaristo.

Na hora do jogo, novo fracasso brasileiro: derrota por 2 × 1. E a casa desabou de vez. Estávamos em 21 de maio, a menos de duas semanas da estreia nas eliminatórias, contra a Bolívia, fora de casa. No desembarque no Rio, muitos torcedores compareceram para protestar, xingar e até agredir Evaristo. "Estou muito preocupado... Aliás, nem sei como gastar os cinco milhões de dólares que tenho guardados", desabafava o treinador, trêmulo, pálido de tensão e protegido por policiais, referindo-se ao patrimônio que tinha acumulado nos cinco anos e meio em que trabalhara no Qatar.

O SALVADOR DA PÁTRIA

Diante da ameaça de o Brasil, pela primeira vez na história, ficar de fora de um mundial, Giulite Coutinho decidiu recorrer a Telê Santana, na época técnico do El Helal, da Arábia Saudita. O técnico da Copa de 1982 havia acompanhado de perto o trabalho de

Evaristo, como comentarista de uma emissora de televisão, o SBT. Suas críticas, aliás, deixaram Evaristo tão irritado que, quando Telê reassumiu o time, ele passou a se referir ao novo técnico com ironia. "Telê perdeu o mundialito e a Copa do Mundo. Espero que os ares da Arábia façam com que ele garanta a classificação e nos dê o título no México." De volta à Seleção, o defensor do futebol-arte, como ficara conhecido Telê, chamou Zico, Sócrates, Cerezo, Edinho e Júnior e cortou os laterais Luís Carlos Winck e Wladimir, os zagueiros Júlio César e Mauro Galvão, os meias Dema, Geovani e Jandir e o atacante Reinaldo. Chamou ainda Renato Gaúcho e deslocou Casagrande da meia-direita para a função de centroavante. No grupo, foram mantidos atletas como Alemão, Branco, Careca e Mozer, na reserva, e Carlos, Oscar e Éder, na equipe principal.

Com Telê no banco, um alívio. Fora de casa, duas expressivas vitórias, 2 × 0 contra a Bolívia, 2 × 0 contra o Paraguai. Nos dois jogos, o primeiro gol foi parecido: cruzamento de Renato para Casagrande marcar, de cabeça.

Nos jogos de volta, empates por um gol no Maracanã, contra o Paraguai, e no Morumbi, contra a Bolívia.

Na semana do jogo contra os bolivianos, o ponta Jorginho fraturou a tíbia e o perônio durante um dos treinamentos. Antes do jogo no Morumbi, os jogadores decidiram homenageá-lo. Zico, por exemplo, pedira para os jornalistas não se esquecerem de colocar "um quadrinho" no canto do pôster da Seleção com a foto do lesionado. Com a classificação, o prestígio de Telê, que já era altíssimo no Brasil, cresceu ainda mais. Otávio Pinto Guimarães, novo presidente da CBF, e Nabi Abi Chedid, seu vice, viajaram então à Arábia e negociaram com o príncipe Abdel Razouk, presidente do El Helal, o retorno definitivo de Telê ao Brasil para dirigir a Seleção na Copa de 1986.

OS CORTES

A preparação do time para o mundial do México de 1986 não foi das mais tranquilas. De cara, uma breve excursão à Europa. De volta ao Brasil, a Seleção trazia na bagagem nada menos do que duas derrotas, 2 × 0 para a Alemanha Ocidental, 3 × 0 para a Hungria. Do grupo fizeram parte novos valores revelados pelo São Paulo, campeão paulista do ano anterior, como Silas, Müller e Sidney. No gol, Leão. No ataque, Dirceu, o mesmo das Copas de 1974, 1978 e 1982, teria nova oportunidade.

De volta ao Brasil, o time golearia o Peru por 4 × 0. Mas Éder deu um soco num adversário, foi expulso pelo árbitro e cortado por Telê. Com ele caiu também Sidney, que teve problemas com o médico Neylor Lasmar. O jogador garantia estar em perfeitas condições físicas; o médico afirmava que ele estava blefando, forçando sua entrada no time. Depois de enfrentar os peruanos, os brasileiros fizeram mais quatro jogos em casa antes de embarcar para o México. Ganharam da Alemanha Oriental e da Finlândia por 3 × 0 e bateram a Iugoslávia por 4 × 2, numa grande atuação de Zico, que marcou três gols, um deles de placa, driblando toda a defesa adversária antes de colocar a bola nas redes.

Na despedida, contra o Chile, 1 × 1, um problema grave: Zico pisaria em falso, sentiria novamente a séria contusão no joelho que sofrera havia um ano no Flamengo, e passaria a correr o risco de uma nova cirurgia.

Porém Zico, apesar de estar muito aquém do que seria capaz, demonstrou enorme boa vontade para tentar ajudar o Brasil e viajou para o México.

Poucos dias antes da viagem para Guadalajara, o goleiro Gilmar, o zagueiro Mauro Galvão, o lateral Dida e os pontas

Marinho e Renato Gaúcho foram cortados. Renato foi afastado por ter sido acusado de abandonar a concentração para se divertir, à noite, com alguns companheiros.

Com a ameaça de não poder contar com Zico, Telê chamou Valdo, meia revelado pelo Grêmio.

Na hora do embarque no Galeão, o lateral Leandro, um dos mais talentosos jogadores do Brasil, não compareceu, alegando solidariedade ao ponta Renato Gaúcho, um de seus melhores amigos no grupo. Zico e Júnior chegaram a ir do aeroporto até a casa de Leandro para tentar demovê-lo de sua decisão. Para lá se dirigiram também George Helal, presidente do Flamengo, clube do jogador, o médico Giuseppe Taranto e Sebastião Lazaroni, que dirigia o time carioca. Nada fez Leandro mudar de ideia.

Os problemas e os cortes de Telê não paravam por aí. Mozer, zagueiro, foi afastado do grupo por contusão; Mauro Galvão foi reconvocado para substituí-lo. Já no México, foram cortados Dirceu e Toninho Cerezo, também por contusão.

OS DEUSES DO FUTEBOL

Guadalajara, sede do Brasil em 1970 e em 1986, viveu um período de histeria coletiva com a chegada da Seleção. Fanáticos pelo futebol brasileiro, que chamam de "o melhor do mundo", os mexicanos chegaram a formar filas para pedir autógrafos para os torcedores do Brasil. Para os torcedores, sim. Afinal, não importava que eles não entrassem em campo, o que importava era o fato de serem brasileiros.

No trajeto para o estádio Jalisco, acontecia algo semelhante: a população local agrupava-se à beira das estradas para aplaudir os ônibus com bandeiras verde-amarelas.

O adversário da estreia foi a temível Espanha. O futebol dos canarinhos, se não foi excepcional, e ficou longe de sê-lo, pelo menos foi inteligente, calculado. E contou com a sorte e com a ajuda do árbitro australiano. Se ele tivesse validado o tento de Michel aos sete minutos do segundo tempo, num chute de longa distância que bateu no travessão e quicou no chão, dentro do gol de Carlos, a história poderia ter sido outra.

Mas não o fez e, aos dezesseis minutos, o travessão novamente ajudaria a Seleção. Só que o do gol de Zubizarreta. Depois de tabelar com Júnior, Careca chutou, a bola bateu no travessão e voltou. Com o goleiro adversário batido, Sócrates tocou de cabeça para marcar o gol da vitória brasileira.

Sócrates, o melhor do time naquele dia, poderia nem ter participado da Copa de 1986. "Ele foi importantíssimo para nossa vitória. E vou contar mais uma vez o que disse a ele mesmo: o Sócrates esteve para ser cortado", revelou Telê.

No segundo jogo, nem futebol excepcional, tampouco um jogo inteligente ou calculado. De fato, o Brasil jogou mal e penou para ganhar de 1 × 0 da Argélia, numa partida em que o lateral Édson, do Corinthians, o substituto de Leandro, contundiu-se. Em seu lugar, entrou, improvisado, o volante Falcão, que perdera a posição nos treinos para Elzo, do Atlético de Minas. Assim como Oscar perdera seu lugar na zaga para Júlio César e, posteriormente, Casagrande para Müller. No início da Copa, o plano de Telê era usar Müller como arma secreta, fazendo-o entrar no meio das partidas. No entanto, a boa fase do jogador, com seus arranques e sua explosão foram decisivos para que o técnico mudasse de opinião e o colocasse como titular. Com Josimar na lateral direita, o Brasil encerrou a primeira fase com chave de ouro, vencendo a Irlanda do Norte por 3 × 0. Josimar seria o autor do primeiro gol, um golaço, num chute da intermediária, que entrou no ângulo esquerdo do goleiro irlandês. Os outros dois gols foram de Careca, um em jogada de Müller, outro após um passe de calcanhar de Zico que, ainda se recuperando de uma contusão, debutaria no México naquela partida.

Pelas oitavas de final, o time enfrentou a Polônia, do meia Boniek, que só conseguiu assustar no começo, porque depois foi um passeio. O Brasil fez nesse dia sua melhor apresentação no mundial ao marcar 4 × 0, gols de Sócrates, de pênalti, Josimar, Edinho e Careca, também de pênalti, este sofrido por Zico, que novamente entrara no segundo tempo. Careca bateu a segunda penalidade e não a primeira, porque não era sua especialidade, mas brigava pela artilharia. Com 3 × 0 no placar, o Brasil pôde se dar ao luxo de deixá-lo efetuar a cobrança. Já Josimar... Bem, o gol de Josimar foi outro golaço, depois de uma "progressão" do lateral pela direita. "Driblei dois adversários, olhei para o goleiro e vi que ele se adiantara, pensando no cruzamento. Não titubeei, mandei bala. Sabia exatamente o que estava fazendo, juro que queria chutar daquela maneira mesmo", garantiu depois para os incrédulos jornalistas brasileiros.

LOTERIA DA MÁGOA

Nos treinos para o confronto contra a França, pelas quartas de final, o clima na Seleção era de "vencer ou vencer".

O vice da CBF, Nabi Abi Chedid, responsável pelo departamento de futebol, chegou a expulsar jornalistas franceses da concentração e pedir para que torcedores retirassem os filmes das máquinas de fotógrafos estrangeiros.

Criticado pelos próprios brasileiros, Nabi, todo descabelado, gritava para quem quisesse ouvir: "O que eu quero é ganhar a Copa!". Queria porque, contra a França, apesar do bom futebol, o Brasil levou a pior. Chegou a sair na frente, gol de Careca, após troca de passes entre Müller e Júnior. Mas, ainda no primeiro tempo, os franceses empatariam com Platini.

Chances para voltar a passar à frente no marcador não faltaram. No segundo tempo, Zico, que entrara em lugar de Müller, lançou para Branco, que driblou o goleiro e sofreu pênalti. Na cobrança, um chute fraco de Zico, no meio do gol, para a defesa até certo ponto tranquila de Bats... No rebote, a ânsia e o inconformismo dos torcedores eram tão grandes que eles, numa última golfada de esperança, ainda imploraram para que Careca alcançasse a bola. Mas havia muitos franceses e, na corrida, eles chegaram antes do centroavante e mandaram-na para longe. Depois do chutão é que o povo viveu sua agonia. Os jogadores também. O pênalti de uma vitória quase certa fora perdido, e o jogo continuava. O time tinha que acreditar que a história não se repetiria. Mas... Na prorrogação, sem fôlego, Sócrates não alcançou uma bola cruzada na área... O time do Brasil parecia cansado em campo. Estava abatido porque a vitória não vinha, extenuado por lutar e não vencer. Na decisão por pênaltis, sempre uma loteria, o mesmo Sócrates desperdiçaria uma cobrança para o Brasil. Júlio César perderia outra. E mesmo com Platini errando para os franceses, o placar de 4 × 3 favoreceu os franceses.

Mas não teriam vida longa. Nas semifinais, perderiam para a Alemanha, que perderia para a Argentina, de Diego Armando Maradona, que até gol de mão conseguira fazer, transformando-se no grande herói da conquista argentina.

O NOVO MARADONA

Terminada a era de Telê na Seleção brasileira, a CBF decidiu contratar Carlos Alberto Silva para iniciar um trabalho de renovação, dirigindo não só o time principal, mas também o que fosse disputar a Olimpíada em Seul.

E, de fato, o time verde-amarelo, que teve como destaques o atacante Bebeto, do Flamengo, e o meia Valdo, do Grêmio, classificou-se no Pré-Olímpico da Bolívia, em maio, para os Jogos de 1988. A Seleção faria, logo de cara, uma excursão à Europa. Careca, resolvendo sua transferência do São Paulo para o Napoli, não pôde ir. No grupo, novos nomes, como o do meia Dunga e o do atacante Romário, ambos do Vasco. O segundo, reserva de Mirandinha. Antes do embarque para a Inglaterra, muita confusão. O Flamengo entrou na Justiça, impedindo que seus jogadores, o goleiro Zé Carlos, o lateral Jorginho e o atacante Bebeto, viajassem com o grupo. Müller, por sua vez, foi obrigado pela diretoria do São Paulo a permanecer no aeroporto. Só mais tarde, após longa negociação entre dirigentes da CBF e do São Paulo, acabaria viajando.

Sorte de Raí, jogador do Botafogo de Ribeirão Preto, na época conhecido como o irmão de Sócrates. Com os desfalques no time, foi convocado. As confusões não acabaram no Brasil. Em Londres, o lateral Josimar, alegando ter se perdido na cidade, chegou quase de manhã ao hotel da Seleção, depois de uma saída vespertina, irritando a direção da CBF, que decidiu multá-lo.

Diante de todos os problemas, a Seleção até que foi bem no empate em 1 × 1 com a Inglaterra, em Wembley. Jogou com disposição e velocidade, não se intimidando com o gol adversário, feito por Lineker aos 35 minutos do primeiro tempo. Um minuto depois, o time canarinho empatou, quando Mirandinha concluiu após rebatida do veterano goleiro Shilton. O público ficou encantado com a atuação de Mirandinha e o aplaudiu no fim do jogo. Meses depois, ele foi vendido para o futebol inglês.

O time se empolgou com a boa atuação. Raí, que entrara no final da partida e dera um passe de letra, ia mostrando confiança. Depois da boa atuação em Londres, um tropeço na derrota por 1 × 0 para o mandante. Mas a recuperação veio na vitória por 2 × 0 contra a Escócia. Gols do próprio Raí, que se tornou titular, e de Valdo. Dessa forma, Silva ganhou seu primeiro título no comando da Seleção, a Taça Stanley Rous.

Depois de uma vitória contra a Finlândia, 3 × 1, em Helsinque, o melhor ainda estava por vir: a viagem a Israel. No Oriente Médio, os jogadores puderam se divertir: andaram de camelo, visitaram o Santo Sepulcro, comeram falafel e, só para finalizar, meteram 4 × 0 na Seleção local, três gols de Romário, que entrara na vaga de Mirandinha. Baixinho e muito bom de bola, o atacante foi comparado pela imprensa local ao argentino Maradona. "Meu sonho é um dia ser respeitado como ele", respondia Romário.

VENTANIA, GRITOS DO ZAGUEIRO E A CHUVA DE GOLS

A Copa América, na Argentina, seria a primeira competição importante do Brasil sob o comando de Silva.

Na preparação para o torneio, duas vitórias contra Seleções sul-americanas, goleada de 4 × 1 contra o Equador, em Florianópolis, e vitória por 1 × 0 contra o Paraguai, em Porto Alegre, um jogo violento que acabou com quatro jogadores expulsos, uma deles Dunga, do Brasil.

Na estreia da Copa América, o Brasil pegou um adversário fraco, a Venezuela, e ainda contou com a ajuda do vento, que estava contra a meta do goleiro Baena. Quando o arqueiro venezuelano bateu um tiro de meta, a ventania de oitenta quilômetros por hora devolveu a bola na sua direção, empurrando-a pela linha de fundo. De graça, um escanteio para o Brasil, que não teve dificuldades para fazer 5 × 0. Com o grupo desunido e as vaidades exacerbadas – Mirandinha, por exemplo, revoltado com o técnico, que preferira Müller e Careca como titulares e Romário como reserva imediato, pediu dispensa –, o Brasil entrou contra o Chile disposto a praticar um futebol feio, mas competitivo, que lhe assegurasse a classificação.

No entanto, nada deu certo, e a Seleção foi derrotada por 4 × 0 e eliminada do torneio. O time brasileiro se desestruturou quando sofreu o primeiro gol, no final do primeiro tempo. O zagueiro Júlio César, que acabara de se transferir do Brest para o Montpellier, da França, não aceitou a reserva e ganhou a posição de Geraldão no grito. Entrou e não foi bem.

No segundo tempo, o ex-titular Geraldão substituiu Ricardo Rocha, e o desentrosamento da defesa brasileira foi decisivo para a goleada. O segundo gol chileno foi um exemplo. Geraldão furou feio um cabeceio, a bola passou pelo zagueiro e sobrou livre para Letelier encobrir o goleiro Carlos com facilidade.

PAN-AMERICANO, COCA-COLA E CLUBE DOS 13

A segunda conquista do time sob o comando de Silva foi o Pan-Americano de Indianápolis, nos Estados Unidos, depois de uma vitória sobre o Chile na prorrogação por 2 × 0.

O trabalho do técnico, no entanto, foi marcado por seguidas brigas entre dirigentes dos principais times do país, que formaram o Clube dos 13 e pregavam uma nova configuração para o Campeonato Brasileiro. Os conflitos atrapalharam a convocação do time que foi ao Pan-Americano. Flamengo e Vasco, que disputavam as finais no Rio, conseguiram evitar a convocação dos goleiros Régis e Zé Carlos, dos laterais Jorginho e Mazinho e do atacante Romário.

Alguns que foram aos Estados Unidos, caso do lateral esquerdo Nelsinho e do meia Pita, do São Paulo, tiveram de se sacrificar. Jogaram sábado em Indianápolis, em seguida pegaram o avião para São Paulo e, em Cumbica, um helicóptero os esperava para levá-los ao Morumbi para jogar as semifinais do Campeonato Paulista contra o Palmeiras.

Em dezembro de 1987, dois amistosos, um em Uberlândia, outro em Brasília. Vitória contra o Chile, 2 × 1, empate contra a Alemanha Ocidental, dirigida por Franz Beckenbauer, 1 × 1. No entanto, a grande novidade era o logotipo de um patrocinador, a Coca-Cola, pela primeira vez estampado na camisa amarela da Seleção. As críticas contra a utilização do uniforme brasileiro como espaço publicitário foram muitas. A ideia não pegou e foi descartada em seguida, não tendo vida superior a dois jogos.

EXÔDOS E SÃO TAFFAREL

Em meados de 1988, o técnico Carlos Alberto Silva decidiu aproveitar a participação do Brasil no Torneio Bicentenário da Austrália, contra a Seleção anfitriã, a Arábia Saudita, então dirigida por Carlos Alberto Parreira, e a Argentina, para montar a base do time que disputaria a Olimpíada de Seul. O zagueiro Aloísio, do Inter de Porto Alegre, o meia Andrade, do Flamengo, e o meia Milton, do Coritiba, fizeram parte do grupo que acabou conquistando o terceiro título da era Silva. Logo após o encerramento do torneio na Austrália, Müller e Edu Marangon se transferiram para o Torino, da Itália.

Os amistosos preparatórios prosseguiam. Vieram a Noruega e o empate em 1 × 1, que não foi bem recebido. Afinal, a equipe norueguesa não vencia ninguém havia um ano, e o empate com o Brasil foi uma glória. Depois de outro empate contra a Suécia, veio a vitória sobre a Áustria, com dois lindos gols. Um de Edmar, e outro de Andrade, que driblou toda a defesa adversária. Os dois também estavam negociados com times italianos: Edmar foi para o Pescara, e Andrade, para a Roma. Nada saciava o mercado internacional, e jogadores da Seleção não paravam de sair do país. Dias depois foi a vez de Milton ser contratado pelo Como, também da Itália.

Mas o pior é que o êxodo de jogadores brasileiros em busca de melhores salários na Europa prejudicou a convocação da Seleção para a Olimpíada. Atletas como Valdo e Ricardo Gomes, jogadores do Benfica, de Portugal, não foram liberados por seus clubes e não foram aos Jogos de Seul.

Para preencher os buracos deixados pela ausência de alguns jogadores, Silva chamou o meia Neto e o ponta João Paulo, ambos do Guarani de Campinas.

Em 18 de setembro, os canarinhos estrearam na Coreia do Sul. Golearam a Nigéria por 4 × 0. Depois de superarem australianos, iugoslavos e argentinos, chegaram às semifinais, contra a Alemanha Ocidental.

Um jogo dramático. O adversário contava com jogadores do porte de um Haessler, meia, ou de um Klinsmann, atacante. Seriam os alemães que sairiam na frente, gol de Fach, no início do segundo tempo. Os brasileiros lançaram-se para o ataque e, após uma enorme pressão, chegaram ao empate com Romário, um gol que fez Carlos Alberto Silva chorar de emoção no banco de reservas.

O técnico acompanhava a partida com intensidade, levantava-se e contorcia-se a cada ataque adversário. Um minuto depois do gol de empate, Silva sentou no banco de reservas arrasado com um pênalti marcado contra o Brasil. "Meu Deus do céu", desabafava o treinador. Mas Taffarel estava lá e defendeu, possibilitando que o berreiro de Silva voltasse a ser de emoção. "Tinha visto um video da partida da Alemanha contra a Tunísia em que o Haessler batia da mesma forma", disse Taffarel ao justificar a defesa. O goleiro brasileiro percebeu que Silva sentava e pulava, sorria e chorava, e disse, para si antes da cobrança: "Tenho que defender, senão tudo estará perdido". Prorrogação em brancas nuvens, a hora era da decisão nos pênaltis. E novamente a estrela de Taffarel brilharia, defendendo as cobranças de Janses e Wolfran e vendo a de Klinsmann chocar-se com a trave. "Foi a melhor apresentação do Brasil nos últimos dez anos", comemorava Silva depois do jogo.

Antes da decisão, contra a União Soviética, jogadores e dirigentes brigaram pela premiação por uma eventual conquista da medalha de ouro. Os atletas chegaram até a cogitar o impedimento dos dirigentes na entrega das medalhas.

Sem Geovani, suspenso e substituído por Neto, que jogaria bem e cobraria o escanteio que deu origem ao gol de Romário, o Brasil perderia por 2 × 1. A saída foi se conformar com mais uma medalha de prata. A Seleção ainda deu uma esticadinha até a

Bélgica para realizar um amistoso contra a Seleção local. O zagueiro Aloísio, vendido ao Porto, e os que estavam em equipes italianas desligaram-se da delegação. O time jogou bem e venceu por 2 × 1, dois gols de Geovani. Após o jogo, mais um craque se despedia do país: Romário fora vendido para o PSV, da Holanda.

LAZARONÊS

Eleições na CBF, entra um novo presidente, Ricardo Teixeira, sai a dupla Nabi-Pinto Guimarães. Com Teixeira, entrou Sebastião Lazaroni, e Carlos Alberto Silva deixou o cargo.

O sonho do genro de João Havelange era trazer Carlos Alberto Parreira para comandar a Seleção. Como o treinador preferiu continuar na Arábia, a solução foi contratar Lazaroni, que havia dirigido Flamengo e Vasco da Gama, sagrando-se campeão carioca pelos dois. As mudanças não pararam por aí. Na diretoria de futebol, o controvertido Eurico Miranda, dirigente vascaíno. Na preparação física, Luís Henrique. No departamento médico, o retorno de Lídio Toledo, que voltava ao cargo que ocupara nos anos 1970.

Com Lazaroni, formava-se uma nova Seleção. Jogadores como o goleiro Acácio, o zagueiro Aldair, o volante Uidemar, o meia Toninho e o ponta esquerda Zinho passaram a compor o time, juntando-se ao lateral direito Jorginho, ao meia Geovani e ao atacante Bebeto. O primeiro jogo do novo treinador foi contra o Equador, em Cuiabá, em 15 de março de 1989. A Seleção venceu, mas não convenceu. Meteu 1 × 0 nos equatorianos e já começou a ser criticada. A primeira derrota de Lazaroni veio num amistoso contra a Seleção do Resto do Mundo, que marcou a despedida de

Zico do time. O jogo foi realizado na Itália, e o técnico pôde montar o time com seus jogadores preferidos. Vários craques que faziam parte dos planos do treinador, como os zagueiros Ricardo Rocha, Ricardo Gomes e Mozer, o lateral Júnior, o volante Dunga e os atacantes Renato Gaúcho, Romário e Careca, participaram da partida, mas não fizeram o suficiente para vencer o jogo. Derrota de 2 × 1 para o Resto do Mundo. O período de Lazaroni na Seleção brasileira foi marcado por altos e baixos. A imprensa, principalmente a de São Paulo, atacava seu trabalho, seu estilo de jogo e sua maneira de justificar as atuações do Brasil, em especial as desastrosas. Logo, logo o estilo passou a ser chamado de "lazaronês". Se a palavra fosse incluída no Aurélio, poderia ser definida como "enrolação", "embromação" ou termos e expressões afins. Desentrosado e sem um padrão tático, a Seleção foi colecionando vitórias pouco convincentes nos amistosos que se seguiam. Os meio-campistas Bernardo, do São Paulo, e Bobó estrearam contra o Paraguai em Teresina. O centroavante Charles, do Bahia, com dois gols, foi o destaque na goleada contra o Peru, por 4 × 1, em Fortaleza. O técnico queria contar com jogadores que atuavam na Europa. O público não confiava em um elenco com jogadores inexperientes. Quando a Seleção enfrentou Portugal, no Maracanã, alguns jogadores defensores de clubes portugueses se incorporaram ao time, caso de Mozer, Ricardo Gomes, Branco, Silas e Valdo. O Brasil até que foi bem e goleou o adversário por 4 × 0. Mas os altos e baixos prosseguiriam... Após esses vários amistosos em que o time ganhava, empatava, mas não satisfazia a torcida, Lazaroni passou por seu primeiro grande apuro como treinador do Brasil numa excursão desastrosa à Europa. Sem poder contar com um time-base, o técnico improvisava a cada partida. Para se ter uma ideia, Lazaroni foi obrigado a colocar dois canhotos no miolo da zaga. Jogaram André Cruz e Ricardo Gomes, já que Aldair, Marcelo e Mauro Galvão ficaram no Brasil defendendo seus clubes na final dos estaduais.

Os primeiros dois jogos faziam parte de um triangular na Escandinávia, com Dinamarca e Suécia. Na partida inaugural, os dinamarqueses impuseram estrondosos 6 × 0 nos suecos. Abalada, a Suécia descontou no Brasil, derrotando-o por 2 × 1 e desestabilizando ainda mais o clima na Seleção.

Após a derrota, eram comuns comentários como os de Careca, do Cruzeiro, ou de Bernardo, do São Paulo. "Não sei jogar como centroavante, não gosto de jogar assim, não treinei uma vez nessa função. Como poderia me sair bem?", perguntava o primeiro. "Fiquei sobrecarregado. Os suecos jogavam em bloco, dificultando a marcação", reclamava o segundo.

E os protestos aumentaram com a goleada sofrida no jogo seguinte, para a Dinamarca, humilhantes 4 × 0, festa do craque Michael Laudrup. Diante de tantos gols sofridos, o goleiro Acácio perdeu a posição para Taffarel na partida seguinte.

Dois dias depois, veio outro fracasso. Derrota para a Suíça por 1 × 0. De nada adiantou a viagem de Eurico Miranda à Itália, quando conseguiu que Dunga, Alemão, Tita e Renato Gaúcho se incorporassem à Seleção. Sem treinos, o que pesou foi o desentrosamento do time em campo, razão da derrota para os suíços.

As eliminatórias para a Copa de 1990 iriam começar dali a dois meses, e a Seleção passava por uma situação crítica. Lazaroni se defendia. "Estamos na fase final de estabelecimento de métodos, avaliação e acabamento. Só aceito ser cobrado durante a Copa América, competição anterior às eliminatórias."

Por trezentos mil dólares de cachê, a Seleção foi obrigada a enfrentar a poderosa equipe do Milan, no dia seguinte à derrota para a Suíça. Partida perigosa. Um revés poderia custar o cargo do treinador. Ele logo tomou as precauções. Sem outro recurso, o técnico armou um esquema defensivo e implorou para que a defesa e o meio de campo não avançassem de forma alguma. Além disso, implantou o sistema do líbero, colocando mais um zagueiro na sobra, sistema que iria permanecer pelos jogos seguintes do time canarinho. O Brasil aguentou o sufoco e empatou em 0 × 0, fazendo com que crescessem ainda mais os protestos contra o que chamavam de "retranca" de Lazaroni.

O ESPELHO DA TORCIDA

Na primeira fase da Copa América, que o Brasil voltaria a sediar em 1989, a Seleção foi massacrada nos dois primeiros jogos em Salvador. Não pelos adversários, frágeis demais para isso, mas pela torcida, revoltada com a não convocação do atacante Charles, do Bahia. Lazaroni inovou e introduziu o sistema de líbero, utilizando, portanto, três zagueiros, um deles na sobra dos demais. Mesmo contando com jogadores que atuavam no exterior, o Brasil não se encontrou na primeira fase.

Vaiada e xingada, a Seleção sofreu para vencer a Venezuela por 3 × 1 e empatar com o Peru e a Colômbia, sem abertura de contagem. Nessas partidas, atordoado, o técnico mudava a cada jogo a dupla de ataque. Uma vez era Bebeto e Romário, outra era Renato Gaúcho e Baltazar. Além dos apupos do público, o time brasileiro encontrou no péssimo estado do gramado do Fonte Nova outro poderoso inimigo. Para a alegria da delegação brasileira, o terceiro e último jogo da fase inicial foi realizado no Recife, como previa a tabela. Sorte do Brasil, que pegou um Paraguai com oito reservas, venceu por 2 × 0 e foi ovacionado pelos pernambucanos. Na saída do campo, o técnico, ao agradecer o apoio da torcida, fez questão de desabafar. "Cada público tem o futebol que merece", disse ele, dando uma alfinetada no público baiano.

Na fase final, com todos os jogos no Maracanã, o Brasil ressurgiu das cinzas. Apresentou um futebol seguro e vencedor, batendo a Argentina, 2 × 0, e o Paraguai, 3 × 0. Em 16 de julho, quando fazia exatos 49 anos da tragédia de 1950, superou o Uruguai, por 1 × 0, gol de Romário de cabeça. O Maracanã, lotado, quase veio abaixo, tamanha era a alegria do povo. Depois de quarenta anos, os brasileiros novamente festejavam a conquista de uma Copa América.

ROJAS, ARAVENA & CIA

As eliminatórias para a Copa da Itália, em 1990, foram dificílimas e tumultuadas.

Uma das confusões foi armada pelo atacante Careca, que jogou no primeiro tempo contra a Venezuela, em Caracas, e não foi bem. Naquela oportunidade, Lazaroni escalou o time com três atacantes, diferente do que fazia habitualmente. Careca, ausente da Copa América por contusão, estava de volta.

Com Careca, Bebeto e Romário juntos, o sistema 3-5-2 do treinador foi modificado em Caracas, e o meio de campo da Seleção teve dificuldades para fazer a bola chegar ao ataque. No segundo tempo, quando o time vencia por 1 × 0, Lazaroni sacou Careca e colocou Silas em seu lugar. O Brasil, então, soltou-se em campo e marcou mais quatro nos venezuelanos. No jogo seguinte, contra o Chile, o atacante ficou no banco e se rebelou contra o treinador. "Se for para treinar, prefiro ficar no Nápoli."

Outra confusão, ou melhor, outras várias confusões foram armadas pelos chilenos. Em 13 de agosto, em Santiago, logo aos dois minutos do primeiro tempo, Romário foi expulso por agredir o zagueiro Hisis com um soco. No final do jogo, o atacante brasileiro justificava a agressão mostrando as marcas de uma dentada do chileno em seu peito. Ainda no primeiro tempo, aos doze minutos, outra expulsão. Foi a vez de Ormeño, que derrubou Branco com um carrinho de cima para baixo, na altura do joelho do lateral brasileiro.

O jogo prosseguiu e, com dez contra dez, os brasileiros saíram na frente. Mazinho avançou pela esquerda e, numa jogada estranha, tocou para o gol. Astengo foi salvar, mas a bola bateu em Gonzalez, que fez contra. Faltando sete minutos para o final do jogo, a torcida pressionava no alambrado, e o juiz colombiano apontou um sobrepasso de Taffarel dentro da pequena área. Os chilenos pegaram a bola do goleiro e a chutaram do local em que estava para o gol, empatando, de forma irregular, a partida.

Os brasileiros reclamaram muito. Sebastião Lazaroni recebeu um chute de um policial chileno. Na tribuna de imprensa, o locutor Paulo Stein, da Manchete, nem narrou o gol, preferindo externar seus sentimentos, aos gritos de "Ladrão, ladrão, cafajeste!". Juarez Soares, então comentarista da Bandeirantes, entrou na cabine da Manchete para entender o que tinha acontecido, com o jogo em andamento. Formou-se, então, uma mesa-redonda ao vivo de Santiago, englobando diferentes emissoras brasileiras.

"Não foi um jogo de futebol, foi uma guerra", desabafou Lazaroni. "A falta de segurança poderia ter provocado até morte. Essa partida foi uma mancha na história do futebol chileno."

E, de fato, como punição pelas irregularidades cometidas, o Chile perdeu o mando da partida contra a Venezuela, sendo obrigado a enfrentá-la na Argentina.

Já no jogo de volta dos brasileiros contra os venezuelanos, no Morumbi, quem retornou ao time como titular foi Careca, pois Romário estava suspenso. O ex-são-paulino marcou quatro dos seis gols da Seleção. "O Lazaroni pediu para eu marcar cinco gols. Fiz só quatro, mas agora quero ver ele me tirar do time", disse o atacante, após a goleada. E Lazaroni o manteve contra o Chile, na guerra do Maracanã, quando um empate classificaria o Brasil para o Mundial. Os chilenos chegaram ao Rio provocando os brasileiros. O técnico Orlando Aravena não parava de dizer que iria tirar a Seleção da Copa. E tentou de tudo.

Depois de Careca ter aberto o placar para o Brasil, o goleiro Roberto Rojas aproveitou um foguete luminoso atirado perto do gol chileno e fingiu ter sido atingido por ele. Ensanguentado, Rojas foi retirado do campo por seus companheiros, que se recusaram a continuar o jogo. O juiz Juan Lousteau esperou vinte minutos e encerrou a partida. Uma semana depois, a Fifa homologava a vitória brasileira, por 2 × 0. Rojas, por sua vez, acabou confessando que tudo não passara de uma farsa, já que levara na luva uma lâmina cortante, e com ela provocara o ferimento em sua testa para tentar simular uma agressão por parte da torcida brasileira.

O goleiro foi banido do futebol e acabou trabalhando como treinador de goleiros do São Paulo. O técnico Orlando Aravena também foi banido e passou a se dedicar à construção civil. Outros jogadores coniventes com a farsa de Rojas, caso do zagueiro Astengo, foram punidos com cinco anos de suspensão. O Chile, além de eliminado da Copa de 1990, ficou de fora das eliminatórias para a Copa de 1994. Foi liberado para disputar um mundial apenas em 1998.

Classificado para a Copa, o time de Lazaroni aproveitou o restante de 1989 para realizar amistosos preparatórios para a competição. No primeiro, em Bolonha, na Itália, derrotou a Seleção que sediaria o mundial por 1 × 0, gol de falta do zagueiro André Cruz, na primeira vitória do Brasil sobre a Itália na casa do adversário. No segundo, o único tropeço, 0 × 0 contra a Iugoslávia, em João Pessoa. O calor intenso e o campo com grama alta foram obstáculos para as duas Seleções. No terceiro, uma boa atuação e a vitória contra os holandeses, 1 × 0 em Roterdã.

GUERRA DE EGOS

O ano de 1990 foi desastroso para o futebol brasileiro. Na preparação para a Copa da Itália, os astros que atuavam na Europa recusavam-se a ficar na reserva e começaram a influir na escalação do time, o que provocou um clima de insatisfação no elenco, que ficou dividido. Como os resultados começaram a ser negativos e as atuações da Seleção deixavam a desejar, a imprensa passou a criticar o time, indispondo-se com os jogadores.

No primeiro amistoso do ano, perdeu para a Inglaterra, por 1 × 0, e o juiz não deu um pênalti cometido por Pearce, que evitou um gol de Müller tirando a bola com a mão. Depois de uma vitória em Campinas, 2 × 1 contra a Bulgária, e um empate contra a Alemanha Oriental, 3 × 3 no Maracanã, e a Seleção partiria para a Europa.

Nos dois jogos amistosos já em solo europeu, o time de Lazaroni deu vexame. O primeiro foi menor, pois pelo menos ganhou de um combinado espanhol, jogando mal, é verdade, mas ganhou, um magro 1 × 0. O segundo, porém, não teve perdão, derrota por 1 × 0 para um combinado de Gubbio, cidadezinha italiana em que estava concentrada a Seleção, formado por jogadores da terceira divisão local. Nos dias que antecederam a estreia do Brasil na Copa, o clima só pioraria. Romário, recuperando-se de uma fratura no perônio direito, contratou um fisioterapeuta por conta própria, irritando Lídio Toledo, médico da Seleção. O zagueiro Aldair, por sua vez, não satisfeito com a reserva, ameaçava abandonar o grupo. Para complicar, uma crise por conta do patrocínio firmado pela CBF com a Pepsi-Cola. Sem receber os direitos de imagem, cerca de sete mil dólares para cada um, os atletas posaram para a foto oficial da Seleção com as mãos cobrindo o nome do patrocinador. Não havia clima para o sucesso. Com um futebol sem brilho, o Brasil estreou na Copa derrotando a Suécia por 2 × 1. Lazaroni, no entanto, deu nota 6,5 para o desempenho da Seleção. E explicou: "Numa estreia, a bola queima nos pés".

Mas não foi só na estreia que ela queimou nos pés dos brasileiros na Copa da Itália. No segundo jogo, contra a Costa Rica, o time só venceu graças a um gol chorado de Müller. A torcida, impaciente, continuava reclamando do esquema da Seleção, que, mesmo diante de um adversário sabidamente mais frágil, utilizou três zagueiros. Classificado para as oitavas de final, Lazaroni chegou a pensar em poupar alguns titulares na despedida da primeira fase, diante dos escoceses. Pressionado por vários titulares, voltou atrás. Pressionado por vários reservas, foi obrigado a fazer média. Alguns jogaram, outros não. Um que entrou foi Romário, que não chegou a ter grande performance, substituído na etapa complementar por Müller, justamente o autor do único gol do Brasil na vitória por 1 × 0.

DESINTEGRAÇÃO

Por ironia do destino, na única performance digna do futebol brasileiro na Copa de 1990, pelas oitavas de final, contra a Argentina, o time seria eliminado.

Antes do jogo, o zagueiro Ricardo Rocha ensinava como parar Maradona, a grande arma dos adversários. "Além de ficar em cima da fera, função do Alemão, é preciso estar atento para fazermos uma boa marcação por zona. Onde o 'Baixinho' cair, precisa ter alguém pronto para combatê-lo."

Na teoria, tudo tranquilo. Na prática, aos 35 minutos do segundo tempo, o "Baixinho" argentino driblou Alemão com facilidade, viu os atônitos Ricardo Rocha e Mauro Galvão, atrasados no lance, tentarem alcançá-lo e passou para Caniggia, livre de marcação, driblar Taffarel e tocar para o gol vazio.

Terminado o jogo, lamentações brasileiras e choro pelas oportunidades desperdiçadas, como um cabeceio na trave que acertara o volante Dunga e um chute para fora de Müller, cara a cara com o goleiro, no último minuto.

Encerrada prematuramente a Copa para o Brasil, cada um se virou do jeito que pôde. Lazaroni se mandou para a Fiorentina, da Itália. A reputação do técnico no Brasil ficou abalada. Seu esquema, chamado de burro e defensivista, estereotipou negativamente a chamada "Era Dunga", atleta que, pela combatividade, tornou-se o símbolo do futebol de Lazaroni na boca dos comentaristas e dos torcedores nesse período. Romário e Bebeto não retornaram ao Brasil; preferiram passar férias na Suíça. Careca, o próprio Dunga e Titã ficaram na Itália mesmo. Branco se mandou para Portugal, onde defendia o Futebol Clube do Porto. Triste fim de uma Seleção que objetivava a consistência dentro de campo, mas cuja fragilidade estrutural fez seus planos virarem pó.

BECKENBAUER NA SELEÇÃO

No final de 1990, para modificar a imagem do técnico da esquadra brasileira, Ricardo Teixeira, seguindo sugestão do empresário e ex-radialista Kleber Leite, que depois viraria presidente do Flamengo, decidiu chamar o ex-jogador Paulo Roberto Falcão. Culto e elegante, Falcão tinha um estilo semelhante ao do também ex-jogador Franz Beckenbauer, que comandara a Alemanha na conquista da Copa de 1990.

Falcão remontou a comissão técnica, chamou o preparador físico Gilberto Tim e convocou jogadores jovens, atendendo a alguns pedidos da imprensa de São Paulo, caso do goleiro Velloso e do meia Neto. Enfim, deu início a uma fase que chamou de "laboratório". A palavra-chave de Falcão no começo de seu trabalho era mentalização. "Mentalizar para mim é fazer com que um atleta cruze uma bola e perceba por que acertou ou errou o cruzamento", dizia o treinador. A estreia do novo técnico na Seleção foi contra a Espanha, fora de casa, em setembro de 1990. Com um time formado por jogadores experientes, caso do goleiro Zubizarreta, do meia Michel e do atacante Butragueno, os espanhóis venceram por 3 × 0.

Em outubro, a Seleção faria um jogo contra o Chile, chamado de "jogo da paz". A partida serviu para dar um fim ao clima de rivalidade que surgira com os incidentes das eliminatórias de 1989. O resultado foi um empate sem gols, placar que se repetiria na partida de volta, em Belém do Pará.

Entre os dois jogos contra os chilenos, a Seleção foi à Itália homenagear Pelé, que comemorava cinquenta anos. O time perdeu o amistoso contra o Resto do Mundo, comandado por Beckenbauer e Arrigo Sacchi, então técnico do Milan. Com Pelé na equipe até os 42 minutos do primeiro tempo, quando foi substituído por Neto, os brasileiros perderam por 2 × 1. O gol, o único do Brasil sob o comando de Falcão em 1990, já que o time voltaria a empatar sem gols no jogo seguinte, contra o México, foi de falta. Do próprio Neto. Mas a atração, como não poderia deixar de ser, foram os bons lançamentos do Rei, que nem chegou a reclamar quando o ponta Rinaldo, em vez de lhe passar a bola, já que Pelé estava livre dentro da área, preferiu tentar uma bicicleta, que fez a pelota subir, subir, subir...

DENER NA ARGENTINA

Em 1991, Falcão começou a chamar jogadores que estavam no exterior, caso do goleiro Taffarel, do zagueiro Aldair, do meia e lateral direito Mazinho, do ponta João Paulo e do atacante Romário. No entanto, só pôde contar com Taffarel e Romário, o que irritou o treinador.

A grande partida da Seleção na fase preparatória para a Copa América foi um amistoso contra a Argentina, no estádio do Velez Sarsfield. A dupla de ataque foi formada por Renato Gaúcho, que, por não ter sido convocado para o jogo anterior, chegara a dizer que não se importava de ter ficado de fora por se tratar de um "grupo medíocre", e Dener, então jogador da Portuguesa de Desportos, promessa que morreria em um acidente em 1994.

A garra brasileira, estampada num dos gols do próprio Renato, que saiu correndo para a torcida local pedindo que ela ficasse em silêncio, e o talento de Dener, que foi brilhante na Argentina, pareciam dar novo alento ao time. Numa das jogadas do ídolo da Portuguesa, que pela ginga e habilidade lembrava os craques do passado, Dener pegou a bola do meio de campo, partiu em velocidade, lançou para Renato Gaúcho, que tocou para o centroavante Careca, do Palmeiras, empatar a partida. Um 3 × 3 de muita emoção, digno de um Brasil × Argentina.

A QUEDA DE FALCÃO

A participação do Brasil na Copa América de 1991 deixou a desejar. Mesmo assim, o time ficou em segundo. Mas no país ser vice e ser lanterna muitas vezes é a mesma coisa...

Na primeira fase do torneio, a Seleção estreou com vitória contra a Bolívia por 2 × 1. Em seguida, empatou com o Uruguai, um gol para cada lado, e perdeu para a Colômbia por 2 × 0. Três resultados diferentes, mas três atuações igualmente insatisfatórias. Em seguida veio o jogo contra o Equador, que o Brasil teria de vencer por dois gols de diferença. Caso contrário, teria de fazer as malas, pegar o avião e voltar para casa. E foi um sufoco. Até o último minuto da partida o time vencia por 2 × 1, resultado que o desclassificaria. Foi aí que o meia baiano Luís Henrique apareceu, vindo de trás com a bola dominada e tocando na saída do goleiro adversário. Em cima da hora, o Brasil se classificou. Nunca uma vitória contra o Equador foi tão comemorada pelo futebol brasileiro. No jogo seguinte, num toma lá, dá cá contra os argentinos, a Seleção perderia por 3 × 2, resultado que a distanciou do título da competição. A vitória contra a Colômbia, na revanche da derrota da primeira fase, e o sucesso contra o Chile, ambos por 2 × 0, deixaram os brasileiros em segundo lugar. Quem ficou com o troféu foram mesmo os argentinos.

Desgostosos com os maus resultados da Seleção, os dirigentes da CBF optaram pela saída de Falcão e pela entrada, provisória, de Ernesto Paulo, oriundo das categorias de base. Com ele como treinador, o Brasil fez apenas um jogo, derrota para o País de Gales, em Cardiff, por 1 × 0.

Em setembro, finalmente Carlos Alberto Parreira, o nome preferido de Ricardo Teixeira havia tempos, assumiu a direção da equipe, com Ernesto Paulo voltando às categorias de base para dirigir o Brasil no Pré-Olímpico, que aconteceria no ano seguinte.

Logo que chegou, o novo técnico foi avisando: "A criatividade deve existir quando estivermos com a posse de bola". E, para ter a posse de bola, o time precisaria saber marcar muito bem os adversários. Muitos defensores do futebol espetáculo temiam que a filosofia de Parreira fosse o marco de uma radical mudança no estilo de jogo brasileiro.

A REESTREIA DE PARREIRA E O RETORNO DE DUNGA

Após uma ausência de oito anos, Parreira voltava à Seleção brasileira contra a Iugoslávia, num amistoso em 30 de outubro de 1991, disputado em Varginha (MG). Com Raí como novo comandante do time, a equipe saiu vitoriosa, jogando no ataque e impondo, com facilidade, 3 × 1 no placar.

Do elenco de Falcão, permaneceram alguns jogadores, como o próprio Raí, Cafu, Mauro Silva e Márcio Santos, que seguiram até a Copa do Mundo, numa demonstração de que a passagem de Falcão, por mais conturbada que tenha sido, de alguma forma colaborou com o trabalho de seu sucessor. A partir do segundo jogo, 2 × 1 contra os tchecos, o ponta Elivelton, que fez um golaço, passando por três adversários e concluindo com um chute forte, sem chances de defesa para o goleiro Miklosko, parecia ter virado o xodó do treinador, que chegou a apontá-lo como único titular absoluto da Seleção.

Em 1992, Parreira iniciou a preparação do Brasil experimentando jogadores que iam bem em seus clubes, caso do lateral Wilson Mano, do Corinthians, do também lateral Roberto Carlos, então no União de Araras, e do veterano Júnior – das Copas de 1982 e 1986 –, que atuava no Flamengo.

Enquanto isso, dirigida por Ernesto Paulo, a Seleção brasileira estava fora de mais uma Olimpíada, depois de ser eliminada no Pré--Olímpico. Foi um torneio violento. Contra o Paraguai, por exemplo, o jogador Elivelton, também componente do time olímpico, recebeu uma pedrada na cabeça e foi levado, desacordado, para os vestiários.

Em 30 de abril, o novo Brasil de Parreira seria derrotado pela primeira vez, perdendo para o Uruguai por 1 × 0, golaço do atacante Paz, que chegou a dar um chapéu no zagueiro Célio Silva antes de marcar. Com Júnior no elenco, mas sem Elivelton, cortado devido a uma contratura muscular, a equipe faria sua primeira viagem internacional com o novo treinador.

Atrapalhada pela velha polêmica da liberação dos jogadores por seus clubes, europeus ou brasileiros, a Seleção teve duas formações diferentes, uma para pegar os ingleses, outra para jogar diante do Milan. "A Inglaterra, por mais que digam o contrário, é mais difícil do que o Milan. Trata-se de uma equipe que joga pelo alto e é muito mais técnica do que o time italiano", afirmava Parreira. Em Wembley, apesar do 1 × 1, o time canarinho apresentou-se melhor, a ponto de o técnico inglês Graham Taylor ter declarado que levou uma lição de futebol.

Contra o Milan, entraram Taffarel, Jorginho, Careca, Aldair e... Dunga. Estigmatizado pela imprensa como símbolo de um futebol defensivo e sem criatividade, depois do fracasso da Copa de 1990, o volante gaúcho ganhava nova oportunidade. E, mesmo tendo à frente um time internacional, com craques do porte dos holandeses Rijkaard, Gullit e Van Basten, os brasileiros venceram por 1 × 0, gol de Careca.

Ainda em 1992, o time de Parreira colecionaria novos sucessos, goleando o México por 5 × 0, com o zagueiro Ronaldão sendo uma das novidades, e batendo os Estados Unidos por 1 × 0, ambas apresentações na Califórnia, que lhe valeram o título da Copa da Amizade. No Parque dos Príncipes, a Seleção daria um passeio nos franceses, fazendo 2 × 0 e forçando a torcida local a gritar "olé" quando os jogadores pegavam na bola.

Depois da derrota para o Uruguai, que parecia ser a pedra no sapato de Parreira, 2 × 1, mesmo jogando em casa e com o atacante Edmundo marcando o único tento brasileiro, o time despediu-se de 1992 enfrentando, pela primeira vez na história, a nova Alemanha unificada. E despediu-se com vitória, significativos 3 × 1 em Porto Alegre. Mas ganhou um problema: Romário, que ficou no banco e se rebelou por ter vindo da Holanda, onde defendia o PSV, para apenas entrar no decorrer da partida. A rebeldia do "Baixinho" enervou o supervisor Mário Jorge Lobo Zagallo e foi um dos motivos para a comissão técnica deixar de convocá-lo dali para a frente. Pelo menos enquanto pôde prescindir do craque. Porque depois...

A DERROTA DE LA PAZ

No primeiro semestre de 1993, o time de Parreira atuou em duas competições, com times diferentes. Na primeira, a US Cup, nos Estados Unidos, o técnico escalou alguns jogadores que atuavam fora do país, mesclando-os com craques que jogavam por clubes brasileiros. Sem tempo para treinar, a Seleção, mesmo invicta, não levou a taça, após empatar por um gol com a Inglaterra. Os destaques da excursão brasileira ficaram por conta do incrível empate em 3 × 3 contra a Alemanha, depois de o Brasil estar vencendo por 3 × 0, e o roubo no hotel em que se hospedavam os brasileiros, quando o zagueiro Júlio César teve um prejuízo de cinquenta mil dólares; por não ter sido ressarcido, nunca mais voltou à Seleção.

A outra disputa foi a Copa América, no Equador. Desta vez Parreira só escalou jogadores que atuavam no Brasil, e a Seleção foi eliminada nas quartas de final pela Argentina, após disputa de pênaltis. Marco Antônio Boiadeiro perdeu o pênalti para o Brasil e saiu chorando de campo, amparado por seus companheiros, entre eles o lateral Cafu, o ponta Almir e o centroavante Viola. Criticado pela derrota, o técnico Parreira logo deu sua resposta. "Nunca vi o brasileiro sair às ruas para comemorar vitória na Copa América", disse, para argumentar que o importante era vencer a Copa do Mundo.

Passada a Copa América, Parreira convocou os jogadores que atuavam no exterior para defender o Brasil nas eliminatórias. Mas, no início do trabalho, já começaram os problemas. O zagueiro Mozer, que atuava no Olympique de Marselha, pediu prazo de sete dias para se apresentar e acabou sendo cortado. Como primeira opção, foi chamado Júlio César que não teve interesse em defender a Seleção. Assim, Márcio Santos foi o escolhido e só pôde chegar dois dias depois. Nos treinamentos em Teresópolis, os jogadores tiveram dificuldades para se adaptar ao esquema de Parreira, que exigia deles funções bastante diferentes das que exerciam em seus clubes. O lateral Jorginho não deveria acompanhar o ponta adversário no campo todo, como fazia na Alemanha. O meia Luís Henrique deveria ocupar o lado direito do meio de campo, e não o esquerdo, como na França. Zinho, que ganhara a posição de Valdo, deveria ficar mais fixo no setor esquerdo, e não fechar pelo meio, sua tarefa no Palmeiras.

Para complicar ainda mais, as contusões. Os zagueiros titulares Ricardo Rocha e Ricardo Gomes se machucaram. O primeiro não pôde estrear contra o Equador, quando o Brasil empatou em

0 × 0 e foi duramente criticado por quase não ter chutado a gol. Ainda desarrumado, o Brasil foi para a Bolívia enfrentar a Seleção local e a altitude de La Paz. A Seleção boliviana havia vencido a Venezuela por 7 × 1 e dizia não temer o Brasil.

Sem a zaga titular e ainda com o substituto Válber com dores musculares, o time não conteve o ímpeto adversário e, mesmo segurando o empate até os 42 minutos do segundo tempo, com o goleiro Taffarel pegando até pênalti, acabou, em três minutos, tomando dois gols, para delírio dos bolivianos, que conseguiram uma façanha histórica. Pela primeira vez em 63 anos de disputa, o Brasil perdia uma partida em eliminatórias.

Parreira, que se dizia seguro do que fazia, assustou-se, como toda a torcida. A Seleção estava em terceiro no grupo e corria o risco de perder uma das duas vagas para a Copa. O técnico ainda tentava acalmar a situação. "Temos jogos em casa e doze pontos para disputar", afirmava.

O CHÁ DA BOLÍVIA

Em uma reunião da comissão técnica com o presidente Ricardo Teixeira, antes do jogo contra a Venezuela em Caracas, decidiu-se pela modificação do time com a entrada de Dunga no meio de campo. O preparador físico Admildo Chirol também foi demitido. Com a vitória por 5 × 1, o Brasil respirou um pouco, mas os problemas não paravam de surgir. Em transferência do Nápoli para o Kashiwa, do Japão, Careca pediu dispensa. No mesmo dia, no resultado do exame antidoping do jogo Brasil × Bolívia, foi constatada a presença de cocaína na urina do goleiro reserva Zetti. Ele foi suspenso pela Fifa, e Gilmar foi chamado para seu lugar.

No entanto, Zetti foi inocentado dias depois. Em sua defesa, a CBF provou que ele havia consumido um chá de coca, muito comum e permitido na Bolívia, para amenizar os efeitos da altitude. "Apoiamos nossa defesa primeiro na desclassificação do dolo e, depois, no bom caráter do Zetti", argumentou o presidente Ricardo Teixeira. Os clubes estrangeiros também pressionavam. Sabendo que a Seleção brasileira ficaria duas semanas sem competir oficialmente, o Bayern de Munique exigiu a presença de Jorginho num jogo do campeonato alemão, e o lateral foi obrigado a ir, ficando de fora do amistoso contra o México, em Maceió. O mesmo aconteceu com Dunga dias depois, que, por estar suspenso do jogo contra a Venezuela, no Mineirão, foi para a Alemanha defender o Stuttgart.

A VOLTA POR CIMA DE ROMÁRIO

No Brasil, Carlos Alberto Parreira era muito criticado, acusado de um defensivismo exagerado. Em muitos jogos, a torcida chegou a pedir a volta de Telê Santana à Seleção.

A tese de que o time deveria contar com três atacantes, e não dois, era rebatida por Parreira. "Isso é um mergulho no passado, é voltar ao futebol de trinta anos atrás."

O treinador argumentava ainda que o fato de valorizar a luta pela posse de bola por meio de uma forte marcação não deveria impedir a criação e a "fantasia" dos jogadores, quando estivessem com a bola dominada. "Não há mais espaço para a arte no futebol, mas o virtuosismo não acabou", dizia Parreira.

Depois do empate com o Uruguai, em Montevidéu, com o time brasileiro mostrando muita garra, a situação começou a melhorar. Nesse 1 × 1, o Brasil teve domínio das ações, e os torcedores brasileiros presentes no estádio Centenário estavam tranquilos. Mas a tranquilidade foi abalada quando Parreira levantou do banco e foi à lateral do campo dar algumas instruções para Jorginho. A reação de um torcedor foi imediata e desesperada: "Não fala nada, Parreira, pelo amor de Deus. Está tudo bem! Se você abrir a boca, o time piora!".

Mesmo com a vaia paulista, a Seleção venceu o Equador por 2 × 0 no Morumbi e se vingou da Bolívia aplicando sonoros 6 × 0, sob os aplausos do Recife. Antes da partida, os bolivianos eram uma festa só. Comparavam o Brasil com a Venezuela. Mas os brasileiros responderam. "Eles nos venceram por causa da altitude. Vamos retribuir com goleada", dizia Jorginho, numa promessa que foi mais do que cumprida. Os jogadores brasileiros entraram em campo de mãos dadas, atitude que virou tradição em todos os jogos da Seleção a partir daquela data. Depois de nova goleada sobre a Venezuela, com os atacantes reservas Evair e Valdeir, vieram os cortes do atacante Müller e do zagueiro Válber, por terem saído da concentração em vez de continuarem o tratamento de suas contusões. Para o ataque, foi chamado Romário, unanimidade nacional, e que tinha sido preterido até então por atritos com o coordenador técnico Zagallo.

Romário se apresentou em 14 de setembro, fez seis gols no primeiro coletivo e, desde a sua chegada até as entrevistas no vestiário após a vitória sobre o Uruguai, que classificou o Brasil para a Copa, foi tratado como um herói. Foi o autor dos dois gols na vitória no Maracanã, quando teve atuação impecável. A torcida, que descia as rampas do estádio sambando de alegria ao som do trio elétrico, voltou a acreditar na Seleção brasileira.

RONALDÃO E... RONALDINHO

A base do time de Parreira estava pronta. Mas faltavam algumas decisões para fechar o grupo que iria para a Copa de 1994. Ainda no fim de 1993, em amistosos contra a Alemanha e o México, surgiram alguns nomes, como o de Rivaldo, autor do gol na vitória em Guadalajara. No ano seguinte, além de quebrar um jejum de cinco anos sem vitória contra a Argentina, o técnico definiu quem seriam os reservas dos atacantes Bebeto e Romário.

Ganharam as vagas Viola e Ronaldo, centroavante de dezesete anos pertencente ao Cruzeiro, em decorrência da boa atuação que tiveram contra a Islândia, quando até gols fizeram. O de Viola foi chamado de Gol Senna, em homenagem ao piloto brasileiro, morto três dias antes. Era a segunda partida de Ronaldo pela Seleção, e ele empolgou os torcedores de Florianópolis. Aos trinta minutos do segundo tempo, prevendo o surgimento de um grande ídolo, o público, de pé, gritava seu nome.

Em fins de maio, a Seleção embarcou para os Estados Unidos, onde se concentrou na cidade de Los Gatos e treinou em Santa Clara, na Califórnia. O zagueiro Mozer havia sido novamente cortado, e para substituí-lo foi chamado Aldair, que começou na reserva.

Nesse período de treinamentos, o time realizou três amistosos preparatórios: contra o Canadá, Honduras e El Salvador. Críticas ao empate por um gol contra o Canadá, sustos nos dois gols tomados na goleada de 8 × 2 contra Honduras, e o corte de Ricardo Gomes após ter se contundido contra El Salvador.

Foi chamado para compor o grupo o forte zagueiro Ronaldão. Graças a ele, o centroavante Ronaldo passou a ser o "Ronaldinho", para que não houvesse confusão de nomes. Parreira não se importava com os resultados dos amistosos. "Eles servem apenas para dar ritmo de jogo ao time, nada mais que isso." O lateral esquerdo

Branco, por sua vez, esforçava-se para não ser o próximo da lista de cortes e se recuperou a tempo das dores lombares que o afligiam. Mas perdeu a vaga de titular para Leonardo.

A DOR DE COTOVELO E A DECLARAÇÃO DE AMOR

Na estreia da Seleção na Copa de 1994, contra a Rússia, no estádio da Universidade de Stanford, Raí iniciou o jogo como capitão do time. Romário teve uma grande atuação e foi um dos responsáveis pela vitória brasileira por 2 × 0. Aldair entrou no meio da partida, em substituição a Ricardo Rocha, contundido. Os zagueiros preferidos por Parreira não estavam mesmo com sorte. Mas Aldair entrou com segurança e foi um dos grandes destaques do time no restante da Copa.

A Seleção de Camarões, o segundo adversário do Brasil, era o time que Parreira mais temia no grupo. Mas não houve problemas, e o time canarinho venceu com facilidade por 3 × 0. O técnico brasileiro "ousou" ao colocar três atacantes no meio da partida. O time venceu com Bebeto, Romário e Müller na linha de frente.

O empate com a Suécia foi o grande tropeço do Brasil na primeira fase. O jogo realizou-se no estádio coberto de Detroit. O time não atuou bem, Raí perdeu a vaga para Mazinho, mas o 1 × 1 foi suficiente para assegurar a primeira colocação no grupo.

Nas oitavas de final, um jogo dramático contra os Estados Unidos. Além do forte calor, a torcida americana entusiasmou-se ao ver sua Seleção passar da fase inicial pela primeira vez. O jogo ocorreu em um 4 de julho, Dia da Independência dos Estados

Unidos, momento em que o norte-americano transborda patriotismo. Para piorar, no final do primeiro tempo, quando o Brasil dominava o jogo mas encontrava dificuldades para furar o bloqueio defensivo adversário, o lateral Leonardo desferiu uma cotovelada no rosto de Tab Ramos. O jogador americano ficou inconsciente por alguns minutos, e Leonardo foi expulso.

Na etapa final, com muita garra, o Brasil se superou. O lateral Cafu, com seu fôlego insuperável, substituiu Zinho pela esquerda. Momentos de tensão no intervalo, porque Branco se achava no direito de reclamar por não ter sido ele o escolhido para entrar. Aí, outro reserva, Müller, deu uma bronca em Parreira dizendo que o técnico não deveria permitir que seus comandados fizessem qualquer tipo de pressão. Os dois saíram gesticulando em direção ao vestiário.

Apesar de pequenas divergências, o grupo estava unido naquela Copa, e, mesmo com um jogador a menos, o time foi em busca da vitória no segundo tempo. Aos 35 minutos, Bebeto entrou na área e tocou no canto direito do goleiro Meola, fazendo o placar final de 1 × 0, e, num momento parecido com o gol de Pelé contra o País de Gales na Copa de 1958, comemorou muito, chegando até a dizer "eu te amo" para Romário, que foi quem armou toda a jogada.

O BEBÊ E A FALTA DE BRANCO

Brasil e Holanda novamente frente a frente em uma Copa do Mundo. O primeiro tempo desse jogo, válido pelas quartas de final, foi cauteloso, com as duas equipes se estudando. Na segunda etapa, a movimentação foi maior, apesar da forte marcação de Valcx sobre Romário e de Witschge sobre Bebeto.

A tática de Parreira foi a de ocupar espaços nas costas dos holandeses. Quando Winter subia pela direita, Bebeto e Zinho atacavam no setor, e assim o Brasil chegou a fazer 2 × 0. Bebeto batizou seu gol de "nana neném", em homenagem ao filho Matheus, que acabara de nascer. Com a vantagem, o Brasil recuou, e a Holanda aproveitou para empatar.

Foi quando Branco cavou uma falta na intermediária e ele mesmo cobrou, num chute certeiro que passou por um mar de jogadores e foi parar no canto esquerdo do goleiro holandês. Em um momento histórico, o gol de Branco decretou a vitória do Brasil.

Nas semifinais, o adversário seria a Suécia. Vários técnicos e personalidades do futebol brasileiro estavam presentes. O treinador Carlos Alberto Silva cumprimentou seu colega Candinho, que por sua vez estava ao lado de Jair Pereira. Todos numa corrente, torcendo para que o Brasil chegasse à final. E não deu outra. Na partida, o domínio foi todo brasileiro.

O primeiro tempo foi marcado por excesso de gols perdidos. Um deles ocorreu quando Romário driblou o goleiro Ravelli e, com o gol vazio, tocou e saiu para comemorar no exato momento em que um zagueiro sueco salvou em cima da linha. "Eu juro que não sei de onde ele veio", resmungou Romário na ocasião.

Numa semifinal sem muita vibração, o Brasil acabou vencendo por 1 × 0, com gol do próprio Romário, que se destacava como o "salvador da pátria" por seus gols em momentos decisivos.

CORAÇÃO NA MÃO

O zagueiro italiano Baresi entrou em campo na decisão mesmo tendo feito uma artroscopia no joelho esquerdo apenas 23 dias antes. E foi um dos melhores em campo, ajudando sua Seleção a segurar Romário & cia. e fazendo com que a final da Copa terminasse em 0 × 0. Após a prorrogação, que também terminou empatada, a Copa do Mundo, pela primeira vez, precisou ser decidida nos pênaltis. Durante o jogo, ninguém quis se arriscar. No segundo tempo, o volante Mauro Silva desferiu um chute despretensioso na meta de Pagliuca, que falhou, e a bola tocou mansamente na trave. O italiano não teve dúvidas, beijou o poste milagroso, que quase fez o imponderável prevalecer em um jogo que foi previsível.

Nas cobranças da marca do pênalti, um trauma para o Brasil desde a Copa de 1986, Baresi errou a primeira. O brasileiro Márcio Santos também. Albertini fez para a Itália. Com seus companheiros rezando no meio de campo, Romário chutou, a bola bateu na trave e entrou. Evani fez, e Branco, caminhando lentamente desde o meio de campo, não tremeu e descontou. Massaro, trêmulo, chutou, e Taffarel pegou. Dunga marcou com precisão. Nervoso, o astro italiano Roberto Baggio chutou por cima, e o Brasil sagrou-se tetracampeão mundial.

Festa em todo o país, desabafo do capitão Dunga ao erguer o troféu. O jogador nem se importou com a presença do então vice-presidente dos Estados Unidos, Al Gore, e desferiu sonoros palavrões. Na volta ao Brasil, problemas da delegação com a Receita Federal. Várias mercadorias entraram no país sem que os impostos fossem devidamente pagos. Os jogadores alegaram que tinha sido por uma "causa justa", argumento com o qual não concordou o secretário da Receita Federal, Osires Lopes Filho, que se demitiu.

A VOLTA DO LOBO

Após o título, Carlos Alberto Parreira deixou o cargo e foi treinar o Valência, da Espanha. Sentiu-se com o dever cumprido, e não tinha mais paciência para suportar as pressões contra sua filosofia pragmática de armar a Seleção. Mário Jorge Lobo Zagallo assumiu o comando e, já no mês de setembro, começou a preparar a Seleção pré-olímpica, que goleou o Chile por 5 × 0.

Fechando o ano do tetra, a Seleção principal venceu a Iugoslávia em Porto Alegre. Foi uma das últimas partidas de Branco com a camisa amarela. Naquele dia, Branco marcou um gol de falta muito parecido com aquele contra a Holanda.

O NÚMERO UM

O sonho do tetra tornara-se realidade. Faltava, no entanto, um único título para a Seleção brasileira: a medalha de ouro olímpica. Daí, uma das prioridades da CBF foi preparar um time para a Olimpíada de Atlanta, em 1996. Sem esquecer a Seleção principal, é claro. Zagallo ficou encarregado de comandar o trabalho e, já em outubro de 1994, chamou um time de jogadores com até 23 anos para enfrentar o Chile, em Santiago. Na Olimpíada, o técnico só poderia utilizar três jogadores acima dessa idade.

Assim, a partir de 1995, iniciou-se uma renovação na Seleção. Novos valores, como Souza, Juninho e Amoroso, misturaram-se a nomes já consagrados na Copa de 1994. A goleada de 5 × 0 sobre a Eslováquia, em fevereiro, mostrou que a nova geração tinha afinidade com os tetracampeões. Foi a primeira partida de Juninho no time principal do Brasil. Ele desempenhou a função do "número um", uma nova posição que Zagallo introduzia no esquema da Seleção. O "número um" era quem buscava a bola e a conduzia para o ataque. "Sei que a função exige muito, mas preciso de um jogador assim para ter um time ofensivo e envolvente sem perder a eficiência na defesa", explicava Zagallo.

Antes de o time defender seu prestígio num torneio na Inglaterra, que envolveu a Seleção local, a Suécia e o Japão, o time brasileiro empatou com Honduras e venceu Israel em amistosos. Contra Honduras, uma forte chuva atrapalhou o desempenho do Brasil. Contra Israel, a Seleção encontrou dificuldades para fazer 2 × 1 contra um adversário que evoluíra tecnicamente e em seu sistema de marcação. Na Inglaterra, porém, a história foi outra. Com Edmundo e Ronaldinho no ataque e Juninho sendo o astro da competição, o Brasil levou a taça após vencer seus três adversários. Na final, uma histórica vitória sobre a Inglaterra, por 3 × 1, em pleno estádio de Wembley.

O GOLPE DE MÃO

Para a Copa América, no Uruguai, Zagallo teve problemas na convocação de jogadores, já que a competição se realizaria na mesma época em que as finais de alguns campeonatos regionais. O técnico manteve a base do time vencedor na Inglaterra, mas teve que deixar de fora atletas que estavam em seus planos, como Giovanni e Rivaldo. O centroavante da equipe passou a ser Túlio, que ganhou a posição de Ronaldinho no amistoso contra a Polônia, teste para o torneio sul-americano. Na primeira fase da competição, o Brasil jogou em Rivera, uma pequena cidade próxima ao Rio Grande do Sul. Num campo acanhado e de gramado irregular, venceu Equador, Peru e Colômbia. O goleiro Dida foi o titular nas duas primeiras partidas, pois Taffarel estava suspenso por dois jogos pela Fifa. O goleiro do tetra havia usado luvas com propaganda do fabricante, de forma irregular, e por isso fora punido.

Vieram as quartas de final, Taffarel já estava de volta, e o adversário era a Argentina. Por que o clássico se realizou tão cedo? Porque a Argentina fora goleada pelos Estados Unidos, perdendo a primeira colocação em seu grupo. Os argentinos foram obrigados a se deslocar para Rivera, cidade à qual a Seleção brasileira já estava adaptada, e o castelhano se misturava com o português. Pior para eles.

Mesmo jogando quase dentro de casa, a partida foi duríssima para o Brasil. Os atacantes Batistuta e Balbo infernizaram a defesa brasileira. Assim, o jogo era lá e cá. Balbo fez 1 × 0, Edmundo empatou. Batistuta fez 2 × 1, e o primeiro tempo se encerrou. Na segunda etapa, o imponderável aconteceu. A Argentina controlava as ações, não deixava o Brasil reagir, quando, aos 35 minutos, Túlio foi lançado dentro da área e, escandalosamente, ajeitou a bola com a mão antes de tocar para o gol. Para surpresa geral, o árbitro peruano Alberto Tejada validou o tento. Desespero dos jogadores argentinos, que, incrédulos e enfurecidos, cercavam o juiz, implorando para que voltasse atrás em sua decisão. Sorriso irônico dos brasileiros quando o adversário pôs a bola no círculo central e, inconformado, viu a partida terminar em 2 × 2. Na decisão por pênaltis, deu Brasil, exatamente um ano após a conquista do tetra. A história só não foi idêntica porque, em vez de um, Taffarel defendeu dois pênaltis: um cobrado por Simeone, e outro, por Fabbri. A discussão sobre o gol de Túlio foi assunto até entre os políticos. O presidente da Argentina, Carlos Menem, não poupou o juiz peruano. "Fomos roubados", esbravejou ao ver sua Seleção eliminada.

O GOLPE DE VISTA

Como em 1994, o Brasil venceu os Estados Unidos por 1 × 0, gol de Aldair, de cabeça, e classificou-se para a final. Zagallo preferiu não colocar Leonardo em campo nessa semifinal, já que Tab Ramos, que recebeu a cotovelada na Copa, estaria jogando. O técnico preferiu evitar um novo encontro dos dois dentro das quatro linhas. Mesmo não atuando, no final da partida, Leonardo foi na direção de Ramos, aproximou-se do americano e... deu-lhe um fraternal abraço, logo retribuído. Como nas décadas de 1930, 1940 e 1950, mais uma vez Brasil e Uruguai se encontrariam em uma final de Copa América no estádio Centenário. Em vez de Domingos da Guia, Aldair. No lugar de Schiaffino, Francescoli. E assim a história prosseguia.

O Uruguai, no entanto, já não era o mesmo. Depois de não participar da Copa de 1994, vencer a Copa América era fundamental para manter vivo o futebol no país da celeste olímpica. Para o Brasil, o título significaria o primeiro sul-americano conquistado em território estrangeiro. Mas a façanha inédita foi adiada.

O Brasil começou melhor, fez 1 × 0. Mas, na segunda etapa, o Uruguai empatou por meio de uma cobrança de falta. Taffarel pareceu dar um golpe de vista e tomou um susto quando viu a bola entrar no gol. Esse lance irritou o presidente da CBF, Ricardo Teixeira, que culpou o goleiro pelo empate. Contrariado com a interferência do dirigente, Taffarel pediu para não mais ser convocado. E só voltou atrás em sua decisão dois anos depois. Antes de a partida terminar empatada em 1 × 1, o Brasil teve um gol de Edmundo anulado, pois Túlio se encontrava em impedimento passivo.

Nos pênaltis, o momento da derrota brasileira. Túlio, o algoz da Argentina, errou a cobrança, e o Uruguai ficou com o título.

Ironizando seu colega argentino Carlos Menem, o presidente do Brasil, Fernando Henrique Cardoso, também palpitou. "O juiz nos levou um gol", disse ele sobre o lance de Edmundo.

UM SAQUÊ, UM TANGO E O BOTO COR-DE-ROSA

Após a perda da Copa América, o Brasil excursionou pela Ásia, onde enfrentou o Japão e a Coreia do Sul. Fácil vitória sobre os japoneses por 5 × 1, quando o volante César Sampaio fez seu primeiro gol pela Seleção. Sobre a partida, o jogador Rui Ramos, brasileiro naturalizado japonês que defendeu a Seleção nipônica, disse numa entrevista coletiva após o jogo: "O que eu achei do jogo? Eu não achei nem a bola!", resmungou. A Coreia do Sul ofereceu maiores dificuldades, e o Brasil só venceu por 1 × 0, gol de Dunga, em um chute de fora da área, aos 34 minutos do primeiro tempo.

Em outubro, um amistoso contra o Uruguai reabilitou os torcedores baianos perante a Seleção, depois do clima hostil de 1989. A festa foi enorme em Salvador. Com um show de Ronaldinho, que fez dois gols, e uma grande atuação do meia Giovanni, a Seleção valsou e venceu por 2 × 0.

Depois, já em novembro, o Monumental de Núñez se calaria para ver o Brasil vencer a Argentina por 1 × 0. Dias depois da partida, por suas atuações na Seleção, principalmente no Torneio da Inglaterra, o meia Juninho foi vendido a um clube inglês, o Middlesbrough. Na despedida de fim de ano, uma vitória fácil por 3 × 0 sobre a Colômbia, no Pará. Festeiro como sempre, Túlio fez dois gols. O segundo, em homenagem ao folclore paraense, o artilheiro chamou de "boto cor-de-rosa".

MAIORES DE IDADE

No recomeço do trabalho em 1996, a Seleção brasileira passaria a ser representada apenas por jogadores com idade para atuar na Olimpíada. Mesmo com jogadores de até 23 anos, o time recebia a denominação de Seleção principal do Brasil. Assim, os valores das cotas de transmissão das partidas não diminuiriam. A Fifa entendeu da mesma maneira, e os amistosos realizados pela Seleção com idade olímpica valiam pontos para o ranking das Seleções principais. Aliás, desde o fim da Copa de 1994, o Brasil ocupava a primeira colocação.

O primeiro teste da nova equipe de Zagallo foi a Copa Ouro, torneio realizado na Califórnia, Estados Unidos, quando os adversários vieram com suas Seleções principais.

O time contava com revelações como o goleiro Dida, o meia Flávio Conceição e o atacante Sávio, e assim venceu o Canadá, Honduras e os Estados Unidos. Mas ficou com a segunda colocação após a derrota por 2 × 0 para o México.

Pelo regulamento, Zagallo poderia contar com até três jogadores com idade acima de 23 anos na Olimpíada, e, então, nomes como Aldair, Rivaldo e Bebeto passaram a ser testados. Veio a fácil vitória por 8 × 2 contra o time principal de Gana, em São José do Rio Preto. Após a vitória de 3 × 2 contra a África do Sul em Joanesburgo, a participação dos três nos jogos em Atlanta estava confirmada. Rivaldo e Bebeto foram decisivos na partida: Rivaldo porque desempenhou bem a função de "número um" no segundo tempo, quando ajudou o time, que perdia por 2 × 0, a virar o placar; Bebeto por seu oportunismo, quando, aos 41 minutos do segundo tempo, fez o gol da vitória brasileira, após lindo voleio.

O CROCODILO FAMINTO E O BICHO-PAPÃO

Depois de ter conquistado a classificação no Pré-Olímpico da Argentina, a Seleção brasileira foi para a Olimpíada com uma estrutura semelhante à de uma Copa do Mundo. Nem na Vila Olímpica os jogadores se hospedaram. A sede brasileira na competição de futebol seria em Miami, com jogos no estádio Orange Bowl. A delegação se concentrou em um hotel de luxo, o Biltmore. Tudo pela medalha de ouro. Durante os treinamentos, os jogadores receberam uma visita inusitada. O garoto Alexandre Teixeira, de sete anos, que dias antes quase fora engolido por um crocodilo em um parque próximo a Miami, foi encontrar os ídolos para contar-lhes a aventura. Os jogadores Sávio e o goleiro reserva Danrlei ouviam atentos o relato do garoto, que foi salvo pelos pais após eles terem aberto, na marra, a boca do animal.

No campo, no entanto, os resultados decepcionaram. Na estreia, o Brasil perdeu por 1 × 0 para o Japão, sob vaias dos milhares de brasileiros residentes em Miami. O tento japonês mostrou a fragilidade defensiva da Seleção quando o goleiro Dida e o zagueiro Aldair bateram cabeça e a bola sobrou para Ito tocar para o gol vazio. Ronaldinho, que havia se transferido do PSV para o Barcelona, começou no banco, mas entrou no meio da partida no lugar de Sávio e não saiu mais do time.

Na partida seguinte, a Seleção melhorou um pouco. Em ritmo de "Macarena", famosa música latina do momento que contagiava e fazia toda a torcida dançar, o time se recuperou e passou Hungria e Nigéria, classificando-se para as quartas de final. Com Ronaldinho inspiradíssimo, o Brasil venceu Gana por 4 × 2, num jogo de muitas emoções.

A semifinal foi contra a Nigéria, na cidade de Athens, perto de Atlanta. Ao contrário do que afirmara no início da competição, quando garantiu que o time jogaria de forma mais solta e ofensiva do que na Copa de 1994, Zagallo escalou a Seleção com três volantes para a partida: Zé Elias, Flávio Conceição e Amaral, que entrou no lugar de Rivaldo.

Depois de vencer os nigerianos na primeira fase, o Brasil começou a partida com superioridade. Chegou a fazer 3 × 1, placar do primeiro tempo. Na etapa final, no entanto, de nada adiantou a presença de três marcadores no meio de campo. Além de não saber ocupar espaços nem fazer a cobertura dos laterais, o time se descuidou, e, aos 33 minutos, Ikpeba fez o segundo da Nigéria. Depois, o centroavante Kanu decidiu. Empatou a partida no último minuto e fez o gol da vitória de seu time na prorrogação com "morte súbita".

O Brasil dormiu em campo e, quando acordou, estava derrotado. "Vi um Brasil muito recuado", afirmou o técnico da Nigéria, o holandês Jo Bonfrere, após a vitória de seus comandados. Não faltou ainda a troca de acusações diante do revés. Bebeto, abatido, culpava a imaturidade da equipe. "Foram erros de garotos. A garotada faz tudo sozinha e se esquece de voltar", afirmou. Ronaldinho se sentiu atingido e respondeu. "Faltou um líder que gritasse e comandasse. Sentimos falta do Dunga, o capitão da Copa de 1994." A alegria do jogador de basquete Charles Barkley, da Seleção dos Estados Unidos, que contagiou a Olimpíada dançando "YMCA", outro hit, parou na porta da concentração brasileira. Mesmo com a medalha de bronze no peito, o que se via eram jogadores com fisionomia fechada e outros que chegaram a chorar, como o volante Amaral. Frustrados, os dirigentes decidiram que a entrega da medalha de bronze, conquistada após goleada de 5 × 0 contra Portugal, seria feita imediatamente após a partida. Ou seja, no dia anterior à final entre Argentina e Nigéria, data da entrega oficial.

Mas se o motivo de toda essa confusão foi evitar o constrangimento de ver os rivais argentinos receberem o ouro, a entrega antecipada foi em vão. A Nigéria, com preparo físico e velocidade, surpreendeu novamente e virou mais uma partida, transformando-se no bicho-papão da competição. Perdia por 2 × 1 e, nos últimos minutos, fez 3 × 2, ficando com a tão almejada medalha.

O BAIXINHO E O CURINGA

Antes da campanha na Olimpíada, Zagallo dava como quase certa a conquista da medalha de ouro. Falava aos quatro cantos que era um ganhador e que o número treze lhe dava sorte. Virou moda o treinador sair por aí divulgando frases e expressões com treze letras que indicavam sua vitória. "Medalha de ouro" era uma delas. A derrota serviu como uma ducha de água fria na cabeça do treinador. Descontente com a performance de alguns jogadores e com o time de maneira geral, ao qual atribuiu falta de pegada e inexperiência, o técnico remodelou a Seleção depois do fracasso olímpico. Poucos jogadores da Olimpíada permaneceram no time. Rivaldo e Juninho decepcionaram e demoraram a ser chamados de volta. Em agosto, o time fez uma excursão pela Europa e, com Giovanni na função de "número um", empatou com Rússia e

Holanda em 2 × 2. A partida em Amsterdã inaugurou um moderno estádio com cobertura móvel e shopping center.

Por muito pouco o Brasil não venceu o jogo. O empate veio no último minuto. O time estava no ataque, mas o centroavante Jardel perdeu a bola, e os holandeses partiram para o contra-ataque. Foi quando o lateral André derrubou o atacante Bergkamp, fora da área, mas o juiz se equivocou e marcou pênalti, convertido por Van Gastei.

Os amistosos preparatórios prosseguiram até o final do ano e também no decorrer de 1997. Num deles, um presente de Ronaldinho à torcida, numa linda vitória sobre a Lituânia. Depois de ter passado pelo goleiro, o centroavante chegou à linha de fundo, próximo à trave, e, num toque genial para trás, tirou dois zagueiros adversários que vinham na corrida e quase bateram cabeças. Resultado, o craque ficou com o gol vazio à sua frente e conferiu.

Romário, o craque do tetracampeonato, fez uma campanha aberta para participar da Olimpíada, mas não conseguiu comover Zagallo. Arrependido, o técnico chamou novamente o "Baixinho", desta vez para atuar ao lado de Ronaldinho, formando a famosa dupla Ro-Ro. E contra o México, na mesma Miami da Olimpíada, Romário voltou à Seleção e esteve infernal, fazendo três golaços na goleada por 4 × 0, um deles o de número quinhentos de sua carreira. A patrocinadora da Seleção, a empresa de material esportivo Nike, passou a promover uma turnê mundial do time canarinho pelo restante do ano e vieram alguns torneios internacionais, como o da França, em junho.

Antes, porém, o que era imponderável aconteceu em um amistoso em Oslo, Noruega. Como diria o escritor norueguês Jostein Gaarder, com a tese de que o imprevisível faz a vida, foi um verdadeiro Dia do Curinga. Afinal, o Brasil, com seu amplo favoritismo, foi derrotado por 4 × 2 pela Seleção norueguesa, que, com jogadores fortes e velozes, evoluíra bastante no nível técnico. Apesar de atuar quase sem treinar e de a partida ter sido disputada em um campo que em alguns lugares tinha pedregulhos no lugar de grama, a derrota por 4 × 2 foi merecida. No torneio da França, o Brasil não ficou com o título, que foi para a Inglaterra, mas terminou a competição invicto. Empatou com a França em 1 × 1 e, quando perdia por 3 × 1 para a Itália, no reencontro dos dois times após a final de 1994, igualou o marcador, com Romário fazendo o terceiro, após driblar o goleiro Pagliuca. Depois, mais uma vez, venceu a Inglaterra, por 1 × 0.

LOBO GOELA ADENTRO

Veio então a Copa América, na Bolívia. E o Brasil quase não participou da competição graças a um desentendimento entre a CBF e a Confederação Boliviana. Os dirigentes brasileiros não aceitaram que a Seleção jogasse em La Paz a primeira fase, em razão da altitude, o que ofendeu os bolivianos. No fim, os donos da casa aceitaram que o time brasileiro disputasse seus jogos em Santa Cruz de La Sierra. E com Romário, Ronaldinho, Leonardo e Djalminha, o Brasil passou por seus adversários na primeira fase. O único susto foi na partida contra o México, quando o Brasil saiu perdendo por 2 × 0 e só foi virar o placar no final da partida, por meio de um chute no ângulo desferido por Leonardo, que passara a ser meia-esquerda. Descontente com a atuação da defesa, Zagallo sacou o zagueiro Célio Silva e colocou Gonçalves em seu lugar. Na semifinal, contra o Peru, a Seleção goleou por 7 × 0. Como fez a Seleção peruana, a maioria das Seleções disputou a competição com o time reserva, já que as equipes principais se preparavam para os jogos das eliminatórias para a Copa de 1998. O Brasil, por já estar classificado para o mundial, entrou na Copa América com força máxima, pois precisava testá-la em algum torneio oficial.

A única partida do Brasil em La Paz foi contra a Bolívia, na final. Sem a presença de Romário, contundido, a dupla de ataque foi formada por Edmundo e Ronaldinho. Era a terceira Copa América seguida de Edmundo, que jamais participara de um mundial. E o jogador, com seu temperamento explosivo, acabou aprontando mais um de seus atos indisciplinares.

Quando o jogo estava empatado em 1 × 1, no segundo tempo, Edmundo acertou um tapa no rosto do lateral boliviano Cristaldo, que o juiz não viu. Matreiro, Zagallo imediatamente tirou o jogador e colocou Paulo Nunes em seu lugar. A partir daí, com Dunga e Aldair no comando da marcação – como na Copa de 1994 – e Denílson puxando os contra-ataques, o time superou a altitude e venceu a partida por 3 × 1, sagrando-se campeão da Copa América, na primeira vez que ganhou a competição fora de casa.

Mário Jorge Lobo Zagallo, o "Velho Lobo", muito criticado pela imprensa por algumas atuações da Seleção e pela derrota da Olimpíada, desabafou imediatamente após a partida. Chorando e comemorando, o técnico gritava aos microfones e às câmaras de TV: "Vocês vão ter que me engolir! Vão ter que me engolir!".

A GANGORRA DA RENOVAÇÃO

Apesar de conquistar o título, Zagallo não ficou satisfeito com parte do elenco que viajou para a Bolívia. As reclamações de Paulo Nunes quanto à sua condição de reserva não foram bem-vistas pelo treinador, que não o chamou mais. Giovanni e Djalminha, por terem mostrado certa apatia dentro de campo, também perderam espaço. Aliás, depois de testar desde 1995 vários jogadores na posição de "número um", Zagallo desistiu de continuar a procura e preferiu voltar ao tradicional esquema 4-4-2.

Mais experiências, mais amistosos. Foi assim o segundo semestre de 1997. E o excesso de opções disponíveis foi tornando a Seleção uma gangorra. Em certo jogo, Flávio Conceição era o destaque. Na outra partida, seu reserva César Sampaio o superava. E assim Zagallo prosseguia seu trabalho de garimpar o grupo que iria para a França em 1998 defender mais um título mundial. "A renovação de jogadores é uma constante no futebol brasileiro. Isso não acontece em nenhum outro país", explicava.

No amistoso contra Marrocos, em Belém do Pará, Denílson foi o destaque, marcando dois gols. O jogador estava vendido ao Betis, da Espanha, numa transação que o transformou no craque mais caro da América do Sul. Ronaldinho, por sua vez, transferira-se do Barcelona para a Inter de Milão, em outra transação milionária.

Numa época em que as cifras em torno do valor do jogador brasileiro estavam altíssimas, Zagallo encontrava dificuldade para ter o grupo que desejava em cada jogo. Os clubes europeus, donos do passe dos atletas, faziam questão de não liberá-los.

Contra o País de Gales, o show foi de Rivaldo, de volta à Seleção. Vitória brasileira por 3 × 0, um dos gols de Zinho, que também retornava, depois do tetracampeonato. De um lado, a renovação; de outro, o técnico utilizava a experiência e a segurança de alguns campeões mundiais.

Zinho fora muito criticado na Copa de 1994. Muitos achavam que ele jogava preso, driblava para trás e dava voltas em torno de si. Essa forma de jogar custou ao jogador o apelido de "Enceradeira". Na verdade, o jogador desempenhou uma importante função tática nos Estados Unidos e foi pouco reconhecido. No entanto, passados três anos, Zinho se acostumou e passou a tratar o assunto com bom humor. "Agora vou dar um brilho na Copa de 1998", chegou a dizer.

OS CARECAS NA ARÁBIA

No final do ano de 1997, a Seleção enfrentou novamente a África do Sul em Joanesburgo. Sem muitas opções no ataque, por causa da não liberação de jogadores, Zagallo convocou Bebeto para fazer dupla com Romário. Os dois se reencontravam após a conquista do título na Copa de 1994. Muitos jogadores que atuavam na Europa não foram liberados para essa partida, e o técnico teve que improvisar em outros setores. Mesmo assim o Brasil venceu por 2 × 1. Gols de quem? Romário e Bebeto, revivendo um passado glorioso.

Da África para a Arábia Saudita. O Brasil iria disputar a Copa das Confederações, em Riad. Zagallo só pôde contar com o time que desejava na segunda partida, quando o lateral Roberto Carlos, sensação do Real Madrid, incorporou-se à Seleção e pôde ser escalado. Na Arábia, país de rígidas tradições muçulmanas, havia poucas opções para os jogadores. Eles mal podiam sair do hotel. Entediados, alguns decidiram fazer uma brincadeira, raspando à força o cabelo de todos os companheiros de Seleção. Algumas vítimas, como o goleiro reserva Rogério e o meia Leonardo, ficaram furiosas. Houve até uma ameaça de conturbação no ambiente.

Se já não bastassem as confusões extracampo, o time dos "carecas" demonstrou apatia durante as partidas, consideradas fáceis. Naquele momento, um pouco de pressão não faria mal a ninguém. Assim, Zagallo alterava o time a cada jogo, para que os craques que se sentiam com vaga garantida na Copa não se acomodassem. Além disso, o técnico via um lado positivo em nem sempre poder escalar o time ideal por causa da não liberação dos jogadores. "A dificuldade de não poder contar com o melhor grupo me obrigou a chamar outros jogadores, e alguns acabaram conquistando a posição. Júnior Baiano foi um deles", declarou Zagallo sobre o zagueiro do Flamengo, que se tornou titular no torneio da Arábia.

Mesmo com turbulências, o Brasil passou pela Seleção da Arábia, vencendo por 3 × 0. Depois, sem Romário, veio o melancólico empate em 0 × 0 com a Austrália, em que até Ronaldinho, considerado pela Fifa o melhor jogador do mundo, teve a vaga ameaçada pelo seu fraco desempenho na competição. A falta de gols da Seleção fortaleceu o "Baixinho", e ele voltou contra o México, vitória por 3 × 2. A vitória na semifinal, contra a República Checa, levou o Brasil à decisão. O técnico da Austrália, o inglês Terry Venables, ofendeu-se ao saber que Zagallo criticara a retranca da Seleção australiana no 0 × 0 da primeira fase. Em um tira-teima, os australianos iriam decidir o título com o Brasil.

Inspirados e incentivados por participarem de mais uma final, os brasileiros fizeram sua melhor partida no torneio e aplicaram uma goleada de 6 × 0. Mais uma conquista para a Seleção em 1997. Os seis gols foram da dupla Ro-Ro, três de Romário, que foi o artilheiro do certame, e três de Ronaldinho, que reencontrara seu bom futebol. Mas a torcida saudita se deliciou mesmo com Denílson, eleito o melhor da competição, que atuou como um ponta-esquerda das décadas de 1960 e 1970. A cada drible do ágil jogador, a torcida gargalhava, como gargalhou com Garrincha, Edu e os bailarinos que ajudaram a fazer a história da Seleção. E a alegria do futebol brasileiro.

DEPOIS DE 60 ANOS, OUTRA COPA NA FRANÇA

Em 1998, o Brasil seguiu para a França a fim de defender o título mundial. Pela terceira vez, Zagallo dirigia uma Seleção em Copa do Mundo. E, de novo, o time saía do país desacreditado.

A Seleção viajou para a bucólica Ozoir-la-Ferrière (nos arredores de Paris), onde se manteve concentrada durante toda a Copa. A paz da região não serviu para amenizar a angústia do grande ídolo do time: Romário, herói do tetra, chegou contundido na batata da perna e passou vários dias em busca da recuperação. A comissão técnica procurava disfarçar a gravidade da contusão. Por isso, os jornalistas ficaram surpresos quando Romário convocou uma coletiva para anunciar que estava cortado, às vésperas da estreia brasileira. O jogador chorava muito. Afirmou ter sido traído pela comissão e garantiu que teria condições de recuperar-se durante o torneio. "Infelizmente, não acreditaram na minha palavra." Responsabilizou Zico, agora membro da comissão técnica, insinuando que o ex-ídolo do Flamengo teria inveja de seu sucesso. O "Galinho" rebateu: "Não nasci famoso, busquei minhas conquistas e não preciso disso para aparecer".

Rumores de desentendimentos entre Leonardo e Edmundo também aumentavam o descrédito. Muitos críticos apostavam que a Seleção nem passaria da primeira fase. Por isso, o jogo de estreia contra os escoceses era uma prova de fogo. Logo de início, uma cabeçada do volante César Sampaio fez o Brasil sair na frente. Mas a Escócia, com forte marcação e saída em velocidade, tomou conta da partida. Empatou, de pênalti, e continuou forçando. Ainda desorganizado, o Brasil conseguiu a vitória no fim do segundo tempo: Dunga lançou, e o zagueiro escocês, pressionado por um adversário, fez contra. Quem era esse brasileiro? Cafu, agora o melhor do time. Foi a resposta do jogador aos apupos da torcida na fatídica derrota para a Argentina, por 1 × 0, no Maracanã, durante a fase preparatória.

Na sequência, o Brasil viajou para Nantes, onde superaria o Marrocos. O atacante Ronaldo, vedete do time, marcou um gol de fora da área na vitória por 3 × 0. Susto mesmo veio contra a Noruega, em Marselha, um jogo duro. Estava empatado em 1 × 1, gols de Bebeto e Tore André Flo, quando o zagueiro Júnior Baiano cometeu um pênalti infantil. Rekdal conferiu. Final: 2 × 1 para os noruegueses.

Mesmo com o revés, a Seleção contrariou os prognósticos mais pessimistas: classificou-se para a segunda fase em primeiro lugar do grupo.

A RECUPERAÇÃO

Em Paris, a Seleção superou com facilidade o Chile de Salas e Zamorano, por 4 × 1. César Sampaio marcou dois, e Ronaldo outros dois (um de pênalti). Salas descontou para o Chile.

Depois, o Brasil voltou a Nantes e encarou a sensação Dinamarca, dos irmãos Brian e Michael Laudrup. A partida foi um show. De um lado, a dupla dinamarquesa esbanjava categoria. De outro, o Brasil impunha seu ritmo, fazendo jus à condição de tetracampeão.

Quando estava 1 × 0 para a Dinamarca (gol de Müller), Bebeto tocou com tranquilidade e empatou num momento crucial. A Dinamarca não desistiu, e Brian Laudrup até marcaria o seu.

Mas Rivaldo teve sua melhor partida com a camisa amarela, fazendo dois. Final: 3 × 2 para o desacreditado Brasil, que ia às semifinais.

Contra a Holanda, outro jogo de titãs. Ronaldo não fazia uma Copa impecável, mas mostrava eficiência. A partida estava equilibrada quando ele, aos quatro minutos do segundo tempo, superou Davids em velocidade e fez 1 × 0. A Holanda empatou com Kluivert.

Após uma prorrogação extenuante, o jogo foi para os pênaltis. Emocionado, o técnico Zagallo abraçou cada jogador. "Acreditem, vamos vencer", bradava. Dito e feito. Brilhou a estrela do goleiro Taffarel, que defendeu dois e levou o Brasil à final.

Os seguidos triunfos reergueram o moral do time. O velho time canarinho recuperava o amor-próprio. Agora o adversário seria a França, nem tão tradicional, mas que atuava em casa num clima de pura euforia.

O MISTÉRIO DE RONALDO

Em Ozoir-la-Ferrière, Ronaldo dormia o sono dos anjos. Tudo parecia calmo no dia da final. À tarde, ouve-se um grito no corredor. Assalto, sequestro? Os jogadores saem rápido de seus quartos e entram no de Ronaldo e Roberto Carlos. Foi este quem gritou. A seu lado, Ronaldo dorme, mas o companheiro, assustado, diz que o atacante acabara de ter uma convulsão. Até parecia morto. Zagallo afirmou estar dormindo naquele momento, após ter assistido a um vídeo do adversário. Garantiu não ter ouvido nada. Ronaldo foi acordado e levado a uma clínica para exames.

Enquanto isso, a delegação seguia para o Stade de France, preocupada com o colega. Nos vestiários, quando Zagallo já optara por escalar Edmundo, eis que surgiu Ronaldo, dizendo-se pronto para jogar. Os médicos, com base nos exames, aprovaram a escalação. É essa a versão oficial.

Tudo mudou. Edmundo não iniciaria a partida, e a Seleção se desconcentrou. Parecia que estava para disputar uma partida corriqueira, contra time pequeno, num domingo à tarde. Mas, para a equipe da casa, foi muito fácil vencer por 3 × 0 e ficar com seu primeiro título mundial. Só no primeiro tempo, o meia Zidane fizera dois de cabeça, após completa desatenção da zaga. No final do segundo tempo, Petit fez mais um.

O Brasil e Ronaldo entraram em campo, mas não jogaram futebol. Após ter reagido no decorrer da Copa, o time encerrou com um fiasco. Nunca se revelou o que realmente ocorrera naquele vestiário minutos antes do jogo. Mas foi algo grave, pois nem aquecimento em campo a equipe fez. Zagallo ainda deu escândalo na coletiva. Revelou o que dirigentes e comissão técnica haviam acertado manter em segredo: contou o que teria ocorrido com Ronaldo, porque antes da partida se alegara que sua ausência se devia a um problema no joelho.

"Não poderíamos desvalorizar o passe do atleta", diria anos depois o supervisor Américo Faria, admitindo que houve pressão da Inter, dona do passe de Ronaldo. Para muitos, houve também interferência da Nike, patrocinadora da Seleção e do atacante. Zagallo contesta isso em praticamente todas as entrevistas. O técnico assegura que só colocou o jogador em campo porque Ronaldo garantira estar em condições e recebera o aval médico.

MODERNIDADE DE PAPEL

Desgastado, apesar da boa campanha, Zagallo deixou o cargo em meados de agosto de 1998. Em seu lugar, veio o badalado Wanderley Luxemburgo.

Logo que assumiu a Seleção, Wanderley decidiu impor a todo custo o que definiu como modernidade e profissionalismo.

Já na primeira coletiva, apresentou uma supercomissão técnica, com psicóloga, dois assistentes (Candinho e Oswaldo de Oliveira), dois médicos e muito mais.

Até o fim de 1998, Wanderley acumulou o cargo de técnico do Corinthians, com o qual se sagraria campeão brasileiro. Coincidência ou não, convocou Marcelinho Carioca, ídolo da equipe paulista, para a primeira partida que fez no comando da Seleção, no empate por 1 × 1 com a Iugoslávia, em São Luís. A tentativa de renovação começara mal, e o time saiu de campo vaiado.

O ponto alto de Luxemburgo foi a Copa América de 1999, quando conquistou o título com uma campanha irrepreensível mas um futebol irregular. A vaidade parecia atrapalhar o técnico. A todo momento, queria demonstrar uma sabedoria que não tinha, confundindo fama com intelectualidade. Embora se dissesse poliglota, pediu ajuda de intérprete numa viagem da Seleção pré-olímpica (também dirigida por ele) à Austrália. "Estou acostumado a falar o inglês americano, e aqui eles falam mais parecido com o estilo do Reino Unido."

A Seleção de Luxemburgo alternava boas e más atuações. Assim, nas Eliminatórias para a Copa de Japão e Coreia dava show jogando contra a Argentina no Morumbi, 3 × 1, mas era arrasada em Santiago pelo Chile, 3 × 0. Acuado, Wanderley começou a responsabilizar alguns atletas pelas fracas atuações. No empate de 1 × 1 com o Uruguai no Maracanã, por exemplo, o sacrificado foi o veterano zagueiro Aldair.

A última participação do treinador nas Eliminatórias foi contra a Bolívia também no Maracanã. Ele já se rendera a convocar Romário, seu desafeto. O atacante fez três gols e foi o herói da partida. Logo depois do jogo, Wanderley viajou para a Austrália, no comando da Seleção olímpica. Suspeito de sonegação, estava bem enrolado com a Receita. E, acusado de falsidade ideológica, tendo nome e idade adulterados, era alvo de piadas. Entre outras coisas, descobriu-se que era Vanderlei, com "v" e "i".

Foi nesse clima que o técnico chegou à Olimpíada. Em campo, os jogadores não corresponderam às imensas expectativas. O grupo estava rachado, e vários jogadores questionavam a credibilidade de Vanderlei. Abalado emocionalmente, ele não conseguiu conter as divergências.

O resultado não poderia ter sido outro. Na primeira fase, o time se classificou no sufoco. E, nas quartas de final, foi a vez de Camarões superar o Brasil de maneira surpreendente: venceu na prorrogação, por gol de ouro, com apenas nove jogadores, contra onze nossos. Luxemburgo, sem nenhuma condição de continuar, foi demitido logo que retornou ao Brasil.

UM LEÃO ACUADO

Muitas foram as dificuldades para achar o substituto de Luxemburgo. Logo de cara, três técnicos recusaram o cargo: Parreira, Oswaldo de Oliveira e Luís Felipe Scolari. Ninguém queria assumir a responsabilidade de tirar a Seleção da má fase. Só Levir Culpi, do São Paulo, se empolgou com a ideia. Mas passou dos limites da diplomacia e queimou o filme.

No fim, o ex-goleiro Émerson Leão aceitou a incumbência. Ao lado de Antônio Lopes (novo coordenador de futebol), chegou prometendo a volta do "futebol bailarino". Faltou, no entanto, os jogadores entenderem a mensagem, porque, pelo que se via em campo, muitos deles estavam mais preocupados com seus contratos milionários do que com honrar de corpo e alma a camisa amarela.

A carreira de Leão como treinador contabilizava poucos títulos, nenhum deles expressivo. No comando da Seleção, oscilou entre mediocridade e fracasso, muitas vezes, convocando jogadores apenas burocráticos, com pouca técnica. O símbolo dessa era foi o volante Leomar, do Sport Recife, que Leão acabara de dirigir. Atleta limitado, era enaltecido pelo treinador.

Pelas Eliminatórias, Leão ganhou da Colômbia no Morumbi, 1 × 0, com gol do zagueiro Roque Júnior no finalzinho, empatou com o Peru no mesmo estádio, 2 × 2, ouvindo da torcida um sonoro "burro", e perdeu para o Equador em Guaiaquil, 1 × 0.

A paciência dos dirigentes se esgotou com a campanha na Copa das Confederações, no Japão, em 2001. O time que o técnico chamou não fez jus à tradição vitoriosa brasileira. Sem nenhum padrão de jogo, não deslanchou e acabou em quarto lugar, após ter empatado com o Canadá e o Japão e ter sido derrotado pela Austrália – adversários que, em outra época, teriam sido considerados fáceis. Na mesma competição, já havíamos sido batidos pela França, agora transformada em carrasco do Brasil. O técnico foi demitido ainda no aeroporto de Tóquio.

O presidente Ricardo Teixeira ficou indignado com a lista que Leão fizera para a partida contra o Uruguai, pelas Eliminatórias. Nela, seriam mantidos alguns jogadores sem experiência internacional pela Seleção que participaram da Copa das Confederações como o lateral-esquerdo Léo, do Santos, Carlos Miguel, do São Paulo, Ramon, do Fluminense, Leandro, da Fiorentina e Júlio Baptista, do São Paulo. Além de Leomar, é claro.

O APRENDIZADO DE FELIPÃO

Com a saída de Émerson Leão, a direção da CBF optou por chamar um treinador popular. O gaúcho Luís Felipe Scolari havia feito boas campanhas com o Palmeiras, clube pelo qual foi campeão da Libertadores em 1999, e o Cruzeiro. Por isso foi chamado pela segunda vez. E, diferentemente da primeira vez, um ano antes, aceitou e levou seu auxiliar Murtosa, com quem sempre teve muita afinidade.

O novo técnico assumiu o comando em meio às Eliminatórias, em junho de 2001. Sua primeira partida foi contra o Uruguai, em Montevidéu. O atacante Romário era uma das peças importantes do treinador. Mas como ele não atuou bem naquela derrota por 1 × 0 e após um desentendimento entre ambos, Scolari não o chamou mais. Não foi fácil para Felipão. Como costuma ocorrer quando uma Copa se aproxima, o técnico teve de lidar com a pressão popular pela convocação de Romário para o Mundial de 2002. Nem por isso ele cedeu.

Antes, porém, Scolari amargou outros momentos difíceis na Copa América de 2001. Por causa dos problemas de violência, decorrentes do narcotráfico que estava em alta na Colômbia, houve uma polêmica em relação à realização da competição naquele país. A Argentina, por exemplo, se recusou a enviar uma delegação, algo que o Brasil não fez. Apenas o volante Mauro Silva se recusou a embarcar, alegando falta de segurança. "As condições psicológicas não estavam reunidas para jogar num clima de violência", disse o jogador, posteriormente.

O time brasileiro estreou com derrota para o México. Parecia que ia reagir nas duas partidas seguintes, com vitórias sobre o Peru e o Paraguai. Mas a surpreendente derrota para Honduras, nas quartas de final, eliminou a equipe e gerou enorme desconfiança na torcida. "Perder para a Alemanha ou Itália é uma coisa, mas perder para Honduras é outra, completamente diferente", declarou Guilherme, atacante do time.

Felipão, apelido que Scolari ganhou ao longo do tempo, mudou muita coisa a partir dali. "Aquela derrota me abriu os olhos para várias situações. Ensinamentos de que alguns atletas tinham sido mal escolhidos, o esquema também não era bom. Uma série de detalhes", observou o treinador anos depois.

Contra Honduras, o time entrou com Marcos; Luisão, Juan e Cris; Belletti, Eduardo Costa, Émerson, Alex e Júnior; Guilherme e Denílson. Da equipe, Marcos, o único titular, Belletti, Émerson, Júnior e Denílson foram chamados para o Mundial seguinte.

UM GAÚCHO DIPLOMÁTICO

O principal, porém, era classificar a Seleção brasileira para a Copa de 2002. Sempre defensor de um futebol de resultados, Felipão, tinha em mente um esquema prático e eficiente. Foi adaptando o time ao 3-5-2 nas Eliminatórias. No início, a equipe oscilou, com derrota para a Argentina, vitória sobre o Chile e derrota para a Bolívia, na alta La Paz. A classificação veio somente na última partida, quando o Brasil venceu a Venezuela por 3 × 0, no Maranhão, para delírio dos 101 mil torcedores no Castelão.

Em 2012, em entrevista ao *Gazeta Press*, Felipão recordou as dificuldades daquele momento.

"Foram tempos difíceis no início, até a formação daquele grupo e a ideia de como jogar. Já a Copa, que hipoteticamente seria a competição mais complicada, foi a parte mais fácil, porque o ambiente foi criado a partir do momento em que saímos do Brasil e as coisas foram se encaixando."

A base para o "encaixe" foi o trabalho extracampo. Auxiliado pela psicóloga Regina Brandão, Felipão traçou um perfil dos jogadores, mapeando a equipe. Entendeu melhor as peculiaridades de cada um, o que ajudou na formação da chamada "Família Scolari", termo referente à união do grupo, que contribuiu para o êxito naquele Mundial. Até mesmo o estilo truculento do treinador com a imprensa deu lugar a uma postura mais diplomática.

Alguns jogadores mais antigos, em oposição às acirradas críticas da imprensa e da opinião pública, defenderam a postura de Felipão e acreditaram na vitória, baseados na união do grupo. "Felipão está no caminho certo. O Brasil tem tudo para ganhar a Copa", comentou o ex-lateral Djalma Santos às vésperas da competição.

Apesar da desconfiança, o Brasil estreou na Copa invicto em 2002. Iniciou o ano com vitórias nos amistosos contra Bolívia, Arábia Saudita, Islândia e Iugoslávia. Empatou com Portugal em Lisboa e venceu a Catalunha por 3 × 1.

Antes da estreia na Copa do Mundo, realizada pela primeira vez em dois países, Coreia do Sul e Japão, Felipão teve de cortar o volante Émerson, que se machucou em uma pelada do grupo, quando atuou como goleiro, e chamou o corintiano Ricardinho.

Nesse Mundial, Felipão apostou em dois jogadores de grande técnica, mas que estavam cercados de suspeitas em relação à condição física: Ronaldo e Rivaldo.

O médico do Barcelona, Ricardo Pruna, garantira que Rivaldo não aguentaria jogar a competição, em função de uma lesão no joelho direito. Já Ronaldo vinha de três cirurgias no joelho e uma contusão muscular. Muitos duvidavam do sucesso do atacante, apostando até no fim de sua carreira, porque, em 2000, ele sofreu séria contusão, jogando pela Inter, numa cena assustadora, quando seu joelho quase saltou para fora. Ele ficou quinze meses parado em função da lesão.

Ronaldo e Rivaldo, porém, não tiveram problemas na Copa, chamada de "A Copa da Redenção", para Ronaldo, que terminou como um dos artilheiros da competição, marcando oito gols. Rivaldo, por sua vez, estava motivado como nunca, desequilibrando os adversários com jogadas de craque.

GOLEIRO ADIANTADO, GOL PROPOSITAL

Na estreia diante da Turquia, o Brasil venceu por 2 × 0, gols justamente de Ronaldo e Rivaldo, que cobrou com perfeição um pênalti polêmico em Luisão e, envolvido na partida, até fingiu se machucar com uma bolada de um adversário.

Na segunda partida, também realizada na Coreia do Sul, em Seogwipo, o Brasil venceu a China por 4 × 0. O jogo foi assistido por milhares de chineses, que atravessaram a fronteira para acompanhar a Seleção asiática. Nessa partida, o lateral Roberto Carlos, após falta cobrada com efeito, de maneira certeira, fez seu único gol em Copas.

Na última partida da primeira fase, o Brasil goleou a Costa Rica, por 5 × 2, quando Ronaldo marcou dois gols, um deles inicialmente dado como "contra" e Rivaldo fez um. O destaque do jogo foi o gol de meia-bicicleta de Edmílson. O lateral-esquerdo Júnior, reserva de Roberto Carlos, também fez um gol.

A partir das oitavas de final, contra a Bélgica, o Brasil passou a atuar no Japão. Venceu a Bélgica por 2 × 0, com dois gols no segundo tempo. No primeiro tempo, os belgas reclamaram de um gol anulado, após cabeçada de Wilmots, em disputa com Roque Júnior. O zagueiro brasileiro, porém, defendeu a decisão do árbitro. "Ele se apoiou completamente em mim", argumentou.

Rivaldo fez outra grande partida. Marcou um lindo gol, ao matar a bola e chutar de virada, se movimentou e deu grandes lançamentos. Outro destaque foi o volante Kléberson, que começou a partida e foi uma espécie de elemento-surpresa. Sua movimentação confundiu os belgas. Em uma de suas arrancadas pela direita, ele cruzou para Ronaldo fazer o segundo gol brasileiro.

Nas quartas de final, em um estádio repleto de torcedores ingleses, o Brasil superou a Inglaterra, por 2 × 1. O time mostrou personalidade, quando tomou um gol, marcado por Owen, após falha de Lúcio, o que não arranhou sua grande atuação naquela Copa.

A equipe se recuperou rápido, passou a tocar a bola em velocidade e empatou no fim da primeira etapa, com Rivaldo tocando com categoria no canto do goleiro Seaman. No segundo tempo, antes de ser expulso, Ronaldinho Gaúcho fez um lindo gol de falta, sem ângulo, que ele sempre garantiu ter sido proposital. "Não fui cruzar, chutei para o gol mesmo", disse, explicando que Cafu o avisara que Seaman jogava adiantado.

A COPA DE CAFU

No jogo seguinte, o Brasil encarou novamente a Turquia. Foi uma partida mais difícil, já que valia pela semifinal. Em um momento em que o jogo parecia se encaminhar para a prorrogação, Ronaldo, de biquinho, fez o gol do Brasil. Um comentarista da TV brasileira, percebendo que Ronaldo estava sumido até então, já pedia a sua substituição. Mais uma vez, porém, a presença do goleador foi decisiva.

A final contra a Alemanha foi histórica. Pela primeira vez as duas Seleções jogariam entre si em uma decisão de Copa do Mundo. O goleiro alemão, Oliver Khan, já havia sido escolhido pela Fifa como o melhor jogador da Copa. E o jovem Kaká, de vinte anos, que já havia entrado contra a Costa Rica, participou dos minutos finais deste jogo, o que serviu para ele ganhar enorme experiência internacional.

Na prática, porém, o que se viu de novo foi um show de Ronaldo e Rivaldo, que definiram o jogo no segundo tempo. Primeiro Rivaldo chutou de longe, Kahn rebateu e Ronaldo fez 1 × 0. Em seguida, após corta-luz de Rivaldo, Ronaldo tocou no canto do goleiro para fazer 2 × 0, placar final, que levou o Brasil ao seu quinto título mundial e o país todo, mais uma vez, à euforia da vitória.

A Copa de 2002 foi cheia de novidades. Pela primeira vez, Seleções de cinco confederações diferentes participaram das quartas de final. E o lateral-direito Cafu, capitão da Seleção brasileira, tornou-se o único jogador da história a participar da final de três Copas do Mundo consecutivas. Além disso, ele é o jogador do Brasil que mais jogou em Copas do Mundo, totalizando vinte partidas (o que inclui a Copa de 2006). Também é dele o recorde mundial de vitórias em Copas do Mundo: dezesseis.

Ao levantar a taça, de cima de uma estrutura móvel, fez declarações de amor à esposa. "Regina, eu te amo!", gritava, enquanto caíam papéis picados. Em sua camisa, estava escrita uma homenagem ao seu bairro, da periferia paulistana: "100% Jardim Irene". Por isso, além da redenção de Ronaldo, da arte de Rivaldo, a Copa de 2002 pode também ser chamada de "A Copa de Cafu". Para Cafu, o feito foi tão inesquecível, que ele montou um museu em Barueri, onde está exposta uma réplica da taça do Mundial, além de outros objetos marcantes em sua carreira.

ADEUS, OLIMPÍADA DE 2004

Scolari ainda permaneceu por mais um jogo, após a Copa, em que o Brasil foi derrotado pelo Paraguai. Depois ele foi dirigir a Seleção de Portugal, também obtendo bons resultados, como o vice-campeonato europeu de 2004.

Após um amistoso em novembro, em que o Brasil venceu a Coreia do Sul, em partida que homenageou Zagallo, a diretoria da CBF optou por chamar novamente Carlos Alberto Parreira para o cargo de treinador da Seleção brasileira.

Com Zagallo como assistente, Parreira assumiu no início de 2003, remodelando a equipe, mantendo alguns astros e fazendo de Kaká o jogador-símbolo dessa etapa. Em sua estreia, o time obteve um melancólico empate com a China, em Guangzhou. Logo depois, um jogo inusitado. Enfrentou Portugal, no Porto, comandada por ninguém menos do que Luís Felipe Scolari. O Brasil foi derrotado por 2 × 1, em uma vitória comemorada com vibração por Felipão. O segundo gol português, de falta, foi feito pelo brasileiro naturalizado português Deco.

Na Copa Ouro, primeira competição de Parreira em seu retorno, o Brasil perdeu duas vezes para o México – sempre o México – e ficou com o vice-campeonato.

No início de 2004, um baque. A Seleção olímpica, comandada pelo ex-jogador Ricardo Gomes, ficou fora da Olimpíada de Atenas, ao ser eliminada no Pré-Olímpico do Chile. Era um time promissor, comandado pelos jogadores do Santos Robinho e Diego, que haviam conquistado o Brasileiro de 2002, diante do Corinthians, então comandado por Parreira. Mas a inexperiência falou mais alto do que o talento, o que contribuiu para a eliminação brasileira, após derrota de 1 × 0 para o Paraguai, partida em que o Brasil jogava pelo empate.

O SHOW DO IMPERADOR

Não foi à toa que a Seleção terminou o ano de 2004 cercada de desconfiança. Mas, com uma boa campanha, encerrou em alta. Não estava em primeiro na disputa pelas Eliminatórias quando o ano de 2005 se iniciou mas, após um período de conquistas, classificou-se para a Copa de 2006 na liderança.

Na partida decisiva das Eliminatórias, venceu por 3 × 0 a Venezuela, em Belém do Pará. Adriano, Ronaldo e Roberto Carlos marcaram os gols da partida, em meio a um clima de festa no Mangueirão lotado.

Como a meta de Parreira era classificar a Seleção brasileira para o Mundial, ele não convocou muitos dos principais jogadores para a Copa América de 2004, no Peru.

Para serem poupados, ficaram fora da relação Dida, Roque Júnior, Gilberto Silva, Zé Roberto, Kaká, Edmílson e Juninho Pernambucano, que haviam enfrentado na semana anterior a Argentina e o Chile, pelas Eliminatórias.

Dos que vinham jogando, apenas Juan, Edu e Luís Fabiano foram convocados para a Copa América.

Em campo, porém, não faltou esforço dos substitutos. O Brasil, assim, ficou com o título da competição, superando a Argentina na final, na cobrança de pênaltis.

Na primeira fase, o Brasil havia superado o Chile e a Costa Rica e sido derrotado pelo Paraguai. Nas quartas, foi à desforra contra o algoz México, vencendo por 4 × 0, antes de superar o Uruguai nos pênaltis, nas semifinais.

O atacante brasileiro Adriano, apelidado de Imperador, por seu porte físico, foi o destaque da competição, terminando como artilheiro, com sete gols, e tendo sido eleito o melhor jogador.

FUTEBOL EM NOME DA PAZ

Três partidas, porém, foram marcantes em 2004, mesmo não sendo válidas por nenhuma competição oficial.

A primeira foi a goleada do Brasil em cima da Hungria, tradicional adversário que já eliminara a Seleção brasileira em duas Copas. Em pleno estádio Ferenć Puskás, em Budapeste, a Seleção fez 4 × 1, obtendo seu melhor resultado diante desse oponente.

Em maio, na comemoração do centenário da Fifa, Brasil e França entraram com uniformes ao estilo do início do século XX e empataram por 0 × 0.

Já em agosto, após a Copa América, o Brasil foi ao Haiti em uma nobre missão. A Seleção brasileira enfrentou a Seleção haitiana, em um jogo beneficente, chamado de o Jogo da Paz.

Os jogadores foram recebidos como heróis por uma multidão, enquanto desfilavam em blindados da ONU, trazendo momentos de alegria e esperança à população de um país assolado pela miséria e violência.

Cerca de quinze mil pessoas lotaram o estádio Sylvio Cator, em Porto Príncipe. O presidente do Brasil, Luiz Inácio Lula da Silva, esteve presente, já que o país havia sido convidado pela ONU para liderar o grupo de 6700 militares de vários países, com a missão de restabelecer a paz e assegurar a ordem no Haiti.

O entusiasmo era tão grande que o primeiro-ministro haitiano, Gerard Latortue, ofereceu mil dólares para o jogador haitiano que marcasse um gol na Seleção brasileira. O valor era muito alto para os padrões locais.

O jogo foi uma tentativa da diplomacia brasileira de difundir a imagem do Brasil como um líder mundial. Em campo, porém, os haitianos não ofereceram resistência e o Brasil não foi nada diplomático, contrariando o que Lula teria sugerido, goleando por 6 × 0.

Mas a alegria maior não foi a vitória, conforme disse o atacante Ronaldo. "Foi um dia de festa. Um dia para ficar marcado como o dia da paz", comemorou.

Já na Copa das Confederações de 2005, novas esperanças para o torcedor brasileiro. A partir daquele ano, a competição passou a ser disputada de quatro em quatro anos, sempre um ano antes da disputa da Copa do Mundo, no mesmo país-sede. A Seleção de Parreira conquistou o título, vencendo a Argentina por 4 × 1. Foi um momento mágico para a Seleção canarinho.

UM QUARTETO EMPOLGA PARREIRA

A atuação de gala do Brasil, com o chamado "quarteto mágico" formado por Robinho, Ronaldinho Gaúcho, Kaká e Adriano se movimentando e confundindo a marcação adversária, elevou a equipe de Parreira ao patamar de favorito à conquista da Copa de 2006.

Na competição, mais uma vez, o Brasil só perdeu para o México. Na estreia venceu a então campeã europeia, a Grécia e, depois de empatar com o Japão, venceu a Alemanha, por 3 × 2, na casa do adversário.

Mesmo com a campanha irregular na primeira fase, os jogos decisivos, contra as campeãs mundiais Alemanha, que seria a anfitriã da próxima Copa, e Argentina, deram crédito à campanha do Brasil.

O atacante Adriano novamente foi o destaque. Levou a Bola de Ouro da competição e ainda terminou como artilheiro, com cinco gols, quatro nos dois jogos decisivos.

Até mesmo o comedido Parreira, não conseguiu conter o entusiasmo com a atuação do time. "Esse esquema tem tudo para emplacar na Copa do Mundo."

Romário também se despediu da Seleção em 2005, em uma partida que contou com a participação de jogadores que atuavam no Brasil. A Seleção venceu a Guatemala por 3 × 0 no Pacaembu, em um jogo que também comemorou o aniversário de quarenta anos da Rede Globo.

O atacante ficou satisfeito com a recepção dos paulistas, mostrando o que é ser um ídolo nacional. E, ao deixar o campo aos 38 minutos do primeiro tempo, após ter feito um gol de cabeça, declarou emocionado: "Infelizmente acabou. Na verdade, estou feliz por tudo o que consegui com essa camisa. Não foi no Rio (a despedida), mas a torcida aplaudiu muito. Foi uma homenagem justa, e fico feliz".

BIG BROTHER NA SUÍÇA

Classificado para a Copa, e campeão das duas competições disputadas no ano, Parreira visava naquele momento a preparação do Brasil para o Mundial de 2006.

Depois do êxito em 2005, o desafio de Parreira era evitar uma queda de rendimento justamente no momento mais importante para aquela equipe.

Seu objetivo, porém, não foi alcançado. Em meio a uma preparação polêmica e alguns jogadores fora de sua melhor forma, o time decepcionou naquele ano de 2006.

No dia 1º de março, o Brasil venceu a Rússia em amistoso, por 1 × 0, em um jogo difícil, que já acenava para a evolução do futebol russo e do leste europeu, com a globalização e a privatização de indústrias na região, que passaram a investir em clubes locais.

Depois, veio um amistoso preparatório, contra a Seleção de Lucerna, vencido com facilidade pelos brasileiros. No entanto, a preparação, na cidade suíça de Weggis gerou críticas pelo fato de os jogadores terem treinado em clima de festa, interagindo com os torcedores.

Em um treino, uma torcedora invadiu o gramado para abraçar Ronaldinho Gaúcho. Este cenário, segundo os críticos, tirou a concentração dos jogadores. A preparação chegou a receber o apelido de Big Brother, em alusão ao programa de TV em que a rotina dos participantes é exposta para o público.

O mesmo, no entanto, ocorreu em outras Copas, como a de 1994, quando a Seleção se hospedou em Los Gatos, treinando em Santa Clara diante de uma plateia animada, que só motivava os jogadores. O resultado na ocasião foi o título, diferentemente do que ocorreu em 2006.

O maior problema, segundo Parreira, foi o desmotivação de alguns jogadores já consagrados, que haviam perdido a ambição por conquistas. Em entrevista ao UOL, para o jornalista Cosme Rímoli, ele garantiu que as saídas à noite, durante as folgas, não atrapalharam.

"Em 1970 já era assim. Em 1994 também. Os jogadores sempre saíram depois das partidas e voltavam de madrugada. Eu vou participar da minha oitava Copa e aprendi uma coisa. Quando o time perde tudo é desculpa. Mas quando ganha tudo estava certo. Futebol é assim. Essas folgas de que todos falam até hoje sempre aconteceram. Sempre. Não fui eu quem inventei. E sei que o Brasil não perdeu a Copa por causa delas. E digo mais, grupo nenhum fica preso na concentração por quarenta, cinquenta dias. Isso não existe."

DE ESPERANÇA A DEFUNTO

Na primeira fase, o time até que foi bem, passando pela difícil Croácia na estreia. Kaká fez o gol da vitória por 1 × 0, recebendo na entrada da área e chutando de esquerda, no ângulo do goleiro Petiklosa. No segundo jogo, vitória sobre a Austrália, por 2 × 0, com um gol de Adriano, em impedimento, e outro de Fred, que acabara de entrar e tocou quase em cima da linha do gol. Sua comemoração foi emocionante, parecida com a de um estreante jovem que acabava de marcar seu primeiro gol na carreira.

Na partida seguinte, já classificado, o Brasil entrou com alguns reservas, como Cicinho, Juninho Pernambucano e Gilberto. Ronaldo fez grande partida, marcando dois gols e se movimentando bem. Gilberto também aproveitou sua oportunidade e fez o quarto gol na vitória por 4 × 1.

O goleiro Rogério Ceni também teve a oportunidade de jogar pela única vez em uma Copa do Mundo. Entrou no segundo tempo do jogo e, em sua primeira jogada, fez um enorme esforço ao saltar para tentar defender a cobrança de uma falta. A bola passou rente à trave, para sorte do goleiro.

Contra Gana, pelas oitavas de final, o Brasil jogou o suficiente para vencer por 3 × 0. Ronaldo tornou-se o maior artilheiro de todas as Copas, com quinze gols, ao marcar o terceiro do Brasil, após conduzir a bola e driblar o goleiro com uma pedalada.

O fim melancólico veio contra a França, nas quartas de final. Em um jogo amarrado, em que o Brasil mostrou falta de criatividade, Henry aproveitou cruzamento na área e fez o gol da vitória por 1 × 0, no segundo tempo.

No lance, o lateral-esquerdo Roberto Carlos foi acusado de displicência, ao ajeitar a meia no momento da cobrança de falta, deixando Henry livre dentro da pequena área. Parreira, que criticou o fato de o lateral estar arrumando a meia, isentou anos depois o jogador da culpa pelo gol. "Houve um erro coletivo dos nossos jogadores altos. Não dele. O Roberto Carlos não merece essa culpa que querem jogar nos ombros dele. Eu era o técnico e o absolvo."

Foi um cenário muito diferente do imaginado por Parreira, que, cerca de um ano antes, mostrava empolgação. Desta vez, com a derrota, ele simplesmente declarou: "Vamos enterrar o defunto com dignidade", tentando digerir o revés e fazendo questão de dividi-lo com dirigentes e jogadores.

Após a perda da Copa de 2006, que foi vencida pela Itália, em final na qual Zidane foi expulso por dar uma cabeçada em Materazzi, a CBF escolheu um treinador que passava uma imagem de firmeza: Dunga.

A VOLTA DO CAPITÃO DO TETRA

O novo técnico, capitão da Seleção brasileira na campanha do tetra, havia comentado a Copa de 2006 pela TV Bandeirantes. "Quero trazer para a Seleção brasileira a mesma vontade que tive como jogador. Vibração, motivação e vontade de vencer são imprescindíveis para vestir a camisa da Seleção brasileira", observou.

E Dunga trouxe mesmo uma motivação nova à equipe. Sob o comando do novo treinador, o Brasil realizou seis jogos em 2006, vencendo cinco e empatando um.

Da mesma maneira que Parreira, Dunga teve como prioridade classificar o Brasil para a Copa de 2010. Em 2007, ele iniciou uma trajetória semelhante, com conquistas e uma remodelação do time.

Ronaldinho Gaúcho, Kaká e Robinho foram mantidos. Dunga efetivou o goleiro Júlio César como titular e deu mais chances a outros jogadores, como Elano.

Um dos poucos reveses do ano foi no amistoso contra Portugal, no Emirates Stadium. Aliás, a partir de meados dos anos 2000, jogar amistosos na Europa tornou-se uma prática comum para a Seleção brasileira, como uma maneira de poupar mais seus jogadores, já que a maioria deles passou a atuar em clubes daquele continente.

Um amistoso de destaque foi o jogo contra a Inglaterra, em Wembley. O zagueiro Terry fez 1 × 0 para os ingleses e Diego, já nos acréscimos, empatou para o Brasil, comemorando muito com seus companheiros, em um clima de cumplicidade, bem como Dunga queria.

O outro revés foi na estreia da Copa América, diante de quem? Do México, é claro. O Brasil, no entanto, se recuperou na competição, ficando novamente com o título.

Nessa edição da Copa América, que passara a ser disputada a cada quatro anos, o Brasil participou com todos os titulares disponíveis. Afinal, as Eliminatórias só começariam no segundo semestre.

Se o México era um algoz, o Chile tornou-se uma das maiores vítimas do Brasil no início do século XXI. Foi várias vezes derrotado, às vezes de maneira implacável, como nas quartas de final da Copa América de 2007, quando o Brasil venceu por 6 × 1.

Na semifinal, nova vitória sobre o Uruguai, nos pênaltis. E na final, novamente a Argentina se viu derrotada, desta vez por 3 × 0, com Júlio Baptista sendo o destaque, marcando um gol após bela arrancada.

ENTORTA ELES, ROBINHO

Após a competição, o Brasil realizou mais alguns amistosos, antes de estrear em outubro nas Eliminatórias. Nas quatro partidas que fez em 2007, rumo à Copa do Mundo, o Brasil empatou com a Colômbia (fora), goleou o Equador (em casa) empatou com o Peru (fora) e venceu o Uruguai por 2 × 1 no Morumbi.

Na goleada sobre o Equador, no Maracanã, Robinho deu um show. Fez uma linda jogada, "entortando" o lateral Ulisses de La Cruz, gingando, puxando a bola e cruzando para Elano fazer o gol.

Foi um momento em que, em meio ao pragmatismo pregado por Dunga, o Brasil também mostrava que ainda jogava o chamado futebol-arte, algo que foi crucial para manter o treinador no cargo até o Mundial.

Apesar da eficiência inicial, Dunga também tinha suas peculiaridades. Em busca de uma opção para o ataque, cismou em convocar o desconhecido Afonso, do Heerenveen, da Holanda. Ele atuou como titular em vários jogos.

Para surpresa da maioria, o treinador insistia em mantê-lo, para demonstrar personalidade. Mas, gratuitamente, deu margens para críticas, o que prejudicou seu trabalho.

Em 2008, a Seleção acumulou sua participação nas Eliminatórias com a disputa da Olimpíada em Pequim. A CBF mudou em relação a 2004 e Dunga também assumiu o comando da Seleção olímpica.

O Brasil garantiu a vaga por ter sido campeão sul-americano Sub-20 em 2007, quando, com a extinção do Torneio Pré-Olímpico, a competição passou a ser classificatória para a Olimpíada.

Mas, mesmo com jogadores de alto nível, como Thiago Silva, Marcelo, Ronaldinho Gaúcho e Alexandre Pato, a Seleção ficou "apenas" com a medalha de bronze, após ter sido derrotada pela Argentina nas semifinais.

Na ocasião, Dunga balançou no cargo e desabafou: "O Brasil tem que ganhar sempre. Quando ganha é um problema, quando perde é muito mais. Entrou em campo, precisa ganhar. Tem que ter esse pensamento. Tem que ganhar treino, tem que ganhar tudo. Não há outra forma".

O INGLÊS DO CARIOCA

Mantido em 2009, Dunga não conseguiu evitar o excesso de euforia que, por aqueles tempos, se tornara comum no Brasil em anos que antecediam mundiais. Novamente em alta, o Brasil venceu a Copa das Confederações de 2009, ganhando a condição de favorito ao título da Copa de 2010, na África do Sul.

A conquista da Copa das Confederações fez com o que o Brasil se tornasse o país com mais títulos daquela competição, totalizando três naquele momento.

Desta vez não houve percalços na campanha. Foram cinco vitórias em cinco jogos, contra Egito, Estados Unidos, Itália, África do Sul e Estados Unidos.

A Itália, que já havia perdido por 2 × 0 em amistoso no primeiro semestre, foi derrotada impiedosamente por 3 × 0, em meio a uma sequência de maus resultados diante do Brasil.

Na semifinal contra a África do Sul, Dunga teria como rival o técnico brasileiro Joel Santana, que dirigia a África do Sul e era um dos personagens da competição. Dias antes, Joel dera uma entrevista hilária, em inglês cheio de estilo carioca, que entrou para os anais do futebol.

Joel repetia palavras como *"the left, the right, the middle from behind..."*, que provocaram gargalhadas pelo estilo peculiar. Tempos depois, em depoimento à ESPN Brasil, ele mesmo levou o episódio com bom humor. "Só depois que eu fui ver. Nem adianta explicar muito", disse, aos risos.

RESPOSTA PARA AMERICANO VER

Contra os Estados Unidos, na final, o Brasil levou um susto. Tomou dois gols no primeiro tempo e só foi conseguir virar com muito esforço, e um futebol consistente. Faltando seis minutos, o zagueiro Lúcio, aproveitando cruzamento, fez 3 × 2 de cabeça. E comemorou muito, já que havia sido dispensado pelo Bayern de Munique e iniciava uma nova fase na carreira.

Quem se deu mal naquele jogo foi o ator americano Ashton Kutcher. Quando o jogo estava 2 × 0 para os Estados Unidos, ele provocou os torcedores brasileiros pelo Twitter, o microblog, que na época se tornara nova mania entre os internautas. Não demorou para que recebesse uma enxurrada de desabafos quando o Brasil virou o jogo.

A então esposa de Kutcher, a atriz Demi Moore, não se conteve e respondeu em seu Twitter, tentando mostrar bom humor. "Brasileiros estão ficando loucos com Hubby [diminutivo de marido, em inglês] por causa dessa coisa de 'chupa'. Ele está rindo horrores", escreveu.

Com Luís Fabiano em grande fase, o Brasil caminhou sem dificuldades para conquistar a vaga na Copa do Mundo da África do Sul. O atacante havia desequilibrado a maioria dos jogos naquele ano. Foi decisivo nas partidas contra a Itália e contra a Argentina e Uruguai, ambas pelas Eliminatórias.

Contra a Argentina, que tinha o ex-craque Maradona como técnico, o Brasil fez 3 × 1 e carimbou o passaporte para a Copa seguinte. Luís Fabiano fez dois gols e comandou a festa brasileira.

Nos amistosos disputados, o saldo do Brasil também foi positivo. Foram quatro vitórias sem ter tomado um gol sequer. Após a última partida do ano, contra Omã, o entusiasmo se assemelhava ao de quatro anos antes. "A Seleção fez ótima temporada. Só temos detalhes para acertar para a Copa", disse Kaká.

MALDIÇÃO, SORRISO E FIM DE FESTA

Mas o termo "Maldição da Copa das Confederações", utilizado pelo jornalista Juca Kfouri se encaixou bem para 2010. A história se repetiria, e, como ocorrera quatro anos antes, após uma Copa das Confederações impecável, o Brasil não foi muito longe na Copa do Mundo daquele ano.

Foram apenas três amistosos sob o comando de Dunga em 2010. No primeiro, contra a Irlanda, o Brasil venceu por 2 × 0 o experiente adversário, que contava com jogadores de renome, como Duff e McGeady. Às vésperas da Copa, a Seleção jogou contra o Zimbábue, o que foi motivo de críticas pelo fato de o país ser dirigido por um ditador de linha-dura, Robert Mugabe. Dias depois, antes de estrear na Copa, a Seleção brasileira venceu a Tanzânia por 5 × 1.

A estreia no Mundial foi contra a Coreia do Norte, outro país comandado por uma ditadura, esta comunista, que utilizava o futebol como instrumento de propaganda política. A partida foi dura e o Brasil venceu por 2 × 1, resultado bem recebido pelo grupo.

"Estávamos presos por ansiedade, por ser uma estreia", disse o atacante Robinho.

Elano, que já havia feito um gol no primeiro jogo, novamente foi um dos destaques brasileiros contra a forte Seleção da Costa do Marfim, que tinha como destaque o atacante Didier Drogba, então no Chelsea. O meia brasileiro marcou outro naquela vitória por 3 × 1.

Luís Fabiano, dominando a bola com o braço esquerdo, o que motivou um sorriso do árbitro francês Stéphane Lannoy, fez o terceiro do Brasil, o primeiro do atacante em Copas do Mundo. "Foi uma mão involuntária, santa, de Deus. Como foi involuntária, vale", observou Luís Fabiano após a partida.

O jogo foi violento, com entradas duras dos marfinenses. Uma delas tirou Elano da Copa, após solada do lateral Tiene. Irritado, Kaká acabou sendo expulso após Keita simular uma agressão do brasileiro. Já classificado para as oitavas de final, o Brasil empatou por 0 × 0 com Portugal na última partida dessa fase.

Contra o Chile, pelas oitavas, o Brasil fez sua melhor partida na competição. Venceu por 3 × 0, mostrando criatividade e eficiência. A vitória manteve o Chile como o maior "freguês" do Brasil na Era Dunga, situação que iria prosseguir nos anos seguintes.

O time pentacampeão mundial iria encarar nas quartas de final um rival mais temido em Copas: a Holanda. Entretanto, o saldo era positivo. Em 1994 o Brasil havia vencido por 3 × 2 nas quartas e em 1998 eliminara os europeus na semifinal. A única derrota havia sido em 1974 na segunda fase por 2 × 1, em jogo que valeu a classificação da chamada "Laranja Mecânica" para a decisão.

O CHORO DE JÚLIO CÉSAR

No primeiro tempo, parecia que a balança iria pender novamente para o Brasil. O time canarinho jogava bem, com desenvoltura, envolvendo a marcação adversária. E, após lindo lançamento de Felipe Melo, Robinho abriu o placar, para euforia da torcida, que já vislumbrava a classificação.

O intervalo, porém, serviu para esfriar a equipe, que entrou confusa para o segundo tempo. E em duas jogadas a Holanda virou o placar, com gols de Sneijder, para desespero dos brasileiros, que não tiveram equilíbrio para reagir. Felipe Melo, descontrolado, ainda foi expulso, prejudicando a equipe no momento em que ela partia para cima do adversário.

Ao final do jogo, o goleiro Júlio César deu uma entrevista na qual mal conseguia falar, tamanho o seu choque com a eliminação. "Ninguém esperava este resultado. O grupo estava unido, mas futebol tem dessas coisas, temos de saber reagir, o mundo não acaba." O goleiro brasileiro ainda não se conformava com o primeiro gol holandês, quando, após bola alçada na área, ele se confundiu com Felipe Melo. Os dois subiram para interceptar a jogada e a bola entrou.

A derrota por 2 × 1, de virada, provocou a demissão de Dunga, que foi criticado por ter "fechado" o grupo muito tempo antes da Copa, levando jogadores que não estariam em sua melhor forma. Para muitos, o Brasil tinha um excelente time titular, mas não contava com opções à altura na reserva.

O primeiro a ser procurado pelo presidente da CBF, Ricardo Teixeira, foi o técnico Muricy Ramalho, que havia conquistado o tricampeonato brasileiro pelo São Paulo (2006/07/08) e o brasileiro de 2009 pelo Fluminense. Muricy aceitou a proposta, mas o Fluminense não o liberou da multa rescisória, e ele permaneceu no clube.

NEYMAR E GANSO NA ERA MANO

Mano Menezes, então técnico do Corinthians, foi convidado pela CBF e aceitou o desafio de ser o treinador da Seleção. No início de seu trabalho ele procurou mesclar alguns veteranos que participaram da Copa de 2010 com jogadores jovens que despontavam no Brasil, como Paulo Henrique Ganso e Neymar. Alguns nomes, como o zagueiro David Luiz e o goleiro Jéfferson, que se firmaram na Seleção, estrearam na equipe nacional nessa primeira convocação de Mano. Daqueles que foram à Copa de 2010, ele manteve Robinho, Ramires, Thiago Silva e Daniel Alves.

E na primeira partida de Mano na Seleção, Neymar e Ganso se destacaram. O Brasil venceu por 2 × 0 o experiente time dos Estados Unidos. Novamente o Brasil surpreendia o mundo com uma nova geração de craques. Neymar fez o primeiro, de cabeça, e Alexandre Pato marcou o segundo. Ganso comandou o meio de campo, dando até o drible "elástico", ao estilo de Rivellino.

Depois de vitórias tranquilas sobre o Irã e a Ucrânia, o último amistoso do ano foi contra a Argentina. No fim, o argentino Messi desequilibrou o jogo, fazendo um gol em arrancada desde o meio-campo, após bola perdida pelo meia Douglas, que irritou Mano Menezes. O técnico nunca mais convocou o jogador e já começava a perceber que a lua de mel com a torcida, após angariar a simpatia da imprensa com um futebol alegre, não duraria muito tempo.

Tumultuado. Assim pode ser definido o ano de 2011 para a Seleção de Mano Menezes. O treinador tinha dificuldades em dar um padrão tático à equipe. Sempre faltava algo. Ora o time pecava na marcação, ora na saída para o ataque.

Inexperiente na função, o técnico não sabia como lidar com deslizes dos atletas. Hernanes, por exemplo, foi expulso no amistoso contra a França e ficou um bom tempo sem ser chamado.

O mesmo ocorreu com Marcelo, que se desentendeu com o treinador por alegar contusão e pedir dispensa em uma convocação. Fred, que vinha bem mas perdeu um pênalti contra o Paraguai, também passou um tempo no ostracismo.

DUAS GERAÇÕES NO PACAEMBU

As oscilações do time irritavam os torcedores. O melhor termômetro para isso foi o jogo de despedida de Ronaldo da Seleção, em junho, no Pacaembu. O time foi vaiado pela torcida. Apenas Neymar recebeu aplausos, por novamente ter feito uma grande partida nessa vitória suada, por 1 × 0, contra um time de reservas da Romênia.

De qualquer maneira, a partida foi um encontro histórico de duas gerações, com Ronaldo e Neymar atuando juntos pela única vez.

Na Copa América, na Argentina, nova decepção. O Brasil empatou por 0 × 0 na estreia, teve dificuldades em chegar aos 2 × 2 contra o Paraguai e se classificou para a próxima fase jogando um futebol razoável contra o Equador. Mas nas quartas de final, quando perdeu muitas chances de gol diante do temido Paraguai, foi derrotado nos pênaltis, após empate por 0 × 0 no tempo normal e na prorrogação. Para piorar, todos os jogadores do Brasil erraram suas cobranças (Elano, Thiago Silva, André Santos e Fred) tornando a eliminação ainda mais melancólica.

Mano Menezes ganhou sobrevida principalmente por ter vencido a disputa do Superclássico das Américas, criada naquele ano pela CBF e pela AFA. Brasil e Argentina, apenas com jogadores que atuavam na América do Sul, disputaram o troféu, em dois confrontos.

Na Argentina, empate por 0 × 0. No Brasil, vitória por 2 × 1, com direito a uma lambreta do atacante brasileiro Leandro Damião em cima do lateral Papa. Mas o destaque mais uma vez foi o atacante Neymar, para alívio de Mano.

Antes da Olimpíada de 2012, para qual o Brasil se classificara ao ganhar o Sul-Americano Sub-20, mudanças na CBF aumentaram a pressão sobre Mano. O novo presidente, José Maria Marin, substituiu Ricardo Teixeira e não via o técnico como o seu preferido.

Tanto que, mesmo com a medalha de prata conquistada na Olimpíada, Mano deixou o cargo. A campanha brasileira no torneio olímpico não convenceu. Um dos fatores determinantes foi a contusão do goleiro Rafael, que acabou cortado antes da competição. O time se mostrou inseguro por não contar com goleiros um pouco mais experientes.

No Superclássico das Américas, o Brasil novamente saiu vencedor, mas de uma maneira que não agradou a diretoria da CBF. Na primeira partida, venceu a Argentina por 2 × 1. E atuou muito mal no jogo de volta, quando perdeu por 2 × 1 para um time considerado inferior tecnicamente. Só conquistou o troféu nos pênaltis. Foi a gota d'água para a permanência de Mano na Seleção.

COPA EM CASA, VOLTA FELIPÃO...

Mano Menezes foi demitido no fim de 2012 e já em janeiro de 2013 Luis Felipe Scolari voltava à Seleção, graças à sua experiência internacional. Afinal, a Copa do Mundo de 2014 seria no Brasil. Nada melhor, na visão da diretoria da CBF, do que um treinador com bagagem para suportar a pressão pela conquista do título em casa. "Sempre procurei trabalhar para voltar, nunca pensei que meu ciclo tivesse acabado", disse Felipão, no início do trabalho.

Nos primeiros jogos Felipão pareceu titubear. A Seleção brasileira, que agora contava também com Carlos Alberto Parreira como coordenador técnico, dava a impressão de ter retrocedido e repetia os mesmos erros do início da Era Mano.

O time só deslanchou após a vitória por 3 × 0 sobre a França, na Arena do Grêmio, em Porto Alegre, poucos dias antes da Copa das Confederações, quando finalmente venceu um campeão mundial, algo que não acontecia desde 2009, quando o Brasil venceu a Inglaterra por 1 × 0, gol de Nilmar, após lançamento de Elano.

Naquele ano, o Brasil só foi ganhar a primeira partida contra a Bolívia, por 4 × 0, sem contar com os jogadores que atuavam no exterior. A partida ocorreu em memória de Kevin Espada, menino de catorze anos que morreu durante o jogo San José × Corinthians, válido pela primeira rodada da fase de grupos da Copa Libertadores de 2012. Ele foi atingido por um sinalizador vindo da torcida do Corinthians. A renda da partida, em acordo da CBF com a Federação Boliviana, foi destinada à família de Kevin. Na entrada, os jogadores do Brasil carregavam um cartaz com a frase "Um jogo pela paz e amizade nos estádios". Foi um ano de muitos incidentes violentos nos estádios brasileiros.

INÍCIO DIFÍCIL

Antes do jogo contra a Bolívia, a Seleção brasileira perdeu por 2 × 1 da Inglaterra, na reestreia de Felipão, em fevereiro. Foi a 100ª partida de Ronaldinho Gaúcho pelo Brasil, assim como a de Ashley

Cole pela Inglaterra. Curioso é que os dois jogadores protagonizaram o lance decisivo na Copa de 2002, quando Ronaldinho deu uma "pedalada" que enganou Ashley Cole, antes de passar a bola para Rivaldo empatar o jogo, vencido pelo Brasil. Ronaldinho, porém, perdeu um pênalti, defendido pelo grande goleiro Hart e não saiu satisfeito do amistoso.

Antes do jogo, as vítimas de duas grandes tragédias foram homenageadas com um minuto de silêncio: as da explosão em uma boate de Santa Maria, no Rio Grande do Sul, ocorrida no início do ano, e os oito jogadores do Manchester United que morreram no fatídico acidente de Munique, em 1958. Ambas as Seleções entraram em campo com tarjas pretas nas mangas das camisas.

O goleiro Júlio César voltava à Seleção e, após ter feito uma grande partida, saiu satisfeito de campo. "Ninguém gosta de perder, especialmente num jogo como esse. Mas fiquei feliz com a minha partida, particularmente dizendo. É muito gratificante para mim voltar a vestir essa camisa. Vou dormir muito feliz", disse.

O jogo seguinte foi contra a Itália, empate por 2 × 2. Depois, um jogo difícil contra a Rússia, que mostrava evolução futebolística impressionante, se movimentando e tocando a bola em velocidade. Fayzulin foi o destaque, marcando um gol. O time brasileiro só empatou com o atacante Fred, no final.

Fred, aliás vinha sendo o destaque do time. Marcara gols contra a Inglaterra, Itália e Rússia, atuando com mais intensidade do que Neymar, que parecia desmotivado no Santos, em busca de novos ares. Quando Neymar foi contratado pelo Barcelona, por cerca de 60 milhões de euros, em maio daquele ano, seu futebol reacendeu e ele fez uma grande Copa das Confederações.

Antes, porém, o Brasil jogou pela primeira vez em um estádio da Copa de 2014. Foi no Mineirão, em empate com o Chile por 2 × 2. A Seleção ainda reinaugurou o Maracanã, empatando por

2 × 2 com a Inglaterra, no jogo de volta entre as Seleções no ano, confrontos que comemoravam os 150 anos da Associação Inglesa de Futebol.

A COPA DAS MANIFESTAÇÕES

A Copa das Confederações de 2013, realizada entre 15 e 30 de junho, foi marcada pelas manifestações populares pelas ruas do Brasil. Até na abertura, a presidente Dilma Roussef recebeu uma forte vaia em seu discurso, causando constrangimento no presidente da Fifa, Joseph Blatter.

Tudo começou com um movimento popular em São Paulo, contra o aumento de vinte centavos das tarifas de ônibus, comandado por jovens e estudantes do Movimento Passe Livre. As demandas, porém, se estenderam pelo país e passaram a ser por melhores serviços de saúde, educação, segurança, além de criticarem a corrupção que assolava o país.

Até a construção dos estádios de acordo com os padrões exigidos pela Fifa foram motivo de protesto. Durante o período de construção dos doze estádios para o Mundial, houve atrasos e muitas obras custaram muito mais do que o planejado, o que revoltou a população.

A Seleção brasileira, porém, foi poupada de críticas. Se, fora dos estádios a resistência popular era grande, dentro deles, e por todo o país, a paixão pela equipe canarinho falou mais alto. Nas arquibancadas, torcedores ostentavam faixas com os dizeres: "Os protestos são contra a corrupção, não contra a Seleção".

JOGADORES E CIDADÃOS

E nos embalos da torcida, o Brasil venceu e convenceu na Copa das Confederações, com jogadores mostrando cidadania. No Twitter, Neymar deu apoio às manifestações. "Triste por tudo o que está acontecendo no Brasil. Sempre tive fé que não seria necessário chegarmos ao ponto de 'ir para as ruas' para exigir melhores condições de transporte, saúde, educação e segurança, isso tudo é OBRIGAÇÃO do governo... Meus pais trabalharam muito para poder oferecer pra mim e pra minha irmã um mínimo de qualidade de vida... Hoje, graças ao sucesso que vocês me proporcionam, poderia parecer demagogia minha – mas não é – levantar a bandeira das manifestações que estão ocorrendo em todo o Brasil. Mas sou BRASILEIRO e amo meu país! Tenho família e amigos que vivem no Brasil! Por isso também quero um Brasil mais justo, mais seguro, mais saudável e mais HONESTO! A única forma que tenho de representar e defender o Brasil é dentro de campo, jogando bola... E a partir deste jogo, contra o México, entro em campo inspirado por essa mobilização... #TamoJunto" (sic).

ESTRELAS INTERNACIONAIS, FUTEBOL BRASILEIRO

Na estreia contra o Japão, Neymar fez um lindo gol, chutando de peito de pé, com efeito, de fora da área, em uma partida vencida com facilidade, por 3 × 0. Depois veio o México, no Castelão, em

Fortaleza. A vibração com que a torcida e os jogadores cantaram o hino nacional contagiou o árbitro do jogo, o inglês Howard Webb. "Nunca havia visto algo assim na minha carreira", disse. Em campo, mais um show do Brasil, que nem deu bola para a tradição mexicana de atrapalhar o Brasil nessas ocasiões. Vitória por 2 × 0.

Neymar novamente foi decisivo, ao marcar, de falta, o segundo gol contra a Itália, em partida vencida pelo Brasil, por 4 × 2, em Salvador. Para os torcedores, parecia um sonho assistir grandes jogadores, com fama internacional, desfilarem sua técnica pelos estádios brasileiros. Buffon, Xavi, Pirlo, Iniesta, Cavani estavam em território brasileiro, em carne e osso.

Mas, o Brasil retomou sua tradição de país de futebol e esses craques, que evoluíram junto com o futebol de outros países, voltaram no tempo. Como se tivessem sido engolidos pela tradição da Seleção brasileira, que falou mais alto, não foram páreo para a equipe canarinho.

A semifinal contra o Uruguai lembrou as grandes sagas do futebol brasileiro. Vitória suada, por 2 × 1, com Júlio César defendendo um pênalti de Forlán. Paulinho, nos minutos finais, fez o gol da vitória, de cabeça, em um Mineirão que delirava de felicidade.

E um encontro de gigantes ocorreu na final: Brasil × Espanha, a última campeã mundial. O palco não poderia ser melhor, um Maracanã lotado. A maior ameaça era o entrosamento espanhol. Comandada por Vicente del Bosque, a Espanha tinha como base o Barcelona e tocava a bola com facilidade, no chamado "tiki-taka".

Mas o Brasil marcou forte desde o início, mostrou confiança e saída de jogo em velocidade. Não deu chance para o adversário. Fred, caído, fez 1 × 0. Neymar, de esquerda no ângulo, marcou o segundo e foi comemorar com seus "parças" na torcida. Entre eles estava o atacante André, então jogador do Vasco. No segundo tempo, Fred fez o terceiro. A torcida, extasiada, gritava "o campeão voltou" antes do apito final.

Com Felipão, o Brasil recuperava a confiança. "É um caminho que podemos trilhar com um pouco mais de tranquilidade. Cria-se uma situação favorável e o ambiente melhora. O que o povo tem feito por nós é algo fantástico, maravilhoso. Temos que ter isso como princípio no país: a amizade, a união", afirmou Felipão, enquanto comemorava no gramado.

PAPEL DE PAI PARA A GAROTADA

A meta passou a ser manter o ritmo e aprimorar a equipe para a Copa do Mundo. O Brasil ganharia, no ano do centenário da Seleção brasileira, doze estádios novos – construídos ou remodelados: Mineirão (Belo Horizonte), estádio Nacional de Brasília – o Mané Garrincha –, Arena Pantanal (Cuiabá), Arena da Baixada (Curitiba), estádio Castelão (Fortaleza), Arena Amazônia (Manaus), estádio das Dunas (Natal), estádio Beira-Rio (Porto Alegre), Arena Pernambuco (Recife), estádio do Maracanã (Rio de Janeiro), Arena Fonte Nova (Salvador) e Arena de São Paulo – o Itaquerão. Destes, oito já havia sido utilizados durante a Copa das Confederações, que serviu como um teste para a Copa do Mundo.

Os novos estádios seriam bem mais amplos e modernos do que o antigo campo do Fluminense, onde a Seleção nacional estreara, cem anos antes. Mas contariam com o mesmo calor humano, do povo brasileiro, que viu misturadas a Seleção e a identidade do país, desde aquele remoto momento.

A ideia de Felipão era manter unida essa nova família, mesmo sendo diferente da de 2002, segundo o treinador. "O grupo de hoje é mais jovem. A maioria desses jogadores tem a idade do meu segundo filho, nem do mais velho. São bem diferentes de Cafu, Roberto Carlos etc. Temos que fazer contato dentro da situação atual. Em umas situações você age quase como um pai. Outras com amizade, carinho", comparou.

Por isso, ele retomou o estilo "paizão" e, com um toque de ironia e agressividade, passou a comprar brigas pela Seleção, talvez para chamar mais a responsabilidade para si. Felipão criticou o atacante brasileiro Diego Costa que, mesmo com a possibilidade de defender o Brasil, optou por representar a Espanha, por ter cidadania espanhola e jogar no Atlético de Madrid.

CONFIANÇA NO ANO DO CENTENÁRIO

Felipão defendeu Neymar das críticas do técnico português, José Mourinho, do Chelsea, que chegou a dizer que o brasileiro caía muito.

"Acho absurda essa cruzada de Mourinho contra Neymar. Todo treinador gosta de usar a mídia para seu próprio benefício, e ele está fazendo isso. Ele sabe que Barcelona e Chelsea podem se enfrentar mais cedo ou mais tarde na Liga dos Campeões, e ele já está colocando os torcedores, a imprensa e os árbitros contra Neymar", disse Felipão, em um momento em que Neymar mostrava sua melhor forma e se tornara, rapidamente, um ídolo do Barcelona.

O Brasil fechou 2013 com alguns amistosos. Foi surpreendido pela Suíça, em partida na qual Daniel Alves fez um gol contra, de cabeça, e ficou atordoado com o lance. Depois voltou a vencer, passando com facilidade por Austrália, Portugal, Coreia do Sul, Zâmbia, Honduras e Chile. Nos dois últimos amistosos, em novembro, a Seleção contou com o retorno de Robinho, que entrou nas partidas, foi bem e marcou o gol da vitória contra o Chile.

Os bons resultados motivaram Felipão, que entrou em 2014 com uma base pronta para a Copa. E, diferentemente do que ocorreu em outros mundiais, a pressão pela convocação de jogadores era mínima. Veteranos como Ronaldinho Gaúcho e Kaká não eram imprescindíveis, apesar da qualidade que ainda demonstravam, e o meia Ganso, mesmo recuperando a sua técnica apurada, havia perdido espaço, por causa de contusões e por ter demorado para se firmar no São Paulo, sua então nova equipe.

O técnico aproveitou os mares calmos para levantar o ânimo dos jogadores e da torcida. "Eu vejo meus jogadores atuando e vejo o empenho deles, vejo a qualidade, o que é que eles realmente representam e têm para dar, e não vejo time melhor. Posso dizer que nós vamos ganhar", observou o treinador, mostrando confiança no hexacampeonato mundial da Seleção brasileira em 2014.

A confiança aumentou ainda mais com a vitória por 5 × 0 sobre a África do Sul. O Brasil atuou de maneira solta e criativa, bem melhor do que na vitória por 1 × 0 sobre o mesmo adversário quase dois anos antes, no Morumbi. Ao final da partida, Neymar, autor de três gols, impediu que os seguranças tirassem de campo o pequeno Ayo Dosumu, sul-africano de sete anos, que entrou no gramado para pedir autógrafos. Feliz, Ayo foi carregado em triunfo por Neymar e depois erguido por vários jogadores da Seleção brasileira, que tiraram fotos com ele. Ayo cumpriu seu objetivo. E a Seleção ganhou mais um torcedor, entre tantos outros garotos que surgirão nos próximos cem anos.

TÍTULOS CONQUISTADOS PELA SELEÇÃO BRASILEIRA DE FUTEBOL

COPA DO MUNDO
1958, 1962, 1970, 1994 e 2002

COPA DAS CONFEDERAÇÕES
1997, 2005, 2009 e 2013

COPA AMÉRICA
1919, 1922, 1949, 1989, 1997, 1999, 2004 e 2007

TAÇA INDEPENDÊNCIA (MINICOPA)
1972

COPA ROCA
1914, 1922, 1945, 1957, 1960, 1963, 1971 e 1976

SUPERCLÁSSICO DAS AMÉRICAS
2011 e 2012

TAÇA RODRIGUES ALVES
1922

TAÇA BRASIL-ARGENTINA
1922

TAÇA RIO BRANCO
1931, 1932, 1947, 1950, 1967, 1968 e 1976

TAÇA OSWALDO CRUZ
1950, 1955, 1956, 1958, 1961, 1962, 1968 e 1976

CAMPEONATO PAN-AMERICANO
1952 e 1956

TAÇA BERNARDO O'HIGGINS
1955, 1959, 1961 e 1966

TAÇA DO ATLÂNTICO
1956, 1960 e 1976

TORNEIO BICENTENÁRIO DOS EUA
1976

TROFÉU COROA DO PRÍNCIPE (IRÃ)
1978

TAÇA INGLATERRA
1981

TORNEIO INTERNACIONAL DE MONTAIGU
1984

COPA TDK
1986

TAÇA DAS NAÇÕES (EUA)
1988

COPA STANLEY ROUS
1987

TORNEIO DA AMIZADE (PORTUGAL)
1987

TORNEIO BICENTENÁRIO DA AUSTRÁLIA
1988

TAÇA DAS NAÇÕES (EUA)
1988

COPA DA AMIZADE (EUA)
1992

COPA UMBRO
1995

JOGOS PAN-AMERICANOS
1963, 1975, 1979 e 1987

JOGOS OLÍMPICOS
1984, 1988, 2012 (prata); 1996 e 2008 (bronze)

TORNEIO INTERNACIONAL DE L'ALCUDIA (ESPANHA)
2002

COPA FIFA / JVC
1997

SUL-AMERICANO DE ACESSO
1962 e 1964

FICHA TÉCNICA DOS JOGOS

1914

21/7 BRASIL 2 × 0 EXETER CITY
BRASIL: Marcos; Píndaro e Nery; Lagreca, Rubens Salles e Rolando; Abelardo, Osvaldo Gomes, Friedenreich, Osman e Formiga. TÉCNICO: Lagreca. EXETER CITY: Pym; Forte e Strettle; Rigby, Largan e Smith; Whitaker, Pratt, Hunter, Lovett e Goodwin. GOLS: Osman e Osvaldo Gomes. ÁRBITRO: H. Robinson (Inglaterra). VALIDADE: Amistoso. LOCAL: Estádio das Laranjeiras, Rio de Janeiro.

20/9 BRASIL 0 × 3 ARGENTINA
BRASIL: Marcos; Píndaro e Nery; Octávio Egydio, Lagreca e Pernambuco; Millon, Osvaldo Gomes, Friedenreich, Bartô e Arnaldo. TÉCNICO: Lagreca. ARGENTINA: Muttoni; R. Gonzalez e Reparaz; M. Aldao, Molfino e Sayanes; J. J. Lamas, R. Leonardi, A. Piaggio, Izaguirre e Crespo. GOLS: Izaguirre (2) e Molfino. ÁRBITRO: L. Peyron (Uruguai). VALIDADE: Amistoso. LOCAL: Club Gimnasia y Esgrima, Buenos Aires.

24/9 BRASIL 3 × 1 COLUMBIAN
BRASIL: Marcos; Píndaro e Nery; Lagreca, Rubens Salles e Pernambuco; Millon, Osvaldo Gomes, Bartô, Friedenreich e Arnaldo. TÉCNICO: Lagreca. COLUMBIAN: J. Sagaslume; Bernascioni e Reparaz; Letamendi, Molfino e Abadia; Olariaga, Iraola, Antequeda, Izaguirre e Rivas. GOLS: Bartô (2), Friedenreich e Iraola. ÁRBITRO: J. Rithner (Argentina). VALIDADE: Amistoso. LOCAL: Club Gimnasia y Esgrima, Buenos Aires.

27/9 BRASIL 1 × 0 ARGENTINA
BRASIL: Marcos; Píndaro e Nery; Lagreca, Rubens Salles e Pernambuco; Millon, Osvaldo Gomes, Bartô, Friedenreich e Arnaldo. TÉCNICO: Lagreca. ARGENTINA: Rithner; Bernasconi e Gallup Lanús; Naón, Sande e Sayanes; Lamas, Leonardi, Piaggio, Izaguirre e Crespo. GOL: Rubens Salles. ÁRBITRO: Alberto Borghet (Brasil). VALIDADE: Copa Roca LOCAL: Club Gimnasia y Esgrima, Buenos Aires

1916

8/7 BRASIL 1 × 1 CHILE
BRASIL: Marcos; Orlando e Nery; Lagreca, Sidney e Galo; Luiz Menezes, Demósthenes, Friedenreich, Alencar e Arnaldo. TÉCNICO: Lagreca. CHILE: Guerrero; Cardenas e Wittke, Unzaga, Abello e Salazar; Feuche, Moreno, Gonzales, Fuentes e Gutierrez. GOLS: Demósthenes e Salazar. ÁRBITRO: L. Peyron (Uruguai). VALIDADE: Campeonato Sul-Americano. LOCAL: Club Gimnasia y Esgrima, Buenos Aires.

10/7 BRASIL 1 × 1 ARGENTINA
BRASIL: Casemiro; Orlando e Nery; Lagreca, Sidney e Galo; Luiz Menezes, Amílcar, Friedenreich, Alencar e Arnaldo. TÉCNICO: Lagreca. ARGENTINA: Rithner; Chiappe e J. Brown; Martinez, Olazar e Baldaracco; Heissinger, Laguna, Marcovecchio, Guidi e Bincaz. GOLS: Alencar e Laguna. ÁRBITRO: Carlos Fanta (Chile). VALIDADE: Campeonato Sul-Americano. LOCAL: Club Gimnasia y Esgrima, Buenos Aires.

12/7 BRASIL 1 × 2 URUGUAI
BRASIL: Casemiro; Orlando e Nery; Lagreca, Sidney e Galo; Luiz Menezes, Alencar, Friedenreich, Mimi e Arnaldo. TÉCNICO: Lagreca. URUGUAI: Saporiti; Varella e Foglino; Pacheco, Delgado e Vanzino; Somma, Tognola, Piendibene, Gradin e Romano. GOLS: Friedenreich, Gradin e Tognola. ÁRBITRO: Carlos Fanta (Chile). VALIDADE: Campeonato Sul-Americano. LOCAL: Club Gimnasia y Esgrima, Buenos Aires.

18/7 BRASIL 1 × 0 URUGUAI
BRASIL: Marcos; Osny e Carlito; Amílcar, Lagreca e Facchine; Luiz Menezes, Alencar, Friedenreich, Mimi e Arnaldo. TÉCNICO: Lagreca. URUGUAI: Castro, Urdinarián, Foglino, Olivieri, Harley, Pascuariello, Perez, Dacar, Broncini, Sacarone e Bracchi. GOL: Mimi. ÁRBITRO: Carlos Fanta (Chile). VALIDADE: Amistoso. LOCAL: Parque Central, Montevidéu.

1917

7/1 BRASIL 0 × 0 DUBLIN (URU.)
BRASIL: Ferreira; Nery e Chico Neto; Ítalo, Rubens Salles e Lagreca; Luiz Menezes, Aloísio, Nazareth, Sidney e Benedicto. TÉCNICO: Lagreca. DUBLIN: Magarinos; Conture e Benincasa; Pereyra, Bertola e Caballero; Carbone, C. Scarone, Romano, Gonzalez e Peasalfini. ÁRBITRO: R. L. Todd (Inglaterra). VALIDADE: Amistoso. LOCAL: Campo do Botafogo, Rio de Janeiro.

6/5 BRASIL 1 × 1 C. S. BARRACAS (ARG.)
BRASIL: Marcos; Vidal e Chico Neto; Talo, Sidney e Lagreca; Zezé, Aloísio, Friedenreich, Arlindo e Formiga. TÉCNICO: Lagreca. BARRACAS: Muttoni, Podestá, Schiaretta, Aller, Cuneo, Illan, Medina, Fiorito, Comaschi, Solari e Gastela. GOLS: Friedenreich e Comaschi. ÁRBITRO: Calixto Gardi (Argentina). VALIDADE: Amistoso. LOCAL: Campo do Flamengo, Rio de Janeiro.

13/5 BRASIL 2 × 1 C. S.BARRACAS (ARG.)
BRASIL: Marcos; Vidal e Nery; Adhemar (Osvaldo Gomes), Lagreca e Monteiro; Zezé, Millon, Heitor Domingues, Arlindo e Arnaldo. TÉCNICO: Lagreca. BARRACAS: Muttoni, Podestá, Schiaretta, Aller, Cuneo, Illan, Medina, Fiorito, Comaschi, Sisto e Gastella. GOLS: Heitor Domingues, Arnaldo e Fiorito. ÁRBITRO: Calixto Gardi (Argentina). VALIDADE: Amistoso. LOCAL: Campo do Flamengo, Rio de Janeiro.

3/10 BRASIL 2 × 4 ARGENTINA
BRASIL: Casemiro; Vidal e Chico Neto; Adhemar, Lagreca e Galo; Caetano, Dias, Amílcar, Neco e Arnaldo. TÉCNICO: Lagreca. ARGENTINA: Isola; Ferro e Reyes; Matozzi, Olazar e Pepe; Calomino, Blanco, Ohaco, Martin e Perinetti. GOLS: Neco, Calomino, Lagreca (pênalti), Ohaco (2) e Blanco. ÁRBITRO: Carlos Fanta (Chile). VALIDADE: Copa América. LOCAL: Parque Central, Montevidéu.

7/10 BRASIL 0 × 4 URUGUAI
BRASIL: Casemiro; Vidal e Chico Neto; Picagli, Lagreca e Paulo Ramos; Caetano, Dias, Amílcar, Neco e Arnaldo. TÉCNICO: Lagreca. URUGUAI: Saporiti; Varella e Foglino; Pacheco, Rodriguez e Vanzino; Perez, H. Scarone, Romano, C. Scarone e Somma.

DEUSES DA BOLA

GOLS: H. Scarone, Romano (2) e Vidal (contra). ÁRBITRO: German Guassoni (Argentina). VALIDADE: Copa América. LOCAL: Parque Central, Montevidéu.

12/10 BRASIL 5 × 0 CHILE
BRASIL: Casemiro; Vidal e Chico Neto; Dias, Lagreca e Galo; Caetano, Amílcar, Haroldo, Neco e Arnaldo. TÉCNICO: Lagreca. CHILE: Guerrero; Gatica e Cardenas; Guevara, Alvarado e Garcia; Rojas, Bolado, H. Minhoz, B. Munhoz e Paredes. GOLS: Caetano, Neco, Amílcar (2) e Haroldo. ÁRBITRO: Ricardo Villarino (Uruguai). VALIDADE: Copa América. LOCAL: Parque Central, Montevidéu.

16/10 BRASIL 1 × 3 URUGUAI
BRASIL: Casemiro; Vidal e Chico Neto; Dias, Lagreca e Galo; Caetano, Neco, Amílcar, Haroldo e Arnaldo. TÉCNICO: Lagreca. URUGUAI: Balmelli, José Benicassa, Miguel Benicassa, Olivieri, Porte e Montes, Etebart, Garrido, Grecco, Gradin e Maran. GOL: Neco, Grecco e Gradin. ÁRBITRO: Carlos Fanta (Chile). VALIDADE: Amistoso. LOCAL: Parque Central, Montevidéu.

1918

27/1 BRASIL 0 × 1 DUBLIN (URU.)
BRASIL: Marcos; Vidal e Chico Neto; Police, Amílcar e Ítalo; Formiga, Dias, Friedenreich, Neco e Rodrigues. TÉCNICO: Amilcar. DUBLIN: Magarinos, Montes, Urdinarãn, Couture, Orizaia, Vanzzino, Carbone, Scarone, Bronzinno, Romano e Marán. GOL: Marán. ÁRBITRO: R. L. Todd (Inglaterra). VALIDADE: Amistoso. LOCAL: Campo do Botafogo, Rio de Janeiro.

1919

11/5 BRASIL 6 × 0 CHILE
BRASIL: Marcos; Píndaro e Blanco; Sérgio, Amílcar e Galo; Luiz Menezes, Neco, Friedenreich, Haroldo e Arnaldo. TÉCNICO: Haroldo P. Domingues. CHILE: Guerrero, Gatica e Poirrier; Gonzalez, Baza I e Baza II; Fuentes, Dominguez, Francia, Munoz e Varas. GOLS: Friedenreich (3), Neco (2) e Haroldo. ÁRBITRO: Juan P. Barbera (Argentina). VALIDADE: Copa América. LOCAL: Estádio das Laranjeiras, Rio de Janeiro.

18/5 BRASIL 3 × 1 ARGENTINA
BRASIL: Marcos; Píndaro e Bianco; Sérgio, Amílcar e Fortes; Millon, Friedenreich, Heitor Domingues, Neco e Arnaldo. TÉCNICO: Haroldo P. Domingues. ARGENTINA: Isola; Castagnola e Reyes; Matozzi, Uslenghi e Martinez; Calomino, Izaguirre, Clarke, Brichetto e Perinetti. GOLS: Heitor, Izaguirre, Amílcar e Millon. ÁRBITRO: R. L. Todd (Inglaterra). VALIDADE: Copa América. LOCAL: Estádio das Laranjeiras, Rio de Janeiro.

25/5 BRASIL 2 × 2 URUGUAI
BRASIL: Marcos; Píndaro e Blanco; Sérgio, Amílcar e Fortes; Millon, Neco, Friedenreich, Heitor Domingues e Arnaldo. TÉCNICO: Haroldo P. Domingues. URUGUAI: Saporiti; Foglino e Varella; Naguil, Zibecchi e Vanzino; Perez, H. Scarone, C. Scarone, Gradin e Romano. GOLS: Gradin, H. Scarone e Neco (2). ÁRBITRO: R. L. Todd (Inglaterra). VALIDADE: Copa América. LOCAL: Estádio das Laranjeiras, Rio de Janeiro.

29/5 BRASIL 1 × 0 URUGUAI
BRASIL: Marcos; Píndaro e Blanco; Sérgio, Amílcar e Fortes; Millon, Neco, Friedenreich, Heitor Domingues e Arnaldo. TÉCNICO: Haroldo P. Domingues. URUGUAI: Saporiti; Varella e Foglino; Naguil, Zibecchi e Vanzino; Perez, H. Scarone, Romano, Gradin e Maran. GOL: Friedenreich. ÁRBITRO: Juan P. Barbera (Argentina). VALIDADE: Copa América. LOCAL: Estádio das Laranjeiras, Rio de Janeiro.
* Brasil campeão.

1/6 BRASIL 3 × 3 ARGENTINA
BRASIL: Dionysio; Palamone e Blanco; Laís, Picagli e Martins; Millon, Carregal, Heitor Domingues, Arlindo e Haroldo. TÉCNICO: Haroldo P. Domingues. ARGENTINA: Isola, Castagnola, Reyes, Mattozzi, Uslenghi, Martinez, Calomina, Laiolo, Charcke, Rofrano e Taggino. GOLS: Haroldo e Arlindo (2), Charcke, Mattozzi e Laiolo. ÁRBITRO: Ângelo Minoli (Uruguai). VALIDADE: Taça Roberto Cherry. LOCAL: Estádio das Laranjeiras, Rio de Janeiro.

1920

11/9 BRASIL 1 × 0 CHILE
BRASIL: Kuntz; De Maria e Martins; Rodrigo, Sisson e Fortes; Zezé, Constantino, Castelhano, Junqueira e Alvariza. TÉCNICO: Lagreca. CHILE: Guerrero; Vergara e Poirier; Elgueta, Toro e Unzaga; Varas, Dominguez, Parra, France e Muñoz. GOL: Alvariza. ÁRBITRO: M. Apesteguy (Uruguai). VALIDADE: Copa América. LOCAL: Campo do Sporting Club, Viña del Mar, Chile.

18/9 BRASIL 0 × 6 URUGUAI
BRASIL: Kuntz; Martins e Telefone; Japonês, Sisson e Fortes; De Maria, Zezé, Castelhano, Junqueira e Alvariza. TÉCNICO: Lagreca. URUGUAI: Legnasse; Urdinaran e Foglino; Ruotta; Zibecchi e Rivera; Somma, Perez, Piendibene, Romano e Campolo. GOLS: Romano, Urdinaran (Pênalti), Perez, Romano, Piendibene e Ruotta. ÁRBITRO: Carlos Fanta (Chile). VALIDADE: Copa América. LOCAL: Campo do Sporting Club, Viña del Mar, Chile.

25/9 BRASIL 0 × 2 ARGENTINA
BRASIL: Kuntz; Telefone e Martins; Japonês, Sisson e Fortes; Zezé, Constantino, Castelhano, Junqueira e Alvariza. TÉCNICO: Lagreca. ARGENTINA: Tesoriéri; Cortella e Beazotti; Frumento, Prenta e Bruzone; Calomino, Libonatti, Badalini, Echeverria e Miguel. GOLS: Echeverria e Libonatti. ÁRBITRO: M. Apesteguy (Uruguai). VALIDADE: Copa América. LOCAL: Campo do Sporting Club, Viña del Mar, Chile.

6/10 BRASIL 1 × 3 ARGENTINA
BRASIL: Kuntz; Ayrton e João Reis; Oswaldo e Sisson; Constantino, Castelhano e Alvariza. TÉCNICO: Lagreca. ARGENTINA: Tesorieri, Cortella, Bearzotti, Bruzonne, Calomino, Lucarelli e Echeverria. GOLS: Constantino, Echeverria e Lucarelli (2). ÁRBITRO: F. Diez. VALIDADE: Amistoso. LOCAL: Campo do C. S. Barracas, Buenos Aires.

1921

2/10 BRASIL 0 × 1 ARGENTINA
BRASIL: Kuntz; Telefone e Barata; Laís, Alfredinho e Dino; Zezé, Candiota, Nono, Machado e Orlandinho.

DEUSES DA BOLA

TÉCNICO: Laís. ARGENTINA: Tesoriéri; Celli e Bearzotti; Lopez, Dellavale e Solari; Calomino, Libonatti, Sosa, Echevarria e Chavino. GOL: Libonatti. ÁRBITRO: Ricardo Villarino (Uruguai). VALIDADE: Copa América. LOCAL: Campo do C. S. Barracas, Buenos Aires.

12/10   BRASIL 3 × 0 PARAGUAI
BRASIL: Kuntz; Telefone e Barata; Laís, Alfredinho e Dino; Frederico, Zezé, Candiota, Machado e Orlandinho. TÉCNICO: Laís. PARAGUAI: Portaluppi; Mena e Gonzalez; Rodriguez, Solich e Benitez; Schaerer, Lima, Lopez, Rivas e Gelada. GOLS: Candiota e Machado (2). ÁRBITRO: Ricardo Villarino (Uruguai). VALIDADE: Copa América. LOCAL: Campo do C. S. Barracas, Buenos Aires.

23/10   BRASIL 1 × 2 URUGUAI
BRASIL: Kuntz; Telefone e Barata; Laís, Alfredinho e Dino; Frederico, Zezé, Candiota, Machado e Orlandinho. TÉCNICO: Laís. URUGUAI: Belonta; Foglino e Benincasa; Broncini, Zibecchi e Marochi; Somma, Romano, Piendibene, Casnellas e Campolo. GOLS: Romano, Somma e Zezé. ÁRBITRO: Cabanas Seguier (Paraguai). VALIDADE: Copa América. LOCAL: Campo do C. S. Barracas, Buenos Aires.

1922

17/9   BRASIL 1 × 1 CHILE
BRASIL: Marcos; Palamone e Bartô; Laís, Amílcar e Fortes; Formiga, Neco, Friedenreich, Tatu e Rodrigues. TÉCNICO: Laís. CHILE: Berral; Vergara e Poirrier; Elgueta, Catalan e Gonzalez; Abello, Dominguez, Bravo, Encina e Varas. GOLS: Tatu e Bravo. ÁRBITRO: Ricardo Villarino (Uruguai). VALIDADE: Copa América. LOCAL: Estádio das Laranjeiras, Rio de Janeiro.

24/9   BRASIL 1 × 1 PARAGUAI
BRASIL: Marcos; Palamone e Bartô; Laís, Amílcar e Fortes, Formiga, Neco, Heitor Domingues, Tatu e Junqueira. TÉCNICO: Laís. PARAGUAI: Denis; Mena e Paredes; Benitez, Fleitas Solich e Centurion; Capdeville, Ramirez, Lopez, Rivas e Erico. GOLS: Rivas e Amílcar. ÁRBITRO: Norberto Ladron de Guevara (Chile). VALIDADE: Copa América. LOCAL: Estádio das Laranjeiras, Rio de Janeiro.

1/10   BRASIL 0 × 0 URUGUAI
BRASIL: Kuntz; Palamone e Bartô; Laís, Amílcar e Fortes, Formiga, Neco, Friedenreich, Tatu e Rodrigues. TÉCNICO: Laís. URUGUAI: Batignani; Urdinaran e Tejera; Aguerre, Zibecchi e Vanzino; Somma, Heguy, Romano, Casanello e Maran. ÁRBITRO: Servando Perez (Argentina). VALIDADE: Copa América. LOCAL: Estádio das Laranjeiras, Rio de Janeiro.

15/10   BRASIL 2 × 0 ARGENTINA
BRASIL: Kuntz; Palamone e Bartô; Laís, Amílcar e Fortes, Formiga, Neco, Heitor Domingues, Tatu e Rodrigues. TÉCNICO: Laís. ARGENTINA: Tesorieri; Celli e Sarasivai; Chambolin, Medici e Solari; Casalini, Libonatti, Chiessa, Francia e Rivet. GOLS: Neco e Amílcar. ÁRBITRO: Francisco Andreu Balcó (Paraguai). VALIDADE: Copa América. LOCAL: Estádio das Laranjeiras, Rio de Janeiro.

22/10 BRASIL 3 × 0 **PARAGUAI**
BRASIL: Kuntz; Palamone e Bartô; Laís, Amílcar e Fortes; Formiga, Neco, Heitor Domingues, Tatu e Rodrigues. TÉCNICO: Laís. PARAGUAI: Denis; Gonzalez e Paredes; Miranda, Fleitas Solich e Benitez; Schaere, Capdeville, Lopez, Rivas e Prates. GOLS: Neco e Formiga (2). ÁRBITRO: Servando Perez (Argentina). VALIDADE: Copa América. LOCAL: Estádio das Laranjeiras, Rio de Janeiro.

22/10 BRASIL 2 × 1 **ARGENTINA**
BRASIL: Mesquita; Grane e Clodô; Abatte, Faragassi e Nesi; Leite de Castro (Brasileiro), Zezé, Gambá, Tepet e Osses. TÉCNICO: Abatte. ARGENTINA: Tesorieri; Celli e Castaldi; Chabrolín, Medici e Solari; Rivet, Chiesa, Gaslini, Francia e Cesari. GOLS: Chiesa e Gambá (2). ÁRBITRO: Antônio Carneiro de Campos (Brasil). VALIDADE: Copa Roca. LOCAL: Estádio do Parque Antártica, São Paulo.

29/10 BRASIL 3 × 1 **PARAGUAI**
BRASIL: Mesquita; Palamone e Alexy; Alfredinho, Xingo e Nesi; Zezé, Neco, Gambá, Imparatinho e Martinelli. TÉCNICO: Laís. GOLS: Gambá, Imparatinho e Fretes. ÁRBITRO: Francisco Andreu Balcó (Paraguai) VALIDADE: Taça Rodrigues Alves. LOCAL: Campo da A. A. Palmeiras (Floresta), São Paulo.

1923

11/11 BRASIL 0 × 1 **PARAGUAI**
BRASIL: Nelson; Pennaforte e Alemão; Mica, Nesi e Dino; Paschoal, Torteroli, Nilo, Coelho e Amaro. TÉCNICO: Ary de Almeida Rego. PARAGUAI: Denis; Gorostiaga e Fretes; Miranda, Diaz e Nessi; Capdevilla, O. Lopez, I. Lopez, Rivas e Zelada. GOL: I. Lopez. ÁRBITRO: Servando Perez (Argentina) VALIDADE: Copa América. LOCAL: Parque Central, Montevidéu.

18/11 BRASIL 1 × 2 **ARGENTINA**
BRASIL: Nelson; Pennaforte e Alemão; Mica, Nesi e Soda; Paschoal, Zezé, Nilo, Mário Seixas e Amaro. TÉCNICO: Ary de Almeida Rego. ARGENTINA: Cancino; Bidoglio e Iribarren; Medici, Vaccaro e Solari; Liozo, Miguel, Saruppo, Aguirre e Onzari. GOLS: Nilo, Onzari e Saruppo. ÁRBITRO: Mário Barba (Paraguai). VALIDADE: Copa América. LOCAL: Parque Central, Montevidéu.

22/11 BRASIL 2 × 0 **PARAGUAI**
BRASIL: Nelson; Pennaforte e Alemão; Mica, Nesi e Soda; Paschoal, Zezé, Nilo, Mário Seixas e Amaro. TÉCNICO: Ary de Almeida Rego. GOLS: Zezé e Nilo. ÁRBITRO: Ângelo Minoli (Uruguai). VALIDADE: Taça Rodrigues Alves. LOCAL: Parque Central, Montevidéu.

25/11 BRASIL 1 × 2 **URUGUAI**
BRASIL: Nelson; Pennaforte e Alemão; Mica, Nesi e Soda; Paschoal, Zezé, Nilo, Mário Seixas e Amaro. TÉCNICO: Ary de Almeida Rego. URUGUAI: Casella; Uriarte e Nassazi; Andrade, Vidal e Chierra; Perez, H. Scarone, Petrone, Cea e Somma. GOLS: Nilo, H. Scarone e Cea. ÁRBITRO: Servando Perez (Argentina). VALIDADE: Copa América. LOCAL: Parque Central, Montevidéu.

28/11 BRASIL 9 × 0 **COMBINADO DE DURAZNO (URU.)**
BRASIL: Nelson; Pennaforte e Alemão; Mica, Nesi e Dino; Paschoal, Zezé, Nilo, Coelho e Amaro. TÉCNICO: Ary de Almeida Rego. COMBINADO: Álvarez, Hirigoin, Barcelo, Gamboa, Casavalles, Spangnol, Mateos, Penas, Fernández, Ojeda e Seoane. GOLS: Zezé (4), Amaro, Coelho (2) e Nilo (2). ÁRBITRO: Julian Bertola (Uruguai). VALIDADE: Amistoso. LOCAL: Estádio do Durazno F. C., Durazno, Uruguai.

2/12 BRASIL 2 × 0 **ARGENTINA**
BRASIL: Nelson; Pennaforte e Alemão; Mica, Nesi e Dino; Paschoal, Zezé, Nilo, Coelho e Amaro. TÉCNICO: Ary de Almeida Rego. ARGENTINA: Iribarren, Voltura, Prato, Méndez, Seregni, Scursoni, Calomino, Lalaurette, Vivaldo, Lázari e Gurrutchaué. GOLS: Zezé e Nilo. ÁRBITRO: Antônio Carneiro de Campos (Brasil). VALIDADE: Taça Brasil-Argentina. LOCAL: Campo do C. S. Barracas, Buenos Aires.

9/12 BRASIL 0 × 2 **ARGENTINA**
BRASIL: Nelson; Pennaforte e Alemão; Mica (Soda), Nesi e Dino; Paschoal, Zezé, Nilo, Coelho e Amaro. TÉCNICO: Ary de Almeida Rego. GOLS: Dino e Onzari ÁRBITRO: J. Mazzi (Argentina). VALIDADE: Copa Roca. LOCAL: Campo do C. S. Barracas, Buenos Aires.

1925

6/12 BRASIL 5 × 2 **PARAGUAI**
BRASIL: Tuffy; Pennaforte e Clodô; Nascimento, Floriano e Fortes; Filo, Lagarto, Friedenreich, Nilo e Moderato. TÉCNICO: Joaquim Guimarães. PARAGUAI: Denis; F. Lopez e Benitez; Brizuela, F. Solich e G. Nessi; L. Nessi, Dominguez, Molinas, Rivas e Fretes. GOLS: Lagarto, Filo (2), Friedenreich, Nilo e Rivas (2). ÁRBITRO: G. Repossi (Argentina). VALIDADE: Copa América. LOCAL: Campo do C. S. Barracas, Buenos Aires.

13/12 BRASIL 1 × 4 **ARGENTINA**
BRASIL: Tuffy; Clodô e Hélcio; Nascimento, Floriano e Fortes; Filo, Lagarto, Friedenreich, Nilo e Moderato. TÉCNICO: Joaquim Guimarães. ARGENTINA: Tesorieri; Bidoglio e Muttis; Medici, Vaccaro e Fortunato; Tarasconi, Sanchez, Seoane, Garasino e Bianchi. GOLS: Nilo, Sanchez, Garasino e Seoane (2). ÁRBITRO: M. Chaparro (Paraguai). VALIDADE: Copa América. LOCAL: Campo do C. S. Barracas, Buenos Aires.

17/12 BRASIL 3 × 1 **PARAGUAI**
BRASIL: Batalha; Clodô e Hélcio; Nascimento, Floriano e Pamplona; Filo, Lagarto, Friedenreich, Nilo e Moderato. TÉCNICO: Joaquim Guimarães. PARAGUAI: Denis; F. Lopez e Benitez; Mena, F. Solich e Brizuela; L. Nessi, Dominguez. Molinas, Rivas e Fretes. GOL: Fretes, Lagarto (2) e Nilo. ÁRBITRO: G. Repossi (Argentina). VALIDADE: Copa América. LOCAL: Estádio La Bombonera, Buenos Aires.

20/12 BRASIL 2 × 2 **NEWELL'S OLD BOYS (ARG.)**
BRASIL: Batalha; Pennaforte e Hélcio; Nascimento, Rueda e Pamplona; Filo, Lagarto, Russinho, Nilo e Osvaldinho. TÉCNICO: Joaquim Guimarães. NEWELL'S: Vache, Rossi, Beartozzi, Charrolín, Salcedo, Moretti, Ludneva, Aguirre, Badalini, Liboratti e Morosano. GOLS: Nilo, Lagarto e

Badalini. ÁRBITRO: Ignácio Romeo Rota (Argentina). VALIDADE: Amistoso. LOCAL: Estádio do C. A. Newell's Old Boys, Rosário, Argentina.

25/12   BRASIL 2 × 2 ARGENTINA
BRASIL: Tuffy; Pennaforte e Hélcio; Nascimento, Rueda e Pamplona; Filo, Lagarto, Friedenreich, Nilo e Moderato. TÉCNICO: Joaquim Guimarães. ARGENTINA: Tesorieri; Bidoglio e Muttis; Medici, Vaccaro e Fortunato; Tarasconi, Cerroti, Seoane, De los Santos e Bianchi. GOLS: Nilo, Friedenreich, Cerroti e Seoane. ÁRBITRO: M. Chaparro (Paraguai). VALIDADE: Copa América. LOCAL: Campo do C. S. Barracas, Buenos Aires.

1928

24/6   BRASIL 5 × 0 MOTHERWELL (ESCÓCIA)
BRASIL: Jaguaré; Grane e Hélcio; Nascimento, Amílcar e Serafini; Paschoal, Osvaldinho, Petronilho, Feitiço e De Maria. TÉCNICO: Laís. MOTHERWELL: Chaiz; Frane e William; Fayden, Ordig e Tackeray; Keenau, Wilson, Tenant, Steven e Ferrier. GOLS: Paschoal e Feitiço (4). ÁRBITRO: Luiz Vinhaes (Brasil). VALIDADE: Amistoso. LOCAL: Estádio das Laranjeiras, Rio de Janeiro.

1929

6/1   BRASIL 5 × 3 C. S. BARRACAS (ARG.)
BRASIL: Jaguaré; Grane e Espanhol; Serafini, Amílcar e Mola; Paschoal, Nilo, Heitor Domingues (Araken), Feitiço e De Maria. TÉCNICO: Laís. BARRACAS: Diaz; Cherro e Moyano; Clemente, Amadei e Celico; Simonsini, Marossi, Muñoz, Landolfi e Luna. GOLS: Paschoal, Nilo, Feitiço e Grane (2). ÁRBITRO: Edgard Gonçalves (Brasil). VALIDADE: Amistoso. LOCAL: Estádio São Januário, Rio de Janeiro.

24/2   BRASIL 4 × 2 RAMPLA JÚNIOR (URU.)
BRASIL: Amado (Jaguaré); Grane e del Debbio; Nerino, Goliardo (Amílcar) e Serafini; Paschoal (Ministrinho), Heitor Domingues, Petronilho, Nilo e Teófilo. TÉCNICO: Laís. RAMPLA JÚNIOR: Ballesteros; Aguirre e Fernandez; Martinez, Romero e Magallanes; Labraga, Fedulo, Aderheli, Carballal e Bidegain. GOLS: Nilo (2), Serafini, Teófilo, Aderheli e Carballal. ÁRBITRO: Afonso Teixeira de Castro (Brasil). VALIDADE: Amistoso. LOCAL: Estádio de São Januário, Rio de Janeiro.

10/7   BRASIL 2 × 0 FERENCVAROS (HUNGRIA)
BRASIL: Joel; Grane e Hildegardo; Nerino, Fausto e Fortes; Ripper, Feitiço, Petronilho, Nilo e Teófilo. TÉCNICO: Laís. FERENCVAROS: Amsel; Papp e Hungler; Lyka, Buhovy e Obitz; Tanzer, Tackacs, Turay, Toldi e Kohut. GOLS: Petronilho e Feitiço. ÁRBITRO: Laís (Brasil). VALIDADE: Amistoso. LOCAL: Estádio das Laranjeiras, Rio de Janeiro.

1930

14/7 BRASIL 1 × 2 **IUGOSLÁVIA**
BRASIL: Joel; Brilhante e Itália; Hermógenes, Fausto e Fernando; Poly, Nilo, Araken, Preguinho e Teóphilo. TÉCNICO: Píndaro. IUGOSLÁVIA: Yakovic; Ívkovic e Mlhailovic; Ardenievic, Stefanovic e Djokic; Tirnanic, Marianovic, Beck, Vujadinovic e Sekoulic. GOLS: Tirnanic, Beck e Preguinho. ÁRBITRO: Aníbal Tejada (Uruguai). VALIDADE: Copa do Mundo. LOCAL: Parque Central, Montevidéu.

22/7 BRASIL 4 × 0 **BOLÍVIA**
BRASIL: Velloso; Zé Luiz e Itália; Hermógenes, Fausto e Fernando; Benedicto, Russinho, Carvalho Leite, Preguinho e Moderato. TÉCNICO: Píndaro. BOLÍVIA: Bermudez; Durandal e Chavarría; Saenz, Lara e Valderrama; Ortiz, Bustamante, Mendez, Alborta e Fernandez. GOLS: Preguinho (2) e Moderato (2). ÁRBITRO: J. Baldway (França). VALIDADE: Copa do Mundo. LOCAL: Parque Central, Montevidéu.

1/8 BRASIL 3 × 2 **FRANÇA**
BRASIL: Velloso; Grane e Del Debbio; Pepe, Fausto e Serafini; Ministrinho, Heitor, Domingues, Friedenreich, Nilo e Teóphilo. TÉCNICO: Píndaro. FRANÇA: Tephót; Mattler e Capelle; Chantrel, Delmer e Villaplane; Liberati, Laurent, Pinel, Delfour e Langillet. GOLS: Delfour (2), Heitor (2) e Friedenreich. ÁRBITRO: Laís (Brasil). VALIDADE: Amistoso. LOCAL: Estádio das Laranjeiras, Rio de Janeiro.

10/8 BRASIL 4 × 1 **IUGOSLÁVIA**
BRASIL: Joel; Zé Luiz e Itália; Hermógenes, Fausto (Benvenuto) e Fernando; Benedicto, Nilo, Carvalho Leite, Russinho e Teóphilo (Sant'anna). TÉCNICO: Píndaro. IUGOSLÁVIA: Yakovic; Ivkovic e Sussievic; Ardenievic, Nicolalvic e Djokic; Tirnanic, Marianovic, Jakadovic, Beck e Lekilic. GOLS: Carvalho Leite (2), Marianovic, Benedicto e Russinho. ÁRBITRO: Diogo Rangel (Brasil). VALIDADE: Amistoso. LOCAL: Estádio São Januário, Rio de Janeiro.

17/8 BRASIL 4 × 3 **ESTADOS UNIDOS**
BRASIL: Joel; Zé Luiz e Itália; Hermógenes, Oscarino e Benvenuto; Newton, Doca, Carvalho Leite, Preguinho e Teóphilo. TÉCNICO: Píndaro. ESTADOS UNIDOS: Douglas; Wood e Moorhouse; Gallagher, Gracey e Auld; Brown, Gonçalves, Pentenaud, Florie e Ghee. GOLS: Carvalho Leite, Doca, Preguinho, Teóphilo, Pentenaud, Gonçalves e Brown. ÁRBITRO: Júlio Frade (Argentina). VALIDADE: Amistoso. LOCAL: Estádio das Laranjeiras, Rio de Janeiro.

1931

2/7 BRASIL 6 × 1 **FERENCVAROS (HUNGRIA)**
BRASIL: Velloso; Domingos da Guia e Del Debbio; Pepe, Guimarães e Serafini; Ministrinho, Nico, Petronilho, Preguinho e De Maria. TÉCNICO: Luiz Vinhaes. FERENCVAROS: Amsel; Tackacs I e Koranyl; Lyka, Sarosi e Lazar; Tancos, Tackacs II, Turay, Szedlacsek e Kohut. GOLS: Tancos, Del Debbio, De Maria, Nico (2) e Petronilho (2). ÁRBITRO: Domingos Olmos (Brasil). VALIDADE: Amistoso. LOCAL: Estádio do Parque Antártica, São Paulo.

6/9 BRASIL 2 × 0 URUGUAI
BRASIL: Velloso; Domingos da Guia e Hildegardo; Hermógenes, Goliardo e Ivan Mariz (Alfredo); Wálter, Nilo, Carvalho Leite, Feitiço e Teóphilo. TÉCNICO: Luiz Vinhaes. URUGUAI: Ballesteros; Nassazi e Mascheroni; Oscluassi, Fernandez e Gestido; Frioni, Rodriguez, Duhart, Dorado e Iriarte. GOLS: Nilo (2). ÁRBITRO: Gilberto de Almeida Rego (Brasil). VALIDADE: Copa Rio Branco. LOCAL: Estádio das Laranjeiras, Rio de Janeiro.

1932

28/11 BRASIL 7 × 2 ANDARAÍ
BRASIL: Aymoré Moreira; Domingos da Guia e Itália; Agrícola, Oscarino e Ivan Mariz; Wálter, Leônidas da Silva, Gradim, Preguinho e Jarbas. TÉCNICO: Luiz Vinhaes. ANDARAÍ: Adhemar; Aristolino e Dondoca; Ferro, Rafael e Veronetti; Chagas, Astor, Romualdo, Palmieri e Baiano. GOLS DO BRASIL: Preguinho (5) e Jarbas (2). ÁRBITRO: Leonardo Teixeira (Brasil). VALIDADE: Amistoso. LOCAL: Estádio das Laranjeiras, Rio de Janeiro.

4/12 BRASIL 2 × 1 URUGUAI
BRASIL: Victor; Domingos da Guia e Itália; Agrícola (Canalli), Martim Silveira e Ivan Mariz; Wálter, Paulinho, Gradim, Leônidas da Silva (Benedicto) e Jarbas. TÉCNICO: Luiz Vinhaes. URUGUAI: Machiacello; N. Assazi e Mascheroni; Campos, Gestido e Lobos; Braulio, Garcia, Duhart, Cea e Ithurbide. GOLS: Leônidas (2) e Garcia. ÁRBITRO: Aníbal Tejada (Uruguai). VALIDADE: Copa Rio Branco. LOCAL: Estádio Centenário, Montevidéu.

8/12 BRASIL 1 × 0 PEÑAROL (URU.)
BRASIL: Victor; Domingos da Guia e Itália; Agrícola, Martim Silveira e Ivan Mariz; Benedicto, Paulinho, Gradim, Oscarino e Jarbas. TÉCNICO: Luiz Vinhaes. PEÑAROL: Fernandez; Nogues e Mascheroni; Zunino, Gestido e Mainardi; Castro (Arremond), Matta, Carbone (Young), Anselmo e Iriarte. GOL: Jarbas. ÁRBITRO: Aníbal Tejada (Uruguai). VALIDADE: Amistoso. LOCAL: Estádio Centenário, Montevidéu.

12/12 BRASIL 2 × 1 NACIONAL (URUGUAI)
BRASIL: Victor; Domingos da Guia e Itália; Agrícola, Martim Silveira e Ivan Mariz; Wálter, Paulinho, Gradim, Nelson (Oscarino) e Jarbas. TÉCNICO: Luiz Vinhaes. NACIONAL: Saez; Britos e Tambasco; A. Fernandez, Magno e Fasscio; Urdinaran, Siocca, Duhart, Enrique Fernandez e Atílio Fernandez. GOLS: Gradim, Wálter e Enrique Fernandez. ÁRBITRO: Aníbal Tejada (Uruguai). VALIDADE: Amistoso. LOCAL: Estádio Centenário, Montevidéu.

1934

27/5 BRASIL 1 × 3 ESPANHA
BRASIL: Pedrosa; Sílvio Hoffmann e Luiz Luz; Tinoco, Martim Silveira e Canalli; Luizinho, Waldemar de Brito, Armandinho, Leônidas da Silva e Patesko. TÉCNICO: Luiz Vinhaes. ESPANHA: Zamora; Ciriaco e Quincones; Cillauren, Maguerza e Marculeta; Lafuente, Irarogorri, Lángara, Lecue e Gorostiza. GOLS: Lángara (2), Irarogorri (pênalti) e Leônidas da Silva. ÁRBITRO: A. Birlem (Alemanha). VALIDADE: Copa do Mundo. LOCAL: Estádio Ferraris, Gênova, Itália.

DEUSES DA BOLA

3/6 BRASIL 4 × 8 **IUGOSLÁVIA**
BRASIL: Pedrosa; Sílvio Hoffmann e Luiz Luz; Ariel, Martim Silveira e Canalli; Luizinho, Waldemar de Brito, Armandinho (Carvalho Leite), Leônidas da Silva e Patesko. TÉCNICO: Carlito Rocha. GOLS: Leônidas (2), Armandinho e Waldemar de Brito. ÁRBITRO: N. Dossell (Bulgária). VALIDADE: Amistoso. LOCAL: Estádio do Belgrado S. C., Belgrado, Iugoslávia.

6/6 BRASIL 0 × 0 **GRADJANSKI**
BRASIL: Pedrosa; Sílvio Hoffmann e Otacílio; Ariel, Martim Silveira e Canalli; Luizinho, Waldemar de Brito, Armandinho (Carvalho Leite), Leônidas da Silva e Patesko. TÉCNICO: Carlito Rocha. VALIDADE: Amistoso. LOCAL: Estádio do Gradjanski, Zagreb, Iugoslávia.

17/6 BRASIL 1 × 2 **SELEÇÃO DE GERONA (ESP.)**
BRASIL: Pedrosa; Sílvio Hoffmann e Luiz Luz (Otacílio); Ariel, Martim Silveira e Canalli; Luizinho, Waldemar de Brito, Carvalho Leite, Leônidas da Silva e Patesko. TÉCNICO: Carlito Rocha. GOL: Carvalho Leite. VALIDADE: Amistoso. LOCAL: Estádio Municipal de Gerona, Espanha.

24/6 BRASIL 2 × 2 **SELEÇÃO DE GERONA (ESPANHA)**
BRASIL: Pedrosa; Sílvio Hoffmann e Otacílio; Ariel, Martim Silveira e Canalli; Luizinho, Waldemar de Brito, Armandinho, Leônidas da Silva e Patesko (Luiz Luz). TÉCNICO: Carlito Rocha. GOLS: Patesko e Leônidas da Silva. VALIDADE: Amistoso. LOCAL: Estádio Municipal de Gerona, Espanha.

1/7 BRASIL 4 × 4 **BARCELONA**
BRASIL: Germano; Sílvio Hoffmann e Luiz Luz; Ariel, Martim Silveira e Canalli; Luizinho, Waldemar de Brito, Carvalho Leite, Leônidas da Silva e Patesko. TÉCNICO: Carlito Rocha. GOLS: Carvalho Leite (2), Leônidas da Silva, Waldemar de Brito, Raich, Moreira (2) e Cacho. VALIDADE: Amistoso. LOCAL: Estádio Läs Cortes, Barcelona, Espanha.

12/7 BRASIL 4 × 2 **COMBINADO PORTUGUÊS**
BRASIL: Pedrosa (Germano); Sílvio Hoffmann e Luiz Luz; Ariel, Martim Silveira e Canalli; Luizinho, Waldemar de Brito, Carvalho Leite, Armandinho e Patesko. TÉCNICO: Carlito Rocha. GOLS: Waldemar de Brito (2) e Patesko (2). ÁRBITRO: Ilídio Nogueira (Portugal). VALIDADE: Amistoso. LOCAL: Estádio da Luz, Lisboa.

15/7 BRASIL 6 × 1 **SPORTING (PORT.)**
BRASIL: Pedrosa; Sílvio Hoffmann e Luiz Luz; Ariel, Martim Silveira e Canalli; Luizinho, Waldemar de Brito, Carvalho Leite, Leônidas da Silva (Armandinho) e Patesko. TÉCNICO: Carlito Rocha. SPORTING: Joia; Jânio e Serrano; Abelhinha, Ruy e Faustino; Morerão, Vasco, Socro, Reinolds e Cervantes GOLS: Luizinho, Waldemar de Brito (3), Leônidas da Silva, Socro e Armandinho. ÁRBITRO: Ilídio Nogueira (Portugal). VALIDADE: Amistoso. LOCAL: Estádio do Sporting, Lisboa.

22/7 BRASIL 0 × 0 **PORTO**
BRASIL: Pedrosa; Sílvio Hoffmann e Luiz Luz, Ariel, Martim Silveira e Canalli; Luizinho, Waldemar de Brito, Armandinho, Leônidas da Silva (Carvalho Leite) e Patesko. TÉCNICO: Carlito Rocha. PORTO: Reis; Avelino e Jerônimo; Nova, Álvaro e Pereira;

Carneiro, Waldemar, Acácio, Pinga e Castro. ÁRBITRO: José Travassos (Portugal). VALIDADE: Amistoso. LOCAL: Estádio das Antas, Porto, Portugal.

7/9   BRASIL 10 × 4 GALÍCIA
BRASIL: Pedrosa; Rogério e Otacílio; Ariel, Martim Silveira e Vicente; Dondon, Waldemar de Brito, Armandinho, Leônidas da Silva e Patesko. TÉCNICO: Carlito Rocha. GOLS: Armandinho (3), Waldemar de Brito (5) e Leônidas da Silva (2). ÁRBITRO: F. Paim (Brasil). VALIDADE: Amistoso. LOCAL: Estádio da Graça, Salvador.

9/9   BRASIL 5 × 1 IPIRANGA
BRASIL: Pedrosa; Rogério e Otacílio; Ariel, Martim Silveira (Waldir) e Vicente; Dondon, Waldemar de Brito, Carvalho Leite, Leônidas da Silva (Armandinho) e Patesko. TÉCNICO: Carlito Rocha. GOLS: Waldemar de Brito, Patesko, Martim Silveira, Leônidas da Silva e Carvalho Leite. ÁRBITRO: A. Silva (Brasil). VALIDADE: Amistoso. LOCAL: Estádio da Graça, Salvador.

14/9   BRASIL 2 × 1 VITÓRIA
BRASIL: Pedrosa; Rogério e Otacílio; Ariel, Martim Silveira e Canalli; Átila, Waldemar de Brito, Armandinho, Leônidas da Silva e Patesko. TÉCNICO: Carlito Rocha. GOLS: Waldemar de Brito e Átila. ÁRBITRO: A. Silva (Brasil). VALIDADE: Amistoso. LOCAL: Estádio da Graça, Salvador.

16/9   BRASIL 8 × 1 BAHIA
BRASIL: Pedrosa; Rogério e Otacílio; Ariel, Martim Silveira e Canalli; Átila, Waldemar de Brito (Waldir), Carvalho Leite, Leônidas da Silva e Patesko. TÉCNICO: Carlito Rocha. GOLS: Leônidas da Silva (4), Átila (2) e Carvalho Leite (2). ÁRBITRO: Carlito Rocha (Brasil.) VALIDADE: Amistoso. LOCAL: Estádio da Graça, Salvador.

20/9   BRASIL 2 × 1 SELEÇÃO BAIANA
BRASIL: Pedrosa; Rogério e Otacílio; Ariel, Martim Silveira e Vicente; Átila, Armandinho, Carvalho Leite, Leônidas da Silva e Patesko (Dondon). TÉCNICO: Carlito Rocha. GOLS: Leônidas da Silva e Átila. ÁRBITRO: F. Paim (Brasil). VALIDADE: Amistoso. LOCAL: Estádio da Graça, Salvador.

27/9   BRASIL 5 × 4 SPORT RECIFE
BRASIL: Pedrosa; Vicente e Otacílio; Ariel, Waldir (Martim Silveira) e Rogério; Átila, Armandinho, Carvalho Leite (Waldemar de Brito), Leônidas da Silva e Patesko. TÉCNICO: Carlito Rocha. GOLS: Armandinho (3), Leônidas da Silva e Patesko. ÁRBITRO: J. Pessoa (Brasil) VALIDADE: Amistoso. LOCAL: Campo da Av. das Maláquias, Recife.

30/9   BRASIL 3 × 1 SANTA CRUZ
BRASIL: Pedrosa; Vicente e Otacílio; Ariel, Martim Silveira e Canalli; Dondon, Armandinho, Carvalho Leite, Leônidas da Silva e Patesko. TÉCNICO: Carlito Rocha. GOLS: Patesko, Dondon e Armandinho. VALIDADE: Amistoso. LOCAL: Campo da Jaqueira, Recife.

4/10   BRASIL 8 × 3 NÁUTICO
BRASIL: Pedrosa; Vicente e Rogério; Ariel, Waldir (Martim Silveira) e Canalli; Átila, Armandinho, Carvalho Leite, Leônidas da Silva e Patesko. TÉCNICO: Carlito Rocha. GOLS: Leônidas da Silva (3), Carvalho Leite (2), Armandinho (2) e Martim Silveira. VALIDADE: Amistoso. LOCAL: Campo da Jaqueira, Recife.

DEUSES DA BOLA

7/10   BRASIL 5 × 2 **SELEÇÃO PERNAMBUCANA**
BRASIL: Pedrosa; Vicente e Otacílio; Ariel, Waldir (Martim Silveira) e Canalli; Átila, Waldemar de Brito, Armandinho, Leônidas da Silva e Patesko. TÉCNICO: Carlito Rocha. GOLS: Waldemar de Brito, Patesko, Leônidas da Silva, Átila e Armandinho. VALIDADE: Amistoso. LOCAL: Campo da Av. das Maláquias, Recife.

10/10   BRASIL 2 × 3 **SANTA CRUZ**
BRASIL: Pedrosa; Rogério e Vicente; Ariel, Martim Silveira e Canalli; Átila, Waldemar de Brito, Leônidas da Silva, Armandinho e Patesko. TÉCNICO: Carlito Rocha. GOLS: Waldemar de Brito e Patesko. ÁRBITRO: T. Macedo (Brasil). VALIDADE: Amistoso. LOCAL: Campo da Av. das Maláquias, Recife.

13/10   BRASIL 5 × 1 **BAHIA**
BRASIL: Pedrosa; Rogério e Waldir; Ariel, Martim Silveira e Vicente; Átila, Waldemar de Brito, Armandinho, Leônidas da Silva (Carvalho Leite) e Patesko. TÉCNICO: Carlito Rocha. GOLS: Átila (2), Waldemar de Brito, Patesko e Armandinho. ÁRBITRO: M. Rabello (Brasil). VALIDADE: Amistoso. LOCAL: Estádio da Graça, Salvador.

1935

24/2   BRASIL 2 × 1 **RIVER PLATE (ARG.)**
BRASIL: Rey (Chico); Domingos da Guia e Itália; Gringo, Fausto (Afonsinho) e Orozimbo; Junqueirinha, Mamede, Petronilho (Carvalho Leite, depois Friedenreich), Nena e Orlando Rosa. TÉCNICO: Lagreca. RIVER PLATE: Cirne; Juarez e Cuellos; Rodolfi, Santamaria e Welgifker; Landoni, Moreno, Barnabé, Peucelle e Dorado. GOLS: Nena, Orlando Rosa e Landoni. ÁRBITRO: Miguel Urretaviscaya (Argentina). VALIDADE: Amistoso. LOCAL: Estádio São Januário, Rio de Janeiro.

1937

3/1   BRASIL 6 × 4 **CHILE**
BRASIL: Jurandir; Jaú e Nariz; Tunga, Brandão e Canalli; Roberto, Luizinho, Carvalho Leite, Tim e Patesko. TÉCNICO: Adhemar Pimenta. CHILE: Cabrera; Cordoba e Cortez; Schenberger, Rivero e Montero; Ojeda, Avendano, Toro, Carmona e Torres. GOLS: Luizinho (2), Ojeda, Toro, Patesko (2), Carvalho Leite, Roberto e Carmona (2). ÁRBITRO: Bartolomé Macias (Argentina). VALIDADE: Copa América. LOCAL: Estádio La Bombonera, Buenos Aires.

13/1   BRASIL 5 × 0 **PARAGUAI**
BRASIL: Jurandir (Rey); Jaú e Nariz; Tunga, Brandão e Afonsinho (Britto); Roberto, Luizinho, Carvalho Leite (Niginho), Tim e Patesko. TÉCNICO: Adhemar Pimenta. PARAGUAI: M. Gonzalez; Invernizzi e Olmedo; Ayala, Ortega e Aguirre; Vera, Erico, Gonzalez, A. Ortega (Barrio) e Silva (Filon). GOLS: Patesko (2), Luizinho (2), Carvalho Leite. ÁRBITRO: Bartolomé Macias (Argentina). VALIDADE: Copa América. LOCAL: Estádio do San Lorenzo de Almagro, Buenos Aires.

1936

27/12 BRASIL 3 × 2 PERU
BRASIL: Rey; Carnera e Jaú; Tunga, Brandão e Afonsinho; Roberto, Bahia, Niginho, Tim e Patesko. TÉCNICO: Adhemar Pimenta. PERU: Valdivieso; Soria e Fernandez; Tovar, Arce e Jordan; Lavalle, Magallanes, Lolo, Villanueva e Fernandez. GOLS: Roberto, Afonsinho, Lolo, Niginho e Villanueva. ÁRBITRO: Alfredo Vargas (Chile). VALIDADE: Copa América. LOCAL: Estádio La Bombonera, Buenos Aires.

19/1 BRASIL 3 × 2 URUGUAI
BRASIL: Jurandir; Carnera e Jaú; Tunga, Brandão (Zazur) e Afonsinho; Roberto, Luizinho (Bahia), Carvalho Leite (Niginho), Tim e Patesko. TÉCNICO: Adhemar Pimenta. URUGUAI: Ballesteros; Cadilla e Muniz; Carreras, Calvallisis e Martinez; Camatti (Piriz), Varella, Roselli, Viladonica e Ithurbide. GOLS: Viladonica, Bahia, Carvalho Leite, Niginho e Piriz. ÁRBITRO: Bartolomé Macias (Argentina). VALIDADE: Copa América. LOCAL: Estádio do San Lorenzo de Almagro, Buenos Aires.

30/1 BRASIL 0 × 1 ARGENTINA
BRASIL: Jurandir; Jaú e Nariz; Tunga (Britto); Brandão e Afonsinho; Roberto, Bahia (Luizinho), Niginho (Cardeal), Tim e Patesko. TÉCNICO: Adhemar Pimenta. ARGENTINA: Bello; Tarrio e Irribaren; Sastre, Minella e Martinez; Guaiata, Varallo, Zozaya, Scopilli (Cherro) e Garcia. GOL: Garcia. ÁRBITRO: Aníbal Tejada (Uruguai). VALIDADE: Copa América. LOCAL: Estádio do San Lorenzo de Almagro, Buenos Aires.

1/2 BRASIL 0 × 2 ARGENTINA
BRASIL: Jurandir; Carnera e Jaú; Britto, Brandão e Afonsinho; Roberto (Carreiro), Luizinho (Bahia), Cardeal (Carvalho Leite), Tim e Patesko. TÉCNICO: Adhemar Pimenta. ARGENTINA: Bello; Tarrio e Fatio; Sastre, Lanzatti e Martinez; Guaiata, Varallo (de la Matta), Zozaya (Barnabé Ferreira), Cherro (Peucelle) e Garcia. GOLS: Garcia e de la Matta, (prorrogação). ÁRBITRO: L. A. Mirabel (Uruguai). VALIDADE: Copa América. LOCAL: Estádio do San Lorenzo de Almagro, Buenos Aires.

1938

5/6 BRASIL 6 × 5 POLÔNIA
BRASIL: Batatais; Domingos da Guia e Machado; Zezé Procópio, Martim Silveira e Afonsinho; Lopes, Romeu Pellicciari, Leônidas da Silva, Perácio e Hércules. TÉCNICO: Adhemar Pimenta. POLÔNIA: Madejski; Szepaniak e Galecki; Gora, Nytz e Dytko; Piec, Piontek, Szerfke, Willimowski e Wodarz. GOLS: Leônidas da Silva (4), Perácio, Romeu, Willimowski (4) e Piontek. ÁRBITRO: I. Eklind (Suécia). VALIDADE: Copa do Mundo. LOCAL: Estádio do Club Racing, Estrasburgo, França.

12/6 BRASIL 1 × 1 TCHECOSLOVÁQUIA
BRASIL: Wálter; Domingos da Guia e Machado; Zezé Procópio, Martim Silveira e Afonsinho; Lopes, Romeu Pellicciari, Leônidas da Silva, Perácio e Hércules. TÉCNICO: Adhemar Pimenta. TCHECOSLOVÁQUIA: Planicka; Burger e Daucik; Kostalek, Boucek e Kopecky; Riha, Simunek, Ludl, Nejedly e Puc. GOLS:

DEUSES DA BOLA

Leônidas da Silva e Nejedly (pênalti). ÁRBITRO: P. V. Hertzka (Hungria). VALIDADE: Copa do Mundo. LOCAL: Parc de Leseure, Bordeaux, França.

14/6   BRASIL 2 × 1 TCHECOSLOVÁQUIA
BRASIL: Wálter; Jaú e Nariz; Britto, Brandão e Argemiro; Roberto, Luizinho, Leônidas da Silva, Tim e Patesko. TÉCNICO: Adhemar Pimenta. TCHECOSLOVÁQUIA: Bukert; Burger e Daucik; Kostalek, Boucek e Kopecky; Horak, Senecky, Kreutz, Ludl e Puc. GOLS: Kopecky, Leônidas da Silva e Roberto. ÁRBITRO: G. Capdeville (França). VALIDADE: Copa do Mundo. LOCAL: Parc de Leseure, Bourdeaux, França.

16/6   BRASIL 1 × 2 ITÁLIA
BRASIL: Wálter; Domingos da Guia e Machado; Zezé Procópio, Martim Silveira e Afonsinho; Lopes, Luizinho, Romeu Pellicciari, Perácio e Patesko. TÉCNICO: Adhemar Pimenta. ITÁLIA: Olivieri; Foni e Rava; Serantoni, Andreolo e Locatelli; Biavati, Meazza, Piola, Ferrari e Colaussi. GOLS: Colaussi, Meazza (pênalti) e Romeu. ÁRBITRO: H. Wuhtrich (Suíça). VALIDADE: Copa do Mundo. LOCAL: Estádio Jean Boin, Marselha, França.

19/6   BRASIL 4 × 2 SUÉCIA
BRASIL: Batatais; Domingos da Guia e Machado; Zezé Procópio, Brandão e Afonsinho; Roberto, Romeu Pellicciari, Leônidas da Silva, Perácio e Patesko. TÉCNICO: Adhemar Pimenta. SUÉCIA: Abrahamsson; Ericson e Nilssen; Almgren, Linderholm e Svanstroem; Berssen, H. Andersson, Jonasson, A. Andersson e Nyberg. GOLS: Jonasson, Nyberg, Romeu, Leônidas (2) e Perácio. ÁRBITRO: J. Langenus (Bélgica). VALIDADE: Copa do Mundo. LOCAL: Parc de Leseure, Bourdeaux, França.

1939

15/1   BRASIL 1 × 5 ARGENTINA
BRASIL: Batatais; Domingos da Guia e Machado; Bioró, Brandão e Médio; Luizinho, Romeu Pellicciari, Leônidas da Silva, Tim e Hércules. TÉCNICO: Carlos Nascimento. ARGENTINA: Gualco; Montanez e Coleta; Arcádio Lopez, Rodolfi e Arico Suarez; Peucelle, Sastre, Massantonio, Moreno e Garcia. GOLS: Garcia, Massantonio (2), Leônidas da Silva, Moreno (2). ÁRBITRO: Carlos de Oliveira Monteiro (Brasil). VALIDADE: Copa Roca. LOCAL: Estádio São Januário, Rio de Janeiro.

22/1   BRASIL 3 × 2 ARGENTINA
BRASIL: Thadeu; Domingos da Guia e Florindo; Zezé Procópio, Brandão e Afonsinho; Adílson, Romeu Pellicciari, Leônidas da Silva, Perácio e Carreiro. TÉCNICO: Carlos Nascimento. ARGENTINA: Gualco; Montanez e Coleta; Arádio Lopez, Rodolfi e Arico Suarez; Peucelle, Sastre, Massantonio, Moreno e Garcia. GOLS: Adílson, Leônidas da Silva, Perácio, Rodolfi e Garcia. ÁRBITRO: Carlos de Oliveira Monteiro (Brasil). VALIDADE: Copa Roca. LOCAL: Estádio São Januário, Rio de Janeiro.

1940

18/2   BRASIL 2 × 2 ARGENTINA
BRASIL: Aymoré Moreira; Jaú e Junqueira; Afonsinho (Del Nero), Zazur e Argemiro; Adílson, Romeu Pellicciari, Leônidas da Silva, Tim e

Carreiro. TÉCNICO: Del Debbio. ARGENTINA: Gualco; Solomon e Valussi; Araguez, Perucca e Arico Suarez; Peucelle, Sastre, Arrieta (Cassan), Baldonedo e Garcia. GOLS: Cassan, Leônidas da Silva, Baldonedo e Leônidas da Silva (pênalti). ÁRBITRO: José Ferreira Lemos (Brasil). VALIDADE: Copa Roca. LOCAL: Estádio do Parque Antártica, São Paulo.

25/2 BRASIL 0 × 3 ARGENTINA
BRASIL: Aymoré Moreira; Jaú e Florindo; Del Nero, Zazur (Brandão) e Argemiro; Adílson (Lopes), Romeu Pellicciari, Leônidas da Silva, Tim e Carreiro. TÉCNICO: del Debbio. ARGENTINA: Gualco; Salomon e Valussi; Zorilla, Perucca e Araguez; Peucelle, Baldonedo (Fidel), Sastre, Cassan e Garcia. GOLS: Baldonedo, Fidel e Sastre. ÁRBITRO: José Ferreira Lemos (Brasil). VALIDADE: Copa Roca. LOCAL: Estádio do Parque Antártica, São Paulo.

5/3 BRASIL 1 × 6 ARGENTINA
BRASIL: Aymoré Moreira (Jurandir); Jaú e Florindo; Zezé Procópio, Zazur e Argemiro; Lopes, Romeu Pellicciari, Carvalho Leite, Jair da Rosa Pinto e Carreiro. TÉCNICO: Jayme Barcelos. ARGENTINA: Gualco; Salomon e Valussi; Araguez, Perucca e Arico Suarez; Peucelle, Sastre, Massantonio, Baldonedo e Garcia. GOLS: Massantonio, Peucelle (4), Baldonedo e Jair da Rosa Pinto. ÁRBITRO: Bartolomé Macias (Argentina). VALIDADE: Copa Roca. LOCAL: Estádio do San Lorenzo de Almagro, Buenos Aires.

10/3 BRASIL 3 × 2 ARGENTINA
BRASIL: Nascimento; Norival e Florindo; Zezé Procópio, Zazur e Argemiro; Lelé (Lopes), Romeu Pellicciari, Leônidas da Silva, Jair da Rosa Pinto e Hércules (Carreiro). TÉCNICO: Jayme Barcelos. ARGENTINA: Gualco; Salomon e Valussi; Araguez, Perucca e Arico Suarez; Peucelle, Moreno, Massantonio (Cassan), Baldonedo e Garcia. GOLS: Hércules (2), Leônidas da Silva e Baldonedo (2). ÁRBITRO: Bartolomé Macias (Argentina). VALIDADE: Copa Roca. LOCAL: Estádio do San Lorenzo de Almagro, Buenos Aires.

17/3 BRASIL 1 × 5 ARGENTINA
BRASIL: Jurandir; Norival e Florindo; Zezé Procópio, Zazur e Argemiro; Lopes, Romeu Pellicciari (Carvalho Leite), Leônidas da Silva, Jair da Rosa Pinto e Carreiro. TÉCNICO: Jayme Barcelos. ARGENTINA: Gualco; Salomon e Valussi; Araguez (Sbarra), Leguisamon e Arico Suarez; Peucelle, Sastre, Massantonio (Cassan), Baldonedo e Garcia. GOLS: Leônidas da Silva, Baldonedo (2), Massantonio, Peucelle e Cassan. ÁRBITRO: Bartolomé Macias (Argentina). VALIDADE: Copa Roca. LOCAL: Estádio do San Lorenzo de Almagro, Buenos Aires.

24/3 BRASIL 3 × 4 URUGUAI
BRASIL: Nascimento; Norival e Florindo; Zezé Procópio, Zazur e Afonsinho; Pedro Amorim, Hortêncio (Romeu Pellicciari), Leônidas da Silva, Jair da Rosa Pinto e Hércules. TÉCNICO: Jayme Barcelos. URUGUAI: Barrios; Romero e Muniz; Delgado, Gonzalez e Rodriguez; Perez, Cirimino (Matta), Lago, Varella e Caimaite. GOLS: Perez, Hércules, Pedro Amorim, Leônidas da Silva, Rodriguez e Varella. ÁRBITRO: Nobel Valentini (Uruguai). VALIDADE: Copa Rio Branco. LOCAL: Estádio São Januário, Rio de Janeiro.

DEUSES DA BOLA

31/3 BRASIL 1×1 URUGUAI
BRASIL: Nascimento; Norival e Machado; Zezé Procópio, Zazur (Brant) e Argemiro; Pedro Amorim, Romeu Pellicciari, Leônidas da Silva, Jair da Rosa Pinto (Perácio) e Hércules. TÉCNICO: Jayme Barcelos. URUGUAI: Barrios; Romero e Muniz; Delgado, Gonzalez e Rodriguez; Perez, Cirimino (Matta), Lago, Varella e Caimaite. GOLS: Varella e Leônidas da Silva. ÁRBITRO: José Ferreira Lemos (Brasil). VALIDADE: Copa Rio Branco. LOCAL: Estádio São Januário, Rio de Janeiro.

1942

14/1 BRASIL 6×1 CHILE
BRASIL: Caju; Norival e Oswaldo Gerico; Afonsinho, Brandão e Dino; Cláudio, Servílio, Pirillo, Tim e Patesko. TÉCNICO: Adhemar Pimenta. CHILE: Hernandez; Salfatti e Roa; Medina, Pasueni e Las Heras; Armingol, Casanova, Dominguez, Contreras e Perez. GOLS: Pirillo (3), Patesko (2), Cláudio e Dominguez. ÁRBITRO: Aníbal Tejada (Uruguai). VALIDADE: Copa América. LOCAL: Estádio Centenário, Montevidéu.

18/1 BRASIL 1×2 ARGENTINA
BRASIL: Caju; Domingos da Guia e Oswaldo Gerico; Afonsinho, Brandão e Dino; Cláudio (Pedro Amorim), Servílio (Zizinho), Pirillo, Tim e Patesko (Pipo). TÉCNICO: Adhemar Pimenta. ARGENTINA: Gualco; Salomon e Alberti; Speron, Videla e Ramos; Tosoni, Pedernera, Massantonio, Moreno e Garcia. GOLS: Garcia, Servílio e Massantonio. ÁRBITRO: M. Soto (Chile). VALIDADE: Copa América. LOCAL: Estádio Centenário, Montevidéu.

21/1 BRASIL 2×1 PERU
BRASIL: Caju; Domingos da Guia e Oswaldo Gerico; Afonsinho, Brandão e Argemiro; Pedro Amorim, Zizinho, Russo (Pirillo), Tim e Pipi. TÉCNICO: Adhemar Pimenta. PERU: Honores; Quispe e Perales; Guzman, Pasojes e Jordan; Quiñones, Delgado, Lolo Fernandez, Magallanes e Magan. GOLS: Pedro Amorim (2) e Lolo Fernandez. ÁRBITRO: Marcos Rojas (Paraguai). VALIDADE: Copa América. LOCAL: Estádio Centenário, Montevidéu.

24/1 BRASIL 0×1 URUGUAI
BRASIL: Caju; Domingos da Guia e Oswaldo Gerico; Afonsinho, Brandão e Dino (Argemiro); Pedro Amorim, Servílio, Pirillo, Tim e Patesko. TÉCNICO: Adhemar Pimenta. URUGUAI: Aníbal Paz; Romero e Muniz; Rodriguez, J. Varella e Gambetta; Castro, S. Varella, Cioca, Porta e Zapirain. GOL: S. Varella. ÁRBITRO: Marcos Rojas (Paraguai). VALIDADE: Copa América. LOCAL: Estádio Centenário, Montevidéu.

31/1 BRASIL 5×1 EQUADOR
BRASIL: Caju; Norival e Begliomini; Afonsinho, Jayme e Argemiro; Cláudio (Joanino), Zizinho, Pirillo, Tim e Pipi (Paulo). TÉCNICO: Adhemar Pimenta. EQUADOR: Medina, Pirita e Hungria; Torres, Zambrano e Mendoza I; Alvarez, Jimenez, Alcivar, Herrera e Mendoza II. GOLS: Tim, Pirillo (3), Zizinho e Alvarez (pênalti). ÁRBITRO: Bartolomé Macias (Argentina). VALIDADE: Copa América. LOCAL: Estádio Centenário, Montevidéu.

5/2 BRASIL 1×1 PARAGUAI
BRASIL: Caju; Domingos da Guia e Oswaldo Gerico; Afonsinho, Brandão e Dino; Pedro Amorim, Zizinho, Paulo, Tim e Patesko. TÉCNICO: Adhemar Pimenta. PARAGUAI: Rios; Benitez e Acosta; Escobi, Ortega e Benegas; Vilarda, Mingo, Franco, Cantero (Sanchez) e Barrios. GOLS: Zizinho e Franco. ÁRBITRO: Bartolomé Macias (Argentina). VALIDADE: Copa América. LOCAL: Estádio Centenário, Montevidéu.

1944

14/5 BRASIL 6×1 URUGUAI
BRASIL: Oberdan (Jurandir); Piolim e Begliomini; Zezé Procópio, Rui e Noronha; Tesourinha, Lelé, Isaías, Jair da Rosa Pinto e Lima. TÉCNICO: Flávio Costa. URUGUAI: Natero; Lorenzo e Arrascaetta; Colturi, Duran e Sagastume; Volpi (Porta), Vasquez, Medina, Riepof (Santiago) e Tejera. GOLS: Isaías, Tesourinha, Lima (2), Tejera, Rui, Lelé. ÁRBITRO: Genaro Cirillo (Uruguai). VALIDADE: Amistoso. LOCAL: Estádio São Januário, Rio de Janeiro.

18/5 BRASIL 4×0 URUGUAI
BRASIL: Oberdan; Norival e Begliomini; Zezé Procópio (Alfredo), Rui (Ávila) e Noronha; Luizinho, Lelé, Isaías (Heleno de Freitas), Jair da Rosa Pinto e Lima. TÉCNICO: Flávio Costa. URUGUAI: Carvidon (Natero); Moralez (Lorenzo) e Arrascaetta; Colturi, Pini (Duran) e Raul Rodriguez; Tejera, Porta, Vasquez, Riepof (Medina) e Santiago. GOLS: Jair da Rosa Pinto (3) e Heleno de Freitas. ÁRBITRO: Mário Vianna (Brasil). VALIDADE: Amistoso. LOCAL: Estádio do Pacaembu, São Paulo.

1945

21/1 BRASIL 3×0 COLÔMBIA
BRASIL: Oberdan; Domingos da Guia e Norival; Biguá, Rui e Jayme; Tesourinha, Zizinho, Heleno de Freitas (Servílio), Ademir e Jorginho (Vevé). TÉCNICO: Flávio Costa. COLÔMBIA: Acosta; Mejias e Martinez; La Hoy, Juliani e Quinteros; Gamez, Gonzalez, Berdugo, Deleno e Mendoza. GOLS: Jorginho, Heleno de Freitas e Jayme. ÁRBITRO: Nobel Valentini (Uruguai). VALIDADE: Copa América. LOCAL: Estádio Nacional, Santiago.

28/1 BRASIL 2×0 BOLÍVIA
BRASIL: Oberdan; Domingos da Guia e Norival (Begliomini); Biguá, Rui e Jayme; Tesourinha, Zizinho, Servílio, Ademir (Jair da Rosa Pinto) e Jorginho. TÉCNICO: Flávio Costa. BOLÍVIA: Arraya; Pietro e Acha; Calderon, Fernandez e Gutierrez; Gonzalez, Ortega, Medrano, Orozco e Orgata. GOLS: Tesourinha e Ademir. ÁRBITRO: Bartolomé Macias (Argentina). VALIDADE: Copa América. LOCAL: Estádio Nacional, Santiago.

7/2 BRASIL 3×0 URUGUAI
BRASIL: Oberdan; Domingos da Guia e Begliomini; Biguá, Rui e Jayme; Tesourinha, Zizinho, Heleno de Freitas, Jair da Rosa Pinto e Ademir. TÉCNICO: Flávio Costa. URUGUAI: Máspoli; Pini e Prado; General Viana, Varella e Gambetta; Ortiz, J. Garcia, A. Garcia,

Porta e Zapirain. GOLS: Heleno de Freitas (2) e Rui. ÁRBITRO: Bartolomé Macias (Argentina). VALIDADE: Copa América. LOCAL: Estádio Nacional, Santiago.

15/2   BRASIL 1 × 3 ARGENTINA
BRASIL: Oberdan; Domingos da Guia e Begliomini (Newton); Biguá, Rui e Jayme (Alfredo); Tesourinha, Zizinho, Heleno de Freitas (Servílio), Jair da Rosa Pinto e Ademir. TÉCNICO: Flávio Costa. ARGENTINA: Ricardo; Salomon e De Zorzi; Sosa (Palma), Perucca e Colombo; Muñoz, Mendez (De la Matta), Pontoni, Martino e Loustau. GOLS: Mendez (3) e Ademir. ÁRBITRO: Nobel Valentini (Uruguai). VALIDADE: Copa América. LOCAL: Estádio Nacional, Santiago.

21/2   BRASIL 9 × 2 EQUADOR
BRASIL: Oberdan; Domingos da Guia e Newton; Biguá, Rui e Alfredo; Tesourinha (Jorginho), Zizinho, Heleno de Freitas, Jair da Rosa Pinto e Ademir. TÉCNICO: Flávio Costa. EQUADOR: Medina; Enriquez e Zurita; Mendoza, Alvarez e Mejias; Montenegro, Jimenez, Albernoz, Aguayo e Luís Mendoza. GOLS: Ademir (3), Heleno de Freitas (2), Jair da Rosa Pinto (2), Zizinho (2) e Aguayo (2). ÁRBITRO: Bartolomé Macias (Argentina). VALIDADE: Copa América. LOCAL: Estádio Nacional, Santiago.

28/2   BRASIL 1 × 0 CHILE
BRASIL: Oberdan; Domingos da Guia e Norival; Biguá, Danilo Alvim e Jayme; Tesourinha (Djalma), Zizinho, Heleno de Freitas, Jair da Rosa Pinto e Ademir. TÉCNICO: Flávio Costa. CHILE: Fernandez; Salfati e Lopez; Chaveria, Sepulveda e Carballo; Castro, Cremachi, Saenz (Mansilla), Penaloza e Medina. GOL: Heleno de Freitas. ÁRBITRO: Nobel Valentini (Uruguai). VALIDADE: Copa América. LOCAL: Estádio Nacional, Santiago.

16/12   BRASIL 3 × 4 ARGENTINA
BRASIL: Barbosa (Oberdan); Domingos da Guia e Norival; Zezé Procópio, Rui e Jayme; Tesourinha, Zizinho (Lelé), Leônidas da Silva, Ademir e Chico (Jair da Rosa Pinto). TÉCNICO: Flávio Costa. ARGENTINA: Vacca; Salomon e Sobrero; Sosa (Fonda), Perucca e Ramos; Boyê, Mendez (Salvini), Pedernera, Labruna e Sued. GOLS: Ademir, Zizinho e Salomon (contra), Pedernera, Boyê, Sued e Labruna. ÁRBITRO: Mário Vianna (Brasil). VALIDADE: Copa Roca. LOCAL: Estádio do Pacaembu, São Paulo.

20/12   BRASIL 6 × 2 ARGENTINA
BRASIL: Ary; Domingos da Guia e Norival; Zezé Procópio, Rui e Jayme; Lima, Zizinho, Leônidas da Silva (Heleno de Freitas), Ademir e Chico. TÉCNICO: Flávio Costa. ARGENTINA: Vacca; Marante e Sobrero; Sosa (Fonda), Perucca e Ramos (Bataglero); Boyê, Pedernera, Pontoni, Martino (Labruña) e Sued. GOLS: Pedernera (pênalti), Ademir (2), Leônidas da Silva (pênalti), Chico, Zizinho, Heleno de Freitas e Martino. ÁRBITRO: Mário Vianna (Brasil). VALIDADE: Copa Roca. LOCAL: Estádio São Januário, Rio de Janeiro.

23/12   BRASIL 3 × 1 ARGENTINA
BRASIL: Ary; Domingos da Guia (Newton) e Norival; Zezé Procópio, Rui e Jayme, Lima, Zizinho, Heleno de Freitas (Leônidas da Silva), Ademir e Chico. TÉCNICO: Flávio Costa. ARGENTINA: Ogando; Salomon e Albert; Fonda, Strembel (Perucca) e Bataglero (Ramos); Salvini, Martino, Pedernera

(Pontoni), Labruña e Sued. GOLS: Martino, Heleno de Freitas, Lima e Fonda (contra). ÁRBITRO: Mário Vianna (Brasil). VALIDADE: Copa Roca. LOCAL: Estádio São Januário, Rio de Janeiro.

1946

5/1 BRASIL 3 × 4 URUGUAI
BRASIL: Ary; Domingos da Guia e Norival; Ivan, Rui e Jayme; Lima (Tesourinha), Zizinho, Heleno de Freitas, Jair da Rosa Pinto e Ademir (Chico). TÉCNICO: Flávio Costa. URUGUAI: Maspoli; Lorenzo (Pini) e Tejera; Duran, O. Varella e Praiz; Castro (Ortiz), Medina, Schiaffino, Riephoff e Ferres (Volpi). GOLS: Jair da Rosa Pinto, Riephoff (2), Zizinho, Medina, Jair e Volpi. ÁRBITRO: Mário Vianna (Brasil). VALIDADE: Copa Rio Branco. LOCAL: Estádio Centenário, Montevidéu.

9/1 BRASIL 1 × 1 URUGUAI
BRASIL: Ary; Newton e Norival; Zezé Procópio, Rui e Jayme; Lima, Zizinho, Heleno de Freitas, Ademir e Chico (Jair da Rosa Pinto). TÉCNICO: Flávio Costa. URUGUAI: Maspoli; Pini e Tejera; Duran, Varella e Praiz; Ortiz, Medina (Gomez), Schiaffino, Riephoff (Sciaffino II) e Volpi. GOLS: Medina e Heleno de Freitas. ÁRBITRO: Juan Carlos Armental (Uruguai). VALIDADE: Copa Rio Branco. LOCAL: Estádio Centenário, Montevidéu.

16/1 BRASIL 3 × 0 BOLÍVIA
BRASIL: Ary; Domingos da Guia e Norival; Ivan, Rui e Jayme; Lima (Tesourinha), Zizinho, Heleno de Freitas, Jair da Rosa Pinto e Ademir. TÉCNICO: Flávio Costa. BOLÍVIA: Arraya; Acha e Bustamante; Calderon, Fernandez e Farrel; Gonzalez, Ortega, Tapia (Soremblus), Pareda (Gorzon) e Orgaz. GOLS: Heleno de Freitas (2) e Zizinho. ÁRBITRO: Bartolomé Macias (Argentina). VALIDADE: Copa América. LOCAL: Estádio do San Lorenzo de Almagro, Buenos Aires.

23/1 BRASIL 4 × 3 URUGUAI
BRASIL: Ary; Newton e Norival; Zezé Procópio, Rui e Jayme (Aleixo); Tesourinha, Zizinho, Heleno de Freitas, Jair da Rosa Pinto (Ademir) e Chico (Lima). TÉCNICO: Flávio Costa. URUGUAI: Maspoli; Pini e Tejera; Sabatel, Varella e Praiz; Volpi, Medina, Schiaffino, Vasquez e Zapirain. GOLS: Jair da Rosa Pinto (2), Medina (2), Vasquez, Heleno de Freitas, Chico. ÁRBITRO: C. de Nicola (Paraguai). VALIDADE: Copa América. LOCAL: Estádio do San Lorenzo de Almagro, Buenos Aires.

29/1 BRASIL 1 × 1 PARAGUAI
BRASIL: Ary; Domingos da Guia e Norival; Zezé Procópio (Ivan), Rui e Aleixo; Tesourinha, Zizinho, Leônidas da Silva, Ademir e Chico (Heleno de Freitas). TÉCNICO: Flávio Costa. PARAGUAI: Garcia; Hugo e Casco; Garcia II, Ramirez e Cantero; Calonga (Ferreira), Rolom (Sanchez), Marin, Benitez Cáceres e Villalba. GOLS: Villalba e Norival. ÁRBITRO: Bartolomé Macias (Argentina). VALIDADE: Copa América. LOCAL: Estádio do Independiente, Buenos Aires.

3/2 BRASIL 5 × 1 CHILE
BRASIL: Ary; Newton e Norival; Ivan (Zezé Procópio), Rui e Aleixo (Danilo Alvim); Tesourinha, Zizinho,

Heleno de Freitas, Jair da Rosa Pinto e Chico. TÉCNICO: Flávio Costa. CHILE: Fernandez; Salfati e Lopez; Chaveria, Sepulveda e Carballo; Castro, Cremachi, Saenz (Mansilla), Penaloza e Medina. GOLS: Zizinho (4), Salfati (pênalti) e Chico. ÁRBITRO: Nobel Valentini (Uruguai). VALIDADE: Copa América. LOCAL: Estádio do San Lorenzo de Almagro, Buenos Aires.

10/2 BRASIL 0 × 2 ARGENTINA
BRASIL: Luiz Borracha; Domingos da Guia e Norival; Zezé Procópio, Danilo Alvim e Jayme (Rui); Tesourinha (Lima), Zizinho (Ademir), Heleno de Freitas, Jair da Rosa Pinto e Chico. TÉCNICO: Flávio Costa. ARGENTINA: Vacca; Salomon e Sobrero; Fonda, Strembel e Pescia; De la Matta, Mendez, Pedernera, Labruna e Loustau. GOLS: Mendez. ÁRBITRO: Nobel Valentini (Uruguai). VALIDADE: Copa América. LOCAL: Monumental de Núñez, Buenos Aires.

1947

29/3 BRASIL 0 × 0 URUGUAI
BRASIL: Luiz Borracha; Augusto e Nena; Rui, Danilo Alvim e Noronha; Cláudio, Ademir (Maneca), Heleno de Freitas, Jair da Rosa Pinto e Lima. TÉCNICO: Flávio Costa. URUGUAI: Máspoli; Lorenzo e Tejera; Gambetta, Manay (Barreto) e Cajiga; Castro, Garcia, Medina, Burgueno (Júlio Perez) e Godard. ÁRBITRO: Juan Carlos Armental (Uruguai). VALIDADE: Copa Rio Branco. LOCAL: Estádio do Pacaembu, São Paulo.

1/4 BRASIL 3 × 2 URUGUAI
BRASIL: Luiz Borracha; Augusto e Haroldo; Rui (Ely), Danilo Alvim e Noronha; Tesourinha, Ademir (Maneca), Heleno de Freitas, Jair Rosa Pinto e Chico. TÉCNICO: Flávio Costa. URUGUAI: Máspoli; Raul Pini e Tejera; Gambetta, Rudolfo Pini e Luz; Castro (De Luca), Burgueno (Juan Schiaffino), Medina, Garcia e Gudart (Clasarez). GOLS: Tesourinha, Jair da Rosa Pinto, Heleno de Freitas, Medina e Pini. ÁRBITRO: João Etzel Filho (Brasil). VALIDADE: Copa Rio Branco. LOCAL: Estádio São Januário, Rio de Janeiro.

1948

4/4 BRASIL 1 × 1 URUGUAI
BRASIL: Barbosa; Augusto e Newton (Nena); Rui, Danilo Alvim e Noronha; Cláudio, Friaça, Heleno de Freitas (Adãozinho), Jair da Rosa Pinto (Chico) e Canhotinho. TÉCNICO: Flávio Costa. URUGUAI: Máspoli; Lorenzo e Tejera; O. Varella, Gambetta e Cajiga; Britos, J. Garcia (Rodriguez Andrade), Falero (Riephoff), Sarro e Orlandi. GOLS: Falero e Danilo Alvim. ÁRBITRO: Alberto da Gama Malcher (Brasil). VALIDADE: Copa Rio Branco. LOCAL: Estádio Centenário, Montevidéu.

11/4 BRASIL 2 × 4 URUGUAI
BRASIL: Luiz Borracha; Augusto e Nena; Rui, Danilo Alvim e Noronha; Cláudio, Friaça (Carlyle), Adãozinho, Canhotinho e Chico. TÉCNICO: Flávio Costa. URUGUAI: Paz; Lorenzo e Tejera; Gambetta, O. Varella e Cajiga; Britos (Puentes), J. Garcia, Falero (Chelle), Juan Schiaffino e Magliano. GOLS:

Falero, O. Varella, Britos, Magliano, Canhotinho e Carlyle. ÁRBITRO: Luís Alberto Fernandez (Uruguai). VALIDADE: Copa Rio Branco. LOCAL: Estádio Centenário, Montevidéu.

1949

3/4   BRASIL 9 × 1 EQUADOR
BRASIL: Barbosa; Augusto e Wilson; Ely, (Bauer), Danilo Alvim (Rui) e Noronha; Tesourinha, Zizinho (Ademir), Otávio, Jair da Rosa Pinto e Simão. TÉCNICO: Flávio Costa. EQUADOR: Carrillo; Lobato (Sanchez) e Bermeo; Torres (Rivero), Vasquez e Marise; Aertiasa, Cantos L., Chuchuca, Vargas e Andrade. GOLS: Chuchuca; Simão (2), Jair da Rosa, Pinto (2), Tesourinha (2), Ademir, Otávio e Zizinho. ÁRBITRO: Cecil Barrick (Inglaterra). VALIDADE: Copa América. LOCAL: Estádio São Januário, Rio de Janeiro.

10/4   BRASIL 10 × 1 BOLÍVIA
BRASIL: Barbosa; Augusto e Mauro; Bauer, Rui e Noronha; Cláudio, Zizinho, Nininho, Jair da Rosa Pinto e Simão. TÉCNICO: Flávio Costa. BOLÍVIA: Arraya; Acha e Bustamante; Montano, Valencia e Ferrel; Algaramaz, Ugarte, Mena, Gutierrez e Godoy (Maldonado). GOLS: Ugarte (pênalti), Nininho (3), Cláudio (2), Simão (2), Zizinho (2) e Jair da Rosa Pinto. ÁRBITRO: Cecil Barrick (Inglaterra). VALIDADE: Copa América. LOCAL: Estádio do Pacaembu, São Paulo.

13/4   BRASIL 2 × 1 CHILE
BRASIL: Barbosa; Augusto e Mauro; Bauer, Rui e Noronha; Cláudio, Zizinho, Nininho, Jair da Rosa Pinto e Simão. TÉCNICO: Flávio Costa. CHILE: Livingstone; Urros e Negri; Machuca, Florez (Ramos) e Busquete; Rivera, Varella, Infante, Luís Lopez (Prieto, depois Rojas) e Hugo Lopez. GOLS: Cláudio (pênalti), Zizinho e Hugo Lopez. ÁRBITRO: Juan Carlos Armental (Uruguai). VALIDADE: Copa América. LOCAL: Estádio do Pacaembu, São Paulo.

17/4   BRASIL 5 × 0 COLÔMBIA
BRASIL: Barbosa (Osvaldo Baliza); Augusto (Nílton Santos) e Wilson; Bauer, Rui e Noronha (Bigode); Tesourinha, Nininho, Ademir, Orlando Pingo de Ouro e Canhotinho. TÉCNICO: Flávio Costa. COLÔMBIA: Sanchez, Picalua e Mariaga; Castelbondo, Guerra e Gutierrez, Garcia (Apressa), Lancaster de León, Perez (Gonzalez Rubio), Verdugo e Ruiz (Aprega). GOLS: Ademir (2), Canhotinho, Tesourinha e Orlando Pingo de Ouro. ÁRBITRO: Alejandro Galvez (Chile). VALIDADE: Copa América. LOCAL: Estádio do Pacaembu, São Paulo.

24/4   BRASIL 7 × 1 PERU
BRASIL: Barbosa; Augusto e Wilson; Ely, Danilo Alvim e Noronha; Tesourinha, Zizinho, Otávio (Ademir), Jair da Rosa Pinto (Orlando Pingo de Ouro) e Simão. TÉCNICO: Flávio Costa. PERU: Ormeno; Fuentes e Arce; Colunga, Gonzalez e Calderon; Mendoza (Manuel Drago), Castillo, Salina (Mosquera), Gomez Sanchez (Da Silva) e Pedrazza. GOLS: Salina, Arce (contra), Simão, Orlando Pingo de Ouro, Augusto, Ademir e Jair da Rosa Pinto (2). ÁRBITRO: Cecil Barrick (Inglaterra). VALIDADE: Copa América. LOCAL: Estádio São Januário, Rio de Janeiro.

30/4   BRASIL 5 × 1 URUGUAI
BRASIL: Barbosa; Augusto e Wilson; Ely, Danilo Alvim e Wilson; Tesourinha, Zizinho, Otávio

(Nininho), Ademir, Jair da Rosa Pinto (Orlando Pingo de Ouro) e Simão. TÉCNICO: Flávio Costa. URUGUAI: La Paz; Gonzalez e Gadea; Villareal, R. Garcia e S. Garcia; J. Garcia (Ayala), Moreno, R. Castro, Bettancourt (Moll) e Suarez (Martinez). GOLS: Tesourinha, Zizinho, Danilo Alvim, Jair da Rosa Pinto (2) e R. Castro. ÁRBITRO: Alfredo da Gama Malcher (Brasil). VALIDADE: Copa América. LOCAL: Estádio São Januário, Rio de Janeiro.

1950

6/5   BRASIL 3 × 4 URUGUAI
BRASIL: Barbosa; Mauro e Nílton Santos; Ely, Rui e Noronha; Tesourinha, Zizinho, Ademir, Jair da Rosa Pinto e Chico. TÉCNICO: Flávio Costa. URUGUAI: Máspoli; Matias Gonzalez e Vilches; J. C. Gonzalez, O. Varella e R. Andrade (Gambetta); Britos (Ghiggia), Júlio Perez, Miguez, Schiaffino e Villamidez. GOLS: J. Perez, Schiaffino (2), Miguez, Zizinho e Ademir (2). ÁRBITRO: Cecil Barrick (Inglaterra). VALIDADE: Copa Rio Branco. LOCAL: Estádio do Pacaembu, São Paulo.

7/5   BRASIL 2 × 0 PARAGUAI
BRASIL: Castilho; Nílton Santos e Juvenal (Nena); Bauer, Danilo Alvim e Bigode; Friaça, Maneca, Baltazar, Pinga e Rodrigues. TÉCNICO: Flávio Costa. PARAGUAI: Vargas; Céspedes e Gonzalez; Gavillan, Leguizamon (Calonga) e Cantero; Avallos, Lopez (Guex), Alvarez, Lopez Fletes e Unzain. GOLS: Pinga (2). ÁRBITRO: Mário Rojas (Paraguai). VALIDADE: Taça Oswaldo Cruz. LOCAL: Estádio São Januário, Rio de Janeiro.

13/5   BRASIL 3 × 3 PARAGUAI
BRASIL: Castilho; Juvenal e Nena; Bauer, Danilo Alvim e Bigode; Friaça, Maneca, Baltazar, Pinga e Rodrigues. TÉCNICO: Flávio Costa. PARAGUAI: Vargas; Gonzalito e Céspedes; Gavillan, Leguizamon e Cantero; Avallos, Lopez, Alvez (Sosa), Lopez Fletes e Unzain. GOLS: Lopez, Pinga, Maneca (2), Unzain e Sosa. ÁRBITRO: Mário Vianna (Brasil). VALIDADE: Taça Oswaldo Cruz. LOCAL: Estádio do Pacaembu, São Paulo.

14/5   BRASIL 3 × 2 URUGUAI
BRASIL: Barbosa; Mauro (Juvenal) e Nílton Santos; Ely, Rui e Noronha; Tesourinha (Friaça), Zizinho, Ademir, Jair da Rosa Pinto (Baltazar) e Chico. TÉCNICO: Flávio Costa. URUGUAI: Máspoli; M. Gonzalez e Vilches (Gambetta); J. C. Gonzalez, O. Varella e R. Andrade; Gigghia, J. Perez, Miguez, Schiaffino (Romero) e Vilamidez (Orlando). GOLS: Ademir, Nílton Santos (contra), M. Gonzalez (contra), Chico e Vilamidez. ÁRBITRO: Cecil Barrick (Inglaterra). VALIDADE: Copa Rio Branco. LOCAL: Estádio São Januário, Rio de Janeiro.

17/5   BRASIL 1 × 0 URUGUAI
BRASIL: Barbosa; Juvenal e Nílton Santos; Ely, Danilo Alvim e Bigode; Friaça, Zizinho (Jair da Rosa Pinto), Baltazar, Ademir e Chico. TÉCNICO: Flávio Costa. URUGUAI: Máspoli; M. Gonzalez e Tejera; J. C. Gonzalez (Gambetta), O. Varela (R. Pino e R. Andrade; Gogghia, J. Perez, Miguez, Schiaffino (Romero) e Vilamidez (Orlando). GOL: Ademir. ÁRBITRO: Cecil Barrick (Inglaterra). VALIDADE: Copa Rio Branco. LOCAL: Estádio São Januário, Rio de Janeiro.

3/6   BRASIL 6 × 4 **SELEÇÃO GAÚCHA**
BRASIL: Barbosa; Augusto e Mauro; Ely (Bauer), Danilo Alvim (Ruo) e Alfredo (Noronha); Maneca, Zizinho (Jair da Rosa Pinto), Baltazar, Ademir e Chico. TÉCNICO: Flávio Costa. SELEÇÃO GAÚCHA: Ivo; Joni e Nena; Hugo, Ruaro e Heitor; Balejo, Hermes, Adãozinho, Mujica e Ariovaldo (Apis). GOLS: Hermes (4), Ademir (3), Jair da Rosa Pinto (2) e Zizinho. ÁRBITRO: Mário Vianna (Brasil). VALIDADE: Amistoso. LOCAL: Estádio São Januário, Rio de Janeiro.

11/6   BRASIL 4 × 3 **SELEÇÃO PAULISTA DE NOVOS**
BRASIL: Barbosa (Castilho); Nilton Santos (Augusto) e Nena (Juvenal); Bauer (Ely), Rui (Danilo Alvim) e Bigode (Alfredo); Friaça, Ademir, Baltazar (Adãozinho), Jair da Rosa Pinto e Chico (Rodrigues). TÉCNICO: Flávio Costa. SELEÇÃO PAULISTA: Osvaldo; Homero e Dema (Idário); Santos, Brandãozinho e Alfredo; Renato (Dorval), Rubens, Augusto, Gatão e Ponce de León. GOLS: Augusto (Paulista), Baltazar, Rodrigues (2), Brandãozinho, Ademir e Ponce de León. ÁRBITRO: Mário Oliveira (Portugal). VALIDADE: Amistoso. LOCAL: Estádio São Januário, Rio de Janeiro.

24/6   BRASIL 4 × 0 **MÉXICO**
BRASIL: Barbosa; Augusto e Juvenal; Ely, Danilo Alvim e Bigode; Maneca, Ademir, Baltazar, Jair da Rosa Pinto e Friaça. TÉCNICO: Flávio Costa. MÉXICO: Carbajal; Zeter e Montemayor; Ruiz, Uchôa e Roca; Cessie, Ortiz, Casarin, Perez e Velasquez. GOLS: Ademir (2), Jair da Rosa Pinto e Baltazar. ÁRBITRO: George Reader (Inglaterra). VALIDADE: Copa do Mundo. LOCAL: Estádio do Maracanã, Rio de Janeiro.

28/6   BRASIL 2 × 2 **SUÍÇA**
BRASIL: Barbosa; Augusto e Juvenal; Bauer, Rui e Noronha; Alfredo, Ademir, Baltazar, Maneca e Friaça. TÉCNICO: Flávio Costa. SUÍÇA: Stuber; Neury e Boucquet; Luzenti, Eggimann e Quinche; Tamini, Bickel, Friedlander, Bader e Fatton. GOLS: Alfredo, Baltazar e Fatton (2). ÁRBITRO: Ramon B. Azon (Espanha) VALIDADE: Copa do Mundo LOCAL: Estádio do Pacaembu, São Paulo

1/7   BRASIL 2 × 0 **IUGOSLÁVIA**
BRASIL: Barbosa; Augusto e Juvenal; Bauer, Danilo Alvim e Bigode; Maneca, Zizinho, Ademir, Jair da Rosa Pinto e Chico. TÉCNICO: Flávio Costa. IUGOSLÁVIA: Mrkusic; Horvat e Brokela; Tchaikowski I, Javanovic e Dzajic; Vukas, Mitic, Tomasevic, Bobek e Tchaikowski U. GOLS: Ademir e Zizinho. ÁRBITRO: B. Mervin Griffiths (País de Gales). VALIDADE: Copa do Mundo. LOCAL: Estádio do Maracanã, Rio de Janeiro.

9/7   BRASIL 7 × 1 **SUÉCIA**
BRASIL: Barbosa; Augusto e Juvenal; Bauer, Danilo Alvim e Bigode; Maneca, Zizinho, Ademir, Jair da Rosa Pinto e Chico. TÉCNICO: Flávio Costa. SUÉCIA: Svensson; Samuelsson e Erik Nilsson; Andersson, K. Nordahl e Gaerd; Sundqvist, Palmer, Jeppsson, Skoglund e S. Nilsson. GOLS: Ademir (4), Chico (2), Andersson (pênalti) e Maneca. ÁRBITRO: Arthur Ellis (Inglaterra). VALIDADE: Copa do Mundo. LOCAL: Estádio do Maracanã, Rio de Janeiro.

13/7   BRASIL 6 × 1 **ESPANHA**
BRASIL: Barbosa; Augusto e Juvenal; Bauer, Danilo Alvim e Bigode; Friaça, Zizinho, Ademir, Jair da Rosa Pinto e Chico. TÉCNICO: Flávio Costa. ESPANHA:

DEUSES DA BOLA

Ramallets; Alonso e Gonzalvo II; Gonzalvo III, Parra e Puchades; Basora, Leoa, Zarra, Panizo e Gainza. GOLS: Ademir (2), Jair, Chico (2), Zizinho Igoa. ÁRBITRO: Reginald Leafe (Inglaterra) VALIDADE: Copa do Mundo. LOCAL: Estádio do Maracanã, Rio de Janeiro.

16/7 BRASIL 1 × 2 URUGUAI
BRASIL: Barbosa; Augusto e Juvenal; Bauer, Danilo Alvim e Bigode; Friaça, Zizinho, Ademir, Jair da Rosa Pinto e Chico. TÉCNICO: Flávio Costa. URUGUAI: Máspoli; M. Gonzalez e Tejera; Gambetta, O. Varella e R. Andrade; Gigghia, J. Perez, Miguez, Schiaffino e Moran. GOLS: Friaça, Schiaffino e Gigghia. ÁRBITRO: George Reader (Inglaterra). VALIDADE: Copa do Mundo. LOCAL: Estádio do Maracanã, Rio de Janeiro.

1952

6/4 BRASIL 2 × 0 MÉXICO
BRASIL: Castilho; Pinheiro e Nílton Santos; Araty, Bauer e Brandãozinho; Julinho, Didi, Ademir (Pinga), Baltazar e Rodrigues. TÉCNICO: Zezé Moreira. MÉXICO: Carbajal; Battaglia e Montemayor; Martinez, Blanco e Rivera; Molina, Naranjo, Lopez, Balcazar e Spetien. GOLS: Baltazar (2). ÁRBITRO: Charles Dean (Inglaterra). VALIDADE: Campeonato Pan-Americano. LOCAL: Estádio Nacional, Santiago.

10/4 BRASIL 0 × 0 PERU
BRASIL: Castilho; Pinheiro e Nílton Santos; Djalma Santos, Bauer (Ely) e Brandãozinho; Julinho, Didi, Baltazar, Ademir (Pinga) e Rodrigues. TÉCNICO: Zezé Moreira. PERU: Ormeno; Brush e Delgado; Heredia, Goyenecha e Rosasco; Lazón, Baradillo, Lopez, Drago e Torres. ÁRBITRO: Charles Mackenna (Inglaterra). VALIDADE: Campeonato Pan-Americano LOCAL: Estádio Nacional, Santiago

13/4 BRASIL 5 × 0 PANAMÁ
BRASIL: Castilho; Pinheiro e Nílton Santos; Djalma Santos, Ely e Brandãozinho; Julinho (Friaça), Didi, Baltazar (Ademir), Pinga (Rubens) e Rodrigues. TÉCNICO: Zezé Moreira. PANAMÁ: Warren; Figueroa e Sandiford; Mendoza, Tejada e Carrillo; Linares, Torres, Martinez, H. Rangel e L. Rangel. GOLS: Pinga, Julinho, Baltazar e Rodrigues (2). ÁRBITRO: Geodfrey Sunderland (Inglaterra). VALIDADE: Campeonato Pan-Americano. LOCAL: Estádio Nacional, Santiago.

16/4 BRASIL 4 × 2 URUGUAI
BRASIL: Castilho; Pinheiro (Gérson) e Nílton Santos; Djalma Santos, Ely e Brandãozinho; Friaça (Bauer), Didi, Ademir, Baltazar (Pinga) e Rodrigues. TÉCNICO: Zezé Moreira. URUGUAI: Máspoli; M. Gonzalez e Vilches; R. Andrade, Duran e Ferreira; Gigghia, J. Perez (Loureiro), Miguez, Abbadie e Vidal (Cancela). GOLS: Abbadie, Cancela, Pinga, Rodrigues, Didi e Baltazar. ÁRBITRO: Geodfrey Sunderland (Inglaterra). VALIDADE: Campeonato Pan-Americano. LOCAL: Estádio Nacional, Santiago.

20/4 BRASIL 3 × 0 CHILE
BRASIL: Castilho (Osvaldo Baliza); Pinheiro e Nílton Santos; Djalma Santos, Ely e Brandãozinho; Julinho, Didi, Baltazar (Ipojucan), Ademir (Pinga) e Rodrigues. TÉCNICO: Zezé Moreira. CHILE: Livingstone; Yori e Roldán; Saenz, Faria e Cortez (Rojas); Hormazábal, Cremaschi, Lorca (Melendez), Muñoz e Diaz (Júlio

Lopez). GOLS: Ademir (2) e Pinga. ÁRBITRO: Charles Dean (Inglaterra). VALIDADE: Campeonato Pan-Americano. LOCAL: Estádio Nacional, Santiago. * Brasil campeão.

OLIMPÍADA DE HELSINQUE, FINLÂNDIA
TIME-BASE DO BRASIL: Carlos Alberto; Mauro Rodrigues e Zózimo; Waldir, Adésio e Edison; Milton, Humberto, Larry, Vavá (Evaristo) e Jansen. TÉCNICO: Newton Cardoso.

16/7   BRASIL   5 × 1   HOLANDA
20/7   BRASIL   2 × 1   LUXEMBURGO
24/7   BRASIL   2 × 4   ALEMANHA OCIDENTAL

1953

1/3   BRASIL   8 × 1   BOLÍVIA
BRASIL: Castilho (Gilmar); Pinheiro e Nílton Santos; Djalma Santos (Haroldo), Bauer e Danilo Alvim; Julinho, Zizinho, Ipojucan, Pinga (Ademir) e Rodrigues. TÉCNICO: Aymoré Moreira. BOLÍVIA: Gutierrez; Gonzalez e Bustamante; Cabrera, Valencia e Vargas; Brown, Ugarte, Lopez, Mena e Alcon. GOLS: Ugarte, Pinga (2), Julinho (4) e Rodrigues (2). ÁRBITRO: Richard Maddison (Inglaterra). VALIDADE: Copa América. LOCAL: Estádio Nacional, Lima.

12/3   BRASIL   2 × 0   EQUADOR
BRASIL: Barbosa; Pinheiro e Alfredo Ramos; Djalma Santos, Ely e Brandãozinho; Cláudio, Didi, Baltazar, Ademir e Rodrigues. TÉCNICO: Aymoré Moreira. EQUADOR: Bonnard; Sanchez e Henriquez; Lobato, Marin e Solis; Balseca, Pinto, Maranon, Vargas e Guzman. GOLS: Cláudio e Ademir. ÁRBITRO: Richard Maddison (Inglaterra). VALIDADE: Copa América. LOCAL: Estádio Nacional, Lima.

15/3   BRASIL   1 × 0   URUGUAI
BRASIL: Castilho; Djalma Santos, Pinheiro e Nílton Santos; Ely e Brandãozinho (Danilo Alvim); Julinho, Zizinho, Ipojucan (Baltazar), Pinga (Ademir) e Rodrigues. TÉCNICO: Aymoré Moreira. URUGUAI: Rodriguez; M. Gonzalez e Martinez; Rivera, Carballo e Vagnoli; Fuentes, Romero, Morel, Balsero e Pelai. GOL: Ipojucan. ÁRBITRO: Charles Mackenna (Inglaterra). VALIDADE: Copa América. LOCAL: Estádio Nacional, Lima.

19/3   BRASIL   0 × 1   PERU
BRASIL: Castilho; Pinheiro e Nílton Santos; Djalma Santos, Ely e Brandãozinho (Danilo Alvim); Julinho, Zizinho, Ipojucan (Baltazar), Pinga e Rodrigues (Didi). TÉCNICO: Aymoré Moreira. PERU: Asca; Allen e Delgado; Villamares, Heredia e Calderon; Navarrete, Tito Drago (Vasa), Terry (Rivera), Barbadillo e Torres. GOL: Rivera. ÁRBITRO: Charles Mackenna (Inglaterra). VALIDADE: Copa América. LOCAL: Estádio Nacional, Lima.

23/3   BRASIL   3 × 2   CHILE
BRASIL: Castilho; Pinheiro e Nílton Santos; Djalma Santos, Bauer e Danilo Alvim; Julinho, Didi, Baltazar, Zizinho e Pinga. TÉCNICO: Aymoré Moreira. CHILE: Livingstone; Faria e Saenz; Roldán, Alvarez e Cortez; Carrasco, Cremaschi, Melendez, Molina e Rojas. GOLS: Julinho, Zizinho, Molina (2), Baltazar. ÁRBITRO: Richard Maddison (Inglaterra). VALIDADE: Copa América. LOCAL: Estádio Nacional, Lima.

DEUSES DA BOLA

27/3   BRASIL 1 × 2 **PARAGUAI**
BRASIL: Castilho; Pinheiro e Nílton Santos; Djalma Santos, Bauer e Danilo Alvim; Julinho (Cláudio), Didi, Zizinho (Ipojucan), Baltazar e Rodrigues (Pinga). TÉCNICO: Aymoré Moreira. PARAGUAI: Riquelme; Olmedo e Herrera; Gavillan, Leguizamon e Hermosilla; Berni, Lopez, Fernandez, Rivera e Gomez (Leon). GOLS: Nílton Santos, Lopez e Leon. ÁRBITRO: Charles Dean (Inglaterra). VALIDADE: Copa América. LOCAL: Estádio Nacional, Lima.

1/4   BRASIL 2 × 3 **PARAGUAI**
BRASIL: Castilho; Haroldo e Nílton Santos (Alfredo Ramos); Djalma Santos, Bauer e Brandãozinho; Julinho, Didi, Baltazar, Pinga (Ipojucan) e Cláudio. TÉCNICO: Aymoré Moreira. PARAGUAI: Riquelme; Olmedo e Herrera (Martinez); Gavillan, Leguizamon e Hermosilla; Berni, Lopez (Lacassa), Fernandez, Romero e Gomez (Parodi). GOLS: Romero, Gavillan, Fernandez e Baltazar (2). ÁRBITRO: Charles Dean (Inglaterra). VALIDADE: Copa América. LOCAL: Estádio Nacional, Lima.

1954

28/2   BRASIL 2 × 0 **CHILE**
BRASIL: Veludo; Pinheiro e Nílton Santos; Djalma Santos, Bauer e Brandãozinho; Julinho, Didi, Baltazar, Humberto e Rodrigues. TÉCNICO: Zezé Moreira. CHILE: Livingstone; Alvarez e Carrasco; Cortez, Almeida e E. Robledo; Valdez (Rojas), Hormazábal, J. Robledo, Melendez e Muñoz. GOLS: Baltazar (2). ÁRBITRO: Raymond Vicenti (França).

VALIDADE: Eliminatórias da Copa do Mundo. LOCAL: Estádio Nacional, Santiago.

7/3   BRASIL 1 × 0 **PARAGUAI**
BRASIL: Veludo; Pinheiro e Nílton Santos; Djalma Santos, Bauer e Brandãozinho; Julinho, Didi, Baltazar, Humberto e Rodrigues. TÉCNICO: Zezé Moreira. PARAGUAI: Gonzalez; Maciel e Cabrera; Gavillan, Arce e Hermosilla; Lugo, Martinez (Osório), José Parodi, Romero e Sílvio Parodi. GOL: Baltazar. ÁRBITRO: Erik Steiner (Áustria). VALIDADE: Eliminatórias da Copa do Mundo. LOCAL: Estádio do Libertad, Assunção.

14/3   BRASIL 1 × 0 **CHILE**
BRASIL: Veludo; Gérson e Nílton Santos; Djalma Santos, Bauer e Brandãozinho; Julinho, Didi, Baltazar, Humberto e Rodrigues. TÉCNICO: Zezé Moreira. CHILE: Livingstone; Almeida e Alvarez; Carrasco, E. Robledo e Cortez; Cremaschi (Mufioz), Hormazábal, Melendez, J. Robledo e Rojas. GOL: Baltazar. ÁRBITRO: Erik Steiner (Áustria). VALIDADE: Eliminatórias da Copa do Mundo. LOCAL: Estádio do Maracanã, Rio de Janeiro.

21/3   BRASIL 4 × 1 **PARAGUAI**
BRASIL: Veludo; Gérson e Nílton Santos; Djalma Santos, Bauer e Brandãozinho; Julinho, Didi, Baltazar, Humberto (Pinga) e Maurinho. TÉCNICO: Zezé Moreira. PARAGUAI: Gonzalez (Vargas); Maciel e Cabrera; Gavillan, Arce e Hermosilla; Lugo, Martinez, J. Parodi, Romero e S. Parodi (Vasquez). GOLS: Martinez, Julinho (2), Maurinho e Baltazar. ÁRBITRO: Raymond Vicenti (França). VALIDADE: Eliminatórias da Copa do Mundo. LOCAL: Estádio do Maracanã, Rio de Janeiro.

2/5 BRASIL 4 × 1 MILIONÁRIOS (COLÔMBIA)
BRASIL: Castilho; Mauro e Nilton Santos; Djalma Santos, Ely (Brandãozinho) e Bauer; Julinho, Didi, Baltazar (Índio), Humberto (Pinga, depois Rubens) e Rodrigues (Maurinho). TÉCNICO: Zezé Moreira. MILIONÁRIOS: Cozzi; Martinez e Zaluaga; Faim, Rossi e Soria; Contreras, Villaverde (Benes), Solano (Fernandez), Pedernera e Navarretes. GOLS: Rodrigues (2), Índio (2) e Benes. ÁRBITRO: Mário Vianna (Brasil). VALIDADE: Amistoso. LOCAL: Estádio do Pacaembu, São Paulo

9/5 BRASIL 2 × 0 MILIONÁRIOS (COLÔMBIA)
BRASIL: Veludo (Cabeção); Gérson e Nilton Santos; Djalma Santos, Dequinha e Brandãozinho (Salvador); Julinho, Didi, Índio, Baltazar (Pinga) e Rodrigues (Maurinho). TÉCNICO: Zezé Moreira. MILIONÁRIOS: Uchôa; Raul Pini (Martinez) e Zaluaga; Martinez, Rossi e Soria (Bernascioni); Contreras, Villaverde (Fernandez), Pedernera, Patino (Benes) e Navarretes. GOLS: Martinez (contra) e Baltazar. ÁRBITRO: Mário Vianna (Brasil). VALIDADE: Amistoso. LOCAL: Estádio do Maracanã, Rio de Janeiro.

16/6 BRASIL 5 × 0 MÉXICO
BRASIL: Castilho; Pinheiro e Nilton Santos; Djalma Santos, Bauer e Brandãozinho; Julinho, Didi, Baltazar, Pinga e Rodrigues. TÉCNICO: Zezé Moreira. MÉXICO: Mota; Lopez e Romo; Gomez, Cardenas e Avalos; Torres, Naranjo, La Madrid, Balcazar e Arellano. GOLS: Baltazar, Didi, Pinga (2) e Julinho. ÁRBITRO: Paulwissling (Suíça). VALIDADE: Copa do Mundo. LOCAL: Stade Dês Charmilles, Genebra, Suíça.

19/6 BRASIL 1 × 1 IUGOSLÁVIA
BRASIL: Castilho; Pinheiro e Nilton Santos; Djalma Santos, Bauer e Brandãozinho; Julinho, Didi, Baltazar, Pinga e Rodrigues. TÉCNICO: Zezé Moreira. IUGOSLÁVIA: Beara; Stankovic e Crnkovic; Tchaikowski I, Horvat e Boskov; Milutinovic, Mitic, Zebec, Vukas e Dvornic. GOLS: Zebec e Didi. ÁRBITRO: Edward Fautless (Escócia). VALIDADE: Copa do Mundo. LOCAL: Estádio La Pontaisse, Lausanne, Suíça.

27/6 BRASIL 2 × 4 HUNGRIA
BRASIL: Castilho; Pinheiro e Nilton Santos; Djalma Santos, Bauer e Brandãozinho; Julinho, Didi, Índio, Humberto e Maurinho. TÉCNICO: Zezé Moreira. HUNGRIA: Grosics; Buzansky e Lantos; Boszik, Lorant e Zakarias; M. Toth, Kocsis, Hidegkuti, Czibor e J. Toth. GOLS: Hidegkuti, Kocsis, Djalma Santos, (pênalti), Lantos, Julinho e Kocsis. ÁRBITRO: Arthur Elus (Inglaterra). VALIDADE: Copa do Mundo. LOCAL: Estádio Wankdorff, Berna, Suíça.

1955

18/9 BRASIL 1 × 1 CHILE
BRASIL: Castilho; Pinheiro e Nilton Santos; Paulinho, Ivan e Dequinha; Garrincha, Wálter, Evaristo, Didi e Escurinho. TÉCNICO: Zezé Moreira. CHILE: Escuti; Alvarez e Almeida; Carrasco, Cortez e Cubillos; Ramirez (J. Robledo), Hormazábal, Melendez, Fernandez e Sanchez. GOLS: Pinheiro e Ramirez. ÁRBITRO: Frederick Williams (Inglaterra). VALIDADE: Taça Bernardo O'Higgins. LOCAL: Estádio do Maracanã, Rio de Janeiro.

DEUSES DA BOLA

20/9 BRASIL 2 × 1 CHILE
BRASIL: Gilmar; Mauro (Hélvio) e Alfredo, Ramos; Turcão, Bauer e Formiga; Maurinho, Ipojucan (Luizinho), Humberto, Vasconceloss (Álvaro) e Rodrigues. TÉCNICO: Vicente Feola. CHILE: Escuti; Alvarez e Carrasco; Cortez, Almeida e Cubillos; Hormazábal, J. Robledo, Melendez, Fernandez (Sanchez) e Ramirez. GOLS: Maurinho, Álvaro e Hormazábal. ÁRBITRO: Harry Davis (Inglaterra). VALIDADE: Taça Bernardo O'Higgins. LOCAL: Estádio do Pacaembu, São Paulo.

13/11 BRASIL 3 × 0 PARAGUAI
BRASIL: Veludo; Zózimo e Nilton Santos; Paulinho (Djalma Santos), Dequinha e Pavão; Sabará, Didi, Vavá (Zizinho), Pinga (Wálter) e Escurinho. TÉCNICO: Flávio Costa. PARAGUAI: M. Benitez; Maciel e Benitez Casco; Villalba, Vega e Hermosilla; H. Gonzalez, Insfran, Torres, Rolon e Canete. GOLS: Zizinho (2) e Sabará. ÁRBITRO: Harry Davis (Inglaterra). VALIDADE: Taça Oswaldo Cruz. LOCAL: Estádio do Maracanã, Rio de Janeiro.

17/11 BRASIL 3 × 3 PARAGUAI
BRASIL: Gilmar; Olavo (De Sordi) e Alfredo Ramos; Djalma Santos, Formiga e Roberto (Zito); Maurinho, Luizinho, Edmur (Humberto), Ipojucan (Vasconceloss) e Canhoteiro. TÉCNICO: Osvaldo Brandão. PARAGUAI: M. Benitez; Maciel e Casco; Villalba, Vega e Hermosilla; H. Gonzalez, Torres (Rolon), Gomez, Romero e Canete. GOLS: Maurinho, Canhoteiro, H. Gonzalez (3) e Humberto. ÁRBITRO: C. Williams (Inglaterra). VALIDADE: Taça Oswaldo Cruz. LOCAL: Estádio do Pacaembu, São Paulo.

1956

24/1 BRASIL 1 × 4 CHILE
BRASIL: Gilmar; Mauro e Alfredo Ramos; Djalma Santos, Zito e Julião; Maurinho (Nestor), Del Vecchio (Baltazar), Álvaro, Jair da Rosa Pinto e Canhoteiro. TÉCNICO: Osvaldo Brandão. CHILE: Escuti; Alvarez e Carrasco; Cortez, Almeida e Cubillos; Ramirez, Hormazabal (2), Melendez, Mufioz e Sanchez. GOLS: Hormazabal, Maurinho, Melendez, Sanchez. ÁRBITRO: Caetano de Nicola (Uruguai). VALIDADE: Copa América. LOCAL: Estádio Centenário, Montevidéu.

29/1 BRASIL 0 × 0 PARAGUAI
BRASIL: Gilmar; De Sordi e Alfredo Ramos; Djalma Santos, Formiga e Roberto; Nestor, Álvaro, Del Vecchio (Baltazar), Jair da Rosa Pinto (Luizinho) e Maurinho. TÉCNICO: Osvaldo Brandão. PARAGUAI: Caballero; Maciel e Casco; Hermosilla, Leguizamon e Villalba; Lugo, Osório (Rolon), Gonzalez, Gomez e Cabrera (Canete). ÁRBITRO: Sérgio Bustamante (Chile). VALIDADE: Copa América. LOCAL: Estádio Centenário, Montevidéu.

1/2 BRASIL 2 × 1 PERU
BRASIL: Gilmar; De Sordi e Alfredo Ramos; Djalma Santos, Formiga e Roberto; Nestor (Maurinho), Álvaro (Zezinho), Baltazar, Luizinho e Canhoteiro. TÉCNICO: Osvaldo Brandão. PERU: Zegarra; Delgado e Falas (Andrade); Lazon, Calderon (Colunga) e Gutierrez; F. Castillo (Villalba), Barbadillo, R. Castillo, Tito Drago e Seminário. GOLS: Álvaro, Tito Drago e Zezinho. ÁRBITRO: Washington Rodriguez

(Uruguai). VALIDADE: Copa América. LOCAL: Estádio Centenário, Montevidéu.

5/2 BRASIL 1×0 ARGENTINA
BRASIL: Gilmar; De Sordi e Alfredo Ramos; Djalma Santos, Formiga e Roberto; Maurinho, Luizinho, Del Vecchio (Álvaro), Zezinho e Canhoteiro. TÉCNICO: Osvaldo Brandão. ARGENTINA: Musimesi; Colman (Garcia Perez) e Vairo; Lombardo, Mourino e Gutierrez; Pentrelli, Ceconato, Grillo, Labruna (Sivori) e Cuchiaroni. GOL: Luizinho. ÁRBITRO: Washington Rodriguez (Uruguai). VALIDADE: Copa América. LOCAL: Estádio Centenário, Montevidéu.

10/2 BRASIL 0×0 URUGUAI
BRASIL: Gilmar; De Sordi e Alfredo Ramos; Djalma Santos, Formiga e Roberto; Maurinho, Del Vecchio (Baltazar), Zezinho, Luizinho e Canhoteiro. TÉCNICO: Osvaldo Brandão. URUGUAI: Maceras; W. Martinez e Brazione; R. Andrade, Carranza e Miramontes; Boerges, Ambrois, Miguez, Melgarejo (De Marco) e Roque. ÁRBITRO: Juan Brozzi (Argentina). VALIDADE: Copa América. LOCAL: Estádio Centenário, Montevidéu.

1/3 BRASIL 2×1 CHILE
BRASIL: Sérgio; Florindo e Duarte; Odorico, Oreco e Ênio Rodrigues; Luizinho RS, Bodinho, Larry (Juarez), Ênio Andrade e Raul. TÉCNICO: Teté. CHILE: Escuti; Almeida e Carrasco; Alvarez (Ortiz), Cubillos e Cortez; Ramirez (Hormazabal, depois Ted), J. Robledo, Muñoz (Fernandez) e Sanchez. GOLS: Luizinho, Raul e Ramirez. ÁRBITRO: Alfredo Rossi (Argentina). VALIDADE: Campeonato Pan-Americano. LOCAL: Estádio Olímpico, Cidade do México.

6/3 BRASIL 1×0 PERU
BRASIL: Sérgio; Florindo e Duarte; Odorico, Oreco e Ênio Rodrigues (Figueiró); Luizinho RS, Bodinho, Larry (Juarez), Ênio Andrade e Raul. TÉCNICO: Teté. PERU: Felandro; Lazon e Delgado; Salas, Calderon e Lavalle (Velasco); F. Castillo, Tito Drago, Lamas (Salinas), Mosquera e Gomes Sanchez. GOL: Larry. ÁRBITRO: Alfredo Rossi (Argentina). VALIDADE: Campeonato Pan-Americano. LOCAL: Estádio Olímpico, Cidade do México.

8/3 BRASIL 2×1 MÉXICO
BRASIL: Sérgio; Florindo e Duarte; Odorico, Oreco e Figueiró; Luizinho RS, Bodinho, Larry (Juarez), Ênio Andrade e Raul (Chinesinho). TÉCNICO: Teté. MÉXICO: Gomez; Lopez e Bravo; Villegas, Portugal e Salazar; Del Aquila, Ligerio, Calderon, Reyes (Naranjo) e Molina (Arellano). GOLS: Bodinho, Del Aquila e Bravo (contra). ÁRBITRO: Cláudio Vicuna (Chile). VALIDADE: Campeonato Pan-Americano. LOCAL: Estádio Olímpico, Cidade do México.

13/3 BRASIL 7×1 COSTA RICA
BRASIL: Valdir; Florindo e Duarte; Odorico, Oreco e Ênio Rodrigues (Figueiró); Luizinho RS, Bodinho, Larry, Ênio Andrade e Chinesinho. TÉCNICO: Teté. COSTA RICA: Perez (Alvarado, depois Perez); Solis e Cordero; Alex, M. Rodriguez e Esquivel; Herrera, Montero, Monger, Murillo e Jimenez. GOLS: Larry (3), Chinesinho (3), Bodinho e M. Rodriguez. ÁRBITRO: Cláudio Vicuña (Chile). VALIDADE: Campeonato Pan-Americano. LOCAL: Estádio Olímpico, Cidade do México.

18/3 BRASIL 2×2 ARGENTINA
BRASIL: Valdir; Florindo e Figueiró (Duarte); Odorico,

DEUSES DA BOLA

Oreco e Ênio Rodrigues, Luizinho RS, Bodinho, Larry, Ênio Andrade e Chinesinho. TÉCNICO: Teté. ARGENTINA: Dominguez; Daponte e Cardozo; Filgueira, Guidi e Sivo; Pentrelli, Loiacono, Cejas, Sivori e Yudica. GOLS: Chinesinho, Yaduca, Ênio Andrade e Sívori. ÁRBITRO: Cláudio Vicuna (Chile). VALIDADE: Campeonato Pan-Americano. LOCAL: Estádio Olímpico, Cidade do México
* Brasil campeão.

1/4   BRASIL 2 × 0 SELEÇÃO PERNAMBUCANA
BRASIL: Gilmar; De Sordi e Nílton Santos; Djalma Santos (Paulinho), Roberto (Formiga) e Zózimo; Sabará, Wálter, Gino, Didi (Álvaro) e Canhoteiro (Escurinho). TÉCNICO: Flávio Costa. SELEÇÃO. PERNAMBUCANA: Barbosa (Lessa); Caiçara e Lula; Zequinha (Claudionor), Aldemar e Mourão; Jorge de Castro (Zezinho), Vassil (Rubinho), Otávio, Amauri (Dimas) e Dario (Zeca). GOLS: Escurinho e Didi. ÁRBITRO: H. Harden (Alemanha Ocidental) VALIDADE: Amistoso. LOCAL: Estádio da Ilha do Retiro, Recife.

8/4   BRASIL 1 × 0 PORTUGAL
BRASIL: Gilmar; De Sordi (Pavão) e Nílton Santos; Djalma Santos, Zózimo e Roberto; Sabará, Didi, Wálter, Gino e Canhoteiro (Escurinho). TÉCNICO: Flávio Costa. PORTUGAL: Carlos Gomes; Virgílio e Ângelo; Pedroto, Passos e Jucá; Dimas, Vasques, Águas, Matateu (Caiado) e Travassos. GOL: Gino. ÁRBITRO: R. J. Leafe (Inglaterra). VALIDADE: Amistoso. LOCAL: Estádio da Luz, Lisboa.

11/4   BRASIL 1 × 1 SUÍÇA
BRASIL: Gilmar; De Sordi e Nílton Santos; Djalma Santos, Zózimo e Roberto; Sabará (Paulinho), Didi, Wálter (Evaristo), Gino e Escurinho. TÉCNICO: Flávio Costa. SUÍÇA: Pernumian; Perrochoud e Detoi; Kener, Volander e Kund; Chiesa, Balaman, Meyer (Scheller), Pastega e Riva. GOLS: De Sordi (contra) e Gino. ÁRBITRO: E. Schmeitzer (Alemanha Ocidental). VALIDADE: Amistoso. LOCAL: Estádio Leitzgrund, Zurique.

15/4   BRASIL 3 × 2 ÁUSTRIA
BRASIL: Gilmar; De Sordi e Nílton Santos; Djalma Santos, Zózimo e Dequinha; Paulinho, Didi, Evaristo (Álvaro), Gino e Canhoteiro (Escurinho). TÉCNICO: Flávio Costa. ÁUSTRIA: Schmied (Pelikan); Kozlicek I e Stotz; Schleger, Ockwirk e Koller; Halla, Kozlicek II, Hanappi (Buzek), Sabetzer e Jarosch. GOLS: Sabetzer (2), Gino, Zózimo e Didi. ÁRBITRO: M. Romsevic (Iugoslávia). VALIDADE: Amistoso. LOCAL: Estádio Platter Park, Viena.

21/4   BRASIL 0 × 0 CHECOSLOVÁQUIA
BRASIL: Gilmar; De Sordi e Nílton Santos; Djalma Santos, Zózimo e Dequinha; Paulinho, Didi (Wálter), Evaristo (Álvaro), Gino e Canhoteiro (Escurinho). TÉCNICO: Flávio Costa. TCHECOSLOVÁQUIA: Dolejsi; Hertl e Hledik; Novak, Urban e Masopust; Moravic, Popischarl, Brovicka, Prada e Pesek. ÁRBITRO: W. Jeranik (Áustria) VALIDADE: Amistoso. LOCAL: Estádio Armady, Praga.

25/4   BRASIL 0 × 3 ITÁLIA
BRASIL: Gilmar; De Sordi e Nílton Santos; Djalma Santos, Zózimo e Dequinha; Paulinho, Didi, Wálter, Gino (Larry) e Escurinho. TÉCNICO: Flávio Costa. ITÁLIA: Viola; Magnini e Cervato; Chiapella, Bernasconi e Segato; Boniperti, Gratton, Virgili, Montuori e Carapelese. GOLS: Virgili (2) e De Sordi

(contra). ÁRBITRO: L. Horn (Holanda). VALIDADE: Amistoso. LOCAL: Estádio San Siro, Milão.

1/5   BRASIL 1 × 0 TURQUIA
BRASIL: Gilmar; Pavão e Nílton Santos; Djalma Santos, Zózimo e Dequinha; Paulinho (Sabará), Didi (Wálter), Álvaro, Evaristo e Escurinho. TÉCNICO: Flávio Costa. TURQUIA: Sukru; Ahmet e Basri; Naci, Kadri I e Ayan; Isfendiar, Mehmet Ali, Ercan, Kadri II e Lefter. GOL: Djalma Santos. ÁRBITRO: G. M. Anchetti (Itália). VALIDADE: Amistoso. LOCAL: Estádio Mithatpasa, Istambul.

9/5   BRASIL 2 × 4 INGLATERRA
BRASIL: Gilmar; Pavão e Nílton Santos; Djalma Santos, Zózimo e Dequinha; Paulinho, Didi, Álvaro, Gino e Canhoteiro. TÉCNICO: Flávio Costa. INGLATERRA: R. Matthews; Hall e Byrne; Clyton, Wright e Edwards; S. Matthews, Atyeo, Taylor, Haynes e Grainger. GOLS: Taylor (2), Grainger (2), Paulinho e Didi. ÁRBITRO: Frederic Guigue (França). VALIDADE: Amistoso. LOCAL: Estádio Wembley, Londres.

12/6   BRASIL 2 × 0 PARAGUAI
BRASIL: Veludo; Edson e Hélio; Djalma Santos, Zózimo e Formiga; Canário (Calazans), Zizinho, Leônidas, Romeiro e Ferreira. TÉCNICO: Flávio Costa. PARAGUAI: Saldivar; Maciel e Segovia; Villalba, Ricardo (Leguizamon) e Hermosilla; Cabrera, Quinones (Henrique), Rolon, Romero (Dario) e Canete. GOLS: Ferreira (2). ÁRBITRO: Alberto da Gama Malcher (Brasil). VALIDADE: Taça Oswaldo Cruz. LOCAL: Estádio Nacional, Assunção.

17/6   BRASIL 5 × 2 PARAGUAI
BRASIL: Veludo; Edson e Hélio; Djalma Santos, Zózimo e Formiga; Canário, Zizinho, Leônidas, Romeiro (Hilton) e Ferreira. TÉCNICO: Flávio Costa. PARAGUAI: Saldivar; Maciel e Segovia (Martinez); Villalba, Ricardo e Echague; J. Dominguez, Quiñones (Insfran), Dario (Vidal), Rolon e Canete. GOLS: Leônidas, Zizinho (2), Rolon, Ferreira, Dario e Hilton. ÁRBITRO: Bruno Vinales (Paraguai). VALIDADE: Taça Oswaldo Cruz. LOCAL: Estádio Nacional, Assunção.

24/6   BRASIL 2 × 0 URUGUAI
BRASIL: Veludo; Edson e Hélio; Djalma Santos, Zózimo e Formiga; Canário, Zizinho, Leônidas, Hilton e Ferreira. TÉCNICO: Flávio Costa. URUGUAI: Maceras; W. Martinez (Davoine) e Santamaria; R. Andrade, Carranza e Leopardi; Abadie, Ambrois (Ramos), Miguez, Sasia e Escalada. GOLS: Zizinho e Canário. ÁRBITRO: Frederico Lopes (Brasil). VALIDADE: Taça do Atlântico. LOCAL: Estádio do Maracanã, Rio de Janeiro.

1/7   BRASIL 2 × 0 ITÁLIA
BRASIL: Gilmar; Edson e Nílton Santos; Djalma Santos, Zózimo e Formiga; Canário, Didi (Luizinho), Zizinho, Leônidas e Ferreira. TÉCNICO: Flávio Costa. ITÁLIA: Viola; Magnini e Cervato; Chiapela, Bernasconi e Segato; Muccineli (Cervelato), Graton (Pozzan), Virgili, Montuori e Prini. GOLS: Canário e Ferreira. ÁRBITRO: John Husband (Inglaterra). VALIDADE: Amistoso. LOCAL: Estádio do Maracanã, Rio de Janeiro.

8/7   BRASIL 0 × 0 ARGENTINA
BRASIL: Gilmar; Edson e Nílton Santos; Djalma Santos, Zózimo e Formiga; Canário (Maurinho), Didi, Zizinho (Luizinho), Leônidas e Ferreira (Pepe). TÉCNICO: Flávio Costa. ARGENTINA: Dominguez; Dellacha e Vairo; Gimenez, Gudi (Rossi) e Sivo;

DEUSES DA BOLA

Sansone, (Michele), Conde (Sívori), Angelillo, Grillo e Cruz. ÁRBITRO: Juan Brozzi (Argentina). VALIDADE: Taça do Atlântico. LOCAL: Monumental de Nuñez, Buenos Aires.

5/8   BRASIL 0 × 1 **TCHECOSLOVÁQUIA**
BRASIL: Gilmar; Edson e Nílton Santos; Djalma Santos, Zózimo e Formiga; Canário, Didi, Zizinho, Leônidas e Pepe. TÉCNICO: Flávio Costa. TCHECOSLOVÁQUIA: Dolejsi; Hertl e Hledik; Pluskal, Masopust e Novak; Pazdera, Moravick, Feureisl, Boravicka e Krauss. GOL: Moravick. ÁRBITRO: Bertley Cross (Inglaterra). VALIDADE: Amistoso. LOCAL: Estádio do Maracanã, Rio de Janeiro.

8/8   BRASIL 4 × 1 **TCHECOSLOVÁQUIA**
BRASIL: Gilmar; Edson e Nílton Santos; Djalma Santos, Zózimo e Formiga; Canário, Zizinho, Luizinho, Gino e Pepe. TÉCNICO: Flávio Costa. TCHECOSLOVÁQUIA: Dolejsi (Schrolf); Hertl e Novak; Pluskal, Urban e Masopust; Pazdera, Moravick, Feureisl (Jacobsik), Boravicka e Krauss. GOLS: Zizinho (2), Pepe (2) e Novak. ÁRBITRO: Bertley Cross (Inglaterra). VALIDADE: Amistoso. LOCAL: Estádio do Pacaembu, São Paulo.

1957

13/3   BRASIL 4 × 2 **CHILE**
BRASIL: Gilmar; Edson e Nílton Santos; Djalma Santos, Zózimo e Roberto; Joel, Didi, Evaristo, Zizinho (Índio) e Pepe. TÉCNICO: Osvaldo Brandão. CHILE: Escuti; Torres e Carrasco; Peña, Ortiz e Cortez (Carrasco II); Ramirez, Picot, Spinoza, Tello e Sanchez. GOLS: Ramirez, Didi (2), Torres (contra), Pepe e Fernandez. ÁRBITRO: Bertley Cross (Inglaterra). VALIDADE: Copa América. LOCAL: Estádio Nacional, Lima.

21/3   BRASIL 7 × 1 **EQUADOR**
BRASIL: Gilmar; Edson e Nílton Santos; Djalma Santos, Zózimo e Roberto; Joel, Didi, Evaristo, Zizinho (Índio) e Pepe (Garrincha). TÉCNICO: Osvaldo Brandão. EQUADOR: Bonnard (Yu Lee); Arguello e Macias; Gonzabay, Solarzano e Calsaguana (Pardo); Balseca, Cantos, Larraz, Vargas e Canarte. GOLS: Evaristo (2), Pepe, Zizinho (pênalti), Larraz (pênalti), Joel (2) e Índio. ÁRBITRO: Ronald Lynch (Inglaterra). VALIDADE: Copa América. LOCAL: Estádio Nacional, Lima.

23/3   BRASIL 9 × 0 **COLÔMBIA**
BRASIL: Gilmar; Edson e Nílton Santos; Djalma Santos, Zózimo e Roberto; Joel (Cláudio), Didi, Evaristo, Zizinho e Pepe. TÉCNICO: Osvaldo Brandão. COLÔMBIA: Efrain; Israel e Zuluaga (Abadia); Rubio, Diaz (J. Silva) e Viafora; Carrillo, Gutierrez (Andrada), Arango, Gamboa e Valencia. GOLS: Evaristo (5), Didi (2), Pepe e Zizinho. ÁRBITRO: Erwin Hieger (Áustria) VALIDADE: Copa América. LOCAL: Estádio Nacional, Lima.

28/3   BRASIL 2 × 3 **URUGUAI**
BRASIL: Gilmar; Edson e Nílton Santos (Olavo); Djalma Santos, Zózimo e Roberto (Zito); Joel, Didi, Evaristo, Zizinho (Dino Sani) e Pepe. TÉCNICO: Osvaldo Brandão. URUGUAI: Talbo; Corrêa e Miramontes; Gonzalez, Gonçalves (Lezcano) e Santamaria; Campero, Pipo, Ambrois, Carranza e

Roque. GOLS: Ambrois, Campero (2), Evaristo e Didi. ÁRBITRO: Erwin Hieger (Áustria). VALIDADE: Copa América. LOCAL: Estádio Nacional, Lima.

31/3   BRASIL   1 × 0   PERU
BRASIL: Gilmar; Edson e Olavo; Djalma Santos, Zózimo e Roberto; Joel, Didi, Evaristo (Índio), Dino Sani (Zizinho) e Pepe. TÉCNICO: Osvaldo Brandão. PERU: Asca; Delgado e Fleming; Salas, Calderon e Lazon; Castillo, Terry, Rivera, Mosquera e Seminário. GOL: Didi (pênalti). ÁRBITRO: Ronald Lynch (Inglaterra). VALIDADE: Copa América. LOCAL: Estádio Nacional, Lima.

3/4   BRASIL   0 × 3   ARGENTINA
BRASIL: Gilmar (Castilho); Edson e Olavo; Djalma Santos, Zózimo e Roberto; Joel, Didi, Evaristo (Índio), Zizinho (Dino Sani) e Pepe. TÉCNICO: Osvaldo Brandão. ARGENTINA: Rogélio Dominguez; Dellacha e Frederico Vairo; Gimenez, Nestor Rossi e Schadlein; Oreste Omar Corbatta, Humberto Maschio, Angelillo, Sivori e Cruz. GOLS: Maschio (2) e Cruz. ÁRBITRO: Robert Turner (Inglaterra). VALIDADE: Copa América. LOCAL: Estádio Nacional, Lima.

13/4   BRASIL   1 × 1   PERU
BRASIL: Gilmar; Bellini e Nílton Santos; Djalma Santos, Zózimo e Roberto; Joel, Didi, Evaristo, Índio e Garrincha. TÉCNICO: Osvaldo Brandão. PERU: Asca; Fleming e Benitez; Lazon, Calderon e Salas; Bassa, Mosquera, Rivera, Terry e Gomes Sanchez. GOLS: Terry e Índio. ÁRBITRO: Washington Rodriguez (Uruguai). VALIDADE: Eliminatórias da Copa do Mundo. LOCAL: Estádio Nacional, Lima.

21/4   BRASIL   1 × 0   PERU
BRASIL: Gilmar; Bellini e Nílton Santos; Djalma Santos, Zózimo e Roberto; Joel, Didi, Evaristo, Índio e Garrincha. TÉCNICO: Osvaldo Brandão. PERU: Asca; Benitez e Rovai; Fleming, Calderon e Lazon; Sanchez, Rivera, Terry, Mosquera e Seminário. GOL: Didi. ÁRBITRO: Esteban Marino (Uruguai) VALIDADE: Eliminatórias da Copa do Mundo. LOCAL: Estádio do Maracanã, Rio de Janeiro.

11/6   BRASIL   2 × 1   PORTUGAL
BRASIL: Ernani; Bellini e Nílton Santos; Paulinho, Jadir e Zito; Garrincha, Didi, Pagão (Moacir), Del Vecchio (Tite) e Canhoteiro. TÉCNICO: Sylvio Pirillo. PORTUGAL: Carlos Gomes; Virgilio e Miguel Arcanjo; Pedroto, Graça e Ângelo; Vasques, Teixeira (Travassos), Matateu, Salvador e Palmério. GOLS: Didi, Matateu e Tite. ÁRBITRO: Bertley Cross (Inglaterra). VALIDADE: Amistoso. LOCAL: Estádio do Maracanã, Rio de Janeiro.

16/6   BRASIL   3 × 0   PORTUGAL
BRASIL: Paulo; Bellini e Nílton Santos; Paulinho, Jadir e Zito; Garrincha, Didi, Pagão (Mazzola), Del Vecchio e Tite. TÉCNICO: Sylvio Pirillo. PORTUGAL: Carlos Gomes; Virgílio e Moreira; Pedroto, Arcanjo e Graça; Vasques, Teixeira, Matateu, Travassos e Martins. GOLS: Zito, Mazzola e Del Vecchio. ÁRBITRO: Bertley Cross (Inglaterra). VALIDADE: Amistoso. LOCAL: Estádio do Pacaembu, São Paulo.

7/7   BRASIL   1 × 2   ARGENTINA
BRASIL: Castilho; Bellini e Oreco; Paulinho, Jadir e Zito (Urubatão); Maurinho, Luizinho, Mazzola (Moacir), Del Vecchio (Pelé) e Tite. TÉCNICO: Sylvio Pirillo. ARGENTINA: Carrizo; Pizarro e Vairo;

Glanserra, Rossi (Guidi) e Urriolabeitia; Corbatta, Herrera (Antônio), Juarez (Blanco), Labruna e Moyano. GOLS: Labruna, Pelé e Juarez. ÁRBITRO: Erwin Hleger (Áustria). VALIDADE: Copa Roca. LOCAL: Estádio do Maracanã, Rio de Janeiro.

10/7   BRASIL 2 × 0 ARGENTINA
BRASIL: Gilmar; Bellini Oreco; Djalma Santos, Jadir e Zito; Maurinho, Luizinho, Mazzola (Del Vecchio), Pelé e Pepe. TÉCNICO: Sylvio Pirillo. ARGENTINA: Carrizo (Mussimesi); Biaggioll e Vairo; Gianserra, Rossi (Guidi) e Urriolabeitia; Corbatta, Herrera (Antônio), Juarez, Labruna e Sesti. GOLS: Pelé e Mazzola. ÁRBITRO: John Husband (Inglaterra). VALIDADE: Copa Roca. LOCAL: Estádio do Pacaembu, São Paulo.

15/9   BRASIL 0 × 1 CHILE
BRASIL: Periperi; Wálder (Henrique) e Pinguela; Pequeno, Nelinho e Boquinha; Mattos, Teotônio (Wassil), Ceninho, Otoney e Raimundinho. TÉCNICO: Pedrinho. CHILE: Quintral (Ojeda); Pena e Salazar; Vera, Adforga e Morales; Ramirez, Melendez, Robledo, Fernandez e Diaz. GOL: Melendez. ÁRBITRO: W. Manning (Inglaterra). VALIDADE: Taça Bernardo O'Higgins. LOCAL: Estádio Nacional, Santiago.

18/9   BRASIL 1 × 1 CHILE
BRASIL: Periperi (Albertino); Henrique e Pinguela; Pequeno, Nelinho e Zé Alves; Mattos, Teotônio, Hamílton, Otoney e Raimundinho (Wassil). TÉCNICO: Pedrinho. CHILE: Quintral; Navarro e Arenas; Rojas (Cortez), Tello (Torres) e Ortiz; Musso, Diaz, Melendez, Hormazábal (Fernandez) e Sanchez (Ramirez). GOLS: Mattos e Musso. ÁRBITRO:

Danor Morales (Chile). VALIDADE: Taça Bernardo O'Higgins. LOCAL: Estádio Nacional, Santiago.

1958

4/5   BRASIL 5 × 1 PARAGUAI
BRASIL: Gilmar; De Sordi, Bellini e Oreco; Zózimo e Dino Sani; Joel, Didi, Vavá, Dida (Pelé) e Zagallo. TÉCNICO: Vicente Feola. PARAGUAI: Mayeregger; Arrevallo e Lezcano (Segovia); Achucarro, Villalba e Echargue; Aguero, Parodi, Romero (Aveiro), Aguilera e Amarilla (Penayo). GOLS: Zagallo, Vavá, Dida, Arrevallo (pênalti), Pelé e Zagallo. ÁRBITRO: Alberto da Gama Malcher (Brasil). VALIDADE: Taça Oswaldo Cruz. LOCAL: Estádio do Maracanã, Rio de Janeiro.

7/5   BRASIL 0 × 0 PARAGUAI
BRASIL: Gilmar; De Sordi, Bellini e Oreco; Zózimo e Dino Sani; Joel (Moacir), Vavá, Dida e Zagallo (Canhoteiro). TÉCNICO: Vicente Feola. PARAGUAI: Mayeregger; Arrevallo e Lezcano; Achucaro (Miranda), Echaque e Villalba; Aguero, Parodi, Aveiro, Aguilera e Amarilla. ÁRBITRO: Wenceslau Zarate. VALIDADE: Taça Oswaldo Cruz. LOCAL: Estádio do Pacaembu, São Paulo.

14/5   BRASIL 4 × 0 BULGÁRIA
BRASIL: Castilho; De Sordi, Mauro e Nílton Santos; Zózimo e Zito; Joel, Moacir, Mazzola, Dida (Pelé) e Zagallo. TÉCNICO: Vicente Feola. BULGÁRIA: Maintenov; Rakarov, Manolov (Arzov) e I. Dimitrov; Boscov e Nestorov; Diev, G. Dimitrov, Panayotov (Derminck), Yenev e Derlanski. GOLS: Dida, Moacir,

Moacir (pênalti) e Joel. ÁRBITRO: Esteban Marino (Uruguai). VALIDADE: Amistoso. LOCAL: Estádio do Maracanã, Rio de Janeiro.

18/5   BRASIL 3 × 1 BULGÁRIA
BRASIL: Gilmar; De Sordi, Mauro e Nilton Santos; Jadir (Orlando) e Roberto; Garrincha, Moacir, Mazzola (gino), Pelé e Canhoteiro (Pepe). TÉCNICO: Vicente Feola. BULGÁRIA: Dervensky; Rakarov, Manolov e Boscov; Nestorov e Ivan Dimitrov (Arzov); Diev, Iliev (Kavatnov), Panayotov, Ienov e Derlanski (Dimitrov). GOLS: Diev, Pelé (2) e Pepe. ÁRBITRO: Esteban Marino (Uruguai). VALIDADE: Amistoso. LOCAL: Estádio do Pacaembu, São Paulo.

21/5   BRASIL 5 × 0 CORINTHIANS
BRASIL: Gilmar; Djalma Santos, Bellini e Nilton Santos; Zito (Dino Sani) e Orlando; Garrincha, Didi, Mazzola, Pelé (Vavá) e Pepe. TÉCNICO: Vicente Feola. CORINTHIANS: Aldo; Olavo e Ari; Cássio (Idário), Valmir (Homero) e Benedito; Bataglia, Luizinho, Índio (Paulo), Rafael e Zague. GOLS: Mazzola, Pepe (2) e Garrincha (2). ÁRBITRO: João Etzel Filho (Brasil). VALIDADE: Amistoso. LOCAL: Estádio do Pacaembu, São Paulo.

29/5   BRASIL 4 × 0 FIORENTINA
BRASIL: Gilmar; De Sordi (Djalma Santos), Bellini e Nilton Santos; Dino Sani e Orlando; Garrincha, Didi, Mazzola (Moacir), Dida (Vavá) e Pepe. TÉCNICO: Vicente Feola. FIORENTINA: Sarti; Magnini, Roboti e Segato; Chiapella e Cervato; Julinho, Montuori, Virgili, Loiacono e Bizzari. GOLS: Mazzola (2), Pepe e Garrincha. ÁRBITRO: Mário Maurelli (Itália). VALIDADE: Amistoso. LOCAL: Estádio Comunale, Florença.

1/6   BRASIL 4 × 0 INTER DE MILÃO
BRASIL: Castilho; Djalma Santos, Bellini e Nilton Santos (Oreco); Dino Sani e Orlando; Joel, Didi, Mazzola, Dida (Vavá) e Pepe (Zagallo). TÉCNICO: Vicente Feola. INTER: Ghezzi; Fongaro, Bernardini e Guarnieri; Masiero e Invernizzi; Bicicli (Lorenzi), Rizzolini (Massei), Angelillo, Lindskog (Fongaro II) e Loreonzi (Savioni). GOLS: Dino Sani, Dida, Mazzola e Zagallo. ÁRBITRO: Eric Steiner (Áustria). VALIDADE: Amistoso. LOCAL: Estádio San Siro, Milão.

8/6   BRASIL 3 × 0 ÁUSTRIA
BRASIL: Gilmar; De Sordi, Bellini e Nilton Santos; Dino Sani e Orlando; Joel, Didi, Mazzola, Dida e Zagallo. TÉCNICO: Vicente Feola. ÁUSTRIA: Szanwald; Halla e Koller; Hanappi, Swoboda e Happel; Horak, Senekowic, Buzek, Korner e Scheleger. GOLS: Mazzola, Nilton Santos e Mazzola. ÁRBITRO: Maurice Frederic Guigue (França). VALIDADE: Copa do Mundo. LOCAL: Estádio Rimervallen, Uddevalu.

11/6   BRASIL 0 × 0 INGLATERRA
BRASIL: Gilmar; De Sordi, Bellini e Nilton Santos; Dino Sani e Orlando; Joel, Didi, Mazzola, Vavá e Zagallo. TÉCNICO: Vicente Feola. INGLATERRA: McDonald; Howe e Banks; Clamp, Billy Wright e Slater; Douglas, Robinson, Kevan, Haynes e Acourt. ÁRBITRO: Arbert Dusch (Alemanha Ocidental). VALIDADE: Copa do Mundo. LOCAL: Estádio Nya Ullevi, Gotemburgo.

15/6   BRASIL 2 × 0 UNIÃO SOVIÉTICA
BRASIL: Gilmar; De Sordi, Bellini e Nilton Santos; Orlando e Zito; Garrincha, Didi, Vavá, Pelé e Zagallo. TÉCNICO: Vicente Feola. UNIÃO SOVIÉTICA: Yachin; Kessarev e Krigevski; Kuznetsov, Voinov e Tsarev;

A. Ivanov, V. Ivanov, Simoniane, Igor Netto e Illine. GOLS: Vavá (2). ÁRBITRO: Maurice Frederic Guigu (França). VALIDADE: Copa do Mundo. LOCAL: Estádio Nya Ullevi, Gotemburgo.

19/6 BRASIL 1 × 0 PAÍS DE GALES
BRASIL: Gilmar; De Sordi, Bellini e Nílton Santos; Orlando e Zito; Garrincha, Didi, Mazzola, Pelé e Zagallo. TÉCNICO: Vicente Feola. PAÍS DE GALES: Kelsey; Williams e M. Charles; Hopkins, Sullivan e Bowen; Medwin, Hewit, Vernon, Ivor Allchurch e Cliff Jones. GOL: Pelé. ÁRBITRO: Hriedrich Speilt (Áustria). VALIDADE: Copa do Mundo. LOCAL: Estádio Nya Ullevi, Gotemburgo.

24/6 BRASIL 5 × 2 FRANÇA
BRASIL: Gilmar; De Sordi, Bellini e Nílton Santos; Orlando e Zito; Garrincha, Didi, Vavá, Pelé e Zagallo. TÉCNICO: Vicente Feola. FRANÇA: Abbes; Kaelbel e Joncquet; Lerond, Panverne e Marcel; Wisnieski, Kopa, Fontaine, Plantoni e Vincent. GOLS: Vavá, Fontaine, Didi, Pelé (3) e Piantoni. ÁRBITRO: B. Mervyn Griffiths (País de Gales). VALIDADE: Copa do Mundo. LOCAL: Estádio Rasunda, Estocolmo.

29/6 BRASIL 5 × 2 SUÉCIA
BRASIL: Gilmar; Djalma Santos, Bellini e Nílton Santos; Orlando e Zito; Garrincha, Didi, Vavá, Pelé e Zagallo. TÉCNICO: Vicente Feola. SUÉCIA: Svensson; Bergmark e Axbom; Borjesson, Gustavsson e Parling; Hamrin, Gunar Gren, Simonsson, Liedholm e Skoglund. GOLS: Liedholm, Vavá (2), Pelé (2), Zagallo e Simonson. ÁRBITRO: Maurice Frederic Guigue (França). VALIDADE: Copa do Mundo. LOCAL: Estádio Rasunda, Estocolmo.
* Brasil campeão.

1959

4/3 BRASIL 1 × 1 ARGENTINA
BRASIL: Gilmar; Djalma Santos, Bellini e Coronel; Orlando e Dino Sani; Garrincha, Didi, Paulo Valentim (Almir), Pelé e Chinesinho. TÉCNICO: Vicente Feola. ARGENTINA: Negri; Grifa e Murua; Lombardo, Cap e Mourino; Corbatta, Pizzoti, Sosa, Callá e Belén. GOLS: Pizzoti e Pelé. ÁRBITRO: Carlos Robles (Chile). VALIDADE: Copa América. LOCAL: Monumental de Nuñez, Buenos Aires.

10/3 BRASIL 2 × 2 PERU
BRASIL: Castilho; Paulinho, Bellini e Nílton Santos (Coronel); Orlando e Zito; Dorval, Didi, Henrique, Pelé (Almir) e Zagallo. TÉCNICO: Vicente Feola. PERU: Asca; Andrade, Benitez e Fleming; De la Vega e Lostanau; Gomes Sanchez, Loyaza, Joya, Terry e Seminário. GOLS: Pelé e Didi. ÁRBITRO: Carlos Robles (Chile). VALIDADE: Copa América. LOCAL: Monumental de Nuñez, Buenos Aires.

15/3 BRASIL 3 × 0 CHILE
BRASIL: Castilho; Paulinho, Bellini e Coronel; Orlando e Zito; Dorval, Didi, Henrique (Paulo Valentim), Pelé e Zagallo. TÉCNICO: Vicente Feola. CHILE: Coloma; Valdez, R. Sanchez e Navarro; Vera e Rodriguez; Moreno, Alvarez (Eládio Rojas), J. Soto, L. Sanchez e M. Soto (Berdeao). GOLS: Pelé (2) e Didi. ÁRBITRO: Washington Rodriguez (Uruguai). VALIDADE: Copa América. LOCAL: Monumental de Nuñez, Buenos Aires.

21/3 BRASIL 4 × 2 BOLÍVIA
BRASIL: Castilho; Paulinho (Djalma Santos), Mauro e Coronel; Orlando e Zito; Garrincha, Formiga,

Paulo Valentim, Didi e Pelé. TÉCNICO: Vicente Feola. BOLÍVIA: Lopez; Claure, Santos e Burgos; Camacho e Ramirez; Sanchez, Aleocer, Roma, Lopez e Aguirre. GOLS: Pelé, Didi e Paulo Valentim (2). ÁRBITRO: L. Ventre (Argentina). VALIDADE: Copa América. LOCAL: Monumental de Nuñez, Buenos Aires.

26/3 BRASIL 3×1 URUGUAI
BRASIL: Castilho (Gilmar); Djalma Santos, Bellini e Coronel (Paulo Valentim); Orlando e Formiga; Garrincha (Dorval), Didi, Almir, Pelé e Chinesinho. TÉCNICO: Vicente Feola. URUGUAI: Leiva; Davoine, W. Martinez e Messias; Gonçalves e Silvério; Borges, Demarco, Douksas, Sasia e Escalada. GOLS: Paulo Valentim (3) e Escalada. ÁRBITRO: Carlos Robles (Chile). VALIDADE: Copa América. LOCAL: Monumental de Nuñez, Buenos Aires.

29/3 BRASIL 4×1 PARAGUAI
BRASIL: Gilmar; Djalma Santos, Bellini e Coronel; Décio Esteves e Formiga; Garrincha (Dorval), Didi, Paulo Valentim, Pelé e Chinesinho. TÉCNICO: Vicente Feola. PARAGUAI: Casco; Gini e Lezcano; Arrevollo, Villalba e C. Sanabria; I. Sanabria, Insfran, Roldan, Ré e Parodi. GOLS: Chinesinho, Pelé (3) e Parodi. ÁRBITRO: Carlos Robles (Chile). VALIDADE: Copa América. LOCAL: Monumental de Nuñez, Buenos Aires.

13/5 BRASIL 2×0 INGLATERRA
BRASIL: Gilmar; Djalma Santos, Bellini e Nílton Santos; Orlando (Formiga) e Dino Sani; Julinho, Didi, Henrique, Pelé e Canhoteiro. TÉCNICO: Vicente Feola. INGLATERRA: Hopkinson; Howe e Armfield; Clayton, Wright e Flowers; Deeley, Broadbet, Charlton, Haynes e Holden. GOLS: Julinho e Henrique. ÁRBITRO: Juan Brozzi (Argentina). VALIDADE: Amistoso. LOCAL: Estádio do Maracanã, Rio de Janeiro.

JOGOS PANAMERICANOS
TIME-BASE DO BRASIL: Edmar (Carlos Alberto); Nelson (Nono), Rubens (Mura), Dary e Edílson, Maranhão e Gérson; Roberto Rodrigues, Beiruth, China (José M. Silva) e Germano. TÉCNICO: Newton Cardoso.

29/8	BRASIL	4×2	COSTA RICA
30/8	BRASIL	4×0	CUBA
31/8	BRASIL	3×5	ESTADOS UNIDOS
2/9	BRASIL	9×1	HAITI
3/9	BRASIL	6×2	MÉXICO
5/9	BRASIL	1×1	ARGENTINA

17/9 BRASIL 7×0 CHILE
BRASIL: Gilmar; Djalma Santos, Bellini e Coronel; Orlando (Formiga) e Zito; Dorval (Calazans), Quarentinha, Pelé (Canhoteiro) e Zagallo. TÉCNICO: Vicente Feola. CHILE: Fernandez; Yori, Raul Sanchez e Navarro (Eyzaguirre); Carrasco (Lupo) e Rodriguez; Moreno tobar, Juan Soto, Leonel Sanchez (Mario Soto) e Bello. GOLS: Pelé (3), Dorval, Quarentinha (2) e Dino Sani. ÁRBITRO: Alberto da Gama Malcher (Brasil). VALIDADE: Taça Bernardo O'Higgins. LOCAL: Estádio do Maracanã, Rio de Janeiro.

20/9 BRASIL 1×0 CHILE
BRASIL: Gilmar; Djalma Santos, Bellini e Coronel (Altair); Zito e Orlando; Dorval, Dino Sani, Quarentinha, Pelé e Zagallo (Canhoteiro). TÉCNICO: Vicente Feola. CHILE: Coloma; Yori, Torres e Navarro; Rodriguez e Lupo; Moreno, Mario Soto (Valdez),

DEUSES DA BOLA

Juan Soto (Tovar), Leonel Sanchez (Paço Molina) e Bello. GOL: Quarentinha. ÁRBITRO: João Etzel Filho (Brasil). VALIDADE: Taça Bernardo O'Higgins. LOCAL: Estádio do Pacaembu, São Paulo.

COPA AMÉRICA EXTRA, 1959, GUAYAQUIL, EQUADOR
TIME-BASE DO BRASIL: Valdemar; Zequinha, Edson e Givaldo; Clóvis e Blu; Traçaia, Zé de Mello, Paulo-Pe, Geraldo e Elias. TÉCNICO: Gentil Cardoso.

5/12	BRASIL	3 × 2	PARAGUAI
12/12	BRASIL	0 × 3	URUGUAI
19/12	BRASIL	3 × 1	EQUADOR
22/12	BRASIL	1 × 4	ARGENTINA
27/12	BRASIL	2 × 1	EQUADOR (AMISTOSO)

PRÉ-OLÍMPICO
TIME-BASE DO BRASIL: Carlos Alberto; Nono, Mura, Rubens e Edílson; Maranhão e Gérson; Wanderley, China, Manoelzinho e Germano. TÉCNICO: Antoninho.

20/12   BRASIL   0 × 2   COLÔMBIA
LOCAL: Estádio El Campin, Bogotá.

27/12   BRASIL   7 × 1   COLÔMBIA
LOCAL: Estádio do Maracanã, Rio de Janeiro

1960

6/3   BRASIL   2 × 2   MÉXICO
BRASIL: Irno; Soligo, Aírton, Calvet e Ênio Rodrigues; Élton e Ivo; Marino, Gessi, Mílton e Gilberto. TÉCNICO: Foguinho. MÉXICO: Gomez; Bosco e Del Muro; Portugal (Cardenas), Najera e Jauregui; Delaguila, Reyes, Hernandez (Jasso), Castagnon (Reynoso) e Mercado. GOLS: Élton (pênalti), Gilberto, Mercado e Reynoso. ÁRBITRO: J. Paris (Costa Rica). VALIDADE: Campeonato Pan-Americano. LOCAL: Estádio Nacional, San José, Costa Rica.

10/3   BRASIL   0 × 3   COSTA RICA
BRASIL: Irno; Soligo, Aírton, Calvet e Ênio Rodrigues (Orlando); Élton e Alfeu; Marino, Gessi (Ivo), Milton (Mengálvio) e Jurandir. TÉCNICO: Foguinho. COSTA RICA: Alvarado; G. Rodriguez, Villalobos e Sanchez; M. Rodriguez e Quiros; Valenciano, Armijo, Ulloa, Quezada e Gimenez. GOLS: Valenciano, Quezada e Gimenez. ÁRBITRO: L. Ventre (Argentina). VALIDADE: Campeonato Pan-Americano. LOCAL: Estádio Nacional, San José, Costa Rica.

13/3   BRASIL   1 × 2   ARGENTINA
BRASIL: Irno; Soligo, Aírton, Calvet e Orlando; Élton e Mengálvio; Marino (Juarez), Alfeu (Milton), Gessi e Gilberto. TÉCNICO: Foguinho. ARGENTINA: Ayala; Alvarez, Navarro e Echegaray; Guidi e Varacka (Bocif); Nardielo, Abeledo, Gimenez, Callá (D'Ascenzo) e Belén (Brucker). GOLS: Belén (2) e Juarez. ÁRBITRO: R. Valenzuela (México). VALIDADE: Campeonato Pan-Americano. LOCAL: Estádio Nacional, San José, Costa Rica.

15/3   BRASIL   2 × 1   MÉXICO
BRASIL: Irno; Soligo, Aírton, Calvet e Ortunho; Élton e Mengálvio; Marino (Jurandir), Juarez, Milton e Alfeu. TÉCNICO: Foguinho. MÉXICO: Gomez; Lemos, Cardenas e Portugal; Reynoso e Najera; Reyes,

Hector Hernandez (Castagnon), Sabás e Mercado. GOLS: Alfeu, Mengálvio e Mercado. ÁRBITRO: J. Paris (Costa Rica). VALIDADE: Campeonato Pan-Americano. LOCAL: Estádio Nacional, San José, Costa Rica.

17/3   BRASIL 4 × 0 COSTA RICA
BRASIL: Irno; Soligo, Aírton, Bruno e Ortunho; Élton e Alfeu; Marino (Gessi), Mengálvio (Ivo), Milton e Juarez. TÉCNICO: Foguinho. COSTA RICA: Alvarado; Giovani, Manelo e McDonald; Túlio (Murilo) e Marvin; Mejareno, Rojas, Ulloa (Valenciano), Edgar e Gimenez. GOLS: Juarez (2) e Élton (2). ÁRBITRO: L. Ventre (Argentina). VALIDADE: Campeonato Pan-Americano. LOCAL: Estádio Nacional, San José, Costa Rica.

20/3   BRASIL 1 × 0 ARGENTINA
BRASIL: Irno; Soligo, Aírton, Calvet e Ortunho; Élton e Mengálvio; Marino (Ivo), Juarez, Milton e Alfeu. TÉCNICO: Foguinho. GOL: Milton. ÁRBITRO: J. Paris (Costa Rica). VALIDADE: Campeonato Pan-Americano. LOCAL: Estádio Nacional, San José, Costa Rica.

TORNEIO PRÉ-OLÍMPICO, LIMA
TIME-BASE DO BRASIL: Carlos Alberto; Nono, Vantuil, Gil e Jobel (Mura); Wanderley (Jaburu) e Maranhão; Bruno (da Silva), China, Macarrão e Waldir. TÉCNICO: Antoninho.

19/4	BRASIL	2 × 1	MÉXICO
21/4	BRASIL	1 × 3	ARGENTINA
27/4	BRASIL	4 × 1	SURINAME
30/4	BRASIL	0 × 2	PERU

29/4   BRASIL 5 × 0 EGITO
BRASIL: Gilmar; Djalma Santos, Bellini e Nílton Santos; Victor e Zito; Garrincha, Chinesinho (Dino Sani), Quarentinha, Pelé e Pepe. TÉCNICO: Vicente Feola. EGITO: Hemeidia (Khorchid), Isnawi, Halla e Rifai; Fanageli e Samir; Rida, Dizwi, Badawi (Nabil), Saleh (Baidu) e Hamdi. GOLS: Quarentinha (2), Garrincha e Pepe (2). ÁRBITRO: Giulio Campanati (Itália). VALIDADE: Amistoso. LOCAL: Estádio Nasser, Cairo.

1/5   BRASIL 3 × 1 RAU (EGITO)
BRASIL: Gilmar; Djalma Santos, Bellini e Nílton Santos; Victor e Zito; Garrincha (Julinho), Chinesinho, Quarentinha (Delem), Pelé e Pepe. TÉCNICO: Vicente Feola. RAU: Happel; Esnauhi, Shagabi e Abmir; Taha e Goslan; Rifai, Abdul (Madin), Saleh Salim (Badawi), Hazen e Sharly (Haposteri). GOLS: Pelé (3) e Madin. ÁRBITRO: M. Helmi (Egito). VALIDADE: Amistoso. LOCAL: Estádio de Alexandria, Egito.

6/5   BRASIL 3 × 0 EGITO
BRASIL: Gilmar; Djalma Santos, Bellini e Nílton Santos (Altair); Victor e Zito; Garrincha (Julinho), Chinesinho, Quarentinha, Pelé (Almir) e Pepe. TÉCNICO: Vicente Feola. EGITO: Abdel; Rifai, Shagabi (Hamoul), Isnawi; Fanageli e Samir; Rida, Nabil, Badawi (Saleh Salim), Taha e Hamdi. GOLS: Quarentinha (2) e Garrincha. ÁRBITRO: A. Orlandini (Itália). VALIDADE: Amistoso. LOCAL: Estádio Nasser, Cairo.

8/5   BRASIL 7 × 1 MALMOE (SUÉCIA)
BRASIL: Gilmar (Castilho); Djalma Santos (De Sordi), Bellini e Nílton Santos; Victor e Zito (Dino

DEUSES DA BOLA

Sani); Garrincha (Julinho), Chinesinho, Quarentinha (Waldo), Pelé e Pepe. TÉCNICO: Vicente Feola. MALMOE: B. Svensson; Lindqvist, Bertil e Nilsson; Leonard Swen e Obberg, (Hansson); Gustafsson, Ekstrom (Henry), Granstrom, Palmer e Sivan. GOLS: Quarentinha, Chinesinho, Granstrom, Pepe (2), Pelé (2) e Chinesinho. ÁRBITRO: W. Hansen (Dinamarca). VALIDADE: Amistoso. LOCAL: Estádio de Malmo, Suécia.

10/5   BRASIL 4 × 3 DINAMARCA
BRASIL: Gilmar; Djalma Santos, Bellini e Nílton Santos; Victor e Zito; Garrincha (Julinho), Quarentinha, Pelé e Pepe (Waldo). TÉCNICO: Vicente Feola. DINAMARCA: From; Andrese, Nielsen e Jensen; Hansen e Flemnielsen; Pedersen, Danielsen, Harald, Enokson e Sorensen (Gardhansen). GOLS: Harald (2), Quarentinha (2), Pepe, Chinesinho e Enokson. ÁRBITRO: E. Johanson (Suécia). VALIDADE: Amistoso. LOCAL: Estádio Idraespark, Copenhague.

12/5   BRASIL 2 × 2 INTER DE MILÃO
BRASIL: Gilmar; Djalma Santos, Bellini e Nílton Santos; Dino Sani e Zito; Julinho (Garrincha), Quarentinha, Pelé e Pepe (Almir). TÉCNICO: Vicente Feola. INTER: Da Pozzo; Massiero, Tagliavini e Fongaro; Invernizzi (Bolchi) e Venturi; Bicicli, Rancati (Guarnieri), Firmani, Lindskog e Corso. GOLS: Pelé (2). ÁRBITRO: D. Gottfried (Suíça). VALIDADE: Amistoso. LOCAL: Estádio San Siro, Milão.

16/5   BRASIL 4 × 0 SPORTING
BRASIL: Gilmar; Djalma Santos, Bellini e Nílton Santos; Victor e Zito (Dino Sani); Garrincha, Chinesinho, Quarentinha (Almir), Pelé (Delem) e Pepe. TÉCNICO: Vicente Feola. SPORTING: Carvalho (Otávio de Sá); Lino, Lúcio (Ferreira Pinto) e Hilário; Julius e Mendes; Hugo, Diego, Fernando, Faustino e Seminário. GOLS: Quarentinha, Pepe, Almir e Garrincha. ÁRBITRO: Joaquim Campos (Portugal). VALIDADE: Amistoso. LOCAL: Estádio Alvalade, Lisboa.

26/5   BRASIL 2 × 4 ARGENTINA
BRASIL: Gilmar; Djalma Santos, Bellini e G. Scotto; Victor e Dino Sani; Julinho, Chinesinho, Servílio, Almir (Sabará) e Roberto (Delem). TÉCNICO: Vicente Feola. ARGENTINA: Ayala; Alvarez, Navarro e Echegaray; Guidi (Clelinski) e Nazionale; Nardiello, Pando (Beron), Carceo, D'Ascenzo e Belén. GOLS: Nardiello (2), Djalma Santos (pênalti), D'Ascenzo, Delem e Belén. ÁRBITRO: Carlos Robles (Chile). VALIDADE: Copa Roca. LOCAL: Monumental de Nuñez, Buenos Aires.

29/5   BRASIL 4 × 1 ARGENTINA
BRASIL: Gilmar; Djalma Santos, Bellini e Geraldo Scotto; Dino Sani e Aldemar; Julinho, Chinesinho, Décio Esteves (Servílio), Delem e Roberto (Sabará). TÉCNICO: Vicente Feola. ARGENTINA: Ayala; Alvarez, Navarro e Murua; Guidi e Nazionale; Nardiello, Pando (Beron), Carceo (W. Gimenez), D'Ascenzo (Sosa) e Belén. GOLS: Delem (2), Sosa, Navarro (contra) e Servílio. ÁRBITRO: Carlos Robles (Chile). VALIDADE: Copa Roca. LOCAL: Monumental de Nuñez, Buenos Aires.

29/6   BRASIL 4 × 0 CHILE
BRASIL: Gilmar; Djalma Santos, Bellini e Nílton Santos; Écio (Zequinha) e Orlando; Garrincha (Décio Esteves), Vavá (Waldo), Dida (Delem) e Zagallo. TÉCNICO: Vicente Feola. CHILE: Astorga; Eyzaguirre, Almeida e Navarro (Valdez); Rodriguez e

Cortez; Moreno, Foilloux, Tobar (Ramirez), L. Sanchez, Osman e Musso. GOLS: Dida, Vavá e Waldo (2). ÁRBITRO: Alberto da Gama Malcher (Brasil). VALIDADE: Amistoso. LOCAL: Estádio do Maracanã, Rio de Janeiro.

3/7　BRASIL　2 × 1　PARAGUAI

BRASIL: Gilmar; Djalma Santos, Bellini e Nílton Santos; Écio (Zequinha) e Orlando; Sabará, Chinesinho, Waldo (Almir), Delem e Zagallo. TÉCNICO: Vicente Feola. PARAGUAI: Arya; Arrevallo, Juan Lezcano e Monges; Echague, Cláudio Lezcano (Djalma) e Insfran; Penayo (Vidal), Cabral, Cabrera e Sílvio Parodi (Benitez). GOLS: Cabrera, Almir e Delem. ÁRBITRO: J. Armental (Uruguai). VALIDADE: Taça do Atlântico. LOCAL: Estádio do Libertad, Assunção.

9/7　BRASIL　0 × 1　URUGUAI

BRASIL: Gilmar; Djalma Santos, Bellini e Nílton Santos; Zequinha e Aldemar; Julinho (Sabará), Chinesinho, Coutinho, Pelé (Delem) e Pepe. TÉCNICO: Vicente Feola. URUGUAI: Maldana; Pini, Troche e Gomez; Gonzalez e Massias; Domingos, Perez, M. Bergara, Guglianoni, H. Rodriguez e Escalada. GOL: Bellini (contra). ÁRBITRO: Juan Brozzi (Argentina). VALIDADE: Taça do Atlântico. LOCAL: Estádio Centenário, Montevidéu.

12/7　BRASIL　5 × 1　ARGENTINA

BRASIL: Gilmar; Djalma Santos, Bellini e Nílton Santos; Zequinha e Aldemar; Sabará (Moacir), Chinesinho, Coutinho (Delem), Pelé (Waldo) e Pepe. TÉCNICO: Vicente Feola. ARGENTINA: Roma; Cardoso, Navarro e Varacka; Simeone e Guidi; Bogglo, Rossi (Carceo), Menendez (Sacchi), Sosa (Gonzalez) e Belén. GOLS: Sosa, Chinesinho, Pelé, Pepe, Delem e Pepe. ÁRBITRO: J. Armental (Uruguai). VALIDADE: Taça do Atlântico. LOCAL: Monumental de Nuñez, Buenos Aires.

OLIMPÍADA DE ROMA, ITÁLIA

TIME-BASE DO BRASIL: Carlos Alberto; Nono, Rubens (Jurandir), Dary e Décio (Maranhão); Roberto Dias e Gérson; Wanderley, Paulo Ferreira, China (Chiquinho) e Waldir. TÉCNICO: Vicente Feola.

26/8　BRASIL　4 × 3　GRÃ-BRETANHA
29/8　BRASIL　5 × 0　FORMOSA
1/9　BRASIL　1 × 3　ITÁLIA

1961

30/4　BRASIL　2 × 0　PARAGUAI

BRASIL: Gilmar; De Sordi, Bellini e Nílton Santos; Zito (Amaro) e Oreco (Calvet); Garrincha, Didi, Coutinho, Quarentinha (Amarildo) e Pepe. TÉCNICO: Aymoré Moreira. PARAGUAI: Mayeregger; Arrevallo e Monin; Lezcano, Monges e Echague (Onsfran); Martinez (Penayo), H. Zara, Cabral, Cabrera (Gonzalez) e Parodi. GOLS: Pepe e Coutinho. ÁRBITRO: Juan Brozzi (Argentina). VALIDADE: Taça Oswaldo Cruz. LOCAL: Estádio Defensores del Chaco, Assunção.

3/5　BRASIL　3 × 2　PARAGUAI

BRASIL: Gilmar; De Sordi (Jair Marinho), Bellini e Milton Santos; Zito e Calvet; Garrincha, Didi, Quarentinha (Amarildo), Coutinho e Pepe (Zagallo). TÉCNICO: Aymoré Moreira. PARAGUAI:

DEUSES DA BOLA

Mayeregger; Arrevallo e Monin (Gimenez); Lezcano, Monges e Insfran; Martinez, Zara, F. Lopez (E. Insfran), Gonzalez (Ramirez) e Parodi. GOLS: Martinez (2), Coutinho (2), Quarentinha. ÁRBITRO: Juan Brozzi (Argentina). VALIDADE: Taça Oswaldo Cruz. LOCAL: Estádio Defensores del Chaco, Assunção.

7/5   BRASIL 2 × 1 CHILE
BRASIL: Gilmar; Jair Marinho, Mauro e Nílton Santos; Zito e Calvet; Garrincha, Didi, Coutinho, Gérson e Pepe. TÉCNICO: Aymoré Moreira. CHILE: Escuti; Eyzaguirre, R. Sanchez e Navarro; Contreras e Rojas; Fouilloux (Beta), Sanchez (Tovar), Jorge Toro, Juan Soto e Hofman. GOLS: Garrincha, Didi e Soto. ÁRBITRO: J. Robles (Chile). VALIDADE: Taça Bernardo O'Higgins. LOCAL: Estádio Nacional, Santiago.

11/5   BRASIL 1 × 0 CHILE
BRASIL: Gilmar; Jair Marinho, Mauro e Altair; Zito e Calvet; Garrincha, Didi, Coutinho, Gérson (Amarildo) e Pepe (Zagallo, depois De Sordi). TÉCNICO: Aymoré Moreira. CHILE: Escuti; Eyzaguirre, R. Sanchez e Navarro; Contreras e Rojas; Beta (Ramirez), Toro, Tovar, L. Sanchez (Soto) e Hofman (Musso). GOL: Gérson. ÁRBITRO: J. Robles (Chile). VALIDADE: Taça Bernardo O'Higgins. LOCAL: Estádio Nacional, Santiago.

29/6   BRASIL 3 × 2 PARAGUAI
BRASIL: Gilmar; Djalma Santos, Valdemar e Ary; Zequinha e Jadir (Aldemar); Joel, Chinesinho, Dida (Zeola), Henrique e Babá. TÉCNICO: Aymoré Moreira. PARAGUAI: Benitez; Breglia, Monges e Echague; Monin (Antônio Insfran) e Lezcano; Gimenez (E. Insfran), Jara, Freitas, Ferreira e Parodi. GOLS: Freitas, Joel, Dida, Henrique (pênalti) e Parodi. ÁRBITRO: E. Queirós (Brasil). VALIDADE: Amistoso. LOCAL: Estádio do Maracanã, Rio de Janeiro.

1962

COPA AMÉRICA DE NOVOS, LIMA
TIME-BASE DO BRASIL: Cláudio; Vicente, Gilberto-PE, Roberto (Adélson) e Neves (Dirceu); Esnel e Clóvis; Paulo Felipe, Ademar Pantera, Bibe e Adamastor (Picolé). TÉCNICO: Sylvio Pirillo.
* Brasil campeão.

25/1   BRASIL 3 × 2 CHILE
29/1   BRASIL 3 × 2 PARAGUAI
3/2   BRASIL 0 × 0 ARGENTINA
5/2   BRASIL 3 × 1 PERU

21/4   BRASIL 6 × 0 PARAGUAI
BRASIL: Gilmar; Djalma Santos, Bellini e Nílton Santos; Zito e Zózimo; Garrincha, Didi, Coutinho (Vavá), Pelé e Pepe. TÉCNICO: Aymoré Moreira. PARAGUAI: Mayeregger (Aguillar); Nuñez, Monin (Amarilla) e Monges; Diógenes Martinez e Bobadilla; Cecílio Martinez, Insfran, Ferreira, Cabrera e Gonzalez. GOLS: Vavá, Didi (pênalti), Pelé, Coutinho, Nílton Santos e Garrincha. ÁRBITRO: J. Castaldi (Uruguai). VALIDADE: Taça Oswaldo Cruz. LOCAL: Estádio do Maracanã, Rio de Janeiro.

24/4   BRASIL 4 × 0 PARAGUAI
BRASIL: Castilho; Djalma Santos, Bellini e Altair; Zito (Zequinha) e Jurandir; Garrincha, Mengálvio (Benê), Coutinho (Vavá), Pelé (Amarildo) e Pepe (Zagallo).

TÉCNICO: Aymoré Moreira. PARAGUAI: Aguillar (Mayeregger); Nuñez, Monin e Monges, D. Martinez e Bobadilla (Galiya); C. Martinez, Insfran, Ferreira, Cabrera (Rodriguez) e Gonzalez (Gerardo). GOLS: Pelé (2), Pepe e Vavá. ÁRBITRO: J. Castaldi (Uruguai). VALIDADE: Taça Oswaldo Cruz. LOCAL: Estádio do Morumbi, São Paulo.

6/5   BRASIL 2 × 1 PORTUGAL
BRASIL: Gilmar; Djalma Santos, Bellini (Mauro) e Nilton Santos; Zito (Zequinha) e Calvet; Garrincha, Didi, Vavá (Amarildo), Pelé e Zagallo (Germano). TÉCNICO: Aymoré Moreira. PORTUGAL: Costa Pereira; Lino (José Carlos) e Lúcio; Mendes, Vicente e Hilário; Yaúca, Eusebio, José Augusto (Simões), Coluna e Serafim. GOLS: Coluna, Vavá e Zequinha. ÁRBITRO: Cláudio Vicuña (Chile). VALIDADE: Amistoso. LOCAL: Estádio do Pacaembu, São Paulo.

9/5   BRASIL 1 × 0 PORTUGAL
BRASIL: Gilmar; Djalma Santos, Mauro e Altair; Zito (Zequinha) e Zózimo); Garrincha, Didi, Amarildo, Pelé e Pepe (Germano). PORTUGAL: Costa Pereira; José Carlos e Lúcio; Mendes, Vicente e Hilário; Yaúca, Eusébio, José Augusto, Coluna e Serafim (Simões). GOL: Pelé. ÁRBITRO: Cláudio Vicuña (Chile). VALIDADE: Amistoso. LOCAL: Estádio do Maracanã, Rio de Janeiro.

12/5   BRASIL 3 × 1 PAÍS DE GALES
BRASIL: Gilmar; Jair Marinho, Mauro (Djalma Dias) e Nilton Santos; Zequinha e Zózimo; Garrincha, Mengálvio, Coutinho, Pelé e Pepe. TÉCNICO: Aymoré Moreira. PAÍS DE GALES: Kelsey; Williams e John Charles; Hennesey, Crowe e Hopkins; Allchurch I, Vernon, Mel Charles, Allchurch H. e Clift Jones. GOLS: Garrincha, Coutinho, Allchurch H. e Pelé. ÁRBITRO: Sérgio Bustamante (Chile). VALIDADE: Amistoso. LOCAL: Estádio do Maracanã, Rio de Janeiro.

16/5   BRASIL 3 × 1 PAÍS DE GALES
BRASIL: Gilmar; Djalma Santos, Mauro e Nilton Santos; Zequinha e Jurandir; Jair da Costa (Garrincha), Didi, Coutinho (Vavá), Pelé e Zagallo. TÉCNICO: Aymoré Moreira. PAÍS DE GALES: Kelsey (Hollins); Williams e John Charles; England, Hennesey e Hopkins; Woosnam, Vernon, Moore (Leek), Allchurch I. e Clift Jones. GOLS: Vavá, Leek e Pelé (2). ÁRBITRO: Sérgio Bustamante (Chile). VALIDADE: Amistoso. LOCAL: Estádio do Pacaembu, São Paulo.

30/5   BRASIL 2 × 0 MÉXICO
BRASIL: Gilmar; Djalma Santos, Mauro e Nilton Santos; Zito e Zózimo; Garrincha, Didi, Vavá, Pelé e Zagallo. TÉCNICO: Aymoré Moreira. MÉXICO: Carbajal; Del Muro, Cardenas e Sepúlveda; Vellegas e Reyes, Najera, Del Aguilla, Hernandez, Jasso e Diaz. GOLS: Zagallo e Pelé. ÁRBITRO: Gottfried Dienst (Suíça). VALIDADE: Copa do Mundo. LOCAL: Estádio Sausalito, Viña del Mar, Chile.

2/6   BRASIL 0 × 0 TCHECOSLOVÁQUIA
BRASIL: Gilmar; Djalma Santos, Mauro e Nilton Santos; Zito e Zózimo; Garrincha, Didi, Vavá, Pelé e Zagallo. TÉCNICO: Aymoré Moreira. TCHECOSLOVÁQUIA: Schroif; Lala, Popluhar e Novak; Pluskal e Masopust; Stibranyi, Sherer, Kvasnak, Adamec e Jelinek. ÁRBITRO: Erich Steiner (Áustria). VALIDADE: Copa do Mundo. LOCAL: Estádio Sausalito, Viña del Mar, Chile.

DEUSES DA BOLA

6/6 BRASIL 2 × 1 **ESPANHA**
BRASIL: Gilmar; Djalma Santos, Mauro e Nílton Santos; Zito e Zózimo; Garrincha, Didi, Vavá, Amarildo e Zagallo. TÉCNICO: Aymoré Moreira. ESPANHA: Araquistain; Rodriguez, Echevarria e Gravia; Verges e Pachin; Collar, Adelardo, Puskás, Peiró e Gento. GOLS: Adelardo e Amarildo (2). ÁRBITRO: Sérgio Bustamante (Chile). VALIDADE: Copa do Mundo. LOCAL: Estádio Sausalito, Viña del Mar, Chile.

10/6 BRASIL 3 × 1 **INGLATERRA**
BRASIL: Gilmar; Djalma Santos, Mauro e Nílton Santos; Zito e Zózimo; Garrincha, Didi, Vavá, Amarildo e Zagallo. TÉCNICO: Aymoré Moreira. INGLATERRA: Springett; Armfield, Moore e Wilson; Greaves, Norman e Flowers; Hitchens, Douglas, J. Haynes e Charlton. GOLS: Garrincha (2), Hitchens e Vavá. ÁRBITRO: Pierre Schwinte (França). VALIDADE: Copa do Mundo. LOCAL: Estádio Sausalito, Viña del Mar, Chile.

13/6 BRASIL 4 × 2 **CHILE**
BRASIL: Gilmar; Djalma Santos, Mauro e Nílton Santos; Zito e Zózimo; Garrincha, Didi, Vavá, Amarildo e Zagallo. TÉCNICO: Aymoré Moreira. CHILE: Escuti; Eyzaguirre, Raul Sanchez e Rodriguez; Contreras e Rojas; Ramirez, Toro, Landa, Tobar e L. Sanchez. GOLS: Garrincha (2), Rojas, Vavá (2) e L. Sanchez. ÁRBITRO: Arturo Yamazaky (Peru). VALIDADE: Copa do Mundo. LOCAL: Estádio Nacional, Santiago.

17/6 BRASIL 3 × 1 **TCHECOSLOVÁQUIA**
BRASIL: Gilmar; Djalma Santos, Mauro e Nílton Santos; Zito e Zózimo; Garrincha, Didi, Vavá, Amarildo e Zagallo. TÉCNICO: Aymoré Moreira. TCHECOSLOVÁQUIA: Schroif; Tichy, Popluhar e Novak; Pluskal e Masopust; Popischal, Sherer, Kadabra, Kvasnak e Jelinek. GOLS: Masopust, Amarildo, Zito e Vavá. ÁRBITRO: Nicolai Latichev (URSS). VALIDADE: Copa do Mundo. LOCAL: Estádio Nacional, Santiago.

* Brasil bicampeão.

1963

3/3 BRASIL 2 × 2 **PARAGUAI**
BRASIL: Marcial; Massinha, William, Procópio e Geraldino; H. Vaccari (H. Chaves) e Tião Macalé; Almir, Joaquinzinho (M. Antônio), Flávio e Oswaldo (Ari). TÉCNICO: Aymoré Moreira. PARAGUAI: V. Gonzalez; C. Martinez, Amarilla e Valdez; Lezcano e Jorge; Breglia, Sosa, Cabrera, Rodriguez (Zarate) e Insfran. GOLS: Flávio, H. Chaves, Rodriguez e Insfran (pênalti). ÁRBITRO: A. Fernandez (Paraguai). VALIDADE: Copa América. LOCAL: Estádio Sanjorla, Assunção.

10/3 BRASIL 1 × 0 **PERU**
BRASIL: Marcial; Jorge (Massinha), William, Procópio e Geraldino; H. Vaccari (H. Chaves) e Tião Macalé; Almir, M. Antônio, Flávio (Altamiro) e Oswaldo. TÉCNICO: Aymoré Moreira. PERU: Bazan; Campos, Ruiz e Elias (Iazetti); De la Vega e Donaire; Gallardo, Segarra, Leon, Rostalg e Mosquera. GOL: Flávio. ÁRBITRO: J. Larosa (Paraguai). VALIDADE: Copa América. LOCAL: Estádio Félix Capriles, Cochabamba, Bolívia.

14/3 BRASIL 5 × 1 **COLÔMBIA**
BRASIL: Marcial; Massinha, William, Procópio e Geraldino; H. Vaccari e Tião Macalé; Almir,

M. Antônio (Fernando), Flávio e Oswaldo (Ari). TÉCNICO: Aymoré Moreira. COLÔMBIA: Vival; J. Gonzalez, Aponte e Alsate; Silva (Serrano) e Lopez; Arango, Aceros (Alonso), Gamboa, Campillo (Saul) e Gonzalez. GOLS: Gamboa, Oswaldo, M. Antônio, Flávio (2) e Fernando. ÁRBITRO: T. Andruejo (Bolívia). VALIDADE: Copa América. LOCAL: Estádio Félix Caprile, Cochabamba, Bolívia.

17/3   BRASIL 0 × 2 PARAGUAI
BRASIL: Marcial; Jorge, William, Procópio e Geraldino; H. Vaccari e Tião Macalé; Almir (Fernando), M. Antônio, Flávio e Oswaldo (Ari). TÉCNICO: Aymoré Moreira. PARAGUAI: Gonzalez; Amarilla, Osório e Bobadilla; Insfran e Calonga; Arambulo, Quiñones, Zarate, Lezcano e Ayala. GOLS: Arambulo e Ayala. ÁRBITRO: T. Andruejo (Bolívia). VALIDADE: Copa América. LOCAL: Estádio Félix Caprile, Cochabamba, Bolívia.

24/3   BRASIL 0 × 3 ARGENTINA
BRASIL: Marcial; Jorge, Mário Tito (William), Procópio e Geraldino; H. Vaccari (Ari) e H. Chaves; Amauri, M. Antônio (A. Silva), Flávio e Oswaldo. TÉCNICO: Aymoré Moreira. ARGENTINA: Andrada; Martinez, Navarro e Citro; Triguol e Vasquez; Juarez, Hernandez, Rodriguez, Savoi e Zarate. GOLS: Rodriguez, Savoi e Juarez. ÁRBITRO: Arturo Yamasaky (Peru). VALIDADE: Copa América. LOCAL: Estádio Félix Caprile, Cochabamba, Bolívia.

27/3   BRASIL 2 × 2 EQUADOR
BRASIL: Silas; Jorge, William, Procópio e Cláudio; H. Vaccari e M. Antônio (Fernando); Almir, Flávio, A. Silva e Oswaldo. TÉCNICO: Aymoré Moreira. EQUADOR: Mejias; Lecaro, Bustamante e Peterson; Quijano (Messias) e Johnson; Ganolo, Palácio (Azon), Rafo, Raimondi e Larrea. GOLS: Oswaldo (2), Rafo e Azon. ÁRBITRO: J. Larossa (Paraguai). VALIDADE: Copa América. LOCAL: Estádio Félix Caprile, Cochabamba, Bolívia.

31/3   BRASIL 4 × 5 BOLÍVIA
BRASIL: Silas; Jorge, Cláudio (Massinha), Procópio e Geraldino; H. Vaccari e Tião Macalé; Almir, M. Antônio, Flávio e Oswaldo. TÉCNICO: Aymoré Moreira. BOLÍVIA: Lopez; Gainzo, Elgar e Ramirez; Camacho e Vargas; Lacorte, Alcocer, Garcia, Ugarte e Castillo. GOLS: M. Antônio, Ugarte (2), Flávio (2), Camacho, Garcia, Alcocer e Almir. ÁRBITRO: J. Orrego (Colômbia). VALIDADE: Copa América. LOCAL: Estádio Félix Caprile, Cochabamba, Bolívia.

13/4   BRASIL 2 × 3 ARGENTINA
BRASIL: Gilmar; Djalma Santos, Mauro, Dary e Altair; Zequinha e Mengálvio (Gérson); Dorval, Coutinho (Nei, depois Amarildo), Pelé e Pepe. TÉCNICO: Aymoré Moreira. ARGENTINA: Andrada; Martino, Navarro e Inigo; Cielinski (Messiano) e Vasquez; Juarez, Fernandez, San Lorenzo (Rodriguez), Savoi e Lallana. GOLS: Lallana (2), Juarez e Pepe (2). ÁRBITRO: Esteban Marino (Uruguai). VALIDADE: Copa Roca. LOCAL: Estádio do Morumbi, São Paulo.

16/4   BRASIL 5 × 2 ARGENTINA
BRASIL: Gilmar; Djalma Santos, Mauro, Cláudio e Altair; Zito (Zequinha) e Mengálvio (Gérson); Dorval, Amarildo, Pelé e Pepe (Zagallo). TÉCNICO: Aymoré Moreira. ARGENTINA: Andrada; Martino, Navarro

e Inigo (Zecaria); Cielinski e Vasquez; Juarez, Fernandez, San Lorenzo (Menotti), Savoi e Lallana. GOLS: Pelé (3), Amarildo (2), Fernandez e Savoi. ÁRBITRO: Esteban Marino (Uruguai). LOCAL: Estádio do Maracanã, Rio de Janeiro.

21/4   BRASIL 0 × 1 PORTUGAL
BRASIL: Gilmar; Djalma Santos, Mauro, Cláudio e Altair; Zito e Gérson; Dorval (Marcos), Amarildo (Quarentinha), Pelé e Pepe (Zagallo). TÉCNICO: Aymoré Moreira. PORTUGAL: Costa Pereira; Festa, Raul e Cruz; Mendes e Vicente; J. Augusto, Hernani (Rocha), Eusébio, Coluna e Yauca. GOL: J. Augusto. ÁRBITRO: H. Faucheux (França). VALIDADE: Amistoso. LOCAL: Estádio da Luz, Lisboa.

24/4   BRASIL 1 × 5 BÉLGICA
BRASIL: Gilmar; Djalma Santos, Mauro, Cláudio e Altair; Zito e Mengálvio; Dorval, Quarentinha, Amarildo e Zagallo. TÉCNICO: Aymoré Moreira. BÉLGICA: Nicolay; Lleves, Verbiest e Raskin; Hannon e Vippens; Semmeling, Stockman, Van Himst, Vanderberg e Puis. GOLS: Stockman (3), Van Himst, Altair (contra) e Quarentinha. ÁRBITRO: Léo Horn (Holanda). VALIDADE: Amistoso. LOCAL: Estádio Heysel, Bruxelas.

JOGOS PAN- AMERICANOS, SÃO PAULO
TIME-BASE DO BRASIL: Heitor (Hélio); C. A. Torres, Zé Carlos (Santo), Adevaldo e Riva; Íris (Décio) e Nenê (Cardoso); Jairzinho, Arlindo (Evaldo), Airton e Othon. TÉCNICO: Antoninho.

24/4	BRASIL	3 × 1	URUGUAI
28/4	BRASIL	10 × 0	ESTADOS UNIDOS
30/4	BRASIL	3 × 0	CHILE
4/5	BRASIL	2 × 2	ARGENTINA

28/4   BRASIL 3 × 2 FRANÇA
BRASIL: Gilmar; Djalma Santos, Eduardo, Roberto Dias e Altair; Zito e Gérson; Marcos, Ney, Pelé e Pepe. TÉCNICO: Aymoré Moreira. FRANÇA: Carmus; Rodzik, Lerond e Herban; Maryan e Chorda; Wisnieski, Bouet, Douis, Di Nallo e Cosson. GOLS: Pelé, Wisnieski, Pelé (pênalti), Di Nallo e Cosson. ÁRBITRO: C. lo Bello (Itália). VALIDADE: Amistoso. LOCAL: Estádio Colombes, Paris.

2/5   BRASIL 0 × 1 HOLANDA
BRASIL: Gilmar; Lima, Eduardo, Roberto Dias e Rildo; Zito e Gérson; Marcos, Ney (Amarildo), Pelé (Mengálvio) e Pepe. TÉCNICO: Aymoré Moreira. HOLANDA: Graafland; Haak (Van der Rose), Ouderland e Pronk; Müller e Klaassens; Bergholtz, Geot, Van der Lender, Benaars e Petersen. GOL: Petersen. ÁRBITRO: E. Bostrom (Suécia). VALIDADE: Amistoso. LOCAL: Estádio Olímpico, Amsterdã.

5/5   BRASIL 2 × 1 ALEMANHA OCIDENTAL
BRASIL: Gilmar; Lima, Eduardo, Roberto Dias e Rildo; Zito e Mengálvio; Dorval, Coutinho, Pelé e Pepe. TÉCNICO:Aymoré Moreira ALEMANHA: Fahrian; Novak, Schelinger e Wildenx; Schulz e Werner; Heiss, Schuetz, Seeler, Kornietzka (Strauss) e Doerfel. GOLS: Coutinho, Pelé e Werner (pênalti). ÁRBITRO: Gottfried Dienst (Suíça). VALIDADE: Amistoso. LOCAL: Estádio Volkspark, Hamburgo.

8/5   BRASIL 1 × 1 INGLATERRA
BRASIL: Gilmar; Lima, Eduardo, Roberto Dias e Rildo; Zequinha e Mengálvio; Dorval, Coutinho, Amarildo (Ney) e Pepe. TÉCNICO: Aymoré Moreira. INGLATERRA: Banks; Armfiel, Wilson e Moore; Norman e Milne; Douglas, Greaves, Smith, Eastham e Charlton. GOLS: Pepe e Douglas. ÁRBITRO: Leo Horn (Holanda). VALIDADE: Amistoso. LOCAL: Estádio de Wembley, Londres.

12/5   BRASIL 0 × 3 ITÁLIA
BRASIL: Gilmar; Lima, Eduardo, Roberto Dias e Rildo; Mengálvio e Quarentinha; Dorval (Ney), Coutinho, Pelé e Pepe. TÉCNICO: Aymoré Moreira. ITÁLIA: Vieri; Maldini, Salvatore e Facchetti; Trapatoni e Guarnieri; Bulgarelli, Mazzola, Sormani (Corso), Rivera e Mrenichelli. GOLS: Sormani, Mazzola e Bulgarelli. ÁRBITRO: M. Bois (França). VALIDADE: Amistoso. LOCAL: Estádio San SIro, Milão.

17/5   BRASIL 1 × 0 EGITO
BRASIL: Gilmar; Djalma Santos, Eduardo, Roberto Dias e Rildo; Zequinha e Gérson; Marcos, Quarentinha, Amarildo (Ney) e Zagallo. TÉCNICO: Aymoré Moreira. EGITO: Roubi; Rifai, Raifat e Samir; Moustafá e El Zaias; Mohamed, Hassen, Iman, Fuad e Abdel. GOL: Quarentinha. ÁRBITRO: Raul Roggio (Itália). VALIDADE: Amistoso. LOCAL: Estádio Nasser, Cairo.

19/5   BRASIL 5 × 0 ISRAEL
BRASIL: Gilmar (Marcial); Djalma Santos, Eduardo, Roberto Dias e Rildo; Zequinha e Gérson; Marcos, Quarentinha (Ney), Amarildo e Zagallo (Pepe). TÉCNICO: Aymoré Moreira. ISRAEL: Rockman; Smolek, Freschell e Tisch; Lefkavitch e Grundman; Bursuk (Schmulevitch), Cohen, Mewchell, Stelmach (Klomo) e Kalish. GOLS: Amarildo (2), Zequinha e Quarentinha (2). ÁRBITRO: Léo Horn (Holanda). VALIDADE: Amistoso. LOCAL: Estádio Ramat Gan, Ramat Gan, Israel.

22/5   BRASIL 3 × 0 COMBINADO ALEMÃO
BRASIL: Gilmar; Djalma Santos, Eduardo, Roberto Dias e Rildo; Zequinha e Gérson; Marcos, Quarentinha (Ney), Amarildo e Zagallo. TÉCNICO: Aymoré Moreira COMBINADO ALEMÃO: Farhian; Basler (Lasker), Landerer e Talazgus; Peschker e Horn; Kress, Bruck, Stein, Becknaann e Reiner (Roxel). GOLS: Quarentinha, Marcos e Amarildo. ÁRBITRO: F. Seipelt (Áustria). VALIDADE: Amistoso. LOCAL: Estádio Olímpico, Berlim.

1964

COPA AMÉRICA DE ACESSO, CAMPO DO HURACÁN, BUENOS AIRES
TIME-BASE DO BRASIL: Franz; Ary Carlos, R. Isidoro, Waltinho e Nézio; Casimiro e Fefeu (Jair); Uriel (Hélton), Zezinho, Luiz Carlos (Válter) e Emir (Ivo Soares). TÉCNICO: Denoni Pereira Alves.

21/1   BRASIL 1 × 0 PERU
22/1   BRASIL 1 × 0 PARAGUAI
26/1   BRASIL 4 × 1 URUGUAI
29/1   BRASIL 1 × 1 ARGENTINA
2/2   BRASIL 1 × 1 ARGENTINA

TORNEIO PRÉ-OLÍMPICO, LIMA E RIO DE JANEIRO
TIME-BASE DO BRASIL: Florisvaldo; Mura (Adevaldo),

Zé Luiz, Valdez e Dimas; Íris e Ivo Soares; Edinho, Nélio (Zé Roberto), Evaldo e Othon (Tito). TÉCNICO: Vicente Feola.

11/5	BRASIL	2 × 0	CHILE, Lima
14/5	BRASIL	1 × 1	COLÔMBIA, Lima
18/5	BRASIL	3 × 1	EQUADOR, Lima
4/6	BRASIL	4 × 0	PERU, Rio de Janeiro

7/9 BRASIL 3 × 0 ARGENTINA
Amistoso, Rio de Janeiro

30/5 BRASIL 5 × 1 INGLATERRA
BRASIL: Gilmar; C. A. Torres, Brito, Joel C. e Rildo; Roberto Dias e Gérson; Julinho, Vavá, Pelé e Rinaldo. TÉCNICO: Vicente Feola. INGLATERRA: Walters; Cohen, Wilson e Moore; Milne e Norman; Thompson, Greaves, Byrne, Eastham e Charlton. GOLS: Rinaldo (2), Julinho, Pelé, Roberto Dias e Greaves. ÁRBITRO: Pierre Schwinte (França). VALIDADE: Taça das Nações. LOCAL: Estádio do Maracanã, Rio de Janeiro.

3/6 BRASIL 0 × 3 ARGENTINA
BRASIL: Gilmar; C. A. Torres, Brito, Joel C. e Rildo; Roberto Dias e Gérson; Julinho, Vavá, Pelé e Rinaldo. TÉCNICO: Vicente Feola. ARGENTINA: Carrizo; Simeone, R. Delgado e Viertez; Rattin e Varacka; Onega, Rendo, Prospiti, Rojas e Messiano (Telchi). GOLS: Onega, Telchi e Rendo. ÁRBITRO: Gottfried Dienst (Suíça). VALIDADE: Taça das Nações. LOCAL: Estádio do Pacaembu, São Paulo.

7/6 BRASIL 4 × 1 PORTUGAL
BRASIL: Gilmar; C. A. Torres, Brito, Joel C. e Rildo; Carlinhos e Gérson; Jairzinho, Aírton, Pelé e Rinaldo (Zagallo). TÉCNICO: Vicente Feola. PORTUGAL: Américo; Festa, Batista e Pedro Gomes; Mendes e Vicente; Hernani, José Carlos, José Augusto, Coluna e Simões. GOLS: Coluna, Pelé, Jairzinho e Gérson (2). ÁRBITRO: Pierre Schwinte (França). VALIDADE: Taça das Nações. LOCAL: Estádio do Pacaembu, São Paulo.

OLIMPÍADA DE TÓQUIO, JAPÃO
TIME-BASE DO BRASIL: Hélio; Mura, Zé Luiz, Valdez e Adevaldo; Elizeu e Ivo Soares; Roberto Miranda, Zé Roberto, Humberto André (Mattar) e Caravetti. TÉCNICO: Vicente Feola.

12/10	BRASIL	1 × 1	EGITO
14/10	BRASIL	4 × 0	CORÉIA DO SUL
16/10	BRASIL	0 × 1	TCHECOSLOVÁQUIA

1965

2/6 BRASIL 5 × 0 BÉLGICA
BRASIL: Valdir; Djalma Santos, Bellini, Orlando e Rildo; Dudu e Ademir da Guia; Garrincha, Flávio, Pelé e Rinaldo. TÉCNICO: Vicente Feola. BÉLGICA: Nicolay; Weylens, Plaskie e Bare; Hanon e Albert Sulon; Semmeling, Vermeyen, Stockman, Cherad Sulon e Claessen. GOLS: Pelé (3), Flávio e Rinaldo. ÁRBITRO: A. Tejada (Uruguai). VALIDADE: Amistoso. LOCAL: Estádio do Maracanã, Rio de Janeiro.

6/6 BRASIL 2 × 0 ALEMANHA OCIDENTAL
BRASIL: Manga; Djalma Santos, Bellini, Orlando e Rildo; Dudu e Ademir da Guia; Garrincha (Jairzinho),

Flávio (Célio), Pelé e Rinaldo. TÉCNICO: Vicente Feola. ALEMANHA: Tilkowsky; Plontek, Hottges (Kiesman) e Lorenz; Schulz e Sleloff; Heiss, Kramer, Rodekamp, Overath (Kupper) e Libuda. GOLS: Pelé e Flávio. ÁRBITRO: C. Rivero (Peru). VALIDADE: Amistoso. LOCAL: Estádio do Maracanã, Rio de Janeiro.

9/6   BRASIL 0 × 0 **ARGENTINA**
BRASIL: Manga; Djalma Santos, Bellini, Orlando e Rildo; Dudu e Ademir da Guia; Garrincha (Jairzinho), Flávio (Célio), Pelé e Rinaldo. TÉCNICO: Vicente Feola. ARGENTINA: Roma; R. Delgado, Leonardi e Ferreira; Sacchi e Albrecht; Chaldu, Rattin, Wellington, Rendo e Rojas. ÁRBITRO: Arturo Yamasaky (Peru). VALIDADE: Amistoso. LOCAL: Estádio do Maracanã, Rio de Janeiro.

17/6   BRASIL 3 × 0 **ARGÉLIA**
BRASIL: Manga; Djalma Santos, Bellini, Orlando e Altair; Dudu e Ademir da Guia (Gérson); Garrincha, Flávio, Pelé (Bianchini) e Rinaldo. TÉCNICO: Vicente Feola. ARGÉLIA: Zarga; Mezahan, Melaksou e Definouh; Salem e Goroubah; Lekkak, Soukkhane, Mekloufi, Oudjani e Mathin. GOLS: Pelé, Gérson e Dudu. ÁRBITRO: Antônio Plaza (Espanha). VALIDADE: Amistoso. LOCAL: Estádio 19 de julho, Ora, Argélia.

24/6   BRASIL 0 × 0 **PORTUGAL**
BRASIL: Manga; Djalma Santos, Bellini, Orlando e Rildo; Dudu e Ademir da Guia (Gérson); Garrincha (Jairzinho), Bianchini, Pelé e Rinaldo. TÉCNICO: Vicente Feola. PORTUGAL: José Pereira; Cavem, Raul e Hilário; Ferreira e Vicente (Alfredo); Yauca, Eusébio, José Augusto, Pinto e Nóbrega. ÁRBITRO: K. Keller (Suíça). VALIDADE: Amistoso. LOCAL: Estádio das Antas, Porto.

30/6   BRASIL 2 × 1 **SUÉCIA**
BRASIL: Manga; Djalma Santos, Bellini, Orlando e Rildo; Dudu e Gérson; Jairzinho, Bianchini (Flávio), Pelé e Paraná. TÉCNICO: Vicente Feola. SUÉCIA: Lundquist; Soedberg, Johansson e Wing; Bergmark e Han Wild; Hamrin, Jonsson, Grahan, Harry Bild e Person. GOLS: Pelé, Gérson e Bild. ÁRBITRO: Joseph Annet (Bélgica). VALIDADE: Amistoso. LOCAL: Estádio Rasunda, Estocolmo.

4/7   BRASIL 3 × 0 **UNIÃO SOVIÉTICA**
BRASIL: Manga; Djalma Santos, Bellini (Ditão), Orlando e Rildo; Dudu (Roberto Dias) e Gérson; Jairzinho (Garrincha), Flávio, Pelé e Paraná. TÉCNICO: Vicente Feola. UNIÃO SOVIÉTICA: Banikov (Kavazashvill); Ponomariov, Rlabov e Danilov; Voronin (Losovet) e Slchinaya; Metreveli, Jusainov (Jugosev), Ivanov (Nijinski), Barkaia (Biba) e Meski. GOLS: Pelé (2) e Flávio. ÁRBITRO: Gustav Johansson (Suécia). VALIDADE: Amistoso. LOCAL: Estádio Lujniki, Moscou.

7/9   BRASIL 3 × 0 **URUGUAI**
BRASIL: Valdir (Picasso); Djalma Santos, Djalma Dias, Valdemar (Procópio) e Ferrari; Dudu (Zequinha) e Ademir da Guia; Julinho (Germano), Servílio, Tupãzinho (Ademar Pantera) e Rinaldo (Dário). TÉCNICO: Filpo Nunes. URUGUAI: Taibo (Bogue); Circunegui (Britos), Manicera, Varela e Caetano; Nunes (Lorga) e Duksas; Franco, Salva, Silva (Virgili) e Esparrago (Morales). GOLS: Rinaldo, Tupãzinho e Germano. ÁRBITRO: Eunápio de Queirós (Brasil). VALIDADE: Amistoso. LOCAL: Estádio do Mineirão, Belo Horizonte.

DEUSES DA BOLA

16/11   BRASIL 0 × 2 **ARSENAL**
BRASIL: Marcial; Galhardo (Jair Marinho), Eduardo, Clóvis e Edson; Dino Sani e Rivellino; Marcos, Flávio, Ney e Geraldo (Gílson Porto). TÉCNICO: Aymoré Moreira. ARSENAL: Burns (Furnell); Howe, Storey e Neil; Curt e Mckintok; Skirton, Sammels, Baker, Eastham e Armstrong. ÁRBITRO: H. Phillips (Escócia) VALIDADE: Amistoso. LOCAL: Estádio Highbury, Londres.

21/11   BRASIL 2 × 2 **UNIÃO SOVIÉTICA**
BRASIL: Manga; Djalma Santos, Bellini, (Mauro), Orlando e Rildo; Dudu (Roberto Dias) e Gérson; Jairzinho, Flávio (Ademar Pantera), Pelé e Paraná. TÉCNICO: Vicente Feola. UNIÃO SOVIÉTICA: Yashin; Ponomariov, Chesterniov, Afonin (Jurstlava) e Danilov; Voronin e Zabo; Metreveli, Banischevsky, Malafiev (Meski) e Kopaiev. GOLS: Gérson, Pelé, Banischevsky e Kopaiev. ÁRBITRO: K. Dagnall (Inglaterra). VALIDADE: Amistoso. LOCAL: Estádio do Maracanã, Rio de Janeiro.

21/11   BRASIL 5 × 3 **HUNGRIA**
BRASIL: Félix; C. A. Torres, Djalma Dias, Procópio e Edílson (Geraldino); Lima e Nair (Rivellino); Marcos, Servílio, Prado (Coutinho) e Abel. TÉCNICO: Aymoré Moreira. HUNGRIA: Geczi (Gelei); Novak (Kaposta), Meszoly (Matrai) e Sovar1; Solymosi e Slpos; Gorvacs (Albert), Bene, Farkas, Rakosi e Fenyvesi. GOLS: Lima (2), Servílo (2), Abel, Bene, Solymosi e Albert. ÁRBITRO: Eunápio de Queirós (Brasil) VALIDADE: Amistoso. LOCAL: Estádio do Pacaembu, São Paulo.

1966

17/4   BRASIL 1 × 0 **CHILE**
BRASIL: Arlindo; Altemir, Ari Hercílio, Áureo e Sadi; Cléo e Sérgio Lopes; Babá, Joãozinho, David (Saul) e Volmir (Vieira). TÉCNICO: Carlos Froner. CHILE: Olivares; Eyzaguirre, Cruz, Figeroa e Gonzalez (Villanueva); Yavar e Rojas; Araya, Landa, Ramirez e Velez (L. Sanchez). GOL: Joãozinho. ÁRBITRO: Ralph Howley (Inglaterra). VALIDADE: Taça Bernardo O'Higgins. LOCAL: Estádio Nacional, Santiago.

20/4   BRASIL 1 × 2 **CHILE**
BRASIL: Arlindo; Altemir, Ari Hercílio, Áureo e Sadi; Cléo e Sérgio Lopes; Babá, Joãozinho, David (Saul) e Volmir (Vieira). TÉCNICO: Carlos Froner. CHILE: Olivares; Valentino, Reynoso, Villanueva e Contreras; Rojas e Valdez; Araya, Campos (Landa), Ramirez e L. Sanchez. GOLS: Landa, Valdez e Joãozinho. ÁRBITRO: Ralph Howley (Inglaterra). VALIDADE: Taça Bernardo O'Higgins. LOCAL: Estádio Sausalito, Viña del Mar.

1/5   BRASIL 2 × 0 **SELEÇÃO GAÚCHA**
BRASIL: Gilmar; C. A. Torres, Brito, Orlando e Rildo; Dino Sani e Gérson; Garrincha, Servílio, Pelé (Silva) e Paraná. TÉCNICO: Vicente Feola. SELEÇÃO GAÚCHA: Arlindo; Altemir, Ari, Áureo e Sadi; Cléo e Sérgio Lopes; Babá, Joãozinho, Davi e Vieira (Volmir). GOLS: Servílio e Gérson. ÁRBITRO: Armando Marques. VALIDADE: Amistoso. LOCAL: Estádio do Maracanã, Rio de Janeiro.

1/5   BRASIL 5 × 0 **ATLÉTICO-MG**
BRASIL: Ubirajara (Valdir); Fidélis (Djalma Santos),

Ditão (Djalma Dias), Altair (Leônidas) e Edson (P. Henrique); Denílson (Dudu) e Lima; Nado (Paulo Borges), Célio (Parada), Tostão (Flávio) e Edu (Ivair). TÉCNICO: Vicente Feola. ATLÉTICO: Hélio; Canindé (Dawson), Dari, Fred (Wander) e Teixeira; Aírton e Paulista; Ronaldo, Bougleaux, Roberto Mauro e Tião. GOLS: Célio, Tostão, Edu, Flávio e Ivair. VALIDADE: Amistoso. LOCAL: Estádio do Maracanã, Rio de Janeiro.

14/5   BRASIL   3 × 1   PAÍS DE GALES
BRASIL: Gilmar; C. A. Torres, Brito, Orlando e Rildo; Denílson e Gérson; Garrincha, Servílio, Silva e Paraná. TÉCNICO: Vicente Feola. PAÍS DE GALES: Hollins; Rodrigues, Green, James e Kankmore; Holle e Hennessey; Rees, Davies (Turban), Allchurch e Ping. GOLS: Silva, Servílio, Garrincha e Davies. ÁRBITRO: T. Wharton (Escócia.) VALIDADE: Amistoso. LOCAL: Estádio do Maracanã, Rio de Janeiro.

15/5   BRASIL   1 × 1   CHILE
BRASIL: Manga; Djalma Santos, Bellini, Altair e Paulo Henrique; Dudu e Fefeu (Dias); Nado, Tostão, Flávio e Rinaldo. TÉCNICO: Vicente Feola. CHILE: Godoy; Eyzaguirre, Figueroa, Cruz e Villanueva; Marcos e Yavar; Araya, Tobar (L. Sanchez), Ramires e Fouilloux. GOLS: Rinaldo e Yavar. ÁRBITRO: William Symes (Escócia). VALIDADE: Amistoso. LOCAL: Estádio do Pacaembu, São Paulo.

18/5   BRASIL   1 × 0   PAÍS DE GALES
BRASIL: Fábio; Murilo, Djalma Dias, Leônidas e Edson; Dudu (Roberto Dias) e Ilma; Jairzinho, Tostão, Célio (Paulo Borges) e Ivair. PAÍS DE GALES: Hollins; Greene, Holle, Hennessey e Rodrigues; James e Allchurch; Rees, W. Davies, Ron Davies e Williams. GOL: Lima. ÁRBITRO: A. Webster (Escócia). VALIDADE: Amistoso. LOCAL: Estádio do Mineirão, Belo Horizonte.

19/5   BRASIL   1 × 0   CHILE
BRASIL: Gilmar; C. A. Torres, Brito, Altair e Rildo; Denílson e Gérson; Garrincha, Servílio (Parada), Pelé (Silva) e Amarildo (Paraná). TÉCNICO: Vicente Feola. CHILE: Godoy; Eyzaguirre, Figueroa, Cruz e Villanueva; Marcos e Yavar (Reynoso); Araya (Ramirez), Tovar, Fouilloux e L. Sanchez. GOL: Gérson. ÁRBITRO: T. Wharton (Escócia). VALIDADE: Amistoso. LOCAL: Estádio do Maracanã, Rio de Janeiro.

4/6   BRASIL   4 × 0   PERU
BRASIL: Gilmar; C. A. Torres, Djalma Dias, Altair e P. Henrique; Zito e Lima; Garrincha, Servílio, Pelé e Paraná. TÉCNICO: Vicente Feola. PERU: Rubinos; Eloy Campos, Menendez, Luís Paulo e Elias; Mieri e Mifflin; Cavagnari (Herrera), Iwazaki, Orrunaga (Rodriguez) e Pajuello. GOLS: Pelé (pênalti), Paraná e Lima (2). ÁRBITRO: A. Webster (Escócia). VALIDADE: Amistoso. LOCAL: Estádio do Morumbi, São Paulo.

5/6   BRASIL   4 × 1   POLÔNIA
BRASIL: Manga; Fidélis, Bellini, Orlando e Rildo; Denílson e Roberto Dias; Jairzinho, Alcindo (Parada), Tostão e Edu (Paulo Borges). TÉCNICO: Vicente Feola. POLÔNIA: Gomola; Straskovsky, Oslizlo e Anczok; Suski e Gnock; Galeczka, Glauk, Zabek, Libertaw e Zaber (Banas). GOLS: Libertaw, Tostão (2), Alcindo e Denílson. ÁRBITRO: William Symes (Escócia). VALIDADE: Amistoso. LOCAL: Estádio do Mineirão, Belo Horizonte.

DEUSES DA BOLA

8/6 BRASIL 3 × 1 PERU
BRASIL: Ubirajara; Fidélis, Brito, Fontana e Oldair; Roberto Dias e Denílson; Paulo Borges, Alcindo, Tostão e Edu. TÉCNICO: Vicente Feola. PERU: Sartor; Eloy Campos (Milera), Menendez e Luís Paulo (Reyes); Elias (Gomez) e Leturia (Mieri); Herrera (Cavagnari), Mifflin, Iwazaki (Orrunaga, depois Aguirre), Rodriguez (Ferreti) e Pajuelo (Solis). GOLS: Brito (contra), Tostão, Fidélis e Edu. ÁRBITRO: William Symes (Escócia). VALIDADE: Amistoso. LOCAL: Estádio do Maracanã, Rio de Janeiro.

8/6 BRASIL 2 × 1 POLÔNIA
BRASIL: Manga; Djalma Santos, Djalma Dias, Altair e P. Henrique; Zito e Lima; Garrincha, Silva, Pelé e Paraná (Jairzinho). TÉCNICO: Vicente Feola. POLÔNIA: Czeja; Straskovsky, Oslizlo e Anczok; Wingger II (Bhlandy) e Brejas; Banas (Galeczka), Liberna (Wingger I), Lubanski, Suski e Libertaw. GOLS: Garrincha, Silva e Libertaw. ÁRBITRO: Archie Webster (Escócia). VALIDADE: Amistoso. LOCAL: Estádio do Maracanã, Rio de Janeiro.

12/6 BRASIL 2 × 1 TCHECOSLOVÁQUIA
BRASIL: Gilmar; Fidélis, Brito, Fontana e P. Henrique; Zito e Lima; Jairzinho, Alcindo, Pelé (Tostão) e Amarildo (Edu). TÉCNICO: Vicente Feola. TCHECOSLOVÁQUIA: Viktor; Lala, Popluhar e Novak; Hardlicka e Smolik; Vesely (Stronk), Szikora, Kuna, Jokl (Dyba) e Ondrasek (Masny). GOLS: Pelé (2) e Masny. ÁRBITRO: Archie Webster (Escócia). VALIDADE: Amistoso. LOCAL: Estádio do Maracanã, Rio de Janeiro.

15/6 BRASIL 2 × 2 TCHECOSLOVÁQUIA
BRASIL: Manga; Fidélis, Brito, Fontana (Altair) e P. Henrique; Zito e Lima; Jairzinho, Alcindo (Silva), Pelé e Amarildo (Edu). TÉCNICO: Vicente Feola. TCHECOSLOVÁQUIA: Vencel; Lala, Novak, Popluhar e Smolik; Horvat (Dyba) e Kuna; Vesely (Strunk), Szikora, Masny e Ondrasek (Jokl). GOLS: Pelé, Zito, Popluhar e Szikora. ÁRBITRO: William Syme (Escócia) VALIDADE: Amistoso. LOCAL: Estádio do Maracanã, Rio de Janeiro.

21/6 BRASIL 5 × 3 ATLÉTICO DE MADRID
BRASIL: Gilmar; Fidélis, Brito, Altair e P. Henrique; Zito e Gérson (Lima); Jairzinho (Garrincha), Servílio, Pelé e Amarildo. TÉCNICO: Vicente Feola. ATLÉTICO DE MADRID: Rodro; Colo, Griffa e Callea; Ruiz Sosa (Garcia) e Martinez Jayo; Cardona, Luís, Jones (Cecilio Martinez), Mendonça e Collar. GOLS: Cardona, Mendonça, Luís, Pelé (3), Amarildo e Lima. ÁRBITRO: Armando Marques (Brasil). VALIDADE: Amistoso. LOCAL: Estádio Santiago Bernabeu, Madri.

25/6 BRASIL 1 × 1 ESCÓCIA
BRASIL: Gilmar; Fidélis, Bellini, Orlando e P. Henrique; Zito (Ima) e Gérson; Jairzinho, Servílio (Silva), Pelé e Amarildo. TÉCNICO: Vicente Feola. ESCÓCIA: Ferguson; Grey, Bell e McKeenan; Clark e Bremner; Scott, Cocke, Chalmers, Baxter e Comarck. GOLS: Servílio e Chalmers. ÁRBITRO: Jim Finney (Inglaterra). VALIDADE: Amistoso. LOCAL: Estádio Hampden Park, Glasgow.

27/6 BRASIL 8 × 2 ATVIDABERG (SUÉCIA)
BRASIL: Valdir (Manga); Djalma Santos, Brito, Altair (Fontana) e Rildo; Dino Sani e Lima (Denílson); Garrincha, Silva, Tostão e Paraná (Edu). TÉCNICO: Vicente Feola. ATVIDABERG: Ingemar; Olsson e Kastman; Johansson, Andersson e Lofstedt; Wallinder,

Lars (Bernt), Lindhal Soderton e Gustavsson. GOLS: Silva (3), Denílson (2), Dino Sani (2), Tostão, Soderton e Wallinder. ÁRBITRO: B. Loow (Suécia). VALIDADE: Amistoso. LOCAL: Estádio de Atvidaberg.

30/6   BRASIL 3 × 2 **SUÉCIA**
BRASIL: Gilmar; Fidélis, Bellini, Orlando e P. Henrique (Lima); Gérson e Tostão; Garrincha, Jairzinho, Pelé e Paraná (Edu). TÉCNICO: Vicente Feola. SUÉCIA: Pettersson; Karlsson, Bjorklund (Malberg) e Johnsson; Aeelsson e Nilden; Magnusson, Kindvall, Simonsson (Linehart) e Svahn (Elnesson). GOLS: Gérson, Tostão (2) e Kindvall (2). ÁRBITRO: B. Loow (Suécia). VALIDADE: Amistoso. LOCAL: Estádio Nya Ullevi, Gotemburgo.

4/7   BRASIL 4 × 2 **A.I.K (SUÉCIA)**
BRASIL: Manga; Djalma Santos, Brito, Altair e Rildo; Denílson e Gérson; Garrincha, Lima, Pelé e Edu. TÉCNICO: Vicente Feola. A.I.K: Lundquist; Sodeberg, Ohlsson e Hemming; Grip e Nlidni; Backam, Carlsson, Hamrin, Olsson e Lundblan. GOLS: Pelé (2), Garrincha, Lima, Carlsson e Hamrin. ÁRBITRO: Armando Marques (Brasil). VALIDADE: Amistoso. LOCAL: Estádio Rasunda, Estocolmo.

6/7   BRASIL 3 × 1 **MALMOE (SUÉCIA)**
BRASIL: Manga; Djalma Santos, Bellini, Altair e P. Henrique; Denílson e Gérson; Garrincha, Lima, Pelé e Jairzinho. TÉCNICO: Vicente Feola. MALMOE: Hult; Ohlen, Elmesdet e Bjorklund; Svensson e Nilsson; Slvnert (Bert Nilsson), Johansson, Ekstrom, Bengtsson e Svahn. GOLS: Jairzinho, Pelé (2) e Manga (contra). ÁRBITRO: B. Loow (Suécia) VALIDADE: Amistoso. LOCAL: Estádio de Malmoe, Suécia.

12/7   BRASIL 2 × 0 **BULGÁRIA**
BRASIL: Gilmar; Djalma Santos, Bellini, Altair e P. Henrique; Denílson e Lima; Garrincha, Alcindo, Pelé e Jairzinho. TÉCNICO: Vicente Feola. BULGÁRIA: Naidenov; Chalomanov, Penev, Voutsov e Gaganelov; Kitov e Jetchev; Dermendjiev, Asparoukhov, Yakimov e Kolev. GOLS: Pelé e Garrincha. ÁRBITRO: Kurt Tschenscher (Alemanha Ocidental). VALIDADE: Copa do Mundo. LOCAL: Goodison Park, Liverpool.

15/7   BRASIL 1 × 3 **HUNGRIA**
BRASIL: Gilmar; Djalma Santos, Bellini, Altair e P. Henrique; Lima e Gérson; Garrincha, Alcindo, Tostão e Jairzinho. TÉCNICO: Vicente Feola. HUNGRIA: Gelei; Kaposta, Matrai, Sze!meszoly; Sipos e Mathesz; Bene, Albert, Farkas e Rakosi. GOLS: Bene, Farkas, Meszoly e Tostão. ÁRBITRO: K. Dagnall (Inglaterra). VALIDADE: Copa do Mundo. LOCAL: Goodison Park, Liverpool.

19/7   BRASIL 1 × 3 **PORTUGAL**
BRASIL: Manga; Fidélis, Brito, Orlando e Rildo; Denílson e Lima; Jairzinho, Silva, Pelé e Paraná. TÉCNICO: Vicente Feola. PORTUGAL: José Pereira; Morais, Batista, Vicente e Hilário; Jaime Graça e Coluna; José Augusto, Eusébio, Torres e Simões. GOLS: Simões, Eusébio (2) e Rildo. ÁRBITRO: G. McCabe (Inglaterra). VALIDADE: Copa do Mundo. LOCAL: Goodison Park, Liverpool.

DEUSES DA BOLA

1967

21/6   BRASIL 1 × 2 **COMBINADO GRE-NAL**
BRASIL: Félix; Jorge Luís (Sadi), Jurandir, Clóvis e Everaldo; Paes e D. Lopes; Paulo Borges, Alcindo (Mário), Tostão e Volmir (Ivair). TÉCNICO: Aymoré Moreira. COMBINADO GRE-NAL: Alberto; Laurício, Aírton, Luís Carlos e Ortunho; Lambari (Sérgio Lopes) e Élton; Babá, Joãozinho (Bráulio), Claudiomiro (Loivo) e Dorinho. GOLS: Claudiomiro, Tostão e Élton. ÁRBITRO: Alfredo Bernardes Torres (Brasil). VALIDADE: Amistoso. LOCAL: Porto Alegre.

23/6   BRASIL 1 × 1 **GRÊMIO**
BRASIL: Félix (Raul); Everaldo (Jorge Luís), Jurandir, Roberto Dias (Clóvis) e Sadi; Plazza e D. Lopes (Paes); Paulo Borges (Natal), Tostão, Alcindo (Eou Antunes) e Volmir (Ivair). TÉCNICO: Aymoré Moreira. GRÊMIO: Alberto; Altemir, Aírton, Áureo e Ortunho; Cléo e Sérgio Lopes; Babá, Paulo Lumumba, Loivo e Vieira. GOLS: Tostão e Cléo. VALIDADE: Amistoso. LOCAL: Porto Alegre.

25/6   BRASIL 0 × 0 **URUGUAI**
BRASIL: Félix; Everaldo, Jurandir, Roberto Dias e Sadi; Plazza e D. Lopes; Paulo Borges, Alcindo (Eou Antunes), Tostão e Volmir (H. chaves). TÉCNICO: Aymoré Moreira. URUGUAI: Sosa; Forlan, Manicera, Alvarez e Caetano; Gonçalves e Rocha; Franco (Urbano), Acuna (Leytes), Salva e Urrusmendi. ÁRBITRO: A. Bussolino (Argentina) VALIDADE: Taça Rio Branco. LOCAL: Estádio Centenário, Montevidéu.

28/6   BRASIL 2 × 2 **URUGUAI**
BRASIL: Félix; Everaldo, Jurandir, Roberto Dias e Sadi; Plazza e D. Lopes; Paulo Borges, Tostão, Edu Antunes (Natal) e H. Oliveira. TÉCNICO: Aymoré Moreira. URUGUAI: Sosa; Forlan, Manicera, Alvarez e Caetano; Gonçalves e Rocha; Franco (Urbano depois Gomez), Silva, Salva e Urrusmendi. GOLS: Rocha (2) e Paulo Borges (2). ÁRBITRO: A. Bussolino (Argentina). VALIDADE: Taça Rio Branco. LOCAL: Estádio Centenário, Montevidéu.

1/7   BRASIL 1 × 1 **URUGUAI**
BRASIL: Félix; Everaldo, Jurandir, Roberto Dias e Sadi; Plazza e D. Lopes; Natal, Tostão, Paulo Borges e H. Chaves. TÉCNICO: Aymoré Moreira. URUGUAI: Sosa; Forlan, Manicera, Alvarez e Caetano; Gonçalves e Rocha; Urbano, Silva (Leytes, depois Rivero), Salva e Urrusmendi. GOLS: Urrusmendi e D. Lopes. ÁRBITRO: Esteban Marino (Uruguai). VALIDADE: Taça Rio Branco. LOCAL: Estádio Centenário, Montevidéu.

19/9   BRASIL 1 × 0 **CHILE**
BRASIL: Manga; Fidélis, Zé Carlos, Leonidas e P. Henrique; Denilson e Gérson; Paulo Borges, Mário, Roberto Miranda e P.C. Caju (Rinaldo). TÉCNICO: Zagallo. CHILE: Olivares; Herrera, Adriasola, Quintano e Enberty; Hodge (Garcia) e Prieto (Anguero); Araya, Reynoso, L. Sanchez e Fouilloux. GOL: Roberto Miranda. ÁRBITRO: Jorge Cruizat (Argentina). VALIDADE: Amistoso. LOCAL: Estádio Nacional, Santiago.

1968

TORNEIO PRÉ-OLÍMPICO, COLÔMBIA

TIME-BASE DO BRASIL: Getúlio (Raul Marcel); Miguel, Almeida, Guassi e Dutra (Jorge); Tião e Sá (Moreno); Manoel Maria (Lauro), China (Plínio), Ferreti (Dionísio) e Toninho (Luís Henrique). TÉCNICO: Antoninho.

19/3	BRASIL	0 × 0	PARAGUAI
24/3	BRASIL	3 × 0	VENEZUELA
27/3	BRASIL	0 × 0	CHILE
30/3	BRASIL	1 × 2	URUGUAI
5/4	BRASIL	1 × 0	PARAGUAI
9/4	BRASIL	3 × 0	COLÔMBIA

9/6 BRASIL 2 × 0 URUGUAI
BRASIL: Cláudio; Djalma Santos (C. A. Torres), Jurandir, Joel C. e Sadi; Piazza e Rivellino; Paulo Borges (Natal), César, Tostão e Edu. TÉCNICO: Aymoré Moreira. URUGUAI: Mazurkiewicz; Mendes, Dalmao, M. Castillo e Mujica; Fontes e Ibañez (Espárrago); Virgili, Del Rio (Zúbia), Rocha e Morales. GOLS: Sadi e Tostão. ÁRBITRO: Romualdo Arppi Filho (Brasil) VALIDADE: Amistoso. LOCAL: Estádio do Pacaembu, São Paulo.

12/6 BRASIL 4 × 0 URUGUAI
BRASIL: Cláudio; C. A. Torres, Jurandir, Joel C. e Sadi (Rildo); Piazza (Rivellino) e Gérson; Paulo Borges, Jairzinho, Tostão e Edu. TÉCNICO: Aymoré Moreira. URUGUAI: Bazzano; Mendes, Dalmao, M. Castillo e Mujica (Brunell); Fontes e Ibañez; Del Rio, Rocha, Virgili e Morales. GOLS: Tostão, Paulo Borges, Gérson e Jairzinho. ÁRBITRO: A. Bussolino (Argentina). VALIDADE: Amistoso. LOCAL: Estádio do Maracanã, Rio de Janeiro.

16/6 BRASIL 1 × 2 ALEMANHA OCIDENTAL
BRASIL: Cláudio; C. A. Torres, Jurandir, Joel C. e Sadi (Rildo); Denílson e Gérson; Paulo Borges, Jairzinho (César), Tostão e Edu. TÉCNICO: Aymoré Moreira. ALEMANHA OCIDENTAL: Walter; Fischer, Vogts, Mueller e Loranz; Beckenbauer e Overath; Doerfel, Held, Neuberg e Waber. GOLS: Held, Doerfel e Tostão. ÁRBITRO: B. Loow (Suécia). VALIDADE: Amistoso. LOCAL: Neckarstadion, Stuttgart.

20/6 BRASIL 6 × 3 POLÔNIA
BRASIL: Cláudio; C. A. Torres (Zé Maria), Brito, Joel C. e Rildo; Gérson, Rivellino e Tostão; Natal, Jairzinho (Roberto Miranda) e Edu (Eduardo). TÉCNICO: Aymoré Moreira. POLÔNIA: Kostua; Winkler, Gmoche, Oszizlo e Bazam; Baut e Deyiva (Selzik); Zmijewski, Jubanski, Sadek (Galdocha) e Jarosik. GOLS: Jairzinho (2), Rivellino (2), Natal, Tostão, Blaut, Sadek (pênalti) e Zmijewski. ÁRBITRO: W. Archivoc (URSS). VALIDADE: Amistoso. LOCAL: Estádioio Aniversário, Varsóvia.

23/6 BRASIL 2 × 3 TCHECOSLOVÁQUIA
BRASIL: Félix; C. A. Torres, Brito, Joel C. e Rildo; Gérson, Rivellino e Tostão; Natal, Jairzinho e Edu (Eduardo). TÉCNICO: Aymoré Moreira. TCHECOSLOVÁQUIA: Viktor; Pivarnik, Plass, Horvath e Hagara; Pollak e Geleta (Szicora); Vesely, Jokl, Adamec e Kabat. GOLS: Adamec (3), C. A. Torres e Natal. ÁRBITRO: F. Helmut (Alemanha Oriental). VALIDADE: Amistoso. LOCAL: Estádio do Slovan Bratislava, Bratislava.

25/6 BRASIL 2 × 0 IUGOSLÁVIA
BRASIL: Félix; C. A. Torres, Brito, Joel C. e Rildo;

Gérson, Rivellino e Tostão; Natal, Jairzinho e Eduardo (Edu). TÉCNICO: Aymoré Moreira. IUGOSLÁVIA: Murcevic; Aleksic, Petrovic, Pavlovic (Boskovic) e Damyanovic; Holcer e Paunovic; Trivic (Miraslov), Musemic, Acimovic e Dzajic. GOLS: C. A. Torres e Tostão. ÁRBITRO: Istavan Zult (Hungria) VALIDADE: Amistoso. LOCAL: Estádio Crvena Zvezda, Belgrado.

30/6   BRASIL   2 × 0   PORTUGAL
BRASIL: Félix; C. A. Torres, Brito, Joel C. e Rildo; Gérson, Rivellino e Tostão; Natal, Jairzinho e Edu. TÉCNICO: Aymoré Moreira. PORTUGAL: Américo; Cruz, Armando, José Carlos e Hilário; Pavão (Arthur Jorge) e Coluna; José Augusto (Simões), Pedras, Jaime Graça e Peres. GOLS: Rivellino e Tostão. ÁRBITRO: A. Bueno (Espanha). VALIDADE: Amistoso. LOCAL: Estádio Machaya, Lourenço Marques, Moçambique.

7/7   BRASIL   2 × 0   MÉXICO
BRASIL: Félix; C. A. Torres, Brito, Joel C. e Rildo; Gérson, Rivellino e Tostão (Roberto Miranda); Natal (Paulo Borges), Jairzinho e Edu. TÉCNICO: Aymoré Moreira. MÉXICO: Mendoza; Alejandro, Galindo, Sanabria e Perez; Muñoz e Regueiro; Bustos, Estrada (Pullido), Pereda e Vitorino (Hernandez). GOLS: Jairzinho (2). ÁRBITRO: C. Robles (Chile). VALIDADE: Amistoso. LOCAL: Estádio Azteca, Cidade do México.

10/7   BRASIL   1 × 2   MÉXICO
BRASIL: Félix; C. A. Torres, Brito, Joel C. e Rildo (Sadi); Gérson, Rivellino e Tostão (César); Natal, Jairzinho e Eduardo (Roberto Miranda). TÉCNICO: Aymoré Moreira. MÉXICO: Motta; Gonzalez, Pena, Nunes e Arrevallo; Dias (Regueiro) e Munguia (Pullido); Albino (Cisneros), Borja, Fragoso e Padilla. GOLS: Borja (2) e Rivellino. ÁRBITRO: C. Robles (Chile). VALIDADE: Amistoso. LOCAL: Estádio Azteca, Cidade do México.

14/7   BRASIL   4 × 3   PERU
BRASIL: Cláudio; C. A. Torres, Brito, Joel C. e Sadi; Gérson, Rivellino e Tostão; Natal (Paulo Borges), Jairzinho e Eduardo (Roberto Miranda). TÉCNICO: Aymoré Moreira. PERU: Rubinos (Villanueva); Eloy Campos, Zumbitas, Bittar e Elias; Mifflin e Challe; Baylon, Zegarra, Perico Leon e Gallardo. GOLS: Perico Leon (2), Zegarra, C. A. Torres, Roberto Miranda, Natal e Jairzinho. ÁRBITRO: M. Comensana (Argentina). VALIDADE: Amistoso. LOCAL: Estádio Nacional, Lima.

17/7   BRASIL   4 × 0   PERU
BRASIL: Cláudio (Félix); C. A. Torres, Jurandir, Joel C. (Marinho Peres) e Sadi; Gérson (Denílson), Rivellino e Tostão (Carlos Roberto); Paulo Borges, Jairzinho e Edu. TÉCNICO: Aymoré Moreira. PERU: Villanueva (Flores); Campos, Melan, Chumpitaz e Elias; Zegarra e Challe (Hernandez); Baylon, Mifflin, Perico Leon e Gallardo (Cubillas). GOLS: Gérson, Jairzinho, Rivellino e Tostão. ÁRBITRO: M. Comensna (Argentina). VALIDADE: Amistoso. LOCAL: Estádio Nacional, Lima.

25/7   BRASIL   4 × 0   PARAGUAI
BRASIL: Picasso; C. A. Torres, Jurandir, Joel C. e Rildo (Neves); Dudu e Rivellino; Paulo Borges, Toninho Guerreiro (Flávio), Pelé e Edu. TÉCNICO: Antoninho. PARAGUAI: Orrego (Alvarenga); F. Sosa, Tabarelli, Perez e Sandoval; Colman e Gonzalez; M. Sosa

(Mora), Martinez, Naitshe e Cibilis. GOLS: Pelé (2), Toninho Guerreiro e Eduardo. ÁRBITRO: Angel Coereza (Argentina). VALIDADE: Taça Oswaldo Cruz. LOCAL: Estádio Defensores del Chaco, Assunção.

28/7   BRASIL 0 × 1   PARAGUAI
BRASIL: Gilmar; C. A. Torres, Jurandir (Ditão), Joel C. e Rildo; Dudu e Rivellino; Paulo Borges (Copeu), Flávio (Tales), Pelé e Edu (Eduardo). TÉCNICO: Antoninho. PARAGUAI: Villanueva; Mendoza, Tabarelli, Perez e Sandoval; F. Sosa, Martinez e Gonzalez; M. Sosa, Naitshe e Mora. ÁRBITRO: Angel Coereza (Argentina). VALIDADE: Taça Oswaldo Cruz. LOCAL: Estádio Defensores del Chaco, Assunção.

7/8   BRASIL 4 × 1   ARGENTINA
BRASIL: Félix; Moreira (Murilo), Brito, Leônidas e Valtencir; Carlos Roberto e Gérson; Jairzinho, Roberto Miranda (Ney), P. C. Caju e Nado. TÉCNICO: Zagallo. ARGENTINA: Sanchez; Ostua, Perfumo, Basile e Malbernat; Solari (Savoi), Aguirre e Rendo (Silva); Yasalde, Veglio e Mas. GOLS: Basile, Jairzinho, Roberto Miranda (2) e Valtencir. ÁRBITRO: Armando Marques (Brasil). VALIDADE: Amistoso. LOCAL: Estádio do Maracanã, Rio de Janeiro.

11/8   BRASIL 3 × 2   ARGENTINA
BRASIL: Raul; Pedro Paulo, Djalma Dias, Procópio e Oldair; Zé Carlos e D. Lopes; Natal, Tostão, Evaldo e Rodrigues. TÉCNICO: Aymoré Moreira. ARGENTINA: Sanchez; Ostua, Perfumo, Basile e Malbernat; Rendo, Solari e Savoi; Yasalde, Fischer (Menotti) e Veglio. GOLS: D. Lopes, Evaldo e Rodrigues. ÁRBITRO: A. Martins (Brasil). VALIDADE: Amistoso. LOCAL: Estádio do Mineirão, Belo Horizonte.

OLIMPÍADA DA CIDADE DO MÉXICO, MÉXICO
TIME-BASE DO BRASIL: Getúlio; Miguel (Cláudio D.), Dutra, Almeida e Jorge; Tião e Moreno; Manoel Maria, China, Ferreti e Toninho. TÉCNICO: Antoninho.

14/10   BRASIL 0 × 1   ESPANHA
16/10   BRASIL 1 × 1   JAPÃO
18/10   BRASIL 3 × 3   NIGÉRIA

31/10   BRASIL 1 × 2   MÉXICO
BRASIL: Félix; C. A. Torres, Brito, Roberto Dias e Everaldo; Gérson e Rivellino; Paulo Borges (Natal), Jairzinho (Tostão), Pelé e P. C. Caju. TÉCNICO: Aymoré Moreira. MÉXICO: Motta; Vantolra, Peña, Nuñez e Perez; Mungula e Diaz (Valdivia); Gonzalez, Borja, Cisneros (Padilla) e Fragoso (Mercado). GOLS: Diaz, Fragoso e C. A. Torres. ÁRBITRO: Carlos Robles (Chile). VALIDADE: Amistoso. LOCAL: Estádio do Maracanã, Rio de Janeiro.

3/11   BRASIL 2 × 1   MÉXICO
BRASIL: Alberto; C. A. Torres, Jurandir, Roberto Dias e Everaldo; Gérson e Rivellino (D. Lopes); Natal, Jairzinho, Pelé e P. C. Caju. TÉCNICO: Aymoré Moreira. MÉXICO: Calderón; Vantolra, Peña, Nuñez e Perez; Munguia e Diaz; Gonzalez (Mercado), Borja (Valdívia), Albino (Cisneros) e Padilla (Fragoso). GOLS: Jairzinho, Pelé e Borja. ÁRBITRO: Carlos Robles (Chile). VALIDADE: Amistoso. LOCAL: Estádio do Mineirão, Belo Horizonte.

6/11   BRASIL 2 × 1   SELEÇÃO DA FIFA
BRASIL: Picasso; C. A. Torres, Jurandir (Moreira), Roberto Dias e Everaldo; Gérson e Rivellino; Natal (Paulo Borges), Jairzinho (Tostão), Pelé e P. C. Caju. TÉCNICO: Aymoré Moreira. SELEÇÃO DA FIFA: Yashin

DEUSES DA BOLA

(Mazurkiewicz); Novak, Shesterniov, Schulz e Marzolin (Perfumo); Beckenbauer e Sucs; Amâncio (Metreveli), Albert (Rocha), Overath e Dzajic (Farkas). GOLS: Rivellino, Albert e Tostão. ÁRBITRO: D. Di Leo (Itália). VALIDADE: Amistoso. LOCAL: Estádio do Maracanã, Rio de Janeiro.

13/11 BRASIL 2 × 1 CORITIBA
BRASIL: Félix; C. A. Torres, Jurandir, Roberto Dias e P. Henrique (Nilo); Gérson (Zé Carlos) e Rivellino (D. Lopes); Paulo Borges (Natal), Jairzinho (Leivinha), Pelé (Tostão) e P. C. Caju. TÉCNICO: Aymoré Moreira. CORITIBA: Joel; Deleu, Roderlei, Nico e Ismael; Rossi (Lucas) e Rinaldo; Passarinho, Krieger, Kosilek e Carlos Alberto (Válter). GOLS: D. Lopes, Zé Carlos e Passarinho. ÁRBITRO: Armando Marques (Brasil). VALIDADE: Amistoso. LOCAL: Estádio Belfort Duarte, Curitiba.

14/12 BRASIL 2 × 2 ALEMANHA OCIDENTAL
BRASIL: Picasso; C. A. Torres, Jurandir, Roberto Dias e Everaldo; Gérson (Zé Carlos) e Rivellino; Edu, Tostão (D. Lopes), Pelé e P. C. Caju (Nado). TÉCNICO: Aymoré Moreira. ALEMANHA: Maier; Vogts, Weber (Lorenz), Schulz e Patzke; Beckenbauer e Metzer; Doerfel, Held, Overath (Wimmer) e Volkert (Gerwien). GOLS: Edu (2) e Held (2). ÁRBITRO: Istvan Szolt (Hungria) VALIDADE: Amistoso. LOCAL: Estádio do Maracanã, Rio de Janeiro.

17/12 BRASIL 3 × 3 IUGOSLÁVIA
BRASIL: Picasso (Alberto); C. A. Torres, Jurandir (Scala), Roberto Dias e Everaldo; Gérson e Rivellino (D. Lopes); Caio, Tostão, Pelé e Edu (Babá). TÉCNICO: Aymoré Moreira. IUGOSLÁVIA: Curcovic; Cueck (Klessan), Gracanin, Paulovic e Dojeinovski; Holcer, Belin e Acimovic; Spasovski, Mussemic (Bukal) e Dzajic. GOLS: Spasovski, Dzajic, Bukal, Pelé, C. A. Torres e Babá. ÁRBITRO: M. Comensna (Argentina). VALIDADE: Amistoso. LOCAL: Estádio do Maracanã, Rio de Janeiro.

19/12 BRASIL 3 × 2 IUGOSLÁVIA
BRASIL: Mussula; Vânder, Normandes (Djalma Dias), Grapete e Décio; Vanderlei e Ronaldo; Vaguinho, Amauri, Lola e Tião (Caldeira). TÉCNICO: Yustrich. IUGOSLÁVIA: Curcovic; Tesan, Dojeinovski, Paunovic e Aleksic; Paulovic (Holcer), Mussemic (Belin) e Mujkic (Acimovic); Besekovic (Katic), Bukal e Spasovski. GOLS: Mussemic, Besekovic, Vaguinho, Amauri e Ronaldo. ÁRBITRO: R. Barreto (Uruguai). VALIDADE: Amistoso. LOCAL: Estádio do Mineirão, Belo Horizonte.

1969

7/4 BRASIL 2 × 1 PERU
BRASIL: Félix; C. A. Torres, Brito, Djalma Dias e Rildo; Piazza e Gérson; Jairzinho, D. Lopes, Pelé (Edu) e Tostão. TÉCNICO: João Saldanha. PERU: Sartor; Fernandez, La Torre, Chumpitaz e Gonzalez; Zegarra, Mifflin e Cubillas; Baylon, Perico Leon e Gallardo. GOLS: Gérson, Jairzinho e Gallardo. ÁRBITRO: A. Tejada (Uruguai). VALIDADE: Amistoso. LOCAL: Estádio Beira-Rio, Porto Alegre.

9/4 BRASIL 3 × 2 PERU
BRASIL: Félix; C. A. Torres, Brito, D. Dias e Rildo; Plazza (Joel C.) e Gérson; Jairzinho, Tostão

(P. C. Caju), Pelé e D. Lopes (Eou). TÉCNICO: João Saldanha. PERU: Sartor; P. Gonzalez, La Torre, Chumpitaz e J. Gonzalez; Mifflin, Cubillas e P. Leon; Baylon, Casareto e Gallardo. GOLS: Tostão, Pelé, Edu, Gallardo e Baylon. ÁRBITRO: A. Tejada (Uruguai). VALIDADE: Amistoso. LOCAL: Estádio do Maracanã, Rio de Janeiro.

12/6   BRASIL 2 × 1   INGLATERRA
BRASIL: Gilmar (Félix); C. A. Torres, D. Dias, Joel C. e Rildo; Clodoaldo e Gérson; Jairzinho, Tostão, Pelé e Edu (P. C. Caju). TÉCNICO: João Saldanha. INGLATERRA: Banks; Wright, Labone, B. Moore e Newton; Müllery e Bell; A. Ball, B. Charlton, Hurst e Peters. GOLS: Bell, Tostão e Jairzinho. ÁRBITRO: Ramon Barreto (Uruguai). VALIDADE: Amistoso. LOCAL: Estádio do Maracanã, Rio de Janeiro.

6/7   BRASIL 4 × 0   BAHIA
BRASIL: Félix (Cláudio); C. A. Torres, D. Dias, Joel C. e Rildo (Everaldo); Clodoaldo (Plazza) e Gérson (Rivellino); Jairzinho, Tostão, Pelé (D. Lopes) e Edu. TÉCNICO: João Saldanha. BAHIA: M. Aurélio; Mura, Zé Oto, Adevaldo e Paes; Amorim (Ailton) e Elizeu; Jair (Arthur), Zé Eduardo (Adauri), Sanfilipo e Oton (Gagé). GOLS: Pelé, Jairzinho, Edu e Tostão. ÁRBITRO: A. C. Coelho (Brasil). VALIDADE: Amistoso. LOCAL: Estádio da Fonte Nova, Salvador.

9/7   BRASIL 8 × 2   SELEÇÃO SERGIPANA
BRASIL: Félix; C. A. Torres (Zé Maria), D. Dias (Brito), Joel C. e Rildo; Clodoaldo e Gérson; Jairzinho (Paulo Borges), Toninho, Pelé e Edu (P. C. Caju). TÉCNICO: João Saldanha. SELEÇÃO SERGIPANA: Gilton (Marcelo); Augusto (Arlindo), M. Portela (Zé Américo), Beto e Gecélio (Miranda); Evangelista (Dadica) e Benê; Caroço (P. Lumumba), Beto II (Piranha), Vevé e Joel (Fernando). GOLS: Toninho (3), Clodoaldo, Vevé, P. C. Caju, Gérson, Beto (contra), Paulo Borges e Fernando. ÁRBITRO: Armando Marques (Brasil). VALIDADE: Amistoso. LOCAL: Estádio Lourival Batista, Aracaju.

13/7   BRASIL 6 × 1   SELEÇÃO PERNAMBUCANA
BRASIL: Félix (Lula); C. A. Torres, D. Dias, Joel C. e Rildo; Plazza e Gérson; Jairzinho (Paulo Borges), Tostão, Pelé e Edu. TÉCNICO: João Saldanha. SELEÇÃO PERNAMBUCANA: Miltão; Gena, Birunga, Gilson e Altair; Válter (Nilsinho) e Zito; Cuíca (Dema), Zezinho (César), F. Santana, (Ademir) e Lima. GOLS: Joel C. (contra), Jairzinho, Pelé, Tostão e Edu (3). ÁRBITRO: Armando Marques (Brasil). VALIDADE: Amistoso. LOCAL: Recife.

1/8   BRASIL 2 × 0   MILIONÁRIOS (COLÔMBIA)
BRASIL: Félix; C. A. Torres, Brito, Joel C. (Scala) e Rildo (Everaldo); Piazza e Gérson (Rivellino); Jairzinho, Tostão (D. Lopes), Pelé e Edu. TÉCNICO: João Saldanha. MILIONÁRIOS: Carron; Roberto, Castaño (Diaz) e Rodriguez; Gomez, Arian e Chelo Gonzalez; Plínio, J. J. Rodriguez, Ferrero (Garcia) e Lima (Guzman). GOLS: Gérson e Rivellino. ÁRBITRO: O. Delgado (Colômbia). VALIDADE: Amistoso. LOCAL: Estádio El Campin, Bogotá.

6/8   BRASIL 2 × 0   COLÔMBIA
BRASIL: Félix; C. A. Torres, D. Dias, Joel C. e Rildo; Piazza e Gérson; Jairzinho (P. C. Caju), Tostão, Pelé e Edu. TÉCNICO: João Saldanha. COLÔMBIA: Lagarcha; Sanchez, Segrera, O. Lopez e Castro; Segovia, Garcia e Agudelo; Tamayo, Gallego (Santa) e Ortiz (Brand). GOLS: Tostão (2). ÁRBITRO: A. Tejada

DEUSES DA BOLA

(Uruguai). VALIDADE: Eliminatórias da Copa do Mundo. LOCAL: Estádio El Campin, Bogotá.

10/8 BRASIL 5 × 0 VENEZUELA
BRASIL: Félix; C. A. Torres, D. Dias, Joel C. e Rildo (Everaldo); Piazza e Gérson; Jairzinho, Tostão, Pelé e Edu. TÉCNICO: João Saldanha. VENEZUELA: Garcia; David, Freddy, Sanchez e Chicho; Pedrito e Useche; Iriarte, A. Ravelo, Mendoza e Nitti. GOLS: Pelé (2) e Tostão (3). ÁRBITRO: E. Rendon (Equador) VALIDADE: Eliminatórias da Copa do Mundo. LOCAL: Estádio Universitário, Caracas.

17/8 BRASIL 3 × 0 PARAGUAI
BRASIL: Félix; C. A. Torres, D. Dias, Joel C. e Rildo; Piazza e Gérson; Jairzinho, Tostão, Pelé e Edu. TÉCNICO: João Saldanha. PARAGUAI: Aguilera; Molinas, Bobadilla; S. Rojas e Mendoza; Ciman (Arrua) e Valdez; Martinez, Herrera, P. Rojas e Gimenez (Mora). GOLS: Mendoza (contra), Jairzinho e Edu. ÁRBITRO: A. Massaro (Chile). VALIDADE: Eliminatórias da Copa do Mundo. LOCAL: Estádio Defensores Del Chaco, Assunção.

21/8 BRASIL 6 × 2 COLÔMBIA
BRASIL: Félix; C. A. Torres, D. Dias, Joel C. e Rildo; Piazza e Gérson (Rivellino); Jairzinho, Tostão, Pelé (P. C. Caju) e Edu. TÉCNICO: João Saldanha. COLÔMBIA: Lagarcha (Quintana); Segovia, Segrera, Soto e Castro; Alvarez e Ramirez; Agudelo (Sanchez), Gallego, Mesa e Santa. GOLS: Mesa, Gallego, Tostão (2), Pelé, Rivellino, Jairzinho e Edu. ÁRBITRO: M. Comensaíía (Argentina). VALIDADE: Eliminatórias da Copa do Mundo. LOCAL: Estádio do Maracanã, Rio de Janeiro.

24/8 BRASIL 6 × 0 VENEZUELA
BRASIL: Félix (Lula); C. A. Torres, D. Dias, Joel C. (Brito) e Rildo; Piazza e Gérson; Jairzinho, Tostão, Pelé e Edu. TÉCNICO: João Saldanha. VENEZUELA: Fasano; Davi; Freddy, Sanchez (Sarsalejo) e Chicho; Laranjo e Useche; Nitti, Antônio, Garcia (Mendoza) e Iriarte. GOLS: Tostão (3), Pelé (2) e Jairzinho. ÁRBITRO: O. Ortube (Bolívia). VALIDADE: Eliminatórias da Copa do Mundo. LOCAL: Estádio do Maracanã, Rio de Janeiro.

31/8 BRASIL 1 × 0 PARAGUAI
BRASIL: Félix; C. A. Torres, D. Dias, Joel C. e Rildo; Piazza e Gérson; Jairzinho, Tostão, Pelé e Edu. TÉCNICO: João Saldanha. PARAGUAI: Aguilera; Isidro, Bobadilla, S. Rojas e Mendoza; Sosa e O. Campos; Ivaldi (Valdez), P. Rojas, B. Ferreira e Gimenez. GOL: Pelé. ÁRBITRO: Ramon Barreto (Uruguai). VALIDADE: Eliminatórias da Copa do Mundo. LOCAL: Estádio do Maracanã, Rio de Janeiro.

3/9 BRASIL 1 × 2 ATLÉTICO MINEIRO
BRASIL: Félix; C. A. Torres, D. Dias, Joel C. e Rildo (Everaldo); Piazza e Gérson (Rivellino); Jairzinho, Tostão (Zé Carlos), Pelé e Edu (P. C. Caju). TÉCNICO: João Saldanha. ATLÉTICO: Mussula; Humberto, Grapete, Normandes (Zé Oto) e Circunegui (Vantuir); Amauri (Beto) e Oldair; Vaguinho, Dario, Lacy e Tião (Caldeira). GOLS: Amauri, Dario e Pelé. ÁRBITRO: A. Ferreira (Brasil). VALIDADE: Amistoso. LOCAL: Estádio do Mineirão, Belo Horizonte.

1970

4/3 BRASIL 0 × 2 ARGENTINA
BRASIL: Ado; C. A. Torres, Baldochi, Fontana e M. Antônio; Piazza (Zé Carlos) e Gérson; Jairzinho, D. Lopes, Pelé e Edu. TÉCNICO: João Saldanha. ARGENTINA: Cejas; Malbernat, Perfumo, Rogel e Diaz; Pastoriza e Madurga; Conigliaro, Fischer, Brindisi e Más. GOLS: Más e Conigliaro. ÁRBITRO: Armando Marques (Brasil). VALIDADE: Amistoso. LOCAL: Estádio Beira-Rio, Porto Alegre.

8/3 BRASIL 2 × 1 ARGENTINA
BRASIL: Leão; C. A. Torres, Brito, Fontana e M. Antônio; Piazza (Clodoaldo) e Gérson; Jairzinho, D. Lopes, Pelé e Edu (P. C. Caju). TÉCNICO: João Saldanha. ARGENTINA: Cejas (Santoro); Malbernat, Perfumo, Rogel e Diaz; Pastoriza e Madurga; Conigliaro, Brindisi, Fischer (Onega) e Más. GOLS: Pelé, Jairzinho e Brindisi. ÁRBITRO: A. V. de Moraes (Brasil). VALIDADE: Amistoso. LOCAL: Estádio do Maracanã, Rio de Janeiro.

14/3 BRASIL 1 × 1 BANGU
BRASIL: Ado; C. A. Torres (Zé Maria), Brito, Joel C. e M. Antônio; Clodoaldo (Zé Carlos) e Rivellino; Jairzinho, D. Lopes (Edu), Pelé e P. C. Caju. TÉCNICO: João Saldanha. BANGU: Roni; Cabrita, Sérgio, L. Antônio e Bauer; Sidclei e Didinho; Mário, Jorge Félix, Paulo Mata e Aladim. GOLS: Moraes (contra) e Paulo Mata. ÁRBITRO: Armando Marques (Brasil). VALIDADE: Amistoso. LOCAL: Estádio G. Silveira, Rio de Janeiro.

22/3 BRASIL 5 × 0 CHILE
BRASIL: Leão; C. A. Torres, Brito, Joel C. e M. Antônio; Clodoaldo (D. Lopes) e Gérson; Jairzinho, Roberto Miranda, Pelé e P. C. Caju. TÉCNICO: Zagallo. CHILE: Astorga (Valejos); Diaz, Laube, Villaroel e Herrera; Fouilloux e Acevedo; Caszely, Zelada (Messen), Castro e Hoffman (Silva). GOLS: Pelé (2), Roberto Miranda (2) e Gérson. ÁRBITRO: Armando Marques (Brasil). VALIDADE: Amistoso. LOCAL: Estádio do Morumbi, São Paulo.

26/3 BRASIL 2 × 1 CHILE
BRASIL: Félix; C. A. Torres, Brito, Joel C. e M. Antônio; Clodoaldo e Gérson; Jairzinho, Roberto Miranda, Pelé e P. C. Caju (Rivellino). TÉCNICO: Zagallo. CHILE: Valejo; Diaz, Laube, Cruz e Herrera; Acevedo e Silva; Caszely (Berli), Nessen (Zelada), Castro e Cotazar. GOLS: Rivellino, C. A. Torres e Castro. ÁRBITRO: A. V. de Moraes (Brasil). VALIDADE: Amistoso. LOCAL: Estádio do Maracanã, Rio de Janeiro.

2/4 BRASIL 4 × 1 SELEÇÃO DO AMAZONAS B
BRASIL: Leão; Zé Maria, Piazza (Catita), Joel C. e Zé Carlos; Arilson e D. Lopes; Rogério (Evandro, depois Pretinho), Dario, Tostão e Edu (Pompeo). TÉCNICO: Zagallo. SELEÇÃO DO AMAZONAS B: Maneco; Piola, Nei, Lincoln (Valdir) e Brito; Zezinho e Hamilton (Brucutu); Laércio, Luís Sarti (Santo), Afonso e Santiago. GOLS: Dario (4) e Laércio. VALIDADE: Amistoso. LOCAL: Estádio Vivaldo Lima, Manaus.

5/4 BRASIL 4 × 1 SELEÇÃO DO AMAZONAS A
BRASIL: Ado; C. A. Torres, Brito, Fontana e Everaldo; Clodoaldo e Rivellino (Piazza); Jairzinho, Roberto Miranda, Pelé e P. C. Caju. TÉCNICO: Zagallo. SELEÇÃO DO AMAZONAS A: Clóvis; P. Hamilton, Maravilha (Válter), Valdomiro e Eraldo; Mário e Rolinha; Zezé (Edson Piola), Rangel, Tupãzinho e

Pepeta. GOLS: Rivellino, Pelé, P. C. Caju, C. A. Torres e Mário. ÁRBITRO: A. V. de Moraes (Brasil). VALIDADE: Amistoso. LOCAL: Estádio Vivaldo Lima, Manaus.

12/4 BRASIL 0 × 0 PARAGUAI
BRASIL: Félix; C. A. Torres, Brito, Fontana e M. Antônio; Clodoaldo e Gérson; Rogério, Dario, Pelé e P. C. Caju. TÉCNICO: Zagallo. PARAGUAI: Aguilera; Martinez, Bobadilla, Tavarelli e Benitez; Ivaldi, Sosa e Valdez; Del Puerto, B. Ferreira e Gimenez. ÁRBITRO: A. Oliviedo (Argentina). VALIDADE: Amistoso. LOCAL: Estádio do Maracanã, Rio de Janeiro.

19/4 BRASIL 3 × 1 SELEÇÃO MINEIRA
BRASIL: Leão; C. A. Torres, Brito (Baldochi), Fontana (Joel C.) e M. Antônio; Clodoaldo e Gérson; Jairzinho, Dario, Pelé e P. C. Caju (Eou). TÉCNICO: Zagallo. SELEÇÃO MINEIRA: Raul; Humberto, Grapete, D. Menezes e Neco; Amauri e Vanderlei; Vaguinho, Lola (Natal), Evaldo (Lacy) e Tião. GOLS: Dario (2), Gérson e Natal. ÁRBITRO: Armando Marques (Brasil). VALIDADE: Amistoso. LOCAL: Estádio do Mineirão, Belo Horizonte.

26/4 BRASIL 0 × 0 BULGÁRIA
BRASIL: Ado; C. A. Torres, Brito, Joel C. e Marco Antônio; Clodoaldo (Rivellino) e Gérson; Jairzinho, Roberto Miranda, Tostão (Pelé) e P. C. Caju. TÉCNICO: Zagallo. BULGÁRIA: Kamenski; Zapirov, Serkov, Stenkov e Apostolov; Kolev e Radnev (Dolov); Pamov, Pechev, Grigorov e Belchev (Penev, depois Atazov). ÁRBITRO: M. Comensana (Argentina). VALIDADE: Amistoso. LOCAL: Estádio do Morumbi, São Paulo.

29/4 BRASIL 1 × 0 ÁUSTRIA
BRASIL: Félix; C. A. Torres, Brito, Piazza e M. Antônio; Clodoaldo e Gérson; Rogério (Jairzinho), Tostão (Dario), Pelé e Rivellino. TÉCNICO: Zagallo. ÁUSTRIA: Rettensteiner; Peter Pun, Stumberger (Krieger), Schmidradner e Huberts; Geyer, Hof e Ettemeyer (Hickenberger); Paritz, Kreuz e Redl. GOL: Rivellino. ÁRBITRO: M. Comensana (Argentina). VALIDADE: Amistoso. LOCAL: Estádio do Maracanã, Rio de Janeiro.

6/5 BRASIL 3 × 0 COMBINADO GUADALAJARA (MÉXICO)
BRASIL: Ado; C. A. Torres, Brito, Piazza (Joel C.) e M. Antônio; Clodoaldo e Gérson; Rogério (Jairzinho), Tostão (Dario), Pelé e Rivellino. TÉCNICO: Zagallo. COMBINADO GUADALAJARA: Coco Rodriguez; Chairez, Medina, Monroy e Vlllegas; Herrada, Ponce e Dumbo; Calderón (Olague), Anaya (Estrada) e Spinoza (Delgado). GOLS: Rivellino, Pelé e Clodoaldo. ÁRBITRO: A. Yamazaky (Peru). VALIDADE: Amistoso. LOCAL: Estádio Jalisco, Guadalajara.

17/5 BRASIL 5 × 2 COMBINADO LEÓN (MÉXICO)
BRASIL: Félix; C. A. Torres (Zé Maria), Brito, Piazza e M. Antônio; Clodoaldo (P. C. Caju) e Gérson; Jairzinho, Tostão, Pelé (Dario) e Rivellino. TÉCNICO: Zagallo. COMBINADO LEÓN: Coco Rodriguez; Garcia, Efranio, G. Loza e R. Lopez (Araya); Henriquez, Mata (Valdez) e Ponce; Estrada, S. Anaya e Fuente. GOLS: Pelé (2), P. C. Caju, Rivellino, Tostão, Estrada e M. Antônio (contra). ÁRBITRO: A. Gonzalez (México). VALIDADE: Amistoso. LOCAL: Estádio de León, México.

24/5   BRASIL   3 × 0   IRAPUATO (MÉXICO)
BRASIL: Ado (Leão); C. A. Torres (Zé Maria), Brito (Baldochi), Piazza (Fontana) e M. Antônio (Everaldo); Clodoaldo e Rivellino; Jairzinho (Edu), Tostão, Pelé (Roberto Miranda) e P. C. Caju. TÉCNICO: Zagallo. IRAPUATO: Alatorre; Hernandez, Figlorio, Zapirain e Leonardo; Ruiz e Avellaneda; Belmonte, Perrichon, Ubiraci e M. Antônio. GOLS: P. C. Caju, Roberto Miranda e Rivellino. ÁRBITRO: R. Galindo (México). VALIDADE: Amistoso. LOCAL: Estádio Municipal de Irapuato, México.

3/6   BRASIL   4 × 1   TCHECOSLOVÁQUIA
BRASIL: Félix; C. A. Torres, Brito, Piazza e Everaldo; Clodoaldo e Gérson (P. C. Caju); Jairzinho, Tostão, Pelé e Rivellino. TÉCNICO: Zagallo. TCHECOSLOVÁQUIA: Viktor; Dobias, Horvath, Migas e Hagara; Kuna, Hrollika (Kvasnak), F. Vesely (B. Vesely) e Petras; Adamec e Jokl. GOLS: Petras, Jairzinho (2), Pelé e Rivellino. ÁRBITRO: Ramon Barreto (Uruguai). VALIDADE: Copa do Mundo. LOCAL: Estádio Jalisco, Guadalajara.

7/6   BRASIL   1 × 0   INGLATERRA
BRASIL: Félix; C. A. Torres, Brito, Piazza e Everaldo; Clodoaldo e Rivellino; Jairzinho, Tostão (Roberto Miranda), Pelé e P. C. Caju. TÉCNICO: Zagallo. INGLATERRA: Banks; Wright, Labone, Moore e Cooper; Müllery, B. Charlton (Astle) e Ball; Peters, Lee (Dell) e Hurst. GOL: Jairzinho. ÁRBITRO: Abraham Klein (Israel). VALIDADE: Copa do Mundo. LOCAL: Estádio Jalisco, Guadalajara.

10/6   BRASIL   3 × 2   ROMÊNIA
BRASIL: Félix; C. A. Torres, Brito, Fontana e Everaldo (M. Antônio); Piazza e Clodoaldo (Edu); Jairzinho, Tostão Pelé e P. C. Caju. TÉCNICO: Zagallo. ROMÊNIA: Adamache (Raducanu); Satmareanu, Dinu, Lupescu e Mocanu; Dembrowski, Dimitru, Numweiller e Neagu; Dumitrache (Tataru) e Lucescu. GOLS: Pelé (2), Jairzinho, Dumitrache e Dembrowski. ÁRBITRO: F. Marschall (Áustria). VALIDADE: Copa do Mundo. LOCAL: Estádio Jalisco, Guadalajara.

14/6   BRASIL   4 × 2   PERU
BRASIL: Félix; C. A. Torres, Brito, Piazza e M. Antônio; Clodoaldo e Gérson (P. C. Caju); Jairzinho (Roberto Miranda), Tostão, Pelé e Rivellino. TÉCNICO: Zagallo. PERU: Rubinos; Campos, Fernandez, Chumpitaz e Fuentes; Mifflin, Challe, Cubillas e Baylon (Som); Perico Leon e Gallardo. GOLS: Tostão (2), Jairzinho, Rivellino, Gallardo e Cubillas. ÁRBITRO: V. Loureaux (Bélgica). VALIDADE: Copa do Mundo. LOCAL: Estádio Jalisco, Guadalajara.

17/6   BRASIL   3 × 1   URUGUAI
BRASIL: Félix; C. A. Torres, Brito, Piazza e Everaldo; Clodoaldo e Gérson; Jairzinho, Tostão, Pelé e Rivellino. TÉCNICO: Zagallo. URUGUAI: Mazurkiewicz; Ubinas, Ancheta, Matosas e Mujica; Montero Castillo, Manero (Esparrago), Cubilla e Cortez; Fontes e Morales. GOLS: Cubilla, Clodoaldo, Jairzinho e Rivellino. ÁRBITRO: J. Mendibil (Espanha). VALIDADE: Copa do Mundo. LOCAL: Estádio Jalisco, Guadalajara.

21/6   BRASIL   4 × 1   ITÁLIA
BRASIL: Félix; C. A. Torres, Brito, Piazza e Everaldo; Clodoaldo e Gérson; Jairzinho, Tostão, Pelé e Rivellino. TÉCNICO: Zagallo. ITÁLIA: Albertosi; Burnigh, Cera, Rosato e Facchetti; Bertini (Giuliano), De Sisti, Boninsegna e Dominghini; Mazzola

DEUSES DA BOLA

(Rivera) e Gigi Riva. GOLS: Pelé, Boninsegna, Gérson, Jairzinho e C. A. Torres. ÁRBITRO: Rudy Glockner (Alemanha Ocidental). VALIDADE: Copa do Mundo. LOCAL: Estádio Azteca, Cidade do México.
* Brasil tricampeão.

30/9 BRASIL 2 × 1 MÉXICO
BRASIL: Félix (Ado); C. A. Torres, Brito, Piazza e Everaldo; Clodoaldo e Gérson (P. C. Caju); Jairzinho, Tostão, Pelé e Rivellino. TÉCNICO: Zagallo. MÉXICO: Mota (Astrejon); Vantolra, Peña, Montez e Ramirez; Gonzalez e Herrada (Prado); Padilla (Damian), Valdivia, Lopez e Gomez. GOLS: Jairzinho, Tostão e Lopez. ÁRBITRO: Angel Coereza (Argentina). VALIDADE: Amistoso. LOCAL: Estádio do Maracanã, Rio de Janeiro.

4/10 BRASIL 5 × 1 CHILE
BRASIL: Félix; C. A. Torres, Brito, Joel C. e Everaldo; Nei e Clodoaldo; Jairzinho, Roberto Miranda, Pelé (Rogério) e P. C. Caju. TÉCNICO: Zagallo. CHILE: Olivares; Rodriguez, Quintano, Laube (Árias) e Diaz; Hodge e Valdez; Fouilloux, Nessen, Castro (Pedro Arandes) e Velez (Araya). GOLS: Jairzinho (2), Pelé, P. C. Caju, Roberto Miranda e Nessen. ÁRBITRO: L. Pestarino (Argentina). VALIDADE: Amistoso. LOCAL: Estádio Nacional, Santiago.

1971

11/7 BRASIL 1 × 1 ÁUSTRIA
BRASIL: Félix; Zé Maria, Brito, Piazza e Everaldo (M. Antônio); Clodoaldo e Gérson; Zequinha, Tostão, Pelé (P. C. Caju) e Rivellino. TÉCNICO: Zagallo. ÁUSTRIA: Rettensteiner; Schmidradner, Stumberger, Eigenstiller e Jadodic; Hickersberger e Ettemeyer; Hof, Kodac, Sterink e Jara. GOLS: Pelé e Jara. ÁRBITRO: J. Taylor (Inglaterra). VALIDADE: Amistoso. LOCAL: Estádio do Morumbi, São Paulo.

14/7 BRASIL 1 × 0 TCHECOSLOVÁQUIA
BRASIL: Félix; Zé Maria, Brito, Piazza e Everaldo; Clodoaldo e Gérson; Zequinha, Tostão (Claudiomiro), Rivellino e P. C. Caju (Vaguinho). TÉCNICO: Zagallo. TCHECOSLOVÁQUIA: Viktor; Hasnak, Hrivnak, Thizeanik e Dobias; Tomanek (Hardzlica) e Szikora; Vesely (Karko), Pollak, Strall e Capovic. GOL: Tostão. ÁRBITRO: R. Scheurer (Suíça). VALIDADE: Amistoso. LOCAL: Estádio do Maracanã, Rio de Janeiro.

18/7 BRASIL 2 × 2 IUGOSLÁVIA
BRASIL: Félix; Zé Maria (Eurico), Brito, Piazza e Everaldo (M. Antônio); Clodoaldo e Gérson; Zequinha, Vaguinho, Pelé (Claudiomiro) e Rivellino. TÉCNICO: Zagallo. IUGOSLÁVIA: Vuckevic; Ranijak (Jerkovic), Stepanovic, Paulovic e Holcer; Paunovic e Obla; Petrovic (Beikovic), Filipovic (Antonievic), Acimovic e Dzajic. GOLS: Rivellino, Gérson, Dzajic e Jerkovic. ÁRBITRO: V. Loureaux (Bélgica). VALIDADE: Amistoso. LOCAL: Estádio do Maracanã, Rio de Janeiro.

21/7 BRASIL 0 × 0 HUNGRIA
BRASIL: Félix; Zé Maria, Brito, Piazza e Everaldo; Clodoaldo e Gérson; Zequinha, Vaguinho, Tostão e Rivellino. TÉCNICO: Zagallo. HUNGRIA: Geozy; Fabian, Pancsics, Juhasz e Vidats; Szucs e Fazekas; I. Zukas, Bene, Dunai e Zambo. ÁRBITRO: K. Tschenscher (Alemanha Ocidental). VALIDADE: Amistoso. LOCAL: Estádio do Maracanã, Rio de Janeiro.

24/7   BRASIL 1×0 PARAGUAI
BRASIL: Félix; Zé Maria, Brito, Luís Carlos e Everaldo; Clodoaldo e Gérson; Zequinha, Vaguinho, Tostão (P. C. Caju) e Rivellino (Claudiomiro). TÉCNICO: Zagallo. PARAGUAI: Villanueva; Ortiz, Bobadilla, Rojas e Mendoza (Colman); Sosa (Verza) e Jara; Del Puerto (Trala), Diarte (Enciso), Arrua e Gimenez. GOL: Claudiomiro. ÁRBITRO: K. Tschenscher (Alemanha Ocidental) VALIDADE: Amistoso. LOCAL: Estádio do Maracanã, Rio de Janeiro.

28/7   BRASIL 1×1 ARGENTINA
BRASIL: Félix; Zé Maria (M. Antônio), Brito, Piazza e Everaldo; Clodoaldo e Gérson; Vaguinho, Claudiomiro (P. C. Caju), Tostão e Rivellino. TÉCNICO: Zagallo. ARGENTINA: Sanchez; Dominichi, Vargas, Laraigne e Heredia; Brindisi, Madurga e Pastoriza; Bianchi, Fischer (Zerdi) e Ayala. GOLS: P. C. Caju e Brindisi. ÁRBITRO: V. Loureaux (Bélgica). VALIDADE: Copa Roca. LOCAL: Monumental de Nuñez, Buenos Aires.

31/7   BRASIL 2×2 ARGENTINA
BRASIL: Félix; Eurico, Brito, Piazza e Everaldo (M. Antônio); Clodoaldo (Claudiomiro) e Gérson; Vaguinho (Lula), Tostão, Rivellino e P. C. Caju. TÉCNICO: Zagallo. GOLS: Tostão e P. C. Caju. ÁRBITRO: R. Scheuer (Suíça). VALIDADE: Copa Roca. LOCAL: Monumental de Nuñez. Buenos Aires.

TORNEIO PRÉ-OLÍMPICO, COLÔMBIA
TIME-BASE DO BRASIL: Nielsen; Aluísio, Fred, Wagner e Celso; Rubens Galaxie (Ângelo) e Marquinho; Roberto Carlos (Enéas), Clayton (Zico), Nilson Dias e Galdino. TÉCNICO: Antoninho.

27/11   BRASIL 1×1 EQUADOR
29/11   BRASIL 2×1 BOLÍVIA
1/12   BRASIL 0×0 ARGENTINA
5/12   BRASIL 1×0 CHILE
7/12   BRASIL 1×1 COLÔMBIA
9/12   BRASIL 1×0 ARGENTINA
11/12   BRASIL 1×0 PERU

1972

26/4   BRASIL 3×2 PARAGUAI
BRASIL: Félix; C. A. Torres (M. Antônio), Marinho Peres, Vantuir e Everaldo; Clodoaldo e Rivellino; Jairzinho, Roberto Miranda, Tostão (D. Lopes) e P. C. Caju. TÉCNICO: Zagallo. PARAGUAI: Baez; Molina, Ortiz, Riveros e Mendoza; Godói (Verza) e Jara; Escobar, Diarte, Arrua e Gimenez. GOLS: C. A. Torres, D. Lopes, Tostão, Escobar e Diarte. ÁRBITRO: Armando Marques (Brasil). VALIDADE: Amistoso. LOCAL: Estádio Beira-Rio, Porto Alegre.

10/6   BRASIL 2×1 SELEÇÃO OLÍMPICA BRASILEIRA
BRASIL: Leão; Rodrigues Neto, Brito, Vantuir e M. Antônio; Clodoaldo e Gérson; Jairzinho, Tostão (Dario), Rivellino e P. C. Caju. TÉCNICO: Zagallo. SELEÇÃO OLÍMPICA: Nielsen; Terezo, Abel, Wagner e Celso; Carlos Alberto e Falcão; Pedrinho, Manoel (Rubens), Zé Carlos e Dirceu. GOLS: Rivellino, Jairzinho e Zé Carlos. ÁRBITRO: R. Helies (França). VALIDADE: Amistoso. LOCAL: Estádio Uberabão, Uberaba.

DEUSES DA BOLA

13/6 BRASIL 2 × 0 HAMBURGO
BRASIL: Leão; Eurico (Rodrigues Neto), Brito, Vantuir e M. Antônio; Clodoaldo e Gérson (Piazza); Jairzinho, Leivinha (Dario), Rivellino (D. Lopes) e P. C. Caju. TÉCNICO: Zagallo. HAMBURGO: Kargus; Memering, Kaltz, Schultz e Ripp; Nogly, Winkler e Honig; Bjornomose, Zaczyk e Volkert. GOLS: Rivellino e Gérson. ÁRBITRO: R. Helies (França). VALIDADE: Amistoso. LOCAL: Estádio do Mineirão, Belo Horizonte.

13/6 SELEÇÃO OLÍMPICA BRASILEIRA 0 × 0 ATLÉTICO-MG

17/6 SELEÇÃO OLÍMPICA BRASILEIRA 4 × 1 HAMBURGO

17/6 BRASIL 3 × 3 SELEÇÃO GAÚCHA
BRASIL: Leão (Sérgio); Zé Maria, Brito, Vantuir e M. Antônio; Clodoaldo e Piazza; Jairzinho, Leivinha, Rivellino e P. C. Caju. TÉCNICO: Zagallo. SELEÇÃO GAÚCHA: Schneider; Espinosa, Figueroa, Ancheta e Everaldo; Carbone, Tovar e Torino; Valdomiro, Claudiomiro e Oberti (Mazinho). GOLS: Rivellino, P. C. Caju, Jairzinho, Tovar, Carbone e Claudiomiro. ÁRBITRO: R. Helies (França). VALIDADE: Amistoso. LOCAL: Estádio Beira-Rio, Porto Alegre.

28/6 BRASIL 0 × 0 TCHECOSLOVÁQUIA
BRASIL: Leão; Zé Maria, Brito, Vantuir e M. Antônio, Clodoaldo e Gérson; Jairzinho, Tostão (Leivinha), Rivellino e P. C. Caju. TÉCNICO: Zagallo. TCHECOSLOVÁQUIA: Viktor; Dobias, Zlocha, Hagara e Pivarnik; Medved e Pollak; Hrussewsky, Straitl (Dernanik), Adamec e Kabat. ÁRBITRO: K. Tschenscher (Alemanha Ocidental). VALIDADE: Minicopa. LOCAL: Estádio do Maracanã, Rio de Janeiro.

2/7 BRASIL 3 × 0 IUGOSLÁVIA
BRASIL: Leão; Zé Maria, Brito, Vantuir e M. Antônio; Clodoaldo e Gérson; Jairzinho, Tostão, Rivellino e P. C. Caju (Leivinha). TÉCNICO: Zagallo. IUGOSLÁVIA: Maric; Krivokuca; Katalinski (Paunovic), Pavlovic e Stepanovic; Jerkovic, Oblak e Acimovic (Sandrac); Popovda, Bajevic e Dzajic. GOLS: Rivellino, P. C. Caju e Jairzinho. ÁRBITRO: O. Dahlberg (Suécia). VALIDADE: Minicopa. LOCAL: Estádio do Morumbi, São Paulo.

5/7 BRASIL 1 × 0 ESCÓCIA
BRASIL: Leão; Zé Maria, Brito, Vantuir e M. Antônio; Clodoaldo e Gérson; Jairzinho, Tostão, Rivellino e Leivinha (Dario). TÉCNICO: Zagallo. ESCÓCIA: Clark; Forsyth, Colkhoun, Bucham e Donachie; Bremmer, Hartford e Graham; Morgan, Dennis Law e Macari. GOL: Jairzinho. ÁRBITRO: A. Klein (Israel). VALIDADE: Minicopa. LOCAL: Estádio do Maracanã, Rio de Janeiro.

9/7 BRASIL 1 × 0 PORTUGAL
BRASIL: Leão; Zé Maria, Brito, Vantuir e M. Antônio (Rodrigues Neto); Clodoaldo e Gérson; Jairzinho, Leivinha (Dario), Tostão e Rivellino. TÉCNICO: Zagallo. PORTUGAL: José Henrique; Artur, Humberto, Messias e Adolfo; Toni e Jaime Graça; Peres, Jordão (Arthur Jorge), Eusébio e Dinis. GOL: Jairzinho. ÁRBITRO: A. Klein (Israel). VALIDADE: Minicopa. LOCAL: Estádio do Maracanã, Rio de Janeiro.

OLIMPÍADA DE MUNIQUE, ALEMANHA
TIME-BASE DO BRASIL: Nielsen; Terezo, Fred, Osmar e Celso; Rubens Galaxie e Ângelo (Falcão); Pedrinho (Zé Carlos), Washington (C. A. Pintinho), Manoel e Dirceu. TÉCNICO: Antoninho.

27/8   BRASIL 2 × 3 DINAMARCA
29/8   BRASIL 2 × 2 HUNGRIA
1/9   BRASIL 0 × 1 IRÃ

1973

3/3   BRASIL 2 × 0 ARGÉLIA
BRASIL: Renato; Zé Maria, Chiquinho Pastor, Piazza e M. Antônio; Clodoaldo e Rivellino; Valdomiro, Leivinha, P. C. Caju e Edu. TÉCNICO: Zagallo. ARGÉLIA: Ouchen (Abrouk); Khedis, Madani, Kadefi e Ighil; Fendi e Salhi (Draoui); Banus, Fergani, Dali (Bachi) e Gamouch. GOLS: Rivellino e P. C. Caju. ÁRBITRO: Abderrezak Bessaoudi (Tunísia). VALIDADE: Amistoso. LOCAL: Estádio 5 de Julho, Argel.

27/5   BRASIL 5 × 0 BOLÍVIA
BRASIL: Leão; Zé Maria, Chiquinho Pastor, Piazza e M. Antônio; Clodoaldo e Rivellino; Valdomiro, Leivinha (Palhinha), P. C. Caju e Edu. TÉCNICO: Zagallo. BOLÍVIA: Cobo (Carlos Gimenez); Cayo (Oliveira), Antello, Agreda e Chaves (Iriondo); Perez, Vargas e Fernandez; Linaner, Gimenez e Mezza (Sanchez). GOLS: Leivinha (2), Rivellino (2) e Valdomiro. ÁRBITRO: Armando Marques (Brasil). VALIDADE: Amistoso. LOCAL: Estádio do Maracanã, Rio de Janeiro.

6/6   BRASIL 4 × 1 TUNÍSIA
BRASIL: Wendell; Zé Maria, Luís Pereira, Piazza e M. Antônio; Clodoaldo e Rivellino; Valdomiro, Leivinha, P. C. Caju e Edu. TÉCNICO: Zagallo. TUNÍSIA: Athouga (Gazi); Zitoumi, Douibi, Gashi e Malki; Bezdah, Mohiedine e Cheman; Tenine (Arui), Adhouma e Chakroun. GOLS: Valdomiro, Leivinha, P. C. Caju (2) e Mohedine. ÁRBITRO: Ben Ghazal (Argélia). VALIDADE: Amistoso. LOCAL: Estádio Cartago, Túnis.

9/6   BRASIL 0 × 2 ITÁLIA
BRASIL: Leão; Zé Maria, Luís Pereira, Piazza e M. Antônio; Clodoaldo e Rivellino; Jairzinho, Leivinha (Dario), P. C. Caju e Edu. TÉCNICO: Zagallo. ITÁLIA: Zoff; Sabadini, Beluggi, Burnigh e Facchetti (Marchetti); Capello, Benetti e Rivera; Mazolla, Pulici e Riva (Chinaglia). GOLS: Riva e Capello. ÁRBITRO: Robert Helies (França). VALIDADE: Amistoso. LOCAL: Estádio Olímpico, Roma.

13/6   BRASIL 1 × 1 ÁUSTRIA
BRASIL: Renato; Zé Maria, Luís Pereira, Piazza e M. Antônio; Clodoaldo e Rivellino; Jairzinho, Palhinha (Valdomiro), P. C. Caju e Edu (Dirceu). TÉCNICO: Zagallo. ÁUSTRIA: Koncilia; Sara, Stumberger, Hof e Elgenstiller (Krieger); Hattenberger, Hasil (Gombasch) e Starek (Schmidnadner); Krank, Kreuz e Jara. GOLS: Jairzinho e Kreuz. ÁRBITRO: M. Jursa (Tchecoslováquia) VALIDADE: Amistoso. LOCAL: Estádio Platter Park, Viena.

16/6   BRASIL 1 × 0 ALEMANHA OCIDENTAL
BRASIL: Leão; Zé Maria, Luís Pereira, Piazza e M. Antônio; Clodoaldo e Rivellino; Valdomiro, Jairzinho, P. C. Caju e Dirceu. TÉCNICO: Zagallo. ALEMANHA: Maier; Vogts, Cullman, Beckenbauer e Breitner; Flohe e Overath; Heyckness, Hoeness (Kapelmann), Müller e Kremmers. GOL: Dirceu.

DEUSES DA BOLA

ÁRBITRO: A. Van Gemert (Holanda). VALIDADE: Amistoso. LOCAL: Estádio Olímpico, Berlim.

21/6 BRASIL 1 × 0 UNIÃO SOVIÉTICA
BRASIL: Wendell; Zé Maria, Luís Pereira, Moisés e M. Antônio; Clodoaldo e Rivellino; Valdomiro, Jairzinho, Leivinha e P. C. Caju. TÉCNICO: Zagallo. UNIÃO SOVIÉTICA: Pilgui; Dzodzuashvili, Kurtzlawa, Kaphichny e Lovchev; Muntyan, Kolotov e Vasenin; ZInchenko, Onishenko (Nikonov) e Blokhin. GOL: Jairzinho. ÁRBITRO: J. Weiland (Alemanha Ocidental). VALIDADE: Amistoso. LOCAL: Estádio Lujniki, Moscou.

25/6 BRASIL 0 × 1 SUÉCIA
BRASIL: Wendell (Leão); Zé Maria, Luís Pereira, Piazza e Marinho Chagas; Carbone e Rivellino; Valdomiro (Dirceu), Jairzinho, P. C. Caju e Palhinha (Dario). TÉCNICO: Zagallo. SUÉCIA: Hellstrom; Olsson, Nordqvist, Jan Olsson e Grip; Trapper (Karlsson) e Graham; Magnusson (Torschensson), Edstrom, Kindvall (Leback) e Sandberg. GOL: Sandberg. ÁRBITRO: Rudy Glockner (Alemanha Ocidental). VALIDADE: Amistoso. LOCAL: Estádio Rasunda, Estocolmo.

30/6 BRASIL 1 × 0 ESCÓCIA
BRASIL: Leão; Zé Maria, Luís Pereira, Piazza e M. Antônio; Clodoaldo e Rivellino; Valdomiro, Jairzinho, P. C. Caju e Dirceu. TÉCNICO: Zagallo. ESCÓCIA: Mac Cloy; Jardine, Holton, Johnson e Mac Grain; Bremmer, Hai e Morgan; Parlane, Jordan e Dalglish. GOL: Johnson (contra). ÁRBITRO: H. Burns (Inglaterra). VALIDADE: Amistoso. LOCAL: Estádio Hampden Park, Glasgow.

3/7 BRASIL 4 × 3 IRLANDA UNIDA
BRASIL: Leão; Zé Maria, Luís Pereira, Piazza e M. Antônio; Clodoaldo e Rivellino; Valdomiro, Jairzinho, P. C. Caju e Dirceu. TÉCNICO: Zagallo. IRLANDA UNIDA: Jennings; Craig, Mulligan, Hunter e Carrol (Ctkane); Martin, Giles e Conroy (Dennehy); O'Neil, Dougan e Givens. GOLS: P. C. Caju (2), Jairzinho, Valdomiro, Martin, Dougan e Conroy. ÁRBITRO: D. Byrne (Inglaterra). VALIDADE: Amistoso. LOCAL: Estádio Dalymouth Park, Dublin.

1974

31/3 BRASIL 1 × 1 MÉXICO
BRASIL: Leão; Zé Maria, Luís Pereira, Alfredo e M. Antônio; Carbone e Ademir da Guia; Jairzinho, Carpegiani (Leivinha), Rivellino e Mirandinha (Enéas). TÉCNICO: Zagallo. MÉXICO: Puentes; Trujillo, Ramos, Pena e Galindo; Gonzalez, manzo e De La Torre; Valdez (Anguiano), Borja e Horácio (Damian). GOLS: Jairzinho e Manzo. ÁRBITRO: Miguel Angel Comensana (Argentina). VALIDADE: Amistoso. LOCAL: Estádio do Maracanã, Rio de Janeiro

7/4 BRASIL 1 × 0 TCHECOSLOVÁQUIA
BRASIL: Wendell; Zé Maria, Luís Pereira, Piazza e Marinho Chagas; Carbone e Ademir da Guia; Jairzinho, Carpegiani, Mirandinha (Leivinha) e Edu. TÉCNICO: Zagallo. TCHECOSLOVÁQUIA: Vencel; Pivarnik, Samec (Wojacek), Ondrus e Bendel; Vesely, Kuna e Gaidusek (Peneka); Bicovski, Nehoda e Jarkovski. GOL: Jairzinho. ÁRBITRO:

Patrick Partridge (Inglaterra). VALIDADE: Amistoso. LOCAL: Estádio do Maracanã (Rio de Janeiro).

14/4   BRASIL 1 × 0 BULGÁRIA
BRASIL: Leão; Zé Maria, Luís Pereira, Piazza e Marinho Chagas; Clodoaldo e Rivellino; Jairzinho, P. C. Caju, Leivinha (Mirandinha) e Edu. TÉCNICO: Zagallo. BULGÁRIA: Simeonov, Vkordov, Dristakiev, Stankov e Apostolov; Jankov, Mundjev e Nikomidov; Vassilev, Grigorov e Dimitrov. GOL: Jairzinho. ÁRBITRO: A. Martinez (Chile). VALIDADE: Amistoso. LOCAL: Estádio do Maracanã, Rio de Janeiro.

17/4   BRASIL 2 × 0 ROMÊNIA
BRASIL: Leão; Zé Maria, Luís Pereira, Piazza e Marinho Chagas; Clodoaldo (Carbone) e Rivellino; Jairzinho (Valdomiro), P. C. Caju, Leivinha e Edu. TÉCNICO: Zagallo. ROMÊNIA: Iorgulescu; Anghelini, Antonescu, Sames e Kristache; Dinu, Giorgescu e Iordanescu (Balaço) Lusescu, Kun e Marcu. GOLS: Leivinha e Edu. ÁRBITRO: Roberto Wurtz (França). VALIDADE: Amistoso. LOCAL: Estádio do Morumbi, São Paulo.

21/4   BRASIL 4 × 0 HAITI
BRASIL: Leão; Zé Maria, Luís Pereira, Piazza e Marinho Chagas; Clodoaldo e Rivellino; Jairzinho, Carpegiani, César (Leivinha) e P. C. Caju (Edu). TÉCNICO: Zagallo. HAITI: Francillon; Bayonne, Joseph, Racine (André) e Auguste; Vorbe, Desir e Antoine; Guy St. Vil (Bartgelemy), Sannon e Roger St. Vil. GOLS: Rivellino, P. C. Caju, Marinho Chagas e Edu. ÁRBITRO: Miguel Angel Comensana (Argentina). VALIDADE: Amistoso. LOCAL: Estádio Hélio Prates da Silveira, Brasília.

28/4   BRASIL 0 × 0 GRÉCIA
BRASIL: Leão; Nelinho, Luís Pereira, Piazza e Marinho Chagas; Clodoaldo e Rivellino; Jairzinho, Carpegiani, César (Leivinha) e Edu. TÉCNICO: Zagallo. GRÉCIA: Economopoulos; Palas, Synetopoulos, Kambas e Iosifidis; Eleftekaris, Terzanidis e Domazos; Delikaris (Mavros), Antoniaidis e Sarafis. ÁRBITRO: Roberto Wurtz (França). VALIDADE: Amistoso. LOCAL: Estádio do Maracanã, Rio de Janeiro.

1/5   BRASIL 0 × 0 ÁUSTRIA
BRASIL: Leão; Zé Maria (Nelinho), Marinho Peres, Piazza e Marinho Chagas; Carbone e Rivellino; Jairzinho, Carpegiani (César), Leivinha e Edu. TÉCNICO: Zagallo. ÁUSTRIA: Rettensteiner; Eigenstiller, Krieger, Kriess e Strasser; Daxbacher e Stering; Hof, Krankl (Gallos), Kogelberger e Jara. ÁRBITRO: Patrick Partridge (Inglaterra). VALIDADE: Amistoso. LOCAL: Estádio do Morumbi, São Paulo.

5/5   BRASIL 2 × 1 EIRE
BRASIL: Leão; Zé Maria, Luís Pereira, Marinho Peres e Marinho Chagas; Carbone e Rivellino; Jairzinho, Leivinha, César e P. C. Caju. TÉCNICO: Zagallo. EIRE: Thomas; J. Kinnear, P. Mulligan, T. Mancini e Jim Holmes; Hard e Giles; Martin, Conroy, Tracy e Givens. GOLS: Rivellino, Leivinha e T. Mancini. ÁRBITRO: G. Velasquez (Colômbia). VALIDADE: Amistoso. LOCAL: Estádio do Maracanã, Rio de Janeiro.

12/5   BRASIL 2 × 0 PARAGUAI
BRASIL: Leão (Wendell); Zé Maria, Luís Pereira, Marinho Peres e Marinho Chagas; Piazza e Rivellino; Jairzinho, Leivinha, César e P. C. Caju. TÉCNICO: Zagallo. PARAGUAI: Almeida; Morales, Bordon, Leon e Sosa;

DEUSES DA BOLA

Jara, Osório e Insfran (Kiesd); Barreiro, Talaveira (Spinoza) e Baez (Aquino). GOLS: Rivellino e Marinho Peres. ÁRBITRO: Roberto Wurtz (França). VALIDADE: Amistoso. LOCAL: Estádio do Maracanã, Rio de Janeiro.

26/5 BRASIL 3 × 2 SELEÇÃO SUDOESTE ALEMANHA OCIDENTAL
BRASIL: Wendell; Zé Maria (Nelinho), Luís Pereira, Marinho Peres e Marinho Chagas; Clodoaldo (Piazza) e Rivellino; Valdomiro (Edu), Leivinha, César e P. C. Caju. TÉCNICO: Zagallo. SELEÇÃO SUDOESTE: Elting; Scheller, Diehl, Schwager (Zackler) e Fuchs; Schwartz, Bitz (Guilhelm) e Ackermann (Meyer); Plerrung, Topmoller e Klier (Jansson). GOLS: Rivellino (2), Valdomiro, Diehl e Plerrung. ÁRBITRO: O. Riggs (Alemanha Ocidental). VALIDADE: Amistoso. LOCAL: Sudweststadion, Ludwigshafen, Alemanha Ocidental.

30/5 BRASIL 1 × 1 RACING PIERROTS (FRA.)
BRASIL: Wendell; Nelinho, Luís Pereira, Marinho Peres (Alfredo) e Marinho Chagas; Piazza e Rivellino; Valdomiro, Leivinha (Edu), César e P. C. Caju. TÉCNICO: Zagallo. RACING PIERROTS: Dropsy; Zamovsky (Deutchman), Puvert, Paira (Sergus) e Dugueperroux; Gless, Hleviniak e Ehrlach; Wagner, Spiegel e Rauser (Gemerich). GOLS: César e Wagner. ÁRBITRO: G. Conrad. VALIDADE: Amistoso. LOCAL: Stade de la Meinau, Estrasburgo, França.

3/6 BRASIL 5 × 2 SELEÇÃO DA BASILEIA
BRASIL: Leão; Nelinho, Alfredo, Piazza e M. Antônio; Clodoaldo (Carpegiani) e Rivellino (Ademir da Guia); Jairzinho (Valdomiro), Leivinha, César e P. C. Caju (Dirceu). TÉCNICO: Zagallo. SELEÇÃO DA BASILEIA: Kunz (Müller); Ramseier (Wirth), Mundschin, Von Wartburg e Fischli; Demarmels, Odermatt e Tanner; Balmer, Hitzfield e Stholer (Milos). GOLS: Rivellino (3), Jairzinho, Valdomiro e Balmer (2). ÁRBITRO: A. Bischelli (Suíça). VALIDADE: Amistoso. LOCAL: Estádio Saint Glacome, Basiléia, Suíça.

13/6 BRASIL 0 × 0 IUGOSLÁVIA
BRASIL: Leão; Nelinho, Luís Pereira, Marinho Peres e Marinho Chagas; Piazza e Rivellino; Valdomiro, Jairzinho, Leivinha e P. C. Caju. TÉCNICO: Zagallo. IUGOSLÁVIA: Maric; Bujlan, Katalinski, Bogicevic e Hadziabdic; Muzinic e Oblak; Acimovic, Petkovic, Surjak e Dzajic. ÁRBITRO: R. Scheurer (Suíça). VALIDADE: Copa do Mundo. LOCAL: Waldstadion, Frankfurt.

18/6 BRASIL 0 × 0 ESCÓCIA
BRASIL: Leão; Nelinho, Luís Pereira, Marinho Peres e Marinho Chagas; Piazza e Rivellino; Jairzinho, Leivinha (Carpegiani), Mirandinha e P. C. Caju. TÉCNICO: Zagallo. ESCÓCIA: Harvey; Jardine, Mcgrain, Holton e Buchan; Bremmer, Hay e Dlglish; Morgan, Jordan e Lorimer. ÁRBITRO: A. Van Gemert (Holanda). VALIDADE: Copa do Mundo. LOCAL: Waldstadion, Frankfurt.

22/6 BRASIL 3 × 0 ZAIRE
BRASIL: Leão; Nelinho, Luís Pereira, Marinho Peres e Marinho Chagas; Carpegiani e Piazza (Mirandinha); Jairzinho, Leivinha (Valdomiro), Rivellino e Edu. TÉCNICO: Zagallo. ZAIRE: Kazadi; Nwepu, Mukombo, Buhanga e Lobilo; Kibonge, Tshinabu (Uba Kembo) e Mana; Ntumba, Kidumu (Kilasu) e Myanga. GOLS: Jairzinho, Rivellino e Valdomiro. ÁRBITRO: N. Rainea (Romênia). VALIDADE: Copa do Mundo. LOCAL: Parkstadion, Gelsenkirchen.

26/6   BRASIL 1 × 0 ALEMANHA ORIENTAL
BRASIL: Leão; Zé Maria, Luís Pereira, Marinho Peres e Marinho Chagas; Carpegiani e Rivellino; Valdomiro, Jairzinho, P. C. Caju e Dirceu. TÉCNICO: Zagallo. ALEMANHA ORIENTAL: Croy; Kische, Waetzlich, Lauck (Loewe) e Bransch; Weise, Streich e Hamman (Irmscher); Sparwasser, Kurbjuweit F. Hoffmann. GOL: Rivellino. ÁRBITRO: C. Thomas (País de Gales). VALIDADE: Copa do Mundo. LOCAL: Niedersachsenstadion, Hannover.

30/6   BRASIL 2 × 1 ARGENTINA
BRASIL: Leão; Zé Maria, Luís Pereira, Marinho Peres e Marinho Chagas; Carpegiani e Rivellino; Valdomiro, Jairzinho, P. C. Caju e Dirceu. TÉCNICO: Zagallo. ARGENTINA: Carnevalli; Glaria, Heredia, Bargas e Sá (Carrascosa); Squeo, Brindisi e Babington; Balbuena, Ayala e Kempes (Housemann). GOLS: Rivellino, Jairzinho e Brindisi. ÁRBITRO: Vital Louraux (Bélgica). VALIDADE: Copa do Mundo. LOCAL: Niedersachsenstadion, Hannover.

3/7   BRASIL 0 × 2 HOLANDA
BRASIL: Leão; Zé Maria, Luís Pereira, Marinho Peres e Marinho Chagas; Carpegiani e Rivellino; Valdomiro, P. C. Caju (Mirandinha), Jairzinho e Dirceu. TÉCNICO: Zagallo. HOLANDA: Jongbloed; Suurbier, Krol, Hann e Rijsbergen; Neeskens (Israel), Van Hannegam e Jansem; Rep, Cruyff e Resenbrink (De Jong). GOLS: Neeskens e Cruyff. ÁRBITRO: K. Tscenscher (Alemanha Ocidental). VALIDADE: Copa do Mundo. LOCAL: Westfallenstadion Dortmund.

6/7   BRASIL 0 × 1 POLÔNIA
BRASIL: Leão; Zé Maria, Alfredo, Marinho Peres e Marinho Chagas; Carpegiani e Rivellino; Valdomiro, Jairzinho, Ademir da Guia (Mirandinha) e Dirceu. TÉCNICO: Zagallo. POLÔNIA: Tomaszewski; Szymanowski, Zmuda, Gorgon e Musial; Kasperzack (Cmikiewicz), Deyna e Maszcyk; Lato, Szarmach (Kapka) e Gadocha. GOL: Lato. ÁRBITRO: A. Angonese (Itália). VALIDADE: Copa do Mundo. LOCAL: Olympiastadion, Munique.

1975

30/7   BRASIL 4 × 0 VENEZUELA
BRASIL: Raul; Nelinho, Piazza, Vantuir e Getúlio; Vanderlei e Danival; Roberto Batata, Marcelo (Reinaldo), Campos (D. Lopes) e Romeu. TÉCNICO: Osvaldo Brandão. VENEZUELA: Colmenares; Ochoa, Castro (Vasquez), Marquina e Torres; Mendoza, Useche e Paez; Rivas (Acursio), L. Garcia e R. Uriarte. GOLS: Romeu, Danival e Palhinha (2). ÁRBITRO: H. Labó (Peru). VALIDADE: Copa América. LOCAL: Estádio Universitário, Caracas.

6/8   BRASIL 2 × 1 ARGENTINA
BRASIL: Raul; Nelinho, Piazza, Amaral e Getúlio; Vanderlei e Danival; Roberto Batata, Marcelo (Palhinha), Campo (D. Lopes) e Romeu. TÉCNICO: Osvaldo Brandão. ARGENTINA: Gatti; Reboratto, Pavoni, Daniel Killer e Pavon; Asad, Gallego e Ardeilles (Zanabria); Boveda (Valdano), Luque e Kempes. GOLS: Nelinho (2) e Asad. ÁRBITRO: Ramon Barreto (Uruguai). VALIDADE: Copa América. LOCAL: Estádio do Mineirão, Belo Horizonte

DEUSES DA BOLA

13/8 BRASIL 6 × 0 VENEZUELA
BRASIL: Raul; Nelinho, Luís Pereira, Amaral e Getúlio; Vanderlei e Danival; Roberto Batata, Marcelo (Palhinha), Campos e Romeu (Joãozinho). TÉCNICO: Osvaldo Brandão. VENEZUELA: Arizatela; Ochoa, Useche, Marquina e Torres; Gonzalez, Mendoza e Fernandez; Rivas (Otoires), Paes e Iriarte. GOLS: Roberto Batata (2), Campos, Danival, Nelinho e Palhinha. ÁRBITRO: C. Rivero (Peru). VALIDADE: Copa América. LOCAL: Estádio do Mineirão, Belo Horizonte.

16/8 BRASIL 1 × 0 ARGENTINA
BRASIL: Raul; Nelinho, Luís Pereira, Amaral e Getúlio; Vanderlei e Danival; Roberto Batata, Palhinha, Campos e Romeu (Reinaldo). TÉCNICO: Osvaldo Brandão. ARGENTINA: Gatti; Reboratto, Pavoni, Daniel Killer e Mário Killer; Gallego, Ardiles (Asad) e Zanabria; Boveda, Luque e Kempes. GOL: Danival. ÁRBITRO: Carlos Robles (Chile). VALIDADE: Copa América. LOCAL: Estádio Cordeleon, Rosário.

30/9 BRASIL 1 × 3 PERU
BRASIL: Raul; Nelinho, Miguel, Piazza e Getúlio; Vanderlei e Geraldo (Zé Carlos); Roberto Batata, Palhinha, Roberto Dinamite (Reinaldo) e Romeu. TÉCNICO: Osvaldo Brandão. PERU: Sartor; Soria (Navarro), Chumpitaz, Melendez e Diaz; Ojeda, Quesada e Cubillas; Ramirez, Casareto e Oblitas. GOLS: Casareto (2), Cubillas e Roberto Batata. ÁRBITRO: Miguel Angel Comensana (Argentina). VALIDADE: Copa América. LOCAL: Estádio do mineirao, Belo Horizonte.

4/10 BRASIL 2 × 0 PERU
BRASIL: Waldir Peres; Nelinho, Vantuir, Piazza e Getúlio; Vanderlei e Zé Carlos; Roberto Batata, Geraldo (Palhinha), Campos (Roberto Dinamite) e Romeu. TÉCNICO: Osvaldo Brandão. PERU: Sartor; Soria, Chumpitaz, Melendez e Diaz; Quesada, Rojas e Cubillas; Ramirez (Ojeda), Casareto e Oblitas (Ruiz). GOLS: Zé Carlos e Campos. ÁRBITRO: A. Ithurralde (Argentina). VALIDADE: Copa América. LOCAL: Estádio Alianza, Lima.

JOGOS PAN-AMERICANOS, MÉXICO
TIME-BASE DO BRASIL: Carlos; Rosemiro (Mauro), Tecão, Edinho e Carlinhos; Alberto e Batista (Eudes); Tiquinho (Chico Fraga), Marcelo (Santos), Cláudio Adão (Luís Alberto) e Pitta (Erivelto). TÉCNICO: Zizinho.

14/10	BRASIL	3 × 1	COSTA RICA
15/10	BRASIL	2 × 0	EL SALVADOR
17/10	BRASIL	14 × 0	NICARÁGUA
19/10	BRASIL	6 × 0	BOLÍVIA
21/10	BRASIL	0 × 0	ARGENTINA
23/10	BRASIL	7 × 0	TRINDAD TOBAGO
25/10	BRASIL	1 × 1	MÉXICO

21/2 BRASIL 1 × 0 SELEÇÃO BRASILIENSE
BRASIL: Waldir Peres; Nelinho (Getúlio), Miguel, Amaral e Marinho Chagas; Chicão, Geraldo e Rivellino; Flecha (Edu), Palhinha (Falcão) e Lula. TÉCNICO: Osvaldo Brandão. SELEÇÃO BRASILIENSE: Nego; Terezo, L. Carlos, Fabinho e Nenê; Alencar, Marquinhos e Xisté; Júnior, Léo e Nei (Humberto). GOL: Flecha. ÁRBITRO: Armando Marques (Brasil). VALIDADE: Amistoso. LOCAL: Estádio Mané Garrincha, Brasília.

25/2 BRASIL 2 × 1 URUGUAI
BRASIL: Waldir Peres; Nelinho, Miguel, Amaral e

Marinho Chagas; Chicão, Zico e Rivellino; Flecha (Edu), Palhinha e Lula (Getulio). TÉCNICO: Osvaldo Brandão. URUGUAI: H. Santos; Ramirez, De Los Santos, Chagas e Morales; Acosta, Gimenez e Pereira; Muniz, Morena e Ocampo (Oliveira). GOLS: Nelinho, Zico e Ocampo. ÁRBITRO: Roque Cerulo (Uruguai). VALIDADE: Taça do Atlântico. LOCAL: Estádio Centenário, Montevidéu.

1976

TORNEIO PRÉ-OLÍMPICO, RECIFE
TIME-BASE DO BRASIL: Carlos; Rosemiro, Tecão, Edinho e Chico Fraga; Alberto e Mendonça (Luís Fernando); Cremílson, Erivelto, Cláudio Adão e Santos (Tiquinho). TÉCNICO: Zizinho.

21/1	BRASIL	1×1	URUGUAI
25/1	BRASIL	4×0	COLÔMBIA
27/1	BRASIL	2×1	CHILE
29/1	BRASIL	3×0	PERU
1/2	BRASIL	2×0	ARGENTINA

22/5 BRASIL 0×0 MÉXICO
Amistoso na Cidade do México

25/5 BRASIL 2×0 KUWAIT
Amistoso em Al Kwait

28/5 BRASIL 2×2 IRÃ
Amistoso em Teerã

27/2 BRASIL 2×1 ARGENTINA
BRASIL: Waldir Peres; Getulio, Miguel, Amaral e Marinho Chagas; Chicão, Geraldo (Palhinha) e Falcão; Flecha, Zico e Lula (Edu). TÉCNICO: Osvaldo Brandão. ARGENTINA: La Volpe; Rebottaro, Daniel Killer, Cardenas e Tarantini; Gallego, Trobiani e Bocchini; Scotta, Kempes e Ortiz. GOLS: Zico, Lula e Kempes (pênalti). ÁRBITRO: R. Barreiro (Argentina). VALIDADE: Taça do Atlântico e Copa Roca. LOCAL: Monumental de Núñez, Buenos Aires.

7/4 BRASIL 1×1 PARAGUAI
BRASIL: Waldir Peres; Getulio, Miguel, Amaral e M. Antônio; Chicão, Enéas (Palhinha) e Rivellino; Gil (Flecha), Zico e Joãozinho. TÉCNICO: Osvaldo Brandão. PARAGUAI: Fernandez; Solalinde, Florentin (Villalba), Benitez e Insfran; Tito Vera e Geraldo Gonzalez; Aquino, Júlio Diaz, Rivera (Torres) e Bez. GOLS: Enéas e Aqwino (pênalti). ÁRBITRO: J. Romei (Paraguai). VALIDADE: Taça do Atlântico e Taça Oswaldo Cruz LOCAL: Estádio Defensores del Chaco, Assunção.

28/4 BRASIL 2×1 URUGUAI
BRASIL: Jairo; Toninho (Orlando), Miguel, Amaral e M. Antônio; Chicão, Zico e Rivellino; Gil, Enéas (Roberto Dinamite) e Lula. TÉCNICO: Osvaldo Brandão. URUGUAI: Corbo; Chagas, Gonzalez, De Los Santos e Ramirez; Acosta, Gimenez e Dario Pereira; Júlio Rodriguez (Revetria), Morena e Torres (Husion). GOLS: Rivellino, Zico e Gimenez. ÁRBITRO: J. Faville Neto (Brasil). VALIDADE: Taça do Atlântico e Taça Rio Branco. LOCAL: Estádio do Maracanã, Rio de Janeiro.

19/5 BRASIL 2×0 ARGENTINA
BRASIL: Waldir Peres; Orlando, Jaime, Amaral (Beto Fuscão) e M. Antônio; Chicão (Falcão), Geraldo

e Rivellino; Gil, Neca e Lula. TÉCNICO: Osvaldo Brandão. ARGENTINA: La Volpe; Tarantini, Olguin, Passarella e Carrascosa; Trobbiani, Gallego e Bocchini (Ardiles); Housemann, Luque (Valencia) e Kempes. GOLS: Lula e Neca. ÁRBITRO: A. Martins (Brasil). VALIDADE: Taça do Atlântico e Copa Roca. LOCAL: Estádio do Maracanã, Rio de Janeiro.

23/5 BRASIL 1 × 0 INGLATERRA
BRASIL: Leão; Orlando, Miguel, Beto Fuscão e M. Antônio (Marinho Chagas); Falcão, Zico e Rivellino; Gil, Neca (Roberto Dinamite) e Lula. TÉCNICO: Osvaldo Brandão. INGLATERRA: Clemence; Todd, Doyle, Thompson e Mills; Francis, Cherry e Brooking; Keegan, Pearson e Channon. GOL: Roberto Dinamite. ÁRBITRO: H. Weiland (Alemanha Ocidental). VALIDADE: Torneio Bicentenário da Independência dos EUA. LOCAL: Estádio Coliseu, Los Angeles.

28/5 BRASIL 2 × 0 ESTADOS UNIDOS
BRASIL: Leão; Orlando, Miguel, Beto Fuscão (Amaral) e Marinho Chagas (Getúlio); Falcão (Givanildo), Zico e Rivellino; Gil, Roberto Dinamite e Lula. TÉCNICO: Osvaldo Brandão. ESTADOS UNIDOS: Martin; Bob Smith, Bob Moore, Mike England e Stewart; Tommy Smith, K. Eddy e Dave Clement; Scullion (Chandler), Chinaglia e Kovarik (Vel). GOLS: Gil (2). ÁRBITRO: R. Barreto (Uruguai). VALIDADE: Torneio Bicentenário da Independência dos EUA. LOCAL: Estádio Kingdome, Seattle.

31/5 BRASIL 4 × 1 ITÁLIA
BRASIL: Leão; Orlando (Getúlio), Miguel, Amaral e M. Antônio (Beto Fuscão); Falcão (Givanildo), Zico e Rivellino; Gil, Roberto Dinamite e Lula. TÉCNICO: Osvaldo Brandão. ITÁLIA: Zoff; Tardelli, Facchetti, Bellugi e Roca; Benetti, Capello (Pecci, depois Sala) e Antognioni; Causio, Graziani e Pullici. GOLS: Capello, Gil (2), Roberto Dinamite e Zico. ÁRBITRO: R. Barreto (Uruguai). VALIDADE: Torneio Bicentenário da Independência dos EUA. LOCAL: Estádio Yale Bowl, New Haven.

2/6 BRASIL 4 × 3 UNIVERSIDADE DO MÉXICO
BRASIL: Waldir Peres, Orlando, Jaime, Beto Fuscão e Getúlio; Givanildo, Geraldo e Zico (Neca); Flecha, Roberto Dinamite e Gil. TÉCNICO: Osvaldo Brandão. UNIVERSIDADE DO MÉXICO: Vasquez (Montoya); Bermudez, Meijia, Zanabria e Medina; Garcia, Spencer e Pardo; Munante, Cabinho e Vergara (Cândido). GOLS: Roberto Dinamite (2), Gil, Zico, Vergara, Pardo e Cabinho. ÁRBITRO: H. Landauer (EUA). VALIDADE: Amistoso. LOCAL: Candlestick Stadium, San Francisco.

4/6 BRASIL 3 × 0 MÉXICO
BRASIL: Leão; Getúlio, Miguel, Beto Fuscão e M. Antônio; Givanildo, Zico e Rivellino; Flecha (Edu), Roberto Dinamite e Gil. TÉCNICO: Osvaldo Brandão. MÉXICO: Camacho; Rico, Ramos, S. Galindo e De La Torre (Nagera); Ayala e Gimenez; Chaves, Cardenas, Medina e Cuellar. GOLS: Roberto Dinamite (2) e Gil. ÁRBITRO: M. Dorantes (México). VALIDADE: Amistoso. LOCAL: Estádio Jalisco, Guadalajara.

6/6 BRASIL 2 × 1 RESTO DO MUNDO
BRASIL: Cantarele (Mazaropi); Toninho, Renê, Rondinelli (Arlindo) e Rodrigues Neto; Clodoaldo (Ademir da Guia) e P. C. Caju; Vaguinho (Ziza), Luizinho, Dê e Dirceu (C. A. Pintinho). TÉCNICO: Osvaldo Brandão. RESTO DO MUNDO: Baley (Buttice); Galindo, Figueroa

(Freitas), Paolino e Carrascosa; Ardiles, Brindisi e Cruyff (Ropero); Amancio (Doval), Rocha (Kun) e Cristiani. GOLS: Rodrigues Neto, Ziza e Doval. ÁRBITRO: Armando Marques (Brasil). VALIDADE: Amistoso. LOCAL: Estádio do Maracanã, Rio de Janeiro.

9/6   BRASIL 3 × 1 PARAGUAI
BRASIL: Leão; Getúlio, Miguel, Beto Fuscão e M. Antônio; Givanildo, Geraldo (Neca) e Zico; Gil, Roberto Dinamite e Flecha (Edu). TÉCNICO: Osvaldo Brandão. PARAGUAI: Fernandez; Solalinde, Benitez, Freitas e Insfran; Gonzalez, Torres e Rivera (Pessoa); Aquino, Paniagua (Diaz) e Baez. GOLS: Roberto Dinamite (2), Zico e Baez. ÁRBITRO: Romualdo Arppi Filho (Brasil). VALIDADE: Taça do Atlântico e Taça Oswaldo Cruz. LOCAL: Estádio do Maracanã, Rio de Janeiro.

6/10   BRASIL 0 × 2 FLAMENGO
BRASIL: Félix (Leão); C. A. Torres (Wladimir), Marinho Peres (Zé Maria), Piazza (Beto Fuscão) e M. Antônio (Rodrigues Neto); Clodoaldo (Givanildo), Pelé (Dario) e Rivellino (Ademir da Guia); Jairzinho (Gil), P. C. Caju (Neca) e Edu (Valdomiro). TÉCNICO: Mário Travaglini. FLAMENGO: Cantarele; Dequinha, Jaime (Andrade), Rondinelli (Paolino) e Júnior; Merica (Zé Roberto), Tadeu (Dendê) e Luís Paulo (J. César); Paulinho (Adílio), Zico (Júnior Brasília) e Luizinho (Marciano). GOLS: Paulinho e Luís Paulo. ÁRBITRO: Armando Marques (Brasil). VALIDADE: Amistoso. LOCAL: Estádio do Maracanã, Rio de Janeiro.

1/12   BRASIL 2 × 0 UNIÃO SOVIÉTICA
BRASIL: Leão; C. A. Torres (Marinho Chagas), Amaral, Beto Fuscão e M. Antônio; Givanildo (Falcão), Zico e Rivellino (Caçapava); Gil, Roberto Dinamite e Nei. TÉCNICO: Osvaldo Brandão. UNIÃO SOVIÉTICA: Gontar; Kagashvilli, Parov e Berejnov; Olshani e Tarkhannov; Chesnokov, Casashnov, Slobodian (Berejnov II), Magaidze e Petrossian. GOLS: Zico e Falcão. ÁRBITRO: R. Barreto (Uruguai). VALIDADE: Amistoso. LOCAL: Estádio do Maracanã, Rio de Janeiro.

19/12   BRASIL 4 × 1 INTER DE PORTO ALEGRE
BRASIL: Jairo (Tobias); Orlando, Amaral, Edinho e Júnior (Wladimir); Givanildo, Paulo Isidoro (Neca) e C. A. Pintinho (Cerezo); Gil, Roberto Dinamite e Romeu (Dirceu). TÉCNICO: Osvaldo Brandão. INTER DE PORTO ALEGRE: Manga; Cláudio (P. César), Figueroa, Marinho Peres (Hermínio) e Vacaria (Zé Maria); Caçapava (Jair), Batista e Falcão; Valdomiro (Pedro), Dario (Escurinho) e Lula. GOLS: Gil, Paulo Isidoro, Roberto Dinamite, Cerezo e Pedro. ÁRBITRO: J. R. Wright (Brasil). VALIDADE: Amistoso. LOCAL: Estádio Beira-Rio, Porto Alegre.

OLIMPÍADA DE MONTREAL, CANADÁ
TIME-BASE DO BRASIL: Carlos (Zé Carlos); Rosemiro (Mauro), Tecão, Edinho e Júnior (Chico Fraga); Batista e Eudes (Alberto); Marinho (Luís Fernando), Jarbas (Julinho), Erivelto e Santos. TÉCNICO: Zizinho.

4/6   BRASIL 2 × 2 PUAN ROIRR
Amistoso em Puan Roirr, Congo.

6/6   BRASIL 2 × 0 CONGO
Amistoso em Brazzaville, Congo.

10/6   BRASIL 3 × 1 COMB. LEOPARDOS
Amistoso em Duala, Camarões.

DEUSES DA BOLA

13/6 BRASIL 1×1 CAMARÕES
Amistoso em Iaundé, Camarões.

16/6 BRASIL 3×0 LEVANTE
Amistoso em Valencia, Espanha.

22/6 BRASIL 2×3 CMB. EUROPEU
Amistoso em Paris.

24/6 BRASIL 2×1 PARIS ST. GERMAIN
Amistoso em Paris.

28/6 BRASIL 0×1 BANIK
Amistoso em Banik, Tchecoslováquia.

30/6 BRASIL 0×3 POLÔNIA
Amistoso em Katowice.

18/7 BRASIL 0×0 ALEMANHA ORIENTAL
20/7 BRASIL 2×1 ESPANHA
25/7 BRASIL 4×1 ISRAEL
27/7 BRASIL 0×2 POLÔNIA
29/7 BRASIL 0×2 UNIÃO SOVIÉTICA

1977

23/1 BRASIL 1×0 BULGÁRIA
BRASIL: Leão; Zé Maria, Amaral, Beto Fuscão e Marinho Chagas (M. Antônio); Givanildo, Zico e Falcão; Gil, Roberto Dinamite e Lula (Nílson Dias). TÉCNICO: Osvaldo Brandão. BULGÁRIA: Krastev; Tzenov, Samokovliski e Delev; NIkolov, Kotchev e Raihov; SImov, Grigorov e Dermendijev (Perrov depois L. Petrov). GOL: Roberto Dinamite. ÁRBITRO: Oscar Scolfaro (Brasil). VALIDADE: Amistoso. LOCAL: Estádio do Morumbi, São Paulo.

25/1 BRASIL 2×0 SELEÇÃO PAULISTA
BRASIL: Leão; Zé Maria (Wladimir), Amaral, Beto Fuscão e Marinho Chagas; Givanildo (Palhinha), Caçapava (Cerezo) e Falcão; Gil, Roberto Dinamite e Lula (Nílson Dias). TÉCNICO: Osvaldo Brandão. SELEÇÃO PAULISTA: Moacir; Toninho, Oscar, Samuel e Gilberto; Chicão (Flamarion), Jorge Mendonça (André) e Zenon; Edu (Lúcio), Sócrates e Ziza (Nei). GOLS: Gil e Palhinha. ÁRBITRO: D. Boschilia (Brasil). VALIDADE: Amistoso. LOCAL: Estádio do Morumbi, São Paulo.

30/1 BRASIL 1×1 COMBINADO FLA-FLU
BRASIL: Leão; Zé Maria, Amaral, Beto Fuscão (Edinho) e Marinho Chagas; Givanildo; Caçapava e Nílson Dias (Palhinha, depois Paulo Isidoro); Gil (Valdomiro), Roberto Dinamite e Lula. TÉCNICO: Osvaldo Brandão. COMBINADO FLA-FLU: Cantarele; Toninho (Júnior), Rondinelli (Jaime), C. A. Torres e Rodrigues Neto; C. A. Pintinho, Kleber e P. C. Caju; Paulinho, Luizinho (Erivelto) e Dirceu (Luís Paulo). GOLS: Palhinha e C. A. Pintinho. ÁRBITRO: J. R. Wright (Brasil). VALIDADE: Amistoso. LOCAL: Estádio do Maracanã, Rio de Janeiro.

6/2 BRASIL 2×0 MILIONÁRIOS (COLÔMBIA)
BRASIL: Leão; Zé Maria, Beto Fuscão, Edinho e Marinho Chagas; Givanildo, Zico e Falcão; Gil, Roberto Dinamite e Lula (Nílson Dias). TÉCNICO: Osvaldo Brandão. MILIONÁRIOS: Riquelme (Cuellar); Moncada, Soto, Rodriguez e Rubio; Gonzalez, Amado Juan) e Brand (Duarte); Moreno, Tamayo e

Convert. GOLS: Zico e Roberto Dinamite. ÁRBITRO: G. Velasquez (Colômbia). VALIDADE: Amistoso. LOCAL: Estádio El Campin, Bogotá.

20/2   BRASIL 0 × 0 COLÔMBIA
BRASIL: Leão; Zé Maria, Amaral, Beto Fuscão e Wladimir; Givanildo (Caçapava), Falcão e Rivellino; Gil (Valdomiro), Zico e Roberto Dinamite. TÉCNICO: Osvaldo Brandão. COLÔMBIA: Lopez; Segovia, Zarate, Caycedo (Verdugo) e Bolanos; Calero, Retat e Umana; Ortiz, Vilarete e Cáceres. ÁRBITRO: Miguel Angel Comensana (Argentina). VALIDADE: Eliminatórias da Copa do Mundo. LOCAL: Estádio El Campin, Bogotá.

3/3   BRASIL 6 × 1 COMBINADO VASCO-BOTAFOGO
BRASIL: Leão; Zé Maria, Amaral, C. A. Torres (Edinho) e Marinho Chagas (M. Antônio); Cerezo, Zico e Rivellino (C. A. Pintinho); Gil, Roberto Dinamite (Nílson Dias) e P. C. Caju. TÉCNICO: Cláudio Coutinho. COMBINADO VASCO-BOTAFOGO: Wendell; Perivaldo (Orlando), Osmar (Renê), Geraldo e Rodrigues Neto; Zé Mário, Zanata e Dirceu; Fumanchu, Dê e Manfrini (Ramon). GOLS: Nílson Dias, P. C. Caju, Rivellino, Roberto Dinamite, Zico, Orlando (contra) e Manfrini. ÁRBITRO: Armando Marques (Brasil) VALIDADE: Amistoso. LOCAL: Estádio do Maracanã, Rio de Janeiro.

9/3   BRASIL 6 × 0 COLÔMBIA
BRASIL: Leão; Zé Maria, Luís Pereira, C. A. Torres e Marinho Chagas (Edinho); Cerezo, Zico e Rivellino; Gil (Joãozinho), Roberto Dinamite e P. C. Caju. TÉCNICO: Cláudio Coutinho. COLÔMBIA: Lopez; Segovia, Zarate, Verdugo e Bolanos; Retat, Calero (Amado) e Umana; Ortiz (Moreno), Vilarete e Cáceres. GOLS: Roberto Dinamite (2), Marinho Chagas (2), Rivellino e Zico. ÁRBITRO: Angel Coereza (Argentina). VALIDADE: Eliminatórias da Copa. LOCAL: Estádio do Maracanã, Rio de Janeiro.

13/3   BRASIL 1 × 0 PARAGUAI
BRASIL: Leão; Zé Maria (M. Antônio), Luís Pereira, C. A. Torres e Marinho Chagas; Cerezo, Falcão e Rivellino; Gil, Roberto Dinamite e P. C. Caju. TÉCNICO: Cláudio Coutinho. PARAGUAI: J. Benitez; Solalinde, H. Benitez, Alsfuch e Insfran; A. Sosa, Saguier e Osório; Lazarini, Kiese e Barreiro (Vera). GOL: Insfran (contra). ÁRBITRO: L. Pestarino (Argentina). VALIDADE: Eliminatórias da Copa. LOCAL: Estádio Defensores del Chaco, Assunção.

20/3   BRASIL 1 × 1 PARAGUAI
BRASIL: Leão; Marinho Chagas, C. A. Torres, Edinho e M. Antônio; Cerezo (C. A. Pintinho), Falcão e Rivellino; Valdomiro, Roberto Dinamite e P. C. Caju. TÉCNICO: Cláudio Coutinho. PARAGUAI: J. Benitez; Solalinde, Isasi, Alsfuch e Insfran; Sosa, Saguier e Gonzalez; Lazarini (Espínola), Paniagua, (Colman) e C. Baez. GOLS: Roberto Dinamite e C. Baez. ÁRBITRO: R. Barreto (Uruguai). VALIDADE: Eliminatórias da Copa. LOCAL: Estádio do Maracanã, Rio de Janeiro.

5/6   BRASIL 4 × 2 SELEÇÃO CARIOCA
BRASIL: Leão; Zé Maria (Orlando), Amaral, Edinho e Rodrigues Neto; Cerezo (C. A. Pintinho), Paulo Isidoro e Rivellino (Dirceu); Marcelo, Roberto Dinamite (Reinaldo) e Gil. TÉCNICO: Cláudio Coutinho. SELEÇÃO CARIOCA: Mazaropi; Toninho (Perivaldo), Abel, Osmar e M. Antônio (Vanderlei); Zé Mario, Zanata (Merica) e Carpegiani; Osni (Luizinho), Nilson

DEUSES DA BOLA

Dias e Dê (Ramon). GOLS: Gil, Marcelo, Roberto Dinamite, Rivellino e Ramon (2). ÁRBITRO: A. V. de Moraes (Brasil). VALIDADE: Amistoso. LOCAL: Estádio do Maracanã, Rio de Janeiro.

8/6   BRASIL 0 × 0 INGLATERRA
BRASIL: Leão; Zé Maria, Amaral, Edinho e Rodrigues Neto; Cerezo, Zico e Rivellino; Gil (Zé Mário), Roberto Dinamite e P. C. Caju. TÉCNICO: Cláudio Coutinho. INGLATERRA: Clemence; Neal, Watson, Hughes e Cherry; Greenholf, Talbot e Wilkins (Kennedy); Keegan, Francis e Pearson (Channon). ÁRBITRO: Alberto Ducatelli (Argentina). VALIDADE: Amistoso. LOCAL: Estádio do Maracanã, Rio de Janeiro.

12/6   BRASIL 1 × 0 ALEMANHA OCIDENTAL
BRASIL: Leão; Zé Maria, Luís Pereira, Amaral e Rodrigues Neto; Cerezo, Zico e Rivellino; Gil (Marcelo), Roberto Dinamite e P. C. Caju. TÉCNICO: Cláudio Coutinho. ALEMANHA: Maier; Vogts, Kaltz, Ruessman e Dietz; Bonhof, Holzenbein (Tenhagen) e Beer (Flohe); Abramszik, Fischer e Volkert (Rummenigge). GOL: Rivellino. ÁRBITRO: L. Pestarino (Argentina). VALIDADE: Amistoso. LOCAL: Estádio do Maracanã, Rio de Janeiro.

16/6   BRASIL 1 × 1 SELEÇÃO PAULISTA
BRASIL: Leão; Zé Maria, Luís Pereira, Amaral e Rodrigues Neto (Marinho Chagas); Cerezo (C. A. Pintinho), Zico e Rivellino (Dirceu); Zé Mário, Roberto Dinamite e P. C. Caju. TÉCNICO: Cláudio Coutinho. SELEÇÃO PAULISTA: Waldir Peres; Gilberto, Beto Fuscão (Mauro), Zé Eduardo (Nei) e Cláudio Mineiro; Badeco (Zenon), Ademir e Palhinha (Sócrates); Vaguinho (Lúcio), Enéas e Zé Sérgio. GOLS: P. C. Caju e Cláudio Mineiro (pênalti).

ÁRBITRO: J. R. Wright (Brasil). VALIDADE: Amistoso. LOCAL: Estádio do Morumbi, São Paulo.

19/6   BRASIL 3 × 1 POLÔNIA
BRASIL: Leão; Zé Maria (Orlando), Luís Pereira, Amaral e Rodrigues Neto (Marinho Chagas); Cerezo, Paulo Isidoro e Rivellino (C. A. Pintinho); Gil, Reinaldo e P. C. Caju. TÉCNICO: Cláudio Coutinho. POLÔNIA: Tomazewski (Sobiesk); Dziuba, Zmuda, Maculewicz e Janas; Kasperczak, Maztaber (Boniek), Deyna (Kabka) e Nawalka; Lato e Szarmach (Terlek). GOLS: Rivellino (pênalti), Paulo Isidoro, Reinaldo e Boniek. ÁRBITRO: A. C. Coelho (Brasil). VALIDADE: Amistoso. LOCAL: Estádio do Morumbi, São Paulo.

23/6   BRASIL 2 × 0 ESCÓCIA
BRASIL: Leão; Zé Maria, Luís Pereira, Edinho e Marinho Chagas; Cerezo, Paulo Isidoro e Rivellino; Gil (Zico), Reinaldo e P. C. Caju. TÉCNICO: Cláudio Coutinho. ESCÓCIA: Rough; Macgrayn, Forsyth, Buchan e Donachie; Ryoch, Masson e Hartford; Dalglish, Gemmil e Johnson. GOLS: Cerezo e Zico. ÁRBITRO: Oscar Scolfaro (Brasil). VALIDADE: Amistoso. LOCAL: Estádio do Maracanã, Rio de Janeiro.

26/6   BRASIL 0 × 0 IUGOSLÁVIA
BRASIL: Leão; Zé Maria, Luís Pereira, Edinho e Marinho Chagas; Cerezo, Paulo Isidoro e Rivellino; Marcelo, Reinaldo e P. C. Caju. TÉCNICO: Cláudio Coutinho. IUGOSLÁVIA: Katalinic; Muzinic, Vujkov, Storkovic e Rajkovic; Bogdan e Kordevic; Zasivic, Petrovic (Hukic), Savic (Zungul) e Surjaki. ÁRBITRO: Armando Marques (Brasil). VALIDADE: Amistoso. LOCAL: Estádio do Mineirão, Belo Horizonte.

30/6 BRASIL 2 × 2 FRANÇA
BRASIL: Leão; Zé Maria (Orlando), Luís Pereira, Edinho e Rodrigues Neto; Cerezo, Paulo Isidoro e Rivellino; Gil, Roberto Dinamite e P. C. Caju. TÉCNICO: Cláudio Coutinho. FRANÇA: Ray; Janvion, Tresor, Rio e Bossis; Bathenay, Sahnoun e Platini; Zimako (Royer), Lacombe e Six. GOLS: Edinho, Roberto Dinamite, Six e Tresor. ÁRBITRO: R. Arppi Filho (Brasil). VALIDADE: Amistoso. LOCAL: Estádio do Maracanã, Rio de Janeiro.

10/7 BRASIL 1 × 0 PERU
BRASIL: Leão; Zé Maria, Luís Pereira, Edinho e Rodrigues Neto; Cerezo, Paulo Isidoro (Dirceu) e Rivellino; Gil, Roberto Dinamite e P. C. Caju. TÉCNICO: Cláudio Coutinho. PERU: Quiroga; Navarro, Chumpitaz, Melendez e Diaz; Quesada, Velasquez e Cubillas; Nunante, Sotil (P. Rojas) e Oblitas. GOL: Gil. ÁRBITRO: Miguel Angel Comensana (Argentina). VALIDADE: Eliminatórias da Copa. LOCAL: Estádio Pascual Guerrero, Cáli, Colômbia.

14/7 BRASIL 8 × 0 BOLÍVIA
BRASIL: Leão; Zé Maria, Luís Pereira, Amaral e Rodrigues Neto; Cerezo, Zico (Marcelo) e Rivellino; Gil, Roberto Dinamite (Reinaldo) e Dirceu. TÉCNICO: Cláudio Coutinho. BOLÍVIA: Gimenez (Peinado); Dellano, Rimazza, Lima e Baldivieso; Angulo, Aragonés e Romero; Morales (S. Landa), P. Gimenez e Aguillar. GOLS: Zico (4), Gil, Marcelo, Roberto Dinamite e Cerezo. ÁRBITRO: J. Silvagno (Chile). VALIDADE: Eliminatórias da Copa. LOCAL: Estádio Pascual Guerrero, Cáli, Colômbia.

12/10 BRASIL 3 × 0 MILAN
BRASIL: Leão (Raul); Orlando (Toninho), Abel, Amaral e Edinho; Cerezo, Zico e Rivellino; Wilsinho (Eduardo), Reinaldo (Serginho) e Dirceu. TÉCNICO: Cláudio Coutinho. MILAN: Albertos I; Sabatini, Maldera, Morini e Bet; Torino, Tozzeto (Antonelli) e Rivera; Bigon, Caloni (Broziolo) e Burioni (Gorin). GOLS: Rivellino, Zico e Serginho. ÁRBITRO: Armando Marques (Brasil). VALIDADE: Amistoso. LOCAL: Estádio do Maracanã, Rio de Janeiro.

1978

12/3 BRASIL 7 × 0 COMBINADO RIO DE JANEIRO
BRASIL: Leão; Toninho, Oscar, Amaral e Edinho; Cerezo (Batista), Zico e Rivellino; Tarcisio, Reinaldo (Nunes) e Dirceu. TÉCNICO: Cláudio Coutinho. COMBINADO RIO DE JANEIRO: Paulo Sérgio (Augusto); Marinho (Totonho), Paulo Marcos (Luisinho), Adílson e J. Luís (Valdir); Índio, Wilson Bispo e Coca (Sérgio); L. Carlos (Aílson), Té e P. César. GOLS: Zico (5), Nunes e Rivellino. ÁRBITRO: A. C. Coelho (Brasil). VALIDADE: Amistoso. LOCAL: Estádio Caio Martins, Niterói.

19/3 BRASIL 3 × 1 SELEÇÃO GOIANA
BRASIL: Leão; Toninho, Oscar, Amaral (Polozi) e Edinho; Cerezo, Zico e Rivellino; Tarcisio, Reinaldo (Nunes) e Dirceu. TÉCNICO: Cláudio Coutinho. SELEÇÃO GOIANA: Marcos; Hnonoca, Wilson, Zé Luís e Donizetti; Matinha (Celso) e Pastoril (Gilberto); Píter, Sérgio Luís, Rangel e Rinaldo. GOLS: Zico, Reinaldo, Tarcisio e Rinaldo. ÁRBITRO: A. V. de Moraes (Brasil). VALIDADE: Amistoso. LOCAL: Estádio Serra Dourada, Goiânia.

22/3 BRASIL 1 × 0 COMBINADO PARANAENSE
BRASIL: Leão; Toninho, Oscar, Amaral e Edinho; Cerezo (Batista), Zico e Rivellino; Tarcisio, Reinaldo (Nunes) e Dirceu. TÉCNICO: Cláudio Coutinho. COMBINADO PARANAENSE: Altevir; Hermes, Gilberto, Deodoro e Cláudio Marques (Raul); Rota (Adilson), Didi e Nivaldo; Wilton, Bira Lopes (Edu) e Aladim. GOL: Nunes. ÁRBITRO: A. V. de Moraes (Brasil). VALIDADE: Amistoso. LOCAL: Estádio Couto Pereira, Curitiba.

1/4 BRASIL 0 × 1 FRANÇA
BRASIL: Leão; Toninho, Oscar, Amaral e Edinho; Cerezo, Zico e Rivellino; Tarcisio (Gid), Reinaldo (Nunes) e Dirceu. TÉCNICO: Cláudio Coutinho. FRANÇA: Bertrand-Demandes; Battiston (Brasti), Lopez, Rio e Bossis; Guillou, Michel (Petit) e Platini; Beronchelli, Berdoel e Amisse (Six). GOL: Platini. ÁRBITRO: Patrick Partridge (Inglaterra). VALIDADE: Amistoso. LOCAL: Estádio Parque dos Príncipes, Paris.

5/4 BRASIL 1 × 0 ALEMANHA OCIDENTAL
BRASIL: Leão; Zé Maria, Oscar, Amaral e Edinho; Cerezo, Zico e Rivellino (Batista); Gil, Reinaldo (Nunes) e Dirceu. TÉCNICO: Cláudio Coutinho. ALEMANHA: Maier; Vogts, Kaltz, Ruessman e Dietz (Foester); Bonhof, Beer (Worm) e Flohe; Abramszik (Müller), Fischer e Rummenigge. GOL: Nunes. ÁRBITRO: K. Palotai (Hungria). VALIDADE: Amistoso. LOCAL: Volksparkstadion, Hamburgo.

10/4 BRASIL 6 × 1 AL AHLI (ARÁBIA SAUDITA)
BRASIL: Carlos (Leão); Zé Maria (Toninho), Oscar (Abel), Amaral e Edinho; Cerezo (Rivellino), Batista e Zico (J. Mendonça); Gil, Nunes e Romeu. TÉCNICO: Cláudio Coutinho. AL AHLI: Ahmed (Adel); Fahd, Razak, Johar e Ibrahim; Adam, Sagir (Kemal) e Tarik (Fuad); Emad, Samaro (Saad) e Daby. GOLS: Nunes (2), Gil, J. Mendonça, Toninho, Cerezo e Fuad. ÁRBITRO: A. Almozarhan (Arábia Saudita). VALIDADE: Amistoso. LOCAL: Estádio Nacional, Jedah.

13/4 BRASIL 2 × 0 INTER DE MILÃO
BRASIL: Leão; Zé Maria, Oscar, Amaral (Polozi) e Rodrigues Neto; Cerezo, Zico (J. Mendonça) e Rivellino (Batista); Gil (Tarcisio), Nunes e Dirceu. TÉCNICO: Cláudio Coutinho. INTER: Bordon (Cipollini); Baresi, Bini, Canutti e Fedele (Gasparini); Oriali, Mariani (Roseli) e Merlo (Chierico); Pavone (Tricela), Anastasi e Altobelli (Moraro). GOLS: Dirceu e Nunes. ÁRBITRO: A. Michelotti (Itália). VALIDADE: Amistoso. LOCAL: Estádio San Siro, Milão.

19/4 BRASIL 1 × 1 INGLATERRA
BRASIL: Leão; Zé Maria, Abel, Amaral e Edinho; Cerezo, Zico e Rivellino; Gil, Nunes (Batista) e Dirceu. TÉCNICO: Cláudio Coutinho. INGLATERRA: Corrigan; Mills, Cherry, Watson e Currie; Greenhoff, Keegan e Barnes; Latchford, Francis e Coppel. GOLS: Gil e Keegan. ÁRBITRO: C. Corver (Holanda). VALIDADE: Amistoso. LOCAL: Estádio de Wembley, Londres.

21/4 BRASIL 3 × 0 ATLÉTICO DE MADRID
BRASIL: Leão (Carlos); Zé Maria (Toninho), Abel, Amaral e Edinho (Rodrigues Neto); Batista, Zico (J. Mendonça) e Dirceu; Gil (Tarcisio), Nunes (Reinaldo) e Romeu. TÉCNICO: Cláudio Coutinho. ATLÉTICO DE MADRID: Reina; Marcelino, Eusébio, Luís Pereira e Capon; Marcial (Rubio), Alberto e Leal; Ayala, Leivinha (Bermejo) e Ruben Cano (Rabio). GOLS: Edinho, J. Mendonça e Nunes.

VALIDADE: Amistoso. ÁRBITRO: L. Montesinos (Espanha) LOCAL: Estádio Vicente Calderón, Madri.

1/5   BRASIL   3 × 0   PERU
BRASIL: Leão; Toninho, Oscar, Amaral e Edinho; Cerezo, Batista e Rivellino (Dirceu); Zico, Nunes (Reinaldo) e Zé Sérgio. TÉCNICO: Cláudio Coutinho. PERU: Quiroga; Navarro, Manzo, Chumpitaz e Diaz; Velasquez, Ouesada (Gorriti) e Cubillas; Munante (Mosquero), P. Rojas (La Rosa) e Oblitas. GOLS: Zico e Reinaldo (2). ÁRBITRO: Roque Cerulo (Uruguai). VALIDADE: Amistoso. LOCAL: Estádio do Maracanã, Rio de Janeiro.

13/5   BRASIL   0 × 0   SELEÇÃO PERNAMBUCANA
BRASIL: Leão; Zé Maria (Toninho), Oscar, Polozi e Edinho; Batista, Cerezo e Dirceu; Zico, Nunes e Zé Sérgio (J. Mendonça). TÉCNICO: Cláudio Coutinho. SELEÇÃO PERNAMBUCANA: Joel Mendes; C. Alberto (J. Luís), Paranhos, Marião e Chico Fraga (Darcy); Givanildo, Mauro (Didi Duarte) e Biro-Biro (Wilson Carrasco); Fumanchu, Campos (Totonho) e Joãozinho. ÁRBITRO: S. Rufino (Brasil). VALIDADE: Amistoso. LOCAL: Estádio do Arruda, Recife.

17/5   BRASIL   2 × 0   TCHECOSLOVÁQUIA
BRASIL: Leão; Zé Maria (Toninho), Oscar, Amaral e Edinho; Batista, Cerezo e Rivellino; Zico, Reinaldo (Roberto Dinamite) e Zé Sérgio. TÉCNICO: Cláudio Coutinho. TCHECOSLOVÁQUIA: Kruska; Barmos, Flala, Ondrus e Gogh; Kozak, Bilsky (Rom e Jarusek (Gajdusek); Masny, Krouba e Nehoda. GOLS: Reinaldo e Zico. ÁRBITRO: ì\. C. Coelho cbra.sío VALIDADE: Amistoso. LOCAL: Estádio do Maracanã, Rio de Janeiro.

25/5   BRASIL   2 × 2   SELEÇÃO GAÚCHA
BRASIL: Leão (Carlos); Nelinho, Abel, Polozi e Rodrigues Neto; Batista, Chicão e Cerezo (Dirceu); Toninho (Zé Sérgio), Reinaldo (Roberto Dinamite) e J. Mendonça. TÉCNICO: Cláudio Coutinho. SELEÇÃO GAÚCHA: Corbo; Lúcio, Salomon, Oberdan e Jorge Tabajara (Ladinho); Caçapava (Jair), Falcão e Tadeu; Tarciso, André e Éder. GOLS: Nelinho, Toninho, Lúcio e Éder. ÁRBITRO: A. V. de Moraes (Brasil). VALIDADE: Amistoso. LOCAL: Estádio Beira-Rio, Porto Alegre.

3/6   BRASIL   1 × 1   SUÉCIA
BRASIL: Leão; Toninho, Oscar, Amaral e Edinho; Batista, Cerezo (Dirceu) e Zico; Gil (Nelinho), Reinaldo e Rivellino. TÉCNICO: Cláudio Coutinho. SUÉCIA: Hellstrom; Borg, R. Andersson, Nordqvist e Erlandsson; Tapper (Torstensson), Bo Larsson e L. Larsson; Linderoth (Edstrom), Sjoberg e Wendt. GOLS: Sjoberg e Reinaldo. ÁRBITRO: Clive Thomas (País de Gales). VALIDADE: Copa do Mundo. LOCAL: Estádio Mundial 78, Mar del Plata.

7/6   BRASIL   0 × 0   ESPANHA
BRASIL: Leão; Nelinho (Gil), Oscar, Amaral e Edinho; Batista, Cerezo e Zico (J. Mendonça); Toninho, Reinaldo e Dirceu. TÉCNICO: Cláudio Coutinho. ESPANHA: M. Angel; Peres, Migueli (Biosca), Olmo e Uria (Guzman); San José, Leal e Asensi; Juanito, Santillana e Cardenosa. ÁRBITRO: Sérgio Gonella (Itália). VALIDADE: Copa do Mundo. LOCAL: Estádio Mundial 78, Mar del Plata.

11/6   BRASIL   1 × 0   ÁUSTRIA
BRASIL: Leão; Toninho, Oscar, Amaral e Rodrigues Neto; Batista, Cerezo (Chicão) e J. Mendonça, Czacov, Gil, Roberto Dinamite e Dirceu. TÉCNICO:

DEUSES DA BOLA

Cláudio Coutinho. ÁUSTRIA: Koncilia; Sara, Pezzey, Obermayer e Breitenbergger; Prohaska, Hickersberger (Weber) e Kreuz; Krieger (Happick), Krankl e Jara. GOL: Roberto Dinamite. ÁRBITRO: Roberto Wurtz (França). VALIDADE: Copa do Mundo. LOCAL: Estádio Mundial 78, Mar del Plata.

14/6 BRASIL 3 × 0 PERU
BRASIL: Leão; Toninho, Oscar, Amaral e Rodrigues Neto; Batista, Cerezo (Chicão) J. Mendonça; Gil (Zico), Roberto Dinamite e Dirceu. TÉCNICO: Cláudio Coutinho. PERU: Quiroga; Duarte, Manzo, Chumpitaz e Diaz (Navarro); Velasquez, Cuetto e Cubillas; Muwante, La Rosa e Oblitas (P. Rojas). GOLS: Dirceu (2) e Zico (pênalti). ÁRBITRO: Nicolai Rainea (Romênia). VALIDADE: Copa do Mundo. LOCAL: Estádio Parque Gal. San Martin, Mendoza.

18/6 BRASIL 0 × 0 ARGENTINA
BRASIL: Leão; Toninho, Oscar, Amaral e Rodrigues Neto (Edinho); Chicão, Batista e J. Mendonça (Zico); Gil, Roberto Dinamite e Dirceu. TÉCNICO: Cláudio Coutinho. ARGENTINA: Fillol; Olguin, Galvan, Passarella e Tarantini; Gallego, Ardiles (Villa) e Kempes; Bertoni, Luque e Ortiz (Beto Alonso). ÁRBITRO: Karoly Palotay (Hungria). VALIDADE: Copa do Mundo. LOCAL: Estádio Cordeleon, Rosário.

21/6 BRASIL 3 × 1 POLÔNIA
BRASIL: Leão; Nelinho, Oscar, Amaral e Toninho; Batista, Cerezo (Rivellino) e Zico (J. Mendonça); Gil, Roberto Dinamite e Dirceu. TÉCNICO: Cláudio Coutinho. POLÔNIA: Kukta; Maculewicz, Gorgon, Zmuda e Szymanowski; Nawalka, Deyna, Bqniek e Kasperczak (Lubanski); Lato e Szarmach. GOLS: Nelinho, Roberto Dinamite (2) e Lato. ÁRBITRO: Juan Silvasno (Chile). VALIDADE: Copa do Mundo. LOCAL: Estádio Gal. San Martin, Mendoza.

24/6 BRASIL 2 × 1 ITÁLIA
BRASIL: Leão; Nelinho, Oscar, Amaral e Rodrigues Neto; Batista, Cerezo (Rivellino) e J. Mendonça; Gil (Reinaldo), Roberto Dinamite e Dirceu. TÉCNICO: Cláudio Coutinho. ITÁLIA: Zoff; Gentile, Cuccureddu, Scirea e Cabrini; Maldera, Antognion (C. Sala) e P. Sala; Causio, Paolo Rossi e Bettega. GOLS: Dirceu, Nelinho e Causio. ÁRBITRO: Abraham Klein (Israel). VALIDADE: Copa do Mundo. LOCAL: Monumental de Núñes, Buenos Aires.

1979

17/5 BRASIL 6 × 0 PARAGUAI
BRASIL: Leão; Toninho, Amaral, Edinho e Júnior; Carpegiani (Cerezo), Falcão e Zico; Nilton Batata (Roberto Dinamite), Sócrates e Éder (Zezé). TÉCNICO: Cláudio Coutinho. PARAGUAI: R. Fernandez; Espinosa, Villalba, Carmona (Benitez) e Ischettina; Escobar, Tito Vera e Famengo; Perez, Meza (Morel) e N. Fernandez. GOLS: Zico (3), Nilton Batata (2) e Éder. ÁRBITRO: A. C. Coelho (Brasil). VALIDADE: Amistoso. LOCAL: Estádio do Maracanã, Rio de Janeiro.

31/5 BRASIL 5 × 1 URUGUAI
BRASIL: Leão; Toninho, Amaral, Edinho e Júnior; Cerezo (Guina), Falcão e Zico (Serginho); Nilton Batata, Sócrates e Joãozinho. TÉCNICO: Cláudio Coutinho. URUGUAI: Rodríguez; Montelongo, Russo,

J. Gonzalez e W. Gonzalez (Moreira); Saralegui, Unanue e De Deus; Bica (Castillo), Victorino (Lezue) e Ocampo. GOLS: Sócrates (2), Éder, Edinho, Nilton, Batata e Victorino. ÁRBITRO: Oscar Scolfaro (Brasil). VALIDADE: Amistoso. LOCAL: Estádio do Maracanã, Rio de Janeiro.

21/6 BRASIL 5 × 0 AJAX (HOLANDA)
BRASIL: Leão (Carlos); Toninho, Oscar, Edinho e Júnior; Falcão, Cerezo (Zenon) e Zico; Nilton Batata, Sócrates (Renato) e Joãozinho. TÉCNICO: Cláudio Coutinho. AJAX: Jager; Meutsege, Wijmberg, Krol e Boove; Lerby, Schoenafer e Arnesen; Tahamata, Bosnik (Kaiser) e La Ling (Blanker). GOLS: Sócrates (2), Zico (2) e Toninho. ÁRBITRO: J. R. Wright (Brasil). VALIDADE: Amistoso. LOCAL: Estádio do Morumbi, São Paulo.

5/7 BRASIL 1 × 1 SELEÇÃO BAIANA
BRASIL: Carlos; Mauro (C. Alberto), Rondinelli, Edinho e Pedrinho; Batista, Adílio e Guina (Titã); Paulinho (Zé Sérgio), Juari e Zezé. TÉCNICO: Cláudio Coutinho. GOLS: Juari. ÁRBITRO: S. Rufino (Brasil). VALIDADE: Amistoso. LOCAL: Estádio da Fonte Nova, Salvador.

JOGOS PAN-AMERICANOS, SAN JUAN, PORTO RICO
TIME-BASE DO BRASIL: Luís Henrique; Valdoir, Luís Cláudio, Wagner Basíuio e Edson; Vítor (Rogério), Cléo (Jackson) e Jérson (Cristóvão); Glicimar (Mica), Silva e Silvinho. TÉCNICO: Mário Travaglini.

2/7	BRASIL	2 × 0	GUATEMALA
6/7	BRASIL	1 × 0	CUBA
8/7	BRASIL	3 × 1	COSTA RICA
10/7	BRASIL	5 × 0	PORTO RICO
14/7	BRASIL	3 × 0	CUBA

AMISTOSOS PREPARATÓROS PARA O PRÉ-OLÍMPICO
TIME-BASE DO BRASIL: Luís Henrique; Brasinha, Valdoir, Calu e João Luiz; Delei, Luvanor e Jérson (Souza); Zezé Gomes (Fume), Anselmo (Rubem) e Djalma Baía (Nelson). TÉCNICO: Jaime Valente.

30/10	BRASIL	1 × 2	ROMÊNIA, Bucareste
4/11	BRASIL	5 × 1	EMIRADOS ÁRABES, Dubai
7/11	BRASIL	2 × 1	EMIRADOS ÁRABES, Dubai
9/11	BRASIL	2 × 0	BAHREIN, Manama
10/11	BRASIL	3 × 1	CATAR, Doha
12/11	BRASIL	3 × 1	CATAR, Doha
14/11	BRASIL	0 × 0	KWAIT, Al Kwait

26/7 BRASIL 1 × 2 BOLÍVIA
BRASIL: Leão; Júnior, Oscar, Amaral e Pedrinho; Batista, Carpegiani e Renato (Zenon); Nilton Batata, Roberto Dinamite e Zé Sérgio (Juari). TÉCNICO: Cláudio Coutinho. BOLÍVIA: Gimenez; Vargas, Espinosa, Del Lano e Vaca; Romero (Paniagua), Aragonés e Angulo (Baldivieso); Borges, Reynaldo e Aguillar. GOLS: Aragonés (2) e Roberto Dinamite. ÁRBITRO: O. Sanchez (Colômbia). VALIDADE: Copa América. LOCAL: Estádio Hernán Siles Suazo, La Paz.

2/8 BRASIL 2 × 1 ARGENTINA
BRASIL: Leão; Toninho, Amaral, Edinho e Pedrinho; Carpegiani, zenon (Batista) e Zico; Titã, Palhinha (Juari) e Zé Sérgio. TÉCNICO: Cláudio Coutinho.

DEUSES DA BOLA

ARGENTINA: Vidalle; Barbas, Van Tuyne, Passarella e Bordon; Gaitan (Lopez), Larranquy e Gaspari; Cascia, Maradona e Diaz (Castro). GOLS: Titã, Zico e Cascia. ÁRBITRO: Edson Perez (Peru). VALIDADE: Copa América. LOCAL: Estádio do Maracanã, Rio de Janeiro.

16/8   BRASIL 2 × 0 BOLÍVIA
BRASIL: Leão; Toninho, Amaral, Edinho e Júnior; Batista, Zenon (Palhinha) e Zico; Nilton Batata (Titã), Sócrates e Zé Sérgio. TÉCNICO: Cláudio Coutinho. BOLÍVIA: Gimenez; Vargas, Espinosa, Del Lano e Vaca (Defin); Gonzalez, Romero e Aragonés; Borja, Reynaldo e Aguillar. GOLS: Titã e Zico. ÁRBITRO: J. Vergara (Venezuela). VALIDADE: Copa América. LOCAL: Estádio do Morumbi, São Paulo.

23/8   BRASIL 2 × 2 ARGENTINA
BRASIL: Leão; Toninho, Amaral, Edinho e Júnior; Batista, Carpegiani (Falcão) e Zico; Tita, Sócrates e Zé Sérgio. TÉCNICO: Cláudio Coutinho. ARGENTINA: Vidalle; Ocano, Van Tuyne, Passarella e Bordon; Gaspari, Gallego e Bochini; Cascia (Valencia), Fortunato (Castro) e Diaz. GOLS: Sócrates (2) e Passarella e Diaz. ÁRBITRO: Roque Cerulo (Uruguai). VALIDADE: Copa América. LOCAL: Monumental de Nunes, Buenos Aires.

24/10   BRASIL 1 × 2 PARAGUAI
BRASIL: Leão; Toninho, Amaral, Edinho e Pedrinho; Chicão, Falcão e Jair (Palhinha); Tarciso, Sócrates e Éder (Zé Sérgio). TÉCNICO: Cláudio Coutinho. PARAGUAI: Fernandez; Espínola, Cibil, Sosa e Torales; Torres (Romerito), Florentin e Talavera; Isasi, Melchíades Morel (Pessoa) e Eugênio Morel. GOLS: E. Morel e Palhinha. ÁRBITRO: R. Barreto (Uruguai). VALIDADE: Copa América. LOCAL: Estádio Defensores del Chaco, Assunção.

31/10   BRASIL 2 × 2 PARAGUAI
BRASIL: Leão; Toninho, Amaral, Edinho e M. Antônio; Carpegiani (C. A. Pintinho), Falcão e Palhinha; Tita (Zezé), Sócrates e Zé Sérgio. TÉCNICO: Cláudio Coutinho. PARAGUAI: Fernandez; Espínola, Paredes, Sosa (Cibil) e Torales; Florentin, Talavera (Romerito) e Kiese; Isasi, M. Morel e E. Morel. GOLS: Falcão, Sócrates, M. Morel e Romerito. ÁRBITRO: C. Espósito (Argentina). VALIDADE: Copa América. LOCAL: Estádio do Maracanã, Rio de Janeiro.

1980

TORNEIO PRÉ-OLÍMPICO, COLÔMBIA
TIME-BASE DO BRASIL: Luís Henrique; Edson, Wagner Basílio, Mauro Galvão e João Luiz; Vítor, Cléo (Dudu) e Jérson (Cristóvão); Jorginho (Anselmo), Silva (Lela) e Aroni (Mica). TÉCNICO: Jaime Valente.

23/1	BRASIL	2 × 1	VENEZUELA
27/1	BRASIL	0 × 3	PERU
30/1	BRASIL	4 × 0	BOLÍVIA
3/2	BRASIL	0 × 0	CHILE
7/2	BRASIL	1 × 3	ARGENTINA
10/2	BRASIL	1 × 5	COLÔMBIA

2/4   BRASIL 7 × 1 SEL. BRASILEIRA DE NOVOS
BRASIL: Carlos (Raul); Nelinho, Amaral (Rondinelli), Luizinho e Júnior (Pedrinho); Batista (Cerezo),

Falcão (Sócrates) e Zico; Tarcisio (Zé Sérgio), Reinaldo (Baltazar) e Joãozinho. TÉCNICO: Telê Santana. SELEÇÃO BRASILEIRA DE NOVOS: Marola (Gilmar); Luís Cláudio, Mauro Galvão (André) e João Luiz (Aírton); Mococa, Biro-Biro (Jorginho) e Cristóvão; Marinho, Baltazar (Robertinho) e Rômulo (Almir). GOLS: Reinaldo (2), Zico (2), Baltazar, Falcão, Joãozinho e Robertinho. ÁRBITRO: W. C. dos Santos (Brasil). VALIDADE: Amistoso. LOCAL: Estádio do Maracanã, Rio de Janeiro.

1/5   BRASIL 4 × 0 SELEÇÃO MINEIRA
BRASIL: Carlos (Raul); Nelinho, Amaral (Rondinelli), Luizinho e Júnior (Pedrinho); Cerezo, Sócrates e Renato (Andrade); Paulo Isidoro, Serginho e Zé Sérgio (João Paulo). TÉCNICO: Telê Santana. SELEÇÃO MINEIRA: João Leite (L. Antônio); Orlando, Osmar, Zezinho Figueroa e J. Valença; Chicão (Nélio), Alexandre e Palhinha (Pedrinho); Eduardo, Roberto César (F. Roberto) e Éder (Donizetti). GOLS: Renato (2), Serginho e Sócrates. ÁRBITRO: J. M. Vinhas (Brasil). VALIDADE: Amistoso. LOCAL: Estádio Elmo Cerejo, Brasília.

8/6   BRASIL 2 × 0 MÉXICO
BRASIL: Raul; Nelinho, Amaral (Mauro Pastor), Edinho e Pedrinho; Batista, Cerezo e Sócrates (Renato); Paulo Isidoro (Éder), Serginho e Zé Sérgio. TÉCNICO: Telê Santana. MÉXICO: Reyes; Trejos, Tena, Ayala e De La Torre; Munguiua (Luna), Gonzalez (Medina) e Mendizabal; Tapia (Ortega), Castro (Agustin) e Sanchez. GOLS: Serginho e Zé Sérgio. ÁRBITRO: J. R. Wright (Brasil). VALIDADE: Amistoso. LOCAL: Estádio do Maracanã, Rio de Janeiro.

15/6   BRASIL 1 × 2 UNIÃO SOVIÉTICA
BRASIL: Raul; Nelinho, Amaral (Mauro Pastor), Edinho e Júnior; Cerezo, Batista e Zico; Sócrates (Renato), Nunes e Zé Sérgio (Éder). TÉCNICO: Telê Santana. UNIÃO SOVIÉTICA: Dasaiev; Sulakvelidze, Chivadre, Khydijatulin e Romatrev; Shavlov, Bessanov e Cherenkov; Andreev, Gaurilon (Yeuvtutchenko) e Chelibadze (Oganesyan). GOLS: Cherenkov, Andreev e Nunes. ÁRBITRO: A. C. Coelho (Brasil). VALIDADE: Amistoso. LOCAL: Estádio do Maracanã, Rio de Janeiro.

24/6   BRASIL 2 × 1 CHILE
BRASIL: Raul; Nelinho, Amaral, Edinho (Getúlio) e Júnior (Pedrinho); Cerezo, Sócrates e Zico; Paulo Isidoro, Nunes (Serginho) e Zé Sérgio. TÉCNICO: Telê Santana. CHILE: Wirth; Escobar, Figueroa, M. Sotto e Bigorra; Valenzuela, L. Rojas (Sorias) e M. Rojas (Orellana); Inostroza, Rivas e Yanes. GOLS: Cerezo, Zico e Yanes. ÁRBITRO: Oscar Scolfaro (Brasil). VALIDADE: Amistoso. LOCAL: Estádio do Mineirão, Belo Horizonte.

29/6   BRASIL 1 × 1 POLÔNIA
BRASIL: Carlos; Nelinho, Mauro Pastor, Amaral e Júnior; Batista, Sócrates (Éder) e Zico; Paulo Isidoro (Renato), Serginho e Zé Sérgio. TÉCNICO: Telê Santana. POLÔNIA: Mowlik; Djuiba, Tanacz, Szymanopwski e Barczak; Nawalka (Smolek), Lipka (Zwibz) e Kmieczik (Miloszewicz); Lato, Skrobowski e Terlecki. GOLS: Lato e Zico. ÁRBITRO: R. Arppi Filho (Brasil). VALIDADE: Amistoso. LOCAL: Estádio do Morumbi, São Paulo.

27/8   BRASIL 1 × 0 URUGUAI
BRASIL: Carlos; Getúlio, Oscar, Luizinho e Júnior; Batista, Renato e Pita (Paulo Isidoro); Tita,

DEUSES DA BOLA

Sócrates (Baltazar) e Zé Sérgio. TÉCNICO: Telê Santana. URUGUAI: R. Rodriguez; Moreira (A. Rodriguez), Oliveira, De León e Diogo; Agresta, Barrios e De La Peña (Lusardo); Vargas, Victorino e V. Ramos. GOL: Getúlio (pênalti). ÁRBITRO: L. C. Félix (Brasil). VALIDADE: Amistoso. LOCAL: Estádio Castelão, Fortaleza.

25/9 BRASIL 2 × 1 PARAGUAI
BRASIL: Carlos; Getúlio, Oscar (Juninho), Luizinho e Júnior; Batista, Cerezo e Zico; Robertinho, Sócrates (Reinaldo) e Zé Sérgio. TÉCNICO: Telê Santana. PARAGUAI: Fernandez; Solalinde, Torres, Surian e Torales; Benitez, Florentin (Mino) e Osório; Lopez, Michelagnoli (Isasi) e Ortiz. GOLS: Reinaldo, Zé Sérgio e Ortiz. ÁRBITRO: J. R. Wright (Brasil). VALIDADE: Amistoso. LOCAL: Estádio Defensores Del Chaco, Assunção.

30/10 BRASIL 6 × 0 PARAGUAI
BRASIL: Carlos (Marola); Edevaldo, Oscar, Luizinho e Júnior (Pedrinho); Batista (Pita), Cerezo e Zico (Renato); Tita, Sócrates (Reinaldo) e Zé Sérgio. TÉCNICO: Telê Santana. PARAGUAI: Fernandez; Solalinde (Escalante), Paredes, Torres e Torales; Mino (Florentin), Osório e Arrua (P. Lopez); Ortiz, Michelagnoli e Bastos (Espinosa). GOLS: Zico (2), Luizinho, Sócrates, Tita e Zé Sérgio. ÁRBITRO: Francisco Valdez (Paraguai). VALIDADE: Amistoso. LOCAL: Estádio Serra Dourada, Goiânia.

21/12 BRASIL 2 × 0 SUÍÇA
BRASIL: João Leite; Edevaldo, Oscar, Luizinho e Júnior; Batista, Cerezo e Renato; Tita (Paulo Isidoro), Sócrates (Serginho) e Zé Sérgio. TÉCNICO: Telê Santana. SUÍÇA: Burgener; Wenril, Zapa, Egli e Ludi; Maissen, Batteron e Zweiller; Swuicker, Mantz (Tanner) e Hermann. GOLS: Sócrates e Zé Sérgio. ÁRBITRO: A. C. Coelho (Brasil). VALIDADE: Amistoso. LOCAL: Estádio José Fragelli, Cuiabá.

1981

4/1 BRASIL 1 × 1 ARGENTINA
BRASIL: Carlos (J. Leite); Edevaldo, Oscar, Luizinho e Júnior; Batista, Cerezo e Renato (Paulo Isidoro); Tita, Sócrates e Zé Sérgio. TÉCNICO: Telê Santana. ARGENTINA: Fillol; Olguin, Galvan, Passarella e Tarantini; Gallego, Ardiles e Barbas (Luque); Bertoni (Valencia), Ramón Diaz e Maradona. GOLS: Maradona e Edevaldo. ÁRBITRO: E. Linemayr (Áustria). VALIDADE: Mundialito. LOCAL: Estádio Centenário, Montevidéu.

7/1 BRASIL 4 × 1 ALEMANHA OCIDENTAL
BRASIL: J. Leite; Edevaldo (Getúlio), Oscar, Luizinho e Júnior; Batista, Paulo Isidoro e Cerezo; Tita (Serginho), Sócrates e Zé Sérgio. TÉCNICO: Telê Santana. ALEMANHA: Schumacher; Kaltz (Dremmler), Bonhof, Foerster e Dletz; Briegel, Magath e Votava; Rummenigge, Hans Müller e Allofs (Algower). GOLS: Allofs, Júnior, Serginho, Cerezo e Zé Sérgio. ÁRBITRO: J. Silvagno (Chile). VALIDADE: Mundialito. LOCAL: Estádio Centenário, Montevidéu.

10/1 BRASIL 1 × 2 URUGUAI
BRASIL: J. Leite; Edevaldo, Oscar, Luizinho e Júnior; Batista, Paulo Isidoro e Cerezo; Titã (Serginho), Sócrates e Zé Sérgio. TÉCNICO: Telê Santana.

URUGUAI: R. Rodriguez; Diogo, Oliveira, De León e Martinez; Krasowski, De La Pena (Barrios) e Ruben Paz; V. Ramos, Victorino e Morales. GOLS: Barrios, Victorino e Sócrates (pênalti). ÁRBITRO: E. Linemayr (Áustria). VALIDADE: Mundialito. LOCAL: Estádio Centenário, Montevidéu.

1/2   BRASIL 1 × 1 COLÔMBIA
BRASIL: J. Leite; Edevaldo (Getúlio), Juninho, Luizinho e Júnior; Batista (Edinho), Cerezo e Sócrates; Paulo Isidoro, Reinaldo (Serginho) e Zé Sérgio. TÉCNICO: Telê Santana. COLÔMBIA: Zapa; Porras, Miranda, Maturana e Castro; Sarmiento (Umana), Caicedo (Valverde) e Otero; Ortiz (Torres), Vilarete e Ortiz. GOLS: Serginho e Vilarete. ÁRBITRO: O. Sanchez (Colômbia). VALIDADE: Amistoso. LOCAL: Estádio El Campin, Bogotá.

8/2   BRASIL 1 × 0 VENEZUELA
BRASIL: Waldir Peres; Edevaldo, Oscar, Luizinho e Júnior; Batista, Cerezo e Zico; Paulo Isidoro, Serginho e Zé Sérgio. TÉCNICO: Telê Santana. VENEZUELA: Vegas; Uchoa, Castro (Simonelli), Acosta e Campos; Marin, Echenaussi e Torres; Scarpeccio, Garcia e Hernandez (A. Castillo). GOL: Zico (pênalti). ÁRBITRO: R. Barreto (Uruguai). VALIDADE: Eliminatórias da Copa do Mundo. LOCAL: Estádio Olímpico, Caracas.

14/2   BRASIL 6 × 0 EQUADOR
BRASIL: Waldir Peres (Marola); Edevaldo, Oscar, Luizinho (Edinho) e Júnior (Pedrinho); Cerezo, Sócrates e Zico (Pita); Tita, Reinaldo e Éder. TÉCNICO: Telê Santana. EQUADOR: Valdivieso; Terlazza, Corrales, Landeta e Messias; Garcez (Granda), Villafuerte (Vinícius) e Parraga; Tenório, Revello (Lupo) e Madureno (Valencia) GOLS: Reinaldo (2), Sócrates (2), Zico e Landeta (contra). ÁRBITRO: A. Quirelo (Equador). VALIDADE: Amistoso. LOCAL: Estádio Olímpico Atahualpa, Quito.

22/2   BRASIL 2 × 1 BOLÍVIA
BRASIL: Waldir Peres; Edevaldo, Oscar, Luizinho (Edinho) e Júnior; Cerezo, Sócrates e Zico; Tita (Batista), Reinaldo e Éder. TÉCNICO: Telê Santana. BOLÍVIA: Gimenez; Trigo, Vaca, Espinosa (Rojas) e Del Lano; Villaroel (M. Fierro), Romero e Aragonés; Borja, Reynaldo e Aguillar. GOLS: Reinaldo, Sócrates e Aragonés. ÁRBITRO: Enrique Labó (Peru). VALIDADE: Eliminatórias da Copa do Mundo. LOCAL: Estádio Hernán Siles Suazo, La Paz.

14/3   BRASIL 2 × 1 CHILE
BRASIL: Waldir Peres; Edevaldo, Oscar, Edinho e Júnior; Batista, Sócrates e Zico; Paulo César, Reinaldo (Serginho) e Zé Sérgio (Éder). TÉCNICO: Telê Santana. CHILE: Obsen; Garrido, Valenzuela, M. Sotto e Bigorra; Dubo, Rojas e Bonvalet; Gatica (Rivas), Caszeli (Herrera) e Yanes. GOLS: Reinaldo, Zico e Caszeli. ÁRBITRO: R. Arppi Filho (Brasil) VALIDADE: Amistoso. LOCAL: Estádio Santa Cruz, Ribeirão Preto.

22/3   BRASIL 3 × 1 BOLÍVIA
BRASIL: Waldir Peres; Edevaldo, Oscar, Luizinho e Júnior; Batista, Sócrates e Zico; Tita (Zé Sérgio), Reinaldo e Éder. TÉCNICO: Telê Santana. BOLÍVIA: Gimenez; Trigo, Vaca, Espinosa e Del Lano; Romero, Villaroel e Aragonés; Gonzalez, Taborda (Borja) e Aguillar. GOLS: Zico (3) e Aragonés. ÁRBITRO: G. Castro (Chile) VALIDADE: Eliminatórias da Copa do Mundo. LOCAL: Estádio do Maracanã, Rio de Janeiro.

DEUSES DA BOLA

29/3 BRASIL 5 × 0 VENEZUELA
BRASIL: Waldir Peres; Getúlio, Oscar, Luizinho e Júnior; Batista, Sócrates e Zico; Tita, Reinaldo (Serginho) e Éder (Zé Sérgio). TÉCNICO: Telê Santana. VENEZUELA: Vegas; Uchoa, Castro, Acosta e Salas; Filomeno, Torres e Carrero (Aguirre); Gutierrez (Castillo), Garcia e Febles. GOLS: Tita (2), Júnior, Sócrates e Zico. ÁRBITRO: J. Romero (Argentina). VALIDADE: Eliminatórias da Copa do Mundo. LOCAL: Estádio Serra Dourada, Goiânia.

12/5 BRASIL 1 × 0 INGLATERRA
BRASIL: Waldir Peres; Edevaldo, Oscar, Luizinho e Júnior; Cerezo, Sócrates e Zico; Paulo Isidoro, Reinaldo e Éder. TÉCNICO: Telê Santana. INGLATERRA: Clemence; Neal, Martin, Robson e Sanson; McDermott, Wilkin e Rix; Coppel, White e Barnes. GOL: Zico. ÁRBITRO: E. Linemayr (Áustria) VALIDADE: Amistoso. LOCAL: Estádio Wembley, Londres.

15/5 BRASIL 3 × 1 FRANÇA
BRASIL: P. Sérgio; Edevaldo, Oscar (Edinho), Luizinho e Júnior; Cerezo, Sócrates (Vítor) e Zico; Paulo Isidoro, Reinaldo (César) e Éder (Zé Sérgio). TÉCNICO: Telê Santana. FRANÇA: Dropsy (Castañeda); Janvion, Lopez, Tresor (Specht) e Bossis; Tigana, Boizan e Genghini; Royer (Le Cornu), Anziane (De La Montagne) e Six. GOLS: Reinaldo, Sócrates, Zico e Six. ÁRBITRO: G. Menegalli (Itália). VALIDADE: Amistoso. LOCAL: Estádio Parque dos Príncipes, Paris.

19/5 BRASIL 2 × 1 ALEMANHA OCIDENTAL
BRASIL: Waldir Peres; Edevaldo, Oscar, Luizinho e Júnior; Cerezo, Sócrates e Zico (Vítor); Paulo Isidoro, César (Renato) e Éder. TÉCNICO: Telê Santana. ALEMANHA: Schumacher Dmmel); Kaltz, Hannes, Foerster e Briegel; Schuster (Dietz), Breitner e Magath; Rummenigge, Fischer (Algower) e Hans Müller. GOLS: Fischer, Júnior e Cerezo. ÁRBITRO: C. White (Inglaterra). VALIDADE: Amistoso. LOCAL: Neckarstadion, Stuttgart.

8/7 BRASIL 1 × 0 ESPANHA
BRASIL: Waldir Peres (Carlos); Getúlio (Perivaldo), Juninho, Luizinho (Edinho) e Júnior; Cerezo, Sócrates e Zico; Paulo Isidoro, Baltazar e Éder. TÉCNICO: Telê Santana. ESPANHA: Arconada; Camacho, Alessandro, Tendillo e Gordillo; Alonso, Joaquim e Zamora; Juanito, Satrustegui (Santillana) e Sanchez. GOL: Baltazar. ÁRBITRO: C. White (Inglaterra). VALIDADE: Amistoso. LOCAL: Estádio da Fonte Nova, Salvador.

26/8 BRASIL 0 × 0 CHILE
BRASIL: Waldir Peres; Edevaldo; Juninho, Edinho e Júnior; Cerezo, Sócrates e Zico; Paulo Isidoro, Baltazar (Roberto Cearense) e Éder. TÉCNICO: Telê Santana. CHILE: Obsen; Garrido, Gatica, M. Sotto e Bigorra; Dubo, Rojas e Neira; Herrera (Santander), Caszeli e Velez (Bonvallet). ÁRBITRO: A. Lamo (Espanha). VALIDADE: Amistoso. LOCAL: Estádio Nacional, Santiago.

23/9 BRASIL 6 × 0 IRLANDA
BRASIL: Waldir Peres; Perivaldo (Leandro), Oscar, Edinho e Júnior; Cerezo, Renato e Zico; Paulo Isidoro (Robertinho), Roberto Cearense e Éder (Mário Sérgio). TÉCNICO: Telê Santana. IRLANDA: Blackmore; Nolan, Dunning, Macconville e Lawlor; O'Connor, Flanagan e Devlin; Dennehy, Buckley

e Eviston. GOLS: Zico (4), Roberto Cearense e Éder. ÁRBITRO: Oscar Scolfaro (Brasil). VALIDADE: Amistoso. LOCAL: Estádio Rei Pelé, Maceió.

28/10 BRASIL 3 × 0 BULGÁRIA
BRASIL: Waldir Peres (P. Sérgio); Leandro, Oscar, Luizinho e Júnior; Cerezo (Rocha), Sócrates e Zico; Paulo Isidoro, Roberto Dinamite e Mário Sérgio. TÉCNICO: Telê Santana. BULGÁRIA: Donev; Petrov, Marinov, Iliev e Alexandrov; Mladenov, Sadakov e Chavdarov (Murlev); Vorochev, Pachev (Iskrenov) e Arginov (Balakov). GOLS: Zico, Roberto Dinamite e Leandro. ÁRBITRO: L. C. Félix (Brasil). VALIDADE: Amistoso. LOCAL: Estádio Olímpico, Porto Alegre.

1982

26/1 BRASIL 3 × 1 ALEMANHA ORIENTAL
BRASIL: Waldir Peres; Leandro, Oscar, Luizinho e Júnior (Pedrinho); Cerezo, Renato e Zico; Paulo Isidoro, Roberto Dinamite (Serginho) e Mário Sérgio. TÉCNICO: Telê Santana. ALEMANHA ORIENTAL: Rudwailet; Trieloff, Ulrich, Schnuphase e Baum; Liebern, Hause (Steinback) e Dorner; Pommerenke, Streich (Doechnner) e Trocha (Helk). GOLS: Paulo Isidoro, Renato, Serginho e Dorner. ÁRBITRO: J. A. Aragão (Brasil). VALIDADE: Amistoso. LOCAL: Estádio Presidente Castello Branco, Natal.

3/3 BRASIL 1 × 1 TCHECOSLOVÁQUIA
BRASIL: Waldir Peres; Perivaldo, Oscar, Luizinho e Júnior; Cerezo (Renato), Sócrates e Zico; Jairzinho (Paulo Isidoro), Roberto Dinamite e Mário Sérgio (Éder). TÉCNICO: Telê Santana. TCHECOSLOVÁQUIA: Seman; Jacubec, Flala, Jurkemic e Kukucla; Stambacher, Kozak, Vizek e Janecka; Berger e Nehoda. GOLS: Zico e Berger. ÁRBITRO: J. Cardelino (Uruguai). VALIDADE: Amistoso. LOCAL: Estádio do Morumbi, São Paulo.

21/3 BRASIL 1 × 0 ALEMANHA OCIDENTAL
BRASIL: Waldir Peres; Leandro, Oscar, Luizinho e Júnior; Vítor, Adílio e Zico; Paulo Isidoro, Careca e Mário Sérgio (Éder). TÉCNICO: Telê Santana. ALEMANHA: Schumacher; Kaltz, Foerster, Stielike e Briegel; Dremmler, Breitner e Matthaus; Littbarski (Müller), Fischer (Hrubesch) e Hans Müller (Engels). GOL: Júnior. ÁRBITRO: A. Castillo (Espanha). VALIDADE: Amistoso. LOCAL: Estádio do Maracanã, Rio de Janeiro.

5/5 BRASIL 3 × 1 PORTUGAL
BRASIL: Waldir Peres; Edevaldo, Oscar, Luizinho e Júnior; Batista, Sócrates (Cerezo) e Zico; Paulo Isidoro, Serginho (Careca) e Dirceu (Éder). TÉCNICO: Telê Santana. PORTUGAL: Bento; Gabriel, H. Coelho, Eurico e Gregório; Carlos Manoel (Alinha), Eliseu (P. Rocha) e Murça; Nenê, Norton de Matos e Palhares. GOLS: Zico, Júnior, Éder e Nenê. ÁRBITRO: C. Martins (Brasil). VALIDADE: Amistoso. LOCAL: Estádio João Castelo, São Luís.

18/5 BRASIL 1 × 1 SUÍÇA
BRASIL: Waldir Peres; Leandro (Edevaldo), Oscar, Luizinho e Júnior; Falcão, Sócrates (Cerezo) e Zico; Paulo Isidoro, Careca (Serginho) e Éder. TÉCNICO: Telê Santana. SUÍÇA: Burgener; Hermann, Ludi,

Egli e Wehrli; Zeppa, Batteron (Favre) e Barberis; Maissen (Schwiler), Sulser e Elsener (Birgger). GOLS: Zico (pênalti) e Sulser. ÁRBITRO: J. R. Wright (Brasil). VALIDADE: Amistoso. LOCAL: Estádio do Arruda, Recife.

27/5   BRASIL   7 × 0   EIRE
BRASIL: Waldir Peres (P. Sérgio); Leandro, Oscar, Luizinho (Edinho) e Júnior; Falcão, Sócrates e Zico; Paulo Isidoro (Cerezo), Careca (Serginho) e Éder (Dirceu). TÉCNICO: Telê Santana. EIRE: McDonagh; Deacy, Martin, Anderson e Walsh; Brady, Grealish e O'Driscoll; Daly, Bradon e Kevin. GOLS: Sócrates (2), Serginho (2), Falcão, Luizinho e Zico. ÁRBITRO: R. Arppi Filho (Brasil). VALIDADE: Amistoso. LOCAL: Estádio Parque do Sabiá, Uberlândia.

14/6   BRASIL   2 × 1   UNIÃO SOVIÉTICA
BRASIL: Waldir Peres; Leandro, Oscar, Luizinho e Júnior; Falcão, Sócrates e Zico; (Paulo Isidoro), Serginho e Éder. TÉCNICO: Telê Santana. UNIÃO SOVIÉTICA: Dasaev; Sulakvelidze, Chivadze, Baltacha e Demianenko; Bessonov, Bal, Gravilov (Susloparov) e Ílokhin, Daraselia, Shengelia (Andreev) e Blokhin. GOLS: Bal, Sócrates e Éder. ÁRBITRO: L. Castillo (Espanha). VALIDADE: Copa do Mundo. LOCAL: Estádio R. Sanchez Pizjuan, Sevilha.

18/6   BRASIL   4 × 1   ESCÓCIA
BRASIL: Waldir Peres; Leandro, Oscar, Luizinho e Júnior; Falcão, Sócrates e Zico; Cerezo, Serginho (Paulo Isidoro) e Éder. TÉCNICO: Telê Santana. ESCÓCIA: Rough; Narey, Miller, Hansen e Gray; Souness, Sjracha (Dalglish) e Hartford (McLeish); Wark, Archibald e Robertson. GOLS: Narey, Zico, Oscar, Éder e Falcão. ÁRBITRO: L. Calderon (Costa Rica). VALIDADE: Copa do Mundo LOCAL: Estádio Benito Villamarin, Sevilha.

23/6   BRASIL   4 × 0   NOVA ZELÂNDIA
BRASIL: Waldir Peres; Leandro, Oscar (Edinho), Luizinho e Júnior; Falcão, Sócrates e Zico; Cerezo, Serginho (Paulo Isidoro) e Éder. TÉCNICO: Telê Santana. NOVA ZELÂNDIA: Van Hattum; Dods, Herbert, Almond e Elrick; Boath, Sumner e McKay; Cresswell (Turner), Ruffer (Cole) e Wooddin. GOLS: Zico (2), Falcão e Serginho. ÁRBITRO: D. Matovinovic (Iugoslávia) VALIDADE: Copa do Mundo. LOCAL: Estádio Benito Villamazin, Sevilha.

2/7   BRASIL   3 × 1   ARGENTINA
BRASIL: Waldir Peres; Leandro (Edevaldo), Oscar, Luizinho e Júnior; Falcão, Sócrates e Zico (Batista); Cerezo, Serginho e Éder. TÉCNICO: Telê Santana. ARGENTINA: Fillol; Olguin, Galvan, Passarella e Tarantini; Barbas, Ardiles e Calderon; Bertoni (Santamaria), Maradona e Kempes (Ramón Diaz). GOLS: Zico, Serginho, Júnior e Ramón Diaz. ÁRBITRO: M. Vasquez (México). VALIDADE: Copa do Mundo. LOCAL: Estádio Sarriá, Barcelon.

5/7   BRASIL   2 × 3   ITÁLIA
BRASIL: Waldir Peres; Leandro, Oscar, Luizinho e Júnior; Falcão, Sócrates e Zico; Cerezo, Serginho e Éder. TÉCNICO: Telê Santana. ITÁLIA: Zoff; Gentile, Scirea, Collovati (Bergomi) e Cabrini; Antognioni, Oriali e Tardelli (Marini); Bruno Conti, Paolo Rossi e Graziani. GOLS: Paolo Rossi (3), Sócrates e Falcão. ÁRBITRO: Abraham Klein (Israel). VALIDADE: Copa do Mundo. LOCAL: Estádio Sarriá, Barcelona.

1983

28/4 BRASIL 3 × 2 CHILE
BRASIL: Leão; Leandro, Marinho, Márcio e Júnior (Pedrinho); Batista, Sócrates e Zico (Renato); Tita (Paulo Isidoro), Careca e Éder (João Paulo). TÉCNICO: C. A. Parreira. CHILE: Wirth; Spinoza (Reyes), Pacheco (Mosquera), Diaz e Valenzuela; Dubo, Gamboa e Neira (J. Sotto); Rojas, Hurtado e Orellana. GOLS: Careca, Éder, Renato, Orellana e Orellana (pênalti). ÁRBITRO: C. Gonzalez (Paraguai). VALIDADE: Amistoso. LOCAL: Estádio do Maracanã, Rio de Janeiro.

8/6 BRASIL 4 × 0 PORTUGAL
BRASIL: Leão; Betão (Edson), Márcio, Luizinho e Pedrinho; Batista, Sócrates e Pita (Jorginho); C. A. Borges, Careca e Éder. TÉCNICO: C. A. Parreira. PORTUGAL: Silvino; Coelho (Gregório), Oliveira, Dito e Mário Jorge; Festas (Laureta), Ademar e Palhares (Nunes); Lito, Reinaldo e Vítor Santos. GOLS: Careca (2), Pedrinho e Sócrates. ÁRBITRO: M. Luís (Portugal). VALIDADE: Amistoso. LOCAL: Estádio Municipal, Coimbra.

12/6 BRASIL 1 × 1 PAÍS DE GALES
BRASIL: Leão; Betão, Márcio, Luizinho e Pedrinho; Batista, Sócrates e Pita (Paulo Isidoro); C. A. Borges (Jorginho), Careca e Éder. TÉCNICO: C. A. Parreira. PAÍS DE GALES: N. Southall; J. Hopkins, J. Charles (Lewis), K. Ratcliff e J. Jones; Davies, B. Flynn e N. Vaughan; Thomas, D. Giles e G. Davies (Lowds). GOLS: Paulo Isidoro e B. Flynn. ÁRBITRO: J. Redelfs (Alemanha Ocidental). VALIDADE: Amistoso. LOCAL: Estádio Niniam Park, Cardiff.

17/6 BRASIL 2 × 1 SUÍÇA
BRASIL: Leão; Edson, Márcio, Toninho Carlos e Pedrinho; Alemão (Batista), C. A. Borges (Éder) e Sócrates; Paulo Isidoro, Careca e João Paulo. TÉCNICO: C. A. Parreira. SUÍÇA: Burgener (Berbig); Wehrli, Geiger, Egli e Albon; Koller, Descatel e Hermann; Sulser (Elsener), Ponte e Braschler. GOLS: Sócrates, Careca e Egli. ÁRBITRO: A. Grey (Inglaterra). VALIDADE: Amistoso. LOCAL: Estádio Saint Jakob, Basileia.

22/6 BRASIL 3 × 3 SUÉCIA
BRASIL: Leão; Edson, Márcio (Luizinho), Toninho Carlos e Pedrinho; Batista, Sócrates e João Paulo (Jorginho); Paulo Isidoro, Careca e Éder. TÉCNICO: C. A. Parreira. SUÉCIA: Ravelli; Erlandssen, Hysen, Dahlkvist e Frederikson; Ramberg (A. Ravelli), Nilsson (T. Holmgren) e Sunesson; Eriksson, Corneliussen e Holmegren. GOLS: Corneliussen (2), Hysen, Márcio, Jorginho e Careca. ÁRBITRO: H. Lound (Dinamarca). VALIDADE: Amistoso. LOCAL: Estádio Nya Ullevi, Gotemburgo.

28/7 BRASIL 0 × 0 CHILE
BRASIL: Leão; Leandro, Márcio, Mozer e Júnior; Andrade, Jorginho e Sócrates; Paulo Isidoro (Renato), Careca e João Paulo. TÉCNICO: C. A. Parreira. CHILE: R. Rojas; Hisis, Pacheco, Herrera e L. Valenzuela; L. Rojas, Dubo e J. Sotto; J. Rojas, Hurtado (Arriaga) e Aravena. ÁRBITRO: Abel Greco (Argentina). VALIDADE: Amistoso. LOCAL: Estádio Nacional, Santiago.

17/8 BRASIL 1 × 0 EQUADOR
BRASIL: Leão; Leandro, Márcio, Mozer e Júnior; Andrade, Jorginho e Tita; Careca, Roberto Dinamite e Renato (China). TÉCNICO: C. A. Parreira. EQUADOR:

DEUSES DA BOLA

Delgado; Narvaez, Armas, Klinger e Maldonado; Granda, Vega e Vasquez I; Tenório, Villafuerte (Quiñones) e Vasquez H. GOL: Roberto Dinamite. ÁRBITRO: A. Postigo (Peru). VALIDADE: Copa América. LOCAL: Estádio Olímpico Athahualpa, Quito.

24/8 BRASIL 0 × 1 ARGENTINA
BRASIL: Leão; P. Roberto, Mozer, Toninho Carlos e Júnior; China, Tita e Renato (Geraldo); Jorginho, Careca e Roberto Dinamite. TÉCNICO: C. A. Parreira. ARGENTINA: Fillol; Camino, Trossero, Mouzo e Garre; Russo (Morangoni), Ponce e Sabela; Marcido (Ramos), Gareca e Burruchaga. GOL: Gareca. ÁRBITRO: J. Cardelino (Uruguai). VALIDADE: Copa América. LOCAL: Monumental de Núñez, Buenos Aires.

1/9 BRASIL 5 × 0 EQUADOR
BRASIL: Leão; Leandro, Márcio (Toninho Carlos), Mozer e Júnior; Tita (China), Jorginho e Renato; Renato Gaúcho, Roberto Dinamite e Éder. TÉCNICO: C. A. Parreira. EQUADOR: Delgado; Narvaez, Armas, Klinger e Maldonado; Quinteros, Granda e Vasquez (Cuvi); Villafuerte, Tenório e Quiñones. GOLS: Roberto Dinamite (2), Éder, Renato Gaúcho e Tita. ÁRBITRO: L. La Rosa (Uruguai). VALIDADE: Copa América. LOCAL: Estádio Serra Dourada, Goiânia.

14/9 BRASIL 0 × 0 ARGENTINA
BRASIL: Leão; Leandro, Márcio, Mozer e Júnior; Andrade, Jorginho e Sócrates; Renato Gaúcho, Roberto Dinamite e Éder. TÉCNICO: C. A. Parreira. ARGENTINA: Fillol; Olarticoechea, Brown, Trossero e Garre; Russo, Marangoni e Sabela (Ramos); Marcico (Ponce), Gareca e Burruchaga. ÁRBITRO: M. Lira (Chile). VALIDADE: Copa América. LOCAL: Estádio do Maracanã, Rio de Janeiro.

13/10 BRASIL 1 × 1 PARAGUAI
BRASIL: Leão; P. Roberto, Márcio, Mozer e Júnior; Andrade, Jorginho e Tita (Renato); Renato Gaúcho, Careca e Éder. TÉCNICO: C. A. Parreira. PARAGUAI: Fernandez; Figueiredo, Surian, Delgado e Torales; Florentin, Benitez (Olmedo) e Romerito; Hicks (Mino), Morel e Mendoza. GOLS: Morel e Éder. ÁRBITRO: G. Castro (Chile). VALIDADE: Copa América. LOCAL: Estádio Defensores del Chaco, Assunção.

20/10 BRASIL 0 × 0 PARAGUAI
BRASIL: Leão; Leandro, Márcio, Mozer e Júnior; Andrade, Renato (Tita) e Jorginho; Renato Gaúcho (Careca), Roberto Dinamite e Éder. TÉCNICO: C. A. Parreira. PARAGUAI: Fernandez; Torales, Surian, Delgado e Jacquet; Benitez, Olmedo e Florentin; Romerito, Cabanas e Morel (Mendoza, depois Garay). ÁRBITRO: J. Lousteau (Argentina). VALIDADE: Copa América. LOCAL: Estádio Parque do Sabiá, Uberlândia.

27/10 BRASIL 0 × 2 URUGUAI
BRASIL: Leão; Leandro, Márcio, Mozer e Júnior; China (Tita), Renato e Jorginho; Renato Gaúcho, Roberto Dinamite e Éder. TÉCNICO: C. A. Parreira. URUGUAI: R. Rodriguez; Diogo, Acevedo, Gutierrez e Gonzalez; Agresta, Barrios e Francescoli; Aguilera, Cabrera e Acosta (V. Ramos). GOLS: Francescoli e Diogo. ÁRBITRO: H. Ortiz (Paraguai). VALIDADE: Copa América. LOCAL: Estádio Centenário, Montevidéu.

4/11 BRASIL 1 × 1 URUGUAI
BRASIL: Leão; P. Roberto, Márcio, Mozer e Júnior; China, Tita (Renato Gaúcho) e Sócrates; Jorginho, Roberto Dinamite (Careca) e Éder. TÉCNICO: C. A. Parreira. URUGUAI: R. Rodriguez; Dioso, Gutierrez,

Acevedo e Gonzalez; Agresta, Barrios e Francescoli; Aguilera (Boscio), Cabrera e Acosta (V. Ramos). GOLS: Jorginho e Aguilera. ÁRBITRO: E. Perez (Peru). VALIDADE: Copa América. LOCAL: Estádio da Fonte Nova, Salvador.

JOGOS PAN-AMERICANOS, CARACAS
TIME-BASE DO BRASIL: Hugo; Heitor, Everaldo (Adalberto), Guto e Jorginho; Dunga, Edson Souza e Neto (P. Sérgio); Mauricinho (P. César), Marcus Vinícius e Paulinho. TÉCNICO: Gílson Nunes.

16/8	BRASIL	2 × 0	ARGENTINA
19/8	BRASIL	1 × 0	MÉXICO
23/8	BRASIL	0 × 1	URUGUAI

1984

TORNEIO PRÉ-OLÍMPICO, EQUADOR
TIME-BASE DO BRASIL: P. Vítor (Sidmar); Edson, Júlio César (Davi), Leíz (Ricardo Rocha) e Adalberto; Dunga (Vítor), Mário (Renê) e Geraldo (Gersinho); Marcus Vinícius (Moreno), Chicão (Mirandinha) e Márcio Fernandes. TÉCNICO: Cléber Camerino.

19/1 BRASIL 1 × 1 PARAGUAI
Amistoso em Campo Grande

22/1 BRASIL 1 × 0 PARAGUAI
Amistoso. em Campo Grande

25/1 BRASIL 3 × 1 ROMÊNIA
Amistoso. em Florianópolis

28/1 BRASIL 3 × 0 ROMÊNIA
Amistoso. em Florianópolis

12/2	BRASIL	2 × 1	COLÔMBIA
15/2	BRASIL	0 × 0	EQUADOR
17/2	BRASIL	2 × 0	PARAGUAI
19/2	BRASIL	2 × 0	EQUADOR
21/2	BRASIL	3 × 2	CHILE

OLIMPÍADA DE LOS ANGELES, ESTADOS UNIDOS
TIME-BASE DO BRASIL: Gilmar; Ronaldo, Pinga (Davi), Mauro Galvão e André Luís; Ademir, Dunga e Gilmar Popoca (Paulo Santos); Tonho (Milton Cruz), Chicão (KIta) e Silvinho. TÉCNICO: Jair Picerni.

30/7	BRASIL	3 × 1	ARÁBIA SAUDITA
1/8	BRASIL	1 × 0	ALEMANHA OCIDENTAL
3/8	BRASIL	2 × 0	MARROCOS
6/8	BRASIL	1 × 1	CANADÁ
8/8	BRASIL	2 × 1	ITÁLIA
11/8	BRASIL	0 × 2	FRANÇA

10/6 BRASIL 0 × 2 INGLATERRA
BRASIL: Roberto Costa; Leandro (Wladimir), Mozer, Ricardo Rocha e Júnior; Pires, Zenon e Assis; Renato Gaúcho, Roberto Dinamite (Reinaldo) e Tato. TÉCNICO: Edu Antunes. INGLATERRA: Shilton; Duxbury, Fenwich, Watson e Sanson; Wilkins, Robson e Hateley; Chamberlain, Woodcock e Barnes. GOLS: Barnes e Hateley. ÁRBITRO: J. Cardelino (Uruguai). VALIDADE: Amistoso. LOCAL: Estádio do Maracanã, Rio de Janeiro.

17/6 BRASIL 0 × 0 ARGENTINA
BRASIL: P. Vítor; Edson, Oscar, Mozer e Wladimir;

DEUSES DA BOLA

Pires (Jandir), Zenon e Tita; Renato Gaúcho, Roberto Dinamite e Marquinho. TÉCNICO: Edu Antunes. ARGENTINA: Fillol; Clausen, Brown, Trossero e Garre; Marangoni (Giusti), Marcico e Sabela; Trobbiani (Rinaldi), Gareca e Burruchaga. ÁRBITRO: A. Ithurralde (Argentina). VALIDADE: Amistoso. LOCAL: Estádio do Morumbi, São Paulo.

21/6 BRASIL 1 × 0 URUGUAI
BRASIL: João Marcos; Edson, Oscar (Baideck), Mozer e Wladimir; Jandir, Delei e Arthurzinho; Tita (Assis), Reinaldo e Marquinho (Tato). TÉCNICO: Edu Antunes. URUGUAI: R. Rodriguez; Montelongo, Gutierrez, Acevedo e D. Martinez; Santín, Bossio e Perdomo (Salazar); Aguilera, Inzua e Acosta (Sosa). GOL: Arthurzinho. ÁRBITRO: G. Castro (Chile). VALIDADE: Amistoso. LOCAL: Estádio Couto Pereira, Curitiba.

1985

25/4 BRASIL 2 × 1 COLÔMBIA
BRASIL: P. Vítor; Edson (L. C. Winck), Oscar, Mozer e Branco; Dema, Alemão e Casagrande; Jorginho, Reinaldo e Éder. TÉCNICO: Evaristo de Macedo. COLÔMBIA: Zape; Luna, Prince, Escobar e Porros; Morales (Soto), Quiñones (Cuadrados) e Sarmiento (Lugo); Herrera (Didi Valderrama), Ortiz e Iguaran. GOLS: Casagrande, Alemão e Prince (pênalti). ÁRBITRO: C. Espósito (Argentina). VALIDADE: Amistoso. LOCAL: Estádio do Mineirão, Belo Horizonte.

28/4 BRASIL 0 × 1 PERU
BRASIL: P. Vítor; L. C. Winck, Oscar, Mozer e Branco; Dema, Alemão e Casagrande (Jorginho); Bebeto, Careca e Éder (Mário Sérgio). TÉCNICO: Evaristo de Macedo. PERU: Acasuzo; Rojas, Diaz, Pequena e Gastulo; Chirino, Velasquez e Cueto; La Rosa, Navarro e Oblitas (Uribe). GOL: Uribe. ÁRBITRO: J. Palácios (Colômbia). VALIDADE: Amistoso. LOCAL: Estádio Mané Garrincha, Brasília.

2/5 BRASIL 2 × 0 URUGUAI
BRASIL: P. Vítor; Edson, Oscar, Mozer e Branco; Jandir (Dema), Alemão (Geovani) e Casagrande; Bebeto (Jorginho), Careca e Éder. TÉCNICO: Evaristo de Macedo. URUGUAI: Velicho; Montelongo, Russo, Acevedo e Martinez; Barrios, Yelladian e Carrasco; Aguilera (Cabrera), da Silva e Ribas. GOLS: Alemão e Careca. ÁRBITRO: Elias Jácome (Equador). VALIDADE: Amistoso. LOCAL: Estádio do Arruda, Recife.

5/5 BRASIL 2 × 1 ARGENTINA
BRASIL: P. Vítor; Edson, Oscar, Mozer e Branco; Dema, Alemão e Casagrande; Bebeto (Mário Sérgio), Careca (Reinaldo) e Éder. TÉCNICO: Evaristo de Macedo. ARGENTINA: Fillol; Clausen (Rindil), Brown, Ruggeri e Garre; Barbas, Ponce (Wnnerhak) e Trobbiani (Trossero); Pasculli, Gareca (Detrícia) e Burruchaga. GOLS: Alemão, Careca e Burruchaga. ÁRBITRO: E. Nunes (Peru). VALIDADE: Amistoso. LOCAL: Estádio da Fonte Nova, Salvador.

15/5 BRASIL 0 × 1 COLÔMBIA
BRASIL: Carlos; Edson, Oscar, Mozer e Branco; Jandir, Geovani e Casagrande; Jorginho (Bebeto), Careca e Mário Sérgio. TÉCNICO: Evaristo de

Macedo. COLÔMBIA: Zape; Gil, Reyes, Porros e Soto; Morales, Sarmiento e Herrera; Lugo, W. Ortiz e Iguaran. GOL: Lugo. ÁRBITRO: E. Guerreiro (Equador). VALIDADE: Amistoso. LOCAL: Estádio El Campin, Bogotá.

21/5   BRASIL 1 × 2 **CHILE**
BRASIL: Carlos; Edson, Oscar, Mozer e Wladimir; Jandir, Alemão (Geovani) e Casagrande; Bebeto, Reinaldo e Éder. TÉCNICO: Evaristo de Macedo. CHILE: R. Rojas; Garrido, Valenzuela, Herrera e Hormozabal; Lepe, Neira e Aravena (Mardones); Rubio (Letelier), Caszeli (Hurtado) e Puebla. GOLS: Rubio, Caszeli e Casagrande. ÁRBITRO: O. Ortube (Bolívia). VALIDADE: Amistoso. LOCAL: Estádio Nacional, Santiago.

2/6   BRASIL 2 × 0 **BOLÍVIA**
BRASIL: Carlos; Leandro, Oscar, Edinho e Júnior; Cerezo, Sócrates e Zico; Renato Gaúcho, Casagrande (Careca) e Éder. TÉCNICO: Telê Santana. BOLÍVIA: Galarza; Herrera, Vaca (Noro), Coimbra e Perez; Castillo, Melgar e Romero; Paniagua, Sanchez e Rojas. GOLS: Casagrande e Noro (Contra). ÁRBITRO: J. Romero (Argentina). VALIDADE: Eliminatórias da Copa do Mundo. LOCAL: Estádio Ramón T. A. Costas, Santa Cruz de la Sierra.

5/6   BRASIL 3 × 1 **CHILE**
BRASIL: Carlos (P. Vítor); Leandro (Edson), Oscar, Edinho e Júnior; Cerezo, Sócrates (Alemão) e Zico; Renato Gaúcho (Bebeto), Careca e Éder (Tato). TÉCNICO: Telê Santana. CHILE: R. Rojas; Garrido, Gomes, Valenzuela e Hormozábal (Serrano); Lepe, Neira (Dubo) e Aravena; Letelier (Nunes), Hurtado e Puebla. GOLS: Zico (2), Leandro e Nunes. ÁRBITRO: R. Calábria (Argentina) VALIDADE: Amistoso. LOCAL: Estádio Beira-Rio, Porto Alegre.

16/6   BRASIL 2 × 0 **PARAGUAI**
BRASIL: Carlos; Leandro, Oscar, Edinho e Júnior; Cerezo, Sócrates e Zico; Renato Gaúcho (Alemão), Casagrande e Éder. TÉCNICO: Telê Santana. PARAGUAI: Almeida; Caceres, Delgado, Zavalla e Jacquet; Benitez (H. Villalba), Romerito e Nunes; Villalba, Ferreira e Mendoza. GOLS: Casagrande e Zico. ÁRBITRO: G. Castro (Chile). VALIDADE: Eliminatórias da Copa do Mundo. LOCAL: Estádio Defensores del Chaco, Assunção.

23/6   BRASIL 1 × 1 **PARAGUAI**
BRASIL: Carlos; Leandro, Oscar, Edinho e Júnior; Cerezo, Sócrates e Zico; Renato Gaúcho, Casagrande e Éder. TÉCNICO: Telê Santana. PARAGUAI: Almeida; Caceres, Delgado, Zavalla e Jacquet (Torales); Benitez, Nunes e Romerito; Villalba, Ferreira (Sandoval) e Mendoza. GOLS: Sócrates e Nunes. ÁRBITRO: Martinez Bazan (Uruguai). VALIDADE: Eliminatórias da Copa do Mundo. LOCAL: Estádio do Maracanã, Rio de Janeiro.

30/6   BRASIL 1 × 1 **BOLÍVIA**
BRASIL: Carlos; Edson, Oscar, Edinho e Júnior; Cerezo, Sócrates e Zico; Renato Gaúcho, Careca e Éder. TÉCNICO: Telê Santana. BOLÍVIA: Gallarza; Ávila, Espinosa, Coimbra e Saldias; Castillo, Melgar e Romero; Paniagua (Davi), Sanchez e Rojas. GOLS: Careca e Sanchez. ÁRBITRO: Henrique Labó (Peru). VALIDADE: Eliminatórias da Copa do Mundo. LOCAL: Estádio do Morumbi, São Paulo.

DEUSES DA BOLA

1986

12/3 BRASIL 0 × 2 ALEMANHA OCIDENTAL
BRASIL: Carlos; Edson, Oscar, Mozer e Dida; Falcão, Sócrates e Casagrande; Müller (Marinho), Careca e Sidney (Éder). TÉCNICO: Telê Santana. ALEMANHA OCIDENTAL: Schumacher; Brehmme, Hergert, Foerster (Buchwald) e Briegel; Rolff, Matthaus e Magath; Thon, Mill (Allofs) e Rummenigge (Grundel). GOLS: Briegel e Allofs. ÁRBITRO: Luigi Agnolin (Itália). VALIDADE: Amistoso. LOCAL: Waldstadion, Frankfurt.

16/3 BRASIL 0 × 3 HUNGRIA
BRASIL: Leão; Edson, Oscar, Mozer e Dida; Elzo, Alemão e Silas; Renato Gaúcho, Casagrande e Sidney (Müller). TÉCNICO: Telê Santana. HUNGRIA: Disztl; Sallai, Kardos, Garaba (Subay) e Varga; Hanninch, Nagy e Detari; Kiprich (Kovacs), Burcsa e Esterhazy. GOLS: Detary, Kovacs e Esterhazy. ÁRBITRO: F. Woehrer (Áustria). VALIDADE: Amistoso. LOCAL: Nepstadion, Budapeste.

1/4 BRASIL 4 × 0 PERU
BRASIL: P. Vítor; Edson, Oscar, Mauro Galvão e Branco (Dida); Elzo, Falcão e Sócrates (Alemão); Renato Gaúcho (Müller), Casagrande (Careca) e Éder. TÉCNICO: Telê Santana. PERU: Valdetano; Castro, Reynoso, Isusqui e Alcazar; Vasquez, Martinez e Cabamilla; Loyola, Caballero e Torrealba. GOLS: Casagrande (2), Alemão e Careca. ÁRBITRO: A. C. Coelho (Brasil) VALIDADE: Amistoso. LOCAL: Estádio João Castelo, São Luís.

8/4 BRASIL 3 × 0 ALEMANHA ORIENTAL
BRASIL: Gilmar; Leandro (Edson), Júlio César, Mozer e Branco; Elzo, Falcão e Alemão; Müller, Careca e Casagrande. TÉCNICO: Telê Santana. ALEMANHA ORIENTAL: Müller; Kreer, Ronde, Statman e Zotsche; Pils, Ming (Stubner) e Thorn; Liebers, Kirsten e Ernst (Halatha). GOLS: Alemão, Careca e Müller. ÁRBITRO: J. Bava (Argentina). VALIDADE: Amistoso. LOCAL: Estádio Serra Dourada, Goiânia.

17/4 BRASIL 3 × 0 FINLÂNDIA
BRASIL: Carlos (P. Vítor); Leandro, Oscar, Mozer e Branco; Elzo e Sócrates (Silas); Marinho, Müller (Casagrande), Careca e Edivaldo. TÉCNICO: Telê Santana. FINLÂNDIA: Korhonen; Lahtinen, J. Ikalainen, Grnankog e Hjelm; Turunen, Ukonen e Rautianen; Pekonen, Tiainen (Valveen) e Rantanen. GOLS: Marinho, Oscar e Casagrande. ÁRBITRO: J. A. Aragão (Brasil). VALIDADE: Amistoso. LOCAL: Estádio Mané Garrincha, Brasília.

30/4 BRASIL 4 × 2 IUGOSLÁVIA
BRASIL: Leão (Gilmar); Leandro, Oscar, Mozer e Branco; Elzo, Falcão (Alemão) e Zico (Silas); Renato Gaúcho (Müller), Casagrande (Careca) e Edivaldo (Dirceu). TÉCNICO: Telê Santana. IUGOSLÁVIA: Ljukovcan (Stojic); Miuus, Elsner, Radonovic e Bouic, Jankovic (Volic), Gracan e Bazdarevic; Skono, Sliskovic (Mortela) e Vujqvic (Milinaric). GOLS: Zico (3), Careca, Gracan e Jankovic. ÁRBITRO: J. R. Wright (Brasil). VALIDADE: Amistoso. LOCAL: Estádio do Arruda, Recife.

7/5 BRASIL 1 × 1 CHILE
BRASIL: Carlos; Leandro (Edson), Oscar, Edinho e Júnior; Elzo (Alemão), Falcão e Zico (Sócrates); Müller, Careca e Dirceu. TÉCNICO: Telê Santana. CHILE: R. Rojas; Spinoza, Araya, Pellegrini e Reyes;

Valenzuela, Veras (Pizarro) e Sotto; Basay, Figueroa (Astengo) e Pujol. GOLS: Casagrande e Pujol. ÁRBITRO: S. Martins (Brasil). VALIDADE: Amistoso. LOCAL: Estádio Pinheirão, Curitiba.

1/6   BRASIL 1 × 0 ESPANHA
BRASIL: Carlos; Edson, Júlio César, Edinho e Branco; Alemão, Elzo, Júnior e Sócrates; Careca e Casagrande (Müller). TÉCNICO: Telê Santana. ESPANHA: Z. Ubizarreta; Thomas, Maceda, Goicoechea e Camacho; V. Muñoz, F. Lopez (Senor), Michel e Júlio Alberto; Butrageno e Salinas. GOL: Sócrates. ÁRBITRO: Cristoph Bambridge (Austrália). VALIDADE: Copa do Mundo. LOCAL: Estádio Jalisco, Guadalajara.

6/6   BRASIL 1 × 0 ARGÉLIA
BRASIL: Carlos; Edson (Falcão), Júlio César, Edinho e Branco; Elzo, Alemão, Júnior e Sócrates; Careca e Casagrande (Müller). TÉCNICO: Telê Santana. ARGÉLIA: Drid; Medjaji, Megharia, Guendouz e Mansouri; K. Said, Assad (Bensaoula), Ben Mabrouk e Belluomi (Zidane); Madjer e Menad. GOL: Careca. ÁRBITRO: Romulo Mendez (Guatemala). VALIDADE: Copa do Mundo. LOCAL: Estádio Jalisco, Guadalajara.

12/6   BRASIL 3 × 0 IRLANDA DO NORTE
BRASIL: Carlos; Josimar, Júlio César, Edinho e Branco; Elzo, Alemão, Júnior e Sócrates (Zico); Müller (Casagrande) e Careca. TÉCNICO: Telê Santana. IRLANDA DO NORTE: Jennings; Nichol, O'Neill, McDonald e Donaghi; Campbell (Armstrong), McGreewy e McLlroy; Clark Whiteside (Hamilton) e Stewart. GOLS: Careca (2) e Josimar. ÁRBITRO: Siegfried Kirschen (Alemanha Oriental). VALIDADE: Copa do Mundo. LOCAL: Estádio Jalisco, Guadalajara.

16/6   BRASIL 4 × 0 POLÔNIA
BRASIL: Carlos; Josimar, Júlio César, Edinho e Branco; Elzo, Alemão, Júnior e Sócrates (Zico); Müller (Silas) e Careca. TÉCNICO: Telê Santana. POLÔNIA: Mlinarczyk; Zazimierz (Furtqk), Ostrowski, Wojcicki e Ryszard; Urban (Zmuda), Karas, Majewsky e Boniek; Smolarek e Dariusz. GOLS: Sócrates (pênalti), Josimar, Edinho e Careca (pênalti). ÁRBITRO: Volker Roth (Alemanha Ocidental). VALIDADE: Copa do Mundo. LOCAL: Estádio Jalisco, Guadalajara.

21/6   BRASIL 1 × 1 FRANÇA
BRASIL: Carlos; Josimar, Júlio César, Edinho e Branco; Elzo, Alemão, Júnior (Silas) e Sócrates; Müller (Zico) e Careca. TÉCNICO: Telê Santana. FRANÇA: Bats; Amoros, Battiston Bossis e Tousseau; Tisana, Fernandez, Glresse e Platini; Rocheteau e stopyra. GOLS: Careca e Platini. ÁRBITRO: Ioan Igna (Romênia). VALIDADE: Copa do Mundo. LOCAL: Estádio Jalisco, Guadalajara.

COPA AMÉRICA EXTRA, CHILE
TIME-BASE DO BRASIL: Rafael; Polaco (Hélcio), Everaldo, Henrique e Dida; Dunga, Renê e Gilmar Popoca (Edson Boni); Mauricinho (Wallace), Joãozinho (Marlon) e C. A. Santos (Paulinho). TÉCNICO: Jair Pereira.

25/11   BRASIL 1 × 1 PARAGUAI
1/12   BRASIL 3 × 0 BOLÍVIA
4/12   BRASIL 1 × 1 COLÔMBIA
6/12   BRASIL 1 × 0 CHILE

DEUSES DA BOLA

1987

TORNEIO PRÉ-OLÍMPICO, BOLÍVIA
TIME-BASE DO BRASIL: P. Vítor (Zé Carlos); Jorginho (Zanata), Pinga, Ricardo Rocha (Denílson) e Nelsinho (Eduardo); Douglas, Bernardo (Edu Marangon) e Bebeto; Sérgio Araújo (Mauricinho), Evair (Mirandinha) e João Paulo (Valdo). TÉCNICO: C. A. Silva.

28/3 BRASIL 1 × 0 URUGUAI
Amistoso em Belo Horizonte

31/3 BRASIL 0 × 0 BAHIA
Amistoso em Salvador

5/4 BRASIL 2 × 2 BOLÍVIA
Amistoso em Cochabamba

15/4 BRASIL 3 × 2 THE STRONGEST (BOLÍVIA)
Amistoso. em La Paz

18/4 BRASIL 3 × 1 PARAGUAI
20/4 BRASIL 0 × 2 COLÔMBIA
24/4 BRASIL 1 × 1 URUGUAI
26/4 BRASIL 1 × 1 PERU
29/4 BRASIL 0 × 2 ARGENTINA
1/5 BRASIL 2 × 1 COLÔMBIA
3/5 BRASIL 2 × 1 BOLÍVIA

19/5 BRASIL 1 × 1 INGLATERRA
BRASIL: Carlos; Josimar, Geraldão, Ricardo Rocha e Nelsinho; Douglas, Silas (Dunga) e Edu Marangon (Raí); Müller, Mirandinha e Valdo. TÉCNICO: C. A. Silva. INGLATERRA: Shilton; Stevens, Adam, Butcher e Pearce; Reid, Robson e Waddle; Breasdley, Lineker (Hateley) e Barnes. GOLS: Lineker e Mirandinha. ÁRBITRO: M. Vautrot (França). VALIDADE: Taça Stanley Rous. LOCAL: Estádio de Wembley, Londres.

23/5 BRASIL 0 × 1 EIRE
BRASIL: Carlos; Josimar, Geraldão, Ricardo Rocha e Nelsinho; Douglas, Silas e Edu Marangon (Raí); Müller (João Paulo), Mirandinha (Romário) e Valdo. TÉCNICO: C. A. Silva. EIRE: Bommer; Anderson, McCarthy (De Mange), Moran e Whelan (Langan); O'Brein (Quinn), McGrath, Brady e O'Callagham; Aldridge e Byrne. GOL: Brady. ÁRBITRO: G. Sandoz (Suíça). VALIDADE: Amistoso. LOCAL: Estádio Lansdowne Road, Dublin.

26/5 BRASIL 2 × 0 ESCÓCIA
BRASIL: Carlos; Josimar, Geraldão, Ricardo Rocha e Nelsinho; Douglas, Raí e Edu Marangon; Müller, Mirandinha e Valdo. TÉCNICO: C. A. Silva. ESCÓCIA: Goram; Gough, McLeish, Miller e McLeod; Aitken, McStay, McInally e Wilson; McCoist e Cooper. GOLS: Raí e Valdo. ÁRBITRO: Luigi Agnolin (Itália). VALIDADE: Taça Stanley Rous. LOCAL: Hampden Park, Glasgow.

28/5 BRASIL 3 × 2 FINLÂNDIA
BRASIL: Carlos (Régis); Josimar, Geraldão (Batista), Ricardo Rocha (Ricardo Gomes) e Nelsinho; Douglas (Dunga), Raí e Edu Marangon; Müller, Mirandinha (Romário) e Valdo. TÉCNICO: C. A. Silva. FINLÂNDIA: Laukkanen; Lahtinen (Haeinnikaienen), Europaeus, Pekonen (Holmgren) e Ikaelainen; Petrejae, Ukkonen (Tauriainem) e Tianinen; A. Hjelm, J. Rantanen e Ismo Luís. GOLS: Valdo, Müller, Romário, Hjelm e Ismo Luís. ÁRBITRO: E.

Eriksson (Suécia). VALIDADE: Amistoso. LOCAL: Estádio Olímpico, Helsinque.

1/6 BRASIL 4 × 0 ISRAEL
BRASIL: Régis; Josimar, Geraldão (Batista), Ricardo Rocha e Nelsinho (Ricardo Gomes); Douglas (Dunga), Raí (Edu Manga) e Edu Marangon; Müller, Romário e Valdo (João Paulo). TÉCNICO: C. A. Silva. ISRAEL: Ran; Avi Cohen, Abraham Cohen, E. David (Nathan) e Nir Klinger; M. Simonov, Moshe Sinai (Yani), Eli Driks (Pizante) e Shalom Tikva; Avinoah Ovadia e Roni Rosenthal. GOLS: Romário (2), Dunga e João Paulo. ÁRBITRO: Idefonso Ourizer (Espanha). VALIDADE: Amistoso. LOCAL: Estádio Ramat Gan, Ramat Gan, Israel.

21/6 BRASIL 4 × 1 EQUADOR
BRASIL: Carlos; Josimar, Geraldão (Júlio César), Ricardo Rocha (Ricardo Gomes) e Nelsinho (Jorginho); Douglas, Raí (Silas) e Edu Marangon; Müller (Romário), Careca e Valdo. TÉCNICO: C. A. Silva. EQUADOR: Morales; Mosquero, Fajardo, Macias e Capurro; Dominguez (Avilés), Vasquez e Cuvi (Mera); Marin, Balderon (Marcetti) e Quinones. GOLS: Careca, Müller, Raí, Jorginho e Mera. ÁRBITRO: J. R. Wright (Brasil). VALIDADE: Amistoso. LOCAL: Estádio da Ressacada, Florianópolis.

24/6 BRASIL 1 × 0 PARAGUAI
BRASIL: Carlos; Josimar, Geraldão (Júlio César), Ricardo Rocha (Ricardo Gomes) e Nelsinho; Douglas (Dunga), Raí (Silas) e Edu Marangon (João Paulo); Müller, Careca e Valdo. TÉCNICO: C. A. Silva. PARAGUAI: Fernandez; Torales, Zavalla, Delgado e Jacquet; Nunes, Canate (Torres) e Guasch (Palácios); Romerito, Cabanas (Blanco) e Gonzalez (Ferreira).

GOL: Valdo. ÁRBITRO: J. A. Aragão (Brasil). VALIDADE: Amistoso. LOCAL: Estádio Olímpico, Porto Alegre.

28/6 BRASIL 5 × 0 VENEZUELA
BRASIL: Carlos; Josimar, Geraldão, Ricardo Rocha e Nelsinho; Douglas (Silas), Raí e Edu Marangon; Müller (Romário), Careca e Valdo. TÉCNICO: C. A. Silva. VENEZUELA: Baena; Nikolac, Torres, Rivas e Quinteros; Acosta, Marovic (Sanchez) e Carrero; Mendez (Marquez), Fernandez e Castillo. GOLS: Careca, Romário, Nelsinho, Edu Marangon e Marovic (contra). ÁRBITRO: E. Jácome (Equador). VALIDADE: Copa América. LOCAL: Estádio Chateau Carreras, Córdoba.

3/7 BRASIL 0 × 4 CHILE
BRASIL: Carlos; Josimar, Júlio César, Ricardo Rocha (Geraldão) e Nelsinho; Douglas, Raí e Edu Marangon (Romário); Müller, Careca e Valdo. TÉCNICO: C. A. Silva. CHILE: R. Rojas; Reyes, Toro, Astengo e Hormozabal; Marcondes, Contreras e Puebla (Salgado); Basay, Letelier e Hurtado. GOLS: Basay (2) e Letelier (2). ÁRBITRO: J. Cardelino (Uruguai). VALIDADE: Copa América. LOCAL: Estádio Chateau Carreras, Córdoba.

9/12 BRASIL 2 × 1 CHILE
BRASIL: Gilmar; Zé Teodoro, Batista (Ricardo Gomes), Luizinho e Nelsinho (Eduardo); Douglas, Raí (Milton, depois Washington) e Pita; Sérgio Araújo, Renato e Valdo. TÉCNICO: C. A. Silva. CHILE: Obsen; Reyes, Huerta (Bigorra), Rivera e L. Pedreros; Pizarro, Suazo e M. Pedreros (Ugate); Salgado, Hurtado (Zamorano) e Martinez. GOLS: Renato, Valdo e Martinez. ÁRBITRO: E. Valdez (Paraguai). VALIDADE: Amistoso. LOCAL: Estádio Parque do Sabiá, Uberlândia.

DEUSES DA BOLA

12/12 BRASIL 1×1 ALEMANHA OCIDENTAL
BRASIL: Gilmar; Zé Teodoro, Batista, Luizinho e Nelsinho (Eduardo); Douglas, Raí (Washington) e Pita (Uldemar); Müller (Sérgio Araújo), Renato e Valdo. TÉCNICO: C. A. Silva. ALEMANHA: Immel; Reuter, Buchwald, Kohler e Herget; Frontzek, Echwabl (Ordenewitz), Matthaus e Brehmme (Houchstatter); Thon e Klinsmann. GOLS: Batista e Reuter. ÁRBITRO: E. Jácome (Equador). LOCAL: Estádio Mané Garrincha, Brasília.

JOGOS PAN-AMERICANOS, INDIANÁPOLIS
BRASIL: Taffarel; Ricardo Rocha, Geraldão, Ricardo Gomes e Nelsinho (André Cruz); Ademir (Douglas), Valdo (Edu Marangon) e Pita (Careca II); Luís Carlos (Washington), Evair e João Paulo. TÉCNICO: C. A. Silva.

10/8 BRASIL 4×1 CANADÁ
13/8 BRASIL 3×1 CUBA
16/8 BRASIL 0×0 CHILE
18/8 BRASIL 1×0 MÉXICO
21/8 BRASIL 2×0 CHILE

1988

7/7 BRASIL 1×0 AUSTRÁLIA
BRASIL: Taffarel; Jorginho, Aloísio, Ricardo Gomes e Nelsinho; Ademir (Milton), Geovani e Careca e (Edu Manga); Müller, Romário e Valdo. TÉCNICO: C. A. Silva. AUSTRÁLIA: Oliver; Savor, Yankos, Dunn e Jennings; Wade, Davidson (Bozinovsky) e Crino; Farina, Arnold e Kosmina (Slater). GOL: Romário.

ÁRBITRO: R. Loorenc (Austrália). VALIDADE: Torneio Bicentenário da Austrália. LOCAL: Estádio Olimpic Park, Melbourne.

10/7 BRASIL 0×0 ARGENTINA
BRASIL: Taffarel; L. C. Winck, Aloísio, Ricardo Gomes e Jorginho; Ademir, Geovani e Careca II (Milton); Müller, Romário (Edmar) e Valdo. TÉCNICO: C. A. Silva. ARGENTINA: Islãs; Lorenzo, Luca, Ruggeri e Garre; Giusti, Batista e Cabrea (Dertrícia); Diaz, Sivisky (Lanzadei) e Rodriguez. ÁRBITRO: Donald Campbell (Austrália). VALIDADE: Torneio Bicentenário da Austrália. LOCAL: Estádio Olimpic Park, Melbourne.

13/7 BRASIL 4×1 ARÁBIA SAUDITA
BRASIL: Taffarel (Zé Carlos); L. C. Winck, Aloísio, Ricardo Gomes e Jorginho; Ademir (Andrade), Geovani e Edu Manga; Romário, Edmar e Valdo. TÉCNICO: C. A. Silva. ARÁBIA SAUDITA: Diayye; Break, Zaki, Jameel e Adbuljawad; Mullak, Moselbh (Omar) e Hirafi; Suwald (Yussef), M. Abdullah e Mohelsin. GOLS: Geovani (2), Edmar, Jorginho e Majed. ÁRBITRO: C. Bambridge (Austrália). VALIDADE: Torneio Bicentenário da Austrália. LOCAL: Estádio Olimpic Park, Melbourne.

17/7 BRASIL 2×0 AUSTRÁLIA
BRASIL: Taffarel; Jorginho, Aloísio, Ricardo Gomes e Nelsinho; Andrade, Geovani e Valdo; Müller, Edmar (L. C. Winck) e Romário. TÉCNICO: C. A. Silva AUSTRÁLIA: Oliver; Savor (Bozinovsky), Yankos, Dunn e Jennings; Crino, Wade e Davidson; Farina (Slater), Arnold e Ollarenshaw. GOLS: Romário e Müller. ÁRBITRO: Donald Campbell (Austrália). VALIDADE: Torneio Bicentenário da Austrália. LOCAL: Estádio de Sidney, Sidney.

28/7 BRASIL 1×1 NORUEGA
BRASIL: Taffarel; Jorginho, Aloísio, Ricardo Gomes e Nelsinho (L. C. Winck); Andrade, Geovani (Milton) e Edu Manga (Careca II); Romário, Edmar e Valdo. TÉCNICO: C. A. Silva. NORUEGA: Thorstved; Soler, Brathset, Johnsen e Halle; Osvold, Sudby e Brandhang; Loken (Brachke), Sorloth e Fjortoft (Fjarestad). GOLS: Edmar e Fjortoft. ÁRBITRO: G. Smith (Escócia). VALIDADE: Amistoso. LOCAL: Estádio Ulevaal, Oslo.

31/7 BRASIL 1×1 SUÉCIA
BRASIL: Taffarel; Jorginho, Aloísio, Ricardo Gomes e Nelsinho; Andrade, Geovani e Careca (Milton); Romário, Edmar e Valdo. TÉCNICO: C. A. Silva. SUÉCIA: Andersson (B. Nilsson); S. Uratovaara, P. Loenn, G. Arnberg e Roland Nilsson; J. Thern, L. Enggvist e A. Palmer; B. Nilsson, J. Nilsson (J. Hellstroem) e Martin Dahlin. GOLS: Jorginho e Hellstroem. ÁRBITRO: D. Pauly (Alemanha Ocidental). VALIDADE: Amistoso. LOCAL: Estádio Rasunda, Estocolmo.

4/8 BRASIL 2×0 ÁUSTRIA
BRASIL: Taffarel; Jorginho, Batista, André Cruz e Nelsinho; Andrade, Geovani (Ademir) e Careca II (Milton); Romário, Edmar (Aloísio) e Valdo. TÉCNICO: C. A. Silva. ÁUSTRIA: Lindenberg (Wolfahrt); Russ, Weber, Pecl e Pfeiffer; Artner (Stegher), Zsak, Baumaister (Polster) e Willfurt; Pascult (Schehtl) e Ogris. GOLS: Andrade e Edmar. ÁRBITRO: Lajos Nemeth (Hungria). VALIDADE: Amistoso. LOCAL: Estádio Platter, Viena.

12/10 BRASIL 2×1 BÉLGICA
BRASIL: Taffarel; L. C. Winck, Batista, André Cruz e Jorginho; Ademir, Geovani e Neto (Zé do Carmo); Careca II, Romário e João Paulo (Betinho). TÉCNICO: C. A. Silva. BÉLGICA: Preudhomme; Grun, Clijsters, Versavel e Demol; Veyt, Van Der Elst e Vercauteren (Vervoot); Scifo (Christian), Ceullemans (Nilis) e Severejn. GOLS: Geovani, Geovani (pênalti) e Cijsters. ÁRBITRO: Hueber Schmid (Alemanha Oriental). VALIDADE: Amistoso. LOCAL: Bosulstadion, Antuérpia.

OLIMPÍADA DE SEUL, CORÉIA DO SUL
TIME-BASE DO BRASIL: Taffarel (Zé Carlos); L. C. Winck, Aloísio (Batista), André Cruz e Jorginho (Nelsinho); Ademir (Andrade), Geovani (Neto) e Milton; Edmar (Bebeto), Romário e Careca II (João Paulo). TÉCNICO: C. A. Silva.

24/8 BRASIL 6×1 SEL. ALAGOANA
Amistoso. em Maceió.

30/8 BRASIL 1×1 ARGENTINA
Amistoso. em Los Angeles.

3/9 BRASIL 3×0 AMÉRICA DO MÉXICO
Amistoso. em Los Angeles.

6/9 BRASIL 3×2 MÉXICO
Amistoso em Chicago.

9/9   BRASIL 2×0 GUADALAJARA
18/9 BRASIL 4×0 NIGÉRIA
20/9 BRASIL 3×0 AUSTRÁLIA
22/9 BRASIL 2×1 IUGOSLÁVIA
25/9 BRASIL 1×0 ARGENTINA
27/9 BRASIL 1×1 ALEMANHA OCIDENTAL
1/10 BRASIL 1×2 UNIÃO SOVIÉTICA

DEUSES DA BOLA

1989

15/3 BRASIL 1 × 0 EQUADOR
BRASIL: Acácio; Jorginho, Batista (Aldair), André Cruz e Eduardo; Uidemar (Zé do Carmo), Geovani e Toninho (Vivinho); Bebeto, Washington e Zinho (João Paulo). TÉCNICO: Sebastião Lazaroni. EQUADOR: Morales; Quiñones, Alcivar (Quintero), Fajardo (Montanero) e L. Capurro; Cuvi (Rosero), Verduga (Muñoz) e Macias; Avilés, Tenório e Marcette (Guerrero). GOL: Washington. ÁRBITRO: D. V. Boschilia (Brasil). VALIDADE: Amistoso. LOCAL: Estádio José Fragelli, Cuiabá.

27/3 BRASIL 1 × 2 RESTO DO MUNDO
BRASIL: Gilmar (J. Leite); Ricardo Rocha (Alemão), Mozer, Ricardo Gomes (Júlio César) e Júnior (Branco); Dunga (Andrade), Silas (Milton) e Zico (Douglas); Renato Gaúcho (Romário), Careca (Evair) e Valdo (Titã). TÉCNICO: Sebastião Lazaroni. RESTO DO MUNDO: Preudhomme (Dasaev); João Pinto, Gerets, Demol e Durovski; Stojkovic, Ridvan (Colak), Detari e Valderrama (Mihailovic); Francescoli e Rui Águas. GOLS: Dunga, Francescoli e Detari. ÁRBITRO: Luigi Agnolin (Itália). VALIDADE: Amistoso. LOCAL: Estádio Comunale dei Friuli, Udine.

29/3 BRASIL 3 × 1 AL AHLI
BRASIL: Acácio; Jorginho (Mazinho), Aldair, André Cruz e Eduardo; Zé do Carmo, Raí e Bismarck; Bebeto, Washington (Vivinho) e João Paulo (Zinho). TÉCNICO: Sebastião Lazaroni. AL AHLI: Metro; Bandar, Mansur, Tarik e Bassen; Mansi, Aboras (Mane) e Jaralah (Feicel); Boraci (Baltto), Verre e Hussan. GOLS: Bebeto (2), Washington e Feicel. ÁRBITRO: F. Al Muhaad (Arábia Saudita). VALIDADE: Amistoso. LOCAL: Estádio Nacional, Jedah.

12/4 BRASIL 2 × 0 PARAGUAI
BRASIL: Acácio; Jorginho, Aldair, André Cruz e Eduardo; Bernardo, Bismarck e Bobó (Cristóvão); Bebeto, Washington (Vivinho) e Zinho (João Paulo). TÉCNICO: Sebastião Lazaroni. PARAGUAI: Fernandez; Cáceres, Caballero, Rivarola e Jacquet (Ruiz); Riversos (Chamorro), Franco e Escobar (Roman); Palácios, J. Ferreira e Brites (Rojas). GOLS: Vivinho e Cristóvão. ÁRBITRO: J. A. Aragão (Brasil). VALIDADE: Amistoso. LOCAL: Estádio Alberto Silva, Teresina.

10/5 BRASIL 4 × 1 PERU
BRASIL: Acácio; Jorginho, Marcelo (Mauro Galvão), André Cruz e Mazinho; Zé do Carmo (Cristóvão), Bismarck e Bobó (Zé Carlos); Bebeto, Charles (Vivinho) e Zinho (Eou Manga). TÉCNICO: Sebastião Lazaroni. PERU: C. Chaves; Rojas, Del Solar, Requena e Vidales (Talavera); Carranza, Reyna (Ramirez) e Chirino (Rodriguez); Cervera (Passalar), Rey Muñoz (Falcon) e C. Torres. GOLS: Charles (2), Bebeto, Zé do Carmo e C. Torres. ÁRBITRO: C. Espósito (Argentina). VALIDADE: Amistoso. LOCAL: Estádio Castelão, Fortaleza.

24/5 BRASIL 1 × 1 PERU
BRASIL: Zé Carlos; Jorginho, Mauro Galvão, André Cruz e Mazinho (Nelsinho); Bernardo, Bismarck (Nilson) e Bobó (Edu Manga); Zé Carlos, Cristóvão e Zinho. TÉCNICO: Sebastião Lazaroni. GOL: Cristóvão. ÁRBITRO: S. Leinfringi (Peru). VALIDADE: Amistoso. LOCAL: Estádio Nacional, Lima.

8/6　BRASIL 4 × 0 PORTUGAL
BRASIL: Acácio; Jorginho (Branco), Mozer (Aldair), Ricardo Gomes e Mazinho; Bernardo, Silas (Geovani) e Edu Manga (Cristóvão); Bebeto (Zé Carlos), Charles e Valdo. TÉCNICO: Sebastião Lazaroni. PORTUGAL: Neno; João Pinto, Frederico, Sobrinho e Veloso; Nunes (Jaime Magalhães), Victor Paneira, Semedo (Vado) e César Brito; Juanico e Rui Águas. GOLS: Bebeto, Charles, Ricardo Gomes e Sobrinho (contra). ÁRBITRO: J. Cardelino (Uruguai) VALIDADE: Amistoso. LOCAL: Estádio do Maracanã, Rio de Janeiro.

16/6　BRASIL 1 × 2 SUÉCIA
BRASIL: Acácio; P. Roberto, André Cruz, Ricardo Gomes e Branco; Bernardo, Silas (Bismarck) e Edu Manga (Geovani); Careca II (Gérson), Charles (Cristóvão) e Valdo. SUÉCIA: Ravelli; Roland Nilsson; P. Lonn, R. Ljung e D. Schiller (Larsson); A. Limpar, Ingesson, S. Rehn e J. Nilsson; J. Hellstrom e Mats Magnusson (M. Green). GOLS: S. Rehn, R. Ljung e Cristóvão. ÁRBITRO: Henning Lund-Sorensen (Dinamarca). VALIDADE: Torneio da Dinamarca. LOCAL: Idraespark, Copenhagen.

19/6　BRASIL 0 × 4 DINAMARCA
BRASIL: Acácio; P. Roberto, A. Cruz, Ricardo Gomes e Branco (Mazinho); Bernardo, Geovani e Cristóvão (Silas); Bismarck (Charles), Gérson (Careca II) e Valdo (Edu Manga). TÉCNICO: Sebastião Lazaroni. DINAMARCA: Rasmussen; Risoin, J. Larsen, Lars Olsen e L. Nielsen (H. Larsen); Morten Olsen (Bartram), Jan Heintze, J. Hett (Jensen) e M. Laudrup; B. Laudrup (Flemming) e L. Elstrup. GOLS: Morten Olsen (pênalti), M. Laudrup (2) e Lars Olsen. ÁRBITRO: E. Fredriksson (Suécia). VALIDADE: Torneio da Dinamarca. LOCAL: Idraespark, Copenhagen.

21/6　BRASIL 0 × 1 SUÍÇA
BRASIL: Taffarel; P. Roberto (Branco), A. Cruz, Ricardo Gomes e Mazinho; Dunga, Alemão e Valdo; Renato Gaúcho, Gérson (Geovani) e Titã. TÉCNICO: Sebastião Lazaroni. SUÍÇA: Brunner (Lehman); Marini, Schepull, Koller e Weber; Geiger, Baumann (Zuffi), Beat Sutter (Burrl) e Alain Sutter (Rene Sutter); Turkylmaz e Chapuisat. GOL: Turkylmaz. ÁRBITRO: John Blankestein (Holanda). VALIDADE: Amistoso. LOCAL: Estádio Saint Jakob, Basileia.

22/6　BRASIL 0 × 0 MILAN
BRASIL: Taffarel; Mazinho, A. Cruz, Ricardo Gomes e Branco (P. Roberto); Bernardo, Geovani e Cristóvão; Silas, Charles (Gérson) e Edu Manga (Careca II). TÉCNICO: Sebastião Lazaroni. MILAN: Galli (Pinato); Tassoti (Blanchi), Baresi, Costacurta e Mussi; Colombo (Viviani), Mannari (Marta), Ancelotti (Stroppa) e Rijkaard; Van Basten (Cappellini) e Evani (Lantignotti). ÁRBITRO: R. Magui (Bélgica). VALIDADE: Amistoso. LOCAL: Estádio Brianteo, Monza.

1/7　BRASIL 3 × 1 VENEZUELA
BRASIL: Taffarel; Ricardo Gomes, Mauro Galvão e A. Cruz; Mazinho, Geovani, Valdo, Titã (Silas) e Branco; Bebeto (Baltazar) e Romário. TÉCNICO: Sebastião Lazaroni. VENEZUELA: Baena; Acosta, Torres, Laureano e Paz; W. Pacheco, Anor e Maldonado; H. Rivas (R. Cavallo), Febles (Marques) e S. Rivas. GOLS: Geovani, Bebeto, Baltazar e Maldonado. ÁRBITRO: J. Cardelino (Uruguai). VALIDADE: Copa América. LOCAL: Estádio da Fonte Nova, Salvador.

DEUSES DA BOLA

3/7 BRASIL 0 × 0 PERU
BRASIL: Taffarel; Aldair, Mauro Galvão e Ricardo Gomes; Alemão, Dunga, Geovani, Valdo (Renato Gaúcho) e Branco; Bebeto e Romário (Baltazar). TÉCNICO: Sebastião Lazaroni. PERU: Purizaga; Carranza, Olaechea, Del Solar e Olivares; Reynoso, Valencia, Requena e Uribe; Navarro e Irano (Massanero). ÁRBITRO: H. Silva (Chile). VALIDADE: Copa América. LOCAL: Estádio da Fonte Nova, Salvador.

7/7 BRASIL 0 × 0 COLÔMBIA
BRASIL: Taffarel; Aldair, Mauro Galvão e Ricardo Gomes; Alemão (Mazinho), Dunga, Geovani, Valdo e Branco; Renato Gaúcho e Baltazar (Bebeto). TÉCNICO: Sebastião Lazaroni. COLÔMBIA: Hisuita; Perez, Perea, Escobar e Hoyos; Gomez, Alvarez, Redin e Valderrama; Iguarán (Cabrera) e Hernandez (Angulo). ÁRBITRO: E. Jácome (Equador). VALIDADE: Copa América. LOCAL: Estádio da Fonte Nova, Salvador.

9/7 BRASIL 2 × 0 PARAGUAI
BRASIL: Taffarel; Aldair, Mauro Galvão e Ricardo Gomes; Mazinho, Dunga, Silas, Valdo e Branco; Bebeto e Romário (Renato Gaúcho). TÉCNICO: Sebastião Lazaroni. PARAGUAI: Ruiz Diaz; Cáceres, Caballero, Rivarola (Delgado) e Torales; Sanabria, Chamorro, Palácios e Neffa (Ferreira); Franco e Brites. GOLS: Bebeto (2). ÁRBITRO: V. Mauro (Estados Unidos). VALIDADE: Copa América. LOCAL: Estádio do Arruda, Recife.

12/7 BRASIL 2 × 0 ARGENTINA
BRASIL: Taffarel; Aldair, Mauro Galvão e Ricardo Gomes; Mazinho, Dunga, Silas (Alemão), Valdo e Branco; Bebeto e Romário (Renato Gaúcho). TÉCNICO: Sebastião Lazaroni. ARGENTINA: Pumpido; Clausen, Brown, Ruggeri e Sensini; Batista, Burruchaga (Giusti), Troglio e Basualdo; Maradona e Calderón (Caniggia). GOLS: Bebeto e Romário. ÁRBITRO: J. Cardelino (Uruguai). VALIDADE: Copa América. LOCAL: Estádio do Maracanã, Rio de Janeiro.

14/7 BRASIL 3 × 0 PARAGUAI
BRASIL: Taffarel; Aldair, Mauro Galvão e Ricardo Gomes; Mazinho, Dunga, Silas, Valdo (Alemão) e Branco; Bebeto e Romário (Renato Gaúcho). TÉCNICO: Sebastião Lazaroni. PARAGUAI: Fernandez; Torales, Zavalla, Delgado e Jacquet; Franco, Guasch, Canete (Sanabria) e Neffa; Ferreira e Palácios. GOLS: Bebeto (2) e Romário. ÁRBITRO: E. Jácome (Paraguai). VALIDADE: Copa América. LOCAL: Estádio do Maracanã, Rio de Janeiro.

16/7 BRASIL 1 × 0 URUGUAI
BRASIL: Taffarel; Aldair, Mauro Galvão e Ricardo Gomes; Mazinho, Dunga, Silas (Alemão), Valdo (Josimar) e Branco; Bebeto e Romário. TÉCNICO: Sebastião Lazaroni. URUGUAI: Zeoli; Herrera, Gutierrez, De Leon e Dominguez; Perdomo, Ostolaza (Corrêa) e Ruben Paz (da Silva); Alzamendi, Francescoli e Ruben Sosa. GOL: Romário. ÁRBITRO: H. Silva (Chile). VALIDADE: Copa América. LOCAL: Estádio do Maracanã, Rio de Janeiro.
* Brasil campeão.

23/7 BRASIL 1 × 0 JAPÃO
BRASIL: Taffarel (Zé Carlos); Aldair, Mauro Galvão e A. Cruz; Mazinho (Josimar), Dunga (Alemão), Valdo (Silas), Titã (Cristóvão) e Branco (Edivaldo); Bebeto (Renato Gaúcho) e Romário (Bismarck). TÉCNICO: Sebastião Lazaroni. JAPÃO: Morishita; Horiike, Ihara, Shinto e Mori; Mizonuma, Sazaki, Hasegawa

e Kurosaki (Matsuyama); Natori e Moshizuki. GOL: Bismarck. ÁRBITRO: A. C. Coelho (Brasil). VALIDADE: Amistoso. LOCAL: Estádio São Januário, Rio de Janeiro.

30/7   BRASIL 4 × 0   VENEZUELA
BRASIL: Taffarel; Aldair, Mauro Galvão e Ricardo Gomes; Mazinho, Dunga, Valdo e Branco Josimar); Bebeto, Careca (Silas) e Romário. TÉCNICO: Sebastião Lazaroni. VENEZUELA: Baena; Pacheco, Acosta, Marovic e Bettancourt; Caballo, Anor (Carrero) e Rivas; Febles (Areazza), Maldonado e Fernandez. GOLS: Bebeto (2), Branco e Romário. ÁRBITRO: O. Ortube (Bolívia). VALIDADE: Eliminatórias da Copa do Mundo. LOCAL: Estádio Brigido Iriarte, Caracas.

13/8   BRASIL 1 × 1   CHILE
BRASIL: Taffarel; Aldair, Mauro Galvão e Ricardo Gomes; Mazinho (André Cruz), Dunga, Silas, Valdo e Branco Jorginho); Bebeto e Romário. TÉCNICO: Sebastião Lazaroni. CHILE: Rojas; Hisis, Astengo, Gonzalez e Puebla; Pizarro, Ormeno, Rubio (Basay) e Aravena; Yanez e Zamorano (Letelier). GOLS: Gonzalez (contra) e Basay. ÁRBITRO: J. Palácios (Colômbia). VALIDADE: Eliminatórias da Copa do Mundo. LOCAL: Estádio Nacional, Santiago.

20/8   BRASIL 6 × 0   VENEZUELA
BRASIL: Taffarel; Ricardo Rocha, Mauro Galvão e Ricardo Gomes; Jorginho, Dunga (Alemão), Silas, Valdo (Titã) e Branco; Bebeto e Careca. TÉCNICO: Sebastião Lazaroni. VENEZUELA: Baena; Pacheco, Acosta, Paz, Torres e Rivas; Cavallo, Carrero e Maldonado; Areazza (Tarazona) e Gallardo (Febles). GOLS: Careca (4), Silas e Acosta (contra). ÁRBITRO: Ernesto Fllipi (Uruguai). VALIDADE: Eliminatórias da Copa do Mundo. LOCAL: Estádio do Morumbi, São Paulo.

3/9   BRASIL 1 × 0   CHILE
BRASIL: Taffarel; Aldair, Mauro Galvão e Ricardo Gomes; Jorginho, Dunga, Silas, Valdo e Branco; Bebeto e Careca. TÉCNICO: Sebastião Lazaroni. CHILE: Rojas; Reyes (Basay), Astengo, Gonzalez e Puebla; Hisis, Pizarro, Vera e Aravena; Yanes e Letelier. GOL: Careca. ÁRBITRO: J. Loustau (Argentina). VALIDADE: Eliminatórias da Copa do Mundo. LOCAL: Estádio do Maracanã, Rio de Janeiro.

14/10   BRASIL 1 × 0   ITÁLIA
BRASIL: Taffarel; Aldair (A. Cruz), Mauro Galvão e Ricardo Rocha; Jorginho, Dunga, Alemão (Geovani), Silas (Titã) e Mazinho; Müller e Careca. TÉCNICO: Sebastião Lazaroni. ITÁLIA: Zenga; Bergomi, Baresi e Ferri (Ferrara); De Napoli, Berti, Gianini, Baggio e de Agostini; Vialli e Carnevale. GOL: A. Cruz. ÁRBITRO: H. Kohl (Áustria). VALIDADE: Amistoso. LOCAL: Estádio Renato Dall'ara, Bolonha.

14/11   BRASIL 0 × 0   IUGOSLÁVIA
BRASIL: Taffarel; Ricardo Rocha, Mauro Galvão e André Cruz; Josimar (Müller), Dunga, Geovani, Silas (Bismarck) e Mazinho; Bebeto e Romário (Titã). TÉCNICO: Sebastião Lazaroni. IUGOSLÁVIA: Ivkovic; Stanojkovic, Hadzidegic, Morovic e Spasic; Vujacic, Jankovic (Kovan), Savicevic e Stojkovic; Prosinecki e Suker. ÁRBITRO: P. D'elia (Itália). VALIDADE: Amistoso. LOCAL: Estádio Almeidão, João Pessoa.

20/12   BRASIL 1 × 0   HOLANDA
BRASIL: Taffarel; Aldair (Júlio César), Mozer e Ricardo

DEUSES DA BOLA

Rocha; Jorginho, Dunga (Silas), Alemão, Valdo e Branco; Romário (Bebeto) e Careca (Müller). TÉCNICO: Sebastião Lazaroni. HOLANDA: Van Breukelen; Sturing, Reekers, R. Koeman, Van Aerle e Van Tiggelen; Wouters, Ellerman (Winter) e Latuheru; W. Kieft (Van Loen) e Van't Schip. GOL: Careca. ÁRBITRO: W. Fockler (Alemanha Ocidental). VALIDADE: Amistoso. LOCAL: Estádio do Feyenoord, Roterdã.

1990

28/3   BRASIL 0 × 1 INGLATERRA
BRASIL: Taffarel; Mozer (Aldair), Mauro Galvão e Ricardo Gomes; Jorginho, Dunga, Silas (Alemão), Valdo (Bismarck) e Branco; Bebeto (Müller) e Careca. TÉCNICO: Sebastião Lazaroni. INGLATERRA: Shilton (Woods); Stevens, Walker, Butcher e Pearce; Mcmahon, Platt e Barnes; Breadsley (Gascoine) e Lineker. GOL: Lineker. ÁRBITRO: Klaus Perchel (Alemanha Oriental). VALIDADE: Amistoso. LOCAL: Estádio de Wembley, Londres.

5/5   BRASIL 2 × 1 BULGÁRIA
BRASIL: Taffarel; Aldair, Mauro Galvão e Ricardo Gomes (Ricardo Rocha); Jorginho, Alemão, Silas, Valdo (Titã) e Branco (Bismarck); Müller e Careca. TÉCNICO: Sebastião Lazaroni. BULGÁRIA: Valov; Dimitrov, Vassev (Letchkov), Ivanov e Bankov; Jantchev, Lorganov e Todorov; Stoichkov (Panchev), Balakov e Kostadinov (Maritarschi). GOLS: Aldair, Müller e Kostadinov. ÁRBITRO: U. Tavares (Brasil). VALIDADE: Amistoso. LOCAL: Estádio Brinco de Ouro, Campinas.

13/5   BRASIL 3 × 3 ALEMANHA
BRASIL: Taffarel; Aldair, Mozer e Ricardo Gomes (Mauro Galvão); Jorginho, Dunga, Alemão (Bismarck), Valdo (Silas) e Branco; Müller (Bebeto) e Careca. TÉCNICO: Sebastião Lazaroni. ALEMANHA: Brautigan; Hauptmann (Steinmann), Pescke, Lindner e Herzog; D. Schuster, Ernst, Weidemann (Rosler) e Herzog; U. KIrsten e T. Doll. GOLS: Alemão, Careca, Dunga, Doll, Ernst e Steinmann. ÁRBITRO: L. C. Félix (Brasil). VALIDADE: Amistoso. LOCAL: Estádio do Maracanã, Rio de Janeiro.

19/5   BRASIL 1 × 0 COMBINADO ESPANHOL
BRASIL: Taffarel; Mozer, Mauro Galvão e Ricardo Rocha; Jorginho (Mazinho), Dunga (Titã), Alemão, Silas (Bismarck) e Branco; Careca (Bebeto) e Müller (Renato Gaúcho). TÉCNICO: Sebastião Lazaroni. COMBINADO ESPANHOL: Abel (Ferez); Pizo, Ferreira, Lopez Rekarte (Sabás) e Soler; Viscreanu, Alfredo (Gordillo), Milla e Marcos (Parra); Moya (Aladia) e Futre. GOL: Branco. ÁRBITRO: J. Aranda (Espanha). VALIDADE: Amistoso. LOCAL: Estádio Vicente Calderón, Madri.

28/5   BRASIL 0 × 1 COMBINADO UMBRIA
BRASIL: Taffarel; Mozer, Mauro Galvão e Ricardo Gomes (Ricardo Rocha); Jorginho, Dunga (Silas), Alemão, Valdo (Bismarck) e Branco (Mazinho); Careca (Romário) e Müller (Bebeto). TÉCNICO: Sebastião Lazaroni. COMBINADO UMBRIA: Vinci (Riommi); Rossi, Altobelli, Forte (Capelli) e Scianimaco (Taccola); Del Piano, Luiu e Valentino; Artístico (Guinchi), Borrelo (Di Mateo) e Corsella (Eritreu). GOL: Artístico. ÁRBITRO: Sandro Cumpeletti (Itália). VALIDADE: Amistoso. LOCAL: Estádio Libero Liberatti, Terni.

10/6   BRASIL 2 × 1 **SUÉCIA**
BRASIL: Taffarel; Mozer, Mauro Galvão e Ricardo Gomes; Jorginho, Dunga, Alemão, Valdo (Silas) e Branco, Müller e Careca. TÉCNICO: Sebastião Lazaroni. SUÉCIA: Ravelli; R. Pillsson, Ljung (Stomberg), Schwartz e Larsson; Ingesson, Thern, Limpar e J. Nilssqn; Magnusson (Pettersson) e Brolin. GOLS: Careca (2) e Brolin. ÁRBITRO: Túlio Lanese (Itália). VALIDADE: Copa do Mundo. LOCAL: Estádio Delle Alpi, Turim.

6/8   BRASIL 1 × 0 **COSTA RICA**
BRASIL: Taffarel; Mozer, Mauro Galvão e Ricardo Gomes; Jorginho, Dunga, Alemão, Valdo (Silas) e Branco; Müller e Careca (Bebeto). TÉCNICO: Sebastião Lazaroni. COSTA RICA: Conejo; Flores, Gonzalez, Montero, Chavez e Chavarria; Ramirez, Gomez e Cayasso (Guimarais); Marchena e Jara (Myers). GOL: Müller. ÁRBITRO: Naji Jouini (Tunísia). VALIDADE: Copa do Mundo. LOCAL: Estádio Delle Alpi, Turim.

20/6   BRASIL 1 × 0 **ESCÓCIA**
BRASIL: Taffarel; Ricardo Rocha, Mauro Galvão e Ricardo Gomes; Jorginho, Dunga, Alemão, Valdo e Branco; Careca e Romário (Müller). TÉCNICO: Sebastião Lazaroni. ESCÓCIA: Leishton; McLeish, Malpas, McKimmie e McPherson; Altken, McStay, McLeoo (Gillepsie) e McCall; Johnston e McCoist (Fleck). GOL: Müller. ÁRBITRO: Helmut Kohl (Áustria). VALIDADE: Copa do Mundo. LOCAL: Estádio Delle Alpi, Turim.

24/6   BRASIL 0 × 1 **ARGENTINA**
BRASIL: Taffarel; Ricardo Rocha, Mauro Galvão (Silas) e Ricardo Gomes; Jorginho, Dunga, Alemão (Renato Gaúcho), Valdo e Branco; Müller e Careca. TÉCNICO: Sebastião Lazaroni. ARGENTINA: Goycochea; Basualdo, Simon, Rugeri e Olarticoechea; Troglio (Calderón), Giusti, Burruchaga e Monzon; Maradona e Caniggia. GOL: Caniggia. ÁRBITRO: Joel Quiniou (França). VALIDADE: Copa do Mundo. LOCAL: Estádio Delle Alpi, Turim.

12/9   BRASIL 0 × 3 **ESPANHA**
BRASIL: Velloso; Gil Baiano, Paulão, Márcio Santos e Nelsinho; Cafu (Jorginho), Donizete, Moacir e Neto; Charles (Paulo Egídio) e Nilson. TÉCNICO: Falcão. ESPANHA: Zubizarreta (Ablanedo); Nando, Sanchis e Serna; Rafa Paz (Bango), Michel, Roberto (Alkorta), Fernando e Goikotxea; Butrageno (Manolo) e Carlos Muñoz (E. Olaya). GOLS: Carlos Muñoz, Fernando e Michel. ÁRBITRO: P. D'elia (Itália). VALIDADE: Amistoso. LOCAL: Estádio El Molinon, Gijon.

17/10   BRASIL 0 × 0 **CHILE**
BRASIL: Sérgio; Gil Baiano, Paulão, Adilson e Leonardo; Cafu, Donizete, Moacir e Neto (Bismarck); Charles e Túlio (Valdeir). TÉCNICO: Falcão. CHILE: Cornez; Espinosa; Vilches, Garrido e Margas; Pizarro, Contreras (Perez), Estay e Aravena; Ramon e Martinez (Gonzalez). ÁRBITRO: E. Marin (Chile). VALIDADE: Amistoso. LOCAL: Estádio Nacional, Santiago.

31/10   BRASIL 1 × 2 **RESTO DO MUNDO**
BRASIL: Sérgio (Ronaldo); Gil Baiano (Bismarck), Paulão, Adilson (Cléber) e Leonardo (Cássio); César Sampaio, Donizete (L. Henrique), Cafu e Pelé (Neto); Carles (Valdeir) e Rinaldo (Careca III). TÉCNICO: Falcão. RESTO DO MUNDO: Goycochea; (Preudhomme, depois N'kono e Higuita); Clijsters (Kunde), Júlio César, Rugger (Aleinikov) e De León

DEUSES DA BOLA

(Calderón); Michel (Basualdo), Alemão (Hagi), M. Vasquez (Detari) e Ancelotti (Stoichkov); Van Basten (Francescoli) e Milla (João Paulo). GOLS: Michel, Hagi e Neto. ÁRBITRO: Túlio Lanese (Itália). VALIDADE: Amistoso. LOCAL: Estádio San Siro, Milão.

8/11 BRASIL 0 × 0 CHILE
BRASIL: Sérgio; Gil Baiano (L. Henrique), Paulão (Cléber), Adílson e Lira; Cafu, César Sampaio (Leonardo), Donizete e Neto (Valdeir); Charles e Careca. TÉCNICO: Falcão. CHILE: Cornez; Romero, Garrido, Vilches e Margas; Pizarro, Ormeno e Estay; Contreras (Puebla), Gonzalez (Zambrano) e Martinez (Guarda). ÁRBITRO: L. C. Félix (Brasil). VALIDADE: Amistoso. LOCAL: Estádio Mangueirão, Belém.

13/12 BRASIL 0 × 0 MÉXICO
BRASIL: Sérgio; Gil Baiano (Odair), Paulão (Márcio Santos), Adílson e Lira; Moacir, Marquinhos (Gérson) e Edu Marangon; Mazinho O., Careca III (Almir) e João Santos. TÉCNICO: Falcão. MÉXICO: Larios; Hernandez, V. Rodriguez, Ruiz e Esparza; Muñoz, Espana (De La Torre), Bernal e Flores (F. Cruz); Pelaez (Farfan) e Zaguinho. ÁRBITRO: M. Jay (Estados Unidos). VALIDADE: Amistoso. LOCAL: Memorial Coliseum, Los Angeles.

1991

27/2 BRASIL 1 × 1 PARAGUAI
BRASIL: Taffarel; Gil Baiano, Paulão, Adílson e Leonardo; Cafu (Donizete), Moacir, Cuca (Maurício) e Neto; Charles (Mazinho O.) e João Paulo (Careca III). TÉCNICO: Falcão. PARAGUAI: Coronel; Barrios, Zabalá, Rivarola e Suarez; Balbuena, Gausch (Martinez) e Monzon; Guirlan (Barreto), Samaniego (Ferreira) e Gonzalez (Struway). GOLS: Neto e Samaniego. ÁRBITRO: W. C. dos Santos (Brasil). VALIDADE: Amistoso. LOCAL: Estádio Pedro Pedrossian, Campo Grande.

27/3 BRASIL 3 × 3 ARGENTINA
BRASIL: Sérgio; Gil Baiano (Paulão), Ricardo Rocha, W. Gottardo e Leonardo; Cafu (L. Henrique, depois Dener), Mauro Silva, Donizete e Mazinho O.; Renato Gaúcho e Bebeto (Careca III). TÉCNICO: Falcão. ARGENTINA: Goycochea; Craviotto (Unali), Gamboa, Ruggeri e Altamirano; Franco, Luduena (Glunta), Bisconti e Latorre; C. Garcia e Ferreyra (Boldrini). GOLS: Ferreyra, Franco, Renato Gaúcho (contra), L. Henrique, Renato Gaúcho e Careca III. ÁRBITRO: J. Bava (Argentina). VALIDADE: Amistoso. LOCAL: Estádio do Velez Sarsfield, Buenos Aires.

17/4 BRASIL 1 × 0 ROMÊNIA
BRASIL: Sérgio; Balu (Cafu), Márcio Santos, Ricardo Rocha e Leonardo; Mauro Silva, Moacir e Neto; Renato Gaúcho, Mazinho O. e Bebeto (Careca III). TÉCNICO: Falcão. ROMÊNIA: Bogdan; Popescu, Mihail, Pana e Panait; Raduta, Sava, Constantinovici e Dumitrescu; Stan (Pedratu) e Vladoiu (Papamarian). GOL: Moacir. ÁRBITRO: Renato Marsiglia (Brasil). VALIDADE: Amistoso. LOCAL: Estádio do Café, Londrina.

28/5 BRASIL 3 × 0 BULGÁRIA
BRASIL: Sérgio; Mazinho (Odair), Márcio Santos (Júlio César), W. Gottardo e Branco (Lira); Valdir, Márcio e Neto (L. Henrique); Almir (Dener), Careca III e João Paulo (Valdeir). TÉCNICO: Falcão. BULGÁRIA: Nikolov; Slavtchev, Dimitrov, KIrjarov e Dimov; S. Angelov,

Metcov (Georgiev) e Todorov; D. Angelov, Kirkov e Yordanov (Alexandrov). GOLS: Neto (2) e João Paulo. ÁRBITRO: J. R. Wright (Brasil). VALIDADE: Amistoso. LOCAL: Estádio Parque do Sabiá, Uberlândia.

27/6 BRASIL 1×1 ARGENTINA
BRASIL: Taffarel; Mazinho, Cleber, Ricardo Rocha (W. Gottardo) e Branco (Cafu); Valdir, Mauro Silva e Neto; Renato Gaúcho (Mazinho O.), Careca III (Bebeto) e João Paulo. TÉCNICO: Falcão. ARGENTINA: Goycochea; Craviotto, Ruggeri, Vasquez e Enrique; Franco, Astrada, Simeone e Latorre (Basualdo); Caniggia (Garcia) e Batistuta. GOLS: Neto (pênalti) e Caniggia. ÁRBITRO: W. C. Santos (Brasil). VALIDADE: Amistoso. LOCAL: Estádio Couto Pereira, Curitiba.

9/7 BRASIL 2×1 BOLÍVIA
BRASIL: Taffarel; Cafu, Ricardo Rocha, W. Gottardo e Branco; Mauro Silva, Mazinho e Neto; Renato Gaúcho, Careca III (Raí) e João Paulo (Mazinho O.). TÉCNICO: Falcão. BOLÍVIA: Arasón; Rimba, Ferrufino, Jiguchi e Saldias; Borja (Peña), Melgar, Etcheverry e Ramiro Castillo; E. Sanchez e J. B. Suarez (Baldivieso). GOLS: Neto (pênalti), Branco e E. Sanchez (pênalti). ÁRBITRO: José F. Ramirez (Peru). VALIDADE: Copa América. LOCAL: Estádio Sausalito, Viña del Mar.

11/7 BRASIL 1×1 URUGUAI
BRASIL: Taffarel; Cafu, Ricardo Rocha, W. Gottardo e Branco; Mauro Silva, Mazinho e Neto; Renato Gaúcho, Raí e João Paulo (Mazinho O.). TÉCNICO: Falcão. URUGUAI: Alvez; Sanguinetti, Revelez, Moas e Dos Santos; Morán, Fracchia (W. Gutierrez), Castro e A. Gutierrez; Mendez e E. Borges (Cedrés). GOLS: João Paulo e Mendez. ÁRBITRO: J. Loustau (Argentina). VALIDADE: Copa América. LOCAL: Estádio Sausalito, Viña del Mar.

13/7 BRASIL 0×2 COLÔMBIA
BRASIL: Taffarel; Mazinho, Ricardo Rocha, W. Gottardo e Branco; Mauro Silva, Márcio e Neto (L. Henrique); Renato Gaúcho, Raí (Careca III) e João Paulo. TÉCNICO: Falcão. COLÔMBIA: Higuita; Herrera, Perea, Escobar e Osório; Alvarez, Redin, Rincón (Garcia) e Valderrama; De Avilla e Iguaran. ÁRBITRO: C. Maciel (Paraguai). VALIDADE: Copa América. LOCAL: Estádio Sausalito, Viña del Mar.

15/7 BRASIL 3×1 EQUADOR
BRASIL: Taffarel; Mazinho, Ricardo Rocha, Márcio Santos e Branco; Mauro Silva, Márcio e Neto (L. Henrique); Mazinho O., Silvio (Careca III) e João Paulo. TÉCNICO: Falcão. EQUADOR: E. Ramirez; Montanero, Tenório, Capurro e H. Quiñones; F. Bravo, Carcelén (Garay), Ivo Ron (Burbano) e Aguinaga; C. Muñoz e Avilés. GOLS: Mazinho O., C. Muñoz, Márcio Santos e L. Henrique. ÁRBITRO: Juan Francisco Escobar (Paraguai). VALIDADE: Copa América. LOCAL: Estádio Sausalito, Viña del Mar.

17/7 BRASIL 2×3 ARGENTINA
BRASIL: Taffarel; Cafu, Ricardo Rocha, Márcio Santos e Branco; Mauro Silva, Márcio e Neto; L. Henrique, Silvio (Renato Gaúcho) e João Paulo (Careca III). TÉCNICO: Falcão. ARGENTINA: Goycochea; Basualdo, Vasquez, Ruggeri e Enrique; Astrada, Simeone, Franco e L. Rodriguez (Giunta); Batistuta e Caniggia. GOLS: Franco (2), Branco, Batistuta e João Paulo. ÁRBITRO: Carlos Maciel (Paraguai). VALIDADE: Copa América. LOCAL: Estádio Nacional, Santiago.

DEUSES DA BOLA

19/7   BRASIL 2 × 0 COLÔMBIA
BRASIL: Taffarel; Cafu, Ricardo Rocha, Márcio Santos e Branco; Mauro Silva, Valdir e L. Henrique; Renato Gaúcho, Mazinho O. e João Paulo. TÉCNICO: Falcão. COLÔMBIA: Higuita; Cabrera, Perea, Escobar e Osório; Alvarez, Pimentel, Valderrama e Rincón; Usuriaga e De Ávila. GOLS: Renato e Branco (pênalti). ÁRBITRO: Juan Francisco Ramirez (Peru) VALIDADE: Copa América. LOCAL: Estádio Nacional, Santiago.

21/7   BRASIL 2 × 0 CHILE
BRASIL: Taffarel; Cafu, Ricardo Rocha, Márcio Santos e Branco; Mauro Silva, L. Henrique (Neto) e Mazinho; Renato Gaúcho (Valdir), Mazinho O. e João Paulo. TÉCNICO: Falcão. CHILE: Toledo; Mendoza, Garrido, Vilches e Margas; Estay (Basay), Ramirez (J. Vera), Pizarro e Contreras; Zamorano e Rubio. GOLS: Mazinho O. e L. Henrique. ÁRBITRO: Juan Oscar Ortube (Bolivia). VALIDADE: Copa América. LOCAL: Estádio Nacional, Santiago.

11/9/1991: BRASIL 0 × 1 PAÍS DE GALES
BRASIL: Taffarel; Cafu (Cássio), Cléber, Márcio Santos e Jorginho; Mauro Silva, Moacir (Valdeir) e Geovani (Mazinho O.); Bebeto, Careca e João Paulo. TÉCNICO: Ernesto Paulo. GOL: Sauders. ÁRBITRO: S. Aladren (Espanha). VALIDADE: Amistoso. LOCAL: Estádio Nacional Arms Park, Cardiff.

30/10   BRASIL 3 × 1 IUGOSLÁVIA
BRASIL: Carlos; L. C. Winck (Cafu), A. Carlos, Márcio Santos e Lira; Mauro Silva, L. Henrique e Raí; Renato Gaúcho (Müller), Bebeto (Valdeir) e Elivélton. TÉCNICO: C. A. Parreira. GOLS: L. Henrique, Müller e Raí. ÁRBITRO: W. C. dos Santos (Brasil). VALIDADE: Amistoso. LOCAL: Estádio Dílzon Melo, Varginha.

18/12   BRASIL 2 × 1 TCHECOSLOVÁQUIA
BRASIL: Carlos; Giba, A. Carlos (Cléber), Ronaldo e Lira; Mauro Silva, L. Henrique (César Sampaio) e Raí; Bebeto (Túlio), Valdeir (Charles) e Elivélton (P. Sérgio). TÉCNICO: C. A. Parreira. TCHECOSLOVÁQUIA: Miklosko; Gionek, Suchoparek, Fridek (Kristof) e Nemecek; Marosi, Hatal e Nemec (Kotulec); Latal, Skuhravy e Dubovsky (Peko). GOLS: Elivélton, Raí e Skuhravy (pênalti). ÁRBITRO: U. Tavares (Brasil). VALIDADE: Amistoso. LOCAL: Estádio Serra Dourada, Goiânia.

PREPARAÇÃO PARA O PRÉ-OLÍMPICO
TIME-BASE DO BRASIL: Róger; Cafu (Zelão), Rémerson, Andrei e Cássio (Roberto Carlos); Moacir, Djair (Reginaldo) e Bismarck (Assis); Dener (Dinei), Sílvio (Macedo) e Luís Fernando (Élber). TÉCNICO: Ernesto Paulo.

4/12   BRASIL 1 × 2 ARGENTINA
Amistoso em Buenos Aires.

19/12   BRASIL 2 × 0 URUGUAI
Amistoso em Maringá.

1992

TORNEIO PRÉ-OLÍMPICO, PARAGUAI
TIME-BASE DO BRASIL: Róger; Cafu, Rémerson (Andrei), Márcio Santos e Roberto Carlos; Nélio (Marquinhos), Djair (Rodrigo) e Luís Fernando

(Bismnarck); Dener (Sílvio C.), Élber (Marcelinho) e Elivélton. TÉCNICO: Ernesto Paulo.

14/1 BRASIL 0 × 2 URUGUAI
Amistoso em Montevidéu.

19/1 BRASIL 0 × 1 ARGENTINA
Amistoso. em Teresina.

22/1 BRASIL 3 × 0 ESTADOS UNIDOS
Amistoso. em Aracaju.

1/2 BRASIL 2 × 1 PERU
3/2 BRASIL 1 × 0 PARAGUAI
5/2 BRASIL 0 × 2 COLÔMBIA
9/2 BRASIL 1 × 1 VENEZUELA

26/2 BRASIL 3 × 0 ESTADOS UNIDOS
BRASIL: Carlos; L. C. Winck (Cafu), A. Carlos, Ronaldinho (Torres) e Roberto Carlos; César Sampaio (W. Mano), L. Henrique e Raí; Bebeto (Valdeir), Müller (Evair) e Elivélton. TÉCNICO: C. A. Parreira. ESTADOS UNIDOS: Meola; Savage, Clavijo (Ibsen), Balboa e Michalik; Murray, Quinn e Henderson (Acosta); Tab Ramos, H. Perez (Mear) e P. Vermes (Stewart). GOLS: Antônio Carlos e Raí (2). ÁRBITRO: L. Vilanova (Brasil). VALIDADE: Amistoso. LOCAL: Estádio Castelão, Fortaleza.

15/4 BRASIL 3 × 1 FINLÂNDIA
BRASIL: Sérgio; L. C. Winck (Charles); Marcelo, Márcio Santos e Lira (Roberto Carlos); Mauro Silva, L. Henrique (C. A. Dias) e Júnior; Valdeir (Renato Gaúcho), Bebeto e P. Sérgio. TÉCNICO: C. A. Parreira. FINLÂNDIA: Laukkanen; Holmgren, Helkkinen, Petaia e Eriksson; Rinne, Myyry e Litmanen; Vuorla (Thauryanem), Van Halla (Lulonen) e Tegelberg. GOLS: Bebeto (2), P. Sérgio e Van Halla. ÁRBITRO: Joelmes da Costa (Brasil). VALIDADE: Amistoso. LOCAL: Estádio José Fragelli, Cuiabá.

30/4 BRASIL 0 × 1 URUGUAI
BRASIL: Carlos; L. C. Winck, Célio Silva, Márcio Santos e Roberto Carlos; Mauro Silva, Júnior (César Sampaio) e Zinho; Renato Gaúcho (Nilson), Bebeto (Valdeir) e P. Sérgio. TÉCNICO: C. A. Parreira. URUGUAI: Barbat; Ramos, Kanapkis, Dos Santos e Cabrera; Sanchez, Barrios e Salazar; Paz, Guerra e Pelleti. GOL: Paz. ÁRBITRO: J. Bava (Argentina). VALIDADE: Amistoso. LOCAL: Estádio Centenário, Montevidéu.

17/5 BRASIL 1 × 1 INGLATERRA
BRASIL: Carlos; L. C. Winck (Charles), Mozer, Ricardo Gomes e Branco; Mauro Silva, L. Henrique (Valdeir) e Raí; Renato Gaúcho (Júnior), Bebeto e Valdo (P. Sérgio). TÉCNICO: C. A. Parreira. INGLATERRA: Woods; Stevens, Walker, Keown e Dorigo (Pearce); Palmer, Steven (Webb), Platt e Sinton (Rocastle); Daley (Merson) e Lineker. GOLS: Bebeto e Lineker. ÁRBITRO: L. McCluskey. VALIDADE: Amistoso. LOCAL: Estádio de Wembley, Londres.

19/5 BRASIL 1 × 0 MILAN
BRASIL: Taffarel; Jorginho, Aldair, Mozer e Branco; Mauro Silva, Dunga, L. Henrique e Valdo; Bebeto e Valdeir (Careca). TÉCNICO: C. A. Parreira. MILAN: Antoniolli; Tassoti, Baresi, Costacurta e Maldini; Ancelotti (Serena), Fuser, Rijkaard (Cornacchini) e Gullit (Donadoni); Van Basten (Massaro) e Simoni. GOL: Careca. ÁRBITRO: A. Pezzella (Itália).

DEUSES DA BOLA

13/7 BRASIL 0 × 2 **COLÔMBIA**
BRASIL: Taffarel; Mazinho, Ricardo Rocha, W. Gottardo e Branco; Mauro Silva, Márcio, Raí (Careca III) e Neto (L. Henrique); Renato Gaúcho e João Paulo. TÉCNICO: Falcão. COLÔMBIA: Higuita; Herrera, Perea, Escobar e Osório; Alvarez, Redin, Rincón (Garcia) e Valderrama; De Avilla e Iguaran. GOLS: De Avilla e Iguaran. ÁRBITRO: Carlos Maciel (Paraguai). VALIDADE: Copa América. LOCAL: Estádio Sausalito, Viña del Mar.

1/8 BRASIL 5 × 0 **MÉXICO**
BRASIL: Carlos; L. C. Winck, A. Carlos, Ronaldo (Válber) e Roberto Carlos; Mauro Silva, Júnior, Raí (César Sampaio) e Zinho (P. Sérgio); Renato Gaúcho (Edmundo) e Bebeto (Palhinha). TÉCNICO: C. A. Parreira. MÉXICO: Campos; Hernandez, Ramirez, Ambriz e Muñoz; Espanha, De La Torre (Guzman) e Garcia; Hermosillo (Eribe), Valdez (Bernal) e Mora. GOLS: Bebeto (2), P. Sérgio, Renato Gaúcho e Zinho. ÁRBITRO: Majid Jay (Estados Unidos). VALIDADE: Copa da Amizade. LOCAL: Memorial Coliseum, Los Angeles.

2/8 BRASIL 1 × 0 **ESTADOS UNIDOS**
BRASIL: Gilmar; Cafu, A. Carlos, Ronaldo e Roberto Carlos; Mauro Silva, César Sampaio (P. Sérgio), Raí e Zinho; Renato Gaúcho (Edmundo) e Bebeto. TÉCNICO: C. A. Parreira. ESTADOS UNIDOS: Meola; Balboa, Armstrong, Dooley e Clavijo; Quinn, Shelder e Malloway (Mishalik); Murray, H. Perez e Sullivan (Acosta). GOL: Bebeto. ÁRBITRO: Antônio Marrufo (México). VALIDADE: Copa da Amizade. LOCAL: Memorial Coliseum, Los Angeles.

26/8 BRASIL 2 × 0 **FRANÇA**
BRASIL: Taffarel; Jorginho, Ricardo Rocha, Ricardo Gomes e Branco; Mauro Silva, L. Henrique (Júnior), Raí e Valdo (Zinho); Romário (Bebeto) e Careca. TÉCNICO: C. A. Parreira. FRANÇA: Martini; Boli, Roche, Prunier e Petit (Fournier); Blanc (Sauzee), Deschamps e Duran; Cocard (Vahirua), Papin e Ginola. GOLS: L. Henrique e Raí. ÁRBITRO: Van Den Wljnegaert (Bélgica) VALIDADE: Amistoso. LOCAL: Estádio Parc des Princes, Paris.

23/9 BRASIL 4 × 2 **COSTA RICA**
BRASIL: Carlos; L. C. Winck (Charles), Válber, Ronaldo e Roberto Carlos (Lira); Axel (Luizinho), Júnior (Palhinha), Raí e Elivélton (Zinho); Renato Gaúcho (Almir) e Müller (Edmundo). TÉCNICO: C. A. Parreira. COSTA RICA: Mayorca (Hidalgo); Arnaes, Benjamim (Rowe), Montero (Gimenez) e Berry; Gonzalez, Ramirez (Arguedas), Marchena e Myers; Ilama (Coronado) e Smith (Jara). GOLS: Raí (3), Renato Gaúcho, Benjamim e Gimenez. ÁRBITRO: T. Rodrigues (Brasil). VALIDADE: Amistoso. LOCAL: Estádio Rubens Felipe, Paranavaí.

25/11 BRASIL 1 × 2 **URUGUAI**
BRASIL: Gilmar; L. C. Winck (Vítor), Válber, Ronaldo e Roberto Carlos; César Sampaio (Palhinha), Júnior (Silas), Raí e Zinho (Elivélton); Edmundo e Evair (Nilson). TÉCNICO: C. A. Parreira. URUGUAI: Siboldi; Da Luz, Sanchez, Moas e Cabrera; Ostolazza, Moran e Saralegui; Peletti, Guerra e Garcia (C. Sanchez). GOLS: Edmundo, Cabrera e Guerra. ÁRBITRO: J. Clisaldo Filho (Brasil) VALIDADE: Amistoso. LOCAL: Estádio Ernâni Sátiro, Campina Grande.

16/12 BRASIL 3 × 1 **ALEMANHA**
BRASIL: Taffarel; Jorginho, Paulão, Célio Silva e Branco; Mauro Silva, L. Henrique (Júnior), Silas (Luizinho) e Zinho; Bebeto (Renato Gaúcho)

e Careca (Romário). TÉCNICO: C. A. Parreira. ALEMANHA: Illgner; Buchwald, Worms e Kohler; Wolter (Zorc), Effenberg, Matthaus, Haessler (Sammer) e Wagner (Reihardt); Klinsmann e Thon (T. Doll). GOLS: Jorginho, L. Henrique, Bebeto e Sammer. ÁRBITRO: J. Escobar (Paraguai). VALIDADE: Amistoso. LOCAL: Estádio Beira-Rio, Porto Alegre.

1993

18/2   BRASIL 1 × 1   ARGENTINA
BRASIL: Taffarel; Cafu, Célio Silva, Ricardo Gomes e Branco; Mauro Silva, L. Henrique (Dunga), Raí e Valdo; Bebeto e Careca (Müller). TÉCNICO: C. A. Parreira. ARGENTINA: Isläs; Basualdo, Vasquez, Ruggeri e Altamirano; Franco (Zapata), Mancuso, Simeone e Maradona; Batistuta e Caniggia. GOLS: L. Henrique e Mancuso. ÁRBITRO: E. Fillipi (Uruguai). VALIDADE: Amistoso. LOCAL: Monumental de Núñes, Buenos Aires.

17/3   BRASIL 2 × 2   POLÔNIA
BRASIL: Zetti; L. C. Winck (Vítor), A. Carlos, Válber e Roberto Carlos (Lira); César Sampaio, Raí, Neto (Palhinha) e Zinho; Müller e Evair. TÉCNICO: C. A. Parreira. POLÔNIA: Klak (Matechek); Waldoch, Kisminski, Jalocha (Rzerpha) e Czachowski; Staniek, Swierczewski, Warzycha e Brzeczek; Kosecki e Zlober. GOLS: Müller, Swierczewski (contra), Brzeczek e Warzycha. ÁRBITRO: J. Cadena (Colômbia). VALIDADE: Amistoso. LOCAL: Estádio Santa Cruz, Ribeirão Preto.

6/6   BRASIL 2 × 0   ESTADOS UNIDOS
BRASIL: Taffarel; L. C. Winck, Júlio César, Márcio Santos e Branco (Nonato); Luizinho (Raí), Dunga, Boiadeiro e Elivélton (Cafu); Valdeir e Careca. TÉCNICO: C. A. Parreira. ESTADOS UNIDOS: Meola; Lapper, Armstrong, Dooley, Agoos e Clavijp; Harkes, Murray (Jones) e Henderson (Woodring); Wegerle e Harbour. GOLS: Careca e L. C. Winck. ÁRBITRO: P. Ceccarini (Itália) VALIDADE: U. S. Cup LOCAL: Estádio Yale Bowl, New Heaven.

10/6   BRASIL 3 × 3   ALEMANHA
BRASIL: Taffarel; Jorginho, Júlio César, Márcio Santos e Branco (Nonato); Luizinho, Dunga, Raí e Elivélton (Cafu); Valdeir (Almir) e Careca. TÉCNICO: C. A. Parreira. ALEMANHA: Koepke; Buchwald, Helmer e Kohler; Effenberg, Sammer (Riedle), Zorc (Strunz), Matthaus e Ziege (Sculz); Möller e Klinsmann. GOLS: Careca, Luizinho, Helmer (contra), Klinsmann e Möller. ÁRBITRO: A. Angeles (Estados Unidos). VALIDADE: U. S. Cup. LOCAL: Estádio Robert F. Kennedy Memorial, Washington.

13/6   BRASIL 1 × 1   INGLATERRA
BRASIL: Taffarel; Jorginho, Válber, Márcio Santos e Nonato (Cafu); Luizinho (Palhinha), Dunga, Raí e Elivélton; Valdeir (Almir) e Careca. TÉCNICO: C. A. Parreira. INGLATERRA: Flowers; Barret, Pallister, Walker e Dorigo; Batty (Platt), Sinton, Ince (Palmer) e Sharp; Clough e Merson. GOLS: Platt e Márcio Santos. ÁRBITRO: H. Dias (Estados Unidos). VALIDADE: U. S. Cup LOCAL: Estádio Robert F. Kennedy Memorial, Washington.

18/6   BRASIL 0 × 0   PERU
BRASIL: Taffarel; Cafu, A. Carlos, Válber e Roberto

DEUSES DA BOLA

Carlos; César Sampaio, Luizinho (Boiadeiro), Palhinha e Elivélton; Edmundo (Zinho) e Müller. TÉCNICO: C. A. Parreira. PERU: Miranda; Charum, Réynoso, José Soto e Olivares; Carranza, Del Solar, Zegarra (Palácios) e Barco; Rivera e Maestri (Gonzalez). ÁRBITRO: A. Brizio (México). VALIDADE: Copa América. LOCAL: Estádio Alejandro Serrano Aguilar, Cuenca.

21/6   BRASIL 2 × 3 CHILE
BRASIL: Carlos; Cafu, A. Carlos, Válber e Roberto Carlos; César Sampaio, Boiadeiro, Palhinha (Elivélton) e Zinho; Edmundo (Viola) e Müller. TÉCNICO: C. A. Parreira. CHILE: Toledo; Mendoza, Ramirez, Vilches e Guevara; Lepe, Pizarro, Estay (Parraguez) e Sierra; Figueroa (Zambrano) e Barrera. GOLS: Sierra, Zambrano (2), Müller e Palhinha. ÁRBITRO: A. Rodas (Equador). VALIDADE: Copa América. LOCAL: Estádio Alejandro Serrano Aguilar, Cuenca.

24/6   BRASIL 3 × 0 PARAGUAI
BRASIL: Zetti; Cafu, A. Carlos, Válber e Roberto Carlos; César Sampaio, Boiadeiro (Luizinho), Palhinha (Edilson) e Zinho; Edmundo e Müller. TÉCNICO: C. A. Parreira. PARAGUAI: Chilavert; Duarte, Ramirez, Ayala e Suarez; Struway, Gamarra, Sotelo (Jara) e Monzón (Gonzalez); Nunes e Cabanas. GOLS: Edmundo e Palhinha (2). ÁRBITRO: A. Brizio (México). VALIDADE: Copa América. LOCAL: Estádio Alejandro Serrano Aguilar, Cuenca.

27/6   BRASIL 1 × 1 ARGENTINA
BRASIL: Zetti; Cafu, A. Carlos, Válber e Roberto Carlos; Luizinho, Boiadeiro, Palhinha (Marquinhos) e Zinho; Edmundo (Almir) e Müller. TÉCNICO: C. A. Parreira. ARGENTINA: Goycochea; Basualdo, Borelli, Ruggeri e Altamirano; José Basualdo (L. Rodriguez), Zapata, Simeone e Gorosito; M. Bello e Batistuta (Acosta). GOLS: Müller e L. Rodriguez. ÁRBITRO: A. Tejada (Peru). VALIDADE: Copa América. LOCAL: Estádio Isidro Romero Corbo, Guayaquil.

14/7   BRASIL 2 × 0 PARAGUAI
BRASIL: Taffarel; Jorginho (Cafu), Márcio Santos, Ricardo Rocha (Válber) e Branco; Mauro Silva, L. Henrique, Raí e Zinho (Elivélton); Bebeto e Careca (Evair). TÉCNICO: C. A. Parreira. PARAGUAI: Guerrero; Barrios, Rivarola, Ayala e Suarez; Gamarra, Acuna e Ferreira (Sotelo); Gabriel, Mendoza (Torres) e Cabanas. GOLS: Bebeto e Branco. ÁRBITRO: C. V. Cerdeira (Brasil). VALIDADE: Amistoso. LOCAL: Estádio São Januário, Rio de Janeiro.

18/7   BRASIL 0 × 0 EQUADOR
BRASIL: Taffarel; Jorginho, Válber, Márcio Santos e Branco; Mauro Silva, L. Henrique (Dunga), Raí e Zinho; Bebeto e Careca (Evair). TÉCNICO: C. A. Parreira. EQUADOR: Espinoza; Coronel, Noriega, B. Tenorio e Capurro; Carabali (I. Hurtado), Carcelén, Aguinaga e M. Tenorio; Chala (E. Hurtado) e Muñoz. ÁRBITRO: J. Lousteau (Argentina). VALIDADE: Eliminatórias da Copa do Mundo. LOCAL: Estádio Monumental, Guayaquil.

25/7   BRASIL 0 × 2 BOLÍVIA
BRASIL: Taffarel; Cafu, Válber, Márcio Santos e Leonardo; Mauro Silva, L. Henrique (Jorginho), Raí (Palhinha) e Zinho; Bebeto e Müller. TÉCNICO: C. A. Parreira. BOLÍVIA: Trucco; Rimba, Quinteros, Sandy e Borja; Cristaldo, Melgar, Baldivieso e Etcheverry; Sánchez (Castillo) e Ramallo (Pena).

GOLS: Etcheverry e Pena. ÁRBITRO: Juan Escobar (Paraguai). VALIDADE: Eliminatórias da Copa do Mundo. LOCAL: Estádio Hernan Siles Suazo, La Paz.

8/8 BRASIL 1 × 1 MÉXICO
BRASIL: Taffarel; Cafu, Ricardo Rocha, Márcio Santos e Branco; Mauro Silva, Dunga, Raí e Palhinha (Valdo); Müller e Elivélton (Valdeir). TÉCNICO: C. A. Parreira. MÉXICO: Campos; Herrera, Suarez, J. Ramirez e R. Ramirez; ambriz, Garcia Aspe, Galindo (Del Olmo) e Patino (Rodriguez); Guzman e Zaguinho. GOLS: Márcio Santos e Garcia Aspe (pênalti). ÁRBITRO: J. A. Oliveira (Brasil). VALIDADE: Amistoso. LOCAL: Estádio Rei Pelé, Maceió.

11/8 BRASIL 5 × 1 VENEZUELA
BRASIL: Taffarel; Jorginho, Ricardo Rocha, Márcio Santos e Branco; Mauro Silva, Dunga, Raí (Palhinha) e Elivélton; Bebeto e Careca (Evair). TÉCNICO: C. A. Parreira. VENEZUELA: Gomez; Filosa, H. Rivas, Gonzalez e Mathias; Rodriguez, Hernandez, Etchenaussi e Chacon; S. Rivas (Contreras) e Dolgetta (J. Garcia). GOLS: Bebeto (2), Branco, Palhinha, Raí e J. Garcia. ÁRBITRO: A. Hoyos (Colômbia). VALIDADE: Eliminatórias da Copa do Mundo. LOCAL: Estádio Pueblo Nuevo de Tachira, San Cristóbal.

15/8 BRASIL 1 × 1 URUGUAI
BRASIL: Taffarel; Jorginho, Ricardo Rocha, Márcio Santos e Branco; Mauro Silva, Dunga, Raí e Zinho; Bebeto (A. Carlos) e Müller (Valdeir). TÉCNICO: C. A. Parreira. URUGUAI: Siboldi; Sanguinetti, Sánchez, Kanapkis e Cabrera; Moran, Ostolaza (Salazar) e Francescoli; Aguilera, Fonseca e Ruben Sosa. GOLS: Raí e Fonseca. ÁRBITRO: J. Bava (Argentina). VALIDADE: Eliminatórias da Copa do Mundo. LOCAL: Estádio Centenário, Montevidéu.

22/8 BRASIL 2 × 0 EQUADOR
BRASIL: Taffarel; Jorginho, Márcio Santos, Ricardo Gomes e Branco (Cafu); Mauro Silva, Dunga, Raí (Palhinha) e Zinho; Bebeto e Müller. TÉCNICO: C. A. Parreira. EQUADOR: Espinosa; Coronel, L. Hurtado, Capurro e Chala; M. Tenório, Carabali, Cárcelen e Fernandez (Gavica); Muñoz (Avilés) e E. Hurtado. GOLS: Bebeto e Dunga. ÁRBITRO: J. Torres (Colômbia). VALIDADE: Eliminatórias da Copa do Mundo. LOCAL: Estádio do Morumbi, São Paulo.

29/8 BRASIL 6 × 0 BOLÍVIA
BRASIL: Taffarel; Jorginho, Ricardo Rocha, Ricardo Gomes e Branco; Mauro Silva, Dunga, Raí e Zinho (Palhinha); Bebeto (Evair) e Müller. TÉCNICO: C. A. Parreira. BOLÍVIA: Trucco; Rimba, Quinteros, Sandy e Cristaldo; Borja, Melgar, Baldivieso e Sanchez; Etcheverry (Pena) e Ramnallo (Álvaro Pena). GOLS: Bebeto (2), Branco, Ricardo Gomes, Müller e Raí. ÁRBITRO: Oscar Velasquez (Paraguai). VALIDADE: Eliminatórias da Copa do Mundo. LOCAL: Estádio do Arruda, Recife.

5/9 BRASIL 4 × 0 VENEZUELA
BRASIL: Taffarel; Jorginho, Ricardo Rocha, Ricardo Gomes e Branco; Mauro Silva, Raí, Palhinha e Zinho; Valdeir (L. Henrique) e Evair. TÉCNICO: C. A. Parreira. VENEZUELA: Gomez; Filosa, Morales, H. Rivas e C. Garcia; Paezpumar (Mililo), Etchenaussi, Tortolero e Chacon (Hernandez); J. Garcia e Rodriguez. GOLS: Ricardo Gomes (2), Palhinha e Evair. ÁRBITRO: F. Imolina (Argentina).

DEUSES DA BOLA

1994

VALIDADE: Eliminatórias da Copa do Mundo. LOCAL: Estádio do Mineirão, Belo Horizonte.

19/9   BRASIL 2 × 0 URUGUAI
BRASIL: Taffarel; Jorginho, Ricardo Rocha, Ricardo Gomes e Branco; Mauro Silva, Dunga, Raí e Zinho; Bebeto e Romário. TÉCNICO: C. A. Parreira. URUGUAI: Siboldi; Canals (A. Paz), Mendez, Herrera, Knapkis e Batista; Dorta, Gutierrez e Francescoli (Salazar); Fonseca e Ruben Sosa. GOLS: Romário (2). ÁRBITRO: A. Tejada (Peru). VALIDADE: Eliminatórias da Copa do Mundo. LOCAL: Estádio do Maracanã, Rio de Janeiro.

17/11   BRASIL 1 × 2 ALEMANHA
BRASIL: Ronaldo; Jorginho, Márcio Santos (Mozer), Ricardo Gomes e Branco; Dunga, Raí (Edílson), P. Sérgio e Zinho; Edmundo e Evair (Válber II). TÉCNICO: C. A. Parreira. ALEMANHA: Illgner; Buchwald, Matthaus, Kohler, Helmer e Brehme; Effenberg, Haessler e Riedle (U. Kirsten); Moeller e Klinsmann (Gaudino). GOLS: Buchwald, Moeller e Evair. ÁRBITRO: Jan Damgaard (Dinamarca). VALIDADE: Amistoso. LOCAL: Estádio Mungersdorfer, Colônia.

16/12   BRASIL 1 × 0 MÉXICO
BRASIL: Zetti (Gilmar); Jorginho, Ricardo Rocha, Ronaldo e Branco (Leonardo); Dinho, Dunga (P. Sérgio), Palhinha (Alberto) e Rivaldo; Renato Gaúcho (Viola) e Müller. TÉCNICO: C. A. Parreira. MÉXICO: Campos; Rodriguez (Patiño), Niva, Ambriz (J. L. Salgado) e Herrera; Bernal, Del Olmo (Hermosillo), Garcia Aspe e Galindo; Hugo Sanchez e L. M. Salvador (Zaguinho). GOL: Rivaldo. ÁRBITRO: Berny Ulloa (Costa Rica). VALIDADE: Amistoso. LOCAL: Estádio Jalisco, Guadalajara.

23/3   BRASIL 2 × 0 ARGENTINA
BRASIL: Zetti; Cafu, Ricardo Rocha, Ricardo Gomes (Mozer) e Branco (Leonardo); Mauro Silva, Dunga (Mazinho), Raí (Rivaldo) e Zinho; Bebeto (Ronaldinho) e Müller. TÉCNICO: C. A. Parreira. ARGENTINA: Goycochea; Diaz, Vasquez, Cáceres e Chamot; Redondo, Simeone, Cagna (Montserrat) e Rodriguez (Ortega); Garcia e Batistuta. GOLS: Bebeto (2). ÁRBITRO: W. S. Mendonça (Brasil). VALIDADE: Amistoso. LOCAL: Estádio do Arruda, Recife.

4/5   BRASIL 3 × 0 ISLÂNDIA
BRASIL: Zetti; Jorginho (Cafu), Aldair, Márcio Santos e Branco (Leonardo); Dunga, Mazinho, P. Sérgio (César Sampaio) e Zinho (Sávio); Ronaldinho e Viola (Túlio). TÉCNICO: C. A. Parreira. ISLÂNDIA: Kristinsson (Finborsson); Tervic, Krisinsson, Jonsson e Stefansson (Gretarsson); S. Jonsson (Egilsson), Thurtarsson, I. Thordarsson (Gislansson) e Gudjohsen; Sverisson e Gumlaugusson (Bjarki). GOLS: Ronaldinho, Zinho (pênalti) e Viola. ÁRBITRO: Dalmo Bozzano (Brasil). VALIDADE: Amistoso. LOCAL: Estádio da Ressacada, Florianópolis.

5/6   BRASIL 1 × 1 CANADÁ
BRASIL: Taffarel; Jorginho (Cafu), Aldair (Márcio Santos), Ricardo Gomes e Leonardo; Mauro Silva (Mazinho), Dunga, Raí (P. Sérgio) e Zinho; Bebeto e Romário. TÉCNICO: C. A. Parreira. CANADÁ: Forrest; Watson, Samuel, Yallop e Fraser; Dasovic (Dolliscati), Miller, Limniatis (Hooper) e Carter (Aunger); Corazzin (Catliff) e Mobilio (Berdusco). GOLS: Romário e Berdusco. ÁRBITRO: Antônio

Mendoza (México). VALIDADE: Amistoso. LOCAL: Estádio de Edmonton, Edmonton.

8/6 BRASIL 8 × 2 HONDURAS
BRASIL: Taffarel; Jorginho, Aldair, Ricardo Gomes e Leonardo; Mauro Silva, Dunga, Raí e Zinho; Bebeto e Romário. TÉCNICO: C. A. Parreira. HONDURAS: V. Cruz; William Garcia, J. Castro e Cruz; Peralta, Calix, Rochez e Obando; Flores e Suazo. GOLS: Romário (3), Bebeto (2), Calix, Cafu, Flores, Dunga e Raí. ÁRBITRO: Brian Hall (Estados Unidos). VALIDADE: Amistoso. LOCAL: Estádio de San Diego, San Diego.

12/6 BRASIL 4 × 0 EL SALVADOR
BRASIL: Zetti; Jorginho, Ricardo Rocha, Ricardo Gomes (Márcio Santos) e Leonardo (Branco); Mauro Silva (Raí), Dunga, Mazinho e Zinho; Bebeto (Viola) e Romário (Müller). TÉCNICO: C. A. Parreira. EL SALVADOR: Meléndez; Game (Cruz), Joya (Portillo), Triguero e Carcamo; Estrada, Batrez (Vasquez), Cienfuegos e Contreras (Henriquez); Diaz Arce e Salvador (Herrera). GOLS: Romário, Bebeto, Zinho e Raí. ÁRBITRO: Brian Hall (Estados Unidos). VALIDADE: Amistoso. LOCAL: Estádio de Fresno, Fresno, Estados Unidos.

20/6 BRASIL 2 × 0 RÚSSIA
BRASIL: Taffarel; Jorginho, Ricardo Rocha (Aldair), Márcio Santos e Leonardo; Mauro Silva, Dunga (Mazinho), Raí e Zinho; Bebeto e Romário. TÉCNICO: C. A. Parreira. RÚSSIA: Kharin; Nikiforov, Gorlukovich, Khlestov e Kuznetsov; Pyatniski, Karpin, Tsymbalar e Ternavsky; Yuran (Salenko) e Radchenko (Borodiuk). GOLS: Romário e Raí (pênalti). ÁRBITRO: An Yan Lim Kee (Ilhas Maurício). VALIDADE: Copa do Mundo. LOCAL: Estádio de Stanford, Palo Alto.

24/6 BRASIL 3 × 0 CAMARÕES
BRASIL: Taffarel; Jorginho, Aldair, Márcio Santos e Leonardo; Mauro Silva, Dunga, Raí (Müller) e Zinho (P. Sérgio); Bebeto e Romário. TÉCNICO: C. A. Parreira. CAMARÕES: Bell; Tataw, Song, Kalla e Agbo; Libih, M'bouh, Foe e Mfede (Maboang); Oman-Biyik e Embe (Milla). GOLS: Romário, Márcio Santos e Bebeto. ÁRBITRO: Arturo Brizio (México). VALIDADE: Copa do Mundo. LOCAL: Estádio de Stanford, Palo Alto.

28/6 BRASIL 1 × 1 SUÉCIA
BRASIL: Taffarel; Jorginho, Aldair, Márcio Santos e Leonardo; Mauro Silva (Mazinho), Dunga, Raí (P. Sérgio) e Zinho; Bebeto e Romário. TÉCNICO: C. A. Parreira. SUÉCIA: Ravelli; Roland Nilsson, Kamark, P. Andersson e Uung; Schwarz (Mild), Ingesson, Thern e Larsson (Blomqvist); Brolin e K. Andersson. GOLS: K. Andersson e Romário. ÁRBITRO: Sandor Puhl (Hungria). VALIDADE: Copa do Mundo. LOCAL: Estádio P. Silverdome, Detroit.

4/7 BRASIL 1 × 0 ESTADOS UNIDOS
BRASIL: Taffarel; Jorginho, Aldair, Márcio Santos e Leonardo; Mauro Silva, Dunga, Mazinho (Raí) e Zinho (Cafu); Bebeto e Romário. TÉCNICO: C. A. Parreira. ESTADOS UNIDOS: Meola; Clavijo, Balboa, Lalas e Caligiuri; Sorber, Jones, Dooley e Tab Ramos (Wynalda); Stewart e Perez (Wegerle). GOL: Bebeto. ÁRBITRO: Joel Quiniou (França). VALIDADE: Copa do Mundo. LOCAL: Estádio de Stanford, Palo Alto.

9/7 BRASIL 3 × 2 HOLANDA
BRASIL: Taffarel; Jorginho, Aldair, Márcio Santos e Branco (Cafu); Mauro Silva, Dunga, Mazinho (Raí) e Zinho; Bebeto e Romário. TÉCNICO: C. A. Parreira. HOLANDA: De Goeij; Winter, R. Koeman, Valcx e

Witschge; Rijkaard (R. de Bôer), Jonk, Wouters e Bergkamp; Overmars e Van Vossen (Roy). GOLS: Romário, Bebeto, Bergkamp, Winter e Branco. ÁRBITRO: Badilla Sequeira (Costa Rica). VALIDADE: Copa do Mundo. LOCAL: Estádio Cotton Bowl, Dallas.

13/7 BRASIL 1 × 0 SUÉCIA
BRASIL: Taffarel; Jorginho, Aldair, Márcio Santos e Branco; Mauro Silva, Dunga, Mazinho (Raí) e Zinho; Bebeto e Romário. TÉCNICO: C. A. Parreira. SUÉCIA: Ravelli; Roland Nilsson, P. Andersson, Bjorklund e Uung; Mild, Ingesson, Thern e Brolin; K. Andersson e M. Dahlin (Rehn). GOL: Romário. ÁRBITRO: José Torres Cadena (Colômbia). VALIDADE: Copa do Mundo LOCAL: Estádio Rose Bowl, Pasadena.

17/7 BRASIL 0 × 0 ITÁLIA
BRASIL: Taffarel; Jorginho (Cafu), Aldair, Márcio Santos e Branco; Mauro Silva, Dunga, Mazinho e Zinho (Viola); Bebeto e Romário. TÉCNICO: C. A. Parreira. ITÁLIA: Pagliuca; Mussi (Apolloni), Baresi, Maldini e Benarrivo; Albertini, Dino Baggio (Evani), Berti e Donadoni; Roberto Baggio e Massaro. ÁRBITRO: Sandor Puhl (Hungria). VALIDADE: Copa do Mundo. LOCAL: Estádio Rose Bowl, Pasadena.
*Brasil tetracampeão.

19/10 BRASIL 5 × 0 CHILE
BRASIL: Danrlei; Bruno Carvalho, Argel, Gélson e André; Zé Elias, Marcelinho Paulista, Amoroso e Souza; Marques e Sávio. TÉCNICO: Zagallo. CHILE: Corvalan (Caro); Galdavez, Gatica, Muñoz e Gonzalez (Quiroga); Rojas (Guajardo), Acuna, Lizama e Valenzia; Ávila e Salas (Hormazabal). GOLS: Sávio (3), Amoroso e Marques. VALIDADE: Amistoso. LOCAL: Estádio Regional de Concepción, Concepción, Chile.

23/12 BRASIL 2 × 0 IUGOSLÁVIA
BRASIL: Zetti; Jorginho, Aldair, Márcio Santos e Branco; César Sampaio, Dunga, Marques (Sávio) e Zinho; Viola e Ronaldinho (Marcelinho). TÉCNICO: Zagallo. IUGOSLÁVIA: Pandurovic (Kocic); Dubadjic (Dorovic), Djukic e Brnovlc; Komuenovic (Saula), Jokanovic (Govedarica), Jugovic, Stojkovic e Mihailovic (Nadj); Savicevic e Mljatovic (Mllosevic). GOLS: Viola e Branco. ÁRBITRO: J. Mocelin (Brasil). VALIDADE: Amistoso. LOCAL: Estádio Olímpico, Porto Alegre.

1995

JOGOS PAN-AMERICANOS, ARGENTINA
TIME-BASE DO BRASIL: Adilson; Alberto, Carlinhos, Bordon e Nenê; Ronaldo, Sandro, Ricardo Mendes e Fabrício; Cairo (Ânderson) e Silvinho. TÉCNICO: Pupo Gimenez.

10/3 BRASIL 2 × 1 COSTA RICA
13/3 BRASIL 2 × 0 BERMUDAS
15/3 BRASIL 1 × 1 CHILE
19/3 BRASIL 0 × 0 HONDURAS

22/2 BRASIL 5 × 0 ESLOVÁQUIA
BRASIL: Taffarel; Cafu, Aldair (Ricardo Rocha), Márcio Santos e Branco (André); Dunga, Leandro, Juninho e Souza (Yan); Bebeto e Sávio (Túlio). TÉCNICO: Zagallo. ESLOVÁQUIA: Molnar; Stupala, Tittel, Zeman e Kinder; Thomacheck, Weis (Hllaky), Slmon e Kozak; Svara (Zola) e Luhovy (Kahan). GOLS: Souza, Bebeto (2), Túlio e Márcio Santos.

ÁRBITRO: Francisco D. Mourão (Brasil). VALIDADE: Amistoso. LOCAL: Estádio Castelão, Fortaleza.

29/3   BRASIL 1 × 1 HONDURAS
BRASIL: Danrlei; Bruno Carvalho, Gelson, Argel e Jéfferson (S. Manoel); Zé Elias, Leandro, Juninho (Amoroso) e Souza (Sávio); Viola e Túlio. TÉCNICO: Zagallo. HONDURAS: W. Cruz; Sierra, Arzu, Ulloa e Lagos; Reyes, Bonilla, Guevara e Romero (Ávila); Presley (Giovani) e Castro. GOLS: Presley e Túlio. ÁRBITRO: Antônio P. da Silva (Brasil). VALIDADE: Amistoso. LOCAL: Estádio Serra Dourada, Goiânia.

27/4   BRASIL 4 × 2 VALENCIA (ESPANHA)
BRASIL: Zetti; Cafu (Lira), Aldair, Márcio Santos (Adriano) e Leonardo; Doriva, Leandro, Juninho e S. Manoel; Túlio e Viola (Ronaldinho). TÉCNICO: Zagallo. VALENCIA: Zubizarreta; Otero (Mendieta), Camarasa (Serez), Giner e Romero; Mazinho, Roberto (Arroyo), Fernando e Latorre (Galvez); Caniggia (Raul) e Poyatos. GOLS: Latorre, Túlio (3), Juninho e Fernando (pênalti). ÁRBITRO: Albert Cerda (Espanha). VALIDADE: Amistoso. LOCAL: Estádio Luís Casanova, Valencia.

17/5   BRASIL 2 × 1 ISRAEL
BRASIL: Zetti; Cafu, Aldair, Cléber e Roberto Carlos; Doriva, Dunga, Juninho e Rivaldo; Ronaldinho e Túlio (Giovanni). TÉCNICO: Zagallo. ISRAEL: Ginsburg; Klinger (Halfon), Balbul, Brumer e Shelah; Hazan (Benado), Berkovitch, Zohar (Holtsman) e Banin; Nimni e Revivo. GOLS: Túlio, Rivaldo e Brumer. ÁRBITRO: Sandor Puhl (Hungria) VALIDADE: Amistoso. LOCAL: Estádio de Ramat Gan, Ramta Gan.

4/6   BRASIL 1 × 0 SUÉCIA
BRASIL: Zetti; Jorginho, Aldair, Ronaldo e Roberto Carlos; César Sampaio (A. Cruz), Dunga, Juninho e Zinho; Edmundo e Ronaldinho. TÉCNICO: Zagallo. SUÉCIA: B. Andersson; Kamark, Lukic, Bjoklund e Ljung; Alexanderssonjhern (Gudmundsson), Mild e Erlingmark; Dahlin (Lidman) e K. Andersson (Larsson). GOL: Edmundo. ÁRBITRO: Dick Jou (Holanda). VALIDADE: Torneio da Inglaterra. LOCAL: Villa Park, Birmingham.

6/6   BRASIL 3 × 0 JAPÃO
BRASIL: Zetti; Jorginho, Aldair, Márcio Santos e Roberto Carlos; Doriva, Dunga, Juninho (Leonardo) e Zinho (Rivaldo); Edmundo e Ronaldinho. TÉCNICO: Zagallo. JAPÃO: Kojima; Ihara, Tasaka (Muriasu) e Narahashi; Omura, Soma, Yamaguchi, Kitazawa e Morishima (Kurosaki); Nakayama (Fukuda) e Kazu. GOLS: Roberto Carlos e Zinho (2). ÁRBITRO: Jim McCluskey (Escócia). VALIDADE: Torneio da Inglaterra. LOCAL: Goodison Park, Liverpool.

11/6   BRASIL 3 × 1 INGLATERRA
BRASIL: Zetti; Jorginho, Aldair (Ronaldo), Márcio Santos e Roberto Carlos; César Sampaio, Dunga, Juninho (Leonardo) e Zinho; Edmundo e Ronaldinho (Giovanni). TÉCNICO: Zagallo. INGLATERRA: Flowers; Neville, Scales (Barton), Cooper e Pearce; Lê Saux, Anderton, Batty (Collymore) e Platt; Shearer e Sheringham. GOLS: Lê Saux, Juninho, Ronaldinho e Edmundo. ÁRBITRO: P. Pairetto (Itália) VALIDADE: Torneio da Inglaterra. LOCAL: Estádio de Wembley, Londres.

29/6   BRASIL 2 × 1 POLÔNIA
BRASIL: Danrlei; Jorginho, Aldair, Ronaldo

DEUSES DA BOLA

e Roberto Carlos; César Sampaio, Dunga, Souza (Leonardo) e Zinho; Edmundo (Sávio) e Túlio. TÉCNICO: Zagallo. POLÔNIA: Szczesny; Jakulski, Zlelinski, Bukalski (Marek) e Lapinsky; Waldoch, Nowak, Wieszczycky (Cereshevik) e Swierczewsky; Juskowiak e Kowalczyk (Dubinski). GOLS: Túlio (2) e Juskowiak. ÁRBITRO: Wilson S. Mendonça (Brasil) VALIDADE: Amistoso. LOCAL: Estádio do Arruda, Recife.

7/7   BRASIL 1 × 0   EQUADOR
BRASIL: Dida; Jorginho, Aldair, Ronaldo e Roberto Carlos; César Sampaio (Leandro), Dunga, Juninho e Zinho; Edmundo (Ronaldinho) e Túlio (Sávio). TÉCNICO: Zagallo. EQUADOR: Morales; Guaman; I. Hurtado, M. Tenório e Capurro; Quinones, Carabali, Aguinaga e Mora (Ascencio); E. Hurtado e Diaz (P. hurtado). GOL: Ronaldo. ÁRBITRO: Javier Castrilli (Argentina). VALIDADE: Copa América. LOCAL: Estádio Atílio Paiva Oliveira, Rivera, Uruguai.

10/7   BRASIL 2 × 0   PERU
BRASIL: Dida; Jorginho, Aldair, Ronaldo e Roberto Carlos; César Sampaio, Dunga, Juninho e Zinho; Edmundo e Sávio. TÉCNICO: Zagallo. PERU: Miranda; Carranza, José Soto, Dulanto e Olivares; Rodriguez (Jorge Soto), Del Solar, Palácios e Pinillos (Ramirez); Barony e Carty (Rivera). GOLS: Zinho (pênalti) e Edmundo. ÁRBITRO: Félix Benegas (Paraguai). VALIDADE: Copa América. LOCAL: Estádio Atílio Paiva Oliveira, Rivera, Uruguai.

13/7   BRASIL 3 × 0   COLÔMBIA
BRASIL: Taffarel; Jorginho, Aldair, A. Cruz e Roberto Carlos; César Sampaio, Dunga, Juninho e Leonardo; Edmundo (Túlio) e Sávio. TÉCNICO: Zagallo. COLÔMBIA: Guita; Cabrera, Mendoza, Bermudez e Santa; Gaviria (Lozano), Alvarez (Leon), Rincón e Valderrama; Aristizábal e Asprilla. GOLS: Leonardo, Túlio e Juninho. ÁRBITRO: Ernesto Fillipi (Uruguai). VALIDADE: Copa América. LOCAL: Estádio Atílio Paiva Oliveira, Rivera.

17/7   BRASIL 2 × 2   ARGENTINA
BRASIL: Taffarel; Jorginho, Aldair, A. Cruz e Roberto Carlos; César Sampaio, Dunga, Leonardo (Túlio) e Juninho; Edmundo e Sávio. TÉCNICO: Zagallo. ARGENTINA: Cristante; Zanetti, Fabbri, Cáceres e Chamot; Simeone, Astrada, Borelli e Ortega (H. Perez); Balbo (Acosta) e Batistuta (Ayala). GOLS: Balbo, Edmundo, Batistuta e Túlio. ÁRBITRO: Alberto Tejada (Peru) VALIDADE: Copa América. LOCAL: Estádio Atílio Paiva Oliveira, Rivera.

20/7   BRASIL 1 × 0   ESTADOS UNIDOS
BRASIL: Taffarel; Jorginho, Aldair, A. Cruz e Roberto Carlos; Leandro (Beto), Dunga, Juninho e Zinho; Edmundo e Sávio (Túlio). TÉCNICO: Zagallo. ESTADOS UNIDOS: Friedel; Jones (Klopas), Lalas, Burns e Caligiuri; Dooley, Harkes, Tab Ramos e Moore; Stewart e Wynalda (Sorber). GOL: Aldair. ÁRBITRO: Alfredo Rodas (Equador). VALIDADE: Copa América. LOCAL: Estádio campus, Maldonado.

23/7   BRASIL 1 × 1   URUGUAI
BRASIL: Taffarel; Jorginho, Aldair, A. Cruz e Roberto Carlos; César Sampaio, Dunga, Juninho (Beto) e Zinho; Edmundo e Túlio. TÉCNICO: Zagallo. URUGUAI: Alvez; Mendez, Herrera, Moas e Siva (Adinolfi); Gutierrez, Dorta (Bengoechea), Francescoli e Poyet; Otero e Fonseca (Martinez). GOLS: Túlio e Bengoechea. ÁRBITRO: Arturo Brizio (México).

VALIDADE: Copa América. LOCAL: Estádio Centenário, Montevidéu.

9/8   BRASIL   5 × 1   JAPÃO
BRASIL: Gilmar; Jorginho (Bruno Carvalho), A. Cruz, Ronaldo (Narciso) e Rodrigo; César Sampaio, Dunga, Leonardo (Juninho) e Zinho; Edmundo e Giovanni (Sávio). TÉCNICO: Zagallo. JAPÃO: Kojima; Hashiratani, Hayashi, Ihara e Yanagimoto; Yamagushi, Soma, Morishima (Kitasawa) e Rui Ramos; Fukuda (Kurosaki) e Kazu. GOLS: Fukuda (contra), Edmundo, Fukuda, Leonardo, César Sampaio e Sávio. ÁRBITRO: Zoran Petrovic (Iugoslávia). VALIDADE: Amistoso. LOCAL: Estádio Nacional, Tóquio.

12/8   BRASIL   1 × 0   COREIA DO SUL
BRASIL: Gilmar; Bruno Carvalho, a. Cruz, Ronaldo e Rodrigo (Zé Roberto); César Sampaio, Dunga, Leonardo (Juninho) e Zinho; Edmundo (Sávio) e Giovanni. TÉCNICO: Zagallo. COREIA DO SUL: Ge Kim; Hong, Sang Lee e Kang (Ha); Shin, Yoo (Roh), Choi e Sung Kim (Sin); Seo (Song), Hwang (Shik Choi) e Ko. GOL: Dunga. ÁRBITRO: Rusamee Jindamai (Tailândia). VALIDADE: Amistoso. LOCAL: Estádio de Suwon, Suwon.

27/9   BRASIL   2 × 2   ROMÊNIA
BRASIL: Dida (Danrlei); Bruno Carvalho, Adriano, Narciso e Zé Roberto; Zé Elias, Amaral, Souza e Edilson; Marques e Sávio. TÉCNICO: Zagallo. ROMÊNIA: Blyd; Zegrean, Glavan e Cotora; Salagean, Zanc (Popa), Vasc, Barbu e Iftodi; Butoiu (Zotinca) e Kovacs. GOLS: Marques, Vasc, Sávio e Butoiu. ÁRBITRO: Márcio R. de Freitas (Brasil). VALIDADE: Amistoso. LOCAL: Estádio do Mineirão, Belo Horizonte.

11/10   BRASIL   2 × 0   URUGUAI
BRASIL: Carlos Germano; Cafu, A. Cruz, Márcio Santos (Narciso) e Roberto Carlos (Zé Roberto); Mauro Silva, Amaral, Giovanni e Rivaldo; Bebeto e Ronaldinho (Sávio). TÉCNICO: Zagallo. URUGUAI: Ferro; Mendez, Herrera, Moas e Montero (Adinolfi); Bengoechea, Gutierrez (Gonzalez), Saralegui (Vanzini) e Poyet; Martinez (Magallanes) e O'Neill (Abeijon). GOLS: Ronaldinho (2). ÁRBITRO: José Torres Cadena (Colômbia). VALIDADE: Amistoso. LOCAL: Estádio da Fonte Nova, Salvador.

8/11   BRASIL   1 × 0   ARGENTINA
BRASIL: Carlos Germano; Cafu (Rodrigo), Aldair (Narciso), A. Cruz e Roberto Carlos; Amaral, Flávio Conceição (Charles), Juninho e Rivaldo; Donizete e Túlio. TÉCNICO: Zagallo. ARGENTINA: Cristante; Zanetti, Trotta, Cáceres e Altamirano; Astrada, Simeone (Gonzalez), Berti (Lopez) e Gallardo (Ortega); Balbo e Batistuta. GOL: Donizete. ÁRBITRO: Ernesto Filippi (Uruguai). VALIDADE: Amistoso. LOCAL: Monumental de Núñez, Buenos Aires.

20/12   BRASIL   3 × 1   COLÔMBIA
BRASIL: Carlos Germano; Cafu, Célio Silva, A. Lopes (Carlinhos) e Zé Roberto (André); Flávio Conceição, Amaral, Giovanni e Rivaldo; Túlio e Sávio. TÉCNICO: Zagallo. COLÔMBIA: Mondragon (Cajero); Gonzalez, Mendoza, Bermudez e Mosquera; Serna, Alvarez (Castro), Rincón e Fareja (Perez); Escobar e Hernandez. GOLS: Fareja, Carlinhos e Túlio (2). ÁRBITRO: Márcio R. de Freitas (Brasil). VALIDADE: Amistoso. LOCAL: Estádio Vivaldo Lima, Manaus.

DEUSES DA BOLA

1996

TORNEIO PRÉ-OLÍMPICO, ARGENTINA

TIME-BASE DO BRASIL: Dida; Zé Maria, Carlinhos, Narciso e Roberto Carlos (André); Flávio Conceição, Amaral, Juninho (Jamelli) e Souza (Beto); Caio e Sávio. TÉCNICO: Zagallo.

18/2	BRASIL	4 × 1	PERU
21/2	BRASIL	3 × 1	PARAGUAI
23/2	BRASIL	4 × 1	BOLÍVIA
27/2	BRASIL	0 × 0	URUGUAI
1/3	BRASIL	5 × 0	VENEZUELA
3/3	BRASIL	3 × 1	URUGUAI
6/3	BRASIL	2 × 2	ARGENTINA

12/1 BRASIL 4 × 1 CANADÁ
BRASIL: Dida; Zé Maria, Carlinhos, Narciso e André; Flávio Conceição, Amaral, Arílson e Jamelli; Caio e Sávio (Leandro). TÉCNICO: Zagallo. CANADÁ: Forrest; Fraser, Fletcher, Yallop e Miller; Hooper, Aunger (Limniatis), Holness (Thompson) e Radzinski; Bunbury e Corazzin. GOLS: André, Caio, Sávio, Radzinski e Leandro. ÁRBITRO: Ronald Gutierrez (Costa Rica). VALIDADE: Copa Ouro. LOCAL: Memorial Coliseum, Los Angeles.

14/1 BRASIL 5 × 0 HONDURAS
BRASIL: Dida; Zé Maria, Carlinhos, Narciso e André (Zé Roberto); Flávio Conceição (Zé Elias), Amaral, Jamelli e Arílson (Beto); Caio e Sávio. TÉCNICO: Zagallo. HONDURAS: M. Flores; Fernandez, Martinez, Sambulla e Bustillo (Flores); J. Pineda, Santamaria, Lagos e Nunes; Bennet e A. Pineda (Ceteno). GOLS: Caio (2), Jamelli (2) e Sávio. ÁRBITRO: Armando Archundia (México). VALIDADE: Copa Ouro. LOCAL: Memorial Coliseum, Los Angeles.

18/1 BRASIL 1 × 0 ESTADOS UNIDOS
BRASIL: Dida; Zé Maria, Carlinhos, Narciso (A. Lopes) e André; Flávio Conceição, Amaral, Jamelli e Arílson; Caio e Sávio. TÉCNICO: Zagallo. ESTADOS UNIDOS: Keller; Lalas, Burns e Balboa; Tab Ramos, Harkes, Dooley (Reyna), Agoos (Lassiter) e Jones; Wynalda e Moore. GOL: Balboa (contra). ÁRBITRO: Benito Archundia (México). VALIDADE: Copa Ouro. LOCAL: Memorial Coliseum, Los Angeles.

21/1 BRASIL 0 × 2 MÉXICO
BRASIL: Dida; Zé Maria, Carlinhos, Narciso e André; Flávio Conceição, Amaral (Beto), Jamelli (Leandro) e Arílson (Zé Elias); Caio e Sávio. TÉCNICO: Zagallo. MÉXICO: Campos; Gutierrez, Suarez, Davino e Villa; Lara, Del Olmo (Pelaez), Garcia Aspe e Ramirez; L. Garcia e Blanco. GOLS: L. Garcia e Blanco. ÁRBITRO: Ramesh Ramadhan (Trindad Tobago). VALIDADE: Copa Ouro. LOCAL: Memorial Coliseum, Los Angeles.

1/2 BRASIL 2 × 0 BULGÁRIA
BRASIL: Dida; Zé Maria, Carlinhos, Narciso e André; Flávio Conceição, Amaral (Beto), Jamelli e Souza (Zé Elias); Leandro e Sávio. TÉCNICO: Zagallo. BULGÁRIA: Sdravkov; Ivanov, Atzarov, Kolev e Urukov; Katchmarov, Pramatorov, Tzetanov (Dimitrov) e Slrakov (Klrov); Angelov (Zahariev) e Totev (Üernendjiev). GOLS: Sávio (2). ÁRBITRO: Antônio P. da Silva (Brasil). VALIDADE: Amistoso. LOCAL: Estádio Mané Garrincha, Brasília.

13/2   BRASIL 1 × 0 UCRÂNIA
BRASIL: Dida; Zé Maria, Carlinhos, Narciso e André; Flávio Conceição, Amaral, Jamelli e Souza; Leandro (Arílson) e Sávio. TÉCNICO: Zagallo. UCRÂNIA: Sirota; Ewtuschok, Kozar e Mizin; Kurlienko (Kowauuk), Bagmut, Sacharow (Topschiew), Polunin e Skripnik; Paljanitza e Moskwin. GOL: Sávio. ÁRBITRO: Márcio R. de Freitas (Brasil) VALIDADE: Amistoso. LOCAL: Estádio Parque do Sabiá, Uberlândia.

27/3   BRASIL 8 × 2 GANA
BRASIL: Dida; Zé Maria (Zé Elias), Aldair, A. Lopes e André; Flávio Conceição, Amaral (Marcelinho Paulista), Juninho (Jamelli) e Rivaldo; Luizão e Sávio (Marques). TÉCNICO: Zagallo. GANA: Kingston (Mohamed); Kuffour, Ampah, Baidoo e Nettey; Yahaya (Acouaya), Aboagye (Aoou), Duah e Lamptey; Osmanu (Welbeck) e Yeboah. GOLS: Zé Maria, Sávio, André, Marques (3), Rivaldo, Luizão, Yeboah e Duah. ÁRBITRO: Oscar R. de Godoy (Brasil). VALIDADE: Amistoso. LOCAL: São José do Rio Preto.

24/4   BRASIL 3 × 2 ÁFRICA DO SUL
BRASIL: Dida; Zé Maria, Aldair, A. Lopes e André; Flávio Conceição, Amaral, Jamelli (Zé Elias) e Rivaldo; Bebeto e Sávio. TÉCNICO: Zagallo. ÁFRICA DO SUL: Arendse; Motaung, Tovey, Radebe e Fish; Tinkler, Khumalo (Madigage), Mikhalele e Masinga; Bartlett (Stober) e Moeti (Masilela). GOLS: Masinga, Khumalo, Flávio Conceição, Rivaldo e Bebeto. ÁRBITRO: David Ellary (Inglaterra). VALIDADE: Amistoso. LOCAL: FNB Stadium, Joanesburgo.

22/5   BRASIL 1 × 1 CROÁCIA
BRASIL: Dida; Flávio Conceição (Marcelinho Paulista), Aldair, A. Lopes e Roberto Carlos; Zé Elias, Amaral (Beto), Juninho e Rivaldo; Luizão e Sávio. TÉCNICO: Zagallo. CROÁCIA: Runje; Stefulj (Tomaz), Cvitanovic, Mladinic e Juric; Kovac, Rukavina (Vuekc), Clzmek (Mill) e Maric; Rapjc (Ivankovic) e Vugrinec (Kosic). GOLS: Maric e Sávio. ÁRBITRO: Carlos E. Pimentel (Brasil). VALIDADE: Amistoso. LOCAL: Estádio Vivaldo Lima, Manaus.

OLIMPÍADA DE ATLANTA, ESTADOS UNIDOS
TIME-BASE DO BRASIL: Dida; Zé Maria, Aldair, Ronaldo M. e Roberto Carlos (André); Flávio Conceição (Marcelinho Paulista), Amaral (Zé Elias), Juninho e Rivaldo; Bebeto (Luizão) e Ronaldinho (Sávio). TÉCNICO: Zagallo.

21/7   BRASIL 0 × 1 JAPÃO
Amistoso em Miami.

23/7   BRASIL 3 × 1 HUNGRIA
Amistoso em Miami.

25/7   BRASIL 1 × 0 NIGÉRIA
Amistoso em Miami.

28/7   BRASIL 4 × 2 GANA
Amistoso em Miami.

31/7   BRASIL 3 × 4 NIGÉRIA
Amistoso em Athens.

2/8   BRASIL 5 × 0 PORTUGAL
Amistoso em Athens.

28/8   BRASIL 2 × 2 RÚSSIA
BRASIL: Carlos Germano; Cafu, Gonçalves, A. Cruz

e André; Zé Elias, Amaral, Giovanni e Leonardo (Zé Maria); Donizete e Ronaldinho (Jardel). TÉCNICO: Zagallo. RÚSSIA: Cherchesov; Mamedov, Tetradze, Onopko, Nikiforov e Tikonov (Karlachev); Janovski, Kanchelskis e Veritnikov (Radimov); Kolyvanov (Kechinov) e Radchenko (Bestchanfnich). GOLS: Nikiforov (pênalti), Donizete, Radimov e Ronaldinho (pênalti). ÁRBITRO: Vadin Juck (Bielo-Rússia). VALIDADE: Amistoso. LOCAL: Dínamo Stadium, Moscou.

31/8   BRASIL 2 × 2 HOLANDA
BRASIL: Carlos Germano; Cafu, Gonçalves, A. Cruz e André; Zé Elias, Amaral, Giovanni e Leonardo; Donizete (S. Manoel) e Ronaldinho (Jardel). TÉCNICO: Zagallo. HOLANDA: Van Der Sar; Reiziger, Stam, F. de Bôer e Numan; Jonk (Van Gastel), Seedorf, R. de Bôer e Bergkamp; J. Cruyff (Taument) e Van Bronckhorst. GOLS: Giovanni, R. de Bôer, Gonçalves e Van Gastel (pênalti). ÁRBITRO: Hugh Dallas (Escócia). VALIDADE: Amistoso. LOCAL: Amsterdã Arena, Amsterdã.

16/10   BRASIL 3 × 1 LITUÂNIA
BRASIL: Zetti; Zé Maria, Gonçalves, A. Cruz e André (Zé Roberto); Mauro Silva, Flávio Conceição, Djalminha e Leonardo; Donizete (Edmundo) e Ronaldinho. TÉCNICO: Zagallo. LITUÂNIA: Martinkenas (Briaunys); Vainoras, Buitkus, Sokorinas e Guildys (G. Zutautas); Milkenevicius, Maciulevicius, Kirilovas (Kelevicius) e Preiksaitis; Poderis (Morinas) e R. Zutautas (Razanaukas). GOLS: Ronaldinho (3) e Buitkus. ÁRBITRO: Francisco D. Mourão (Brasil). VALIDADE: Amistoso. LOCAL: Estádio Alberto Silva, Teresina.

13/11   BRASIL 2 × 0 CAMARÕES
BRASIL: Zetti; César Prates (André), Gonçalves, Cléber e Zé Roberto; Leandro, Doriva, Djalminha e Denílson; Giovanni e Oséas (Renaldo). TÉCNICO: Zagallo. CAMARÕES: Njeukan; Moukoko, Oben (Epalle depois Kima), M'mboe e Sleue; Ndjitap, Tchano (Simano), Manan e Wone; Ethouou e Kon (Eschi). GOLS: Giovanni e Djalminha. ÁRBITRO: J. Paulo Araújo (Brasil). VALIDADE: Amistoso. LOCAL: Estádio Pinheirão, Curitiba.

18/12   BRASIL 1 × 0 BÓSNIA
BRASIL: Zetti; Cafu, Gonçalves, A. Cruz e Zé Roberto (Júnior); Leandro, Flávio Conceição (Ricardinho), Djalminha (Rodrigo) e Denílson; Giovanni (Oséas) e Ronaldinho. TÉCNICO: Zagallo. BÓSNIA: Dedil; Pintul, Geca, Glavas (Davic) e Ramcic; Kapetanovic, Begic (Music), Besirevic e Sabic (Turkovic); Salihamidzic (Osmic) e Bolic. GOL: Ronaldinho. ÁRBITRO: S. Marinho (Brasil). VALIDADE: Amistoso. LOCAL: Estádio Vivaldo Lima, Manaus.

1997

26/2   BRASIL 4 × 2 POLÔNIA
BRASIL: Carlos Germano; Cafu, Aldair (Célio Silva), Cléber e Roberto Carlos (Zé Roberto); Mauro Silva, Doriva, Giovanni (Juninho) e Leonardo; Ronaldinho e Romário. TÉCNICO: Zagallo. POLÔNIA: Szamotulski; Sokolowski (Kuchaeski), Jozwiak e Wojtala; Hajto (Kaluzny), Jegor, Citko e Swierczewski e P. Nowak; Ledwon (Skrypek) e Warzycha (Kowalczyk). GOLS: Giovanni (2),

Ronaldinho (2), Kuchaeski e Citko. ÁRBITRO: Antônio P. da Silva (Brasil). VALIDADE: Amistoso. LOCAL: Estádio Serra Dourada, Goiânia.

2/4 BRASIL 4 × 0 CHILE
BRASIL: Taffarel; Cafu (César Prates), Aldair, Gonçalves e Roberto Carlos (Zé Roberto); Mauro Silva, Leandro, Juninho e Denílson; Ronaldinho (Jardel) e Romário (Donizete). TÉCNICO: Zagallo. CHILE: Tapia; Mendoza, Margas (Muñoz), Reyes e Fuentes; Salas, Musrri, Castañeda (Valencia) e Sierra (Riveiros); Basay (Goldberg) e Nunes (P. Gonzalez). GOLS: Ronaldinho (2) e Romário (2). ÁRBITRO: Carlos Eugênio Simon (Brasil). VALIDADE: Amistoso. LOCAL: Estádio Mané Garrincha, Brasília.

30/4 BRASIL 4 × 0 MÉXICO
BRASIL: Taffarel; Cafu, Márcio Santos (Célio Silva), A. Cruz e Roberto Carlos (André); Mauro Silva (César Sampaio), Dunga, Djalminha (Donizete) e Leonardo; Ronaldinho e Romário (Edmundo). TÉCNICO: Zagallo. MÉXICO: Rios; Pardo, Suarez, Davino e Ramirez (Romero); Coyote, Garcia Aspe, Galindo (Bernal) e Hernandez (Blanco); Hermosillo (Garcia) e Zaguinho (Villa). GOLS: Leonardo e Romário (3). ÁRBITRO: Esfandiar Baharmast (Estados Unidos). VALIDADE: Amistoso. LOCAL: Estádio Orange Bowl, Miami.

30/5 BRASIL 2 × 4 NORUEGA
BRASIL: Taffarel; Cafu, Célio Silva, Márcio Santos e Roberto Carlos; Mauro Silva, Dunga, Djalminha e Leonardo; Ronaldinho e Romário. TÉCNICO: Zagallo. NORUEGA: Grodas (T. Grill); Haland (Halle), Johnsen, Berg e Skammelsrud; Strandli (Üostein Flo), Mykland, Leonhardsen (Solbaken) e Rekdal; Rudi (Ostentad) e Tore André Flo. GOLS: Rudi, Tore André Flo (2), Djalminha, Romário e Ostentad. ÁRBITRO: Stephen Lodge (Inglaterra). VALIDADE: Amistoso. LOCAL: Estádio Ullevaal, Oslo.

3/6 BRASIL 1 × 1 FRANÇA
BRASIL: Taffarel; Cafu, Célio Silva, Aldair (Gonçalves) e Roberto Carlos; Mauro Silva, Dunga, Giovanni (Djalminha) e Leonardo; Ronaldinho e Romário (Paulo Nunes). TÉCNICO: Zagallo. FRANÇA: Barthez; Candela, Blanc, Desailly (Thuram) e Lizarazu; Deschamps, Karembeu (Vieira), Pires (Keller) e Zidane; Ba e Maurice. GOLS: Roberto Carlos e Keller. ÁRBITRO: Kim Milton Nielsen (Dinamarca). VALIDADE: Torneio da França. LOCAL: Estádio Gerland, Lyon.

8/6 BRASIL 3 × 3 ITÁLIA
BRASIL: Taffarel; Cafu, Célio Silva, Aldair e Roberto Carlos; Mauro Silva (Flávio Conceição), Dunga, Leonardo e Denílson; Ronaldinho e Romário. TÉCNICO: Zagallo. ITÁLIA: Pagliuca; Panucci, Costacurta, Canavarro e Maldini (Di Livio); Albertini, Di Matteo, Dino Baggio (Fuser) e Lombardo; Del Piero e Vleri (Inzaghi). GOLS: Roberto Carlos, Ronaldinho, Romário, Del Piero (2) e Albertini. ÁRBITRO: Serge Muhmenthaler (Suíça). VALIDADE: Torneio da França. LOCAL: Estádio Gerland, Lyon.

10/6 BRASIL 1 × 0 INGLATERRA
BRASIL: Taffarel; Cafu, Célio Silva, Aldair e Roberto Carlos; Flávio Conceição, Dunga, Leonardo (Zé Roberto) e Denílson (Djalminha); Ronaldinho e Romário. TÉCNICO: Zagallo. INGLATERRA: Seaman; Keown (G. Neville), Southgate e Campbell; P. Neville, Ince, Scholes (Lee), Gascoigne e Lê Saux; Sheringham (Wright) e Shearer. GOL:

DEUSES DA BOLA

Romário. ÁRBITRO: J. Jairo Toro Rendon (Colômbia). VALIDADE: Torneio da França. LOCAL: Stade Parc des Princes, Paris.

13/6   BRASIL 5 × 0 COSTA RICA
BRASIL: Taffarel; Cafu (Zé Maria), Aldair, Gonçalves e Roberto Carlos; Dunga, Flávio Conceição, Djalminha (Edmundo) e Leonardo; Ronaldinho e Romário (Giovanni). TÉCNICO: Zagallo. COSTA RICA: Lonnis; Wallace (Delgado), Gonzalez, Wright e Berry; Guillén, Lopez, Solis e Soto (Myers); Gomez e Medford. GOLS: Djalminha, Gonzalez (contra), Ronaldinho (2) e Romário. ÁRBITRO: Epifânio Gonzalez (Paraguai). VALIDADE: Copa América. LOCAL: Estádio Ramon Aguilera, Santa Cruz de La Sierra.

16/6   BRASIL 3 × 2 MÉXICO
BRASIL: Taffarel; Cafu, Aldair, Célio Silva e Roberto Carlos; Dunga, Flávio Conceição, Djalminha (Denílson) e Leonardo (Zé Roberto); Ronaldinho e Romário. TÉCNICO: Zagallo. MÉXICO: Rios; Pardo, Suarez, Sanchez e Davino; Romero (Abundis), Villa, Lara e Ramirez (Garcia); Hernandez e Falência (B Lanço). GOLS: Hernandez (2), Aldair, Romário e Leonardo. ÁRBITRO: José Arana (Peru). VALIDADE: Copa América. LOCAL: Estádio Ramon Aguilera, Santa Cruz de La Sierra.

19/6   BRASIL 2 × 0 COLÔMBIA
BRASIL: Taffarel; Cafu (Zé Maria), Aldair, Gonçalves e Roberto Carlos; Mauro Silva, Dunga (César Sampaio), Leonardo e Denílson; Ronaldinho (Edmundo) e Romário. TÉCNICO: Zagallo. COLÔMBIA: Calero; Santa, Bermudez, Córdoba e Mosquera; Perez, Cabrera, Bonilla (Richard) e Pacheco; Morantes (Estrada) e Aristizábal. GOLS:

Dunga e Edmundo. ÁRBITRO: Epifânio Gonzalez (Paraguai). VALIDADE: Copa América. LOCAL: Estádio Ramon Aguilera, Santa Cruz de La Sierra.

22/6   BRASIL 2 × 0 PARAGUAI
BRASIL: Taffarel; Zé Maria, Aldair, Gonçalves e Roberto Carlos; Dunga, Flávio Conceição, Leonardo e Denílson; Ronaldinho e Romário. TÉCNICO: Zagallo. PARAGUAI: Chilavert; Sarabia, Gamarra e Espínola (Jara); Arce, Alcaraz, Gomez, Acuna e Villamayor (Ovelar); Soto (Cardozo) e Rojas. GOLS: Ronaldinho (2). ÁRBITRO: Rafael Sanabria (Colômbia). VALIDADE: Copa América. LOCAL: Estádio Ramon Aguilera, Santa Cruz de La Sierra.

26/6   BRASIL 7 × 0 PERU
BRASIL: Taffarel; Cafu, Aldair, Gonçalves e Roberto Carlos; Dunga (Mauro Silva), Flávio Conceição, Leonardo (Djalminha) e Denílson; Ronaldinho (Edmundo) e Romário. TÉCNICO: Zagallo. PERU: Miranda; Reyna (Prado), Rebosio, Dulanto e Hidalgo; Torres, Muñoz, Magallanes e Caraza (Saenz); Palácios (Palomino) e Cominges. GOLS: Denílson, Flávio Conceição, Romário (2), Leonardo (2) e Djalminha. ÁRBITRO: Badilla Sequeira (Costa Rica). VALIDADE: Copa América. LOCAL: Estádio Ramon Aguilera, Santa Cruz de La Sierra.

29/6   BRASIL 3 × 1 BOLÍVIA
BRASIL: Taffarel; Cafu, Aldair, Gonçalves e Roberto Carlos; Dunga, Flávio Conceição (Zé Roberto), Leonardo (Mauro Silva) e Denílson; Edmundo (Paulo Nunes) e Ronaldinho. TÉCNICO: Zagallo. BOLÍVIA: Trucco; O. Sanchez, Pena, Sandy e Cristaldo; Soria, S. Castillo, Baldivieso e Moreno (Coimbra); E. Sanchez e Etcheverry. GOLS: Denílson,

E. Sanchez, Ronaldinho e Zé Roberto. ÁRBITRO: Jorge Nieves (Uruguai). VALIDADE: Copa América. LOCAL: Estádio Hernan Siles Suazo, La Paz.
* Brasil campeão.

10/8   BRASIL 2 × 1 COREIA DO SUL
BRASIL: Taffarel; Cafu, Gonçalves (Júnior Baiano), Aldair e Roberto Carlos; Dunga, Flávio Conceição, Leonardo (Juninho) e Denílson; Dodô (Anderson) e Ronaldinho. TÉCNICO: Zagallo. COREIA DO SUL: Seo Myung; Choi L., Hong Bo e Lee (Choi Chul); Ha Ju, Lee Hlung (Choi Yong), Ko Woon (Roh Rae), Yoo Chul e Lee Yoon; Choi Su (Park Ha) e Kim Keun (Choi Slk). GOLS: Kim Keun, Ronaldinho (pênalti) e Anderson. ÁRBITRO: Mohd Nazri Abdullah (Malásia). VALIDADE: Amistoso. LOCAL: Estádio Olímpico, Seul.

13/8   BRASIL 3 × 0 JAPÃO
BRASIL: Carlos Germano; Cafu, Júnior Baiano, A. Cruz e Roberto Carlos; Dunga (César Sampaio), Flávio Conceição, Leonardo (Juninho) e Denílson; Anderson (Dodô) e Ronaldinho (Donizete). TÉCNICO: Zagallo. JAPÃO: Kawaguchi; Narahashi (Watanabe), Akita, Ihara, Saito e Soma (Michiki); Yamaguchi (Takagi), Honda e Hirano (Jo); Nakata e Kazu. GOLS: Flávio Conceição (2) e Júnior Baiano. ÁRBITRO: Piron Unprasert (Tailândia). VALIDADE: Amistoso. LOCAL: Estádio Nagai, Osaka.

10/9   BRASIL 4 × 2 EQUADOR
BRASIL: Carlos Germano (Zetti); Cafu (Russo), Júnior Baiano (Cléber), Gonçalves e Zé Roberto; Mauro Silva, Emerson, Rivaldo (Zinho) e Denílson; Dodô e Anderson (Christian). TÉCNICO: Zagallo. EQUADOR: Cevallos; Rivera (Coronel), Montano, Tenorio e De La Cruz; Blandón, Carabali, Sanchez e Gavica (Aguinaga); Graziani (Maldonado, depois Smith) e Osvaldo de La Cruz (Valencia). GOLS: Denílson, Dodô (2), Aguinaga, Emerson e Maldonado. ÁRBITRO: Jorge Nieves (Uruguai). VALIDADE: Amistoso. LOCAL: Estádio da Fonte Nova, Salvador.

9/10   BRASIL 2 × 0 MARROCOS
BRASIL: Taffarel; Cafu (Russo), Júnior Baiano, Gonçalves (Cléber) e Zé Roberto; Zé Elias, Emerson, Juninho e Denílson; Donizete e Dodô (Christian). TÉCNICO: Zagallo. MARROCOS: Bezekri; Saber, Naybet, Triki (Tahar) e Hadrioui (Abrami); Chippo, Azzouzi (Netrozz), Chiba e Hadji; Fertout e Raghib. GOLS: Denílson (2). ÁRBITRO: Rafael Sanabria (Colômbia). VALIDADE: Amistoso. LOCAL: Estádio Mangueirão, Belém.

11/11   BRASIL 3 × 0 PAÍS DE GALES
BRASIL: Taffarel; Cafu (Zé Maria), Aldair, A. Cruz (Júnior Baiano) e Zé Roberto; Doriva, Flávio Conceição (Emerson), Zinho e Rivaldo; Dodô (Rodrigo) e Müller. TÉCNICO: Zagallo. PAÍS DE GALES: Paul Jones (Marriot); Page, Jenkins (Andrew Williams), Collemann e Ready; Robinson, Pembridge (Trollope), Osten e Speed; Saunders e Haworth (Aid Williams). GOLS: Zinho, Rivaldo e Rodrigo. ÁRBITRO: Javier Castrilli (Argentina). VALIDADE: Amistoso. LOCAL: Estádio Mané Garrincha, Brasília.

7/12   BRASIL 2 × 1 ÁFRICA DO SUL
BRASIL: Dida; Zé Maria, Júnior Baiano, Aldair (Gonçalves) e Zé Roberto; Dunga (Russo), César Sampaio, Denílson e Rodrigo; Bebeto (Doriva) e Romário. TÉCNICO: Zagallo. ÁFRICA DO SUL: Arendse; Motaung, Tovey, Radebe, Fish e Jackson (Mkalele); Tinkler (Ngobe), Moeti (Augustim) e Moshoue (Ndanya); Khumalo e Masinga. GOLS:

Romário, Bebeto e Mkalele. ÁRBITRO: Alouisius Seslkwe (Botsuana). VALIDADE: Amistoso. LOCAL: Estádio Ellen Park, Joanesburgo.

12/12   BRASIL 3 × 0 ARÁBIA SAUDITA
BRASIL: Dida; Cafu, Aldair, Júnior Baiano e Zé Roberto; César Sampaio, Flávio Conceição, Leonardo (Juninho) e Denílson (Rivaldo); Ronaldinho e Romário. TÉCNICO: Zagallo. ARÁBIA SAUDITA: Al-Daye; Al-Jahni; Khiaiwi; Zubramawy e Al-Harbi; Al-Owairan (Tlmawi), Al'muwalide e Al-Dosary; Al-Jaber (Shaharani) e Al-Mehalel. GOLS: César Sampaio e Romário (2). ÁRBITRO: Nikolai Levnikov (Rússia). VALIDADE: Copa das Confederações. LOCAL: Estádio Rei Fahd, Riad.

14/12   BRASIL 0 × 0 AUSTRÁLIA
BRASIL: Dida; Zé Maria, Aldair, Júnior Baiano e Roberto Carlos; César Sampaio (Doriva), Flávio Conceição, Leonardo e Rivaldo (Denílson); Bebeto e Ronaldinho. TÉCNICO: Zagallo. AUSTRÁLIA: Bosnich; Horvat, Ivanovic, Tobin e Lazaridis; Tony Vidmar, Zelic, Foster e Aurélio Vidmar (Tapai); Aloisi (Mori) e Vlduka (Bingley). ÁRBITRO: Lucien Bouchardeau (Níger). VALIDADE: Copa das Confederações. LOCAL: Estádio Rei Fahd, Riad.

16/12   BRASIL 3 × 2 MÉXICO
BRASIL: Dida (Rogério); Zé Maria, Aldair, Júnior Baiano e Roberto Carlos; Dunga, Flávio Conceição, Juninho e Denílson; Ronaldinho (Bebeto) e Romário. TÉCNICO: Zagallo. MÉXICO: Perez; Pardo, Suarez, Gabriel (Garcia) e Davino; Blanco, Carmona (Ramirez), Luna e Lara; Hernandez e Palencia. GOLS: Romário (pênalti), Blanco, Denílson, Júnior Baiano e Ramirez. ÁRBITRO: Ian Mcload (África do Sul). VALIDADE: Copa das Confederações. LOCAL: Estádio Rei Fahd, Riad.

19/12   BRASIL 2 × 0 REPÚBLICA CHECA
BRASIL: Dida; Cafu, Aldair, Júnior Baiano (Gonçalves) e Roberto Carlos; Dunga, Flávio Conceição (César Sampaio), Juninho e Leonardo (Denílson); Ronaldinho e Romário. TÉCNICO: Zagallo. REPÚBLICA CHECA: Smicek; Rada, Svoboda e Vicek; Lasota, Bejbl (Kozel), Hornak (Poborsky), Nemec e N. Edved (Ulich); Smicer e Kuka. GOLS: Romário e Ronaldinho. ÁRBITRO: Lucien Bouchardeau (Níger) VALIDADE: Copa das Confederações. LOCAL: Estádio Rei Fahd, Riad.

21/12   BRASIL 6 × 0 AUSTRÁLIA
BRASIL: Dida; Cafu, Aldair, Júnior Baiano e Roberto Carlos; Dunga, César Sampaio, Juninho e Denílson; Ronaldinho e Romário. TÉCNICO: Zagallo. AUSTRÁLIA: Bosnich; Horvat (Binsley), Ivanovic, Tobin e Lazaridis; Tony Vidmar (Moscat), Zelic, Foster e Aurélio Vidmar (Aloisi); Kewell e Viduka. GOLS: Romário (3) e Ronaldinho (3). ÁRBITRO: Un Prasert (Tailândia). VALIDADE: Copa das Confederações. LOCAL: Estádio Rei Fahd, Riad, Arábia Saudita.

1998

3/2   BRASIL 0 × 0 JAMAICA
BRASIL: Taffarel; Zé Maria, Júnior Baiano, Gonçalves (César) e Júnior; Mauro Silva, Flávio Conceição, Zinho e Denílson; Edmundo e Romário TÉCNICO: Zagallo. JAMAICA: Barrett; Dixon, Brown e Goodson; Sinclair, Cargill, Whitmore, Simpson e Gardener;

Hall e Burton (Gayle). ÁRBITRO: Estandiar Baharmast (EUA). VALIDADE: Copa Ouro da Concacaf. LOCAL: Estádio Orange Bowl, Miami.

5/2   BRASIL 1 × 1 GUATEMALA
BRASIL: Taffarel; Zé Maria (Russo), César, Gonçalves e Júnior; Mauro Silva, Flávio Conceição, Zinho e Denílson; Edmundo (Élber) e Romário. TÉCNICO: Zagallo. GUATEMALA: Estrada; Ruano, Miranda, de León e Caceres; Rojas (Herrera), Perez (Giron), Machon e Funes; Godoy e Valencia (Ramirez). GOLS: Romário e Godoy. ÁRBITRO: Rameche Randhan (Trinidad e Tobago). VALIDADE: Copa de Ouro da Concacaf. LOCAL: Estádio Orange Bowl, Miami.

8/2   BRASIL 4 × 0 EL SALVADOR
BRASIL: Taffarel; Zé Maria (Russo), Gonçalves, Flávio Conceição e Júnior; Mauro Silva, Marcos Assunção, Zinho e Denílson (Sérgio Manoel); Edmundo (Élber) e Romário. TÉCNICO: Zagallo EL SALVADOR: Alfaro; Carcamo (Iraheta), Rojas, Vicevic e Rodriguez; Escobar (De La Cruz), Borja, Iraheta e Cerritos (Magico Gonzalez); Cienfuegos e Franco. GOLS: Edmundo, Romário e Élber (2). ÁRBITRO: Rodrigo Badilla (Costa Rica). VALIDADE: Copa Ouro da Concacaf. LOCAL: Memorial Coliseum, Los Angeles.

10/2   BRASIL 0 × 1 ESTADOS UNIDOS
BRASIL: Taffarel; Zé Maria, Júnior Baiano, Gonçalves e Júnior; Mauro Silva (Doriva), Flávio Conceição (Marcos Assunção), Zinho e Sérgio Manoel (Élber); Edmundo e Romário. TÉCNICO: Zagallo. ESTADOS UNIDOS: Keller; Hedjuk, Lalas, Pope e Agoos; Harkes, Burns, Moore e Jones; Wegerie (Preki Radosalvljevic) e Wynalda (Mcbride). GOL: Preki Radosalvljevic. ÁRBITRO: Ali Mohammed Busain (Emirados Árabes Unidos). VALIDADE: Copa Ouro da Concacaf. LOCAL: Memorial Coliseum, Los Angeles.

15/2   BRASIL 1 × 0 JAMAICA
BRASIL: Taffarel; Zé Maria (Marcos Assunção), Júnior Baiano (César), Gonçalves e Júnior; Doriva, Flávio Conceição e Zinho; Edmundo, Élber (Donizete) e Romário. TÉCNICO: Zagallo. JAMAICA: Barrett; Dixon, Lowe (Dawes) e Goodison; Malcom, Simpson, Williams, Cargill (Whitmore) e Sinclair (Gardener); Hall e Burton. GOL: Romário. ÁRBITRO: Ali Mohammed Busain (Emirados Árabes Unidos). VALIDADE: Copa Ouro da Concacaf. LOCAL: Memorial Coliseum, Los Angeles.

15/3   BRASIL 2 × 1 ALEMANHA
BRASIL: Taffarel; Cafu, Aldair, Júnior Baiano e Roberto Carlos; César Sampaio, Dunga, Rivaldo e Denílson (Doriva); Romário (Bebeto) e Ronaldo. TÉCNICO: Zagallo. ALEMANHA: Kopke; Helmer (Babbel), Kohler, Worns e Heinrich; Thon, Hamman, Moller e Ziege (Tarnat); Klinsmann e Bierhoff. GOLS: César Sampaio, Kirsten e Ronaldo. ÁRBITRO: David Elleray (Inglaterra). VALIDADE: Amistoso. LOCAL: Estádio Gottlieb-Daimler, Stuttgart.

29/4   BRASIL 0 × 1 ARGENTINA
BRASIL: Taffarel; Cafu, Aldair (Cléber), Júnior Baiano e Roberto Carlos; Zé Elias, César Sampaio, Raí (Leonardo) e Denílson (Edmundo); Ronaldo e Romário. TÉCNICO: Zagallo. ARGENTINA: Burgos; Vivas, Ayala e Sensini; Zanetti, Almeyda, Simeone, Verón e Ariel Ortega (Marcelo Delgado); Batistuta e Cláudio Lopez (Pineda). GOL: Claudio Lopez

ÁRBITRO: Alain Sars (França). VALIDADE: Amistoso. LOCAL: Estádio do Maracanã, Rio de Janeiro.

31/5 BRASIL 1 × 1 ATLÉTICO DE BILBAO
BRASIL: Taffarel; Cafu (Zé Carlos), Júnior Baiano, Aldair e Roberto Carlos; César Sampaio (Leonardo); Giovanni (Denílson) e Rivaldo; Bebeto (Edmundo) e Ronaldo. TÉCNICO: Zagallo. ATLÉTICO DE BILBAO: Valencia; La Cruz, Garcia (Larrazabal), Ferreira e Lasa; Urrutia (Mari), Nagore, Gonzalez (Bermejo), Alkiza (Huegun) e Perez (Sendoa); Ziganda (Urzaiz). TÉCNICO: Luís Fernandez. GOLS: Garcia e Rivaldo. ÁRBITRO: David Elleray (Inglaterra). VALIDADE: Amistoso. LOCAL: Estádio San Mamés, Bilbao.

3/6 BRASIL 3 × 0 ANDORRA
BRASIL: Taffarel (Carlos Germano); Cafu, Júnior Baiano, Aldair (André Cruz) e Roberto Carlos (Zé Roberto); Dunga (Doriva), César Sampaio, Giovanni (Leonardo) e Rivaldo (Denílson); Bebeto e Ronaldo. TÉCNICO: Zagallo. ANDORRA: Koldo; Pol, Javier Ramirez (Escura), Txema Garcia e Martin Garcia; Tony Lima, Ildefonso Lima e Sonejee; Lucendo, Ruiz Gonzaleze Bazan (Sanchez). GOLS: Giovanni, Rivaldo e Cafu. ÁRBITRO: Raul Garibian (França). VALIDADE: Amistoso. LOCAL: Estádio de Saint-Quen, Paris.

10/6 BRASIL 2 × 1 ESCÓCIA
BRASIL: Taffarel; Cafu, Aldair, Júnior Baiano e Roberto Carlos; César Sampaio, Giovanni (Leonardo), Dunga e Rivaldo; Ronaldo e Bebeto (Denílson). TÉCNICO: Zagallo. ESCÓCIA: Leighton; Calderwood, Hendry e Boyd; Burley, Lambert, Jackson (Billy Mckinlay), Collins e Dailly (Tosh Mckinley); Durie e Gallacher. GOLS: César Sampaio, Collins e Boyd (contra). ÁRBITRO: José Garcia

Aranda (Espanha). VALIDADE: Copa do Mundo. LOCAL: Stade de France, Paris.

16/6 BRASIL 3 × 0 MARROCOS
BRASIL: Taffarel; Cafu, Aldair, Júnior Baiano e Roberto Carlos; César Sampaio (Doriva), Dunga, Leonardo e Rivaldo (Denílson); Bebeto (Edmundo) e Ronaldo. TÉCNICO: Zagallo MARROCOS: Benzekri; Saber (Abrami), Rossi, Naybet e El Hadrioui; Chippo, El Khalej, Chiba (Amzine) e Hadji; Hadda (El Khattabi) e Bassir. GOLS: Ronaldinho, Rivaldo e Bebeto. ÁRBITRO: Nikolai Levnikov (Rússia). VALIDADE: Copa do Mundo. LOCAL: Stade de la Beaujoire, Nantes.

23/6 BRASIL 1 × 2 NORUEGA
BRASIL: Taffarel; Cafu, Gonçalves, Júnior Baiano e Roberto Carlos; Dunga, Leonardo, Bebeto e Rivaldo; Ronaldo e Denílson. TÉCNICO: Zagallo. NORUEGA: Grodas; Berg, Bjornebye, Heggem e Johnsen; Havard Flo (Solksjaer), Leonhardsen, Rekdal e Riseth (Jostein Flo); Strand (Mykland) e Tore André Flo. GOLS: Bebeto, Tore André Flo e Rekdal (pênalti). ÁRBITRO: Esfandiar Baharmast (EUA). VALIDADE: Copa do Mundo. LOCAL: Stade Velodrome, Marselha.

27/6 BRASIL 4 × 1 CHILE
BRASIL: Taffarel, Cafu, Aldair (Gonçalves), Júnior Baiano e Roberto Carlos; César Sampaio, Dunga, Leonardo e Rivaldo; Bebeto (Denílson) e Ronaldo. TÉCNICO: Zagallo. CHILE: Tapia; Vargas, Fuentes e Reyes; Aros, Ramirez (Marcelo Veja), Sierra (Estay), Acuña (Mussri) e Cornejo; Salas e Zamorano. GOLS: César Sampaio (2), Ronaldo (pênalti) e Ronaldo. ÁRBITRO: Marc Batta (França). VALIDADE: Copa do Mundo. LOCAL: Stade Parc de Princes, Paris.

3/7 BRASIL 3 × 2 **DINAMARCA**
BRASIL: Taffarel; Cafu, Aldair, Júnior Baiano e Roberto Carlos; César Sampaio, Dunga, Leonardo (Emerson) e Rivaldo (Zé Roberto); Bebeto (Denílson) e Ronaldo. TÉCNICO: Zagallo. DINAMARCA: Peter Schmeichel; Colding, Rieper, Hogh e Heintze; Martin Jorgensen, Thomas Helveg (Schjonberg), Michael Laudrup e Alan Nielsen (Tofting); Peter Moller (Sand) e Brian Laudrup. GOLS: Martin Jorgensen, Bebeto, Rivaldo, Brian Laudrup e Rivaldo. ÁRBITRO: Mohammed Gamal Ghandour (Egito) LOCAL: Stade de la Beaujoire, Nantes.

7/7 BRASIL 1 × 1 **HOLANDA** (nos pênaltis BRASIL 4 × 2 HOLANDA)
BRASIL: Taffarel; Zé Carlos, Aldair, Júnior Baiano e Roberto Carlos; César Sampaio, Dunga, Leonardo (Emerson) e Rivaldo; Bebeto (Denílson) e Ronaldo. TÉCNICO: Zagallo HOLANDA: Van Der Sar; Reiziger (Winter), Stam e Frank de Boer; Ronald de Boer, Wim Jonk (Seedorf), Davids e Cocu; Bergkamp, Kluivert e Zenden (Van Hoojdonk). GOLS: Ronaldo e Kluivert (na decisão por pênaltis, Ronaldo, Frank de Boer, Rivaldo, Bergkamp, Emerson e Dunga). ÁRBITRO: Ali Mohamad Bujsaim (Emirados Árabes Unidos). VALIDADE: Copa do Mundo. LOCAL: Stade Velodrome, Marselha.

12/7 BRASIL 0 × 3 **FRANÇA**
BRASIL: Taffarel; Cafu, Júnior Baiano, Aldair e Roberto Carlos; César Sampaio (Edmundo), Dunga, Leonardo (Denílson) e Rivaldo; Bebeto e Ronaldo TÉCNICO: Zagallo. FRANÇA: Barthez; Thuram, Leboeuf, Desailly e Lizarazu; Deschamps, Larembeu (Boghossian), Petit e Zidane; Djorkaeff (Patrick Vieira) e Guivarch (Dugarry). GOLS: Zidane (2) e Petit. ÁRBITRO: Said Belgola (Marrocos) VALIDADE: Copa do Mundo. LOCAL: Saint Denis, Paris.

23/9 BRASIL 1 × 1 **IUGOSLÁVIA**
BRASIL: Andre; Cafu, Antonio Carlos, Cléber e Felipe (Serginho); Marcos Assunção (Rogério), Vampeta, Marcelinho (Jackson) e Rivaldo (Christian); Müller e Denílson (Alex). TÉCNICO: Vanderlei Luxemburgo. IUGOSLÁVIA: Kralj (Zilic); Djukic, Djorovic e Sakic; Njegus (Nadj), Jokanovic, Grozdic, Stankovic (Sarac) e Mjatovic (Lazetic); Petkovic (Curcic) e Milosevic (Kovacevic). GOLS: Milosevic e Marcelinho. ÁRBITRO: Sidrack Marinho (Brasil). VALIDADE: Amistoso. LOCAL: Estádio Castelão, São Luís.

14/10 BRASIL 5 × 1 **EQUADOR**
BRASIL: Rogério Ceni; Cafu, Antonio Carlos (Odvan), César e Serginho; Vampeta, Flávio Conceição (Rogério), Marcelinho Carioca (Alex) e Rivaldo (Jackson); Denílson e Élber (Fábio Júnior). TÉCNICO: Vanderlei Luxemburgo. EQUADOR: Espinoza; De la Cruz, Quiñonez, Montano e Reascos; Carabali (Briones), Tenorio, Ayovi e Aguinaga (Gavica); Graziani (Grueso) e Kaviedes (Ascencio). GOLS: Marcelinho Carioca, De La Cruz, Cafu e Élber (3). ÁRBITRO: Brian Hall (EUA). VALIDADE: Amistoso. LOCAL: Estádio Robert Kennedy, Washington.

18/11 BRASIL 5 × 1 **RÚSSIA**
BRASIL: Rogério Ceni (Emerson); Cafu (Marcos Assunção), Antonio Carlos, César e Serginho; Flávio Conceição, Vampeta (Narciso), Rivaldo e Denílson (Jackson); Amoroso e Élber (Christian). TÉCNICO: Vanderlei Luxemburgo. RÚSSIA: Novosadov (Nigmatullin); Solomatin (Kornaukhov),

DEUSES DA BOLA

Varlamov, Mamedov e Nekrasov; Igonin, Smertin (Kondraschov), Kormiltsev (Bakharev) e Filipenkov (Bulatov); Semak e Yesipov (Panov). GOLS: Élber, Amoroso, Rivaldo, Marcos Assunção, Kourmakov e Amoroso ÁRBITRO: Gustavo Mendes (Uruguai) VALIDADE: Amistoso. LOCAL: Estádio Castelão, Fortaleza.

1999

28/3 BRASIL 0 × 1 CORÉIA DO SUL
BRASIL: Rogério Ceni; Cafu, Odvan, César e Serginho (Felipe); Flávio Conceição, Zé Roberto, Juninho (Alessandro) e Rivaldo; Amoroso e Jardel (Fábio Júnior). TÉCNICO: Vanderlei Luxemburgo COREIA DO SUL: Byung-Ji; Im-Saeng, Myung-Bo e Tae-Young (Sang-Hoon); Hong-Ki (Sung-Yong), Sang-Cheol (Jung-Hwan), Seok-Joo, Dong-Won e Young-Yoon (Eul-Yong); Seon-Hong e Do-Keoun (Iung-Won) (Do-Hoon). GOL: Do-Hoon. ÁRBITRO: Selearajen Subramanian (Malásia). VALIDADE: Amistoso. LOCAL: Estádio Olímpico, Seul.

31/3 BRASIL 2 × 0 JAPÃO
BRASIL: Rogério Ceni; Cafu (Rogério), Odvan, César (Scheidt) e Felipe; Flávio Conceição, Emerson, Juninho e Rivaldo; Amoroso e Fábio Júnior. TÉCNICO: Vanderlei Luxemburgo. JAPÃO: Shimoda; Akita, Saito, Ihara (Morioka) e Soma; Tasaka, Nakata, Nanami e Ito; Nakayama (Yanigisawa) e Jo (Wágner Lopes). GOLS: Amoroso e Emerson. ÁRBITRO: Shamsul Maidin (Cingapura). VALIDADE: Amistoso. LOCAL: Estádio Nacional, Tóquio.

28/4 BRASIL 2 × 2 BARCELONA
BRASIL: Rogério Ceni; Zé Maria (Rogério), Odvan, Scheidt e Roberto Carlos; Flávio Conceição, Émerson, Amoroso (Giovanni) e Rivaldo; Ronaldo e Romário. TÉCNICO: Vanderlei Luxemburgo. BARCELONA: Hesp (Arnau); Reizuger (Nadal), Abelardo, Frank de Boer e Sergi; Guardioloa (Xavi), Cocu (Roger) e Luís Enrique; Figio, Kluivert (Sonny Anderson) e Zenden. TÉCNICO: Louis Van Gaal. GOLS: Ronaldo, Luís Enrique, Rivaldo e Cocu. ÁRBITRO: Juan Ansuategui (Espanha). VALIDADE: Amistoso. LOCAL: Estádio Camp Nou, Barcelona.

5/6 BRASIL 2 × 2 HOLANDA
BRASIL: Dida; Evanílson, Antonio Carlos, Aldair e Roberto Carlos; Emerson, Djair, Leonardo (Juninho Paulista) e Rivaldo (Zé Roberto); Giovanni (Denílson) e Amoroso (Roni). TÉCNICO: Vanderlei Luxemburgo. HOLANDA: Van Der Sar; Reiziger (Ooijer), Kouterman, Frank de Boer e Van Bronckhorst; Ronald de Boer (Zenden), Seedorf, Davids e Cocu (Van Vossen); Van Nistelroy e Kluivert. GOLS: Amoroso, Giovanni, Kluivert e Van Vossen. ÁRBITRO: Epifanio Gonzalez (Paraguai). VALIDADE: Amistoso. LOCAL: Estádio Fonte Nova, Salvador.

8/6 BRASIL 3 × 1 HOLANDA
BRASIL: Dida; Evanílson, Antonio Carlos (João Carlos), Aldair e Roberto Carlos; Emerson, Djair (Marcos Paulo), Leonardo (Denílson) e Rivaldo; Giovanni (Roni) e Amoroso. TÉCNICO: Vanderlei Luxemburgo. HOLANDA: Westerveld; Ooijer, Konterman, Frank De Boer e Cocu; Ronald De Boer (Hintum), Davids, Zenden e Van Vossen; Van Nistelroy e Kluivert (Hooijdonk). GOLS: Amoroso (2),

Leonardo e Van Hooijdonk ÁRBITRO: Ubaldo Aquino (Paraguai) VALIDADE: Amistoso. LOCAL: Estádio Serra Dourada, Goiânia.

26/6   BRASIL 3 × 0 LETÔNIA

BRASIL: Dida; Cafu, Odvan, Antonio Carlos e Roberto Carlos; Vampeta, Emerson, Zé Roberto e Alex; Ronaldinho Gaúcho e Ronaldo. TÉCNICO: Vanderlei Luxemburgo. LETÔNIA: Kolinko (Piedels); Laizans, Isakovs, Zemlinskijs e Korablovs; Astafjeves (Bulders), Miholaps (Kolesnicenko), Rubins, (Stepanovs) e Blagonadezdins; Dobrecovs (Bleidelis) e Verpakoviskis (Stolcers) GOLS: Alex, Roberto Carlos e Ronaldo; ÁRBITRO: Gustavo Galesio (Uruguai) VALIDADE: Amistoso. LOCAL: Arena da Baixada, Curitiba.

30/6   BRASIL 7 × 0 VENEZUELA

BRASIL: Dida; Cafu (Evanilson), Odvan, Antonio Carlos e Roberto Carlos (Serginho); Vampeta, Emerson, Rivaldo e Alex (Ronaldinho Gaúcho); Amoroso e Ronaldo TÉCNICO: Vanderlei Luxemburgo. GOLS: Ronaldo, Emerson, Amoroso (2), Ronaldinho Gaúcho, Ronaldo e Rivaldo ÁRBITRO: Bonifacio Nuñez (Paraguai). VALIDADE: Copa América. LOCAL: Estádio Tres de Febrero, Ciudad del Este.

3/7   BRASIL 2 × 1 MÉXICO

BRASIL: Dida; Cafu, Odvan, Antonio Carlos e Roberto Carlos; Emerson, Vampeta, Alex (Flávio Conceição) e Rivaldo; Amoroso (Ronaldinho Gaúcho) e Ronaldo (João Carlos) TÉCNICO: Vanderlei Luxemburgo. MÉXICO: Jorge Campos; Pardo, Suarez, Sanchez e Carmona; Lara, Aspe (Torrado), Garcia (Osorno) e Chavez; (Terrazas); Hernandez e Blanco.

GOLS: Amoroso, Alex e Terrazas. ÁRBITRO: Gustavo Mendez (Uruguai). VALIDADE: Copa América. LOCAL: Estádio Tres de Febrero, Ciudad del Este.

6/7   BRASIL 1 × 0 CHILE

BRASIL: Dida; Evanilson, Odvan, João Carlos e Roberto Carlos; Vampeta (Beto), Flávio Conceição, Zé Roberto e Alex (christian); Amoroso (Ronaldinho Gaúcho) e Ronaldo TÉCNICO: Vanderlei Luxemburgo. CHILE: Marcelo Ramirez; Contreras, Miguel Ramirez, Rojas e Margas; Villaroel (Aros), Parraguez (Palacios), Cartes e Sierra; Zamorano (Nuñez) e Gonzalez. GOL: Ronaldo. ÁRBITRO: Horácio Elizondo (Argentina). VALIDADE: Copa América. LOCAL: Estádio Antonio Oddone Sarubbi, Ciudad del Este.

11/7   BRASIL 2 × 1 ARGENTINA

BRASIL: Dida; Cafu, João Carlos, Antonio Carlos e Roberto Carlos; Emerson, Flávio Conceição, Zé Roberto (Beto) e Rivaldo; Amoroso (Christian) e Ronaldo TÉCNICO: Vanderlei Luxemburgo. ARGENTINA: Burgos; Zanetti, Ayala, Samuel e Sorín (Gustavo Lopez); Pocchetino, Simeone (Cagna), Riquelme e Killi Gonzalez; Ariel Ortega e Palermo. GOLS: Sorín, Rivaldo e Ronaldo. ÁRBITRO: Gustavo Mendez (Uruguai) VALIDADE: Copa América. LOCAL: Estádio Antonio Oddone Sarubbi, Ciudad del Este.

14/7   BRASIL 2 × 0 MÉXICO

BRASIL: Dida; Cafu, João Carlos, Antonio Carlos e Roberto Carlos; Emerson, Flávio Conceição (Beto), Zé Roberto e Rivaldo; Amoroso (Alex) e Ronaldo (Ronaldinho Gaúcho). TÉCNICO: Vanderlei Luxemburgo. GOLS: Amoroso e Rivaldo. ÁRBITRO: Byron Aldemar Moreno (Equador). VALIDADE: Copa

América. LOCAL: Estádio Tres de Febrero, Ciudad del Este.

18/7 BRASIL 3 × 0 URUGUAI
BRASIL: Dida; Cafu, João Carlos, Antonio Carlos e Roberto Carlos; Flávio Conceição, Emerson, Zé Roberto e Rivaldo; Amoroso e Ronaldo. TÉCNICO: Vanderlei Luxemburgo. URUGUAI: Carini; Del Campo, Picún, Lembo e Bergara (Guigou); Coelho (Gabriel Alvez), Fleurquín, Callejas e Vespa (Pacheco); Magallanes e Zalayeta. GOLS: Rivaldo (2) e Ronaldo. ÁRBITRO: Oscar Ruiz (Colômbia). VALIDADE: Copa América. LOCAL: Estádio Defensores del Chaco, Assunção.

24/7 BRASIL 4 × 0 ALEMANHA
BRASIL: Dida; Evanilson, Odvan, João Carlos e Serginho; Emerson, Flávio Conceição (Alex), Vampeta e Zé Roberto (Beto); Ronaldinho Gaúcho e Christian (Warley). TÉCNICO: Vanderlei Luxemburgo. ALEMANHA: Lehmann; Lothar Matthaus, Worns e Linke; Heinrich (Maul), Ballack, Wosz, Neuville (Gerber) e Ricken; Scholl e Preetz (Marschall). GOLS: Zé Roberto, Ronaldinho Gaúcho e Alex (2). ÁRBITRO: Gilberto Alacala (México). VALIDADE: Copa das Confederações. LOCAL: Estádio Jalisco, Guadalajara.

28/7 BRASIL 1 × 0 ESTADOS UNIDOS
BRASIL: Dida; Evanilson, Odvan, João Carlos e Serginho; Flávio Conceição (Alex), Emerson, Vampeta e Zé Roberto; Ronaldinho Gaúcho (Beto) e Christian (Warley). TÉCNICO: Vanderlei Luxemburgo. ESTADOS UNIDOS: Keller; Hejduk, Berhalter, Fraser e Llamosa (Lewis); Harkes (Moore), Stewart, Aggos e Kirovski; Cobi Jones e Mcbride. GOL: Ronaldinho Gaúcho. ÁRBITRO: Anders Frisk (Suécia). VALIDADE: Copa das Confederações. LOCAL: Estádio Jalisco, Guadalajara.

30/7 BRASIL 2 × 0 NOVA ZELÂNDIA
BRASIL: Dida; Evanilson, César, Luís Alberto e Athirson; Marcos Paulo (Roni), Flávio Conceição, Beto e Alex; Warley e Christian (Ronaldinho Gaúcho). TÉCNICO: Vanderlei Luxemburgo. NOVA ZELÂNDIA: Utting; Zoricich, Douglas e Bunce (Vicelich); Burton, Lines, Atkinson, Bouckenooghe e Nelsen (Perry); Jackson e Ngata (Coveny). GOLS: Marcos Paulo e Ronaldinho Gaúcho. ÁRBITRO: Kim Young-Joo (Coreia do Sul). VALIDADE: Copa das Confederações. LOCAL: Estádio Jalisco, Guadalajara.

1/8 BRASIL 8 × 2 ARÁBIA SAUDITA
BRASIL: Dida; Evanilson (Flávio Conceição), Odvan, João Carlos e Serginho; Vampeta, Emerson (Beto) e Zé Roberto; Ronaldinho Gaúcho e Christian (Roni). TÉCNICO: Vanderlei Luxemburgo. ARÁBIA SAUDITA: Al-Deayea; Al-Ahilaiwi, Zubromawi (Hwsawi) e Al-Dawod; Al-Harbi, Al-Suabie, Harthi, Al-Temyat e Al-Sulimani; Al-Shahrani (Al-Jahani) e Al-Otaibi. GOLS: João Carlos, Ronaldinho Gaúcho (3), Al-Otaibi (2), Zé Roberto, Alex (2) e Roni (2). ÁRBITRO: Oscar Ruiz (Colômbia). VALIDADE: Copa das Confederações. LOCAL: Estádio Jalisco, Guadalajara.

4/8 BRASIL 3 × 4 MÉXICO
BRASIL: Dida; Flávio Conceição, Odvan, João Carlos e Serginho; Emerson, Vampeta, Beto (Roni) e Zé Roberto (Warley); Alex e Ronaldinho Gaúcho. TÉCNICO: Vanderlei Luxemburgo. MÉXICO: Jorge Campos; Pardo, Suarez, Marquez e Carmona; Villa,

Zepeda (Arellano), Ramirez e Palencia (Terrazas); Blanco e Abundis. GOLS: Zepeda (2), Abundis, Serginho (pênalti), Roni, Blanco e Zé Roberto. ÁRBITRO: Anders Frisk (Suécia). VALIDADE: Copa das Confederações. LOCAL: Estádio Azteca, Cidade do México.

4/9   BRASIL 0 × 2 ARGENTINA
BRASIL: Dida; Cafu, Antonio Carlos, Scheidt e Roberto Carlos; Emerson, Vampeta (Marcos Assunção), Rivaldo e Zé Roberto (Alex); Ronaldinho Gaúcho (Élber) e Ronaldo. TÉCNICO: Vanderlei Luxemburgo. ARGENTINA: Bonano; Vivas, Ayala, Samuel e Sorín; Redondo, Zanetti, Verón (Simeone) e Ariel Ortega (Gallardo); Claudio Lopez (Killi Gonzalez) e Crespo (Berizzo). GOLS: Verón e Crespo. ÁRBITRO: Gustavo Mendez (Uruguai). VALIDADE: Amistoso. LOCAL: Estádio Monumental de Núñez, Buenos Aires.

7/9   BRASIL 4 × 2 ARGENTINA
BRASIL: Dida; Cafu, Antonio Carlos, Scheidt e Roberto Carlos; Emerson, Vampeta (Marcos Assunção); Rivaldo e Zé Roberto (Juninho Penambucano); Ronaldinho Gaúcho (Élber) e Ronaldo. TÉCNICO: Vanderlei Luxemburgo. ARGENTINA: Bonano; Vivas (Husain), Ayala, Samuel e Sorín; Redondo (Simeone), Zanetti, Verón (Schelotto) e Ariel Ortega; Killi Gonzalez (Gallardo) e Crespo (Claudio Lopez). GOLS: Rivaldo (3), Ayala, Ronaldo e Ariel Ortega. ÁRBITRO: Oscar Ruiz (Colômbia). VALIDADE: Amistoso. LOCAL: Estádio Beira-Rio, Porto Alegre.

9/10   BRASIL 2 × 2 HOLANDA
BRASIL: Dida; Cafu, Antonio Carlos, Roque Júnior e Roberto Carlos; Emerson, Vampeta (Juninho Pernambucano), Felipe (Ronaldinho Gaúcho) e Rivaldo; Élber (Sávio) e Ronaldo (Marcos Assunção). TÉCNICO: Vanderlei Luxemburgo. HOLANDA: Van Der Sar; Ronald de Boer, Konterman, Bogarde e Van Bronckhorst; Winter (Van Gastel), Hintum, Seedorf e Zenden (Van Vossen); Kluivert e Bergkamp (Van Nistelroy). GOLS: Bergkamp, Zenden, Roberto Carlos e Cafu. ÁRBITRO: Markus Merk (Alemanha). VALIDADE: Amistoso. LOCAL: Amsterdam Arena, Amsterdã.

13/11   BRASIL 0 × 0 ESPANHA
BRASIL: Marcos; Cafu, Antonio Carlos, Aldair e Roberto Carlos; Emerson, Marcos Assunção, Zé Roberto (Giovanni) e Rivaldo (Zé Elias); Élber e Anderson (Jardel) TÉCNICO: Candinho. ESPANHA: Molina; Salgado, Fernandez, Paco e Barjuan; Guardiola, Luis Enrique (Mendieta), Etxeberria (Urzaiz) e Valeron (Engonga); Raúl Gonzalez (Perez) e Morientes (Munitis) ÁRBITRO: René Temmink (Holanda). VALIDADE: Amistoso. LOCAL: Estádio Balaídos, Vigo.

14/11   BRASIL 2 × 0 AUSTRÁLIA
BRASIL: Sílvio Luiz; Mancini, Fábio Bilica, Álvaro e Dedê (Athirson); Marcos Paulo, Mozart, Alex (Lincoln) e Denílson; Ronaldinho Gaúcho (Adriano) e Fábio Júnior (Warley). TÉCNICO: Vanderlei Luxemburgo. AUSTRÁLIA: Mark Bosnich (Zeljko Kalac); Kevin Muscat, Paul Okon (Emerton) e Craig Moore; Toni Vidmar, Damian Mori (Maloney), Ned Zilic, Danny Tiatto, Steve Corica e Richard Johnson; Paul Agostino (Babic). GOLS: Álvaro e Alex. ÁRBITRO: Brett Hugo (Austrália). VALIDADE: Amistoso. LOCAL: Estádio Olímpico, Sydney.

DEUSES DA BOLA

17/11   BRASIL 2 × 2 AUSTRÁLIA
BRASIL: Alexandre; Michel (Mancini), Jean, Milton do Ó (Álvaro) e Athirson; Marcos Paulo, Mozart, Lincoln (Alex) e Denílson; Adriano (Ronaldinho Gaúcho) e Warley (Fábio Júnior). TÉCNICO: Vanderlei Luxemburgo. AUSTRÁLIA: Zeljko Kalac; Kevin Muscat, Craig Moore e Paul Okon (Foxe); Laybutt, Toni Vidmar; Josep Skoko (Richard Johnson), Danny Tiatto e Mark Viduka (Babic); Paul Agostino e Maloney. TÉCNICO: Frank Farina. GOLS: Agostino (2), Ronaldinho Gaúcho e Fábio Júnior. ÁRBITRO: Edward Lennie (Austrália). VALIDADE: Amistoso. LOCAL: Cricket Ground, Melbourne (Austrália).

2000

TORNEIO PRÉ-OLÍMPICO, BRASIL
TIME-BASE DO BRASIL: Sílvio Luiz (Fábio Costa); Mancini (Adriano), Fábio Bilica, Álvaro e Fábio Aurélio (Athirson); Baiano (Marcos Paulo), Mozart, Fabiano e Alex (Edu); Ronaldinho Gaúcho (Warley) e Fábio Júnior (Lucas). TÉCNICO: Vanderlei Luxemburgo.

19/1	BRASIL	1 × 1	CHILE
23/1	BRASIL	2 × 0	EQUADOR
26/1	BRASIL	3 × 0	VENEZUELA
30/1	BRASIL	9 × 0	COLÔMBIA
2/2	BRASIL	4 × 2	ARGENTINA
4/2	BRASIL	3 × 1	CHILE
6/2	BRASIL	2 × 2	URUGUAI

23/2   BRASIL 7 × 0 TAILÂNDIA
BRASIL: Dida; Cafu (Evanilson), Roque Júnior, Caçapa e Roberto Carlos (Athirson); Emerson, Juninho (Marcos Paulo), Zé Roberto e Rivaldo (Edu); Ronaldinho Gaúcho e Élber (Jardel). TÉCNICO: Vanderlei Luxemburgo TAILÂNDIA: Pu Vangjan; Mac Sripamote, Choke Prommarat, Jun Srikerd (Nong Tongsuk) e Sukngam (Ya Sripan); Senamuang, Noosalung (Dum Yai Tongsukkaew), Ae Boriban (Vang Damrong-Orntakul) e Aong Chalermsan; Tum Surasiang e James Piturat. GOLS: Rivaldo (2), Ronaldinho Gaúcho, Emerson, Roque Júnior, Jardel e Emerson. ÁRBITRO: Mohd Abdullah (Malásia). VALIDADE: Amistoso. LOCAL: Estádio Rajamanga, Bangcoc.

28/3   BRASIL 0 × 0 COLÔMBIA
BRASIL: Dida; Evanilson, Antonio Carlos, Aldair e Roberto Carlos; Emerson, Vampeta, Zé Roberto e Alex (Ricardinho); Jardel (Edilson) e Élber (Ronaldinho Gaúcho) TÉCNICO: Vanderlei Luxemburgo. COLÔMBIA: Oscar Cordoba; Martinez, Ivan Cordoba, Bermudez e Yepes; Viveros, Rincón, Dinas e Oviedo (Leonardo Moreno); Angel e Ricard (Maturana). ÁRBITRO: Gustavo Mendez (Uruguai) VALIDADE: Eliminatórias para a Copa do Mundo. LOCAL: Estádio El Campin, Bogotá.

26/4 BRASIL 3 × 2 EQUADOR
BRASIL: Dida; Cafu, Antonio Carlos, Aldair e Roberto Carlos (Athirson); César Sampaio, Vampeta, Zé Roberto (Alex) e Rivaldo; Edilson e Amoroso. TÉCNICO: Vanderlei Luxemburgo EQUADOR: Cevallos; De La Cruz, Ivan Hurtado, Porozo e Capurro; Tenorio, Obregon, Aguinaga (Ayovi) (Kaviedes) e Blandon; Graziani (Eduardo Hurtado) e Delgado. GOLS: Graziani, Rivaldo (2), Antonio Carlos e De La Cruz. ÁRBITRO: Henry Cervantes (Colômbia). VALIDADE: Eliminatórias para a Copa do Mundo. LOCAL: Estádio do Morumbi, São Paulo.

BRASIL 3 × 0 PAÍS DE GALES
BRASIL: Dida; Cafu (Evanilson), Antonio Carlos, Aldair (Emerson Carvalho) e Silvinho; Emerson, César Sampaio, Zé Roberto e Rivaldo (Marcos Assunção); Élber (Denilson) e França. TÉCNICO: Vanderlei Luxemburgo PAÍS DE GALES: Freestone; Delaney, Page, Melville e Roberts; Savage (Bellamy), Jones (Johnson), Speed e Robinson; Roberts e Saunders (Barnard). GOLS: Élber, Cafu e Rivaldo. ÁRBITRO: Victor Manuel Pereira (Portugal). VALIDADE: Amistoso. LOCAL: Estádio Millenium, Cardiff.

27/5 BRASIL 1 × 1 INGLATERRA
BRASIL: Dida; Cafu, Antonio Carlos (Emerson), Aldair e Silvinho (Roberto Carlos); Emerson, César Sampaio, Zé Roberto e Rivaldo; Amoroso (Denilson) e França. TÉCNICO: Vanderlei Luxemburgo. INGLATERRA: Seaman; Gary Neville, Campbell, Keown e Phil Neville; Ince (Parlour) (Barmby), Beckham, Wise e Scholes; Owen (Philipps) e Alan Shearer (Fowler). GOLS: Owen e França ÁRBITRO: Ryszard Wojcek (Polônia). VALIDADE: Amistoso. LOCAL: Estádio de Wembley, Londres.

4/6 BRASIL 1 × 0 PERU
BRASIL: Dida; Cafu, Antonio Carlos, Aldair e Roberto Carlos; Emerson, César Sampaio, Alex (Denilson) e Rivaldo (Vampeta); Edmundo e França. TÉCNICO: Vanderlei Luxemburgo. PERU: Miranda; Huamán (Ciurlizza), Rebosio, Pajuelo e Olivares; Jayo (Serrano), Soto, Del Solar e Palacios; Holsen e Zuñiga (Maldonado). GOL: Antonio Carlos. ÁRBITRO: Daniel Gimenez (Argentina). VALIDADE: Eliminatórias para a Copa do Mundo. LOCAL: Estádio Nacional Jose Diaz, Lima.

28/6 BRASIL 1 × 1 URUGUAI
BRASIL: Dida; Cafu, Antonio calros, Aldair e Roberto Carlos; Emerson, Vampeta (Zé Roberto), Rivaldo e Sávio (Alex); Ronaldinho Gaúcho (Guilherme) e França. TÉCNICO: Vanderlei Luxemburgo. URUGUAI: Carini; Taís, Lembo, Montero e Rodriguez; Garcia, Guigou, Olivera e O'Neill (Giacomazzi); Recoba (Coelho) e Dario Silva. GOLS: Dario Silva e Rivaldo (pênalti). ÁRBITRO: Oscar Ruiz (Colômbia). VALIDADE: Eliminatórias para a Copa do Mundo. LOCAL: Estádio do Maracanã, Rio de Janeiro.

18/7 BRASIL 1 × 2 PARAGUAI
BRASIL: Dida; Cafu, Edmilson, Roque Júnior e Roberto Carlos; César Sampaio, Flávio Conceição, Zé Roberto (Vampeta) e Rivaldo; Djalminha (Marques) e França (Guilherme). TÉCNICO: Vanderlei Luxemburgo. PARAGUAI: Chilavert; Sarabia, Gamarra, Ayala e Caniza; Gavilan (Quintana), Enciso, Paredes (Jorge Campos) e Acuña; Santa Cruz (Avalos) e Cardozo. GOLS: Paredes, Rivaldo e

DEUSES DA BOLA

Jorge Campos. ÁRBITRO: Jorge Larrionda (Uruguai). VALIDADE: Eliminatórias para a Copa do Mundo. LOCAL: Estádio Defensores del Chaco, Assunção.

26/7 BRASIL 3 × 1 ARGENTINA
BRASIL: Dida; Evanilson, Antonio Carlos, Roque Júnior e Roberto Carlos; Emerson, Vampeta, Zé Roberto (Marques) e Alex (César Sampaio); Ronaldinho Gaúcho e Rivaldo. TÉCNICO: Vanderlei Luxemburgo. ARGENTINA: Bonano; Sensini, Ayala e Samuel; Zanetti (Matias Almeyda), Verón, Ariel Ortega (Gustavo Lopez), Simeone e Killi Gonzalez (Sorín); Claudio Lopez e Crespo. GOLS: Alex, Vampeta (2) e Matias Almeyda. ÁRBITRO: Gustavo Mendez (Uruguai). VALIDADE: Eliminatórias para a Copa do Mundo. LOCAL: Estádio do Morumbi, São Paulo.

15/8 BRASIL 0 × 3 CHILE
BRASIL: Dida; Evanilson, Edmilson, Antonio Carlos e Roberto Carlos; Emerson, Marcos Assunção (Djalminha), Ricardinho e Alex (Marques); Amoroso (Luizão) e Rivaldo. TÉCNICO: Vanderlei Luxemburgo. CHILE: Tapia; Fuentes, Reyes, Ricardo Rojas e Francisco Rojas; Galdamés, Villaseca (Pizarro), Tello e Estay; Zamorano (Tapia) e Salas (Villarroel). GOLS: Estay, Zamorano e Salas. ÁRBITRO: Epifanio Gonzalez (Paraguai). VALIDADE: Eliminatórias para a Copa do Mundo. LOCAL: Estádio Nacional, Santiago.

3/9 BRASIL 5 × 0 BOLÍVIA
BRASIL: Rogério Ceni; Cafu, Antonio Carlos, Emerson e Júnior (Athirson); Flávio Conceição, Vampeta, Rivaldo e Alex (Juninho Paulista); Ronaldinho Gaúcho e Romário (Marques). TÉCNICO: Vanderlei Luxemburgo. BOLÍVIA: Soría; Gatty Ribeiro, Sandy, Paz Garcia e Sanchez; Cristaldo, Alvarez, Ronald Garcia (Gutierrez) e Baldivieso; Moreno (Libr Paz) e Etcheverry. GOLS: Romário (pênalti), Rivaldo, Romário (2) e Marques. ÁRBITRO: Guido Aros (Chile). VALIDADE: Eliminatórias para a Copa do Mundo. LOCAL: Estádio do Maracanã, Rio de Janeiro.

OLIMPÍADA DE SYDNEY, AUSTRÁLIA
TIME-BASE DO BRASIL: Hélton; Baiano, Fábio Bilica (Lúcio), Álvaro e Fábio Aurélio (Athirson); Marcos Paulo, Fabiano, (Mozart) Alex (Roger) e Ronaldinho Gaúcho; Geovanni (Lucas) e Edu. TÉCNICO: Vanderlei Luxemburgo.

14/9 BRASIL 3 × 1 ESLOVÁQUIA
17/9 BRASIL 1 × 3 ÁFRICA DO SUL
20/9 BRASIL 1 × 0 JAPÃO
23/9 BRASIL 1 × 2 CAMARÕES (GOLDEN GOL)

8/10 BRASIL 6 × 0 VENEZUELA
BRASIL: Rogério Ceni; Cafu, Antonio Carlos, Cléber e Silvinho; Vampeta, Donizete, Juninho Pernambucano (Zé Roberto) e Juninho Paulista (Ricardinho); Euller (Marques) e Romário. TÉCNICO: Candinho VENEZUELA: Angelucci, Rey, Gonzalez, Alvarado e Martinez; Farías, Ornelas, Jiménez e Echenauzi (Arango); Garcia (Savarese) e Morán (Paez). GOLS: Euller, Juninho Paulista e Romário (4). ÁRBITRO: Ubaldo Aquino (Paraguai). VALIDADE: Eliminatórias para a Copa do Mundo. LOCAL: Estádio Pacheco Romero, Maracaibo.

15/11 BRASIL 1 × 0 COLÔMBIA
BRASIL: Rogério Ceni; Cafu, Lúcio, Roque Júnior e Júnior; César Sampaio, Vampeta (Juninho Pernambucano), Juninho Paulista e Rivaldo; Edmundo

(Marques) e França (Adriano). TÉCNICO: Emerson Leão
COLÔMBIA: Calero; Martinez, Dinas, Yepes e Bedoya; Bolaño, Serna, Viveros e Aristizabal; Angel (Bonilla) e Castillho. GOL: Roque Júnior. ÁRBITRO: Jorge Larrionda (Uruguai). VALIDADE: Eliminatórias para a Copa do Mundo. LOCAL: Estádio do Morumbi, São Paulo.

2001

3/3   BRASIL 2 × 1 ESTADOS UNIDOS
BRASIL: Rogério Ceni; Cafu, Lúcio, Roque Júnior e Silvinho; Vampeta (Ricardinho), Emerson, Juninho Paulista (Edilson) e Ronaldinho Gaúcho; Christian (Euller) e Romário. TÉCNICO: Emerson Leão. ESTADOS UNIDOS: Meola; Hajduk (Sanneh), Llamosa, Pope e Vanney; Armas, Williams (Cobi Jones) Mathis (Klein) e Convey; Donavan e Wolff. GOLS: Ronaldinho Gaúcho, Mathis e Euller. ÁRBITRO: Felipe Ramos Rizo (México). VALIDADE: Amistoso. LOCAL: Estádio Rose Bowl, Los Angeles.

7/3   BRASIL 3 × 3 MÉXICO
BRASIL: Rogério Ceni; Cafu, Lúcio, Edmilson e Roberto Carlos (Silvinho); Emerson, Vampeta, Ronaldinho Gaúcho (Luizão) e Rivaldo (Robert); Edilson (Euller) e Romário TÉCNICO: Emerson Leão. MÉXICO: Sanchez; Davino, Suarez e Marquez (Blanco); Zepeda (Pardo), Victor Ruiz, Villa, Luna (Marco Antonio Ruiz) e Carmona; Osorno (Arellano) e De Nigris. GOLS: Suarez, De Nigris, Edilson, Romário (2) e Pardo. ÁRBITRO: Wiilam Mathus (Costa Rica). VALIDADE: Amistoso. LOCAL: Estádio Jalisco, Guadalajara.

28/3   BRASIL 0 × 1 EQUADOR
BRASIL: Rogério Ceni; Belleti, Roque Júnior, Lúcio e Silvinho (César); Emerson, Vampeta, Juninho Paulista e Rivaldo (Luizão); Ronaldinho Gaúcho (Euller) e Romário. TÉCNICO: Emerson Leão. ÁRBITRO: Felipe Ramos Rizo (México). VALIDADE: Eliminatórias para a Copa do Mundo. LOCAL: Estádio Atahualpa, Quito.

25/4   BRASIL 1 × 1 PERU
BRASIL: Rogério Ceni; Alessandro, Edmilson, Lúcio e César; Vampeta (Washington), Leomar, Marcelinho Carioca (Juninho Paulista) e Ricardinho (Mineiro); Ewerthon e Romário. TÉCNICO: Emerson Leão. PERU: Miranda; Rebosio, Hidalgo e Pajuelo; Solano, Jayo, Ciurlizza, Palacios e Olivares (Tempone); Maestri (Pizarro) e Muchotrigo (Mendoza). GOLS: Romário e Pajuelo. ÁRBITRO: Abdul Rahman Al Zaid (Arábia Saudita). VALIDADE: Eliminatórias para a Copa do Mundo. LOCAL: Estádio do Morumbi, São Paulo.

31/5   BRASIL 2 × 0 CAMARÕES
BRASIL: Dida; Zé Maria, Edmilson, Lúcio (Caçapa) e Léo; Leomar, Vampeta (Fábio Rochemback), Wagner (Carlos Miguel) e Ramon; Anderson e Washington. TÉCNICO: Emerson Leão CAMARÕES: Alioum; Kalla, Song, e Njanka; Njitap, Foé, Alnoudji (Epalle), Olembre e Wome; EtoO e Mboma (Job). GOLS: Washington e Carlos Miguel. ÁRBITRO: Helmut Krug (Alemanha). VALIDADE: Copa das Confederações. LOCAL: Kashima Soccer Stadium, Kashima.

2/7   BRASIL 0 × 0 CANADÁ
BRASIL: Dida; Zé Maria, Edmilson, Lúcio e Léo; Leomar, Fábio Rochemback, Carlos Miguel (Robert)

e Ramon (Magno Alves); Anderson (Leandro) e Washington. TÉCNICO: Emerson Leão. CANADÁ: Forrest; Watson (Fletcher), Menezes e Devos; Bent, Stalteri, Dasovic, Xausa (Corazzin) e Brennan; Peschisolido (De Rosario) e McKenna. ÁRBITRO: Jun Lu (China). VALIDADE: Copa das Confederações. LOCAL: Kashima Soccer Stadium, Kashima.

4/6 BRASIL 0 × 0 JAPÃO
BRASIL: Dida; Zé Maria, Edmilson, Lúcio e Léo; Leomar, Fábio Rochemback, Carlos Miguel (Robert) e Ramon (Júlio Batista); Leandro e Washington (Magno Alves). TÉCNICO: Emerson Leão. JAPÃO: Tsuzuki; Uemura, Matsuda e Hattori; Hato, Myojin, Hidetoshi Nakata, Ito e Ono (Koji Nakata); Yamashita (Nakayama) e Suzuki (Morishima). ÁRBITRO: Kim Milton Nielnse (Dinamarca). VALIDADE: Copa das Confederações. LOCAL: Kashima Soccer Stadium, Kashima.

7/6 BRASIL 1 × 2 FRANÇA
BRASIL: Dida; Zé Maria, Edmilson, Lúcio e Léo; Leomar, Fábio Rochemback, Carlos Miguel e Ramon; Leandro (Vampeta) e Washington. TÉCNICO: Emerson Leão. FRANÇA: Ramé; Sagnol, Leboeuf, Desailly e Lizarazu; Patrick Vieira, Karembeu, Djoarkaeff (Eric Carriere) e Robert Pires; Anelka e Wiltord (Laurent Robert). GOLS: Robert Pires, Ramon e Desailly. ÁRBITRO: Gamal Mahmud Ahmed Al Ghandour. VALIDADE: Copa das Confederações. LOCAL: Suwon World Cup Stadium, Suwon.

9/6 BRASIL 0 × 1 AUSTRÁLIA
BRASIL: Dida; Zé Maria, Edmilson, Caçapa e Léo; Vampeta, Fábio Rochemback (Leandro), Carlos Miguel (Júlio Batista) e Ramon; Magno Alves e Washington. TÉCNICO: Emerson Leão. AUSTRÁLIA: Schwarzer; Vidmar, Murphy, Coirca (Sterjovski) e Horval; Popovic, Skoko (Bresciano), Lazaridis e Chipperfield; Zdrilic e Zane. GOL: Murphy. ÁRBITRO: Helmut Krug (Alemanha). VALIDADE: Copa das Confederações. LOCAL: Mansu Aid Stadium, Ulsan.

1/7 BRASIL 0 × 1 URUGUAI
BRASIL: Marcos; Cafu, Cris, Antonio Carlos (Jardel) e Roberto Carlos; Roque Júnior, Emerson, Juninho Paulista e Rivaldo; Élber (Euller) e Romário. TÉCNICO: Luiz Felipe Scolari. URUGUAI: Carini; Gustavo Mendez, Sorondo, Montero e Guigou; Romero, de Los Santos, Pablo Garcia e Recoba (Lembo); Dario Silva (Regueiro) e Magallanes (Giacomazzi). GOL: Magallanes (pênalti). ÁRBITRO: Hugh Dallas (Escócia). VALIDADE: Eliminatórias para a Copa do Mundo. LOCAL: Estádio Centenário, Montevidéu.

12/7 BRASIL 0 × 1 MÉXICO
BRASIL: Marcos; Alessandro (Juninho Pernambucano), Cris, Roque Júnior e Roger; Emerson, Fábio Rochemback, Juninho Paulista (Denilson) e Alex; Jardel (Guilherme) e Geovanni. TÉCNICO: Luiz Felipe Scolari. MÉXICO: Perez; Vidrio, Heriberto Morales e Marquez; Arellano, Torrado, Garcia Aspe, Carlos Morales e Rodriguez (Osorno); Zepeda (Mercado) e Borghetti. GOL: Borghetti. ÁRBITRO: Oscar Ruiz (Colômbia). VALIDADE: Copa América. LOCAL: Estádio Pascual Guerrero, Cali.

15/7 BRASIL 2 × 0 PERU
BRASIL: Marcos; Cris, Juan e Roque Júnior; Belleti, Eduardo Costa, Emerson (Juninho Pernambucano), Alex (Juninho Paulista) e Júnior; Guilherme (Denilson) e Ewerthon. TÉCNICO: Luiz

Felipe Scolari. PERU: Ibañez; José Soto, Pajuelo e Salazar; Jorge Soto, Jayo, Luis Hernandez (Zevallos), Garcia (Holesen) e Hidalgo; Muchotrigo e Lobatón (Francisco Hernandez). GOLS: Guilherme e Denilson. ÁRBITRO: Jorge Larrionda (Uruguai). VALIDADE: Copa América. LOCAL: Estádio Pascual Guerrero, Cali.

18/7 BRASIL 3 × 1 PARAGUAI
BRASIL: Marcos; Cris, Juan e Roque Júnior; Belleti, Eduardo Costa (Juninho Pernambucano), Emerson, Alex (Fábio Rochemback) e Júnior; Guilherme e Emerson (Denílson). TÉCNICO: Luiz Felipe Scolari. PARAGUAI: Tavarelli; Escobar, Sanabria e Caceres; Garay, Enciso (Struway), Alvarenga, Morinigo e Caniza; Mais (Gonzalez) e Ferreira (Robles). GOLS: Alvarenga (pênalti), Alex, Belleti e Denilson. ÁRBITRO: Angel Sanchez (Argentina). VALIDADE: Copa América. LOCAL: Estádio Pascual Guerrero, Cali.

23/7 BRASIL 0 × 2 HONDURAS
BRASIL: Marcos; Luizão (Juninho Pernambucano), Juan e Cris; Belleti, Emerson, Eduardo Costa, Alex (Juninho Paulista) e Júnior; Guilherme e Denilson. TÉCNICO: Luiz Felipe Scolari. HONDURAS: Valladares; Medina, Caballero e Cárcamo; Perez, Bernardez, Turcios (Rodriguez), León (Izaguirre) e Guevara; Garcia e Martinez. GOLS: Belleti (contra) e Martinez. ÁRBITRO: Ubaldo Aquino (Paraguai). VALIDADE: Copa América. LOCAL: Estádio Palo Grande, Manizales.

9/8 BRASIL 5 × 0 PANAMÁ
BRASIL: Marcos (Dida); Juan, Roque Júnior e Cris; Alessandro (Vampeta), Eduardo Costa, Tinga, Leonardo (Alex) e Roberto Carlos; Marcelinho Paraíba (Denílson) e Edílson (Euller). TÉCNICO: Luiz Felipe Scolari. PANAMÁ: McFarlane (Portillo); Moreno (Downer), Guardia e Torres; Walter, Correa, Cubilla, Paschall e Rodriguez (Blanco); Anderson (Parra) e Brown (Tejada). GOLS: Edílson (pênalti), Alex, Euller, Juninho Paulista (pênalti) e Roberto Carlos. ÁRBITRO: Carlos Eugênio Simon (Brasil). VALIDADE: Copa América. LOCAL: Arena da Baixada, Curitiba.

15/8 BRASIL 2 × 0 PARAGUAI
BRASIL: Marcos; Juan, Roque Júnior e Cris; Belleti, Eduardo Costa, Tinga, Marcelinho Paraíba (Denílson) e Roberto Carlos; Edílson (Leonardo) e Rivaldo (Vampeta). TÉCNICO: Luiz Felipe Scolari. PARAGUAI: Chilavert; Arce, Sarabia, Caceres e Morel; Struway (Jorge Campos), Paredes, Acuña e Gavilan; Roque Santa Cruz (Ferreira) e Cardozo. GOLS: Marcelinho Paraíba e Rivaldo. ÁRBITRO: Helmut Krug (Alemanha). VALIDADE: Eliminatórias para a Copa do Mundo. LOCAL: Estádio Olímpico, Porto Alegre.

5/9 BRASIL 1 × 2 ARGENTINA
BRASIL: Marcos; Lúcio, Roque Júnior e Cris; Cafu, Mauro Silva (Vampeta), Eduardo Costa (Denílson), Marcelinho Paraíba e Roberto Carlos; Élber e Rivaldo (Euller) TÉCNICO: Luiz Felipe Scolari. ARGENTINA: Burgos; Viva, Ayala e Samuel; Zanetti, Simeone, Aimar (Gallardo), Claudio Lopez (Matias Almeyda) e Placente (Ariel Ortega); Killi Gonzalez e Crespo. GOLS: Ayala (contra), Gallardo e Cris (contra). ÁRBITRO: Urs Meiers (Suíça) VALIDADE: Eliminatórias para a Copa do Mundo. LOCAL: Estádio Monumental de Núñez, Buenos Aires.

7/10　BRASIL 2 × 0 **CHILE**
BRASIL: Marcos; Lúcio, Juan e Edmílson; Cafu, Emerson, Vampeta, Rivaldo (Juninho Paulista) e Roberto Carlos (Belleti); Edílson e Marcelinho Paraíba. TÉCNICO: Luiz Felipe Scolari. CHILE: Toro; Robles, Muñoz e Vargas; Cancino, Villaseca, Hormazabal, Pizarro (Riveros) e Perez (Melendez); Valenzuela (Navia) e Marcelo Salas. GOLS: Edílson e Rivaldo. ÁRBITRO: Horacio Elizondo (Argentina). VALIDADE: Eliminatórias para a Copa do Mundo. LOCAL: Estádio Couto Pereira, Curitiba.

7/11　BRASIL 1 × 3 **BOLÍVIA**
BRASIL: Marcos; Lúcio, Juan (Juninho Paulista) e Edmílson; Cafu, Emerson, Vampeta (Gilberto Silva), Zé Roberto (Denílson) e Serginho; Rivaldo e Edílson. TÉCNICO: Luiz Felipe Scolari. BOLÍVIA: Soría; Gatty Ribeiro, Paz Garcia, Peña e Colque; Olivares, Rojas, Galindo (Gutierrez) e Valdivieso; Botero e Lider Paz (Castillo). GOLS: Edílson, Lider Paz e Baldivieso (2, um de pênalti). VALIDADE: Eliminatórias para a Copa do Mundo. LOCAL: Estádio Hernán Siles Zuazo, La Paz.

14/11　BRASIL 3 × 0 **VENEZUELA**
BRASIL: Marcos; Lúcio, Roque Júnior e Edmílson; Belleti, Emerson, Juninho Paulista (Ronaldinho Gaúcho), Rivaldo e Roberto Carlos; Luizão (Denílson) e Edílson (Marcelinho Paraíba). TÉCNICO: Luiz Felipe Scolari. VENEZUELA: Dudamel, Gonzalez, Rey, Rafael Mea Vitali e Rojas; Miguel Mea Vitali, Vera, Urdaneta (Valenilla) e Paez (Martinez); Noriega e Morán (Jimenez). GOLS: Luizão (2) e Rivaldo. ÁRBITRO: Daniel Gimenez (Argentina). VALIDADE: Eliminatórias para a Copa do Mundo. LOCAL: Estádio Castelão, São Luís.

2002

31/1　BRASIL 6 × 0 **BOLÍVIA**
BRASIL: Dida; Juan, Anderson Polga e Cris; Belleti (Kleber), Gilberto Silva, Kleberson (Esquerdinha), Juninho Paulista (Kaká) e Paulo César; Edílson (Marques) e Luizão (Washington). TÉCNICO: Luiz Felipe Scolari. BOLÍVIA: Fernandez; Hoyos, Sanchez, sandy e Colque; Ibañez, Olivares (Justiniano), Vaca e Galindo (Torres); Botero (Suarez) e Castillo. GOLS: Cris, Gilberto Silva (2), Kleberson, Washington e Anderson Polga. ÁRBITRO: Antonio Pereira da Silva (Brasil). VALIDADE: Amistoso. LOCAL: Estádio Serra Dourada, Goiânia.

6/2　BRASIL 1 × 0 **ARÁBIA SAUDITA**
BRASIL: Dida; Juan, Anderson Polga e Cris; Belleti (Kleber), Gilberto Silva, Kleberson (Djalminha), Juninho Paulista (Daniel) e Paulo César; Edílson (Marques) e Luizão (Washington). TÉCNICO: Luiz Felipe Scolari. ARÁBIA SAUDITA: Al-Deayea, Al Dhokhi, Zubromawi, Fatallah e Montashari (Al-Sakhri), Al Harbi (Al Gandhi), Al Dossary, Al-Sharani e Al Shloob (Al-Meshal); Al Jaber (Obaid Al Dossary) e Jumaan Al-Dossary (Nour Hawsay). GOL: Djalminha. VALIDADE: Amistoso. ÁRBITRO: Rahman Khaliq (Arábia Saudita). LOCAL: Estádio Rei Fahd, Riad.

7/3　BRASIL 6 × 1 **ISLÂNDIA**
BRASIL: Marcos; Anderson Polga, Juan e Cris (Alex); Belleti (Kleber), Gilberto Silva (Vampeta), Kleberson (Marques), Kaká e Paulo César; França (Washington) e Edílson. TÉCNICO: Luiz Felipe Scolari. ISLÂNDIA: Arason (Gunarsson); Hjalmar

Jonsson, Gunnalugur Jonsson e Bjarnason; Gislason (Steinnarsson), Adalsteinsson, Dan Johansson (Sigbornsson), Stigsson e Danielsson (Steinsson); Gudnasson e Hjartarsson. GOLS: Anderson Polga, Kleberson, Kaká, Gilberto Silva, Edílson, Anderson Polga e Steinsson. ÁRBITRO: Wagner Tardelli (Brasil). VALIDADE: Amistoso. LOCAL: Estádio José Fragelli, Cuiabá.

27/3   BRASIL   1 × 0   IUGOSLÁVIA
BRASIL: Marcos; Lúcio, Roque Júnior e Anderson Polga (Denílson); Cafu, Emerson (Kleberson), Ronaldinho Gaúcho (Juninho Paulista) e Roberto Carlos (Júnior); Edílson (Djalminha) e Ronaldo (Luizão). TÉCNICO: Luiz Felipe Scolari. IUGOSLÁVIA: Jevric; Mirkovic, Mihajlovic (Dzodic), Krstajic e Lazetic (Kriovokapic); Jokanovic (Duljaj), Dmitrovic, Djordevic (Boskovic) e Mijatovic (Koroman); Kezman (Ilic) e Milosevic (Lazovic). GOL: Luizão. ÁRBITRO: Epifanio Gonzalez (Paraguai). VALIDADE: Amistoso. LOCAL: Estádio Castelão, Fortaleza.

17/4   BRASIL   1 × 1   PORTUGAL
BRASIL: Marcos; Lúcio, Roque Júnior e Anderson Polga (Kleberson); Cafu, Emerson, Gilberto Silva (Edílson), Ronaldinho Gaúcho e Roberto Carlos; Rivaldo (Denílson) e Ronaldo. TÉCNICO: Luiz Felipe Scolari. PORTUGAL: Ricardo Pereira; Xavier, Costa, Couto (Andrade) e Rui Jorge; Paulo Bento, Petit, João Pinto (Viana) e Sérgio Conceição; Figo e Pauleta (Pedro Barbosa). GOLS: Sérgio Conceição e Ronaldinho Gaúcho (pênalti). ÁRBITRO: Victor José Esquina Torres (Espanha). VALIDADE: Amistoso. LOCAL: Estádio José de Alvalade, Lisboa.

25/5   BRASIL   4 × 0   MALÁSIA
BRASIL: Marcos (Dida); Lúcio (Vampeta), Edmilson (Denílson) e Roque Júnior (Anderson Polga); Cafu (Belleti), Emerson (Gilberto Silva), Kleberson (Juninho Paulista), Rivaldo (Kaká) e Roberto Carlos (Júnior); Ronaldo (Luizão) e Ronaldinho Gaúcho (Edílson). MALÁSIA: Abdul Aziz (Syamsuri); Talib, Kaironnisam, Kit Kong (Samion) e Mibah; Sulong (Faizal), Raja Hassan (Adan), Azhar e Mahayuddin (Kajan); Jamlus (Marjan) e Rakhili (Hassan). GOLS: Ronaldo, Juninho Paulista, Denílson e Edílson. ÁRBITRO: Rungkaly Monkgol (Tailândia). VALIDADE: Amistoso. LOCAL: Estádio Bulkit Jalil, Kuala Lumpur.

3/6   BRASIL   2 × 1   TURQUIA
BRASIL: Marcos; Lúcio, Roque Júnior e Edmílson; Cafu, Gilberto Silva, Juninho Paulista (Vampeta), Ronaldinho Gaúcho (Denílson) e Roberto Carlos; Rivaldo e Ronaldo (Luizão). TÉCNICO: Luiz Felipe Scolari. TURQUIA: Reçber; Korkmaz (Mansiz), Akyel e Ozat; Ozalan, Kerimoglu, Unsal, Belozoglu e Basturk (Davala); Sas e Sukur. GOLS: Sas, Ronaldo e Rivaldo (pênalti). ÁRBITRO: Kim Young-Joo (Coreia do Sul). VALIDADE: Copa do Mundo. LOCAL: Estádio Munsu Aid, Ulsan.

8/6   BRASIL   4 × 0   CHINA
BRASIL: Marcos; Lúcio, Roque Júnior e Anderson Polga; Cafu, Gilberto Silva, Juninho Paulista (Ricardinho), Ronaldinho Gaúcho (Denílson) e Roberto Carlos; Rivaldo e Ronaldo (Edílson). TÉCNICO: Luiz Felipe Scolari. CHINA: Jin; Yanlong, Wei e Weifeng; Chengyang, Tie, Xiaopeng, Junzhe e Hong (Jiayi); Mingyu (Pu) e Haidong (Qu Bo). GOLS: Roberto Carlos, Rivaldo, Ronaldinho Gaúcho (pênalti) e Ronaldo. ÁRBITRO: Anders Frisk (Suécia).

DEUSES DA BOLA

VALIDADE: Copa do Mundo. LOCAL: Jeju World Cup Stadium, Seogwipo.

13/6   BRASIL 5 × 2 **COSTA RICA**
BRASIL: Marcos; Lúcio, Anderson Polga e Edmílson; Cafu, Gilberto Silva, Juninho Paulista (Ricardinho), Rivaldo (Kaká) e Júnior; Edílson, Kleberson e Ronaldo. COSTA RICA: Lonnis; Wright, Marín, Martinez (Parks) e Wallace (Bryce), Solis (Fonseca), Lopez, Castro e Centeno; Gomez e Wanchope. GOLS: Ronaldo (2), Edmílson, Wanchope, Gomez, Rivaldo e Júnior. ÁRBITRO: Gamal El Ghandour (Egito). VALIDADE: Copa do Mundo. LOCAL: Suwon World Cup Stadium, Suwon.

17/6   BRASIL 2 × 0 **BÉLGICA**
BRASIL: Marcos; Lúcio, Roque Júnior e Edmílson; Cafu, Gilberto Silva, Juninho Paulista (Denílson), Ronaldinho Gaúcho (Kleberson) e Roberto Carlos. Rivaldo (Ricardinho) e Ronaldo. TÉCNICO: Luiz Felipe Scolari. BÉLGICA: De Vlieger; Peeters (Sonck), Vanderhaeghe, Van Buyten e Van Kerckhoven; Walem, Simons, Goor, Verheyen e Wilmots; Mpenza. GOLS: Rivaldo e Ronaldo. ÁRBITRO: Peter Prendergart (Jamaica). VALIDADE: Copa do Mundo. LOCAL: Estádio Wing Kobe, Kobe.

21/6   BRASIL 2 × 1 **INGLATERRA**
BRASIL: Marcos; Lúcio, Roque Júnior e Edmílson; Cafu, Gilberto Silva, Kleberson, Ronaldinho Gaúcho e Roberto Carlos; Rivaldo e Ronaldo (Edílson). TÉCNICO: Luiz Felipe Scolari. INGLATERRA: Seaman; Mills, Rio Ferdinand, Sol Campbell e Ashley Cole (Sheringham); Butt, Beckham, Scholes e Sinclair (Dyer); Michel Owen (Vassell) e Heskey. GOLS: Michael Owen, Rivaldo e Ronaldinho Gaúcho. ÁRBITRO: Felipe Ramos Rizo (México). VALIDADE: Copa do Mundo LOCAL: Shizuoka Stadium Ekopa, Shizuoka.

26/6   BRASIL 1 × 0 **TURQUIA**
BRASIL: Marcos; Lúcio, Roque Júnior e Edmílson; Cafu, Gilberto Silva, Kleberson (Belleti), Rivaldo e Roberto Carlos; Edílson (Denílson) e Ronaldo (Luizão). TÉCNICO: Luiz Felipe Scolari. TURQUIA: Reçber; Korkmaz, Akyel e Ozalan; Ergun, Kerimoglu, Davala (Izzet), Belozoglu (Mansiz) e Basturk (Erdem); Sas e Sukur. GOL: Ronaldo. ÁRBITRO: Kim Milton-Nielsen (Dinamarca). VALIDADE: Copa do Mundo. LOCAL: Estádio Saitama, Saitama.

30/6   BRASIL 2 × 0 **ALEMANHA**
BRASIL: Marcos; Lúcio, Roque Júnior e Edmílson; Cafu, Gilberto Silva, Kleberson, Ronaldinho Gaúcho (Juninho Paulista) e Roberto Carlos; Ronaldo (Denílson) e Rivaldo TÉCNICO: Luiz Felipe Scolari. ALEMANHA: Kahn; Linke, Ramelow e Metzelder; Frings, Schneider, Hamann, Jeremies (Asamoah) e Bode (Ziege); Neuville e Klose (Bierhoff). GOLS: Ronaldo (2). ÁRBITRO: Pierluigi Colina (Itália). VALIDADE: Copa do Mundo. LOCAL: Yokohama Stadium, Yokohama.
* Brasil pentacampeão.

21/8   BRASIL 0 × 1 **PARAGUAI**
BRASIL: Marcos (Dida, depois Rogério Ceni); Cafu (Belleti), Edmílson, Anderson Polga e Roberto Carlos (Júnior); Gilberto Silva (Vampeta), Kleberson (Edílson), Ricardinho (Kaká) e Ronaldinho Gaúcho (Emerson); Ronaldo (Luizão) e Rivaldo (Denílson). TÉCNICO: Luiz Felipe Scolari. PARAGUAI: Tavarelli; Isasi, Caceres, Ayala e

Caniza; Paredes, Acuña, Jorge Campos (Paulo da Silva) e Carlos Bonet (Morinigo); Cuevas (Mais) e Cardozo. GOL: Cuevas. ÁRBITRO: Oscar Ruiz (Colômbia). VALIDADE: Amistoso. LOCAL: Estádio Castelão, Fortaleza.

20/11 BRASIL 3 × 2 COREIA DO SUL
BRASIL: Dida; Cafu (Belletti), Lúcio, Edmílson e Roberto Carlos; Gilberto Silva, Kleberson, Zé Roberto e Ronaldinho Gaúcho; Amoroso e Ronaldo. TÉCNICO: Zagallo. COREIA DO SUL: Woon-Jae (Byung-Ji); Myung-Bo (Dae-Eui), Tae-Young e Jin-Cheul; Chong-Gug (Tae-Uk), Sang-Chul, Nam-Il, Yong-Pio e Sun-Soo (Do-Hoon); Hi-Hyeon (Doo-Ri) e Jung-Hwan. GOLS: Ki-Hyeon, Ronaldo (2), Jung-Hwan e Ronaldinho Gaúcho. ÁRBITRO: Lu Jun (China). VALIDADE: Amistoso. LOCAL: World Cup Stadium, Seul.

2003

12/2 BRASIL 0 × 0 CHINA
BRASIL: Dida; Cafu, Anderson Polga, Luisão e Roberto Carlos; Gilberto Silva, Kleberson (Juninho Pernambucano), Zé Roberto (Emerson) e Ronaldinho Gaúcho (Denílson); Ronaldo (Amoroso) e Rivaldo. TÉCNICO: Carlos Alberto Parreira. CHINA: Yunfei; Zhi, Weifeng e Ming; Jihai (Genwei), Junzhe, Tie, Pu (Zhambo) e Xiaopeng (Yunlong); Hong (Jinyu) e Yi (Chen). ÁRBITRO: Kim Tang Yang (Coréia Do Sul). VALIDADE: Amistoso. LOCAL: Estádio Olímpico, Guangzhou.

29/3 BRASIL 1 × 2 PORTUGAL
BRASIL: Marcos; Cafu, Luisão, Edmílson e Roberto Carlos; Gilberto Silva, Kleberson, Zé Roberto (Amoroso, depois Júnior) e Ronaldinho Gaúcho; Ronaldo (Adriano) e Rivaldo. TÉCNICO: Carlos Alberto Parreira. PORTUGAL: Ricardo Pereira; Ferreira, Meira, Couto e Rui Jorge; José-Costinha, Maniche (Loureiro), Sérgio Conceição (Deco) e Rui Costa; Pauleta e Sabrosa (Monteiro-Miguel). GOLS: Pauleta, Ronaldinho Gaúcho (pênalti) e Deco. ÁRBITRO: Alon Yefet (Israel). VALIDADE: Amistoso. LOCAL: Estádio das Antas, Porto.

30/4 BRASIL 0 × 0 MÉXICO
BRASIL: Dida; Belletti, Ânderson Polga (Luisão), Edmílson e Júnior (Athirson); Gilberto Silva (Émerson I), Kléberson, Zé Roberto (Diego) e Amoroso (Juninho Pernambucano); Ronaldinho Gaúcho e Ronaldo. TÉCNICO: Carlos Alberto Parreira. MÉXICO: Oswaldo Sanchez, Rafael Márquez (José Antonio Castro), Duílio Davino, Omar Briseño, Salvador Carmona, Octavio Valdez (Eduardo Rergis), Ramón Morales (Irvin Rubirosa); Omar Bravo (Luis Pérez), Pavel Pardo (Israel Lopez); Jared Borgetti, José de Jesús Arellano (Alberto Medina). ÁRBITRO: Oscar Ruiz (Colômbia). VALIDADE: Amistoso. LOCAL: Estádio Jalisco, Guadalajara.

11/6 BRASIL 3 × 0 NIGÉRIA
BRASIL: Dida; Belletti (Eduardo Costa), Lúcio, Juan (Fábio Luciano) e Kléber (Gilberto); Émerson, Kléberson, Ricardinho e Ronaldinho Gaúcho; Luís Fabiano (Adriano) e Gil (Adriano Souza). TÉCNICO: Carlos Alberto Parreira. NIGÉRIA: Enyeama, Enakhire, Ekong (Olofijana), Orjinta, Udeze, Okoronkwo, Garba Lawal, Okocha, Kanu (Nwuguru); Utaka, Yakubu

DEUSES DA BOLA

Aiyegbeni (Obodo). GOLS: Gil, Luís Fabiano e Adriano. ÁRBITRO: Alex Quartey (Gana). VALIDADE: Amistoso. LOCAL: Estádio Nacional, Abuja.

19/6   BRASIL 0 × 1 CAMARÕES
BRASIL: Dida; Belletti, Lúcio, Juan e Kléber; Émerson, Kléberson (Adriano Souza), Ricardinho e Gil; Ronaldinho Gaúcho e Adriano (Ilan). TÉCNICO: Carlos Alberto Parreira. CAMARÕES: Idriss Kameni, Tchato, Song, Mettomo, Perrier Doumbe; Geremi, Mbami, Foe (Atouba), Djemba Djemba; Samuel Eto'o (Ndiefi), Idrissou (Job). TÉCNICO: Winfried Schaffer. GOL: Samuel Eto'o. ÁRBITRO: Valentin Ivanov (Rússia). VALIDADE: Copa das Confederações. LOCAL: Stade De France, Saint-Denis.

21/6   BRASIL 1 × 0 ESTADOS UNIDOS
BRASIL: Dida; Belletti (Maurinho), Lúcio, Juan e Kléber; Émerson, Kléberson, Ricardinho e Alex (Gil); Ronaldinho Gaúcho e Adriano (Ilan). TÉCNICO: Carlos Alberto Parreira. ESTADOS UNIDOS: Howard; Gibbs (Convey), Berhalter, Cherundolo e Bocanegra; Mastroeni (Twellman), Stewart, Beasley e Klein (Lewis); Donovan e Mathis. GOL: Adriano. ÁRBITRO: Lucílio Cardoso Batista (Portugal). VALIDADE: Copa das Confederações. LOCAL: Estádio Gerland, Lyon.

23/6   BRASIL 2 × 2 TURQUIA
BRASIL: Dida; Maurinho, Lúcio, Juan e Gilberto (Kléber); Émerson, Kléberson, Ricardinho (Alex) e Ronaldinho Gaúcho; Adriano e Ilan (Gil). TÉCNICO: Carlos Alberto Parreira. TURQUIA: Rustu Recber; Fatih Akyel, Bulent Korkmaz, Ibrahim Uzulmez e Ergun Penbe (Ibrahim Toraman); Volkan Arslan (Okan Yilmaz) (Serkan Balci), Alpay Ozalan, Selcuk Sahin e Gokdeniz Karadeniz; Yildiray Basturk e Tuncay Sanli. GOLS: Adriano, Gokdeniz Karadeniz, Okan Yilmaz e Alex. ÁRBITRO: Markus Merk (Alemanha). VALIDADE: Copa das Confederações. LOCAL: Estádio Geoffroy-Guichard, Saint-Ettiénne.

13/7   BRASIL 0 × 1 MÉXICO
BRASIL: Gomes; Maicon, Luisão, Alex e Adriano Correia; Paulo Almeida, Júlio Baptista (Nádson), Kaká e Diego (Nilmar); Éwerthon (Thiago Motta) e Robinho. TÉCNICO: Ricardo Gomes. MÉXICO: Oswaldo Sánchez; Omar Briseño, Salvador Carmona, Ricardo Osorio e Fernando Salazar; Miguel Zepeda (Luís Pérez), Octavio Valdez, Rafael Garcia (Daniel Osorno) e Pavel Pardo; Jared Borgetti e José de Jesus Arellano (Juan Pablo Rodriguez). GOLS: Jared Borgetti. ÁRBITRO: Rodolfo Sibrian (El Salvador). VALIDADE: Copa Ouro. LOCAL: Estádio Azteca, Cidade do México.

15/7   BRASIL 2 × 1 HONDURAS
BRASIL: Gomes; Maicon, Luisão, Alex e Adriano Correia; Paulo Almeida, Júlio Baptista, Kaká e Diego; Éwerthon (Carlos Alberto) e Robinho (Thiago Motta). TÉCNICO: Ricardo Gomes. HONDURAS: Victor Coello; Wilson Palacios, Javier Martínez e Jaime Rosales; Erick Vallecillo, Luis Guifarro, Walter Hernandez, Julio León e Oscar Bonilla (Emil Martínez); Wilmer Velásquez (Elvis Turcios) e Julio Suazo (Jairo Martínez). ÁRBITRO: Maurício Navarro (Canadá). VALIDADE: Copa Ouro da Concacaf. LOCAL: Estádio Azteca, Cidade do México.

19/7   BRASIL 2 × 0 COLÔMBIA
BRASIL: Gomes; Maicon, Luisão, Alex e Adriano

Correia; Paulo Almeida, Júlio Baptista, Kaká e Diego; Robinho (Carlos Alberto) e Nilmar. TÉCNICO: Ricardo Gomes. COLÔMBIA: Mondragón; Patiño, Mera, Perea e Viviescas; Bustos, Restrepo, Velásquez (Castillo) e Hernández (Vásquez); Molina e Murillo. GOLS: Kaká (2). ÁRBITRO: Kevin Stott (EUA). VALIDADE: Copa Ouro. LOCAL: Estádio Orange Bowl, Miami (EUA).

23/7   BRASIL   2 × 1   ESTADOS UNIDOS
BRASIL: Gomes; Maicon, Luisão, Alex e Adriano Correia; Paulo Almeida (Éwerthon), Júlio Baptista, Kaká e Diego; Robinho (Carlos Alberto) e Nilmar (Nádson). TÉCNICO: Ricardo Gomes. ESTADOS UNIDOS: Kasey Keller; Frankie Hejduk, Carlos Bocanegra, Cory Gibbs e Eddie Lewis; Claudio Reyna (Richard Mulrooney), Bobby Convey, Earnie Stewart (Demarcus Beasley) e Pablo Mastroeni; Brian McBride (Clint Mathis) e Landon Donovan. ÁRBITRO: Carlos Batres (Guatemala). VALIDADE: Copa Ouro. LOCAL: Estádio Orange Bowl, Miami.
* Vitória com Golden Gol.

27/7   BRASIL   0 × 1   MÉXICO
BRASIL: Gomes; Maicon, Luisão, Alex e Adriano Correia (Coelho); Paulo Almeida, Júlio Baptista, Kaká e Diego; Robinho (Carlos Alberto) e Nilmar (Éwerthon). TÉCNICO: Ricardo Gomes. MÉXICO: Oswaldo Sanchez; Salvador Carmona, Fernando Salazar (Mario Mendez), Ricardo Osorio e Omar Briseño; Octavio Valdez, Pavel Pardo, Rafael Garcia (Daniel Osorno) e Luis Pérez; Jared Borgetti e Jesus Arellano (Juan Pablo Rodriguez). GOL: Daniel Osorno. ÁRBITRO: Maurício Navarro (Canadá). VALIDADE: Copa Ouro. LOCAL: Estádio Azteca, Cidade do México.
* Derrota com Golden Gol

07/9   BRASIL   2 × 1   COLÔMBIA
BRASIL: Dida; Cafu, Lúcio, Roque Júnior e Roberto Carlos; Gilberto Silva, Émerson (Renato), Zé Roberto e Alex (Kaká); Ronaldo e Rivaldo (Diego). TÉCNICO: Carlos Alberto Parreira. COLÔMBIA: Oscar Córdoba, Martínez, Ivan Córdoba, Yepes, e Bedoya (Perea); Patiño (Molina), Restrepo (Becerra), López e Grisales; Angel e Hernández. GOLS: Ronaldo, Angel e Kaká. ÁRBITRO: Horacio Marcelo Elizondo (Argentina). VALIDADE: Eliminatórias. LOCAL: Estádio Roberto Meléndez, Barranquilla.

10/9   BRASIL   1 × 0   EQUADOR
BRASIL: Dida; Cafu, Lúcio, Roque Júnior e Roberto Carlos; Gilberto Silva, Émerson (Renato), Zé Roberto e Ronaldinho Gaúcho (Kaká); Ronaldo e Rivaldo (Alex). TÉCNICO: Carlos Alberto Parreira. EQUADOR: Cevallos, De La Cruz; Hurtado, Espinoza e Reasco; Mendz, Edwin Tenório, Obregón, Ayoví e Chalá; Carlos Tenório (Otilino Tenório). GOL: Ronaldinho Gaúcho. ÁRBITRO: Luís Vladimir Solórzano (Venezuela). VALIDADE: Eliminatórias. LOCAL: Estádio Vivaldo Lima, Manaus.

12/10   BRASIL   1 × 0   JAMAICA
BRASIL: Dida; Cafu, Lúcio (Edmílson), Roque Júnior e Roberto Carlos; Gilberto Silva, Émerson (Juninho Pernambucano), Zé Roberto e Kaká (Juninho Paulista); Ronaldo e Rivaldo (Adriano). TÉCNICO: Carlos Alberto Parreira. JAMAICA: Donovan Ricketts; Ricardo Gardner, Marshall (Gerald Neil), Frank Sinclair e Craig Ziadie; Theodore Whitmore, Richard Langley (Fabian Taylor), Jamie Lawrence (Shane Crawford) e Claude Davis (Damain Stewart); Ricardo Fuller (Andrew Williams) e Deon Burton (Ralph). GOL: Roberto Carlos. ÁRBITRO: Rob Styles

DEUSES DA BOLA

(Inglaterra). VALIDADE: Amistoso. LOCAL: Walkers Stadium, Leicester.

15/11   BRASIL 2 × 0 CORINTHIANS
BRASIL: Gomes; Maicon, Alex, Edu Dracena, Maxwell; Paulinho (Carlos Alberto), Paulo Almeida, Fábio Rochemback e Marcinho (Wendell); Robinho (Nenê) e Nilmar (Marcel). TÉCNICO: Ricardo Gomes. CORINTHIANS: Doni; Wendell (César), Betão, Ânderson e Moreno (Roger); Cocito (Vinícius), Fabrício (Fumagalli), Renato e Jamelli (Robert); Gil e Wilson (Vampeta). GOLS: Robinho e Edu Dracena. ÁRBITRO: Salvio Spíndola Filho (Brasil). VALIDADE: Amistoso preparatório sub-23. LOCAL: Estádio Benedito Teixeira, São José do Rio Preto.

16/11   BRASIL 1 × 1 PERU
BRASIL: Dida; Cafu, Lúcio (Edmílson), Roque Júnior e Júnior; Gilberto Silva, Émerson (Renato), Zé Roberto e Kaká (Alex); Ronaldo e Rivaldo (Luís Fabiano). TÉCNICO: Carlos Alberto Parreira. PERU: Oscar Ibañez; Jorge Soto, John Galliquio, Miguel Rebosio e Martin Hidalgo (Guillermo Salas); Juan Jayo, Marko Ciurlizza, Nolberto Solano e Roberto Palacios (Julio Garcia); Andrés Mendoza e Claudio Pizarro. GOLS: Rivaldo e Nolberto Solano. ÁRBITRO: Oscar Ruiz (Colômbia). VALIDADE: Eliminatórias. LOCAL: Estádio Municipal, Lima.

18/11   BRASIL 3 × 1 SANTOS
BRASIL: Gomes (Juninho); Maicon, Edu Dracena (Rodolfo), Alex (Adriano) e Maxwell (Wendel); Eduardo Costa, (Paulo Almeida), Fábio Rochemback, Thiago Motta (Nenê) e Marcinho (Carlos Alberto); Robinho (Paulinho) e Nilmar (Marcel). TÉCNICO: Ricardo Gomes. SANTOS: Júlio Sérgio (Matheus); Reginaldo Araújo (Neném), Pereira (André Luís), Narciso (Sílvio) e Léo (Rubens Cardoso); Alexandre (Val Baiano), Daniel, Wellington e Jerri (Jaílson); Fabiano (Douglas) e Júlio César (William). GOLS: Pereira (contra), Robinho, Jaílson e Marcel. ÁRBITRO: Cléber Wellington Abade (Brasil). VALIDADE: Amistoso preparatório sub-23. LOCAL: Estádio da Vila Belmiro, Santos.

19/11   BRASIL 3 × 3 URUGUAI
BRASIL: Dida; Cafu, Lúcio, Roque Júnior e Júnior; Gilberto Silva, Renato (Juninho Pernambucano), Zé Roberto e Kaká (Alex); Ronaldo e Rivaldo (Luís Fabiano). TÉCNICO: Carlos Alberto Parreira. URUGUAI: Gustavo Munúa; Adrián Romero (Alvaro Recoba), Diego López, Joe Bizera e Alejandro Lago; Nelson Abeijón (Richard Núñez), Marcelo Sosa, Martín Liguera e Germán Hornos (Javier Chevantón); Marcelo Zalayeta e Diego Forlán. GOLS: Kaká, Ronaldo (2), Diego Forlán (2) e Gilberto Silva (contra). ÁRBITRO: Horácio Marcelo Elizondo (Argentina). VALIDADE: Eliminatórias. LOCAL: Estádio Pinheirão, Curitiba.

2004

18/2   BRASIL 0 × 0 IRLANDA
BRASIL: Dida; Cafu, Lúcio, Roque junior e Roberto Carlos; Gilberto Silva (Edmílson), Kléberson, (Julio Baptista), Kaká e Zé Roberto, Ronaldinho Gaúcho e Ronaldo. TÉCNICO: Carlos Alberto Parreira. IRLANDA: Shay Given; Stephen Carr, Kenny Cunningham, Andy

O'Brien e John O'Shea; Matt Holland, Andy Reid, Graham Kavanagh e Clinton Morrison; Robbie Keane e Kevin Kilbane. ÁRBITRO: Anders Frisk (Suécia). VALIDADE: Amistoso. LOCAL: Landsdowne Stadium, Dublin.

31/3   BRASIL   0 × 0   PARAGUAI
BRASIL: Dida; Cafu, Lúcio, Roque Júnior e Roberto Carlos; Gilberto Silva, Renato (Juninho Pernambucano), Zé Roberto e Kaká; Ronaldinho Gaúcho e Ronaldo. TÉCNICO: Carlos Alberto Parreira. PARAGUAI: Tavarelli; Arce, Cáceres (Da Silva), Gamarra e Caniza; Bonet (Ortiz), Enciso, Paredes e Toledo (Campos); Cardozo e Santa Cruz. ÁRBITRO: Oscar Ruiz (Colômbia). VALIDADE: Eliminatórias. LOCAL: Defensores del Chaco, Assunção.

28/4   BRASIL   4 × 1   HUNGRIA
BRASIL: Dida; Cafu (Mancini), Roque Júnior, Juan (Bordon) e Roberto Carlos (Dedê); Edmílson, Juninho Pernambucano (Júlio Baptista) e Zé Roberto (Edu); Kaká (Alex), Ronaldinho Gaúcho (Felipe) e Luís Fabiano. TÉCNICO: Carlos Alberto Parreira. HUNGRIA: Gábor Babos; Molnár (Ferkas), Stark e Peto (Juhan); Simeck (Rodhol), Bodnar, Lipcsei (Torghelle), Toth e Huszti; Gëra (Dveri) e Kenesei (Szabics). GOLS: Kaká, Luís Fabiano (2), Thorgelle e Ronaldinho Gaúcho. ÁRBITRO: Massimo de Santis (Itália). VALIDADE: Amistoso. LOCAL: Estádio Ferenc Puskás, Budapeste.

20/5   BRASIL   0 × 0   FRANÇA
BRASIL: Dida; Cafu, Luisão, Cris e Roberto Carlos; Edmílson, Juninho Pernambucano (Júlio Baptista), Kaká (Alex) e Zé Roberto (Edu); Ronaldinho Gaúcho e Ronaldo. TÉCNICO: Carlos Alberto Parreira. FRANÇA: Grégory Coupet; Liliam Thuram, William Galas, Marcel Desaily (Bernard Mendy) e Jean-Alain Boumsong; Claude Makelele, Patrick Viera, Robert Pires (Sylvain Wiltord) e Zinedine Zidane (Olivier Kapo); Thierry Henry e David Trezeguet. ÁRBITRO: Manuel Enrique Mejuto González (Espanha). VALIDADE: Amistoso do Centenário da Fifa. LOCAL: Stade de France, Saint-Denis.

25/5   BRASIL   5 × 2   CATALUNHA
BRASIL: Marcos; Belletti (Mancini), Luisão, Cris (Fábio Luciano) e Roberto Carlos (Júnior); Edmílson (Gilberto Silva), Juninho Pernambucano (Kléberson), Zé Roberto (Edu) e Alex (Júlio Baptista); Ronaldinho Gaúcho (Ricardo Oliveira) e Ronaldo (Adriano). TÉCNICO: Carlos Alberto Parreira. CATALUNHA: Valdes (Tony); Curro Torres, Lopo, Alvarez e Capdevila (Sergi); Guardiola, Sergio (Sesqui), Roger (Miguel Angel) e Iniesta (Jofre); Jordi Cruyff (Gerard) e Sergio Garcia. TÉCNICO: Pichi Alonso. GOLS: Ronaldo (2), Ricardo Oliveira, Júlio Baptista, Gerad, Sergio García, Júlio Baptista. ÁRBITRO: Xavier Moreno Delgado (Espanha). VALIDADE: Amistoso. LOCAL: Estádo Camp Nou, Barcelona.

2/6   BRASIL   3 × 1   ARGENTINA
BRASIL: Dida; Cafu, Juan, Roque Júnior e Roberto Carlos; Edmílson, Juninho Pernambucano (Júlio Baptista), Zé Roberto e Kaká (Alex); Luís Fabiano (Edu) e Ronaldo. TÉCNICO: Carlos Alberto Parreira. ARGENTINA: Pablo Caballero; Samuel, Quiroga e Heinze; Zanetti, Mascherano, Luis González (Pablo Aimar), Kily González e Sorín; César Delgado (Mauro Rosales, depois Javier Saviola) e Hernán Crespo. GOLS: Ronaldo (3 pênaltis) e Sorín. ÁRBITRO: Oscar Julián Ruiz (Colômbia) VALIDADE:

DEUSES DA BOLA

Eliminatórias. LOCAL: Estádio do Mineirão, Belo Horizonte.

6/6   BRASIL 1 × 1 CHILE
BRASIL: Dida; Cafu, Juan, Roque Júnior e Roberto Carlos; Edmílson (Gilberto Silva), Juninho Pernambucano (Alex), Edu e Kaká (Júlio Baptista); Luis Fabiano e Ronaldo. TÉCNICO: Carlos Alberto Parreira. CHILE: Tapia; Rojas (Alvarez), Fuentes, Olarra e Pérez; Maldonado, Meléndez, González (Mirosevic) e Pizarro; Navia e Martel (Galaz). GOLS: Luís Fabiano e Navia (pênalti). ÁRBITRO: Horácio Elizondo (Argentina). VALIDADE: Eliminatórias. LOCAL: Estádio Nacional, Santiago.

8/7   BRASIL 1 × 0 CHILE
BRASIL: Júlio César; Mancini, Luisão, Juan e Gustavo Nery; Dudu Cearense (Diego), Renato, Edu e Alex; Adriano (Ricardo Oliveira) e Luís Fabiano. TÉCNICO: Carlos Alberto Parreira. CHILE: Alex Vara; Villarroel, Luis Fuentes, Olarra e Perez; Acuña, Melendez, Valenzuela e Mirosevic (Galaz); Cisternas (Jimenez) e Sebastian Gonzalez (Mancilla). GOL: Luís Fabiano. ÁRBITRO: Marco Antonio Rodriguez (México). VALIDADE: Copa América. LOCAL: Estádio da Universidad Nacional San Agustín, Arequipa.

11/7   BRASIL 4 × 1 COSTA RICA
BRASIL: Júlio César; Mancini, Juan, Luisão e Gustavo Nery; Renato, Kléberson (Diego), Edu (Dudu Cearense) e Alex; Adriano e Luís Fabiano (Vágner Love). TÉCNICO: Carlos Alberto Parreira. COSTA RICA: Ricardo Gonzalez; Bennet, Marin, Wright e Leonardo Gonzalez; Badilla (Gomes), Sequeira, Centeno, Bryce e Solis (Hernández; Sabório (Hérron). GOLS: Adriano (3), Juan e Marin.

ÁRBITRO: Héctor Baldassi (Argentina). VALIDADE: Copa América. LOCAL: Estádio da Universidad Nacional San Agustín, Arequipa.

14/7   BRASIL 1 × 2 PARAGUAI
BRASIL: Júlio César; Maicon, Luisão, Cris e Gustavo Nery; Renato, Kléberson (Ricardo Oliveira), Edu (Dudu Cearense) e Felipe (Diego); Adriano e Luís Fabiano. TÉCNICO: Carlos Alberto Parreira. PARAGUAI: Diego Barreto; Benítez, Gamarra e Mansur; Martinez, Dos Santos (Escobar), Edgar Barreto, Paredes e Esquivel; Barrero (Derlis Gonzalez) e Gonzalez (Figueredo). GOLS: González, Luís Fabiano e Barrero. ÁRBITRO: Giberto Hidalgo (Peru). VALIDADE: Copa América. LOCAL: Estádio da Universidad Nacional San Agustín, Arequipa.

18/7   BRASIL 4 × 0 MÉXICO
BRASIL: Júlio César; Maicon, Juan, Luisão e Gustavo Nery; Kleberson, Renato, Edu e Alex; Adriano e Luís Fabiano (Ricardo Oliveira). TÉCNICO: Carlos Alberto Parreira. MÉXICO: Oswaldo Sánchez; Ricardo Osorio (Altamirano), Rafael Márquez, César Davino e Salvador Carmona; Octávio Valdez, Pavel Pardo, Gerardo Torrado (Jared Borgetti) e Briseño; José de Jesus Arellano (Daniel Osorno) e Adolfo Bautista. GOLS: Alex (pênalti), Adriano (2) e Ricardo Oliveira. ÁRBITRO: Oscar Ruiz (Colômbia). VALIDADE: Copa América. LOCAL: Estádio Miguel Grau, Piura.

21/7   BRASIL 1 × 1 URUGUAI
BRASIL: Júlio César; Maicon, Luisão, Juan e Gustavo Nery; Renato, Kléberson (Diego), Edu (Júlio Baptista) e Alex; Adriano e Luís Fabiano. TÉCNICO: Carlos Alberto Parreira. URUGUAI: Viera; Bizera, Montero e Darío Rodríguez; Sosa, Delgado, Cristian

Rodríguez (Sanchez), Diogo e Perez (Pouso); Darío Silva e Bueno (Forlán). GOLS: Sosa e Adriano. ÁRBITRO: Marco Antonio Rodriguez (México). VALIDADE: Copa América. LOCAL: Estádio Nacional, Lima.

25/7   BRASIL   2 (4) × (2) 2   ARGENTINA
BRASIL: Júlio César; Maicon, Juan, Luisão (Cris) e Gustavo Nery; Renato, Kléberson (Diego), Edu e Alex (Felipe); Luís Fabiano e Adriano. TÉCNICO: Carlos Alberto Parreira. ARGENTINA: Abbondanzieri; Coloccini, Ayala e Heinze; Zanetti, Mascherano, Lucho González (D'Alessandro), Rosales (Delgado) e Sorín; Tevez (Quiroga) e Kily González. TÉCNICO: Marcelo Bielsa. GOLS: Kily González, Luisão, Delgado e Adriano. ÁRBITRO: Carlos Amarilla (Paraguai). VALIDADE: Copa América. LOCAL: Estádio Nacional, Lima.

18/8   BRASIL   6 × 0   HAITI
BRASIL: Júlio César (Fernando Henrique); Belletti, Juan (Cris), Roque Júnior e Roberto Carlos (Adriano); Juninho Pernambucano, Gilberto Silva (Renato), Edu (Magrão) e Roger (Pedrinho); Ronaldinho e Ronaldo (Nilmar). TÉCNICO: Carlos Alberto Parreira. HAITI: Max (Gabart); Thelanor, Germain (Jacques), Gabbardi e Bourcicaut (Stephane); Guillaume, Bourdot (Barthelmy), Gilles (Telamour) e Romulut (Mones); Fleury (Francis) e Desir (Herold). GOLS: Roger (2), Ronaldinho Gaúcho (3) e Nilmar. ÁRBITRO: Paulo César de Oliveira (Brasil). VALIDADE: Amistoso. LOCAL: Stade Sylvio Cator, Porto Príncipe.

5/9   BRASIL   3 × 1   BOLÍVIA
BRASIL: Júlio César; Belletti, Edmílson, Roque Júnior e Roberto Carlos; Gilberto Silva, Edu (Robinho), Juninho Pernambucano (Renato) e Ronaldinho Gaúcho (Alex); Ronaldo e Adriano. TÉCNICO: Carlos Alberto Parreira. BOLÍVIA: Fernández; Alvarez, Raldes, Peña e Sánchez; Cristaldo, Ribeiro (Dufiño), Colque (Arana), Pizarro e Gutiérrez (Coimbra); Botero. GOLS: Ronaldo, Ronaldinho Gaúcho (pênalti), Adriano e Cristaldo. ÁRBITRO: Héctor Baldassi (Argentina). VALIDADE: Eliminatórias. LOCAL: Estádio do Morumbi, São Paulo.

8/9   BRASIL   1 × 1   ALEMANHA
BRASIL: Júlio César; Belletti (Maicon), Juan, Roque Júnior e Roberto Carlos; Edmílson, Edu, Juninho Pernambucano (Renato) e Ronaldinho Gaúcho (Alex); Adriano (Julio Baptista) e Ronaldo. TÉCNICO: Carlos Alberto Parreira. ALEMANHA: Kahn; Hinkel (Görlitz), Baumann, Fahrenhorst e Lahm; Frings, Schneider, Deisler (Podolski) e Ballack; Kuranyi e Asamoah (Klose). GOLS: Ronaldinho Gaúcho e Kuranyi. ÁRBITRO: Urs Meil (Suíça) VALIDADE: Amistoso. LOCAL: Olympia Stadium, Berlim.

9/10   BRASIL   5 × 2   VENEZUELA
BRASIL: Dida; Cafu, Juan, Roque Júnior e Roberto Carlos; Renato, Juninho Pernambucano (Edu), Zé Roberto e Kaká (Adriano); Ronaldinho Gaúcho e Ronaldo (Alex). TÉCNICO: Carlos Alberto Parreira. VENEZUELA: Angelucci; Vallenilla, José Rey, Cichero e Hernandez (Vielma); Vera (César Gonzalez), Rojas, Arango e Jimenez; Margiotta (Hector Gonzalez) e Morán. GOLS: Kaká (2), Ronaldo (2), Adriano e Morán (2). ÁRBITRO: Carlos Chandia (Chile). VALIDADE: Eliminatórias. LOCAL: Estádio José "Pachencho" Romero, Maracaibo.

13/10   BRASIL 0 × 0 COLÔMBIA
BRASIL: Dida; Cafu, Juan, Roque Júnior e Roberto Carlos; Magrão (Elano), Renato, Zé Roberto (Edu) e Alex (Adriano); Ronaldinho Gaúcho e Ronaldo. TÉCNICO: Carlos Alberto Parreira. COLÔMBIA: Calero; Perea, Córdoba, Yepes e Bedoya; Grisales (Leal), Díaz, Restrepo, Oviedo (Moreno) e Pacheco (Viveros); Angel. ÁRBITRO: Jorge Larrionda (Uru). VALIDADE: Eliminatórias. LOCAL: Estádio Rei Pelé, Maceió.

17/11   BRASIL 0 × 1 EQUADOR
BRASIL: Dida; Cafu, Juan, Roque Júnior e Roberto Carlos; Renato, Kléberson (Ricardinho) e Juninho Pernambucano (Dudu Cearense) e Kaká (Adriano); Ronaldinho Gaúcho e Ronaldo. TÉCNICO: Carlos Alberto Parreira. EQUADOR: Villafuerte; De La Cruz, Ivan Hurtado, Espinoza e Urrutia (Salas); Tenorio, Marlon Ayovi, Mendez e Ambrosi; Kaviedes (Walter Ayovi) e Agustín Delgado (Reasco). GOL: Mendez. ÁRBITRO: Oscar Ruiz (Colômbia). VALIDADE: Eliminatórias. LOCAL: Estádio Olímpico Atahualpa, Quito.

2005

9/2   BRASIL 7 × 1 HONG KONG
BRASIL: Júlio César; Cafu (Belletti), Lúcio, Juan e Roberto Carlos (Gilberto); Émerson, Juninho Pernambucano (Júlio Baptista), Zé Roberto (Renato) e Ronaldinho Gaúcho (Alex); Robinho e Ricardo Oliveira (Elano). TÉCNICO: Carlos Alberto Parreira. HONG KONG: Fan Chun Yip (Xiao Guo Ji); Lee Wai Man, Szeto Chun, Feng Zhi, Man Pei Tak e Poon Cheuk; Wong Yue (Lee Ming), Lau Chi Keung, Law Chun Bong (Chu Siu) e Cheung Sai Ho; Au Wai Lun. GOLS: Lúcio, Roberto Carlos, Ricardo Oliveira (2), Ronaldinho Gaúcho, Robinho, Alex e Lee Ming. ÁRBITRO: Zhou Wei Xin (China). VALIDADE: Carlsberg Cup. LOCAL: Hong Kong Stadium, Hong Kong.

27/3   BRASIL 1 × 0 PERU
BRASIL: Dida; Cafu, Lúcio, Juan e Roberto Carlos; Emerson, Zé Roberto, Juninho Pernambucano (Robinho) e Kaká (Renato); Ronaldinho Gaúcho e Ronaldo. TÉCNICO: Carlos Alberto Parreira. PERU: Ibañez; Soto, Rebosio, Rodríguez (Guadalupe) e Vilches; Jayo, Zegarra, Palacios (Olcese) e Solano (Cominges); Farfán e Pizarro. GOL: Kaká. ÁRBITRO: Carlos Amarilla (Paraguai) VALIDADE: Eliminatórias. LOCAL: Estádio Serra Dourada, Goiânia.

30/3   BRASIL 1 × 1 URUGUAI
BRASIL: Dida; Cafu, Lúcio, Luisão e Roberto Carlos; Émerson, Zé Roberto (Renato), Kaká e Ronaldinho Gaúcho; Ricardo Oliveira (Robinho) e Ronaldo. TÉCNICO: Carlos Alberto Parreira. URUGUAI: Sebastián Viera; Diego López, Diego Lugano, Paolo Montero e Darío Rodríguez; Carlos Diogo (De Los Santos), Rubén Olivera (Chevanton) e Pablo García e Mario Regueiro (Delgado); Diego Forlán e Marcelo Zalayeta. GOLS: Forlán e Émerson. ÁRBITRO: Hector Baldassi (Argentina). VALIDADE: Eliminatórias. LOCAL: Estádio Centenário, Montevidéu.

27/4   BRASIL 3 × 0 Guatemala
BRASIL: Marcos (Rogério Ceni); Cicinho (Gabriel),

Anderson, Fabiano Eller (Glauber) e Léo; Mineiro, Magrão (Marcinho), Ricardinho e Carlos Alberto (Fernandão); Robinho (Fred) e Romário (Grafite). TÉCNICO: Carlos Alberto Parreira. GUATEMALA: Miguel Klée (Motta); Nestor Martinez, Melgar, Cabrera e Denis Chen (Gomes); Fredy Thompson (Figueroa), Giron (Morales), Romero e Angel Sanabria (Dávila); Carlos Castillo (Aragon) e Sandoval. GOLS: Anderson, Romário e Grafite. ÁRBITRO: Martin Vásquez (Uruguai). VALIDADE: Amistoso (despedida de Romário). LOCAL: Estádio do Pacaembu, São Paulo.

5/6 BRASIL 4 × 1 **Paraguai**
BRASIL: Dida, Belletti, Lúcio, Roque Júnior e Roberto Carlos; Émerson (Gilberto Silva), Zé Roberto, Kaká e Ronaldinho Gaúcho; Robinho (Juan) e Adriano (Ricardo Oliveira). TÉCNICO: Carlos Alberto Parreira. PARAGUAI: Justo Villar, Caniza, Mansur, Gamarra e Da Silva; Bonet (Barreto), Ortiz, Paredes e Torres; Cabanas (Cuevas) e Santa Cruz. GOLS: Ronaldinho Gaúcho (2 de pênalti), Zé Roberto, Santa Cruz e Robinho. VALIDADE: Eliminatórias. LOCAL: Estádio Beira-Rio, Porto Alegre.

8/6 BRASIL 1 × 3 **Argentina**
BRASIL: Dida, Cafu, Juan, Roque Júnior e Roberto Carlos; Émerson, Zé Roberto, Kaká e Ronaldinho Gaúcho; Robinho (Renato) e Adriano. TÉCNICO: Carlos Alberto Parreira. ARGENTINA: Abbondanzieri, Coloccini, Ayala e Heinze; Mascherano, Lucho González (Zanetti), Killy González, Riquelme e Sorín; Saviola (Tevez) e Crespo. GOLS: Crespo (2), Riquelme e Roberto Carlos. ÁRBITRO: Gustavo Mendez (Uruguai). VALIDADE: Eliminatórias. LOCAL: Monumental de Núñez, Buenos Aires.

16/6 BRASIL 3 × 0 **Grécia**
BRASIL: Dida; Cicinho, Roque Júnior, Lúcio e Gilberto; Émerson, Zé Roberto, Kaká (Juninho Pernambucano) e Ronaldinho Gaúcho (Renato); Robinho e Adriano (Ricardo Oliveira). TÉCNICO: Carlos Alberto Parreira. GRÉCIA: Antonis Nikopolidis; Angelos Basinas, Yiannis Goumas, Giourkas Seitaridis (Vyntra) e Sotiris Kyrgiakos; Stelios Giannakopoulos, Theodoros Zagorakis (Amanatidis), Giorgios Karagounis e Kostas Katsouranis; Zisis Vryzas (Papadopoulos) e Angelos Charisteas. GOLS: Adriano, Robinho e Juninho Pernambucano. ÁRBITRO: Lubos Michel (Eslováquia). VALIDADE: Copa das Confederações. LOCAL: Estádio Zentral, Leipzig.

19/6 BRASIL 0 × 1 **México**
BRASIL: Dida; Cicinho, Lúcio, Roque Júnior e Gilberto; Émerson (Renato), Zé Roberto, Kaká (Juninho) e Ronaldinho; Robinho (Ricardo Oliveira) e Adriano. TÉCNICO: Carlos Alberto Parreira. MÉXICO: Oswaldo Sanchez; Carlos Salcido, Aaron Galindo, Ricardo Osorio e Salvador Carmona; Pavel Pardo, Ramon Morales (Alberto Medina), Gonzalo Pineda (Mario Mendez), Jose Fonseca (Luis Perez); Sinha e Jared Borgetti. GOL: Jared Borgetti. ÁRBITRO: Roberto Rosetti (Itália). VALIDADE: Copa das Confederações. LOCAL: Hannover World Cup Stadium, Hannover.

22/6 BRASIL 2 × 2 **JAPÃO**
BRASIL: Marcos; Cicinho, Lúcio, Juan e léo; Gilberto Silva, Zé Roberto (Edu), Kaká (Renato), Ronaldinho Gaúcho; Robinho e Adriano (Júlio Baptista). TÉCNICO: Carlos Alberto Parreira. JAPÃO: Kawaguchi; Kaji, Tanaka, Miyamoto, Alex Santos; Fukunishi, Ogasawara (Koji Nakata), Nakamura, Nakata;

DEUSES DA BOLA

Yanagisawa e Tamada (Oguro). GOLS: Robinho, Nakamura, Ronaldinho Gaúcho e Oguro. ÁRBITRO: Mourad Daami (Tunísia). VALIDADE: Copa das Confederações. LOCAL: Estádio de Colônia, Colônia.

25/6   BRASIL 3 × 2 **ALEMANHA**
BRASIL: Dida; Maicon (Cicinho), Lúcio, Roque Júnior, Gilberto; Émerson, Zé Roberto; Kaká (Renato), Ronaldinho Gaúcho; Robinho (Júlio Baptista) e Adriano. TÉCNICO: Carlos Alberto Parreira. ALEMANHA: Lehmann; Friedrich, Huth, Mertesacker e Schneider; Frings, Deisler (Hanke), Ballack e Ernst (Borowski); Kuranyi (Asamoah) e Podolski. GOLS: Adriano (2), Podolski, Ronaldinho Gaúcho e Ballack. VALIDADE: Copa das Confederações. LOCAL: Frankenstadion, Nuremberg.

29/6   BRASIL 4 × 1 **ARGENTINA**
BRASIL: Dida; Cicinho (Maicon), Lúcio, Roque Júnior e Gilberto; Émerson, Zé Roberto, Kaká (Renato) e Ronaldinho Gaúcho; Robinho (Juninho) e Adriano. TÉCNICO: Carlos Alberto Parreira. ARGENTINA: Germán Lux; Javier Zanetti, Fabricio Coloccini, Gabriel Heinze e Diego Placente; Esteban Cambiasso (Pablo Aimar), Lucas Bernardi, Juan Román Riquelme e Juan Pablo Sorín; Cesar Delgado e Luciano Figueroa (Carlos Tevez). GOLS: Adriano (2), Kaká, Ronaldinho Gaúcho e Aimar. ÁRBITRO: Lubos Michel (Eslováquia). VALIDADE: Copa das Confederações. LOCAL: Waldstadion, Frankfurt.

17/8   BRASIL 1 × 1 **CROÁCIA**
BRASIL: Dida; Cafu, Lúcio (Luisão), Juan e Roberto Carlos; Émerson, Zé Roberto (Juninho Pernambucano), Ricardinho (Robinho) e Kaká (Renato); Adriano (Julio Baptista) e Ronaldo (Ricardo Oliveira). TÉCNICO: Carlos Alberto Parreira. CROÁCIA: Butina (Pletikosa); Tomas (Simic), Robert Kovac e Simunic; Srna, Tudor, Niko Kovac, Babic e Kranjcar (Seric); Klasnic (Balaban) e Olic (Eduardo da Silva). GOLS: Kranjcar e Ricardinho. ÁRBITRO: Florian Meyer (Alemanha). VALIDADE: Amistoso. LOCAL: Poljud Stadium, Split.

4/9   BRASIL 5 × 0 **CHILE**
BRASIL: Dida; Cafu, Juan, Lúcio e Roberto Carlos (Juninho Pernambucano); Emerson (Gilberto Silva), Zé Roberto, Kaká e Robinho; Adriano e Ronaldo (Ricardinho). TÉCNICO: Carlos Alberto Parreira. CHILE: Tapia; Fuentes, Rojas e Contreras (Acuña); Alvarez,, Meléndez, Maldonado, Pizarro e Tello (Pérez); Rubio e Pinilla (Jimenez). GOLS: Juan, Robinho e Adriano (3). ÁRBITRO: Carlos Amarilla (Paraguai). VALIDADE: Eliminatórias. LOCAL: Estádio Mané Garrincha, Brasília.

6/9   BRASIL 1 × 1 **SEVILLA**
BRASIL: Dida; Cafu (Cicinho), Lúcio (Luisão), Juan (Roque Júnior) e Roberto Carlos (Gustavo Nery); Émerson (Gilberto Silva), Zé Roberto (Renato), Kaká (Juninho Pernambucano) e Ronaldinho (Júlio Baptista); Robinho (Ricardo Oliveira) e Adriano (Alex). TÉCNICO: Carlos Alberto Parreira. SEVILLA: Notario; Daniel Alves, Aitor Ocio, Pablo Alfaro e David; Navas (Jesuli), Martí, Jordi (Sales) e Adriano (Antonio López); Saviola (Pablo Ruiz) e Luís Fabiano (Kanouté). TÉCNICO: Juan de La Cruz Ramos. GOLS: Kanouté e Pablo Alfaro (contra). ÁRBITRO: Ramírez Domínguez (Espanha) VALIDADE: Amistoso. LOCAL: Estádio Ramón Sánchez Pizjuán, Sevilha.

9/10   BRASIL 1 × 1 BOLÍVIA
BRASIL: Júlio César, Cicinho, Luisão, Roque Júnior e Gilberto (Gustavo Nery); Gilberto Silva, Renato (Alex), Juninho Pernambucano (Júlio Baptista) e Ricardinho; Robinho e Adriano. TÉCNICO: Carlos Alberto Parreira. BOLÍVIA: Carlos Arias; Jáuregui, Vaca e Raldez; Hoyos (Castillo), Ângulo, Cristaldo, Baldivieso e Galindo (Paz); Botero e Gutierrez (Pachi). GOLS: Juninho Pernambucano e Castillo. ÁRBITRO: Jorge Larrionda (Uruguai). VALIDADE: Eliminatórias. LOCAL: Estádio Hernán Siles, La Paz.

12/10   BRASIL 3 × 0 VENEZUELA
BRASIL: Dida, Cafu, Lúcio, Juan e Roberto Carlos; Émerson, Zé Roberto (Juninho Pernambucano), Kaká e Ronaldinho Gaúcho (Robinho); Adriano (Alex) e Ronaldo. TÉCNICO: Carlos Alberto Parreira. VENEZUELA: Dudamel; Pacheco, Hernández, Rey e Cichero, Jiménez, Vielma, Páez (Gonzalez) e Arango; Urdaneta (Rojas) e Maldonado (Torrealba). GOLS: Adriano, Ronaldo e Roberto Carlos. ÁRBITRO: Hector Baldassi (Argentina). VALIDADE: Eliminatórias. LOCAL: Estádio Mangueirão, Belém.

12/11   BRASIL 8 × 0 EMIRADOS ÁRABES UNIDOS
BRASIL: Dida; Cafu (Cicinho), Lúcio, Juan (Roque Júnior) e Roberto Carlos (Gustavo Nery); Émerson (Gilberto Silva), Zé Roberto (Edmílson), Kaká e Ronaldinho (Juninho Pernambucano); Robinho (Fred) e Adriano (Ricardinho). TÉCNICO: Carlos Alberto Parreira. EMIRADOS ÁRABES UNIDOS: Rabea (Abdulla); Aljaenne (Aziz), Shaced, Musaree e Obeid (Khater); Alweheby, Junaee (Saad), Abas e Alo Ali; Matar e Khalil (Mubarak). GOLS: Kaká, Adriano, Fred (2), Lúcio, Juninho Pernambucano (2) e Cicinho. ÁRBITRO: M. Esam Abdel El Fatat (Egito).

VALIDADE: Amistoso. LOCAL: Estádio Zayed Sports City, Abu Dhabi.

2006

1/3   BRASIL 1 × 0 RÚSSIA
BRASIL: Rogério Ceni; Cicinho, Lúcio, Juan (Cris) e Roberto Carlos (Gustavo Nery); Émerson (Gilberto Silva), Zé Roberto, Ricardinho (Edmíslon) e Kaká (Juninho); Ronaldo (Fred) e Adriano. TÉCNICO: Carlos Alberto Parreira. RÚSSIA: Akinfeev; Aleksei Berezutski, Vasili Berezutski, Ignashevich e Zhirkov; Loskov (Bilyaletdinov), Aldonin, Smertin e Aniukov; Arshavin e Kerzhakov. GOL: Ronaldo. ÁRBITRO: Massimo Busacca (Suíça). VALIDADE: Amistoso. LOCAL: Estádio Lokomotiv, Moscou.

30/5   BRASIL 8 × 0 COMBINADO DE LUCERNA
BRASIL: Dida; Cafu (Cicinho), Lúcio, Juan e Roberto Carlos (Gilberto); Émerson (Gilberto Silva), Zé Roberto (Edmílson), Kaká (Juninho Pernambucano) e Ronaldinho Gaúcho (Ricardinho); Adriano e Ronaldo (Robinho). TÉCNICO: Carlos Alberto Parreira. LUCERNA: Zibung (Greco), Lamberti, Meyer (Bader), Dal Santo (Nordine) e Diethlem; Andreoli (Malige), Mahmeti, Schwegles (De Napoli) e Righetti (Makuka); N'Tiamoah e Tchouga (Everson Ratinho). GOLS: Kaká, Adriano (2), Ronaldo (2), Lúcio, Robinho e Juninho Pernambucano. ÁRBITRO: Cláudio Circhetta (Itália). VALIDADE: Amistoso. LOCAL: Estádio St. Jakobs Park, Basileia.

4/6 BRASIL 4 × 0 NOVA ZELÂNDIA
BRASIL: Dida; Cafu (Cicinho), Lúcio, Juan e Roberto Carlos (Gilberto); Émerson (Gilberto Silva), Zé Roberto (Juninho Pernambucano), Kaká e Ronaldinho Gaúcho (Ricardinho); Adriano e Ronaldo (Robinho). TÉCNICO: Carlos Alberto Parreira. NOVA ZELÂNDIA: Glen Moss; Chris Bouckenoghe, Noah Hickey, Danny Hay (Bunce De Gregorio) e Steven Old; Ivan Vicelich, Jeremy Christie (Brown), Leo Bertos e David Mulligan (Smith); Vaughan Coveny (Brockie) e Chris Killen. GOLS: Ronaldo, Adriano, Kaká e Juninho Pernambucano. ÁRBITRO: Jérome Laperriere (Suiça). VALIDADE: Amistoso. LOCAL: Estádio de Genebra, Genebra.

13/6 BRASIL 1 × 0 CROÁCIA
BRASIL: Dida; Cafu, Lúcio, Juan e Roberto Carlos; Émerson, Zé Roberto, Kaká e Ronaldinho Gaúcho; Ronaldo (Robinho) e Adriano. TÉCNICO: Carlos Alberto Parreira. CROÁCIA: Pletikosa; Simic, Robert Kovac e Simunic; Srna, Tudor, Niko Kovac (Jerko Leko), Niko Kranjcar e Babic; Prso e Klasnic (Olic). GOL: Kaká. ÁRBITRO: Benito Archundia (México). VALIDADE: Copa do Mundo. LOCAL: Estádio Olímpico, Berlim.

18/6 BRASIL 2 × 0 AUSTRÁLIA
BRASIL: Dida, Cafu, Lúcio, Juan, Roberto Carlos, Émerson (Gilberto Silva), Zé Roberto, Kaká, Ronaldinho, Adriano (Fred), Ronaldo (Robinho). TÉCNICO: Carlos Alberto Parreira AUSTRÁLIA: Schwarzer; Neill, Craig Moore (Aloisi), Poppovic (Bresciano) e Culina; Chipperfield, Grella, Cahill (Kewell) e Emerton; Sterjovski e Viduka. GOLS: Adriano e Fred. ÁRBITRO: Markus Merk. VALIDADE: Copa do Mundo. LOCAL: WM Stadion München, Munique.

22/6 BRASIL 4 × 1 JAPÃO
BRASIL: Dida (Rogério Ceni); Cicinho, Lúcio, Juan e Gilberto; Gilberto Silva, Juninho Pernambucano, Kaká (Zé Roberto) e Ronaldinho Gaúcho (Ricardinho); Robinho e Ronaldo. TÉCNICO: Carlos Alberto Parreira. JAPÃO: Kawaguchi; Kaji, Nakazawa, Tsuboi e Alex Santos; Ogasawara (Koji Nakata), Inamoto, Nakata e Nakamura; Tamada e Maki (Takahara) (Oguro). GOLS: Tamada, Ronaldo (2), Juninho Pernambucano e Gilberto. ÁRBITRO: Eric Poulat (França). VALIDADE: Copa do Mundo. LOCAL: Westfalenstadion, Dortmund.

27/6 BRASIL 3 × 0 GANA
BRASIL: Dida; Cafu, Lúcio, Juan e Roberto Carlos; Émerson (Gilberto Silva), Zé Roberto, Kaká (Ricardinho) e Ronaldinho Gaúcho; Adriano (Juninho Pernambucano) e Ronaldo. TÉCNICO: Carlos Alberto Parreira. GANA: Kingston; Pantsil, Pappoe, Shilla e Mensah; Eric Addo (Boateng), Appiah, Draman e Muntari; Gyan e Amoah (Tachieh-Mensah) TÉCNICO: Ratomir Dujkovic. GOLS: Ronaldo, Adriano e Zé Roberto. ÁRBITRO: Lubos Michel (Eslováquia). VALIDADE: Copa do Mundo. LOCAL: Westfalenstadion. Dortumnd.

1/7 BRASIL 0 × 1 FRANÇA
BRASIL: Dida, Cafu (Cicinho), Juan, Lúcio e Roberto Carlos; Gilberto Silva, Zé Roberto, Kaká (Robinho) e Juninho Pernambucano (Adriano); Ronaldinho Gaúcho e Ronaldo. TÉCNICO: Carlos Alberto Parreira. FRANÇA: Barthez; Sagnol, Thuram, Gallas e Abidal; Makelele, Vieira, Malouda (Wiltord) e Zidane; Ribery (Govou) e Thierry Henry (Saha). GOL: Thierry

Henry. ÁRBITRO: Luis Medina Cantalejo (Espanha). VALIDADE: Copa do Mundo. LOCAL: Estádio de Frankfurt, Frankfurt.

16/8   BRASIL 1 × 1 **NORUEGA**
BRASIL: Gomes; Cicinho (Maicon), Lúcio, Juan (Alex) e Gilberto; Gilberto Silva, Edmílson (Dudu Cearense), Elano (Júlio Baptista) e Daniel Carvalho (Vágner Love); Robinho e Fred. TÉCNICO: Dunga. NORUEGA: Myhre; Rambekk, Hangeland, Hagen (Waehler) e Riise; Stromstad (Gridheim), Hästad, Andresen e Morten Pedersen (Arst); Solskjaer (Iversen) e Carew. GOLS: Pedersen e Daniel Carvalho. ÁRBITRO: Stuart Dougal (Escócia). VALIDADE: Amistoso. LOCAL: Ullevaal Stadion, Oslo.

3/9   BRASIL 3 × 0 **ARGENTINA**
BRASIL: Gomes; Cicinho (Maicon), Juan, Lúcio, Gilberto; Gilberto Silva, Edmílson (Dudu Cearense), Elano (Júlio Baptista) e Daniel Carvalho (Kaká); Fred (Vagner Love) e Robinho (Rafael Sóbis). TÉCNICO: Dunga. ARGENTINA: Abbondanzieri; Zabaleta, Coloccini, Milito e Clemente Rodríguez (Samuel); Mascherano (Somoza), Lucho González, Bilos (Insua), Riquelme; Tevez (Aguero) e Messi. GOLS: Elano (2) e Kaká. ÁRBITRO: Steve Bennet (Inglaterra). VALIDADE: Amistoso. LOCAL: Emirates Stadium, Londres.

5/9   BRASIL 2 × 0 **PAÍS DE GALES**
BRASIL: Gomes; Maicon (Cicinho), Alex, Luisão e Marcelo (Gilberto); Edmílson (Gilberto Silva), Dudu Cearense, Júlio Baptista (Rafael Sóbis) e Kaká (Elano); Ronaldinho Gaúcho (Robinho)' e Vágner Love. TÉCNICO: Dunga. PAÍS DE GALES: Paul Jones, Richard Duffy (Robert Edwards), Danny Gabbidon, James Collins e Gareth Bale (Sam Ricketts); Lewin Nyantanga, Carl Robinson (Carl Fletcher), Simon Davies (David Vaughan) e Ryan Giggs (Joe Ledley); Robert Earnshaw (David Cotterill) e Craig Bellamy. GOLS: Marcelo e Vágner Love. ÁRBITRO: Mark Riley (Inglaterra). VALIDADE: Amistoso. LOCAL: Estádio White Hart Lane, Londres.

7/10   BRASIL 4 × 0 **KUWAIT**
BRASIL: Hélton; Maicon (Daniel Alves), Alex, Luisão e Marcelo (Adriano); Mineiro (Gilberto Silva), Dudu Cearense (Lucas), Elano (Daniel Carvalho) e Ronaldinho Gaúcho (Kaká); Robinho (Fred) e Rafael Sobis (Vagner Love). TÉCNICO: Dunga. KUWAIT: Al Fadly (Al Azni); Abil (Youssef), Al Taher, Nhir (Suhmer) e Awad (Ibrahim); Walid (Fahed), Hakeen, Jahid e Talal (Bachar); Akalah (Jirah) e Lahid (Bahder). GOLS: Rafael Sóbis, Robinho, Daniel Carvalho e Kaká. ÁRBITRO: Paolo Bettini (Itália). VALIDADE: Amistoso. LOCAL: Estádio do Kuwait SC, Cidade do Kuwait.

10/10   BRASIL 2 × 1 **EQUADOR**
BRASIL: Gomes; Maicon (Daniel Alves), Lúcio, Juan e Adriano; Gilberto Silva, Dudu Cearense (Ronaldinho), Elano (Mineiro) e Kaká; Robinho e Fred (Rafael Sóbis). TÉCNICO: Dunga. EQUADOR: Mora; De la Cruz, Espinoza, Hurtado e Ambrosi; Castillo, Edwin Tenorio (Montaño), Valencia e Mendez (Urrutia); Borja (Zura) e Caicedo (Saritama). GOLS: Borja, Fred e Kaká. ÁRBITRO: Stefan Johanesson (Suécia). VALIDADE: Amistoso. LOCAL: Estádio Rassunda, Estocolmo.

15/11   BRASIL 2 × 1 **SUÍÇA**
BRASIL: Hélton; Maicon, Luisão, Juan e Adriano; Dudu Cearense (Daniel Carvalho), Fernando (Tinga),

DEUSES DA BOLA

Elano (Diego) e Kaká; Robinho (Ronaldinho Gaúcho) e Rafael Sóbis (Ricardo Oliveira). TÉCNICO: Dunga. SUÍÇA: Zuberbühler; Lichtsteiner (Ingler), Senderos, Djourou (Müeller) e Magnin; Vogel (Dzemaili), Barnetta, Cabanas (Yakin) e Vonlanthen (Degen); Streller (Margairaz) e Alexander Frei. GOLS: Luisão, Kaká e Alexander Frei. ÁRBITRO: Markus Merk (Alemanha). VALIDADE: Amistoso. LOCAL: St. Jakob-Park, Basileia.

2007

SUL-AMERICANO SUB-20, PARAGUAI
TIME-BASE DO BRASIL: Cássio (Muriel), Fágner, Ânderson (David), Thiago Heleno (Eliézio) e Amaral (Carlinhos); Roberto (Fernando), Lucas Leiva, William (Danilinho) e Tchô (Leandro Lima); Alexandre Pato (Edgar) e Luiz Adriano (Fabiano Oliveira). TÉCNICO: Nélson Rodrigues.

7/1	BRASIL	4 × 2	CHILE
9/1	BRASIL	2 × 1	PERU
13/1	BRASIL	3 × 0	BOLÍVIA
15/1	BRASIL	1 × 1	PARAGUAI
19/1	BRASIL	2 × 2	ARGENTINA
21/1	BRASIL	2 × 2	CHILE
23/1	BRASIL	3 × 1	URUGUAI
25/1	BRASIL	1 × 0	PARAGUAI
28/1	BRASIL	2 × 0	COLÔMBIA

6/2 BRASIL 0 × 2 PORTUGAL
BRASIL: Helton; Maicon (Daniel Alves), Lúcio, Juan (Luisão) e Gilberto; Gilberto Silva, Edmílson (Tinga), Elano e Kaká; Rafael Sóbis (Adriano) e Fred (Diego). TÉCNICO: Dunga. PORTUGAL: Ricardo Pereira; Miguel Brito, Ricardo Carvalho (Fernando Meira), Jorge Andrade e Marco Antonio Caneira (Paulo Ferreira); Tiago Mendes (João Moutinho), Armando Gonçalves "Petit", Anderson Luís "Deco" (Hugo Viana) e Ricardo Quaresma; Cristiano Ronaldo (Simão Sabrosa) e Hélder Postiga (Nuno Gomes). GOLS: Simão Sabrosa e Ricardo Carvalho. ÁRBITRO: Martin Atkinson (Inglaterra). VALIDADE: Amistoso. LOCAL: Emirates Stadium, Londres.

24/3   BRASIL   4 × 0   CHILE
BRASIL: Júlio César; Daniel Alves, Lúcio, Juan e Gilberto; Gilberto Silva (Dudu Cearense), Elano (Mineiro), Kaká (Diego) e Ronaldinho Gaúcho; Robinho e Fred (Vágner Love). TÉCNICO: Dunga. CHILE: Claudio Bravo; Jorge Vargas, Ismael Fuentes e Alex von Schwedler (Reinaldo Navia); Luis Pedro Figueroa, Claudio Maldonado, Arturo Sanhueza, Mark González (Manuel Iturra), Matías Fernández (Jorge Valdivia) e Luis Jiménez (Rodrigo Tello); Humberto Suazo. GOLS: Ronaldinho Gaúcho (pênalti), Kaká, Ronaldinho Gaúcho e Juan. ÁRBITRO: Martin Atkinson (Inglaterra). VALIDADE: Amistoso. LOCAL: Estádio Nya Ullevi, Gotemburgo.

27/3   BRASIL   1 × 0   GANA
BRASIL: Júlio César; Ilsinho (Daniel Alves, depois Dudu Cearense), Juan, Lúcio e Kléber; Mineiro, Gilberto Silva (Josué), Kaká (Elano) e Ronaldinho Gaúcho; Robinho (Diego) e Vágner Love (Ricardo Oliveira). TÉCNICO: Dunga. GANA: Adjei, John Painstil, Hans Adu Sarpie (Alfred Arthur), John Mensah e Francis Dickoh; Eric Addo (Derek

Boateng), Laryea Kingson (Bernard Yao Kumordzi), Anthony Annan (Ekow Benson) e Haminu Draman; Asamoah Gyan (Alex Tachie Menson, depois Michael Helegbe) e Muntari. GOL: Vágner Love. ÁRBITRO: Peter Frojdfeldt (Suécia). VALIDADE: Amistoso. LOCAL: Estádio Rasunda, Estocolmo.

1/6   BRASIL 1 × 1 **INGLATERRA**
BRASIL: Helton; Daniel Alves (Maicon), Naldo, Juan e Gilberto; Mineiro (Edmílson), Gilberto Silva, Kaká (Afonso) e Ronaldinho Gaúcho; Robinho (Diego) e Vágner Love. TÉCNICO: Dunga. INGLATERRA: Paul Robinson; Jamie Carragher, Ledley King, John Terry (Wes Brown) e Nicky Shorey; Steven Gerrard, Frank Lampard (Michael Carrick), David Beckham (Jermaine Jenas) e Joe Cole (Stewart Downing); Alan Smith (Kieron Dyer) e Michael Owen (Peter Crouch). GOLS: Terry e Diego. ÁRBITRO: Markus Merk (Alemanha). VALIDADE: Amistoso. LOCAL: Estádio Wembley, Londres.

5/6   BRASIL 0 × 0 **TURQUIA**
BRASIL: Doni; Maicon, Naldo, Alex e Marcelo; Edmílson (Gilberto Silva), Josué, Elano (Kaká) e Diego (Mineiro); Afonso (Jô) e Robinho (Ronaldinho Gaúcho). TÉCNICO: Dunga. TURQUIA: Hakan Arikan, Sarioglu Sabri, Emre Asik, Gokhan Zan e Ibrahim Üzulmez; Hamit Altintop, Mehmet Aurélio, Sanli Tugay (Yildiray Basturk, depois Nuri Sahín) e Tuncay Sanli (Gökdeniz Karadeniz); Arda Turan (Serdar Kurtulu) e Umut Bulut (Kazim Kazim). ÁRBITRO: Florian Mayer (Alemanha). VALIDADE: Amistoso. LOCAL: Westfalenstadium, Dortmund.

27/6   BRASIL 0 × 2 **MÉXICO**
BRASIL: Doni; Maicon (Daniel Alves), Alex, Juan e Gilberto; Gilberto Silva, Mineiro, Elano (Afonso) e Diego (Anderson); Robinho e Vágner Love. TÉCNICO: Dunga. MÉXICO: Guillermo Ochoa; Israel Castro (José Antonio Castro), Rafael Márquez, Jonny Magallón e Fausto Pinto; Gerardo Torrado, Fernando Arce, Jaime Correa e Ramón Morales (Jaime Lozano); Nery Castillo e Juan Carlos Cacho (Omar Bravo). GOLS: Castillo e Morales. ÁRBITRO: Sergio Pezzotta (Argentina). VALIDADE: Copa América. LOCAL: Polideportivo Cachamay, Puerto Ordaz.

1/7   BRASIL 3 × 0 **CHILE**
BRASIL: Doni; Maicon (Daniel Alves), Alex, Juan e Gilberto; Mineiro, Gilberto Silva e Elano (Josué); Ânderson, Vágner Love e Robinho. TÉCNICO: Dunga. CHILE: Bravo; Fuentes, Riffo (Vargas), Contreras e Ormeño; Sanhueza, Meléndez (Iturra), Valdívia e Jara (Lorca); Mark González e Humberto Suazo. GOLS: Robinho (pênalti) e Robinho (2). ÁRBITRO: Carlos Torres (Paraguai). VALIDADE: Copa América. LOCAL: Estádio Monumental de Maturín, Maturín.

4/7   BRASIL 1 × 0 **EQUADOR**
BRASIL: Doni; Daniel Alves (Alex Silva), Juan (Alex) e Gilberto (Kléber); Gilberto Silva, Mineiro, Josué e Júlio Baptista (Diego); Robinho e Vágner Love. TÉCNICO: Dunga. EQUADOR: Marcelo Elizaga; Oscar Baguí, Giovanny Espinoza e Jorge Guaga; Neicer Reasco, Luis Valencia, Orlando Ayoví (Felipe Caicedo), Segundo Castillo e Edison Méndez; Félix Borja (Carlos Tenório) e Christian Benítez. GOL: Robinho (pênalti). ÁRBITRO: Sergio Pezzotta (Argentina). VALIDADE: Copa América. LOCAL: Estádio Olímpico Luis Ramos, Puerto La Cruz.

7/7 BRASIL 6 × 1 **CHILE**
BRASIL: Doni; Maicon (Elano), Alex, Juan(Naldo) e Gilberto; Gilberto Silva, Mineiro, Josué e Júlio Baptista; Robinho (Afonso) e Vágner Love. TÉCNICO: Dunga. CHILE: Claudio Bravo; Álvaro Ormeño, Pablo Contreras, Ismael Fuentes e Gonzalo Jara (José Cabión); Gonzalo Fierro (Jorge Valdívia), Arturo Sanhueza, Manuel Iturra e Mark González (Matías Fernández); Juan Lorca e Humberto Suazo. VALIDADE: Copa América. GOLS: Juan, Júlio Baptista, Robinho (2), Josué, Suazo e Vágner Love. ÁRBITRO: Jorge Larrionda (Uruguai). LOCAL: Estádio Olímpico Luis Ramos, Puerto La Cruz.

10/7 BRASIL 2 (5) × (4) 2 **URUGUAI**
BRASIL: Doni; Maicon, Alex, Juan e Gilberto; Gilberto Silva), Mineiro, Josué (Fernando) e Júlio Baptista (Diego); Robinho e Vágner Love (Afonso). TÉCNICO: Dunga. URUGUAI: Fabián Carini; Jorge Fucile, Diego Lugano, Andrés Scotti e Darío Rodríguez (Sebastián Abreu); Pablo García, Diego Pérez (Walter Gargano), Maximiliano Pereira e Cristian Rodríguez; Diego Forlán e Alvaro Recoba (Ignácio González). GOLS: Maicon, Forlán, Júlio Baptista e Abreu. ÁRBITRO: Oscar Ruiz (Colômbia). VALIDADE: Copa América. LOCAL: Estádio José "Pachencho" Romero, Maracaibo.

15/7 BRASIL 3 × 0 **ARGENTINA**
BRASIL: Doni; Maicon, Alex, Juan e Gilberto; Mineiro, Josué, Júlio Baptista e Elano (Daniel Alves); Robinho (Diego) e Vágner Love (Fernando). TÉCNICO: Dunga. ARGENTINA: Abbondanzieri; Zanetti, Ayala, Milito e Heinze; Mascherano, Cambiasso (Aimar), Verón (Lucho González) e Riquelme, Messi e Tevez. GOLS: Júlio Baptista, Ayala (contra) e Daniel Alves. ÁRBITRO: Carlos Amarilla (Paraguai). VALIDADE: Copa América. LOCAL: Estádio José "Pachencho" Romero, Maracaibo.

22/8 BRASIL 2 × 0 **ARGÉLIA**
BRASIL: Doni (Júlio César); Maicon (Daniel Alves), Alex Silva, Naldo e Kleber; Josué (Fernando), Mineiro (Lucas), Elano (Kaká) e Júlio Baptista (Ronaldinho); Robinho (Diego) e Vágner Love. TÉCNICO: Dunga. ARGÉLIA: Gaouaoui; Hosni (Amri), Zarabi, Yahia (Berraz) e Matmor (Guilas); Bouzid, BouGuerra, Mansouri, Belhadj e Ziani (Hadj); Saïfi. GOLS: Maicon e Ronaldinho Gaúcho. ÁRBITRO: Sandryk Byton VALIDADE: Amistoso. LOCAL: Stade de La Mosson, Montpelier.

9/9 BRASIL 4 × 2 **ESTADOS UNIDOS**
BRASIL: Doni; Maicon (Daniel Alves), Juan (Edu Dracena), Lúcio, Gilberto, Gilberto Silva, Mineiro, Kaká (Júlio Baptista), Ronaldinho (Diego), Robinho (Elano), Afonso (Vágner Love). TÉCNICO: Dunga. ESTADOS UNIDOS: Tim Howard; Steve Cherundolo, Oguchi Onyewu, Bocanegra e Pearce (Arnaud); Benny Feilhaber (Convey), Michael Bradley, Damarcus Beasley e Landon Donovan; Clint Dempsey e Wolff (Jonhson). GOLS: Bocanegra, Onyewu (contra), Lúcio, Dempsey, Ronaldinho Gaúcho e Elano (pênalti). ÁRBITRO: Armando Archundia (México). VALIDADE: Amistoso. LOCAL: Soldier Field Stadium, Chicago.

12/9 BRASIL 3 × 1 **MÉXICO**
BRASIL: Júlio César; Daniel Alves (Maicon), Lúcio, Edu Dracena e Kléber (Gilberto); Gilberto Silva (Josué), Mineiro, Kaká (Júlio Baptista) e Ronaldinho Gaúcho; Vágner Love (Elano) e Robinho (Afonso).

TÉCNICO: Dunga. MÉXICO: Ochoa; Castro, Márquez, Magallón e Salcido; Torrado, Correa, Arce e Guardado; Cacho (Giovani dos Santos) e Castillo (Vela). GOLS: Cacho, Kléber, Kaká e Afonso. ÁRBITRO: Baldomero Toledo (EUA). VALIDADE: Amistoso. LOCAL: Gillette Stadium, Boston.

14/10   BRASIL   0 × 0   COLÔMBIA
BRASIL: Júlio Cesar; Maicon, Lúcio, Juan e Gilberto; Mineiro, Gilberto Silva, Kaká (Afonso) e Ronaldinho Gaúcho; Robinho (Julio Baptista) e Vágner Love (Josué). TÉCNICO: Dunga. COLÔMBIA: Agustín Julio; Camilo Zúñiga, Aquivaldo Mosquera, Walter Moreno e Estíven Vélez; Carlos Sánchez, Jaime Castrillón (Aldo Ramírez), José Amaya e David Ferreira (Freddy Grisales); Wason Rentería e Falcão García (Edixon Perea). ÁRBITRO: Carlos Amarilla (Paraguai). VALIDADE: Eliminatórias. LOCAL: Estádio El Campin, Bogotá.

17/10   BRASIL   5 × 0   EQUADOR
BRASIL: Júlio César; Maicon, Lúcio, Juan e Gilberto; Gilberto Silva, Mineiro, Kaká (Diego) e Ronaldinho Gaúcho; Robinho e Vágner Love (Elano). TÉCNICO: Dunga. EQUADOR: Viteri; De La Cruz, Ivan Hurtado, Espinoza e Bagui; Castillo, Urrutia, Quiroz (Tenório) e Ayovi (Guerron); Méndez e Benítez (Lara). GOLS: Vágner Love, Ronaldinho Gaúcho, Kaká (2) e Elano. ÁRBITRO: Jorge Larrionda (Uruguai). VALIDADE: Eliminatórias. LOCAL: Estádio do Maracanã, Rio de Janeiro.

18/11   BRASIL   1 × 1   PERU
BRASIL: Júlio César; Maicon, Lúcio, Juan e Gilberto; Mineiro, Gilberto Silva, Kaká e Ronaldinho Gaúcho; Robinho (Elano) e Vágner Love (Luís Fabiano). TÉCNICO: Dunga. PERU: Diego Penny; Guillermo Salas, Alberto Rodríguez, Santiago Acasiete e Juan Vargas; Juan Jayo (Andrés Mendoza), Carlos Lobatón (Paolo De la Haza) e Nolberto Solano; Jefferson Farfán, Claudio Pizarro e Paolo Guerrero (Roberto Palácios). GOLS: Kaká e Vargas. ÁRBITRO: Carlos Torres (Paraguai). VALIDADE: Eliminatórias. LOCAL: Estádio Monumental, Lima.

21/11   BRASIL   2 × 1   URUGUAI
BRASIL: Júlio César, Maicon (Daniel Alves), Alex, Juan e Gilberto; Gilberto Silva, Mineiro, Ronaldinho Gaúcho (Josué) e Kaká; Robinho (Vagner Love) e Luís Fabiano. TÉCNICO: Dunga. URUGUAI: Carini, Pereira, Godín, Lugano e Fucile; Arévalo González, Gargano, Ignácio González (Carlos Bueno) e Cristian Rodríguez, Abreu e Suárez (Vicente Sanchez). GOLS: Abreu e Luís Fabiano (2). ÁRBITRO: Hector Baldassi (Argentina). VALIDADE: Eliminatórias. LOCAL: Estádio do Morumbi, São Paulo.

2008

6/2   BRASIL   1 × 0   IRLANDA
BRASIL: Júlio Cesar; Leonardo Moura, Alex, Luisão e Richarlyson; Gilberto Silva, Josué (Lucas), Julio Baptista e Diego (Anderson); Robinho e Luís Fabiano (Rafael Sóbis). TÉCNICO: Dunga. IRLANDA: Given; Kelly, O'Shea, Dunne e Kilbane; McGeady, Carsley, Miller (Potter) e Duff; Doyle (Hunt) e Keane. GOL: Robinho. ÁRBITRO: René Rogalla (Suíça). VALIDADE: Amistoso. LOCAL: Croke Park Stadium, Dublin.

26/3　BRASIL　1 × 0　SUÉCIA
BRASIL: Júlio César; Daniel Alves (Rafinha), Alex, Lúcio e Richarlyson (Marcelo); Gilberto Silva, Josué (Hernanes), Júlio Baptista (Anderson) e Diego (Thiago Neves); Robinho e Luís Fabiano (Alexandre Pato). TÉCNICO: Dunga. SUÉCIA: Isaksson (Shabaan); Stoor, Mellberg, Majstorovic e Nilsson; Larsson (Alexandersson), Svensson (Andersson), Källström e Ljungberg (Wilhemsson); Rosenberg e Elmander (Allbäck) GOL: Alexandre Pato. ÁRBITRO: Mike Riley (Inglaterra). VALIDADE: Amistoso. LOCAL: Emirates Stadiu, Londres.

31/5　BRASIL　3 × 2　CANADÁ
BRASIL: Júlio César, Maicon (Daniel Alves), Lúcio (Luisão), Juan e Gilberto; Josué, Mineiro, Julio Baptista (Elano) e Diego (Alexandre Pato); Robinho (Rafael Sóbis) e Luís Fabiano (Adriano). TÉCNICO: Dunga. CANADÁ: Onstad, Klukowski, Stalteri, Hastings e Serioux; Nakajima, Hutchinson (Bernier), Friend e De Guzmán (Nsaliwa); De Rosario (Peters) e Radzinski (De Jong). GOLS: Diego, Friend, Luís Fabiano, De Guzmán e Robinho. ÁRBITRO: Kevin Stott (EUA). VALIDADE: Amistoso. LOCAL: Qwest Stadium, Seattle.

6/6　BRASIL　0 × 2　VENEZUELA
BRASIL: Doni, Daniel Alves (Maicon), Henrique, Luisão e Gilberto; Gilberto Silva (Josué), Elano (Mineiro) e Anderson (Rafael Sobis); Robinho, Alexandre Pato (Diego) e Adriano (Luís Fabiano). TÉCNICO: Dunga. VENEZUELA: Vega, Chacón, Rey, Boada e Hernández (Fuenmayor); Mea Vitali, Rincón (E. Hernández), Rojas (Lucena) e Vargas (Rondón); Arango (González) e Maldonado (Arismende). GOLS: Maldonado e Vargas. ÁRBITRO: Jair Marrufo (EUA). VALIDADE: Amistoso. LOCAL: Gillette Stadium, Boston.

15/6　BRASIL　0 × 2　PARAGUAI
BRASIL: Júlio César; Maicon, Juan, Lúcio e Gilberto; Mineiro (Adriano), Josué (Anderson), Gilberto Silva e Diego (Júlio Baptista); Robinho e Luís Fabiano. TÉCNICO: Dunga. PARAGUAI: Villar; Verón, Cáceres, Da Silva e Caniza; Barreto, Vera, Santana e Haedo (Victor Cáceres); Cabañas (Torres) e Roque Santa Cruz (Cardozo). GOLS: Santa Cruz e Cabañas. ÁRBITRO: Jorge Larrionda (Uruguai). VALIDADE: Eliminatórias. LOCAL: Estádio Defensores del Chaco, Assunção.

18/6　BRASIL　0 × 0　ARGENTINA
BRASIL: Júlio César; Maicon, Lúcio, Juan e Gilberto; Gilberto Silva, Mineiro, Ânderson (Diego depois Daniel Alves) e Júlio Baptista; Robinho e Adriano (Luís Fabiano). TÉCNICO: Dunga. ARGENTINA: Abbondanzieri; Zanetti, Burdisso, Coloccini e Heinze; Mascherano, Gago, Gutiérrez e Riquelme (Battaglia); Messi (Palacio) e Cruz (Agüero). ÁRBITRO: Oscar Ruiz Colômbia. VALIDADE: Eliminatórias. LOCAL: Estádio do Mineirão, Belo Horizonte.

OLIMPÍADA DE PEQUIM, CHINA
TIME-BASE DO BRASIL: Renan (Diego Alves); Ilsinho (Rafinha), Thiago Silva, Alex Silva e Marcelo; Lucas, Hernanes (Anderson), Ramires (Diego), Ronaldinho Gaúcho e Thiago Neves (Jô); Alexandre Pato (Rafael Sóbis). TÉCNICO: Dunga.

7/8	BRASIL	1 × 0	BÉLGICA
10/8	BRASIL	5 × 0	NOVA ZELÂNDIA
13/8	BRASIL	3 × 0	CHINA
16/8	BRASIL	2 × 0	CAMARÕES
19/8	BRASIL	0 × 3	ARGENTINA
22/8	BRASIL	3 × 0	BÉLGICA

7/9   BRASIL   3 × 0   CHILE
BRASIL: Júlio César; Maicon, Lúcio, Luisão e Kleber; Gilberto Silva, Josué e Diego (Elano); Robinho, Luís Fabiano (Jô) e Ronaldinho Gaúcho (Juan). TÉCNICO: Dunga. CHILE: Bravo; Jara, Medel e Estrada; Vidal (Cereceda), Carmona, Fernández e Droguett (Valdívia); Sánchez, Suazo e González. GOLS: Luís Fabiano, Robinho e Luís Fabiano. ÁRBITRO: Carlos Torres (Paraguai). VALIDADE: Eliminatórias. LOCAL: Estádio Nacional, Santiago.

10/9   BRASIL   0 × 0   BOLÍVIA
BRASIL: Júlio César; Maicon, Lúcio, Luisão e Juan; Lucas (Júlio Baptista), Josué, Diego (Elano) e Ronaldinho Gaúcho (Nilmar); Robinho e Luís Fabiano. TÉCNICO: Dunga. BOLÍVIA: Arias; Hoyos, Raldes, Rivero e Ignácio Garcia; Flores, Ronald García, Robles e Vaca (Cabrero); Gutiérrez (Vaca) e Marcelo Moreno (Pablo Escobar). ÁRBITRO: Alfredo Intrigado (Equador). VALIDADE: Eliminatórias. LOCAL: Estádio João Havelange, Rio de Janeiro.

12/10   BRASIL   4 × 0   VENEZUELA
BRASIL: Julio César; Maicon, Lúcio, Juan (Thiago Silva) e Kléber; Josué (Mancini), Gilberto Silva, Elano e Kaká (Alex); Robinho e Adriano. TÉCNICO: Dunga. VENEZUELA: Renny Veja; Gerzon Chacón, Pedro Boada, José Manuel Rey e Jorge Rojas; Leonel Vielma, Miguel Meavitalli (Franklin Lucena), Alejandro Guerra (Alejandro Moreno) e Ronald Vargas (Luis Manuel Seijas); Juan Arango e Giancarlo Madonaldo. GOLS: Kaká, Robinho, Adriano e Robinho. ÁRBITRO: Victor Hugo Rivera (Peru). VALIDADE: Eliminatórias. LOCAL: Estádio Pueblo Nuevo, San Cristóbal.

15/10   BRASIL   0 × 0   COLÔMBIA
BRASIL: Júlio César; Maicon, Lúcio, Juan (Thiago Silva) e Kleber; Gilberto Silva, Josué, Elano (Mancini) e Kaká; Robinho (Alexandre Pato) e Jô. TÉCNICO: Dunga. COLÔMBIA: Agustín Julio; Zuniga, Amaranto Perea, Mario Alberto Yepes e Pablo Armero; Fabián Vargas, Gerardo Bedoya (Abel Aguilar), Freddy Guarín e Juan Carlos Toja; Rentería (Adrián Ramos) e Quintero (Dayro Moreno). ÁRBITRO: Ruben Selman (Chile). VALIDADE: Eliminatórias. LOCAL: Estádio do Maracanã, Rio de Janeiro.

19/11   BRASIL   6 × 2   PORTUGAL
BRASIL: Júlio Cesar, Maicon (Daniel Alves), Thiago Silva, Luisão e Kléber (Marcelo); Gilberto Silva, Anderson (Josué), Elano (Mancini) e Kaká; Robinho (Alex) e Luís Fabiano (Adriano). TÉCNICO: Dunga. PORTUGAL: Quim; Bosingwa, Bruno Alves, Pepe e Paulo Ferreira; Maniche (César Peixoto), Deco (João Moutinho), Danny (Nani) e Tiago (Raul Meirelles); Cristiano Ronaldo e Simão Sabrosa (Almeida). GOLS: Danny, Luís Fabiano (3), Maicon, Simão Sabrosa, Elano e Adriano. ÁRBITRO: Jorge Larrionda (Uruguai). VALIDADE: Amistoso. LOCAL: Estádio Bezerrão, Gama.

DEUSES DA BOLA

2009

10/2   BRASIL 2 × 0 ITÁLIA
BRASIL: Júlio César; Maicon, Lúcio, Juan (Thiago Silva) e Marcelo; Gilberto Silva, Felipe Melo, Elano (Daniel Alves) e Ronaldinho Gaúcho; Robinho e Adriano (Alexandre Pato). TÉCNICO: Dunga. ITÁLIA: Buffon; Zambrota, Legrottaglie, Cannavaro e Grosso; De Rossi (Aquilani), Pirlo (Dossena), Montolivo (Camoranesi) e Pepe (Perrotta); Di Natale (Rossi) e Gilardino (Luca Toni). GOLS: Elano e Robinho. ÁRBITRO: Mike Riley (Inglaterra). VALIDADE: Amistoso. LOCAL: Emirates Stadium, Londres.

29/3   BRASIL 1 × 1 EQUADOR
BRASIL: Júlio César; Maicon (Daniel Alves), Lúcio, Luisão e Marcelo; Gilberto Silva, Felipe Melo, Elano (Josué) e Ronaldinho Gaúcho (Júlio Baptista); Robinho e Luís Fabiano. TÉCNICO: Dunga. EQUADOR: Cevallos; Reasco, Ivan Hurtado, Espinoza e Ayoví; Valencia, Castillo, Guerrón e Mendéz; Benitéz e Caicedo (Palácios). GOLS: Júlio Baptista e Noboa. ÁRBITRO: Carlos Chandía (Chile). VALIDADE: Eliminatórias. LOCAL: Estádio Olímpico Atahualpa, Quito.

1/4   BRASIL 3 × 0 PERU
BRASIL: Júlio César; Daniel Alves, Lúcio, Luisão (Miranda) e Kléber; Gilberto Silva, Felipe Melo, Elano (Ronaldinho Gaúcho) e Kaká; Robinho (Alexandre Pato) e Luís Fabiano. TÉCNICO: Dunga. PERU: Butrón; Prado, Carlos Zambrano, Alberto Rodríguez e Walter Vílchez; Nolberto Solano (Fernandéz), Rainer Torres, La Rosa e Luis Ramírez (Alva); Garcia (Sanchéz) e Johan Fano. GOLS: Luís Fabiano (pênalti), Luís Fabiano e Felipe Melo. ÁRBITRO: Sérgio Pezzota (Argentina). VALIDADE: Eliminatórias. LOCAL: Estádio Beira-Rio, Porto Alegre.

6/6   BRASIL 4 × 0 URUGUAI
BRASIL: Júlio César; Daniel Alves, Lúcio, Juan e Kléber; Gilberto Silva, Felipe Melo, Elano (Ramires) e Kaká (Júlio Baptista), Robinho (Josué) e Luís Fabiano. TÉCNICO: Dunga. URUGUAI: Viera; Maximiliano Pereira, Godín, Valdez e Cáceres; Eguren, Diego Pérez (Abreu), Martínez e Álvaro Pereira (Fernandez); Diego Forlán e Suárez(Cavani). GOLS: Daniel Alves, Juan, Luís Fabiano e Kaká. ÁRBITRO: Saúl Laverni (Argentina). VALIDADE: Eliminatórias. LOCAL: Estádio Centenário, Montevidéu.

10/6   BRASIL 2 × 1 PARAGUAI
BRASIL: Júlio César; Daniel Alves, Juan, Lúcio e Kléber; Gilberto Silva, Felipe Melo, Elano (Ramires) e Kaká; Robinho (Kléberson) e Nilmar (Alexandre Pato). TÉCNICO: Dunga. PARAGUAI: Villar; Verón, Julio César Cáceres, Da Silva e Caniza; Bonet (Benitéz), Víctor Cáceres, Riveros e Ledesma (Aquino); Martinez (López) e Cabañas. GOLS: Cabañas, Robinho e Nilmar. ÁRBITRO: Óscar Ruiz (Colômbia). VALIDADE: Eliminatórias. LOCAL: Estádio do Arruda, Recife.

15/6   BRASIL 4 × 3 EGITO
BRASIL: Júlio César; Daniel Alves, Juan, Lúcio e Kléber (André Santos); Gilberto Silva, Felipe Melo, Elano (Ramires) e Kaká; Robinho (Alexandre Pato) e Luís Fabiano. TÉCNICO: Dunga. EGITO: El Hadary;

Ahmed Said, Gomaa, Hani Said e Moawad; Shawky, Hassan (Eid), Fathi e Abd Rabou (Muhamadi); Aboutrika e Zidan. GOLS: Kaká, Zidan, Luís Fabiano, Juan, Kaká (pênalti) e Shawky. ÁRBITRO: Howard Webb (Inglaterra). VALIDADE: Copa das Confederações. LOCAL: Free State Stadium, Bloemfontein.

18/6   BRASIL   3 × 0   ESTADOS UNIDOS
BRASIL: Júlio César; Maicon, Lúcio (Luisão), Miranda e André Santos; Gilberto Silva, Felipe Melo, Ramires e Kaká (Júlio Baptista), Robinho e Luís Fabiano. TÉCNICO: Dunga. ESTADOS UNIDOS: Tim Howard; Jonathan Bornstein, Oguchi Onyewu, Jay demerit e Jonathan Spector; Sacha Kljestan, Clint Dempsey, Damarcus Beasley (Conor Casey) e Michael Bradley; Landon Donovan e Jozy Altidore (Benny Feilhaber). GOLS: Felipe Melo, Robinho e Maicon. ÁRBITRO: Massimo Busacca (Suíça). VALIDADE: Copa das Confederações. LOCAL: Loftus Versfeld Stadium, Pretória.

21/6   BRASIL   3 × 0   ITÁLIA
BRASIL: Júlio César, Maicon, Lúcio, Juan (Luisão) e André Santos; Gilberto Silva (Kléberson), Felipe Melo, Ramires (Josué) e Kaká; Robinho e Luís Fabiano. TÉCNICO: Dunga. ITÁLIA: Buffon; Zambrotta, Cannavaro, Chiellini e Dossena; De Rossi, Montolivo (Pepe) e Pirlo; Camoranesi, Iaquinta (Rossi) e Toni (Gilardino). GOLS: Luís Fabiano (2) e Dossena (contra). ÁRBITRO: Benito Archundia (México). VALIDADE: Copa das Confederações. LOCAL: Loftus Versfeld Stadium, Pretória.

25/6   BRASIL   1 × 0   ÁFRICA DO SUL
BRASIL: Júlio César; Maicon, Lúcio, Luisão e André Santos (Daniel Alves); Gilberto Silva, Felipe Melo, Ramires e Kaká; Robinho e Luís Fabiano (Kléberson). TÉCNICO:Dunga. ÁFRICA DO SUL: Khune; Gaxa, Mokoena, Booth e Masilela; Dikgacoi, Mhlongo, Pienaar e Tshabalala (Mphela); Modise (Mashego) e Parker. GOL: Daniel Alves. ÁRBITRO: Massimo Busacca (Suíça). VALIDADE: Copa das Confederações. LOCAL: Ellis Park Stadium, Joanesburgo.

28/6   BRASIL   3 × 2   ESTADOS UNIDOS
BRASIL: Júlio César; Maicon, Lúcio, Luisão e André Santos (Daniel Alves); Gilberto Silva, Felipe Melo, Ramires (Elano) e Kaká; Robinho e Luís Fabiano. TÉCNICO: Dunga. ESTADOS UNIDOS: Tim Howard; Jonathan Spector, Oguchi Onyewu, Jay Demerit e Carlos Bocanegra; Ricardo Clark (Conor Casey), Clint Dempsey, Benny Feilhaber (Sacha Kljestan) e Landon Donovan; Charlie Davies e Jozy Altidore (Jonathan Bornstein). GOLS: Dempsey, Donavan, Luís Fabiano (2) e Lúcio. ÁRBITRO: Martin Hansson (Suécia). VALIDADE: Copa das Confederações. LOCAL: Ellis Park Stadium, Joanesburgo.

12/8   BRASIL   1 × 0   ESTÔNIA
BRASIL: Júlio César; Maicon (Daniel Alves), Lúcio (Miranda), Luisão e André Santos; Gilberto Silva, Felipe Melo, Kléberson (Elano) e Kaká (Júlio Baptista); Robinho (Diego Tardelli) e Luís Fabiano (Nilmar). TÉCNICO: Dunga. ESTÔNIA: Pareiko; Jääger, Piiroja, Bärengrub e Klavan; Dmitrijev (Vunk), Vassiljev, Puri (Purje) e Lindpere (Kruglov); Zenjov (Voskoboinikov) e Kink (Viikmae). GOL: Luís Fabiano. ÁRBITRO: Martin Ingvarsson (Suécia). VALIDADE: Amistoso. LOCAL: Le Coq Arena, Tallinn.

DEUSES DA BOLA

5/9 BRASIL 3 × 1 ARGENTINA
BRASIL: Júlio César; Maicon, Luisão, Lúcio e André Santos; Gilberto Silva, Felipe Melo, Elano (Daniel Alves) e Kaká; Robinho (Ramires) e Luís Fabiano (Adriano). TÉCNICO: Dunga. ARGENTINA: Andújar; Zanetti, Sebá Dominguez, Otamendi e Heinze; Mascherano, Verón, Dátolo e Máxi Rodríguez (Agüero); Messi e Tevez (Milito). GOLS: Luisão, Luís Fabiano (2) e Dátolo. ÁRBITRO: Óscar Ruiz (Colômbia). VALIDADE: Eliminatórias. LOCAL: Estádio Gigante de Arroyito, Rosário.

9/9 BRASIL 4 × 2 CHILE
BRASIL: Júlio César; Maicon, Luisão, Miranda e André Santos (Elano); Gilberto Silva, Felipe Melo, Daniel Alves e Júlio Baptista (Sandro); Nilmar e Adriano (Diego Tardelli). TÉCNICO: Dunga. CHILE: Braco; Medel, Jara, Ponce e Millar (Isla); Carmona, Vidal (Cereceda), Matias Fernandez e Alex Sanchez; Suazo (Valdívia) e Beausejour. GOLS: Júlio Baptista, Suazo (pênalti), Suazo, e Nilmar (3). ÁRBITRO: Jorge Larrionda (Uruguai). VALIDADE: Eliminatórias. LOCAL: Estádio de Pituaçu, Salvador.

11/10 BRASIL 1 × 2 BOLÍVIA
BRASIL: Júlio César; Maicon, Luisão, Miranda e André Santos (Elano); Josué, Ramires, Daniel Alves e Diego Souza (Alex); Adriano (Diego Tardelli) e Nilmar. TÉCNICO: Dunga. BOLÍVIA: Carlos Arias; Wilder Zabala, Ronald Raldes, Ronald Rivero e Ignacio García; Helmut Gutiérrez, Leonel Reyes, Edgar Olivares e Abdón Reyes (Vaca); Arce (Pachi) e Marcelo Moreno (Pedriel). GOLS: Olivares, Nilmar e Moreno. ÁRBITRO: Pablo Pozo (Chile). VALIDADE: Eliminatórias. LOCAL: Estádio Hernan Siles, La Paz.

14/10 BRASIL 0 × 0 VENEZUELA
BRASIL: Julio César; Maicon, Luisão, Miranda e Filipe (Alex); Gilberto Silva, Lucas, Ramires (Elano) e Kaká; Luís Fabiano (Diego Tardelli) e Nilmar. TÉCNICO: Dunga. VENEZUELA: Vega, Chacon, Vizcarrondo, Rey e Granados; Rincon (Seijas), Di Giorgi, Lucena e Arango (Fedor); Maldonado e Moreno (Rondon). ÁRBITRO: Victor Carrillo (Peru). VALIDADE: Eliminatórias. LOCAL: Estádio Morenão, Campo Grande.

14/11 BRASIL 1 × 0 INGLATERRA
BRASIL: Júlio César; Maicon, Lúcio, Thiago Silva e Michel Bastos; Gilberto Silva, Felipe Melo, Elano (Daniel Alves) e Kaká (Júlio Baptista); Nilmar (Carlos Eduardo) e Luís Fabiano (Hulk). TÉCNICO: Dunga. INGLATERRA: Ben Foster; Wes Brown, Lescott, Matthew Upson e Bridge; Wright-Phillips (Crouch), Jenas, Barry (Huddlestone) e Milner (Ashley Young); Bent (Defoe) e Rooney. GOL: Nilmar. ÁRBITRO: Abdul Abdulhaman (Catar). VALIDADE: Amistoso. LOCAL: Estadio Khalifa Internacional, Doha.

17/11 BRASIL 2 × 0 OMÃ
BRASIL: Júlio César; Maicon (Daniel Alves), Lúcio (Cris), Thiago Silva e Michel Bastos; Gilberto Silva, Felipe Melo (Fábio Simplício), Elano (Carlos Eduardo) e Kaká (Júlio Baptista); Nilmar e Luís Fabiano (Hulk). TÉCNICO: Dunga. OMÃ: Al Habsi; Mohammed Rabea, Mohammed Al Baloushi, Al Nofali e Hasasan Al Ghalani; Ahmed Al Mukhaini (Al Mukhaini), Said, Dorbeen (Al-Nuaimi) e Ismail Al Ajmi; Hassan Al-Hossani (Hashim Saleh) e Emad Al-Hossani (Abdul Karin). GOLS: Nilmar e Al Ghalani (contra). ÁRBITRO: Erich Brahehmahaeer

(Holanda). VALIDADE: Amistoso. LOCAL: Sultan Qaboos Complex (Muscat Stadium), Mascate.

2010

2/3　BRASIL　2 × 0　IRLANDA
BRASIL: Júlio César; Maicon (Carlos Eduardo), Lúcio (Luisão), Juan e Michel Bastos; Gilberto Silva, Felipe Melo, Ramires (Daniel Alves) e Kaká; Robinho (Nilmar) e Adriano (Grafite). TÉCNICO: Dunga. IRLANDA: Shay Given; Kelly, McShane, Sean St Ledger e Kevin Kilbane; Lawrence (mccarthy), Glenn Whelan (Gibson), Andrews e Damien Duff (mcgeady); Robbie Keane e Kevin Doyle. GOLS: Andrews (contra) e Robinho. ÁRBITRO: Mike Dean (Inglaterra). VALIDADE: Amistoso. LOCAL: Emirates Stadium, Londres.

2/6　BRASIL　3 × 0　ZIMBÁBUE
BRASIL: Júlio César (Gomes); Maicon (Daniel Alves), Lúcio (Luisão), Thiago Silva e Michel Bastos; Felipe Melo, Gilberto Silva, Elano e Kaká (Júlio Baptista); Robinho (Nilmar) e Luís Fabiano (Grafite). TÉCNICO: Dunga. ZIMBÁBUE: Sibanda; Mapenba, Markonese (Sweswe), Mwanjali e Jambo (Prince Nyoni); Nengomasha, Rambanepasg (Alumenda) e Antipas (Mushekwi); Benjani, Knowleose e Owidy (Nkatha). GOLS: Michel Bastos, Robinho e Elano. ÁRBITRO: Abdul Bassit Ebrahim (África do Sul). VALIDADE: Amistoso. LOCAL: National Sports Stadium, Harare.

7/6　BRASIL　5 × 1　TANZÂNIA
BRASIL: Gomes; Maicon, Lúcio (Luisão), Juan e Michel Bastos (Gilberto); Gilberto Silva (Josué), Felipe Melo (Ramires), Elano (Daniel Alves) e Kaká; Robinho e Luís Fabiano (Nilmar). TÉCNICO: Dunga. TANZÂNIA: Mwarami; Shadrack (Kanoni), Haroub, Kelvin e Stephan; Erasto (Bakari), Abdulahim (Azziz) e Nizar; Ngassa, Kig e Mgosi (Bocco). GOLS: Robinho (2), Ramires (2), Kaká e Azziz. ÁRBITRO: Mohammed Sseggonga (Uganda). VALIDADE: Amistoso. LOCAL: Estádio Benjamin Mpaka National, Dar es Salaam.

15/6　BRASIL　2 × 1　COREIA DO NORTE
BRASIL: Júlio César; Maicon, Lúcio, Juan e Michel Bastos; Gilberto Silva, Felipe Melo (Ramires), Elano (Daniel Alves) e Kaká (Nilmar); Robinho e Luís Fabiano. TÉCNICO: Dunga. COREIA DO NORTE: Myong-Guk; Jun-Il, Nam-Chol, Jong-Hyok, Kwang-Chon e Chol-Jin; In-Guk (Kum II), Yong-Hak, Yun-Nam e Yong-Jo; Jong Tae-Se. GOLS: Maicon, Elano e Yu Nam. ÁRBITRO: Viktor Kassai (HUN). VALIDADE: Copa do Mundo. LOCAL: Estádio Ellis Park, Joanesburgo.

20/6　BRASIL　3 × 1　COSTA DO MARFIM
BRASIL: Júlio César; Maicon, Lúcio, Juan e Michel Bastos; Gilberto Silva, Felipe Melo, Elano (Daniel Alves) e Kaká; Robinho (Ramires) e Luís Fabiano. TÉCNICO: Dunga. COSTA DO MARFIM: Barry; Demel, Kolo Touré, Zokora e Tiéne; Yaya Touré, Tioté e Eboué (Romaric); Dindané (Gervinho), Kalou (Keita) e Drogba. GOLS: Luís Fabiano (2), Elano e Drogba. ÁRBITRO: Stéphane Lannoy (França). VALIDADE: Copa do Mundo. LOCAL: Estádio Soccer City, Joanesburgo.

25/6　BRASIL　0 × 0　PORTUGAL
BRASIL: Júlio César; Maicon, Lúcio, Juan e Michel Bastos; Gilberto Silva, Felipe Melo (Josué), Daniel Alves e Júlio Baptista (Ramires); Nilmar e Luís Fabiano (Grafite). TÉCNICO: Dunga. PORTUGAL: Eduardo; Ricardo Costa, Ricardo Carvalho, Bruno Alves e Duda (Simão Sabrosa); Danny, Pepe (Pedro Mendes), Tiago, Raúl Meireles (Miguel Veloso) e Fábio Coentrão; Cristiano Ronaldo. ÁRBITRO: Benito Archundia (México). VALIDADE: Copa do Mundo. LOCAL: Estádio Moses Mabhida, Durban.

28/6　BRASIL　3 × 0　CHILE
BRASIL: Júlio César; Maicon, Lúcio, Juan e Michel Bastos; Gilberto Silva, Ramires, Daniel Alves e Kaká (Kléberson); Robinho (Gilberto) e Luís Fabiano (Nilmar). TÉCNICO: Dunga. CHILE: Bravo; Isla (Millar), Contreras (Tello), Jara e Fuentes; Vidal, Carmona e Beausejour; Alexis Sánchez, Suazo e González (Valdivia). GOLS: Juan, Luís Fabiano e Robinho. ÁRBITRO: Howard Webb (Inglaterra). VALIDADE: Copa do Mundo. LOCAL: Estádio Ellis Park, Joanesburgo.

2/7　BRASIL　1 × 2　HOLANDA
BRASIL: Júlio César; Maicon, Lúcio, Juan e Michel Bastos (Gilberto); Gilberto Silva, Felipe Melo, Daniel Alves e Kaká; Robinho e Luís Fabiano (Nilmar). TÉCNICO: Dunga. HOLANDA: Stekelenburg; Van der Wiel, Heitinga, Ooijer e Van Bronckhorst; Van Bommel, De Jong e Sneijder; Robben, Van Persie (Huntelaar) e Kuyt. GOLS: Robinho, Felipe Melo (contra) e Sneijder. ÁRBITRO: Yuichi Nishimura (Japão). VALIDADE: Copa do Mundo. LOCAL: Nelson Mandela Bay, em Porto Elizabeth.

10/8　BRASIL　2 × 0　ESTADOS UNIDOS
BRASIL: Victor; Daniel Alves, David Luiz, Thiago Silva e André Santos; Lucas, Ramires (Hernanes) e Ganso (Jucilei); Robinho (Diego Tardelli), Neymar (Éderson, depois Carlos Eduardo) e Alexandre Pato (André). TÉCNICO: Mano Menezes. ESTADOS UNIDOS: Howard (Brad Guzan); Spector, González, Bocanegra (Goodson) e Bornstein; Feilhaber (Altidore), Edu, Bradley e Bedoya (Gomez); Donovan (Findley) e Buddle (Kljestan). GOLS: Neymar e Alexandre Pato. ÁRBITRO: Silviu Petrescu (Canadá). VALIDADE: Amistoso. LOCAL: Estádio New Meadowlands, Nova Jersey.

17/10　BRASIL　3 × 0　IRÃ
BRASIL: Victor; Daniel Alves, Thiago Silva (Réver), David Luiz e André Santos; Lucas (Wesley), Ramires (Sandro) e Carlos Eduardo (Giuliano); Robinho (Nilmar), Alexandre Pato e Philippe Coutinho (Elias). TÉCNICO: Mano Menezes. IRÃ: Mehdi Rahmati; Khosro Heydari, Jalal Hosseini, Mohammad Nosrati e Ehsan Hajsafi; Andranik Teymourian, Pejman Nouri (Milad Meydavoudi), Javad Nekounam e Masoud Shojaei (Karim Bagheri); Milad Zanidpour (Iman Mobali) e Mohammad Gholami (Karim Ansarifard). GOLS: Daniel Alves, Alexandre Pato e Nilmar. ÁRBITRO: Farid Ali (Emirados Árabes). VALIDADE: Amistoso. LOCAL: Estádio Zayed Sport City, Abu Dhabi.

11/10　BRASIL　2 × 0　UCRÂNIA
BRASIL: Victor; Daniel Alves, Thiago Silva, David Luiz e André Santos (Adriano); Lucas, Ramires (Sandro), Elias (Wesley) e Carlos Eduardo (Giuliano); Robinho (André) e Alexandre Pato (Nilmar). TÉCNICO: Mano Menezes. UCRÂNIA:

Dikan; Romanchuk, Kucher, Fedetskiy e Mandziuk; Tymoschuk, Polyovyi (Gai), Aliev, Rotan e Gusiev (Khudobiak); Milevskyi (Seleznyov). GOLS: Daniel Alves e Alexandre Pato. ÁRBITRO: Martin Atkinson. VALIDADE: Amistoso. LOCAL: Pride Park Stadium, Derby.

17/11 BRASIL 0 × 1 ARGENTINA
BRASIL: Victor; Daniel Alves, Thiago Silva, David Luiz e André Santos; Lucas, Ramires (Jucilei), Elias e Ronaldinho (Douglas); Neymar (André) e Robinho. TÉCNICO: Mano Menezes. ARGENTINA: Romero; Zanetti, Burdisso, Pareja e Heinze; Mascherano, Banega, Pastore (D'Alessandro) e Di Maria; Messi e Higuaín (Lavezzi). GOL: Messi. ÁRBITRO: Abdala Balideh (Catar). VALIDADE: Amistoso. LOCAL: Khalifa International Stadium, Doha.

2011

SUL-AMERICANO SUB-20, PERU
TIME-BASE DO BRASIL: Gabriel; Danilo, Saimon (Bruno Uvini), Juan (Romário) e Alex Sandro; Fernando (Zé Eduardo), Casemiro (Galhardo), Lucas Moura (Gabriel Silva) e Oscar (Alan Patrick); Neymar (Diego Maurício) e William José (Henrique). TÉCNICO: Ney Franco.

17/1 BRASIL 4 × 2 PARAGUAI
20/1 BRASIL 3 × 1 COLÔMBIA
23/1 BRASIL 1 × 1 BOLÍVIA
25/1 BRASIL 1 × 0 EQUADOR
31/1 BRASIL 5 × 1 CHILE
3/2   BRASIL 2 × 0 COLÔMBIA
6/2   BRASIL 1 × 2 ARGENTINA
9/2   BRASIL 1 × 0 EQUADOR
12/2 BRASIL 6 × 0 URUGUAI

9/2 BRASIL 0 × 1 FRANÇA
BRASIL: Julio Cesar; Daniel Alves, Thiago Silva, David Luiz e André Santos; Lucas, Elias (André), Hernanes e Renato Augusto (Jádson); Robinho (Sandro) e Alexandre Pato (Hulk). TÉCNICO: Mano Menezes. FRANÇA: Lloris; Sagna, Rami, Mexes e Abidal; Diarra, M'Vila (Diaby), Gourcuff (Cabaye) e Malouda; Menez (Remy) e Benzema (Gameiru). GOL: Benzema. ÁRBITRO: Wolfgang Stark (Alemanha). VALIDADE: Amistoso. LOCAL: Stade de France, Saint-Denis.

27/3 BRASIL 2 × 0 ESCÓCIA
BRASIL: Júlio Cesar, Daniel Alves, Lúcio, Thiago Silva e André Santos, Lucas Leiva (Sandro), Ramires, Elano (Elias) e Jádson (Lucas Moura); Neymar (Renato Augusto) e Leandro Damião (Jonas). TÉCNICO: Mano Menezes. ESCÓCIA: McGregor, Hutton, Berra (Wilson), Caldwell e Crayney; Morrison (Cowie), Brown, Adam, Whittaker (Commons) e McArthurs (Bannan); Kenny Miller (Smith). TÉCNICO: Craig Levein. GOLS: Neymar (2, um de pênalti). ÁRBITRO: Howard Webb (Inglaterra). VALIDADE: Amistoso. LOCAL: Emirates Stadium, Londres.

DEUSES DA BOLA

4/6 BRASIL 0 × 0 HOLANDA
BRASIL: Júlio César; Daniel Alves, Lúcio, Thiago Silva e André Santos (Adriano); Lucas Leiva (Sandro), Ramires e Elano (Lucas); Neymar, Fred (Leandro Damião) e Robinho (Elias). TÉCNICO: Mano Menezes. HOLANDA: Krul; Van der Wiel (Boulahrouz), Mathijsen, Heitinga e Pieters; De Jong (Maduro), Strootman (Schaars) e Affelay; Robben, Van Persie (Huntelaar) e Kuyt (Elia). ÁRBITRO: Carlos Amarilla (Paraguai). VALIDADE: Amistoso. LOCAL: Estádio Serra Dourada, Goiânia.

7/7 BRASIL 1 × 0 ROMÊNIA
BRASIL: Victor; Maicon, David Luiz, Lúcio (Luisão) e André Santos; Sandro (Lucas Leiva), Henrique, Elias e Jádson; Robinho (Lucas), Fred (Ronaldo) (Nilmar) e Neymar (Thiago Neves). TÉCNICO: Mano Menezes. ROMÊNIA: Tatarusanu (Pantillimon); Rapa, Papp, Gardos e Latovlevici; Muresan (Alexa), Torje, Bourceanu (Giurgiu) e Sanmartean (Alexe); Surdu (Tanese) e Marica (Zicu). GOL: Fred. ÁRBITRO: Sergio Pezzotta (Argentina). VALIDADE: Amistoso. LOCAL: Estádio do Pacaembu, São Paulo.

3/7 BRASIL 0 × 0 VENEZUELA
BRASIL: Júlio César; Daniel Alves, Lúcio, Thiago Silva e André Santos; Lucas Leiva, Ramires (Elano) e Paulo Henrique Ganso; Robinho (Fred), Neymar e Alexandre Pato (Lucas). TÉCNICO: Mano Menezes. VENEZUELA: Renny Vega; Roberto Rosales, Grenddy Perozo, Oswaldo Vizcarrondo e Gabriel Cichero; Franklin Lucena, Tomás Rincón, César González (Di Giorgi), Nicolás Fedor (Maldonado); Juan Arango e Salomón Rondón (Alejandro Moreno). ÁRBITRO: Raul Orosco (Bolívia). VALIDADE: Copa América. LOCAL: Estádio Ciudad de la Plata, La Plata.

9/7 BRASIL 2 × 2 PARAGUAI
BRASIL: Júlio César; Daniel Alves, Lúcio, Thiago Silva e André Santos; Lucas Leiva, Ramires (Lucas), Jadson (Elano) e Ganso; Neymar (Fred) e Pato. TÉCNICO: Mano Menezes. PARAGUAI: Villar; Verón, Da Silva, Alcaraz e Torres; Vera, Ortigoza, Riveros (Victor Cáceres) e Estigarribia (Osvaldo Martínez); Santa Cruz e Barrios (Valdez). GOLS: Jádson, Santa Cruz, Valdez e Fred. ÁRBITRO: Wilmar Roldán Colômbia. VALIDADE: Copa América. LOCAL: Estádio Olímpico Chateau Carreras, Córdoba.

13/7 BRASIL 4 × 2 EQUADOR
BRASIL: Júlio César; Maicon, Lúcio, Thiago Silva e André Santos; Lucas Leiva, Ramires e Paulo Henrique Ganso (Elias); Robinho, Alexandre Pato (Fred) e Neymar (Lucas). TÉCNICO: Mano Menezes. EQUADOR: Elizaga; Reasco (Achilier), Erazo, Norberto Araujo e Ayoví; Minda, Noboa (Montaño), Arroyo e Edison Méndez (Mina); Christian Benítez e Felipe Caicedo. GOLS: Pato (2), Caicedo (2) e Neymar (2). ÁRBITRO: Roberto Silveira (Uruguai). VALIDADE: Copa América. LOCAL: Estádio Mário Kempes, Córdoba.

17/7 BRASIL 0 × 0 PARAGUAI
BRASIL: Júlio César; Maicon, Lúcio, Thiago Silva e André Santos; Lucas Leiva, Ramires e Paulo Henrique Ganso (Lucas); Robinho, Alexandre Pato (Elano) e Neymar (Fred). TÉCNICO: Mano Menezes. PARAGUAI: Villar, Verón, Paulo da Silva, Alcaraz e Torres (Marecos); Vera (Barreto), Riveros, Cáceres e Estigarribia; Valdéz e Lucas Barrios (Perez). ÁRBITRO: Sergio Pezzotta (Argentina). VALIDADE: Copa América. LOCAL: Estádio Ciudad de la Plata, La Plata.

10/8 BRASIL 3×2 ALEMANHA
BRASIL: Júlio César; Daniel Alves, Lúcio, Thiago Silva e André Santos (Luiz Gustavo); Ralf, Ramires e Fernandinho (Paulo Henrique Ganso); Robinho (Renato Augusto), Pato (Fred) e Neymar. TÉCNICO: Mano Menezes. ALEMANHA: Neuer; Träsch, Hummels (Boateng), Badstuber e Lahm; Schweinsteiger (Rolfe), Kroos, Götze (Cacau) e Müller, Podolski (Schurrle) e Mario Gómez (Klose). GOLS: Schweinsteiger, Götze, Robinho, Schurrle e Neymar. ÁRBITRO: Viktor Kassai (Hungria). VALIDADE: Amistoso. LOCAL: Mercedes-Benz Arena, Stuttgart.

5/9 BRASIL 1×0 GANA
BRASIL: Júlio Cesar; Daniel Alves, Lúcio, Thiago Silva e Marcelo; Lucas Leiva, Fernandinho (Hulk) e Ganso (Elias); Neymar, Leandro Damião (Alexandre Pato) e Ronaldinho Gaúcho. TÉCNICO: Mano Menezes. GANA: Kwarasey; Pantsil, Opare, Vorsah e Mensah; Badu (Adomah), Inkoom (Tagoe), Boateng (Lee Addy) e Ayew (Adiyiah); Muntari (Rabiu Mohammed) e Asamoah (Annan). GOL: Leandro Damião. ÁRBITRO: Mike Dean (Inglaterra). VALIDADE: Amistoso. LOCAL: Estádio Craven Cottage, Londres.

14/9 BRASIL 0×0 ARGENTINA
BRASIL: Jefferson; Danilo, Dedé, Réver e Kléber; Ralf, Paulinho (Casemiro) e Renato Abreu (Oscar); Neymar, Leandro Damião e Ronaldinho Gaúcho. TÉCNICO: Mano Menezes. ARGENTINA: Orión; Cellay, Sebá Domínguez e Desábato; Pillud, Fernández (Chávez), Canteros, Zapata e Papa; Martínez (Mouche) e Boselli (Gigliotti). ÁRBITRO: Enrique Osses (Chile). VALIDADE: Superclássico das Américas. LOCAL: Estádio Mario Kempes, Córdoba.

28/9 BRASIL 2×0 ARGENTINA
BRASIL: Jefferson; Danilo, Dedé, Réver e Cortês (Kléber); Ralf, Rômulo e Lucas (Diego Souza); Neymar, Borges (Fred) e Ronaldinho Gaúcho. TÉCNICO: Mano Menezes. ARGENTINA: Orión; Cellay, Desábato, Sebá Domínguez; Pillud (Mouche), Fernández, Guiñazu, Canteros (Bolatti) e Papa; Montillo e Viatri. GOLS: Neymar e Lucas. ÁRBITRO: Jorge Larrionda (Uruguai). VALIDADE: Superclássico das Américas. LOCAL: Estádio Mangueirão, Belém.

7/10 BRASIL 1×0 COSTA RICA
BRASIL: Júlio César (Jefferson); Fábio (Daniel Alves), David Luiz, Thiago Silva e Adriano; Ralf, Luiz Gustavo (Hernanes) e Ronaldinho Gaúcho; Lucas (Oscar), Fred (Jonas) e Neymar (Hulk). TÉCNICO: Mano Menezes. COSTA RICA: Navas; Mora, Umaña, Miller e Diaz; Azofeifa, Barrantes (Cubero), Bolaños (Hernández) e Oviedo (Madrigal); Saborío e Parks (Campbell). GOL: Neymar. ÁRBITRO: Walter López (Guatemala). VALIDADE: Amistoso. LOCAL: Estádio Nacional, San José.

11/10 BRASIL 2×1 MÉXICO
BRASIL: Jefferson; Daniel Alves, Thiago Silva, David Luiz e Marcelo; Lucas Leiva, Fernandinho e Ronaldinho Gaúcho (Hernanes); Lucas (Adriano), Hulk (Jonas) e Neymar (Elias). TÉCNICO: Mano Menezes. MÉXICO: Sánchez (Talavera); Nilo (Moreno), Rafa Márquez, Rodriguez e Salcido; Castro, Juárez (Pérez), Guardado e Barrera (Andrade); Giovanni dos Santos (Peralta) e Hernández. GOLS: David Luiz (contra), Ronaldinho Gaúcho e Marcelo. ÁRBITRO: Marlon Mejia (El Salvador). VALIDADE: Amistoso. LOCAL: Estádio Corona, Torreón.

DEUSES DA BOLA

10/11 BRASIL 2 × 0 GABÃO
BRASIL: Diego Alves; Fábio (Alex Sandro), Luisão, David Luiz e Adriano; Sandro (Lucas Leiva), Elias, Hernanes e Bruno César (William); Jonas (Dudu) e Hulk (Kléber). TÉCNICO: Mano Menezes. GABÃO: Ebang; Moudonga, Manga, Ebanega, Moussono; Palun (Moubamba), Madinda, Biyongho (Mbanangoy), Aubameyang; Meye (Daniel Cousin) e Moulongui (N'Guéma). GOLS: Sandro e Hernanes. ÁRBITRO: Victor Hlungwani (África do Sul). VALIDADE: Amistoso. LOCAL: Stade d'Agondjé, Libreville.

14/11 BRASIL 2 × 0 EGITO
BRASIL: Diego Alves; Daniel Alves, Thiago Silva, David Luiz e Alex Sandro; Lucas Leiva, Fernandinho (Elias), Hernanes e Bruno César (William); Jonas (Kléber) e Hulk (Dudu). TÉCNICO: Mano Menezes. EGITO: El Shenawy; Fathi, Gomaa (Ahmed Said Oka), Hegazy e Nasef; Abd Rabo (Ahmed Hassan), Ghaly (Salah), Rakez (Said) e Elmehamady; Motaeb (El-Gabbas) e Mohamed Zidan (Suleimán). TÉCNICO: Bob Bradley. GOLS: Jonas (2). ÁRBITRO: Banjar Al Dosari (Catar). VALIDADE: Amistoso. LOCAL: Estádio Ahmed bin Ali, Al Rayyan.

2012

28/2 BRASIL 2 × 1 BÓSNIA-HERZEGOVINA
BRASIL: Júlio César; Daniel Alves, Thiago Silva, David Luiz e Marcelo; Sandro (Elias) e Fernandinho; Hernanes (Hulk) e Ronaldinho (Paulo Henrique Ganso); Neymar (Jonas) e Leandro Damião (Lucas). TÉCNICO: Mano Menezes. BÓSNIA-HERZEGOVINA: Begovic; Papac, Spahic, Pandza e Rahimic; Jahic, Medunjanin (Zahirovic), Misimovic (Ibricic) e Pjanic (Darko Maletic); Ibisevic (Salihovic) e Dzeko. GOLS: Marcelo, Ibisevic e Papac (contra). ÁRBITRO: Sascha Kever (Suíça). VALIDADE: Amistoso. LOCAL: AFG Arena, St. Gallen.

26/5 BRASIL 3 × 1 DINAMARCA
BRASIL: Jefferson; Danilo (Rafael), Thiago Silva, Juan e Marcelo (Alex Sandro); Sandro (Casemiro), Rômulo, Oscar e Lucas (Giuliano); Leandro Damião (Wellington Nem) e Hulk (Bruno Uvini). TÉCNICO: Mano Menezes. DINAMARCA: Sorensen (Andersen); Wass, Kjaer, Agger e Simon Poulsen; Christian Poulsen (Jakob Poulsen), Zimling, Eriksen (Rommedahl) e Schone (Kahlenberg); Krohn-Dehli (Pedersen) e Bendtner. TÉCNICO: Morten Olsen. GOLS: Hulk, Zimling, Hunk e Bendtner. ÁRBITRO: Félix Brych (Alemanha). VALIDADE: Amistoso. LOCAL: HSH Nordbank Arena, Hamburgo.

30/5 BRASIL 4 × 1 ESTADOS UNIDOS
BRASIL: Rafael; Danilo, Thiago Silva, Juan e Marcelo (Alex Sandro); Sandro, Rômulo e Oscar (Giuliano); Neymar (Lucas), Leandro Damião (Alexandre Pato) e Hulk (Casemiro). TÉCNICO: Mano Menezes. ESTADOS UNIDOS: Howard; Cherundolo (Parkhurst), Onyewu, Bocanegra e Johnson (Castillo); Maurice Edu (Boyd), Bradley, Jones (Beckerman) e Donovan; Gomez e Torres (Dempsey). GOLS: Neymar, Gomez, Thiago Silva, Marcelo e Alexandre Pato. ÁRBITRO: Jeffrey Calderón (Costa Rica). VALIDADE: Amistoso. LOCAL: Fedex Field, Washington.

3/6 BRASIL 0 × 2 MÉXICO
BRASIL: Rafael; Danilo, Thiago Silva (Bruno Uvini), Juan e Marcelo; Sandro (Lucas), Rômulo e Oscar (Casemiro); Neymar, Leandro Damião (Alexandre Pato) e Hulk (Wellington Nem). TÉCNICO: Mano Menezes. MÉXICO: Jesús Corona; Severo Meza (Jimenez), Francisco Rodríguez, Héctor Moreno e Carlos Salcido; Jorge Torres Nilo, Andrés Guardado (Reyna), Jesús Zayala, Pablo Barrera (Edgar Andrade), Giovani dos Santos (De Nigris) e Javier Hernández. (Lugo). GOLS: Giovani dos Santos e Javier Hernández. ÁRBITRO: Silvio Petrescu (Canadá). VALIDADE: Amistoso. LOCAL: Cowboys Stadium, Dallas.

9/6 BRASIL 3 × 4 ARGENTINA
BRASIL: Rafael; Rafael (Danilo), Bruno Uvini, Juan e Marcelo; Sandro, Rômulo (Casemiro), Oscar (Giuliano) e Hulk (Lucas); Neymar e Leandro Damião (Alexandre Pato). TÉCNICO: Mano Menezes. ARGENTINA: Romero; Zabaleta, Fernández, Gray e Clemente Rodríguez (Lavezzi); Gago, Mascherano, Sosa (Guiñazu) e Di María (Aguero); Higuaín (Campagnaro) e Messi. GOLS: Rômulo, Messi (3), Oscar, Hulk e Fernandéz. ÁRBITRO: Ulysses Marrufo (EUA). VALIDADE: Amistoso. LOCAL: Metlife Stadium, Nova Jersey.

20/7 BRASIL 2 × 0 GRÃ-BRETANHA
BRASIL: Rafael Cabral; Rafael, Thiago Silva, Juan e Marcelo (Alex Sandro); Sandro (Danilo), Rômulo e Oscar (Ganso); Neymar, Leandro Damião (Alexandre Pato) e Hulk (Lucas). TÉCNICO: Mano Menezes. GRÃ-BRETANHA: Steele (Butland); Bertrand (Sinclair), Richards (Dawson), Tomtkins (Caulker) e Taylor; Rose, Allen, Giggs (Ramsey) e Cleverly; Bellamy (Sordell) e Sturridge (Cork). GOLS: Sandro e Neymar (pênalti). ÁRBITRO: Clément Turpin (França). VALIDADE: Amistoso. LOCAL: Riverside Stadium, Middlesborough.

OLIMPÍADA DE LONDRES, INGLATERRA
TIME-BASE DO BRASIL: Gabriel (Neto); Danilo (Rafael), Thiago Silva, Juan (Bruno Uvini) e Marcelo (Alex Sandro); Sandro, Rômulo, Lucas e Oscar (Ph Ganso); Neymar (Alexandre Pato) e Leandro Damião (Hulk). TÉCNICO: Mano Menezes.

26/7   BRASIL   3 × 2   EGITO
29/7   BRASIL   3 × 1   BIELO-RÚSSIA
1/8   BRASIL   3 × 0   NOVA ZELÂNDIA
4/8   BRASIL   3 × 2   HONDURAS
7/8   BRASIL   3 × 0   COREIA DO SUL
11/8   BRASIL   1 × 2   MÉXICO

15/8 BRASIL 3 × 0 SUÉCIA
BRASIL: Gabriel; Daniel Alves, Thiago Silva, David Luiz (Dedé) e Alex Sandro; Rômulo, Paulinho e Ramires; Neymar (Lucas), Oscar (Hulk) e Leandro Damião (Alexandre Pato). TÉCNICO: Mano Menezes. SUÉCIA: Isaksson; Granqvist, Olsson, Safari e Larsson; Elm (Svensson), Wernbloom, Holmen e Berg (Hýsen); Wilhelmsson (Kacaniklic) e Toivonen. GOLS: Leandro Damião, Pato (2, um de pênalti). ÁRBITRO: Viktor Kassai (Hungria). VALIDADE: Amistoso. LOCAL: Estádio Rasunda, Solna (Suécia).

7/9 BRASIL 1 × 0 ÁFRICA DO SUL
BRASIL: Diego Alves; Daniel Alves, Dedé, David Luiz e Marcelo (Alex Sandro); Rômulo (Paulinho), Ramires e Oscar; Lucas (Jonas), Leandro Damião

(Hulk) e Neymar (Arouca). TÉCNICO: Mano Menezes. ÁFRICA DO SUL: Khune; Gaxa, Sangweni, Khumalu e Masenamela; Dikgacoi, Furman (Mahlangu), Tshabalala e Serero (Maluleka); Ndlovu (Benni McCarthy, depois Parker) e Chabangu (Letsholonyane). GOL: Hulk. ÁRBITRO: Nestor Pitana (Argentina). VALIDADE: Amistoso. LOCAL: Estádio do Morumbi, São Paulo.

10/9   BRASIL 8 × 0 CHINA
BRASIL: Diego Alves; Daniel Alves (Adriano), David Luiz (Réver), Dedé e Marcelo; Rômulo (Sandro), Ramires (Arouca) e Oscar (Leandro Damião); Lucas, Hulk e Neymar (Jonas). TÉCNICO: Mano Menezes. CHINA: Zeng; Peng, Yang, Jianye e Tang Miao; Zhao Xuri Zhao (Feng), Hao Junmin (Zhang), Lu Peng, Liu Jian e Zhu Ting; Gao Lin (Yang). GOLS: Ramires, Neymar (3), Lucas, Hulk, Liu Jyanye (contra) e Oscar. ÁRBITRO: Roberto Silveira (Uruguai). VALIDADE: Amistoso. LOCAL: Estádio do Arruda, Recife.

19/9   BRASIL 2 × 1 ARGENTINA
BRASIL: Jéfferson; Lucas Marques, Dedé, Réver e Fábio Santos; Ralf, Paulinho e Jádson (Thiago Neves); Lucas (Wellington Nem), Neymar e Luís Fabiano (Leandro Damião). TÉCNICO: Mano Menezes. ARGENTINA: Ustari; Peruzzi, López, Sebá Domínguez, Desábato e Clemente Rodríguez; Maxi Rodríguez, Braña, Guiñazú; Martinez (Somoza) e Barcos (Funes Mori). GOLS: Martínez, Paulinho e Neymar. ÁRBITRO: Carlos Amarilla (Paraguai). VALIDADE: Superclássico das Américas. LOCAL: Estádio Serra Dourada, Goiânia.

11/10   BRASIL 6 × 0 IRAQUE
BRASIL: Diego Alves; Adriano, David Luiz, Thiago Silva e Marcelo; Ramires, Paulinho (Fernando), Oscar (Giuliano) e Kaká (Lucas); Neymar e Hulk (Thiago Neves). TÉCNICO: Mano Menezes. IRAQUE: Noor; Shaker, Ahmed (Kareem), Saed e Erhaima (Ibrahim); Khaldoun, Abbas, Ahmadi e Akram (Zahra); Khalid (Jabbar) e Mahmood (Radhi). GOLS: Oscar (2), Kaká, Hulk, Neymar e Lucas. ÁRBITRO: Martin Hansson (Suécia). VALIDADE: Amistoso. LOCAL: Estádio Swedbank, Malmoe.

16/10   BRASIL 4 × 0 JAPÃO
BRASIL: Diego Alves, Adriano, David Luiz, Thiago Silva e Leandro Castán; Paulinho, Ramires (Sandro), Oscar (Thiago Neves) e Kaká (Lucas); Neymar (Leandro Damião) e Hulk (Giuliano). TÉCNICO: Mano Menezes. JAPÃO: Kawashima, Uchida (Sakai), Yoshida (Miyaichi), Konno e Nagatomo; Endo, Hasebe (Hosogai), Nakamura (Inui) e Kiyotake (Kurihara); Kagawa e Honda. GOLS: Paulinho, Neymar (2) e Kaká. ÁRBITRO: Marcin Borski (Polônia). VALIDADE: Amistoso. LOCAL: Estádio Miejski, Wroclaw.

14/11   BRASIL 1 × 1 COLÔMBIA
BRASIL: Diego Alves, Daniel Alves, Thiago Silva, David Luiz e Leandro Castán (Fábio Santos); Paulinho, Ramires, Oscar (Giuliano) e Kaká; Thiago Neves (Lucas) e Neymar. TÉCNICO: Mano Menezes. COLÔMBIA: David Ospina, Juan Cuadrado, Aquivaldo Mosquera, Mario Yepes e Pablo Armero; Juan Valencia, Carlos Sánchez (Aldo Ramírez), Macnelly Torres e James Rodríguez; Jackson Martínez (Teófilo Gutiérrez) e Falcao García. GOLS: Neymar e Cuadrado.

ÁRBITRO: Mark Geiger (EUA). VALIDADE: Amistoso. LOCAL: Metlife Stadium, Nova Jersey.

21/11   BRASIL 1 (4) × (3) 1 **ARGENTINA**
BRASIL: Diego Cavalieri; Lucas Marques (Bernard), Réver, Durval e Fábio Santos (Carlinhos); Ralf, Paulinho, Arouca (Jean) e Thiago Neves; Neymar e Fred. TÉCNICO: Mano Menezes. ARGENTINA: Orión; Desábato, Sebá Domínguez e Lisandro López; Peruzzi, Cerro (Ahumada), Guiñazu, Vangioni e Montillo; Martínez e Barcos (Scocco). GOLS: Fred e Scocco (2). ÁRBITRO: Enrique Osses (Chile). VALIDADE: Superclássico das Américas. LOCAL: Estádio La Bombonera, Buenos Aires.

2013

6/2   BRASIL 1 × 2 **INGLATERRA**
BRASIL: Júlio César; Daniel Alves, David Luiz (Miranda), Dante e Adriano (Filipe Luis); Ramires (Arouca), Paulinho (Jean), Oscar e Ronaldinho Gaúcho (Lucas); Neymar e Luís Fabiano (Fred). TÉCNICO: Luiz Felipe Scolari. INGLATERRA: Hart; Johnson, Cahill, Smalling e Ashley Cole (Baines); Gerrard, Wilshere, Walcott (Lennon) e Cleverley (Lampard); Rooney e Welbeck (Milner). GOLS: Rooney, Fred e Lampard. ÁRBITRO: Pedro Proença (Portugal). VALIDADE: Amistoso. LOCAL: Estádio de Wembley, Londres.

21/3   BRASIL 2 × 2 **ITÁLIA**
BRASIL: Júlio César; Daniel Alves, Dante, David Luiz e Filipe Luís (Marcelo); Fernando, Hernanes (Luiz Gustavo) e Oscar (Kaká); Hulk (Jean), Fred (Diego Costa) e Neymar. TÉCNICO: Luiz Felipe Scolari. ITÁLIA: Buffon; Maggio, Barzagli, Bonucci e De Sciglio (Antonelli); De Rossi (Diamanti), Pirlo (Cerci), Giaccherini (Poli) e Montolivo; Balotelli (Gilardino) e Osvaldo (El Shaarawy). GOLS: Fred, Oscar, De Rossi e Balotelli. ÁRBITRO: Stephan Studer (Suíça). VALIDADE: Amistoso. LOCAL: Estádio de Genebra, Genebra.

25/3   BRASIL 1 × 1 **RÚSSIA**
BRASIL: Júlio César; Daniel Alves, Thiago Silva, David Luiz e Marcelo; Fernando, Hernanes e Oscar (Hulk); Kaká (Diego Costa), Fred e Neymar. TÉCNICO: Luiz Felipe Scolari. RÚSSIA: Gabulov; Anyukov (Kombarov), Ignashevich, Vasily Berezutsky e Yeshchenko; Glushakov, Shirokov, Bystrov (Shatov) e Fayzulin; Kerzhakov e Kokorin (Zhirkov) (Grigoriev). GOLS: Fred e Fayzulin. ÁRBITRO: Howard Webb (Inglaterra). VALIDADE: Amistoso. LOCAL: Estádio Stamford Bridge, Londres.

6/4   BRASIL 4 × 0 **BOLÍVIA**
BRASIL: Jefferson; Jean, Dedé (Dória), Réver e André Santos; Ralf, Paulinho, Jadson e Ronaldinho Gaúcho (Leandro); Neymar (Osvaldo) e Leandro Damião (Alexandre Pato). TÉCNICO: Luiz Felipe Scolari. BOLÍVIA: Sergio Galarza; Ronald Eguino, Diego Bejarano (Rony Jiménez), Edward Zenteno e Marvin Bejarano (Jair Torrico); Alejandro Meleán (Ronald García), Walter Veizaga (Alejandro Chumacero), Edivaldo Rojas e Jhasmani Campos (Danny Bejarano); Juan Carlos Arce (Rodrigo Vargas) e Marcelo Moreno. GOLS: Leandro Damião, Neymar (2) e Leandro. VALIDADE: Amistoso. LOCAL: Estádio Ramón 'Tahuichi' Aguilera, Santa Cruz de la Sierra.

DEUSES DA BOLA

24/4 BRASIL 2 × 2 CHILE
BRASIL: Diego Cavalieri; Jean (Marcos Rocha), Dedé (Henrique), Réver e André Santos; Ralf (Fernando), Paulinho, Jadson (Osvaldo) e Ronaldinho Gaúcho; Neymar e Leandro Damião (Alexandre Pato). TÉCNICO: Luiz Felipe Scolari. CHILE: Johnny Herrera; Álvarez, Marcos González, Rojas e Mena; Reyes, Leal, Meneses (Muñoz) e Cortés (Fuenzalida); Eduardo Vargas (Robles) e Rubio (Figueroa). GOLS: Réver, González, Neymar e Vargas. ÁRBITRO: Carlos Amarilla (Paraguai) VALIDADE: Amistoso. LOCAL: Estádio do Mineirão, Belo Horizonte.

2/6 BRASIL 2 × 2 INGLATERRA
BRASIL: Júlio César; Daniel Alves, Thiago Silva, David Luiz e Filipe Luis; Luiz Gustavo, Paulinho, Oscar (Lucas) e Hulk (Fernando); Neymar e Fred (Leandro Damião). TÉCNICO: Luiz Felipe Scolari. INGLATERRA: Joe Hart; Glen Johnson, Phil Jagielka, Gary Cahill, Leighton Baines (Cole); Michael Carrick, Frank Lampard, Phil Jones, James Milner; Theo Walcott (Rodwell) e Wayne Rooney. TÉCNICO: Roy Hodgson. GOLS: Fred, Oxlade-Chamberlain, Rooney e Paulinho. ÁRBITRO: Wilmar Rondón (Colômbia). VALIDADE: Amistoso. LOCAL: Estádio do Maracanã, Rio de Janeiro.

9/6 BRASIL 3 × 0 FRANÇA
BRASIL: Júlio César; Daniel Alves, Thiago Silva, David Luiz e Marcelo; Luiz Gustavo (Hernanes), Paulinho (Dante), Oscar (Fernando), Neymar (Bernard) e Hulk (Lucas); Fred (Jô). TÉCNICO: Luiz Felipe Scolari. FRANÇA: Lloris; Debuchy, Rami, Sakho e Mathieu; Guilavogui, Cabaye (Gomis), Matuidi (Grenier), Payet e Valbuena (Lacazette); Benzema (Giroud). GOLS: Oscar, Hernanes e Lucas. ÁRBITRO: Victor Carrillo (Peru). VALIDADE: Amistoso. LOCAL: Arena do Grêmio, Porto Alegre.

15/6 BRASIL 3 × 0 JAPÃO
BRASIL: Júlio César; Daniel Alves, Thiago Silva, David Luiz e Marcelo; Luiz Gustavo, Paulinho e Oscar; Neymar (Lucas), Fred (Jô) e Hulk (Hernanes). TÉCNICO: Luiz Felipe Scolari JAPÃO: Kawashima; Uchida, Yoshida, Konno e Nagatomo; Hasebe e Endo; Kiyotake (Maeda), Honda (Inui) e Kagawa; Okazaki. GOLS: Neymar, Paulinho e Jô. ÁRBITRO: Pedro Proença (Portugal). VALIDADE: Copa das Confederações. LOCAL: Estádio Mané Garrincha, Brasília.

19/6 BRASIL 2 × 0 MÉXICO
BRASIL: Júlio César; Daniel Alves, Thiago Silva, David Luiz e Marcelo; Luiz Gustavo, Paulinho e Oscar (Hernanes); Neymar, Fred e Hulk (Lucas). TÉCNICO: Luiz Felipe Scolari. MÉXICO: Corona; Mier, Torres (Barrera), Rodríguez e Salcido; Flores (Herrera), Moreno, Torrado (Jimenez) e Guardado; Giovani dos Santos e Chicharito Hernández. GOLS: Neymar e Jô. ÁRBITRO: Howard Webb (Inglaterra). VALIDADE: Copa das Confederações. LOCAL: Estádio Castelão, Fortaleza.

22/6 BRASIL 4 × 2 ITÁLIA
BRASIL: Júlio César; Daniel Alves, Thiago Silva, David Luiz (Dante) e Marcelo; Luiz Gustavo, Hernanes e Oscar; Neymar (Bernard), Fred e Hulk (Fernando). TÉCNICO: Luiz Felipe Scolari. ITÁLIA: Buffon; Abate (Maggio), Bonucci, Chiellini e De Sciglio; Montolivo (Giaccherini), Aquilani, Candreva, Marchisio e Diamanti (El Shaarawy); Balotelli. GOLS: Dante,

Neymar, Giaccherini, Chiellini e Fred (2). ÁRBITRO: Ravshan Irmatov (Uzbequistão). VALIDADE: Copa das Confederações. LOCAL: Arena Fonte Nova, Salvador.

26/6   BRASIL 2 × 1 URUGUAI
BRASIL: Júlio César; Daniel Alves, Thiago Silva, David Luiz e Marcelo; Luiz Gustavo, Paulinho e Oscar (Hernanes); Hulk (Bernard), Fred e Neymar (Dante). TÉCNICO: Luiz Felipe Scolari. URUGUAI: Fernando Muslera; Maximiliano Pereira, Diego Lugano, Diego Godín e Martín Cáceres; Arévalo Ríos, González (Walter Gargano) e Cristian Rodríguez; Diego Forlán, Luis Suárez e Cavani. GOLS: Fred, Cavani e Paulinho. ÁRBITRO: Enrique Osses (Chile). VALIDADE: Copa das Confederações. LOCAL: Estádio Mineirão, Belo Horizonte.

30/6   BRASIL 3 × 0 ESPANHA
BRASIL: Júlio César; Daniel Alves, Thiago Silva, David Luiz e Marcelo; Luiz Gustavo, Paulinho (Hernanes) e Oscar; Neymar, Fred (Jô) e Hulk (Jádson). TÉCNICO: Luiz Felipe Scolari. ESPANHA: Casillas; Arbeloa (Azpilicueta), Sérgio Ramos, Piqué e Jordi Alba; Busquets, Xavi, Iniesta e Mata (Jesús Navas); Pedro e Fernando Torres (David Villa). GOLS: Neymar e Fred (2). ÁRBITRO: Bjorn Kuipers (Holanda). VALIDADE: Copa das Confederações. LOCAL: Estádio do Maracanã, Rio de Janeiro.

14/8   BRASIL 0 × 1 SUÍÇA
BRASIL: Jefferson; Daniel Alves (Jean), Thiago Silva, Dante e Marcelo (Maxwell); Luiz Gustavo (Fernando), Paulinho, Oscar (Hernanes) e Hulk (Lucas); Neymar e Fred (Jô). TÉCNICO: Luiz Felipe Scolari. SUÍÇA: Benaglio, Lichtsteiner (Lang), Senderos (Schar), Klose e Ricardo Rodriguez; Behrami, Stocker (Barnetta), Dzemaili (Schwegler) e Xhaka; Shaqiri (Mehmedi) e Seferovic (Gavranovic). GOL: Daniel Alves (contra). ÁRBITRO: Aytekin Deniz (Alemanha). VALIDADE: Amistoso. LOCAL: Estádio St. Jacob-Park, Basileia.

7/9   BRASIL 6 × 0 AUSTRÁLIA
BRASIL: Júlio César; Maicon (Marcos Rocha), Thiago Silva, David Luiz (Dante) e Marcelo (Maxwell); Luiz Gustavo, Paulinho (Hernanes) e Ramires; Bernard (Lucas), Neymar e Jô (Alexandre Pato). TÉCNICO: Luiz Felipe Scolari. AUSTRÁLIA: Schwazer; McGowan, Neill, Ognenovisk e McKay; Jedinak (Milligan), Bresciano, Kruse, Holman (Rogic) e Oar (Thompson); Josh Kennedy (Duke). GOLS: Jô (2), Neymar, Ramires, Alexandre Pato e Luiz Gustavo. ÁRBITRO: Enrique Cáceres (Paraguai). VALIDADE: Amistoso. LOCAL: Estádio Mané Garrincha, Brasília.

11/9   BRASIL 3 × 1 PORTUGAL
BRASIL: Júlio César; Maicon, Thiago Silva, David Luiz e Maxwell; Luiz Gustavo, Paulinho (Henrique) e Ramires (Oscar); Bernard (Hernanes), Neymar (Lucas) e Jô (Alexandre Pato). TÉCNICO: Luiz Felipe Scolari. PORTUGAL: Rui Patricio, João Pereira, Bruno Alves, Pepe (Neto) e Fábio Coentrão (Antunes); Miguel Veloso, João Moutinho (Rúben Amorim), Raul Meireles e Vieirinha (Licá); Nani e Nelson Oliveira. GOLS: Raul Meireles, Thiago Silva, Neymar e Jô. ÁRBITRO: Juan Guzman (EUA). VALIDADE: Amistoso. LOCAL: Gilette Stadium, Foxborough.

12/10   BRASIL 2 × 0 COREIA DO SUL
BRASIL: Jefferson; Daniel Alves, David Luiz, Dante

DEUSES DA BOLA

e Marcelo (Maxwell); Luiz Gustavo (Lucas Leiva), Paulinho (Hernanes) e Oscar (Bernard); Neymar, Jô e Hulk (Ramires). TÉCNICO: Luiz Felipe Scolari. COREIA DO SUL: Jung Sung-Ryong; Kim Ji-Soo, Kim Young-Gwon, Hong Jeong-Ho e Lee Yong; Kim Bo-Kyung (Go Yo-Han), Ki Sung-Yueng, Lee Chung-Yong (Yun Il-Lok) e Han Kook-Young; Ji Dong-Won (Lee Keun-Ho) e Koo Ja-Cheol (Son Heung-Min). GOLS: Neymar e Oscar. ÁRBITRO: Irmatov Ravshan (Uzbequistão). VALIDADE: Amistoso. LOCAL: Estádio Sang-am, Seul.

15/10 BRASIL 2 × 0 ZÂMBIA
BRASIL: Diego Cavalieri; Daniel Alves, Dedé, David Luiz (Henrique) e Maxwell; Lucas Leiva, Paulinho (Hernanes), Ramires (Oscar) e Lucas (Hulk); Neymar (Bernard) e Alexandre Pato (Jô). TÉCNICO: Luiz Felipe Scolari. ZÂMBIA: Kennedy Mweene; Kabaso Chongo (Jimmy Chisenga), Hichani Himonde, Bronson Chama e Emmanuel Mbola; Fwayo Tembo (Noah Chivuta), Chisamba Lungu (Bruce Musakanya), Khondwani Mtonga e Chris Katongo (Joseph Musonda); Emmanuel Mayuka (James Chamanga) e Jacob Mulenga (Roger Kola). GOLS: Oscar e Dedé. ÁRBITRO: Fan Qi (China). VALIDADE: Amistoso. LOCAL: Estádio Ninho do Pássaro, em Pequim.

16/11 BRASIL 5 × 0 HONDURAS
BRASIL: Victor; Maicon, David Luiz (Marquinhos), Dante e Maxwell (Lucas Leiva); Luiz Gustavo, Paulinho e Oscar (Ramires); Neymar (Hulk), Bernard (Willian) e Jô (Robinho). TÉCNICO: Luiz Felipe Scolari. HONDURAS: Noel Valladares; Arnold Peralta, Víctor Bernárdez (Juan Pablo Montes), Maynor Figueroa e Emilio Izaguirre (Juan Carlos García); Bonieck García (Andy Najar), Jorge Claros, Wilson Palacios (Edder Delgado) e Roger Espinoza (Marvin Chávez); Carlo Costly e Jerry Bengtson (Jerry Palacios). GOLS: Bernard, Dante, Maicon, Willian e Hulk. ÁRBITRO: David Gantar (Canadá). VALIDADE: Amistoso. LOCAL: Sun Life Stadium, Miami.

19/11 BRASIL 2 × 1 CHILE
BRASIL: Júlio César; Maicon, Thiago Silva (Dante), David Luiz e Maxwell; Luiz Gustavo, Paulinho (Hernanes) e Oscar (Willian); Neymar (Lucas Leiva), Hulk (Ramires) e Jô (Robinho). TÉCNICO: Luiz Felipe Scolari. CHILE: Bravo; Medel, González, Jara e Mena; Fuenzalida (Valdivia, depois Matías Fernández), Díaz (Beausejour), Carmona e Gutiérrez (Muñoz); Vargas e Alexis Sánchez. GOLS: Hulk, Vargas e Robinho. ÁRBITRO: Silviu Petrescu (Canadá). VALIDADE: Amistoso. LOCAL: Rogers Centre, Toronto.

2014

5/3 BRASIL 5 × 0 ÁFRICA DO SUL
BRASIL: Júlio Cesar; Rafinha, Thiago Silva, David Luiz (Dante) e Marcelo (Daniel Alves); Fernandinho, Paulinho (Luiz Gustavo) e Oscar (Ramires); Hulk (Willian), Fred (Jô) e Neymar. TÉCNICO: Luiz Felipe Scolari. ÁFRICA DO SUL: Williams; Nthethe, Khumalo (Xulu), Ngcongca e Matlaba; Fulman, Jali (Zungu), Daylon Claasen (Ndlovu) e Thulani Serero; Parker e Rantie (Manyisa). GOLS: Oscar, Neymar (3) e Fernandinho. ÁRBITRO: Antônio Caxala (Angola). VALIDADE: Amistoso. LOCAL: Estádio Soccer City, Joanesburgo.

BIBLIOGRAFIA

LIVROS

CALDAS, Waldenyr. **O pontapé inicial: Memória do futebol brasileiro**. São Paulo: Ibrasa, 1990.

CASTRO, Alceu Mendes de Oliveira; FELIPE FILHO, José Carneiro. **Seleção brasileira através dos tempos: 1914-1960**. Rio de Janeiro: S/D,

CASTRO, Marcos de; MÁXIMO, João. **Gigantes do futebol brasileiro**. Rio de Janeiro: Lidador, 1965.

CASTRO, Ruy. **Estrela Solitária: Um brasileiro chamado Garrincha**. São Paulo: Cia. das Letras, 1995.

COIMBRA, Arthur Antunes. **Zico conta sua história**. São Paulo: FTD, 1996.

DE PAULA, Eurípedes Simão. **Eu Sou Pelé**. São Paulo: E. Paulo de Azevedo, 1961.

DUARTE, Orlando. **Todas as Copas do mundo**. São Paulo: Makron Books, 1990.

FONTENELLE, Airton Silveira. **O Brasil na Copa América**. Fortaleza: CBF, 1989.

HOOF, Serge Van; PARR, Michael. **The North & Latin America Football Guide**. Bruxelas: Heart Books, 1995.

GUIMARÃES, Newton de Campos. **Tudo sobre o Brasil nas Copas**. Belo Horizonte: Ed. Comunicação, 1978.

KLEIN, Marco Aurélio; AUDININO, Sérgio Alfredo. **O almanaque do futebol brasileiro**. São Paulo: Ed. Escala, 1996.

LANCELLOTTI, Silvio. **Olimpíada cem anos**. São Paulo: Makron Books, 1990.

MAZZONE, Thomaz. **História do futebol brasileiro: 1894-1950**. São Paulo: Edições Leia, 1950.

NAPOLEÃO, Antônio Carlos; ASSAF, Roberto. **Seleção brasileira: 90 anos**. Rio de Janeiro: Mauad, 2004.

PEDROSA, Milton (org.). **Na boca do túnel**. Rio de Janeiro: Editora Gol, 1968.

RODRIGUES, Nelson. **À sombra das chuteiras imortais**. São Paulo: Cia. das Letras, 1993.

____. **A pátria em chuteiras**. São Paulo: Cia. das Letras, 1993.

ROSS, Mike; BARROS, Julio; RON Hockings, **Soccer: The International Line-ups & Statistics Series: Brazil 1971-1996**. Cleethorpes: Soccer Book Publishing Ltd., 1996.

História do Futebol Brasileiro. Rio de Janeiro: Ed. Rio, 1982.

Almanacco Illustrato Del Calcio. Modena: Ed. Panini, 1995.

Anuario Del Calcio Mondiale. Turim: S.E.T., 1996-97.

JORNAIS
O Globo, Jornal do Brasil, O Estado de S. Paulo, Folha da Manhã, Folha da Noite, Folha de S.Paulo, LANCE!, Última Hora (Rio de Janeiro), Jornal da Tarde, A Gazeta Esportiva, Diário da Noite, Diário Popular, Jornal de Santos, Jornal da Noite (Santos), Gazeta do Povo (Santos), Zero Hora (Porto Alegre) e Clarín (Argentina).

SITES
CBF, Rec. Sport Soccer Statistics Foundation Brasil, Terra, UOL, IG, LANCENET!, Campeões do Futebol, Jogos da Seleção Brasileira, Futebol Cia. e Baú do Futebol (CE).

EUGENIO GOUSSINSKY é jornalista e escritor premiado. Publicou cinco livros, dois deles de contos e crônicas. Redator do site R7, da Rede Record, foi repórter do **Jornal do Brasil** e de **O Estado de S. Paulo**, porta-voz do Consulado de Israel na capital paulista e assessor de imprensa da Secretaria da Educação do Estado de São Paulo.

JOÃO CARLOS ASSUMPÇÃO é jornalista e documentarista. Cobriu cinco Copas do Mundo e três Olimpíadas *in loco*. Colunista do diário **LANCE!**, foi repórter da **Folha de S.Paulo**, correspondente do jornal em Nova York e chefe de redação e reportagem do SporTV em São Paulo. É codiretor do longa-metragem **Sobre futebol e barreiras**, filmado durante a Copa de 2010 em Israel/Palestina.

© Editora DSOP, 2014
© Eugenio Goussinsky e João Carlos Assumpção, 2014

Presidente **REINALDO DOMINGOS**
Direção editorial **SIMONE PAULINO**
Editora-assistente **FLAVIA LAGO**
Produção editorial **RENATA DE SÁ**
Projeto gráfico **BLOCO GRÁFICO**
Produção gráfica **CHRISTINE BAPTISTA**
Revisão **BIA NUNES DE SOUSA e MARCIA ALVES**

Dados Internacionais de Catalogação na Publicação (CIP)
(Câmara Brasileira do Livro, SP, Brasil)

Deuses da bola : 100 anos da seleção brasileira
Eugenio Goussinsky, João Carlos Assumpção.
2ª. Ed.
São paulo: editora DSOP, 2014
Bibliografia

ISBN 978-85-8276-090-1

1. Futebol 2. Futebol - Brasil - história 3. Seleção brasileira de futebol - história
I. Assumpção, João Carlos. II. Título. III. Título: 100 anos de seleção brasileira.

| 14-03591 | CDD-796.3340981 |

Índices para catálogo sistemático:
1. Seleção brasileira de futebol: história 796.3340981

Todos os direitos desta edição reservadas à Editora DSOP
Av. Paulista, 726 | Cj. 1210 | 12º andar
Bela Vista | cep 01310-910 | São Paulo - SP
Tel.: 11 3177-7800
www.editoradsop.com.br

Fontes **TUNGSTEN** e **SENTINEL**
Papel **POLÉN BOLD 90 G / M²**
Impressão **INTEGRAF IND. GRÁFICA LTDA.**
Tiragem **10.000**